*Über den Autor:*
Mac P. Lorne wurde 1957 geboren. Seinen ersten Roman schrieb er bereits mit 18 Jahren. Aufgewachsen in der DDR, studierte er aus politischen Gründen statt Geschichte und Literatur dann doch lieber Veterinärmedizin und später Pferdezucht und -sport und wurde ein ganz passabler Militaryreiter. Im Frühjahr 1988 gelang ihm die Flucht in die Bundesrepublik. Gemeinsam mit seiner Ehefrau und Tochter baute er einen Reit-und Zuchtbetrieb in Bayern auf. Im Knaur TB erschien im Juli 2016 *Der Pirat*, sein großer Roman um Sir Francis Drake, der mehr als ein Achtungserfolg wurde. Ihm folgten *Der Herr der Bogenschützen*, der große Aufmerksamkeit unter den Liebhabern historischer Romane erweckte, sowie die fünfbändige »Löwen«-Reihe und *Der Herzog von Aquitanien*.

MAC P. LORNE

# DER
# ENGLISCHE
# LÖWE

ROMAN

**Besuchen Sie uns im Internet:**
**www.knaur.de**

Aus Verantwortung für die Umwelt hat sich die Verlagsgruppe
Droemer Knaur zu einer nachhaltigen Buchproduktion verpflichtet.
Der bewusste Umgang mit unseren Ressourcen, der Schutz unseres Klimas
und der Natur gehören zu unseren obersten Unternehmenszielen.
Gemeinsam mit unseren Partnern und Lieferanten setzen wir uns für eine
klimaneutrale Buchproduktion ein, die den Erwerb von Klimazertifikaten zur
Kompensation des $CO_2$-Ausstoßes einschließt.
Weitere Informationen finden Sie unter: www.klimaneutralerverlag.de

Redaktion: Heike Fischer
Covergestaltung: ZERO Werbeagentur, München
Coverabbildung: Collaboration JS / Arcangel Images
Karten und Wappen: Computerkartographie Carrle
Stammbaum: Daniela Schulz unter Verwendung von Shutterstock (Pfeile:
Elena Eskevich, Hintergrund: Lukasz Szwaj, Ringe: Varlamova Lydmila)
Satz: Daniela Schulz, Rheda-Wiedenbrück
Druck und Bindung: CPI books GmbH, Leck
ISBN 978-3-426-52276-9

*Für Jette,*
*die Tapfere!*

# INHALT

# DIE ANGEVINISCHE DYNASTIE

Als Heinrich II. und Eleonore von Aquitanien 1152 heiraten, ist das der Beginn eines Imperiums. Im damaligen Europa kann da nur das Heilige Römische Reich mithalten. Doch ihre Söhne streiten unerbittlich um das Erbe.

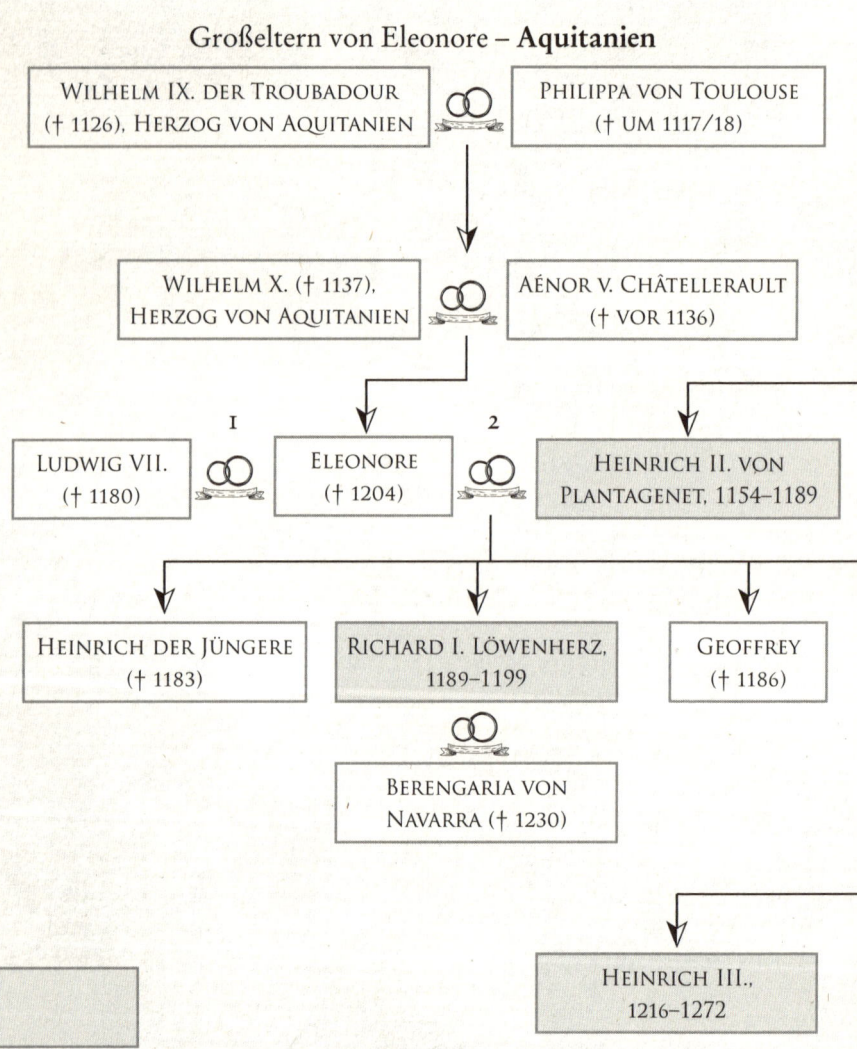

Großeltern von Eleonore – **Aquitanien**

WILHELM IX. DER TROUBADOUR († 1126), HERZOG VON AQUITANIEN

PHILIPPA VON TOULOUSE († UM 1117/18)

WILHELM X. († 1137), HERZOG VON AQUITANIEN

AÉNOR V. CHÂTELLERAULT († VOR 1136)

LUDWIG VII. († 1180)

1

ELEONORE († 1204)

2

HEINRICH II. VON PLANTAGENET, 1154–1189

HEINRICH DER JÜNGERE († 1183)

RICHARD I. LÖWENHERZ, 1189–1199

GEOFFREY († 1186)

BERENGARIA VON NAVARRA († 1230)

HEINRICH III., 1216–1272

Könige Englands, mit jeweiliger Regierungszeit

## Großeltern von Heinrich II. – **Anjou-Plantagenet**

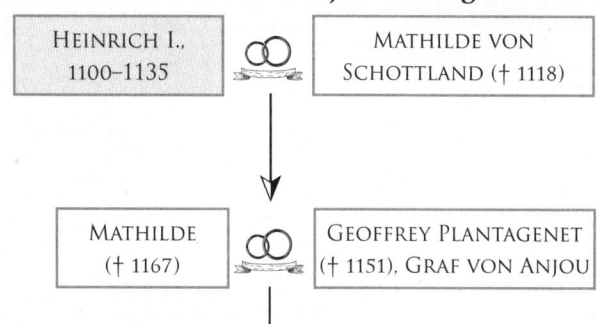

HEINRICH I., 1100–1135 ⚭ MATHILDE VON SCHOTTLAND († 1118)

MATHILDE († 1167) ⚭ GEOFFREY PLANTAGENET († 1151), GRAF VON ANJOU

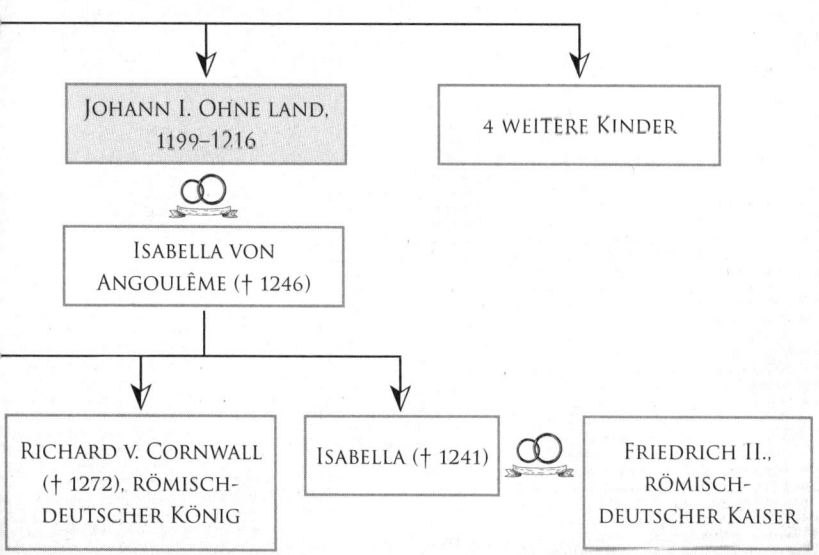

JOHANN I. OHNE LAND, 1199–1216

4 WEITERE KINDER

⚭

ISABELLA VON ANGOULÊME († 1246)

RICHARD V. CORNWALL († 1272), RÖMISCH-DEUTSCHER KÖNIG

ISABELLA († 1241) ⚭ FRIEDRICH II., RÖMISCH-DEUTSCHER KAISER

England/Frankreich um 1190

# PERSONENREGISTER

Historische Personen, denen der Leser im Laufe des Romans begegnen wird:

## DIE PLANTAGENETS

Richard I., genannt »Löwenherz« – geb. 08.09.1157 in Oxford, gest. 06.04.1199 in Châlus, von 1189–1199 König von England und Herrscher über das angevinische Reich

Berengaria von Navarra – seine Frau und Königin von England

Eleonore von Aquitanien – seine Mutter

Philipp von Cognac – sein illegitimer Sohn

Amélie von Cognac – dessen Frau

John Plantagenet, genannt »Johann ohne Land«, später »König Weichschwert« – sein ungeliebter Bruder

Joan Plantagenet – seine Schwester

Geoffrey – sein Halbbruder, Erzbischof von York

William, genannt »Longsword« – ebenfalls sein Halbbruder

Otto IV. von Braunschweig – sein Neffe, später römisch-deutscher König und Kaiser

## DIE ANGEVINEN

William Marshal – 1. Earl von Pembroke, oft Richards Stellvertreter

Baudouin de Béthune – Ritter und Freund von Richard, der bei seiner Gefangennahme vor Wien anwesend war

Ranulph de Blondeville – 4. Earl von Chester, ein lausiger Ehemann und Intrigant

Hubert Walter – Vertrauter Richards, Erzbischof von Canterbury, Kanzler von England

Walter de Coutances – Erzbischof von Rouen

Mercadier – Richards Söldnerführer und Vertrauter

William de Braose – ein Marcher-Lord, der bei Richards Tod vor Châlus anwesend war

Robert de Beaumont – 4. Earl von Leicester, Kampfgefährte von Richard I. und zeitweise Kommandant von Rouen

Elias de la Celle – Seneschall Richards im Süden Aquitaniens

Blondel de Nesle – Troubadour und Teilnehmer am 3. Kreuzzug

Milo – über viele Jahre Richards Leibarzt und Almosengeber

Adémar von Limoges und Aymar von Angoulême – zwei rebellische Grafen, die Tochter des Letzteren wurde später Königin von England

## DIE FRANZOSEN

Philipp II. – seit 1180 König von Frankreich, ehemaliger Freund und späterer Feind Richards I.

Gottfried von Le Perche – angeheirateter Verwandter von Richard I.

Philipp von Dreux – Bischof von Beauvais, Cousin König Philipps und Erzfeind von Richard Löwenherz

Alain de Dinan – ein bretonischer Ritter

Petrus Bru und Pierre Basile – zwei Ritter auf Burg Châlus

## DIE DEUTSCHEN

Heinrich VI. – von 1191 bis 1197 Kaiser des Heiligen Römischen Reichs.

Leopold V. – von 1177 bis 1194 Herzog von Österreich

Adolf I. von Altena – von 1193 bis 1205 Erzbischof von Köln

## DIE PÄPSTE

Papst Coelestin III. – von 1191–1198 Kirchenoberhaupt, der es ablehnte, Kaiser Heinrich VI. wegen der Gefangennahme Richards zu bannen

Innozenz III. – sein Nachfolger als Heiliger Vater und einer der größten Kriegstreiber der Kirchengeschichte

# NORMANDIE, MÄRZ 1194

Philipp, der Zweite seines Namens auf dem französischen Thron, wusste, dass ihm die Zeit wie der feine Sand vom Strand der Seine zwischen den Fingern zerrann. Anfang Februar hatte Kaiser Heinrich VI. in Mainz seinen Erzrivalen und Todfeind – obwohl sie in früheren Jahren einmal eng befreundet und wie Brüder gewesen waren – König Richard von England, genannt Löwenherz, freigelassen. Nach mehr als einem Jahr Haft in deutschen Kerkern war dafür ein unermesslich hohes Lösegeld aus dem angevinischen in das römisch-deutsche Reich geflossen. Einhunderttausend Mark in Kölner Gewicht – sage und schreibe dreiundzwanzig Tonnen Silber – hatten die Menschen in England, Aquitanien, der Normandie, der Touraine und des Anjou aufbringen müssen, um ihren König und Herzog wieder in Freiheit zu sehen. Philipp konnte es immer noch nicht fassen, dass diese Summe dank der Unnachgiebigkeit und des Einfallsreichtums von Richards Mutter Eleonore von Aquitanien und Erzbischof Hubert Walter zusammengekommen und unbeschadet nach Deutschland gebracht worden war. Weitere fünfzigtausend Mark sollten noch folgen, erst danach würde Heinrich die Geiseln freilassen, die Richard hatte stellen müssen. Darunter befanden sich so hochkarätige Fürsten wie Otto von Braunschweig, der Neffe des englischen Königs, und sein Schwager Fernando von Navarra. Diese Verwandtschaft würde Richard sicher nicht in Gefangenschaft verrotten lassen, selbst wenn der Kaiser sie in ehrenvoller Haft hielt, sondern auch noch seine letzte Schuld begleichen.

Er, Philipp, hatte getan, was er konnte, um die Haftentlassung seines Lehnsmanns – denn das war der englische König zumindest bezüglich seiner Festlandbesitzungen in seinen Augen – zu verhindern, war aber, wie schon so oft, wenn er sich gegen Richard gestellt hatte, gescheitert. Jetzt war dieser rheinaufwärts auf dem Weg nach England, um zuerst seine dortigen Besitzungen zu sichern. Doch wenn das erledigt wäre und die von Prinz John gehaltenen Burgen gefallen waren – und dass das passieren würde, daran zweifelte Philipp keinen Moment –, würde Löwenherz nach Frankreich kommen, um sich dort an Land zurückzuholen, was er in der Zeit seiner Gefangenschaft verloren beziehungsweise sein französischer Widersacher erobert hatte. Doch leicht wollte Philipp es ihm nicht machen und sich noch eine gute Ausgangsposition für den unzweifelhaft bevorstehenden Kampf sichern.

Richards Bruder John, der die Krone schon zum Greifen nahe gesehen hatte, hatte ihm große Territorien des angevinischen Reiches abgetreten, um ihn als Bundesgenossen zu gewinnen. Allerdings beanspruchte Philipp die Oberhoheit über alle Gebiete der Plantagenets auf dem Festland von den Pyrenäen im Süden bis hinauf nach Flandern. Es war also nur folgerichtig, diese zu besetzen und sich endgültig zu ihrem Herrn zu erklären. Viele der Grundbesitzer und Kastellane hatten das begriffen und sich ihm kampflos ergeben, so wie Gilbert de Vascœuil, der Herr über die starke und wichtige Grenzfestung Gisors im Vexin. Wie sehr hatte Philipp es doch genossen, den von Richard eingesetzten Burghauptmann vor sich knien zu sehen! Viele nannten diesen nun einen Verräter, und das war er zweifelsohne auch. Aber ihm war das nur zupassgekommen, hatte er seine Truppen deshalb doch nicht in einer endlosen Belagerung verschleißen müssen. Jetzt waren von den Franzosen die Schlüsselfestungen Tours, Amboise,

Montbazon, Montrichard und vor allem Loches in der Touraine und Evreux, Neubourg und Vaudreuil in der Normandie besetzt worden, deren Besatzungen allesamt von John den Befehl bekommen hatten, Philipp die Tore zu öffnen. Damit hatte der französische König nun die Kontrolle über beide Ufer der Seine bis kurz vor Rouen, seinem nächsten Ziel. Jetzt musste nur noch die Hauptstadt dieses nördlichen Herzogtums der Plantagenets fallen, dann konnte Richard ruhig kommen und sich an den starken Mauern seiner einstigen Besitzungen die Zähne ausbeißen. Jede einzelne verlorene Burg, jede Stadt, jede Baronie würde ihm einen schweren Stich versetzen, und Philipp hoffte aus tiefster Seele, dass einer davon den rotblonden Hünen, dem er sich zeit seines Lebens unterlegen gefühlt hatte, fällen würde.

»Geoffrey, bringt endlich die Belagerungsgerätschaften in Stellung«, brüllte der König seinen Feldherrn an. »Oder soll ich vielleicht selbst in die Speichen greifen, um das Trebuchet zu schieben?«

Der Graf von Le Perche verdrehte hinter Philipps Rücken die Augen und fragte sich zum wiederholten Male, ob es nicht ein schwerer Fehler gewesen war, die Fronten zu wechseln. Er war mit einer Nichte von Richard Löwenherz verheiratet und hatte diesen auf seinem Kreuzzug begleitet und ihm treu gedient, bis der englische König in Gefangenschaft geraten war. Da danach niemand absehen konnte, wann und ob er überhaupt je wieder freikäme, und Philipp begann, die Ländereien der Plantagenets zu unterwerfen, wozu auch seine eigene Grafschaft gehörte, hatte er sich dazu gezwungen gesehen, diesem den Lehnseid zu schwören, um seine Besitzungen zu retten. Jetzt diente er dem Franzosen und fühlte sich dabei gar nicht wohl in seiner Haut. Wie würde Richard wohl reagieren, wenn er erfuhr, dass sein angeheirateter Verwandter und einstiger Kampfgefährte den Marsch auf seine normannische Hauptstadt Rouen befehligte? Sicherlich nicht erfreut, so viel stand fest, und Geoffrey von Le Perche hoffte inbrünstig, Löwenherz nie auf dem Schlachtfeld zu begegnen.

Während Geoffrey seinen Gedanken nachhing und gleichzeitig die Söldner antrieb, mit dem schweren Belagerungsgerät weiter vorzurücken, kam ein Späher auf ihn zu und redete sogleich aufgeregt auf ihn ein.

»Sprich langsam und deutlich, Kerl«, fuhr der Kommandeur den Mann an, der es sogar gewagt hatte, ihn am Ärmel zu packen, und aufgeregt nach vorn zeigte. »Ich verstehe das Gebrabbel aus deinem zahnlosen Maul kaum.«

»So schaut doch nur, Monsieur, wir brauchen uns vielleicht gar nicht weiter zu schinden. Die Tore der Stadt stehen sperrangelweit offen.«

Jetzt sah es der Graf gleichfalls, brauchte aber einen Moment, um den Anblick zu verdauen. Dann wandte er sich an den König, der offenbar auch noch nicht mitbekommen hatte, dass die Bürger und Verteidiger von Rouen ihnen die Stadt auf einem Silbertablett feilboten.

»Majestät, seht, es wird kein Kampf nötig sein! Sie übergeben uns die Stadt ebenso freiwillig wie die Festung Gisors. Damit gehört Euch so gut wie die gesamte Normandie, und Ihr könnt Euch nach Süden wenden, um in die Kernlande der Plantagenets vorzustoßen.«

Philipp glaubte, seinen Ohren nicht zu trauen, und preschte nach vorn. Sollte ihm das stark befestigte Rouen wirklich wie ein reifer Apfel in den Schoß fallen und keiner seiner Krieger beim Kampf um die Stadt sein Leben lassen müssen? Nicht dass ihn das übermäßig berührt hätte, aber von den flämischen Söldnern, die sein Hauptkontingent stellten, hatte er nicht allzu viele, und so war ihm jeder einzelne Streiter kostbar.

Der Graf von Le Perche lenkte sein Pferd neben das des Königs, und gemeinsam starrten sie auf die weit offen stehenden Tore. Auch der gesamte Vormarsch war zum Stehen gekommen, und wie ein Lauffeuer sprach es sich herum, dass Rouen sich offenbar kampflos ergab.

»Ich weiß nicht, was ich davon halten soll«, meinte Philipp nachdenklich. »So ganz ohne jede Gegenwehr wollen sich die Bürger ergeben? Sie standen doch bisher fest zu ihrem Herzog und wurden von ihm mit vielen Privilegien bedacht. Irgendwie will mir das Ganze nicht gefallen.«

Auch der Graf zog die Stirn kraus.

»Am besten, wir schicken eine Vorausabteilung in die Stadt, die die Lage erkunden soll. Am meisten verunsichert mich, dass überhaupt niemand auf den Mauern und Türmen zu sehen ist. Es weht keine einzige Fahne im Wind, und keine Abordnung kommt uns entgegen. So empfängt man jedenfalls nicht seinen neuen Herrn, noch dazu, wenn dieser der König von Frankreich ist.«

»Ihr habt recht, Le Perche. Ich werde das Gefühl nicht los, dass man uns in eine Falle locken will. Lasst langsam vorrücken, dabei aber äußerste Vorsicht walten. Vielleicht sind die Tore auch nur geöffnet, weil die verdammten Normannen einen Ausfall planen.«

Doch das hatten die Verteidiger von Rouen nicht vor. Dafür fehlte ihnen – noch – der geeignete Anführer. Aber dass dieser kommen würde, das hatten sie am heutigen Tage erfahren, denn der Earl von Leicester, Robert de Beaumont, und zudem der Erzbischof der Normandie, Walter de Coutances, waren von König Richard vorausgeschickt worden, um die Verteidigung der Stadt zu leiten. Beide hatten den englischen König auf seinem Kreuzzug begleitet und waren kampferfahren. Wer Sultan Salah ad-Din in Palästina das Fürchten gelehrt hatte, dem konnte ein anrückender Philipp von Frankreich nur ein müdes Lächeln entlocken.

Die flämischen Söldner hatten schon fast die Stadttore erreicht, als plötzlich unzählige Verteidiger auf den Mauern und Türmen auftauchten und sie mit unbändigem Gejohle spöttisch willkommen hießen. Gleichzeitig wurden überall in der Stadt Fahnen aufgezogen, aber es waren keineswegs die Lilienbanner des französischen Königs, sondern in der frischen Brise, die vom Kanal herüberwehte, bauschten sich die Leoparden der Normandie und Aquitaniens und die goldenen Löwen Englands.

»Verdammt, ich habe es doch gewusst!«, fluchte Philipp wutentbrannt. »Es wäre auch zu schön gewesen, um wahr zu sein. Los, Le Perche, reitet vor die Mauern, und fordert die Einwohnerschaft von Rouen auf, sich zu ergeben. Sagt ihnen, dass ich dann Gnade walten lasse und ihnen den schlechten Scherz vergeben werde. Aber strapazieren sie meine Geduld über, dann werden sie es bitter zu büßen haben.«

*Und warum sagst du ihnen das nicht selbst?*, fragte sich der Graf im Stillen, winkte aber gehorsam einen Bannerträger zu sich und gab seinem Pferd die Sporen. Im Galopp ritt er bis unmittelbar an die herabgelassene Zugbrücke heran, darauf vertrauend, dass schon niemand auf einen Unterhändler schießen würde.

Auf der Mauerkrone zwischen den Schießscharten erschienen zwei Männer, die Geoffrey von Le Perche nur zu gut kannte, hatte er doch mehr als nur einmal an ihrer Seite im Heiligen Land gekämpft. Ihnen hier in Feindschaft zu begegnen war nun wahrlich das Letzte, was er sich gewünscht hatte. Doch der Befehl seines neuen Lehnsherrn stand zwischen ihnen und ihm, und er musste tun, was dieser ihm aufgetragen hatte, wollte er nicht erneut in einen Loyalitätskonflikt geraten.

»Ergebt Euch, dann wird Euch allen nichts geschehen!«, rief der Graf zur Mauerkrone hoch. »Alle Bürger werden verschont, und Ihr bleibt Erzbischof von Rouen, Exzellenz. Das soll ich Euch im Namen von König Philipp garantieren.«

»Ihr dient Eurem neuen Herrn wirklich voller Hingabe, Le Perche«, höhnte der Earl von Leicester. »Wie war das noch?

Hattet Ihr nicht König Richard anlässlich seiner Krönung unverbrüchliche Treue geschworen und gelobt, stets an seiner Seite zu kämpfen? So viel zu Euren Garantien.«

Der Gescholtene lief knallrot an, versuchte aber wenigstens, seine Beweggründe für den Frontenwechsel zu erklären.

»So versteht doch, Robert, alter Waffenbruder. Meine Besitzungen liegen allesamt in Frankreich und sind von Philipp während Richards Gefangenschaft überrannt worden. Was hätte ich denn tun sollen? Zusehen, wie meine Familie alles verliert und zu Bettlern wird oder gar im Kerker landet? Ihr habt doch selbst Land diesseits des Kanals. Was, wenn Philipp es Euch nimmt? Werdet Ihr Euch dann dem Lehnseid verweigern oder ihn nicht doch leisten, wenn er es von Euch verlangt?«

»Niemals werde ich zum Verräter an König Richard, so wie Ihr. Und Ihr selbst solltet Euch gut überlegen, ob Ihr Philipp weiterhin dient. Einem verfemten, einem exkommunizierten Feind der Christenheit, von dem sich jeder Fürst des Abendlandes mit Schaudern abwenden wird.«

Jetzt wechselte die Gesichtsfarbe des Grafen von Rot zu bleich. Was ging hier vor sich, von dem er nichts wusste? War Philipp womöglich vom Papst gebannt worden und hatte es bisher geheim gehalten? Und wenn ja, warum?

»Was erzählt Ihr da, Robert? Der König von Frankreich steht doch nicht unter dem Interdikt!«, rief Le Perche nach oben und hoffte auf Aufklärung, denn wenn dem so wäre, wären alle seine Treueschwüre dem König gegenüber hinfällig.

»Noch nicht, aber bald, wenn er sich weiterhin am Eigentum eines Kreuzfahrers vergreift«, warf der Erzbischof, der bis vor Kurzem noch Justiciar von England gewesen war und in Mainz die Freilassung von Richard Löwenherz verhandelt hatte, ein. »Der Besitz jedes Mannes, der das Kreuz genommen hat, wird von der heiligen Mutter Kirche geschützt. Ich selbst werde den Bann über Philipp von Frankreich sprechen, setzt er auch nur einen Fuß in diese Stadt. Er und Ihr alle könnt ruhig hereinkommen, die Tore stehen ja offen. Aber dann fahrt Ihr auch auf direktem Weg in die Hölle! Dafür werde ich zusammen mit den tapferen Bürgern von Rouen sorgen. So wahr uns Gott helfe!«

Le Perche wurde noch eine Spur blasser. Wenn es etwas gab, was schlimmer war als der Tod, dann war es, exkommuniziert zu sterben und damit auf ewig von der göttlichen Gnade ausgeschlossen zu sein. Diese Nachricht würde Philipp keineswegs gefallen, überbrachte er sie ihm. Und mit der Kapitulation der Stadt war es wohl auch Essig. Dabei hatte es doch gerade noch danach ausgesehen, dass die Übergabe ohne Kampf erfolgen würde. Noch einen Versuch wollte er wagen, seine ehemaligen Kampfgefährten zur Aufgabe zu bewegen, doch er ahnte schon, dass er auch diesmal scheitern würde.

»Bedenkt doch, meine Herren, was Ihr riskiert. Unser Heer besteht in erster Linie aus flämischen Söldnern, die für ihre Grausamkeit bekannt sind, erstürmen sie eine Stadt. Und dass uns das über kurz oder lang gelingen wird, seht Ihr schon daran, wie viel Belagerungsgerät wir mit uns führen. Dreiundzwanzig Trebuchets, schwere Rammböcke und Wandeltürme werden Euch beschießen und die Mauern erzittern lassen. Wie wollt Ihr dieser geballten Macht widerstehen? Das Blut der vielen Toten wird über Euch kommen, und in Euren Ohren werdet Ihr die Schreie der Geschändeten auf ewig hören. Und gehört Euch nicht die Burg von Pacys, Robert? Glaubt Ihr, dass sie standhalten kann, wenn Philipp von Frankreich vor ihr steht? Unterwerft Euch ihm, so wie ich es getan habe, und niemandem wird ein Leid geschehen.«

»Doch, ihm, streckt er weiter seine Hände nach Richards Besitzungen aus. Und Euch natürlich auch, fallt Ihr dem König in die Hände. Ihr wisst, wie er mit Verrätern umzugehen pflegt. Wird Euch nicht langsam klamm in Eurer Brouche, Geoffrey? Überbringt Eurem neuen Gönner diese Nachricht:

Rouen ergibt sich ihm niemals, solange Richard Löwenherz lebt. Oder wartet, ich sage es ihm selbst.«

Der französische König hatte außer Pfeilschussweite die Unterredung am Haupttor von Rouen aufmerksam verfolgt, ohne allerdings zu verstehen, was gesprochen wurde. Er glaubte zu wissen, mit wem der Graf von Le Perche da verhandelte, sah er doch die Mitra eines Erzbischofs und die Farben des Earls von Leicester. Aber warum dauerte das nur so lange, und was hatten die Männer da nur so ausgiebig zu erörtern? Er sollte es gleich erfahren, denn auf einmal schüttelte der Erzbischof wütend seinen Krummstab in seine Richtung, und die laute Stimme Robert de Beaumonts schallte drohend über die sumpfige Ebene vor der Stadt:

»Rouen ergibt sich nicht! Kommt und sterbt in den Straßen der Stadt, die Tore stehen für Euch alle da draußen weit offen. Doch fürchte dich, Philipp von Frankreich, denn der englische Löwe ist zurück!«

Der derart Herausgeforderte konnte nicht verhehlen, dass es ihm eiskalt den Rücken herunterlief. Er wendete sein Pferd und befahl, um Contenance bemüht, das Lager aufzuschlagen und das schwere Gerät in Stellung zu bringen. Zwei Wochen lang, in denen es jeden Tag, den Gott werden ließ, wie aus Kannen schüttete und der Regen das Umland von Rouen in einen einzigen großen Sumpf verwandelte, ließ er die Stadt beschießen – ohne jeden Erfolg. Dann gab er auf und zog ab. Das Belagerungsgerät, das keine noch so starken Ochsen mehr durch den Morast ziehen konnten, ließ er notgedrungen zurück und anzünden, damit es nicht dem Feind in die Hände fiel. Auf dem Rückweg nach Paris eroberte Philipp noch die kleine Burg des Earls von Leicester. Sie wurde gestürmt, geschliffen und alle Bewohner hingerichtet. Doch selbst das verschaffte ihm keine Befriedigung. Irgendwie hatte er das Gefühl, dass sein während Richards Gefangenschaft so hell erstrahlter Stern bereits wieder dabei war, unterzugehen.

# 1.

# ENGLAND,
# FRÜHJAHR 1194

N ein!«
»Doch, Richard, du musst es tun. Es ist nur zu deinem Besten. Glaub mir!«

»Nein habe ich gesagt!«

Eleonore von Aquitanien rollte, mit ihrer Geduld am Ende, genervt mit den Augen.

Ihr Sohn, der König von England, seit der Einnahme von Messina auf Sizilien auch Löwenherz genannt, stand vor einem Rundbogenfenster im Palas der Burg von Nottingham und wandte ihr den Rücken zu. Er sah auf die Galgen im Vorhof hinunter und schien den Anblick zu genießen. In den Schlingen baumelten einige der Verteidiger der Burg, für die kein Lösegeld zu erwarten war. Die anderen schmorten in den Kerkern der Festung und warteten darauf, ausgelöst zu werden. Am liebsten hätte Richard die Aufrührer allesamt hinrichten lassen, doch das konnte er sich nach der gigantischen Summe, die der Kaiser für seine Freilassung gefordert hatte, schlicht nicht leisten.

Mitte März war Richard, aus Deutschland kommend, in Sandwich an Land gegangen und nur zwei Wochen später die letzte der von den Anhängern seines Bruders John gehaltene Burgen in England gefallen. Richard hatte, geradezu überberstend vor Tatendrang, der sich in den Monaten der Haft in deutschen Gefängnissen in ihm aufgestaut hatte, den Sturm auf Nottingham selbst befehligt. Seiner Urgewalt hatten die Verteidiger nichts entgegenzusetzen gehabt. Nur im Kettenhemd und mit visierlosem Helm war der König als einer der Ersten durch das von Rammböcken aufgebrochene Tor gestürmt und wäre um ein Haar von einem gezielt auf ihn abgeschossenen Armbrustbolzen getötet worden, hätte der Earl von Huntingdon dies glücklicherweise nicht im letzten Augenblick noch verhindert. Dafür und für die vielen Male zuvor, die er ihren Sohn behütet hatte, war Eleonore dem ehemaligen Geächteten aufrichtig dankbar. Doch jetzt lag der Mann, der in unzähligen Kämpfen Richards Schildarm gewesen war, selbst verwundet in einem Gemach der Burg und hatte bereits verlauten lassen, den König nicht auf seinem Rückeroberungsfeldzug nach Frankreich begleiten zu wollen, was die Sorgenfalten auf ihrer Stirn nicht unwesentlich vertiefte.

Richards Hoffnung, seinen verräterischen Bruder hier in der starken Festung vorzufinden, war leider in Schall und Rauch aufgegangen. Von John fehlte zu seinem Bedauern weiterhin jede Spur. Eleonore vermutete ihren jüngsten Sohn in Frankreich bei seinem Verbündeten Philipp. Von ihr aus konnte er auch dortbleiben. Zumindest so lange, bis Richard sich etwas beruhigt hätte und eine vage Chance bestand, dass er seinem Bruder dessen Verrat doch noch vergab, wenn auch nicht verzieh, und ihn nicht gleich bei ihrem ersten Zusammentreffen nach langer Zeit wie einen tollwütigen Hund erschlug. Verdient hätte er es, gab selbst seine Mutter in ihrem Innersten zu, hatte John doch große Teile des von ihr so mühsam zusammengehaltenen angevinischen Reiches einfach an Philipp verschenkt, um sich dessen Gunst und Unterstützung bei seiner Revolte gegen den eigenen Bruder zu sichern. Nun, der König von Frankreich würde sich an seinen neuen Besitzungen sicher nicht lange erfreuen, kehrte Richard erst auf das Festland zurück, dessen war sich Eleonore gewiss. Nur um

John sorgte sie sich und war deshalb froh, dass er offenbar nicht in England weilte.

»Lass dich in Winchester nach deiner Rückkehr von diesem unsäglichen Kreuzzug und aus der anschließenden Gefangenschaft noch einmal krönen, das kann ich dir nur mit Nachdruck anraten«, ließ die Königinmutter nicht locker. »Niemand wird das mit deinem Lehnseid an den Kaiser in Verbindung bringen. Zeig allen, wer der wahre Herr im Lande ist und dass du niemandes Untertan bist.«

Eleonore wusste, wie sehr es ihren Sohn wurmte und innerlich zerfraß, dass Kaiser Heinrich in Mainz als Voraussetzung für die Beendigung seiner Gefangenschaft von Richard verlangt hatte, dass er ihm alle angevinischen Ländereien nebst dem Königreich England übertrug, um sie anschließend aus seinen Händen als Lehen wieder zu empfangen. Für Richard, der auch vor dem französischen König wegen der Festlandsbesitzungen der Plantagenets nie das Knie gebeugt hatte, war das unerträglich gewesen, und er hatte sich erst dazu breitschlagen lassen, als seine engsten Berater und auch seine Mutter ihn mit Nachdruck zu der Geste drängten, um die Freilassung nicht im letzten Augenblick noch zu gefährden, und ihm gleichzeitig anempfahlen, den Eid anschließend sofort wieder zu vergessen. Heinrich hatte seinen Willen bekommen, würde aber seine Ansprüche niemals durchsetzen können und Richard endlich seine Freiheit wiederhaben.

»Wozu soll das gut sein?« An der Stimmlage ihres Sohnes erkannte Eleonore, dass sie schon fast gewonnen hatte. »Ich kann einfach keinen Sinn darin erblicken, mir erneut von einem Pfaffen die Krone aufsetzen zu lassen. Außerdem wäre es eine immense Geldverschwendung. Und wird es nicht erst recht die Gerüchte befeuern, dass ich nur noch ein König von Kaiser Heinrichs Gnaden bin?«

»Im Gegenteil, Richard!« Eleonore wusste, dass sie ihrem Sohn nur noch ein paar Argumente liefern musste, damit er letztlich gesichtswahrend nachgeben konnte. »Wir wiederholen ja deine Inthronisierung bewusst nicht in Westminster, sondern im alten Krönungsort der angelsächsischen Könige in Winchester. Auch dein Urahn Wilhelm der Eroberer hat sich in Westminster und Winchester krönen lassen. Du kannst also immer sagen, dass du damit der zukünftigen, immerwährenden Verbundenheit zwischen Normannen und Angelsachsen Ausdruck verleihen und dich gleichzeitig mit der Zeremonie für die großen Opfer bedanken wolltest, die das Land für deine Freiheit gebracht hat.«

»Hm, wenn du es so siehst …« Richard war schon nahe daran, zu kapitulieren. Etwas, das noch kein Feind auf dem Schlachtfeld geschafft hatte, seit er die Krone trug. Nur seiner Mutter gelang es immer wieder, ihn zum Einlenken zu bewegen. »Doch dann sollte Berengaria schon an meiner Seite sein, meinst du nicht?«

Eleonore hatte die Tochter des Königs von Navarra selbst nach Sizilien begleitet, damit ihr Sohn sie noch vor Beginn des eigentlichen Kreuzzuges ehelichen und nach Möglichkeit einen Thronfolger zeugen konnte. Die Hochzeit war dann in Limassol auf Zypern gefeiert worden, nachdem die Insel, deren Herrscher sich als nicht sehr gastfreundlich erwiesen hatte, von Löwenherz und seinem Heer erobert worden war. Gleich nach der Vermählung hatte Richard seine Frau zur Königin von England krönen lassen. Zur Freude aller empfing sie bereits im Brautbett – oder auch schon davor auf Sizilien, wie Eleonore vermutete, die ihren Sohn kannte, der erfahrungsgemäß nichts anbrennen ließ. Doch dann verlor die Königin das Kind, einen Knaben, in Akkon, als sie mitansehen musste, wie Richard die Verteidiger der Stadt, darunter auch Frauen und Kinder, hinrichten ließ, weil Sultan Salah ad-Din die zuvor getroffenen Absprachen nicht einhielt. Das viele Blut und die unzähligen geköpften Leichen waren für die Frau, die ihr Leben eigentlich der Heilkunst verschrieben hatte, zu viel gewesen. Seither, so hatte Richard seiner Mutter berichtet, war das Verhältnis zwischen ihm und seiner Frau zumindest angespannt. Berengaria hatte zwar alles in ihrer Macht Stehende dafür getan, dass das Lösegeld für ihn zusammenkam, und war dafür in ihre alte Heimat Navarra gereist, um auch hier Gelder für ihren Gemahl aufzutreiben. Sogar ihren jüngeren Bruder Fernando konnte sie überzeugen, sich Kaiser Heinrich als Geisel zu stellen, während der ältere, Sancho, genannt der Starke, für Richard in Aquitanien kämpfte. Sie selbst pflegte zurzeit ihren Vater, der schwer erkrankt war, und hatte Richard ausrichten lassen, dass sie gegenwärtig in Navarra unabkömmlich war.

»Wenn du deine Frau dazu überreden kannst, ihren sterbenden Vater zu verlassen und zu dir zu kommen, nur zu«, meinte Eleonore lakonisch. »Doch hier geht es nicht um sie, sondern nur um dich. Berengaria ist in Limassol offiziell gekrönt worden, das sollte genügen. Außerdem hat sie als Königin von England im Gegensatz zu dir nie vor einem anderen Herrscher knien müssen.«

»Danke, dass du mich daran erinnerst, Mutter«, knurrte Richard mit kaum zu überhörendem Groll in der Stimme. »Ich wusste schon immer, wie zartfühlend du bist.«

»Sei nicht so empfindlich, Richard. Besser, ich erinnere dich daran und spreche mit dir darüber, als wenn es deine Lords hinter vorgehaltener Hand tun. Zeig dich ihnen in all deiner Pracht und Herrlichkeit als König von England und Herrscher über das angevinische Reich. Tritt vor sie als der ungeschlagene Kreuzfahrer, der den christlichen Pilgern wieder den Weg nach Jerusalem geöffnet hat. Gut, du konntest die Stadt nicht einnehmen oder hast es nicht gewollt, wie du sagtest, weil sie nach deiner Heimkehr nicht zu halten gewesen wäre. Es ehrt dich, dass du deshalb nicht sinnlos Menschenleben geopfert hast. Zumindest in meinen Augen, auch wenn andere das vielleicht anders sehen mögen.«

Eleonore spielte auf die Vorwürfe an, die sowohl der Papst wie auch der römisch-deutsche Kaiser gegen ihren Sohn erhoben hatten, weil er die heiligste Stadt der Christenheit nicht von den Muslimen befreit hatte.

»Das lass nur meine Sorge sein«, entgegnete Richard, jetzt wieder gefasst. »Ich glaube kaum, dass mir als Feldherr irgendetwas vorzuwerfen ist. Wir haben die Sarazenen vor Akkon, bei Arsuf und Jaffa geschlagen und sie vor uns hergejagt, sodass sie sich nur noch hinter schützende Mauern zurückziehen konnten. Wäre mir John hier in England nicht in den Rücken gefallen und hätte ich nur etwas mehr Zeit gehabt, wäre es mir sicherlich gelungen, das ganze Heilige Land zu erobern und auch zu sichern. Schau dir doch nur an, was jetzt dort nach Salah ad-Dins Tod vor sich geht. Seine Brüder und Söhne streiten sich um sein Erbe, gehen sich gegenseitig an die Kehle, und sein Reich bricht in unzählige Teile auseinander. Es wäre wahrlich keine große Kunst, diese Aasgeier einzeln zu schlagen und in die Wüste zu jagen. Doch anstatt genau das tun zu können, musste ich in einem deutschen Kerker hocken und mein Land ausbluten lassen, um überhaupt wieder freizukommen. Das verzeihe ich Leopold, Heinrich, Philipp und auch John, die sich gegen mich verschworen haben, niemals. Glaub mir, ich werde über sie kommen wie Gottes Zorn und erst ruhen, wenn sie sich vor mir im Staub winden und um Gnade flehen.«

Eleonore verdrehte erneut die Augen.

»Ist ja gut, ich kann dich ja verstehen«, versuchte sie, ihren Sohn zu besänftigen. »Und genau damit keinerlei Zweifel darüber aufkommen, dass es der König von England ist, der Rache an seinen Feinden nimmt, und nicht ein gedemütigter Vasall, musst du dich in Winchester noch einmal krönen lassen. Von mir aus setz dir wie damals in Westminster die Krone auch diesmal wieder selbst auf den Kopf, wenn du ihn vor niemandem mehr beugen willst. Aber tu es bald. Noch jubelt das

Volk dir zu und steht der Adel hinter dir. Du hast Nottingham eingenommen und das Land in kürzester Zeit befriedet. Nutze dies, Richard, ich beschwöre dich. Solch eine Gelegenheit kommt vielleicht niemals wieder.«

Der König, der immer noch mit auf dem Rücken verschränkten Händen vor dem Fenster stand, wiegte nachdenklich den Kopf. Es war viel Wahres an dem, was seine Mutter soeben gesagt hatte. Vielleicht hatte sie wie so oft zuvor recht, und es war zu seinem Besten, wenn er tat, was sie wollte, und nachgab.

»Und noch eins«, fuhr Eleonore fort, um auch die letzten Zweifel ihres Sohnes hinwegzuwischen. »Lass deine Halbbrüder Geoffrey und William sowie König Wilhelm den Löwen hinter dir herschreiten und die Krönungsinsignien tragen. Das zeigt dem Volk und dem Adel gleichermaßen, dass es keinen Zwist im Hause Plantagenet gibt. Bedenke, wenn dir der schottische Herrscher dient und huldigt und damit anerkennt, dass du über ihm stehst, bist du schließlich selbst so etwas wie ein Kaiser.«

Richard begann der Gedanke an die erneute Krönung immer besser zu gefallen. Geoffrey, der Erzbischof von York, und William, den er demnächst durch Heirat zum Earl zu erheben gedachte, waren zwar auf der falschen Seite des Bettes geboren und uneheliche Kinder seines Vaters Henry, trotzdem aber am Hof mit den legitimen Nachkommen aus der Ehe des Königs mit seiner Mutter erzogen worden. Geoffrey, sechs Jahre älter als Richard, hatte seinem Vater sogar als Heerführer beim Aufstand seiner Brüder gegen ihn gedient und als einziger von dessen Söhnen am Totenbett des alten Königs gestanden. Er war klug, verschlagen, tapfer und machtbewusst. Richard hatte ihn vor seiner Abreise in das Heilige Land zwingen müssen, die Gelübde abzulegen und sich zum Priester weihen zu lassen, sonst wäre von ihm eine wesentlich größere Gefahr für seine Krone ausgegangen als von John. William hingegen, wegen seiner Vorliebe für sein langes Schwert, das er meisterlich zu handhaben wusste, Longsword oder auch Longespée genannt, war von eher sonnigem Gemüt, allerorten beliebt und viel zu unbedarft, um eine Gefahr darzustellen. Und der schottische König Wilhelm der Löwe im Krönungszug? Dessen Anwesenheit würde dem Ganzen natürlich Glanz verleihen und ihn, Richard, für alle sichtbar über den Schotten erheben. Aber ob dieser sich dazu auch bereitfand? Wilhelms Gebietsansprüche und Forderungen, die er glaubte stellen zu können, weil er einen Beitrag zu dem immensen Lösegeld geleistet hatte, ließen sich einfach nur als unverschämt bezeichnen. *Aber etwas werde ich dem Schotten wohl entgegenkommen müssen,* dachte Richard, *will ich mich seiner Unterstützung versichern.* Nur zu teuer durfte es nicht werden, denn zu verschenken hatte er rein gar nichts mehr.

»Zuerst müssen die weltlichen und geistlichen Lords aber zustimmen, dass die Verräter, die sich während meiner Abwesenheit gegen mich gestellt haben, vor Gericht gestellt werden. Spricht man sie schuldig – und davon gehe ich aus –, werden sie mit aller Härte bestraft, ihr Besitz eingezogen und sie selbst hingerichtet oder verbannt. Das gilt auch für John, Mutter. Nur dass du dich diesbezüglich keinen Illusionen hingibst.«

Eleonore wusste, dass es hier und heute wenig Zweck hätte, um Gnade für ihren jüngsten Sohn zu bitten. Das konnte warten und auf später verschoben werden. Deshalb stimmte sie auch, ohne zu zögern und ohne das Thema gegenwärtig weiter zu vertiefen, zu und wollte stattdessen lieber eine Frage beantwortet haben, die ihr schon lange unter den Nägeln brannte.

»Wenn du meinst, Richard. Aber vergiss nicht, dass auch John ein Plantagenet ist und damit aus einem Herrschergeschlecht stammt. Es sollte für alle unangreifbar sein, willst du das Gottesgnadentum nicht eines Tages einmal infrage gestellt sehen. Aber jetzt zu etwas anderem. Was schleppt eigentlich Hubert Walter da ständig für eine Truhe mit sich herum? Er lässt sie ja bewachen, als enthielte sie den Heiligen Gral. Hast du den womöglich im Heiligen Land gefunden und wartest mit der Präsentation nur auf eine günstige Gelegenheit?«

Eleonores Worte waren scherzhaft gemeint, doch als ihr Sohn sich jetzt zu ihr umwandte, sah sie zu ihrem Erstaunen, dass er keineswegs lächelte.

»Du liegst mit deiner Vermutung gar nicht so falsch, Mutter. Natürlich ist in der Truhe nicht der Kelch des letzten Abendmahls, mit dem auch noch das Blut Christi am Kreuz aufgefangen worden sein soll und der deshalb angeblich seinem Besitzer ewiges Leben und unendliche Macht verheißt. Das sind nichts als Ammenmärchen. Aber sie enthält etwas anderes, das die ganze Welt, so wie wir sie heute kennen, zum Einsturz bringen kann. Es ist ein Geschenk von Sultan Salah ad-Din, das er mir vor meiner Abreise hat zukommen lassen. Anstatt des heiligen Kreuzes, das ich von ihm gefordert hatte, wie mir sein Bote bei der Übergabe zu verstehen gab.«

»Nun spann mich nicht länger auf die Folter, Richard. Sag mir endlich, worum es sich handelt.«

»Nein, das werde ich nicht tun. Du weißt, ich vertraue dir, Mutter. Du hast mir das Reich bewahrt, und ohne dich würde ich heute noch in irgendeinem Kerker schmachten. Aber genau deshalb kann ich dir das Geheimnis nicht offenbaren. Jeder, der es kennt, schwebt in absoluter Lebensgefahr. Es gibt Kräfte auf dieser Welt, die mit allen, wirklich allen Mitteln versuchen werden zu verhindern, dass bekannt wird, was sich in der Truhe befindet. Glaub mir, in diesem Fall ist es besser, wenn auch du ihr Geheimnis nicht kennst.«

»Um Gottes willen, Richard, du kannst einem ja richtig Angst machen. Aber jetzt bin ich erst recht neugierig geworden. Willst du mir nicht wenigstens einen kleinen Fingerzeig geben, worum es sich handelt? Dann kann ich dir vielleicht raten, wohin du die Truhe bringen lassen solltest, damit sie nicht in falsche Hände gerät.«

»Noch einmal, Mutter. Ich werde das zu deinem eigenen Schutz nicht tun. Und hör auf, mich zu bedrängen, es ist nur zu deinem Besten. Erst muss sich der Inhalt in absoluter Sicherheit befinden, dann kann ich bei passender Gelegenheit einen Hinweis darauf verlauten lassen. Ich denke, von dem Moment an wird die größte Macht auf Erden fest und unverbrüchlich an meiner Seite stehen und diese aus Furcht vor dem eigenen Untergang nie wieder verlassen. Glaub mir, ich weiß, wovon ich spreche. Schon das, was ich gerade gesagt habe, ist eigentlich zu viel gewesen. Du musst es unbedingt für dich behalten, hörst du? Schwöre es mir!«

»Richard, hältst du mich für eine Klatschbase? Du solltest mich wahrlich besser kennen! Bei mir ist dein Geheimnis so sicher wie in Abrahams Schoß. Aber wenn der Inhalt der Truhe wirklich so brisant ist, wieso lässt du sie dann in der Gegend herumschleppen und schließt sie nicht einfach im Tower ein?«

»Zu riskant, zu unsicher.«

»Der Tower von London?« Eleonore sah ihren Sohn ungläubig an. »Er ist noch niemals eingenommen worden und keiner je aus ihm entkommen. Ich jedenfalls kenne keinen sichereren Platz. Vielleicht noch die Festung von Chinon, aber das ist fraglich.«

»So sehe ich das auch, und deshalb werde ich eine Burg um die Truhe herumbauen, wie sie die Welt noch nicht gesehen hat und die wirklich uneinnehmbar ist. Zumindest solange ich lebe. Und bis dahin wird sie stets in meiner Nähe sein, umgeben von einer Hundertschaft mir treu ergebener Ritter unter der Aufsicht von Hubert Walter. Das ist der sicherste Platz auf Erden, der mir gegenwärtig einfällt.«

»Weiß dein Freund denn, was sich in der Truhe befindet? Kennt er deren Geheimnis?«

»Nein, auch er nicht«, schüttelte Richard den Kopf und drehte sich wieder zum Fenster, um noch einmal auf die gehenkten Feinde zu sehen. »Er hat mich nur einmal gefragt, was die Truhe beinhaltet, danach nie wieder. Ich habe die Gaben von Salah ad-Din damals auf dessen Bitten hin in Akkon allein entgegengenommen, und das Geschenk des mittlerweile verstorbenen Sultans hat genau den Zweck erfüllt, den er sich davon wahrscheinlich erhofft hatte. Ich habe mich zu Tode erschrocken, als ich es in den Händen hielt, und es in einem Kasten verwahrt, der sofort unter meinen Augen zugeschmiedet worden ist. Versucht man, ihn unsachgemäß zu öffnen, wird der Inhalt zerstört. Der Behälter steht nun in der mit starken Schlössern gesicherten Truhe und wird von Hubert Walter und meinen Rittern beschützt. Niemand greift schließlich einen Erzbischof an, ohne dafür im ewigen Höllenfeuer zu schmoren. Ich wüsste deshalb keinen besseren Wächter für die Truhe und ihren Inhalt als ihn.«

Hubert Walter war früher Bischof von Salisbury gewesen. Nach Richards Krönung hatte er den König auf seinen Kreuzzug ins Heilige Land begleitet und war dort zu dessen Waffenbruder und engstem Vertrauten aufgestiegen. Gleichermaßen im Kettenhemd zu Hause wie im klerikalen Gewand, hatte er sich sowohl in zahlreichen Kämpfen durch seine Tapferkeit als auch in vielen Verhandlungen durch sein Geschick und seine Klugheit ausgezeichnet. Richard hatte den Bischof deshalb auf einem anderen Weg als dem von ihm gewählten nach Hause geschickt und ihm die wertvolle Truhe zu treuen Händen anvertraut, die so unbeschadet nach England gelangt war. Noch aus seiner Gefangenschaft heraus bestimmte der König, dass Hubert Walter zum Erzbischof von Canterbury und damit ranghöchsten Kirchenfürsten im angevinischen Reich ernannt werden sollte. Gleichzeitig erhob er ihn zu seinem Justiciar und damit zum obersten Richter und höchsten weltlichen Amtsträger in England. Wie erwartet, nahm der Prälat daraufhin gemeinsam mit Richards Mutter Eleonore, William Marshal und weiteren Getreuen den Kampf gegen John auf und drängte dessen Einfluss im Königreich immer weiter zurück.

Gleichzeitig kümmerte er sich um die Beschaffung des Lösegeldes für seinen Freund und scheute nicht davor zurück, dafür auch die Kirchenschätze heranzuziehen, was ihm viel
Feindschaft unter dem Klerus einbrachte. Jetzt, nachdem er
sich für kurze Zeit wieder zum Krieger gewandelt und das
schwere Belagerungsgerät herangebracht hatte, das für die
Einnahme von Nottingham unumgänglich nötig gewesen war,
lagerte der Erzbischof wie alle anderen an der Erstürmung von
Nottingham Beteiligten vor der Stadt und bereitete das Treffen
des hohen Adels vor, auf dem über das Schicksal der inneren
und äußeren Feinde des Reiches und die weitere Vorgehens-
weise gegen sie beraten werden sollte.

»Dann wollen wir einmal hoffen, dass du recht behältst, Richard«, meinte Eleonore nachdenklich. »Obwohl mich, zugegeben, die Neugier fast zerfrisst, bin ich mir nicht mehr sicher,
ob ich nach deinen beängstigenden Worten wirklich wissen
will, was sich in der geheimnisvollen Truhe befindet. Wo willst
du denn diese ominöse, uneinnehmbare Burg bauen? Hast du
denn dafür schon einen Ort gefunden?«

»Weit weg von jeder Stadt auf einem Berg oder Felssporn.
Wo genau, wird sich noch finden. Und jetzt komm, Mutter,
die Lords erwarten uns. Wir dürfen sie nicht gar zu lange auf
uns warten lassen. Schließlich wollen wir viel von ihnen, sie
hingegen nur wenig von uns. Und was sie letztlich bekommen
werden, wird ihnen mit Sicherheit so gar nicht schmecken und
behagen.«

Mit diesen Worten wandte sich der König zu Eleonore um
und reichte ihr seinen Arm. Gemeinsam machten sie sich auf,
um dem versammelten weltlichen und geistlichen Adel Englands zu verkünden, was in den nächsten Jahren auf ihn, die
Bürger und Bauern diesseits und jenseits des Kanals und das
ganze angevinische Reich zukommen würde. Zuerst einmal,
das war allen klar, die Richard Löwenherz kannten – diesbezüglich gab sich niemand einer Illusion hin –, ein neuer Krieg.

Umgeben von Bannerträgern, Fanfarenbläsern und einer ausgewählten Ritterschaft ritten Richard und seine Mutter, die es strikt ablehnte, sich in einer Sänfte tragen zu lassen, von der auf einem Felsen über dem Trent thronenden Burg durch die zu ihren Füßen liegende Stadt, wo ihnen der Jubel der Einwohner entgegenschallte, zu dem riesigen Feldlager auf der Ebene vor Nottingham.

Die Straßen waren von Menschenmassen gesäumt, die die ersten Frühlingsblumen auf den Weg warfen, auch wenn sie von den Hufen der Pferde gleich darauf in den Schlamm getreten wurden. Der König grüßte huldvoll nach allen Seiten und sonnte sich in den Vivat-Rufen seiner Untertanen. Sie waren froh, endlich das Joch abschütteln zu können, unter dem sie jahrelang gelitten hatten. Prinz John und seine Parteigänger, allen voran der Sheriff, hatten die Menschen in der Grafschaft erbarmungslos ausgeplündert, anfangs unter dem Vorwand, die Steuern wären ausschließlich für den Kreuzzug und später dann für das Lösegeld Richards bestimmt. In Wahrheit hatten sie sich das Geld selbst in die Taschen gesteckt oder sogar damit zu verhindern versucht, dass der König aus der Gefangenschaft freikam. Jetzt, wo er endlich zurückgekehrt war, hofften alle, die über die Jahre hinweg treu zu ihm gestanden hatten, dass es endlich besser werden würde und Not und Pein ein Ende hätten. Ganz so, als wäre der Erlöser herabgestiegen, von dessen Erscheinen sie sich ewiges Seelenheil versprachen.

*Seltsam*, dachte Eleonore, die an Richards Seite ritt, *dass sie ihn immer noch vergöttern. Damals, vor fünf Jahren, als er gekrönt wurde, konnte ich es verstehen. Denn Richard hat die Kriege beendet, die sein Vater bis zu seinem Tode gegen Frankreich und auch seine abtrünnigen Söhne führte, sodass zumindest kurzzeitig Frieden in dem großen Reich herrschte, das von den Pyrenäen bis nach Schottland hinaufreichte.* Doch der unselige Kreuzzug und vor allem die Gefangenschaft ihres Sohnes hatten das Land nahezu ruiniert und unzählige Bauern,

Handwerker und kleine Händler an den Bettelstab gebracht. Trotzdem jubelten die Menschen ihrem König nach wie vor begeistert zu. War das nicht verrückt? Aber andererseits wohl der Lauf der Welt. Ein strahlender Kriegerkönig in silberglänzender Rüstung besaß nun einmal eine Aura, gegen die kaum anzukommen war. Ihr Jüngster, John, hatte dies jedenfalls nie geschafft. Ihm war es nicht gelungen, die Herzen des Volkes zu gewinnen. Überall, ob in England, ob in Aquitanien oder der Normandie – war ihm nichts als Ablehnung entgegengebracht worden. Selbst als er versucht hatte, sich die Gunst und Loyalität der Bewohner mit Geld, viel Geld, zu erkaufen. *Aber Richard? Der braucht nur auf ein Pferd zu steigen, huldvoll zu lächeln und mit einer Hand zu winken – und die Menschen sind bereit, ihr letztes Hemd für ihn zu geben, und würden ihm wahrscheinlich sogar in die Hölle folgen. Das soll einmal jemand mit klarem Verstand verstehen!*

Richard hingegen, der nichts von den Gedankengängen seiner Mutter ahnte, ging das Herz auf, als er das große Zeltlager am Ufer des Trents sah, über welchem unzählige Fahnen und Wimpel im milden Frühjahrswind wehten. Von überallher waren die Lords gekommen, um ihm zu huldigen. Die Wappen vieler, die mit ihm im Heiligen Land gewesen waren, erkannte er ebenso wie die von Rittern, die seinem Ruf damals nicht hatten nachkommen können oder wollen. Da waren zum Beispiel die Marcher Lords, die die Grenze gegen Wales sichern mussten, damit die wilden Krieger aus dem Westen nicht ständig in die englischen Kernlande einfielen. Oder auch die aus dem Norden, die das Land gegen die kriegerischen Schotten schützten. Aber es gab auch etliche hohe Herren, die sich damals unter Vorspiegelung ihrer vorgeblichen Unabkömmlichkeit einfach gedrückt hatten. Nun, das schwor sich der König, noch einmal sollte ihnen das nicht gelingen. In seinen Krieg gegen Philipp von Frankreich zur Rückeroberung der verloren gegangenen Ländereien müssten ihn alle begleiten, das würde er ihnen schon begreiflich machen. Diesmal konnte er keine Ausreden gelten lassen, denn er würde jeden einzelnen Mann brauchen, um das angevinische Reich wieder in den Grenzen herzustellen, in denen er es von seinem Vater übernommen hatte. Er wollte seinen ehemaligen Freund Philipp, mit dem er einst Teller und Becher geteilt hatte, und jetzigen Todfeind jagen, bis ihm die Luft zum Atmen ausging und auch das letzte Bauerndorf zurückerobert worden war. Und vielleicht bei dieser Gelegenheit gleich noch dessen kleine Île-de-France überrennen, um bis an den Rhein vorzustoßen, genauso wie er es Kaiser Heinrich geschworen hatte, als er ihm den angeblichen Friedenskuss gab und niemand anderes es hören konnte. Die Gedärme würde er ihm rausreißen und an seine Hunde verfüttern, hatte er ihm damals in Mainz ins Ohr geflüstert, und dass einmal ein Plantagenet über das römisch-deutsche Reich herrschen würde. Auch seinen Bruder John, diesen undankbaren Verräter, der ihn um ein Haar um die Freiheit und die Krone gebracht hätte, weil er alles in seiner Macht Stehende dafür getan hatte, damit das Lösegeld nicht zusammenkam und den Kaiser erreichte, galt es zu fangen und zu züchtigen. Die Zeit der Abrechnung war nahe, und er wollte seine Rache genießen, das versprach sich Richard zum wiederholten Male selbst. So wahr man ihn mittlerweile von den Wüsten Palästinas bis hoch zu den Fjorden der Wikinger Löwenherz nannte!

In der Mitte des Lagers hatte Hubert Walter ein riesiges Zelt aufschlagen lassen, das nur mittels Seilwinden und eines Belagerungsturms errichtet werden konnte. Ein ähnliches hatte der alte König Henry einmal dem deutschen Kaiser Barbarossa zu dessen Hochzeit geschenkt. Doch dieses hier sollte genügend Platz für die Ratsversammlung bieten, denn die Halle der Burg von Nottingham hätte nicht ausgereicht, um alle anwesenden Lords unterzubringen.

Als Richard sein Pferd vor dem Zelt zügelte, brandeten Hochrufe auf. Der Adel zeigte seine Demut durch den obligaten Kniefall, und laut wurde dem König von allen Seiten versichert, wie glücklich man über seine Heimkehr wäre und auch darüber, dass er ganz offenbar in der Zeit der Gefangenschaft keinen gesundheitlichen Schaden genommen habe. Richard bezweifelte sehr, dass die Wünsche allseits von Herzen kamen, wollte es aber zumindest für heute dabei bewenden lassen. Die Zeit, um Gericht zu halten, würde schließlich noch kommen.

Im prachtvollen, kirchlichen Ornat kam der Erzbischof – der gestern noch Kettenhemd und Normannenhelm getragen und den Streitkolben geschwungen hatte –, umgeben von den Edelsten des Reiches, Richard entgegen und verbeugte sich tief vor dem König. Dann hielt er ihm demütig den Steigbügel, eine Geste, mit der der römisch-deutsche Kaiser vor seiner Krönung dem jeweiligen Papst seine Unterwerfung unter die göttliche Macht bezeugte. Jeder Kleriker in der Runde verstand, was das Oberhaupt der Kirche von England damit sagen wollte – nämlich dass es sich im angevinischen Reich genau andersherum verhielt und der weltliche Herrscher über dem Klerus stand. Einer der Vorgänger des jetzigen Erzbischofs, Thomas Becket, der das hatte ändern wollen, war dafür auf den Stufen der Kathedrale in Canterbury von König Henrys Rittern erschlagen worden. Er, Hubert Walter, wollte auf keinen Fall so enden, denn er traute Richard ohne Weiteres zu, ebenso zu handeln. Und zum Märtyrer fühlte sich der amtierende Erzbischof und Kanzler des Reiches keineswegs berufen.

William Marshal, der Earl von Pembroke, war hingegen zu Eleonore getreten und half seinerseits der Königinmutter vom Pferd. Er diente ihr seit seiner frühesten Jugend, hatte für sie mehr als einmal sein Leben in die Waagschale geworfen und war auch derjenige gewesen, der ihr einst ihre Freilassung hatte verkünden dürfen. Sechzehn Jahre lang war sie von ihrem

Gemahl in verschiedenen Gefängnissen eingesperrt worden, weil sie mit seinen Söhnen gegen ihn konspiriert und es auch nicht hatte dulden wollen, dass er sich neben seinen zahlreichen Mätressen noch eine Zweitfrau hielt, die sie mehr und mehr aus ihrer Position bei Hofe verdrängte. Richards erste Amtshandlung nach Henrys Tod war es gewesen, ihre Freilassung zu verfügen und William Marshal zu ihr zu schicken. Das würde sie beiden nie vergessen, hatte sich Eleonore damals geschworen.

Während sich die Edlen des Reiches tief vor dem König und seiner Mutter verbeugten, senkte ein Mann nur leicht grüßend das Haupt. Im Zelteingang, etwas hinter den Lords, stand hochaufgerichtet Wilhelm von Schottland, aufgrund seines Wappens – ein aufrecht stehender roter Löwe auf gelbem Grund – auch der Löwe genannt. Aber hinter vorgehaltener Hand wurde er aufgrund seines aufbrausenden Charakters, seines Eigensinns, seiner gelegentlichen Wutanfälle und Gewaltausbrüche auf Gälisch auch als An Garbh – der Raue – bezeichnet. Es gab nicht wenige in der Runde, die gespannt waren, wie das Aufeinandertreffen der beiden Könige vonstattengehen würde.

Richard und Wilhelm, Letzterer fast ebenso groß, aber wesentlich schmaler von Statur als der hünenhafte Löwenherz, waren in früheren Jahren Verbündete gegen König Henry gewesen. Der Schotte hatte die Engländer im Norden angegriffen und damit Kräfte gebunden, die dem König daraufhin in der Normandie und in Aquitanien fehlten, wo sich seine Söhne gegen ihn erhoben hatten. Dabei war Wilhelm weit nach Süden vorgestoßen, doch in der entscheidenden Schlacht von den Engländern besiegt und gefangen genommen worden. Henry hatte ihn in der Normandie in der Festung Falaise eingesperrt und mit seinen Truppen Schottland besetzt. Wilhelm war daraufhin nichts anderes übrig geblieben, als die Oberhoheit der Engländer über sein Land anzuerkennen, wollte er seine Freiheit wiedererlangen, auch wenn die Bedingungen dafür überaus demütigend waren. So musste er den englischen König als seinen Lehnsherrn anerkennen, die Kosten der englischen Garnisonen in Schottland tragen und sogar zustimmen, sich ohne englisches Einverständnis keine Gemahlin zu nehmen. Richard hatte nach seiner Amtsübernahme den Vertrag in weiten Teilen aufgehoben, wofür Wilhelm seinerseits unlängst eine große Summe zu dem vom deutschen Kaiser geforderten Lösegeld beigesteuert hatte. Löwenherz war klar, dass ihm dafür jetzt die Rechnung präsentiert werden würde, und er war gespannt, was der Schotte als Gegenleistung erwartete. Einiges davon war schon durchgesickert und ihm von Hubert Walter zugetragen worden, sodass er Wilhelm nicht gänzlich unvorbereitet gegenübertreten musste. Lange würde es sicherlich nicht dauern, bis dieser mit seinen Forderungen auf ihn zukam, doch vorerst galt es, den König angemessen zu begrüßen.

»Willkommen, Wilhelm von Schottland«, meinte Richard, als sich beide gegenüberstanden, und beugte sein Haupt etwas weniger tief als dieser zuvor. »Ich freue mich, dass Ihr meiner Einladung gefolgt seid und ich mich nun selbst bei Euch für die großzügige Spende bedanken kann, die Ihr zu meinem Lösegeld beigetragen habt.«

*Spende, hat er gesagt, nicht Darlehen,* grinste Eleonore in sich hinein. Ihr Sohn schien doch eine Menge von ihr gelernt zu haben.

Die Miene des Schotten, der fast fünfzehn Jahre älter war als Richard, verfinsterte sich auch prompt. Als milde Gabe hatte er die zehntausend Mark Silber, die ihm die Königinmutter in langen Verhandlungen abgeschwatzt hatte, nicht gesehen. Er würde dem englischen Löwen für seine Unterstützung schon noch die Rechnung vorlegen, die diesem im Halse stecken bleiben oder zumindest Bauchgrimmen verursachen sollte.

»Wir waren schon einmal Verbündete und sollten es auch nach wie vor sein«, merkte Wilhelm an und wollte zu sprechen fortfahren, doch Richard griff ihn am Ellenbogen und schob ihn mit sanfter Gewalt vor sich her in das Zelt hinein. Den Lords seines Reiches gab der König damit gleichzeitig ein Zeichen, ihnen zu folgen und ihre Plätze für die Ratsversammlung einzunehmen.

Der Schotte war über die Geste Richards so verblüfft, dass er glatt seine zurechtgelegte Rede vergaß. Dafür hörte er von seinem Gesprächspartner nun Worte, die ihn schlimme Verhandlungen erahnen ließen.

»Wie ich hörte, habt Ihr ein Bündnis mit Frankreich und den Dänen zwecks gegenseitigen Beistands geschlossen«, sagte Richard leise zu seinem Gast, während er ihn zu seinem Platz an der langen Tafel geleitete. »Gegen wen wird sich dieser Zusammenschluss wohl richten? Mir fällt dazu eigentlich nur mein Königreich ein. Oder sollte ich mich irren?«

Richard war die Höflichkeit in Person und seine Stimme so liebenswürdig, als würde er mit dem Frühjahrswind um die Wette säuseln. Doch Wilhelm spürte trotzdem den Eis- und Eisenhauch darin.

»Die Auld Alliance ist ein reines Defensivbündnis«, versuchte sich der Schotte zu rechtfertigen und sah sich von einem Moment auf den anderen bemüßigt, sich zu verteidigen. »Sie kommt ausschließlich zum Tragen, wenn ein Bündnispartner von einem Feind angegriffen wird. Also nichts, was Euch beunruhigen muss, Richard. Zumindest nicht, solange Ihr nicht in Schottland einmarschiert, so wie es Euer Vater getan hat.«

»Nehmt doch Platz, Wilhelm.« Der englische König rückte dem Schotten sogar den Sessel zu seiner Rechten zurecht, bevor ein Page herbeieilen konnte. »Aber sagt mir, wie ist das denn, wenn sich das angevinische Reich im Krieg mit Frankreich befinden sollte? Muss ich dann damit rechnen, dass ihr von Norden kommt, wie schon einmal vor einigen Jahren, und die Dänen womöglich über das Meer, um unsere Küsten zu verheeren?«

»Wo denkt Ihr hin?« Wilhelm gab den Entrüsteten, wand sich aber gleichzeitig wie eine Ringelnatter unter den Blicken seines Gesprächspartners. »Ihr versteht das völlig falsch!«

»So? Ich frage mich nur, was daran misszuverstehen ist.« Hubert Walter, der seine Ohren und Spione überall hatte, hatte Richard schon während seiner Gefangenschaft im römisch-deutschen Reich darüber ins Bild gesetzt, was sich da zusammenbraute. »Haben sich die drei Länder, die die Alliance geschlossen haben, etwa nicht dazu verpflichtet, sich gegenseitig zu unterstützen, Truppen zu stellen und den jeweils Angegriffenen ihrerseits durch Einfälle in die Ländereien seines Gegners zu entlasten? So etwas nennt man doch ein Schutz- und Trutzbündnis, nicht wahr? Ich dachte eigentlich, WIR wären Verbündete, Wilhelm. Sollte ich mich so in Euch getäuscht haben? Vielleicht war es vorschnell von meinem Vater, Euch aus der Haft zu entlassen, und auch von mir, Euch die Festungen Edinburgh, Roxburgh und Berwick zurückzugeben.«

Richard wandte sich nach diesen Worten lächelnd von Wilhelm ab, der um Fassung rang, und seinen Lords zu, die sich an der Tafel niedergelassen hatten und von Pagen und Knappen mit Wein und Bier – je nach Gusto – versorgt wurden. Der Schotte war derweil so bleich wie die Zeltleinwand hinter ihm geworden und fragte sich gerade, ob er nicht den Fehler seines Lebens begangen hatte, indem er hierhergekommen war. Eleonore hingegen, die links von Richard thronte, konnte ein Schmunzeln kaum verbergen. Sie hatte seit jeher versucht, ihren Lieblingssohn in der Staatskunst zu unterweisen, doch erst im Heiligen Land oder vielleicht noch später während seiner Gefangenschaft schien er es darin zu wahrer Meisterschaft gebracht zu haben.

Im Zelt wurde derweil heftig diskutiert, und es herrschte eine Lautstärke, die eine sachliche Unterhaltung kaum möglich machte. Richard sah sich das eine Weile lang an, dann gab er Hubert Walter ein Zeichen, für Ruhe zu sorgen, damit die eigentliche Beratung beginnen konnte. Wobei der König zwar die Absicht hatte, sich die Wünsche und Vorschläge seines Adels für die Zukunft des Reiches anzuhören, allerdings bereits seine eigenen Pläne verfolgte und nicht gewillt war, davon auch nur einen Deut abzurücken.

Dem Erzbischof gelang es relativ schnell, sich mit seiner volltönenden Stimme durchzusetzen, hatte er doch diesbezüglich ausreichend Erfahrung in Klöstern sammeln können, wo es oft wie auf einem Hühnerhof zuging und es wesentlich schwerer war, sich Gehör zu verschaffen, als hier, wo sowieso jedermann begierig war, den König sprechen zu hören. Doch zuvor wollte Hubert Walter seine mit Richard abgesprochene Ansprache halten, um die Lords auf das einzustimmen, was sie erwartete.

»Mylords und Myladys«, wandte sich der Erzbischof an die Versammelten und verneigte sich leicht in alle Richtungen, wobei sich die angesprochenen Ladys, Eleonore und zwei ihrer Hofdamen, eindeutig in der Minderzahl befanden. »Im Auftrag König Richards, für dessen Rückkehr wir Gott über alle Maßen danken sollten, haben wir uns hier versammelt, um über die Belange des Reiches zu beraten. An erster Stelle, da werdet Ihr mir sicherlich alle recht geben, steht aber die Frage, wie mit den Verrätern umzugehen sein wird, die sich während seines Kreuzzuges und seiner Gefangenschaft gegen unseren erhabenen Herrscher gestellt und damit sowohl gegen göttliches Gebot als auch weltliches Gesetz verstoßen haben. Nun, was meint Ihr, was soll mit diesen Verrätern geschehen? Der König ist begierig zu erfahren, was Ihr, die all die Jahre über treu zu ihm gestanden habt, darüber denkt.«

Die meisten der angesprochenen Lords witterten die Falle, die sich hier auftat, und hielten sich tunlichst zurück, ihre Meinung offen kundzutun. Doch Melton of Mowbrey, ein etwas unbedarfter Baron aus den Midlands, war der Meinung, etwas in die Stille hineinsagen zu müssen, sich damit ins rechte Licht zu setzen und auf diese Weise vielleicht in der Gunst Richards aufzusteigen.

»Sire, gestattet mir im Namen der hier Versammelten, Euch zu Eurer glücklichen Heimkehr zu beglückwünschen. Uns alle, die wir Eure treuen Diener sind und dies auch über die Zeit Eurer Gefangenschaft hinweg waren, erfüllt es mit unsagbarer Freude, Euch so strahlend und siegreich in unserer Mitte zu sehen. Umso erbarmungsloser sollte gegen all diejenigen vorgegangen werden, die sich während Eurer Abwesenheit am Eigentum der Krone vergangen haben und Euch in den Rücken gefallen sind. Für sie kann es nur eine Strafe geben – den Tod durch den Strang!«

Betretenes Schweigen machte sich in der Runde breit, hatte dieser unbedeutende Lord doch soeben nichts anderes gefordert, als dass der König seinen eigenen Bruder, der schließlich der Hauprädelsführer der Revolte gegen ihn gewesen war, hinrichten lassen sollte. Und das noch dazu in Anwesenheit von dessen Mutter, die zwar als wenig zimperlich bekannt war, schließlich aber beide Söhne geboren hatte. Da Richard sich bedeckt hielt und auch Eleonore, die sich durchaus nicht scheute, in Männerrunden ihre Meinung und ihren Standpunkt klar zu vertreten, nichts zu dem unsäglichen Vorschlag sagte, erhob sich seufzend William Marshal, der wusste, was von ihm erwartet wurde, um Mowbrey zu widersprechen.

»Sire, Madam«, ergriff der Earl von Pembroke das Wort und verneigte sich vor dem König und seiner Mutter mit dem rechten Arm vor der Brust. »Lasst uns Unrecht nicht mit Unrecht vergelten, sondern streng nach dem Gesetz vorgehen. Auch Angeklagte sollten das Recht haben, sich verteidigen und ihren Standpunkt zu den Anschuldigungen vortragen zu können. Deshalb schlage ich vor, bevor wir mit einer Heeresstreitmacht losziehen und die Burgen und Ländereien der Angeschuldigten zerstören und verwüsten, den jeweiligen Adeligen und Klerikern die Gelegenheit zu geben, sich vor einem

eigens dafür einberufenen Adels- beziehungsweise Kirchenge-
richt zu verantworten. Sollten sich die Beklagten allerdings
nicht binnen vierzig Tagen selbst stellen, dann möge der berechtigte Zorn des Königs über sie kommen und es allein in
seiner Hand liegen, ob er sie zum Tode verurteilt, unter Ein-
ziehung all ihres Vermögens verbannt oder auch begnadigt,
wenn er es für wünschenswert erachtet. Wir alle sollten dann
seinen Schiedsspruch anerkennen, denn Gott hat ihn nicht
umsonst über uns alle erhöht, als er in Westminster Abbey mit
dem heiligen Öl gesalbt wurde.«

William Marshal verneigte sich noch einmal, bevor er wieder Platz nahm, und ein Raunen der Zustimmung ging durch
die Reihen, denn sein Vorschlag war wesentlich durchdachter
als der des Barons von Mowbrey und zumindest diskussions-
würdig.

»Wohl gesprochen, Mylord Marshal«, entgegnete auch sofort Hubert Walter und wandte sich dann an den König.
»Wenn der Vorschlag des Earls von Pembroke auch Eure Zustimmung findet, Sire, würde ich Boten an alle Beschuldigten
entsenden und sie auffordern, in Westminster vor einem königlichen Gericht zu erscheinen. Sollten sie der Ladung nicht
nachkommen, dann wird sie die volle Härte des Gesetzes treffen, ihr Besitz beschlagnahmt, und sie werden für alle Zeiten
als Verräter gebrandmarkt werden. Bischof Hugo von Coven-
try hingegen, der bis vor Kurzem noch ein enger Parteigänger
des Grafen von Mortain war, lade ich nach Canterbury, wo er
vor mir, dem päpstlichen Legaten und den Äbten der Klöster
Rechenschaft über sein Tun ablegen soll.«

*Wie geschickt du es vermieden hast, meinen Bruder beim
Namen zu nennen, du alter Fuchs,* dachte Richard und schmunzelte vor sich hin, denn mit dem Grafen von Mortain war niemand anderes als John höchstselbst gemeint. Er, Richard, hatte
seinem Bruder die Grafschaft in der Normandie vor seinem
Aufbruch ins Heilige Land verliehen und John schwören

lassen, England während seiner Abwesenheit nicht zu betreten. Wie nicht anders zu erwarten gewesen, hatte John sich nur so lange an seinen Eid gebunden gefühlt, wie sein Bruder noch in Sichtweite war. Danach hatte er versucht, die Herrschaft über das angevinische Reich an sich zu reißen, und, als er sowohl in der Normandie als auch in Aquitanien am Widerstand der Barone scheiterte, über den Kanal gesetzt, um die Krone Englands zu erringen. Doch auch hier war ihm heftiger Gegenwind entgegengeschlagen. Eleonore hatte alles in ihrer Macht Stehende getan, um ihrem ältesten Sohn die Krone zu erhalten, und war dabei tatkräftig vom Kronrat und vor allem ihrem Vertrauten William Marshal unterstützt worden. John hätte also, wäre er nicht der Bruder des Königs gewesen, für seinen Verrat durchaus den Tod verdient. Aber andererseits war der Familiensinn der Plantagenets legendär und kaum zu erwarten, dass sich Richard dazu drängen lassen würde, dieses Urteil auch zu vollstrecken. Der sah sich nun genötigt, erstmals in der Ratsversammlung das Wort zu ergreifen, und tat dies auch mit allem Nachdruck.

»Mylords, bei vielen von Euch habe ich mich für die Treue und den Beitrag zu bedanken, den jeder Einzelne für mein Lösegeld geleistet hat. Oft ging er über das Viertel des Vermögens hinaus, dass von meiner Mutter und dem Kronrat als Sondersteuer festgelegt worden war, um die Gier des römisch-deutschen Kaisers zu befriedigen. Doch nun gilt es nach vorn zu schauen, und bevor ich mich für die mir erwiesenen Wohltaten erkenntlich zeigen kann, müssen die verlorenen angevinischen Territorien auf dem Kontinent, die sich der Landräuber Philipp von Frankreich unter den Nagel gerissen hat, zurückerobert werden. Wie jeder von Euch weiß, bedarf es zum Führen eines Krieges Geld, viel Geld. Wir werden deshalb denjenigen Lords, die auf – nun, sagen wir einmal – Abwege geraten sind, gemäß dem Vorschlag von William Marshal und Erzbischof Hubert Walter Gelegenheit geben, ihre Reue zu bekunden und sich mit

Herz, Schwert und Börse meinem Feldzug anzuschließen. Sollten sie das allerdings nicht oder nur zögerlich tun, wird sie mein Zorn mit aller Wucht treffen, und sie werden den Tag bereuen, an dem sie aus dem Mutterschoß gekrochen sind. Bedenkt auch, dass, bevor dieses große, hehre Ziel nicht erreicht ist, ich mich nicht in der Lage sehe, Eure zweifellos berechtigten Ansprüche an die Krone zu befriedigen und auszugleichen. Also liegt es nicht zuletzt deshalb in Euer aller Interesse, Mylords, mir nach Frankreich zu folgen, um das Reich wieder in den Grenzen herzustellen, in denen ich es vor nunmehr fünf Jahren von meinem Vater übernommen habe. Danach, das versichere ich Euch, werde ich mich mit den Forderungen jedes Einzelnen von Euch beschäftigen und sie wohlwollend prüfen.«

Jetzt entstand auf einmal Tumult im Zelt, denn mit diesem Ansinnen Richards hatte kaum einer gerechnet, die meisten hatten zumindest zeitweilig auf Frieden gehofft.

*Wieso eigentlich?*, fragte sich jetzt allerdings insgeheim der Großteil der Versammelten, wo doch allseits bekannt war, dass der König mit dem Herzen eines Löwen nur dann aufblühte, wenn er ein Schwert schwingen und den Feind vor sich hertreiben konnte. Doch die Liste der Grausamkeiten, die Richard zu verkünden hatte, war noch nicht zu Ende, denn erst jetzt rückte er mit den Dingen heraus, die wirklich wehtaten.

»Anlässlich meiner Krönung wurden viele Ämter im Reich von mir gegen Zahlung eines entsprechenden Obolus vergeben. Nun steht auf Drängen meiner Mutter, deren weisen Ratschluss ich zu befolgen gedenke, eine erneute Inthronisation an, die diesmal endgültig und für alle Zeit Normannen und Angelsachsen versöhnen und vereinen soll und deshalb auch in Winchester, dem Krönungsort der alten Könige, stattfinden wird. Ich will deshalb, und besonders um Ungerechtigkeiten zu vermeiden, allen Sheriffs und sonstigen Würdenträgern, die ihre Ämter behalten und weiter ausüben möchten, Gelegenheit geben, sie erneut zu erwerben.«

Der Lärm, der jetzt durch das Zelt schallte, war ohrenbetäubend. Jeder, der sich damals ein Amt von Richard gekauft hatte, war schließlich der Überzeugung gewesen, dieses nun auf Lebenszeit zu besitzen. Und jetzt erfuhren die Inhaber so ganz nebenbei, dass es im Prinzip von ihnen nur für fünf Jahre gepachtet worden war und sie erneut zur Kasse gebeten wurden, wollten sie es nicht verlieren. Doch Richard beendete den Aufruhr mit einer herrischen Geste und fuhr unbeeindruckt von den Protesten fort.

»Außerdem sind etliche Posten, wie zum Beispiel der des High Sheriffs von Nottingham, vakant geworden, und ich nehme hierfür Bewerbungen entgegen. Wäre das denn nicht etwas für Euch, William de Ferrers? Nach dem Tod Eures Vaters im Heiligen Land seid Ihr doch nun im Besitz großer Ländereien, und es müsste Euch ein Leichtes sein, den nötigen Betrag für das Amt aufzubringen, das neben seinen Einkünften auch noch mit Ruhm und Ehre verbunden ist.«

Der Earl von Derby errötete bis zu den Haarwurzeln, als er derart von Richard angesprochen wurde. Er hatte hier in England immer treu zu ihm gestanden, während sein Vater an der Seite des Königs gekämpft und bei der Belagerung von Akkon wie so viele andere gestorben war. Doch Sheriff von Nottingham zu werden, weil er sich bei der Einnahme der abtrünnigen Stadt ausgezeichnet hatte, war eine ganz andere Sache. Der Letzte, der dieses Amt innegehabt hatte, ein Anhänger von Richards Bruder John, hing immer noch mit einer Schlinge um den Hals vom Donjon herunter und diente allen Anwesenden zur Abschreckung und den Raben als Futter. Außerdem, welche Summe würde es ihn wohl kosten, nähme er das Angebot an? Schließlich hatte Richard zugegeben, dringend Geld zu benötigen, weshalb anzunehmen war, dass er sich den Posten wahrhaft königlich bezahlen lassen würde. Als sich William de Ferrers umschaute, sah er in viele schreckensbleiche Gesichter. Wie ihm erging es wohl vielen anderen auch.

Wo sollten die Amtsinhaber denn das Geld für den Neuerwerb hernehmen, hatte doch jeder Einzelne von ihnen schon ungeheure Summen für den Freikauf des Löwenherz aufbringen müssen? Doch das, dessen waren sie sich gewiss, würde den König kaum interessieren, der mit seinen Gedanken bereits in Frankreich und bei seinem geplanten Feldzug weilte.

Der Earl von Derby sah die Augen Richards erwartungsvoll auf sich gerichtet, und ihm ging auf, dass er soeben ein Angebot erhalten hatte, das er nicht ablehnen konnte. Zumindest wenn er nicht auf ewige Zeiten in Ungnade fallen wollte. Außerdem, durchfuhr es ihn plötzlich, bliebe es ihm als Sheriff von Nottingham wohl erspart, in den Krieg gegen Philipp ziehen zu müssen. Ein Gesichtspunkt, der ihm die bittere Pille, die er wohl würde schlucken müssen und von der er hoffte, dass sie ihn nicht sein gesamtes Erbe kostete, zumindest ein klein wenig versüßte.

»Sire, es ist mir eine große Ehre, und ich hoffe, mich Eures Vertrauens würdig zu erweisen«, erwiderte er deshalb und verbeugte sich tief vor dem König.

»Schon gut.« Richard winkte nur ab. »Ich bin mir gewiss, dass Ihr Euer Amt nach bestem Wissen und Gewissen ausüben werdet, sonst hätte ich es Euch nicht angeboten. Lasst Euch aber das Schicksal Eures Vorgängers, der sich gegen mich erhoben hat, eine Lehre sein. Die Details besprecht später mit meinem Justiciar. Hubert Walter wird die Urkunden ausfertigen und ich sie dann in Winchester siegeln. Als besondere Ehre und weil Ihr nicht gezögert habt, mein Angebot anzunehmen, dürft Ihr als einer meiner Baldachinträger im Krönungszug schreiten.«

»Welche Ehre!«, stammelte de Ferrers und verneigte sich erneut. Er hoffte nur, dass sie ihn nicht endgültig ruinieren würde, denn zweifelsohne erwartete Löwenherz auch dafür einen nicht unbeträchtlichen Obolus.

Nun meldeten sich einige andere Lords zu Wort, die sich vor allem über die erneute Einführung des Danegeldes beschwerten, dass letztlich nichts anderes als eine Grundsteuer war, auch wenn es nun Carucage genannt wurde. Wilhelm der Eroberer hatte diese Steuer erstmalig erhoben, doch schon sein Sohn Henry I. die Eintreibung wieder ausgesetzt.

Richard ging wie schon zuvor gar nicht weiter auf die Proteste ein und ließ an seiner statt Hubert Walter die Vorwürfe zurückweisen. Der beschwichtigte einerseits die aufgebrachten Besitzer umfangreicher Ländereien, dass es schon nicht so schlimm werden würde, wie sie es darstellten, blieb aber in der Sache hart und unnachgiebig, da er nach dem Exempel, das gerade hier in Nottingham statuiert worden war, keinen neuen Aufstand befürchtete. Als man nach längeren Diskussionen bereits glaubte, nun endlich zum gemütlicheren Teil übergehen und sich am Wildbret aus dem nahen Sherwood Forest laben zu können – der König war vor einigen Tagen dort in Begleitung des Earls von Huntingdon jagen gegangen, den er seit den Schlachten von Arsuf und Jaffa im Heiligen Land zu seinen engsten Freunden und Vertrauten zählte –, meldete sich endlich Wilhelm der Löwe zu Wort, worauf eigentlich schon jeder gewartet hatte. Der König von Schottland gedachte im Gegensatz zum englischen Adel nicht, auf seine nach seinem Dafürhalten berechtigten Forderungen zu verzichten, sah er sich doch mit Richard auf einer Augenhöhe und diesem gleichrangig an.

»Nun, da Engländer und Schotten keine Feinde mehr, sondern Verbündete und wir über meine Ehe mit Ermengarde de Beaumont zudem noch verschwägert sind, Richard, ist es an der Zeit, die Grenzen zwischen unseren beiden Reichen neu festzulegen und wieder so herzustellen, wie sie früher einmal waren. Ich denke, es ist nur recht und billig, wenn die Grafschaften Northumberland, Cumberland, Westmoreland und Lancaster, die früher einmal das Königreich Northumbria gebildet haben, das von Scoten und Pikten bewohnt war, an Schottland zurückgegeben werden. Des Weiteren erhebe ich Anspruch auf die Grafschaft Huntingdon, die mir von Eurem Vater genommen wurde, als wir beide uns gegen ihn zusammengetan hatten, und die über lange Zeit im Besitz unserer Familie war. Nun, was sagt Ihr, mein königlicher Bruder? Ich denke, es ist eine berechtigte Forderung, die ich soeben formuliert habe. Vor allem, wenn man bedenkt, welchen großen Beitrag mein Volk für Eure Freilassung geleistet hat. Eure Interessen liegen ja, wie ich hörte, eher auf dem Kontinent als hier auf dieser kleinen Insel. Ihr hättet wahrhaft treue Verbündete in uns Schotten bei Eurem Kampf gegen Philipp, kommt Ihr meinem Begehr nach.«

Richard war während der Worte Wilhelms nach und nach blutrot angelaufen, sodass sich seine Gesichtsfarbe kaum mehr von der seines Wappenrocks unterschied. Eleonore, der das natürlich aufgefallen war, legte beruhigend ihre Hand auf seinen Arm und hob zu sprechen an, bevor ihr Sohn sich durch unbedachte Handlungen den König des Nordreiches zum erklärten Feind machen konnte.

»Wir sollten doch nicht vergessen, Wilhelm, dass Scoten und Pikten als Eroberer kamen. Northumbria wurde einst von Angeln gegründet, die später mit den Sachsen zu einem Volk verschmolzen sind. Über sie, ebenso wie über Normannen, Aquitanier und viele andere Stämme und Völker im großen angevinischen Reich, herrscht nun Richard von England. Und ich denke, so sollte es auch bleiben. Um diese Einheit noch einmal zu unterstreichen, wird sich mein Sohn, wie er bereits anmerkte, nach den Osterfeierlichkeiten in der alten Krönungskirche der angelsächsischen Herrscher zu Winchester inthronisieren lassen. Ihr seid selbstverständlich herzlich dazu eingeladen, und ich gehe fest davon aus, dass Ihr dabei sein werdet. Alles andere würde mich sehr enttäuschen und wohl als Affront angesehen werden. Selbstverständlich sind wir

Euch für Eure Großzügigkeit bezüglich des Lösegeldes sehr dankbar. Doch bedenkt, dass Euch bereits das meiste zurückgegeben wurde, was Ihr selbstverschuldet durch den Krieg gegen meinen Gemahl Henry verloren habt. Da war es wohl nicht zu viel verlangt, sich gegenüber dem neuen König von England auch einmal erkenntlich zu zeigen. Meint Ihr nicht? Ich jedenfalls denke, dass Ihr besser keine Gebietsansprüche an England und seine Lords stellen solltet. Schnell könnte es sonst passieren, dass sich mein Sohn genötigt fühlt, den Status wiederherzustellen, der unter seinem Vater herrschte. In diesem Fall würdet Ihr großer Teile Eures Landes verlustig gehen, es würde wieder englische Garnisonen in Schottland geben, und seine Könige dürften nur die Gemahlinnen ehelichen, die ihnen die englischen Herrscher zubilligen.«

Jetzt war es an Wilhelm, rot anzulaufen, und es lagen ihm eine Menge Erwiderungen auf der Zunge. Zum Beispiel, dass Richard gegenwärtig wohl kaum in der Lage war, einen Zweifrontenkrieg zu führen, und sich gut überlegen musste, wo er zukünftig seinen Schwerpunkt setzte. Kämpfte er im Norden gegen die Schotten, gingen wohl über kurz oder lang die angevinischen Besitzungen auf dem Festland an Philipp und für immer verloren. Andererseits hatte Wilhelm schon einmal die Kampfkraft der Engländer kennengelernt und keine Sehnsucht nach einem erneuten Aufenthalt in einem ihrer Gefängnisse. Er glaubte kaum, stark genug zu sein, um einer Armee, angeführt von Richard Löwenherz, lange trotzen zu können. Was nützte es ihm dann, wenn in der Zwischenzeit der französische König die Normandie seinem Reich einverleibte, während er das seine verlor? Doch ganz geschlagen geben wollte sich Wilhelm noch nicht und zumindest eine Sache für sich herausschlagen.

»Und was ist mit Huntingdon, Richard? Schließlich ging die Grafschaft nur deshalb verloren, weil ich Euch und Eure Brüder im Kampf gegen Euren Vater unterstützt habe. Ich glaube, dass ich ein Recht darauf habe, sie nun endlich zurückzubekommen.«

»Ich gedenke nicht, alle Verfügungen, die mein Vater getroffen hat, zu revidieren. Mit Huntingdonshire habe ich im Übrigen nach der Schlacht von Jaffa den Mann belehnt, der wesentlich zu unserem Sieg über die Sarazenen beigetragen hat«, schnauzte Richard zurück, der sich ob der ungeheuren Forderungen des Schotten nur mühsam zurückhalten konnte, diesem nicht an die Kehle zu gehen. »Ansonsten betrachte ich Eure geforderten Gebietsansprüche als bodenlose Unverfrorenheit, Wilhelm. Was glaubt Ihr wohl, werden die Barone der benannten Grafschaften dazu sagen? Sollen sie jetzt auf einmal einem fremden Herrn dienen, oder wollt Ihr ihren Besitz gar unter Euren Gefolgsleuten verteilen? Nun, ich höre! Auch sie werden ganz gespannt Euren Plänen lauschen, denn sie sind alle hier anwesend.«

Richard machte eine weit ausholende Geste in die Richtung der Angesprochenen, die mit versteinerten Gesichtern der Unterhaltung folgten. Doch bevor der Schotte überhaupt etwas erwidern konnte, fuhr er bereits fort.

»Aber lassen wir das. Es ist auch völlig gleichgültig, denn daraus wird sowieso nichts. Unter mir wird kein Fußbreit englischer Boden an den Herrscher eines anderen Landes abgetreten. Merkt Euch das besser, sonst komme ich in Eure Residenz nach Edinburgh und erkläre es Euch dort noch einmal sehr nachdrücklich. Und glaubt mir, ich habe im Heiligen Land genügend Erfahrungen sammeln dürfen, um mit jeder noch so starken Festung fertigzuwerden. Irgendwann, wenn meine Kassen wieder gefüllt sind, werde ich mich bei Euch ebenso erkenntlich zeigen wie bei jedem anderen hier im Zelt. Bis dahin aber werdet Ihr Euch wie meine Lords in Geduld üben müssen. Dafür dürft Ihr allerdings wie sie demnächst in meinem Krönungszug schreiten. Ich hoffe, Ihr wisst diese Ehre gebührend zu würdigen.«

Wilhelm sank in sich zusammen. Das, was Richard eine Ehre nannte, war in Wahrheit eine Demütigung, die die Vorherrschaft der Engländer über die Schotten vor aller Welt demonstrieren sollte. Aber er wusste auch, dass ihm wohl gar nichts anderes übrig blieb, als in den sauren Apfel zu beißen. Denn wenn er sich sträubte, konnte es passieren, dass er seine schottische Heimat, seine Frau und seine kleine Tochter nie wiedersah. Es würde ihm kaum gelingen, sich mit seinem kleinen Gefolge hier aus den Midlands bis nach Schottland durchzuschlagen. Und selbst wenn, hätte er Verfolger auf den Fersen, die wohl nicht an der Grenze haltmachen, sondern sich bei der Gelegenheit gleich noch große Teile seines Reiches einverleiben würden, wie von Richard soeben angedroht. Nein, er musste gute Miene zu bösem Spiel machen und hocherhobenen Hauptes und die Krone Schottlands voller Würde tragend hinter Richard herschreiten. Und ihn dabei mit seinen Blicken erdolchen und sich ausmalen, auf wie viele grausame Arten er ihn umbringen würde, wäre er ihm endlich einmal überlegen. Doch da dem nicht so war, blieb ihm zumindest vorerst gar nichts anderes übrig, als devot zu antworten.

»Es wird mir ein Vergnügen sein, und ich bin ganz begierig, noch mehr von Eurem schönen Land zu sehen«, meinte Wilhelm süffisant und hoffte, dass sein Kontrahent den zynischen Unterton in seinen Worten auch bemerkte. »In Winchester war ich noch nie, dafür habe ich aber schon die Normandie kennenlernen dürfen, auch wenn meine Erinnerungen daran nicht gerade die besten sind.«

Richard lachte laut auf und hieb dann dem Schotten seine Pranke derart auf die Schulter, dass dieser noch weiter in seinem Klappstuhl zusammensackte.

»Keine Sorge, ich habe nicht die Absicht, Eure Begegnung mit den Kerkern von Falaise aufzufrischen. Zumindest nicht, solange Ruhe an meinen Grenzen im Norden herrscht. Vergesst das besser nicht. Sehe ich allerdings nur einen einzigen

Eurer Landsleute aufseiten der Franzosen gegen mich kämpfen, dann mache ich Euch, Wilhelm, Auld Alliance hin oder her, dafür verantwortlich und komme über Euch wie Gottes Zorn. Nur dass darüber keinerlei Zweifel bestehen.«

Die hatte der Schotte auch nicht und hob, ohne eine Antwort zu geben, seinen Pokal in Richtung des Engländers. Am liebsten hätte er ihm dessen Inhalt zwar ins Gesicht geschüttet, aber da dies keine gute Idee war, wie er wusste, prostete er ihm stattdessen lieber zu. Das war auch das Zeichen für die anderen Lords, sich nun den aufgetischten Köstlichkeiten und vor allem dem lieblichen Wein aus Aquitanien zu widmen. Unter Richards Vater hatte es meist nur ein saures Gesöff aus dem Anjou bei Hofe gegeben, aber Eleonore räumte mit dieser Unsitte ganz schnell auf, sobald ihr Gemahl tot war und sie wieder etwas zu sagen gehabt hatte.

Schon drei Wochen später fand das große Fest in Winchester statt, zu dem alles geladen war, was im angevinischen Reich Rang und Namen hatte. Aber auch Vertreter aus dem römisch-deutschen Reich, aus Flandern und sogar von der iberischen Halbinsel waren gekommen, um Richard zu huldigen. Dieser allerdings vermisste seine Frau Berengaria von Navarra schmerzlich, die er nur zu gern bei der feierlichen Krönungszeremonie an seiner Seite gehabt hätte. Er hatte Eilboten nach Pamplona geschickt, doch seine Gemahlin ihm, wie von Eleonore bereits vermutet, ausrichten lassen, dass sie am Sterbebett ihres Vaters unabkömmlich sei. Noch dazu, wo einer ihrer Brüder am Hofe Kaiser Heinrichs als Geisel für Richard weile und der andere für ihn im Anjou im Felde stünde, um König Philipp abzuwehren.

Richard hatte den versteckten Vorwurf aus Berengarias Zeilen durchaus herausgelesen und mit einem Seufzer zur Kenntnis genommen. Doch was sollte er tun? Er konnte nicht warten, bis sie endlich zu ihm kam, und wollte die in seinen Augen leidige erneute Krönung, die von seiner Mutter und Hubert Walter akribisch vorbereitet worden war, endlich hinter sich bringen. Die bedrohten angevinischen Besitzungen auf dem Festland schrien regelrecht nach ihm. Aus Rouen war ein erneutes Hilfeersuchen gekommen, und auch sein Söldnerhauptmann Mercadier beschwor ihn, nicht länger zu zögern und endlich auf das Festland überzusetzen, weil auch er der französischen Übermacht nicht mehr standhalten konnte.

Und so schritt Richard allein und ohne seine ihm angetraute und in Limassol zur Königin von England gekrönte Gemahlin unter einem Baldachin durch das Mittelschiff der großen Kathedrale von Winchester, gefolgt von seinen illegitimen Brüdern William und Geoffrey sowie dem schottischen König, die jeweils eins der zeremoniellen goldenen Schwerter trugen.

Die Kirche war bis auf den letzten Platz gefüllt, und der Gang durch das Langhaus kam Richard endlos vor, bis er endlich den Altarraum erreichte, wo sein Thron stand. Fast zweihundert Yards maß es, die durchschritten werden wollten. Die Kathedrale war damit die größte des Abendlandes und die Diözese, der Bischof Godfrey de Lucy vorstand, die reichste in England. Doch dieser hatte sich während der Abwesenheit des Königs zusammen mit Prinz John gegen Richards Justiciar William de Longchamp gestellt, weil dieser ihn in seinem Machtstreben beschneiden wollte. Das hatte Richard so wütend gemacht, dass er nach seiner Rückkehr dem Bischof die Verwaltung der Burgen von Winchester und Portchester sowie mehrerer Güter entzogen und ihm auch das Amt des Sheriffs von Hampshire, welches dieser bisher ausübte, genommen hatte. Godfrey de Lucy erkannte daraufhin, dass es seiner Gesundheit sicherlich förderlicher war, sich in ein Kloster zur Einkehr zurückzuziehen und der Zeremonie fernzubleiben, was Hubert Walter nicht unrecht war, der schon mit Geoffrey, dem königlichen Halbbruder und Erzbischof von York, genügend Probleme hatte.

Alle Anwesenden in der Kirche standen, nur für Eleonore war ein Lehnstuhl aufgestellt worden, und selbstverständlich würde der König während der feierlichen Messe auf seinem Thron sitzen. Richard hatte sich eine ähnliche Zeremonie wie bei seiner ersten Krönung, bei der er sich vor dem Altar all seiner Gewänder bis auf das Hemd hatte entledigen müssen, um gesalbt und anschließend neu eingekleidet zu werden, verbeten. Er wollte sich nur die Krone vom Erzbischof von Canterbury, der als Einziger dazu befugt war, aufs Haupt setzen lassen. Aber wie schon vor fünf Jahren in Westminster würde dieser sie ihm auch heute zuvor reichen, damit für jedermann klar erkennbar war, dass er keinesfalls gedachte, sich der Kirche und ihren Vertretern untertan zu machen. Im Gegensatz zum römisch-deutschen Kaiser, der sich dem hohen Klerus und vor allem dem Heiligen Vater unterordnen musste, wollte er keinen Aufstand des geistlichen und weltlichen Adels in seinem Reich, wie es nicht nur einmal vorgekommen war, riskieren.

Nach dem zeremoniellen Hochamt hatte Richard in die große Halle von Winchester Castle zum Festmahl geladen, und auch dieses sollte bewusst anders ablaufen als bei der Feier nach seiner ersten Krönung. Damals hatten Männer und Frauen getrennt voneinander getafelt, diesmal sollte das nicht wieder geschehen. Der König hatte seine grandiosen Kopfschmerzen nach dem damaligen Gelage noch allzu gut in Erinnerung, denn die Geladenen hatten an jenem Abend gesoffen wie die Löcher und er letztlich mithalten müssen, weil ständig Toasts auf ihn ausgebracht worden waren.

Und noch etwas war anders als vor fünf Jahren. Der König hatte darauf bestanden, dass auch Vertreter der jüdischen Gemeinden eingeladen wurden. In Westminster hatte man das damals versäumt, und so war es zu einem schrecklichen Pogrom vor den Mauern des Palastes gekommen. Der König bestrafte zwar am nächsten Tag, als er von dem Massaker erfuhr, die Schuldigen hart, was ihm den Beinamen Hammer der Schlechten einbrachte. Doch davon waren die vielen toten jüdischen Männer, Frauen und Kinder, die teilweise brutal erschlagen, aber auch verbrannt und ersäuft worden waren, letztlich nicht wieder lebendig geworden. Richard wollte die Gelegenheit nutzen, um den Juden in seinem Reich seine Wertschätzung zu zeigen und sie seines Schutzes zu versichern. Aber vor allem brauchte er ihr Geld für seinen bevorstehenden Feldzug, und deshalb durfte sich so etwas wie in Westminster auf keinen Fall wiederholen.

Während des abendlichen Festmahles zeigten Gaukler ihr Können und spielten Troubadoure auf. Unter ihnen befand sich auch Eleonores Lieblingssänger Blondel de Nesle. Jedes Mal, wenn er vortrat und eine Ballade vortrug, musste Richard an sich halten, um ihn sich nicht vorzuknöpfen. Irgendwann war die Legende aufgekommen, dass de Nesle es gewesen sei, der den gefangenen König auf Burg Dürnstein entdeckt und Kunde von seiner schmählichen Haft nach England gebracht hatte. Angeblich war er über ein Jahr lang durch das römischdeutsche Reich gereist und hatte vor jeder Festung Lieder gesungen, die nur er und Richard, ebenfalls ein begnadeter Dichter und Sänger, kannten. In Dürnstein hätte ihm der König dann mit einer Strophe geantwortet, und so war endlich bekannt geworden, wo sich der Verschollene befand. Erst daraufhin hatten Verhandlungen über seine Freilassung aufgenommen werden können, die sich über mehr als ein Jahr hinzogen und das angevinische Reich durch die immensen Lösegeldforderungen an den Bettelstab brachten.

Das Ganze war natürlich blanker Unsinn und die Geschichte ohne das Zutun von Blondel de Nesle entstanden. Andererseits tat der Sänger auch nichts, um sie zu entkräften, sondern hüllte sich, wenn die Sprache darauf kam, in beredtes Schweigen, was den König zur Weißglut brachte, wollte er doch auf gar keinen Fall einem Troubadour für irgendetwas dankbar sein müssen. Doch Eleonore hielt ihre schützende Hand über Blondel, und diese wegzuschlagen wagte nicht einmal Richard.

Der König ließ seinen Blick immer wieder durch den Saal streifen, nippte diesmal nur an seinem Wein und beobachtete die Tanzenden und miteinander schäkernden Pärchen. Da waren zum Beispiel William Marshal und seine dreißig Jahre jüngere Gemahlin Isabell de Clare, die miteinander turtelten, als wären sie nicht schon lange miteinander verheiratet, sondern immer noch in den Flitterwochen. Richard konnte nicht verhehlen, dass ihn die offen gezeigte Verliebtheit der beiden anrührte, und ließ seine Gedanken zu seiner eigenen Frau schweifen. Was Berengaria wohl gerade tat? Ob ihre Gedanken ebenso bei ihm weilten wie die seinen bei ihr? Am Anfang waren er und sie mindestens ebenso ineinander verliebt gewesen wie Marshal und seine Isabell. Schon lange vor ihrer Hochzeit auf dem Turnier in Pamplona, als er noch kein König, sondern Herzog von Aquitanien gewesen war, hatte er nur Augen für die Prinzessin mit dem rabenschwarzen Haar gehabt. Er hatte sie um ihre Farben gebeten, seine Lanze für sie eingelegt und ihr seinen Sieg geschenkt. Später war es dann seine Mutter gewesen, die für ihn um Berengaria gefreit und sie zu ihm nach Messina gebracht hatte.

Zugegeben, es waren auch dynastische und politische Bündniserwägungen mit im Spiel gewesen, denn durch die Heirat hatte man mit ihrem Vater, König Sancho, einen wichtigen Partner zum Schutze der Südgrenze des angevinischen Reiches gewonnen. Doch nicht nur das, sondern eben auch wahre Liebe war der Grund für die Verbindung gewesen, was nicht sehr häufig in den Kreisen des hohen Adels vorkam und noch viel weniger bei Königen und Kaisern. Richard hatte Berengaria eigentlich in Jerusalem heiraten wollen, aber schon in Limassol auf Zypern war es höchste Zeit für die Hochzeit geworden, weil beide zuvor auf Sizilien nicht ihre Finger hatten voneinander lassen können. Das in diesen Liebesnächten gezeugte Kind hatte Berengaria leider später in Akkon verloren, als sie mitansehen musste, wie ihr Gemahl fast dreitausend gefangene Muslime, darunter auch Frauen und Kinder, abschlachten ließ. Richard hatte zwar gute Gründe für sein Handeln gehabt, doch diese seine Frau nicht interessiert. Sie war über das unendliche Blutvergießen so schockiert gewesen, dass sie eine Fehlgeburt erlitt. Richard hatte seinen toten Sohn noch kurz im Arm halten dürfen und spätestens da abgrundtief bereut, was von ihm veranlasst worden war.

Danach war nichts mehr so gewesen wie zuvor. Berengaria hatte sich mehr und mehr in sich zurückgezogen und war ihrem Mann immer abweisender begegnet. Vielleicht hätte eine erneute Schwangerschaft den Riss zwischen ihnen wieder kitten können, doch die stellte sich zum Leidwesen des Paares nicht ein. Jetzt hatten sie sich schon seit fast zwei Jahren nicht gesehen, und Richard fragte sich, ob Berengarias Abwesenheit nicht auch eine Flucht vor ihm war. Nun, er würde demnächst der Sache auf den Grund gehen, und wenn er selbst nach Navarra reiten musste, um seine Frau wieder an seinen Hof zu holen.

Eleonore waren die umherwandernden Blicke ihres Sohnes nicht verborgen geblieben. Ob er während seiner Gefangenschaft wenigstens von Zeit zu Zeit einmal bei einer Frau gelegen hatte? Eine solch lange Abstinenz konnte bei einem Mann seines Alters ja nicht gesund sein. Für einen Moment überlegte sie, ihm in dieser Nacht eine ihrer Hofdamen ins Bett zu schicken. Die himmelten den rotblonden Hünen im besten Alter noch genauso an, wie sie es schon in seiner Jugend getan hatten. Was hatten sich damals an ihrem Hof in Poitiers nicht für Dramen abgespielt! Richard, keinem amourösen Abenteuer abgeneigt, hatte nichts anbrennen lassen und seine Favoritinnen einander aus Eifersucht fast die Augen ausgekratzt. Erst als ihr Sohn die Countesse von Falconbridge in Abwesenheit ihres Ehemannes geschwängert hatte, hatte sie dem illustren Treiben Einhalt geboten und Richard vor Augen geführt, welche Verwicklungen er mit seinem unüberlegten Handeln heraufbeschwor und zu was für Problemen es führen konnte, wenn er seinen Schwanz nicht unter Kontrolle hielt. Sie ließ ihn bewusst die Suppe selbst auslöffeln, die er sich eingebrockt hatte, und zwang ihn, sich dem Ehemann zu erklären, nachdem das Kind, das im Bauch seiner Frau heranwuchs, unmöglich das seine sein konnte.

Richard benahm sich zu ihrer Freude wie ein Mann, nahm die Schuld der Verführung auf sich, obwohl Eleonore Zweifel daran hatte, dass es so gewesen war, und versprach, sich um das Kind zu kümmern. Sollte es ein Sohn werden, wollte er diesem eine Baronie in seinem Herzogtum übereignen, eine Tochter sollte Äbtissin eines angesehenen Klosters werden.

Baron Falconbridge blieb daraufhin gar nichts anderes übrig, als gute Miene zum bösen Spiel zu machen und seiner Gemahlin ihren Fehltritt zu vergeben. Schließlich war es durchaus nichts Ungewöhnliches, dass sich hohe Herren Mätressen hielten und willige Gespielinnen ins Bett holten, wenn ihnen danach war. *Richards Vater ist dafür das beste Beispiel gewesen,* seufzte Eleonore innerlich. Viele Ehemänner sahen es sogar als Ehre an, wenn Höhergestellte ein Auge auf ihre Frauen warfen, und auch Falconbridge hatte sich letztlich wieder mit seiner Gemahlin vertragen und mehrere Kinder mit ihr gezeugt.

Richard hingegen hielt sein Versprechen. Er vermählte vor seinem Aufbruch ins Heilige Land seinen Sohn Philipp mit Amélie de Cognac, der Erbin der gleichnamigen Baronie, und sorgte so für ein auskömmliches Leben seines Sprösslings.

Nach dieser Peinlichkeit hatte Richard sich, zumindest soweit Eleonore es überblicken konnte, etwas zurückgehalten und seinen Samenstau bei Dirnen und Frauen in den von ihm eroberten Städten und Ländereien abgebaut. Das zumindest war ihr während ihrer eigenen Gefangenschaft zugetragen worden.

In Messina dann – sie selbst hatte Berengaria in ihrer Heimat abgeholt und nach Sizilien begleitet – waren die Brautleute schon vor der Hochzeit übereinander hergefallen, als gäbe es kein Morgen. Nach einem Turnier, bei dem Richard durch eine Intrige König Philipps fast das Leben verloren hätte, hatten die Lustschreie der beiden durch das ganze hölzerne Kastell gehallt. Mit ihren eigenen Ohren hatte sie diese vernommen, sonst hätte sie es wohl nicht geglaubt. Aber nun lebte ihr Sohn schon so lange ohne die Gemahlin an seiner Seite, und das war ein Zustand, den es unbedingt zu beenden galt. Eleonore nahm sich vor, alles in ihrer Macht Stehende dafür zu tun. Schließlich hatte sie Berengaria ja schon einmal zu Richard gebracht. Von der Idee, ihm eine Gespielin ins Bett zu legen, nahm sie hingegen zumindest vorerst Abstand. Wenn ihr Sohn treu bleiben wollte, war das seine Sache. Alt genug war er ja schließlich, um zu wissen, was gut für ihn war.

Sie jedenfalls war weder ihrem ersten Mann, dem französischen König Louis, noch in späteren Jahren ihrem zweiten Gemahl, König Henry von England, treu gewesen. Warum auch, waren es die Männer doch ebenfalls nicht, und keiner störte sich daran. Nun ja, ihr erster Gatte wahrscheinlich schon. Der war aber ausschließlich von Klerikern erzogen worden und lebte deshalb seit seiner Kindheit wie ein Mönch. Sie hatte all ihre Verführungskünste aufbieten müssen, um ihn überhaupt einmal ins Ehebett zu bekommen. Schließlich war es die vordringlichste Aufgabe eines Königspaares, Erben in die Welt zu setzen und den Fortbestand der Dynastie zu gewährleisten. Doch Nachwuchs zu zeugen, dazu war Louis nicht in der Lage gewesen. Trotzdem hatte Eleonore ihm zwei Töchter geschenkt, die er überglücklich und selbstverständlich als die seinen angesehen hatte. Doch danach kam er überhaupt nicht mehr in ihr Bett, und trotzdem sollte sie ihm einen Sohn gebären. Ja, wie denn? Vielleicht wie die Mutter Gottes durch unbefleckte Empfängnis? Eine in Eleonores Augen beispiellose Geschichte, um ein Fremdgehen und eine daraus entstandene Schwangerschaft zu verschleiern. Das war bisher noch nicht einmal ihr eingefallen, und das wollte etwas heißen. Louis machte doch tatsächlich sie für den fehlenden Thronfolger verantwortlich, obwohl er seinen ehelichen Pflichten in keiner Weise nachkam. Das ging so weit, dass er beim Papst sogar die Scheidung von ihr beantragte, weil sie angeblich zu eng miteinander verwandt und die Ehe damit nicht gottgefällig wäre. Eleonore, die das langweilige Leben am französischen Hof, wo der Klerus das alleinige Sagen hatte, mehr als leid war, stimmte, ohne lange nachzudenken, zu. Aber nur zwei Monate nach der Auflösung ihrer Ehe mit Louis heiratete sie zu aller Überraschung bereits Henry Plantagenet, der dann später nicht zuletzt dank ihrer tatkräftigen Unterstützung zum König von England gekrönt wurde, und schenkte ihm acht Kinder, fünf Söhne und drei Töchter. Louis war in Paris wahrscheinlich die Wände hochgegangen! Eleonore bezweifelte stark, dass seine vier weiteren Nachkommen von ihren zwei Nachfolgerinnen seinen Lenden entsprungen waren. Nach ihrem Dafürhalten trug mit Philipp deshalb jetzt auch ein Bastard die französische Krone, und diesem auch nur einen Fußbreit angevinischen Boden abzutreten kam für sie überhaupt nicht infrage. Darin war sie sich mit Richard völlig einig, der sich gedankenverloren auf seinem Thron immer noch mehr fläzte als königlich dasaß und teilnahmslos das Geschehen verfolgte.

»Richard, hör auf, Trübsal zu blasen«, fuhr Eleonore deshalb ihren Sohn an, um ihn aus seiner Lethargie zu reißen. »Genieße den Tag, er kommt so schnell nicht wieder. Nur wenigen ist es vergönnt, gleich zweimal gekrönt zu werden. Ich verstehe überhaupt nicht, warum du nicht mit deinen Gefolgsleuten scherzt, die Damen zum Tanze führst oder, wie du es früher gern getan hast, selbst eine Ballade vorträgst, statt den armen Blondel mit deinen Blicken zu durchbohren. Glaub mir, er kann nichts für diese Geschichte, die über dich und ihn in Umlauf ist, das hat er mir felsenfest versichert.«

Richard machte nur eine abwiegelnde Handbewegung.

»Darum geht es doch gar nicht. Kannst du dir nicht vorstellen, dass ich mich auch einmal nach etwas Ruhe und Geborgenheit nach all den Jahren auf dem Kreuzzug und später in Gefangenschaft sehne? Und was habe ich stattdessen? Meine Frau weilt in einem fernen Land, unser gemeinsames Kind ist tot, und mir steht ein neuer Krieg bevor! Und da soll ich mich an dem Getändel hier erfreuen? Ich kann dir versichern, dass mir ganz und gar nicht danach ist.«

»Nun mach aber einmal einen Punkt, Richard. Willst du vielleicht lieber wie dein Sohn als kleiner Adeliger irgendwo auf einem Landgut in Aquitanien leben? Glaub mir, die haben auch ihre Sorgen! Für einen König hört der Kampf niemals auf, das solltest du eigentlich wissen. Reiß dich gefälligst zusammen, mach ein freundliches Gesicht, strahle Zuversicht aus – und dann jage Philipp mit einem gewaltigen Fußtritt aus deinen Ländereien hinaus. Du wirst sehen, sitzt du erst wieder auf deinem Streitross, das Schwert in der Hand, sind alle trüben Gedanken verschwunden, und du bist wieder ganz der Alte!«

»Danke, dass du mich an meine fortgeschrittenen Jahre erinnerst. Doch dich werde ich wohl nicht einholen«, versuchte Richard sich an einem misslungenen Scherz. »Aber du hast ja recht! Ich werde jetzt William Marshal seine Isabell entführen und mich während des Tanzes an seinem verkniffenen Gesicht erfreuen. Du hingegen mach dich währenddessen mit dem Gedanken vertraut, dass ich mich, bevor ich Philipp zu jagen beginne, zuerst um John kümmern werde. Und glaub mir, so tief das Mauseloch auch ist, in das er sich verkrochen hat, ich finde ihn. Und dann gnade ihm Gott!«

Richard wusste, dass er seiner Mutter mit seinen letzten Worten eine für sie schwer verdauliche Kost vorgesetzt hatte. Und ein Blick in ihr von einem Moment zum anderen verschlossenes Gesicht zeigte ihm, dass er sich nicht irrte. Das hatte sie nun davon, dass sie ständig versuchte, ihm Vorschriften zu machen, ja, sogar ihn immer noch zu erziehen. Eleonore machte sich jetzt ernsthaft Sorgen um ihren jüngeren Sohn, und das war ganz in seinem Sinne. Warum sollte nur er es sein, der sich ständig mit Problemen herumschlagen musste?

Der König machte mit einem Lächeln auf den Lippen wahr, was er angekündigt hatte. Er versetzte William Marshal in gelinde Panik, als er sich ganz offensichtlich, wenn auch nur im Spaß, dessen Gemahlin widmete, trank mit seinen Kampfgefährten, ohne allerdings wie früher das Maß zu verlieren, und verließ erst weit nach Mitternacht das Fest, das ihm zu Ehren gegeben wurde. Nicht allerdings, ohne zuvor in einer kurzen Ansprache alle Anwesenden noch einmal aufgefordert zu haben, sich schon Anfang Mai in Portsmouth einzufinden, um mit ihm über den Kanal zu setzen und König Philipp aus dem angevinischen Reich zu vertreiben.

Bevor Richard jedoch selbst zur Küste aufbrach, gab es noch mehrere dringende Angelegenheiten zu erledigen. Ganz oben an stand ein Gespräch mit seinen beiden Halbbrüdern, das er nicht in Anwesenheit seiner Mutter, die ansonsten so gut wie immer in seiner Nähe weilte, führen wollte.

Geoffrey, sechs Jahre älter als er und dank seiner Gnade Erzbischof von York, war in den letzten Tagen mit solch einer grenzenlosen Arroganz aufgetreten, dass es diese einzudämmen galt. Und William, der wiederum etliche Jahre jünger als Richard war, musste endlich standesgemäß verheiratet werden, damit sein unstetes Leben ein Ende fand und er außerdem über Einkünfte verfügte, die ihm ein Auskommen garantierten, sodass er nicht ständig bei Hofe herumlungern musste, um nicht zu verhungern.

Geoffrey erschien im vollen Ornat und hatte sogar die Unverfrorenheit, Richard seinen Bischofsring zum Kuss hinzuhalten. Mit der Reaktion seines Halbbruders hatte er allerdings nicht gerechnet, die ihn, auch wenn er es geschickt zu verbergen wusste, in nicht gelinde Panik versetzte.

»Tu das noch einmal, Geoffrey, und ich lasse dir den Finger abschneiden, an dem du diese Insignie trägst, die du nur mir zu verdanken hast. Oder besser gleich die ganze Hand, sollte mir danach sein. Vergiss lieber nie, wem du deine gehobene Stellung zu verdanken hast, hörst du? Fordere mich noch einmal heraus, nur ein einziges Mal, und du bereust den Tag, an dem dich unser Vater gezeugt hat, das schwöre ich dir.«

William Longsword, der seinen älteren, gekrönten Bruder vorurteilsfrei bewunderte, ja ihn ob seiner kriegerischen Erfolge nahezu anbetete, konnte sich ein Grinsen nicht verkneifen, als sein Halbbruder derart abgekanzelt wurde.

»Auch du, Richard, hast dich der Allmacht der heiligen Mutter Kirche zu beugen und ihre Oberherrschaft über alle weltlichen Reiche anzuerkennen«, hörte er aber zu seinem Erstaunen Geoffrey sagen und hätte in diesem Augenblick keinen Penny auf dessen weiteres Leben gewettet. Entweder war sein Halbbruder ungeheuer mutig oder aber lebensmüde, um sich derart gegen Richard aufzulehnen. Doch da fuhr Geoffrey auch schon fort, und es kam sogar noch schlimmer. »Dazu gehört auch, dass du den Pontifikalien ihrer Würdenträger die entsprechende Achtung entgegenbringst. Du hast mich gegen meinen Willen gezwungen, Priester zu werden und die Gelübde abzulegen, weil du gefürchtet hast, ich könnte ansonsten nach der Krone greifen. Ist es nicht so? Jetzt bringe meinem geistlichen Stand gefälligst auch den Respekt entgegen, der ihm gebührt.«

Einen Moment war Richard ob dieser Unverfrorenheit sprachlos, dann fuhr er wie von der Tarantel gestochen von seinem Thron hoch, vor dem seine beiden Halbbrüder standen.

»Sprich noch einmal in diesem Ton mit mir, Geoffrey, und du wirst dich nach dem Schicksal sehnen, das Thomas Becket ereilt hat, nachdem er sich gegen Vater gestellt hat!«, brüllte der König den Erzbischof an. »Dir schicke ich keine Ritter, die dich erschlagen. Das erledige ich selbst und lasse mir dabei viel Zeit.«

Sogar die Wachen zogen bei dem Wutausbruch des Löwenherz die Köpfe ein, und Geoffrey konnte nicht verbergen, dass er blass um die Nase wurde, denn er kannte das Schicksal des Genannten nur zu genau. Thomas Becket war ein Freund und Vertrauter seines Vaters gewesen. Deshalb hatte dieser ihn auch als Erzbischof von Canterbury vorgeschlagen und seine Wahl selbst gegen die Widerstände des Klerus durchgesetzt, weil er dessen Einfluss begrenzen wollte. Doch kaum im Amt, wechselte Becket die Fronten und verlangte die Unterordnung der weltlichen unter die geistliche Macht. Ob Henry den Auftrag zu seiner Ermordung gegeben hatte, nachdem Becket sich weigerte, sich vor einem königlichen Gericht zu verantworten, oder die Ritter aus eigenem Entschluss gehandelt hatten, weil sie glaubten, ihrem König einen Gefallen zu tun, war nie ganz geklärt worden. Geoffrey, der sich allerdings keineswegs zum Märtyrer berufen fühlte, hatte nicht die Absicht, das Schicksal des mittlerweile heiliggesprochenen Erzbischofs zu teilen. Doch er wäre sich selbst untreu geworden, wenn er sich nicht noch eine weitere Stichelei gegen Richard erlaubt hätte.

»Du solltest dabei nur nicht vergessen, dass Vater sich für diese Tat am Grabe Beckets hat geißeln lassen müssen. Ich würde zu gern sehen, wie dir Gleiches geschieht.«

»Das glaube ich dir aufs Wort, Geoffrey!« Zu aller Erstaunen war Richard auf einmal die Ruhe in Person und grinste sogar über das ganze Gesicht. »Nur wird das niemals passieren, sich nie ein Papst gegen mich stellen, was auch immer ich tue. Denn schnippe ich nur mit dem Finger, kann ich das ganze tönerne Fundament, auf dem die ach so heilige Mutter Kirche steht, zum Einsturz bringen.«

»Hört, hört!«, höhnte Geoffrey. »Welch hochtrabende Worte. Was du da sagst, haben schon ganz andere, mächtigere vor dir versucht, Richard. Ihre Namen sind heute Schall und Rauch, doch die Kirche und der Glaube an unseren einen, allmächtigen Gott lebt jetzt und für alle Zeit fort.«

»Ich habe gar nicht die Absicht, das zu ändern«, merkte Richard süffisant an und ließ sich wieder auf seinem Thron nieder. »Zumindest nicht, solange die Kirche und ihre Vertreter tun, was ich von ihnen fordere. Die Zeiten, in denen sich ein Heiliger Vater einfach abwenden konnte, wenn ein Kreuzfahrer gefangen genommen worden ist, anstatt seinen Bannstrahl gegen den Frevler zu schleudern, sind vorbei. In Zukunft wird er mir aus der Hand fressen und tun, was ich ihn heiße, sonst erschüttere ich den Stuhl des heiligen Petrus derart, dass er für alle Ewigkeit wackelt. Du und deinesgleichen, ihr solltet lieber nicht anzweifeln, dass ich die Macht dazu in den Händen halte. Noch ist es ein Geheimnis, noch sind die Geister in der Flasche, wie man im Orient sagt. Doch ziehe ich den Stöpsel heraus, wird nichts mehr sein wie zuvor.«

»Und warum hast du das dann nicht schon getan, als Kaiser Heinrich dich gefangen hielt?«, wollte Geoffrey wissen. »Ihn meintest du doch, als du von dem Frevler gesprochen hast, gegen den die Exkommunikation ausgesprochen werden sollte. Papst Coelestin konnte es nicht tun, weil er sonst hätte befürchten müssen, dass der Kaiser bei seinem geplanten Zug nach Sizilien nicht an den Grenzen des Kirchenstaates haltmacht, sondern diesen seinem Reich einverleibt, ihn als Heiligen Vater absetzt und in die Verbannung schickt. Das haben diese barbarischen Deutschen schließlich schon mehrmals getan, und deshalb kann es sich mit ihnen nicht einmal das Oberhaupt der heiligen Mutter Kirche verscherzen. Dafür solltest du Verständnis haben, Richard. Es sei denn, du verfügst über die gleiche Macht wie der römisch-deutsche Kaiser. Aber das kann ich mir nun beileibe nicht vorstellen.«

»Sei versichert, Geoffrey, über eine weitaus größere. Doch ich konnte sie nicht einsetzen, weil ich zum Zeitpunkt meiner Gefangennahme keinen Zugriff auf sie hatte. Das ist nun allerdings anders, und ich werde nicht zögern, sie zu benutzen, stellt sich mir der Klerus in den Weg. Deshalb sei äußerst vorsichtig, denn diese Warnung richtet sich auch an dich. Schon bald werde ich den Papst wissen lassen, um was es sich dabei handelt, aber nur ihn. In seinem Ermessen wird es dann liegen, wie er damit umgeht. Aus der Hand geben werde ich diese Macht allerdings nie, denn sie ist meine Versicherung dafür, in Zukunft all das zu bekommen, was ich fordere. Aber lassen wir das. Du bist ein zu kleines Licht in der Hierarchie der Kirche, als dass ich das mit dir weiter erörtern möchte. Du hast doch die Bitte an mich herangetragen, zusätzlich zu deinem geistlichen Amt auch noch High Sheriff von Yorkshire zu werden. Hast du denn immer noch nicht genug Macht in deinen Händen versammelt? Bekommst du denn nie den Hals voll?«

»Die kirchliche Macht ist ohne die weltliche, die hinter ihr steht, wie ein zahnloser Wolf, der zwar noch heulen, aber nicht mehr beißen kann. Um Ruhe und Ordnung in meinem Bistum gewährleisten zu können, brauche ich dieses Amt, denn die bisherigen Sheriffs haben sich schon des Öfteren gegen mich gestellt. Damit das nicht mehr vorkommt, biete ich dir zweitausend Silbermark, wenn du mir das Amt überträgst.«

*Und du da oben im Norden herrschen kannst wie ein kleiner König*, dachte Richard. *Doch den Zahn werde ich dir ziehen, selbst wenn ich es dir gebe. Aber dann schauen wir mal, was es dir tatsächlich wert ist.*

»Fünftausend Silbermark, und ich denke darüber nach.«

»Das ist viel zu viel! Das wirft die Grafschaft niemals ab. Die Menschen würden verarmen, presse ich die Summe aus ihnen heraus, und dich dafür verfluchen, Richard.«

»Wohl eher dich, denn du bist dann ihr Sheriff und ich weit weg. Sag, was willst du dir das Amt wirklich kosten lassen? Aber komm mir nicht mit Brosamen.«

»Ich biete dir dreitausend Mark Silber. Das ist mein letztes Wort. Mehr habe ich nicht, und selbst dafür muss ich die Kirchenschätze beleihen.«

»Die du gar nicht mehr haben dürftest, denn sie sollten komplett meinem Lösegeld zugeführt werden. Aber ich hörte schon, dass du dich diesbezüglich äußerst widerspenstig gezeigt hast. Nun gut, ich verkaufe dir das Amt für dreitausend Silbermark. Vorausgesetzt, du zahlst mir jährlich zusätzlich hundert Mark in die Schatzkasse.«

Geoffrey kratzte sich nachdenklich am Kopf. Das war weit mehr, als er zu geben bereit gewesen war. Andererseits konnte ihm dann niemand mehr in seine Amtsgeschäfte in der Grafschaft und der Diözese hineinreden. Außer Richard natürlich, aber der würde bald weit weg auf dem Festland sein und sich dort wohl kaum um eine hoch im Norden gelegene Provinz seines riesigen Reiches kümmern.

»Einverstanden«, meinte er deshalb nach einigem Nachdenken zögerlich. »Aber ich habe so viel Geld natürlich nicht mitgebracht, da ich ja nicht ahnen konnte, wie gierig du bist. Ich kann dir die Hälfte der Summe jetzt geben, den Rest bringe ich dir in einem halben Jahr in die Normandie.«

Richard zuckte nur mit den Achseln.

»Nun gut, aber sei pünktlich. Ich erwarte dich in sechs Monaten mit dem Restbetrag. Kriege kosten schließlich Geld, gerade du solltest das wissen. Ich werde jede Mark, jeden Penny brauchen, den ich bekommen kann. Das Reich in den Grenzen wiederherzustellen, in denen es Vater hinterlassen hat, wird nicht billig werden. Du hättest ja John daran hindern können, weite Teile davon an Philipp zu verschenken, während ich in Gefangenschaft war. Dann wäre es vielleicht auch für dich nicht so teuer geworden. Aber wie mir berichtet wurde, hast du dich zwar nicht auf seine Seite, aber auch nicht gegen ihn gestellt.«

*Woher hätte ich denn wissen sollen, ob du überhaupt je wieder freikommst?*, dachte Geoffrey. *Von mir aus hättest du auch in deutschen Kerkern vermodern können. Bei John hätte ich mich sicherlich leichter getan, meine Ansprüche durchzusetzen.*

»Brüder sollten nie gegeneinander, sondern immer vereint miteinander kämpfen«, gab der Erzbischof salbungsvoll zurück, wofür er sich einen misstrauischen Blick Richards einfing.

»Wahre Worte, Geoffrey. Hoffentlich beherzigst du sie auch. Aber das bringt mich zu dir, William. Wie ich hörte, hast du in der Zeit meiner Abwesenheit vorwiegend herumgehurt und bist ausschließlich deinen Vergnügungen nachgegangen. Damit hat es jetzt ein Ende, nur damit wir uns richtig verstehen. Du wirst mich auf den Kontinent begleiten, an meiner Seite kämpfen und dabei etwas über die Kriegskunst lernen. Gedankenloses Dreinschlagen hat noch nie zu einem bleibenden Erfolg geführt. Oder glaubst du, bereits genügend von Strategie und Taktik zu verstehen, sodass ich dir ein eigenes Kommando anvertrauen kann?«

Richard wollte prüfen, ob sein jüngerer Halbbruder ebenso arrogant und von sich überzeugt war wie sein älterer, aber der tappte nicht in die Falle. Dafür himmelte er Löwenherz viel zu sehr an und war nur allzu bereit, sich in seiner Nähe aufzuhalten und von ihm zu lernen. *Vielleicht*, hoffte er im Stillen, *färbt dann ja auch von seinem Siegesruhm etwas auf mich ab.* Denn dass sein Bruder gegen Philipp erfolgreich sein würde, stand für William Longsword außer Frage.

»Es wäre mir eine große Ehre, an Eurer Seite kämpfen zu dürfen, Sire«, antwortete er deshalb auch leicht devot und gab sich keine Mühe, seine Freude zu verbergen.

»Dann ist es ja gut. Bei der Gelegenheit können wir auch gleich einmal nach einer passenden Gemahlin für dich Ausschau halten. Was hältst du denn von einer vermögenden Witwe? Die könnte vielleicht deine ständig leere Börse füllen und dir sogar im Bett noch etwas beibringen. Vorausgesetzt, ihr vorheriger Gemahl hat sie entsprechend unterwiesen«, foppte der König seinen Bruder, der daraufhin auch prompt errötete und verlegen die Augen niederschlug.

»Ich denke nicht, dass Letztgenanntes nötig sein wird«, gab William verlegen zurück. »Aber gegen Ersteres hätte ich durchaus nichts einzuwenden.«

Jetzt lachten alle drei Brüder in seltener Eintracht und schieden zumindest für den Augenblick in gutem Einvernehmen voneinander. Geoffrey wollte nach York und das Geld auftreiben, das Richard begehrte, und dann endlich ohne weltliche Einmischung über seine Erzdiözese herrschen, und William versprach, sich rechtzeitig in Portsmouth einzufinden und so viele Freunde in Waffen mitzubringen, wie er nur auftreiben konnte.

Kaum hatten ihn seine Brüder verlassen, ließ Richard seinen Vertrauten Hubert Walter kommen. Mit ihm wollte er unter vier Augen sprechen und schickte alle Wachen und Höflinge hinaus. Ja, er trieb die Vorsicht sogar so weit, dass er sich mit dem Erzbischof in die Mitte des Saales begab, wo die Gefahr, belauscht zu werden, am geringsten war. Trotzdem flüsterte er, als er sich zu seinem Freund und Kampfgefährten vorbeugte, und sprach dicht an dessen Ohr.

»Hubert, Euch vertraue ich seit Jahren. Ihr wart mein Unterhändler bei Salah ad-Din, habt das Heer nach Hause gebracht und Euch um mein Lösegeld gekümmert. Ich hoffe, ich habe mich ausreichend dankbar gezeigt, sodass ich auch weiterhin auf Euch zählen kann.«

»Das könnt Ihr, Sire, und das wisst Ihr hoffentlich auch. Dafür hätte es das Amt des Erzbischofs nicht bedurft.«

»Doch, mein Freund, das hat es. Es gibt Euch die notwendige Autorität auch gegenüber den anderen Bischöfen wie zum Beispiel meinem Bruder Geoffrey, denn Ihr seid nun der höchste Kirchenfürst in England. Ihn werdet Ihr gut im Auge behalten müssen, bin ich erst auf dem Festland. Ich habe ihm das Amt des High Sheriffs von Yorkshire versprochen, weil er mir dafür eine Unsumme Geldes zukommen lassen wird. Und wie Ihr wisst, sind meine Kassen leer bis auf den Grund. Aber dafür, dass er mit dieser Macht kein Schindluder treibt, seid Ihr mir verantwortlich. Noch bevor mein Schiff ablegt, rüste ich Euch mit allen dafür nötigen Vollmachten aus. Als Erzbischof von Canterbury habt Ihr nun die geistliche Führung und als mein Justiciar die weltliche Herrschaft über England inne. Mehr Befugnisse hatte vor Euch noch kein Mann in meinem Reich. Ich hoffe nur bei Gott, dass ich sie dem Richtigen gegeben habe.«

»Sire, Ihr wisst, dass ich mich niemals nach Ämtern und Würden gedrängt habe. Nehmt sie mir, ich bitte Euch, wenn Euch unwohl dabei ist, so viel Macht auf meine Schultern zu laden. Ich selbst fürchte mich davor, dass die Last mich vielleicht eines Tages erdrückt.«

»Ihr schafft das schon, Hubert! Wer, wenn nicht Ihr? Wisst Ihr noch, wie wir gemeinsam die Leitern an den Mauern von Akkon emporgestürmt sind? Hättet Ihr damals nicht den Speer abgelenkt, den einer der Verteidiger auf mich geschleudert hat, würde ich heute nicht mehr unter den Lebenden weilen. Schmerzt die Wunde eigentlich noch?«

Hubert Walter hatte das Geschoss damals mit dem Streitkolben zur Seite geschlagen, war von ihm aber am Arm verletzt worden, und es hatte lange gedauert, bis die Muskeln wieder verheilt waren.

»Nur wenn das Wetter umschlägt. Aber auch dann ist es auszuhalten. Ich gelobe wahrlich und getreulich aus vollem Herzen und mit Gottes Hilfe, Euch ein guter Sachwalter zu sein, Sire. Nur eine Bitte hätte ich. Nehmt mir die Verantwortung für diese ominöse Truhe ab, die ich seit meiner Abreise aus dem Heiligen Land wie meinen Augapfel bewachen muss und von der keiner weiß, was sie enthält. Ich flehe Euch an, Sire! Ich will endlich einmal wieder eine Nacht ruhig schlafen. Meint Ihr nicht, dass sie im Tower besser aufgehoben wäre, als wenn sie ständig durch die Lande gekarrt wird?«

»Das hat das Volk Israel mit der Bundeslade schließlich auch getan, oder? So leid es mir tut, Hubert, diesen Wunsch kann ich Euch nicht erfüllen. Noch nicht. Schaut, Nottingham ist eine mächtige Festung, und ich hatte vor meiner Abreise persönlich den Sheriff ausgesucht, der sie für mich zusammen mit der Grafschaft verwalten sollte. Doch kaum war ich weg, hat er die Seiten gewechselt und alles, was ich ihm anvertraut habe, meinem Bruder übergeben. Mit dem Tower könnte es mir genauso ergehen, bin ich nicht mehr im Lande. Ich will eine Burg bauen, uneinnehmbar, unbezwingbar, wie sie die Welt noch nicht gesehen hat. Ähnlich der Kreuzritterfestung Krak des Chevaliers, die wir uns in Syrien angesehen haben. Nur noch gewaltiger, noch mächtiger. Als Aufbewahrungsort für diese Truhe. Doch zuvor muss ich erst noch einen Ort dafür finden und die Burg nach meinen Plänen errichten lassen. Bis dahin, ich bitte Euch, stellt sie in die Krypta Eurer Kathedrale in Canterbury. Ich denke, dort und unter Euren Augen ist sie am sichersten. Niemand wird es wagen, den heiligen Ort zu entweihen. Das hoffe ich zumindest, denn im Moment fällt mir einfach keine andere Lösung ein.«

»Und Ihr wollt mir nicht einmal einen kleinen Hinweis geben, was die Truhe enthält, Sire? Ich denke, ich könnte noch besser darauf achtgeben, wenn ich zumindest annähernd wüsste, worum es sich bei dem Inhalt handelt. Es wird ja wohl nicht der Heilige Gral sein!«

»Das hat meine Mutter auch schon vermutet«, scherzte Richard. »Aber ich denke, für einen Holzbecher – und wir beide, die wir das Land gesehen haben, in dem Jesus gelebt hat, sind uns ja wohl darüber einig, dass er kaum aus etwas anderem getrunken haben wird – wäre der Aufwand wahrlich zu groß.«

»Nun, es geht ja nicht um den Becher eines Zimmermanns, sondern darum, dass sich in ihm der Überlieferung nach sowohl der Wein des letzten Abendmahles als auch Christi Blut von der Wunde befunden hat, die ihm am Kreuz zugefügt worden ist. Aber wenn es nicht der Gral ist, was ist es dann?«

Richard rang einen Moment mit sich, aber dann entschloss er sich doch dazu, seinem Freund und Vertrauten einen winzigen Hinweis zu geben.

»Über das, was ich Euch jetzt anvertraue, Hubert, müsst Ihr schweigen wie ein Grab. Habe ich Euer Wort?«

»Selbstverständlich, Sire!« Was sonst hätte er darauf antworten sollen?

»Es ist das Abschiedsgeschenk von Sultan Salah ad-Din, das sich in der Truhe befindet. Kein Gold, keine Edelsteine, aber etwas, das den Lauf der Welt verändern kann, bekommen Unbefugte es in die Hände. Glaubt mir, ich weiß, wovon ich spreche. Selbst ich habe mich zu Tode erschrocken, als mir aufging, was der Sultan mir da geschickt hat, und es dauerte Wochen, bis mir die ganze Tragweite bewusst geworden ist.«

»Jetzt macht Ihr mir Angst, Sire.«

»Das war nicht meine Absicht, aber Eure Furcht ist keineswegs unbegründet. Also passt gut auf die Truhe auf, damit ihr Inhalt nicht ans Tageslicht kommt und dann womöglich großes Unheil anrichtet.«

»Ich werde tun, was ich vermag, Sire, das versichere ich Euch noch einmal. Sagt, was denkt Ihr, wie lange werdet Ihr auf der anderen Seite des Kanals verweilen müssen? Wann dürfen wir Euch denn in England zurückerwarten?«

Richard zuckte mit den Schultern.

»Wenn ich das nur wüsste. Zuerst gilt es, Philipp aus meinem angestammten Reich zu vertreiben. Das wird nicht ganz einfach werden, da der römisch-deutsche Kaiser mich ja derart ausgeplündert hat, dass ich dafür kaum noch genügend Truppen anzuwerben vermag. Und dann gilt es auch noch, Ordnung in einige Familienangelegenheiten zu bringen.«

»Die da wären, Sire? Denkt Ihr nicht, dass Eure Gemahlin wieder zu Euch kommt, sobald der Herr ihren Vater zu sich gerufen hat? Wo wollt Ihr dann mit ihr Hof halten?«

»In Rouen oder Poitiers, ganz wie es sich ergibt. Aber darum geht es mir gar nicht. Ich will endlich meinen Sohn wiedersehen und mich, wenn irgend möglich, mit ihm aussöhnen.«

# 2.

# NORMANDIE,
# MAI 1194

Verdammt, wie lange wollt Ihr mich noch hinhalten? Was auch immer passiert, wir werden uns heute noch einschiffen, und morgen früh mit der Ebbe laufen die Schiffe aus.«

Richard konnte furchteinflößend sein, wenn er wütend war, aber der Flottenkommandant wagte es trotzdem, ihm zu widersprechen.

»Sire, bei allem nötigen Respekt, aber es ist unverantwortlich, was Ihr vorhabt! Der Sturm ist viel zu heftig, und noch dazu bläst der Wind aus Südost. Selbst die sonst so ruhigen Gewässer von Spithead sind völlig aufgewühlt. Wir können nicht gegen die Winde aufkreuzen, dafür sind unsere Schiffe nicht geschaffen. Haben wir den Sog der Ebbe und den Schutz der Isle of Wight erst einmal verlassen, sind wir den Naturgewalten völlig ausgeliefert. Ihr gefährdet Euer ganzes Heer, wenn Ihr auf Eurem Befehl beharrt.«

Der König war nahe daran, den Mann, der ihm zu widersprechen wagte, niederzuschlagen und anschließend zur Abschreckung aufknüpfen zu lassen. Andererseits schätzte er mutige Männer und erkannte sie, wenn sie vor ihm standen. Und den Flottenführer trieb nicht die Angst vor dem Sturm dazu, sich gegen ihn zu stellen, sondern berechtigte Sorge um das ganze Unternehmen. Aber so schnell gab Richard Löwenherz nicht nach und ließ von einem einmal gefassten Entschluss ab.

»Eure Vorfahren waren doch Normannen, Wikinger! Haben die sich vielleicht vor so einem lauen Lüftchen gefürchtet? Und wenn sie gegen widrige Winde nicht segeln konnten, sind sie halt gerudert. Ihr habt mir erklärt, dass wir bei diesem Wetter und dieser ungünstigen Windrichtung nicht die Mündung der Seine erreichen und den Fluss bis Rouen hinaufsegeln können. Nun gut, das habe ich verstanden. Aber bis nach Barfleur, genau gegenüber von Portsmouth auf der anderen Seite des Kanals gelegen, ist es doch nur ein Katzensprung. Man kann die Küste bei schönem Wetter sogar sehen!«

Der Flottenführer kniete nieder, legte seine Rechte aufs Herz und hoffte, so sein Leben retten zu können, wenn er dem König erneut Paroli bot.

»Ich bitte Euch, Sire, zweifelt nicht am Mut der Kapitäne und ihrer Mannschaften, die Euch und Eure Armee auf das Festland bringen sollen. Aber im Moment ist es einfach unmöglich. Die Drachenboote früherer Zeiten waren lang und schlank. Sie trugen nur die Krieger, die sie auch ruderten. Unsere Schiffe hingegen sind sehr bauchig und nahezu rund, weil sie die gesamte Ausrüstung nebst Pferden und Eure tapferen Männer über das Meer bringen sollen. Die kann man nicht rudern oder nur unter großen Mühen und sehr langsam. Wir kämen nie gegen den Sturm an, bitte glaubt es mir.«

Richard überlegte bereits nachzugeben, doch das anhaltend schlechte Wetter zwang ihn schon viel zu lang, mit dem Heer rund um Portsmouth auszuharren. Der großen Siedlung, die auf der Insel Portsea Island an der Mündung des Solents lag, hatte er soeben das Stadtrecht verliehen. Wichtig für den König war vor allem ihr geschützter Hafen, in dem er seine Flotte zusammengezogen hatte. Von hier aus wollte er nach Frankreich übersetzen, doch seit Tagen verhinderte der beständige Sturm das Auslaufen. Es gab schon, wie ihm seine Hauptleute berichteten, erste Desertationen. Bliebe die Armee noch lange untätig, noch dazu bei diesem grässlichen Wetter, wo der

Regen alles und jeden durchnässte, würden wohl zumindest die Bogenschützen und Hilfskräfte bald nach Hause zurückkehren. Ja, wenn der Earl von Huntingdon sie befehligt hätte, dem sie auf dem Kreuzzug bedingungslos treu ergeben gewesen waren! Er hatte damals für Disziplin gesorgt und würde sie wohl auch jetzt aufrechterhalten können. Aber der hatte es ja vorgezogen, zu Haus zu bleiben, und war weder durch Drohungen noch Versprechungen dazu zu bewegen gewesen, mit nach Frankreich zu kommen. Und Richard war ein Mann, der wusste, wann er auf verlorenem Posten stand. Außerdem war es vielleicht besser, wenn ein paar gute, zuverlässige Männer in England verblieben, damit es während seines Aufenthalts in Frankreich nicht zu ähnlichen Vorfällen kam wie schon während seiner Abwesenheit in den letzten vier Jahren. Deshalb war Richard wider besseres Wissen auch nicht gewillt nachzugeben, denn ihm brannte die Zeit unter den Nägeln.

»Ihr habt meinen Befehl vernommen. Weigert Ihr Euch, ihn zu befolgen, lasse ich Euch Eures Kommandos entheben und in den Kerker werfen. Ich muss in die Normandie übersetzen, begreift das doch! König Philipp zieht garantiert wieder gegen Rouen, wenn ich ihn nicht aufhalte. Ich hatte bereits im April versprochen, der Stadt zu Hilfe zu kommen. Heute haben wir bereits den ersten Mai! Fällt die Hauptstadt, ist womöglich das ganze Herzogtum verloren!«

*Das ist es auch, wenn Ihr mitsamt dem ganzen Heer in den Fluten versinkt,* dachte der Flottenführer, während er sich langsam erhob.

»Wir werden tun, was Ihr verlangt, Sire. Doch sagt später nicht, wir hätten Euch nicht gewarnt.«

»Ich werde Euch und Euren Männern keinen Vorwurf machen, Captain. Das versichere ich Euch. Doch jetzt sputet Euch, hundert Schiffe wollen beladen werden.«

Der Flottenführer zog sich mit seinen Begleitern rückwärtsgehend und unter Verbeugungen zurück. Die Männer wollten

Löwenherz auf gar keinen Fall noch mehr reizen, sie waren froh, mit dem Leben davongekommen zu sein. Dass der König auch ganz anders reagieren konnte, hatte er gerade in den letzten Wochen nachdrücklich unter Beweis gestellt.

»Du kannst ja gern in Neptuns Reich segeln, Richard, wenn dir danach ist«, ließ sich Eleonore aus dem Hintergrund des großen Zeltes vernehmen. »Aber ich gedenke nicht, mich dir anzuschließen. Glücklicherweise habe ich ja noch einen Sohn, der mein Erbe antreten kann, sinkst du heldenhaft auf den Grund des Meeres. Wofür, verrate mir das bitte einmal, habe ich nur alles Menschenmögliche zu deiner Rettung unternommen, wenn du nun dein Leben so achtlos wegwirfst?«

»Ach was! Es wird schon nicht so schlimm, wie alle meinen. Ein paar Männer werden sich die Seele aus dem Leib kotzen, zugegeben. Aber sobald sie wieder festen Boden unter den Füßen haben, ist alles vergessen. Im Mittelmeer habe ich schon ganz andere Stürme erlebt, das kann ich dir versichern. Einer hätte mich fast meine Frau gekostet, und ein weiterer hat uns die ganze Adria hochgetrieben, obwohl wir doch nach Nordspanien wollten.«

»Dann solltest du nach diesen Erfahrungen doch endlich etwas klüger geworden sein!« Die Königinmutter ließ sich nicht beirren. »Höre auf die Kapitäne, ich beschwöre dich. Sie wissen, wovon sie sprechen, wenn sie dich warnen. Der Bruder deiner Großmutter ist mit dem *White Ship* im Kanal untergegangen, was das Reich in einen endlosen Erbfolge- und Bürgerkrieg gestürzt hat. Erspare deinem Volk das, Richard! Ich flehe dich an.«

Der König wusste, dass seine Mutter keineswegs ängstlich war und die Meerenge zwischen England und Frankreich weit öfter überquert hatte als er. Darunter auch im Winter und bei Sturm. Wenn sie in die gleiche Kerbe hieb wie die Kapitäne, musste an deren Warnung vielleicht doch etwas dran sein. Aber einen einmal gegebenen Befehl zurücknehmen? Das war gänzlich unmöglich, wollte er seine Autorität nicht verlieren und vor seinen Gefolgsleuten dastehen wie ein schwankendes Rohr im Wind. Deshalb gab es kein Zurück, auch wenn nun Zweifel an Richard zu nagen begannen.

»Es bleibt bei dem, was ich gesagt habe, Mutter. Du kannst ja später nachkommen, wenn dir danach ist. Unsere Wege hätten sich ja sowieso getrennt, da du nach Poitiers willst und ich Rouen und die Normandie befreien muss. Ob du nun etwas eher oder später in deiner Residenz eintriffst, darauf kommt es nicht an. Aber kapituliert Rouen, wird es sehr schwer, Philipp aus meinem Herzogtum wieder hinauszuwerfen.«

»Wie du meinst, Richard. Aber ich schließe mich den Worten deines Flottenführers an. Sag später nicht, wir hätten dich nicht gewarnt!«

Die ganze Nacht über wurde die Flotte beladen, was nicht ohne Murren und Fluchen der Männer und das angstvolle Wiehern der Pferde vor sich ging. Nicht alle Schiffe hatten Platz an den Piers, manche lagen auf Reede, und Fracht und Passagiere mussten zu ihnen gerudert werden. Obwohl der an der Westseite von Portsmouth gelegene Hafen äußerst geschützt gegen die vom Kanal her wehenden Winde war, schlugen auch hier die Wellen so hoch, dass jede Überfahrt mit den kleinen Booten zu den großen Nefs einem Himmelfahrtskommando gleichkam.

Im Morgengrauen ließ der Sturm mit dem Einsetzen der Ebbe und dem dadurch ablaufenden Wasser etwas nach, und alle atmeten auf. Aber nur so lange, wie die große Isle of Wight, die vom Festland durch den als Solent bezeichneten Meeresarm getrennt war, die stärksten Böen abhielt. Das östlich von ihr gelegene Fahrwasser nannten die Schiffer Spithead, und hier herrschte meist ruhige See. Außer wenn der Wind aus Südost blies, und ausgerechnet von dort kam der Sturm diesmal her. Es war, als hätte Philipp ihn mit Gottes

Hilfe geschickt, um seinen Widersacher daran zu hindern, das Festland zu erreichen.

Mit Müh und Not und mithilfe der einsetzenden Ebbe, die hier eine besonders hohe Tide hatte, und unter größter Anstrengung der Männer, die die Ruder bedienten, erreichten die ersten Schiffe, Richards großer Segler an der Spitze, die offene See. Hier aber waren sie den Urgewalten der Natur schutzlos ausgeliefert und sanken in einem Moment in tiefe Wellentäler, um gleich darauf wieder himmelhoch auf den nächsten Wogenkamm emporgehoben zu werden.

Beim Anblick des tobenden Meeres wurde es sogar Richard mulmig. Die Männer seines engsten Gefolges, unter ihnen auch William Marshal, der als Stellvertreter des Königs fungierte, und sein Bruder Longsword, wagten sich nicht aus ihren spartanischen Unterkünften unter den Bug- und Heckkastellen der Nef heraus. Dort drin stank es bereits nach kurzer Zeit derart nach Erbrochenem, dass es nicht zum Aushalten war. Der König stieg deshalb lieber an Deck und achtete nicht auf die Rufe seiner Getreuen, die ihn zurückhalten wollten.

*Als ob sie dort sicher sind, wenn das Schiff untergeht,* dachte Richard, dann kam auch ihm der Mageninhalt hoch, noch bevor er das Achterkastell erklommen hatte. Da er sich nicht schnell genug nach Lee, der dem Wind abgewandten Seite, drehen konnte, bespuckte der König seinen roten Wappenrock mit den drei daraufgestickten goldenen, schreitenden Leoparden, in den gehüllt er so majestätisch in Frankreich an Land zu gehen gedacht hatte, von oben bis unten. Das war ihm auf all seinen Seereisen über das Mittelmeer nicht ein einziges Mal passiert, und da hatte es auch gewaltige Stürme gegeben. Umso mehr kränkte es ihn, dass es ausgerechnet hier geschah, auf dem Kanal, den die Plantagenets eigentlich als ihr Hausmeer ansahen.

Richard war nach einem deftigen Fluch zumute, da kränkte die Nef derart nach Backbord, dass die Rahspitze Kontakt mit einer Woge bekam.

*Großer Gott,* durchfuhr es den König, der sich krampfhaft an die Reling klammerte – den weisen Rat des Kapitäns, sich festzubinden, wenn er schon an Deck herumlungern musste, hatte er ausgeschlagen –, *sollte das hier wirklich das Ende sein? Habe ich die Kämpfe in Palästina und die deutsche Gefangenschaft heil überstanden, nur um heute schmachvoll im Meer unterzugehen?* Denn dass sich in diesem Inferno schwimmend niemand würde retten können und auch die kleinen Beiboote keine Hilfe waren, stand unumstößlich fest.

In diesem Moment passierte das, was der Flottenführer vorausgesagt hatte. Der Rudergänger auf einem der Transportschiffe hatte den unförmigen Kahn nicht auf Kurs halten können. Statt gerade auf eine dem Schiff entgegenkommende Welle zuzuhalten, erwischte die Woge die Nef längsseits und überrollte sie. Richard sah mit eigenen, schreckgeweiteten Augen, wie sich das Schiff zur Seite neigte, sich nicht wiederaufrichten konnte und langsam kenterte. Bis zu ihm drangen die Rufe der verzweifelten Männer, die keine Überlebenschance hatten, und selbst die Pferde schienen um Hilfe zu schreien, denn auch sie wollten nicht in dem kalten, nassen Grab versinken.

Um Himmels willen, warf sich der König vor, führte er durch seine Unnachgiebigkeit und das Ausschlagen der Ratschläge der erfahrenen Schiffer womöglich sein ganzes Heer in den Untergang? Würde deshalb demnächst John über das angevinische Reich herrschen, etwas, das es unbedingt zu verhindern galt? Noch in diese Überlegungen versunken, fühlte sich Richard plötzlich an der Schulter gepackt.

»Sire, lasst mich Euch wenigstens mit einem Tau festbinden«, hörte er den Flottenführer neben sich gegen den Sturm anschreien. »Eine Woge wie die, die soeben die *Holy Ghost* verschlungen hat, spült Euch sonst noch vor allen anderen in die See. Wenn Ihr schon unbedingt sterben wollt, dann doch vielleicht nicht als Erster hier an Bord.«

»Captain, ich gebe es ungern zu, aber Ihr hattet recht«, brüllte Richard zurück, denn anders konnte man sich nicht verständigen. »Gegen diesen Sturm können wir uns nicht behaupten. Meint Ihr, dass Ihr der Flotte signalisieren könnt, dass sie wieder in den Hafen zurückkehren soll? Ich will nicht den Verlust eines ganzen Heeres vor Gott verantworten müssen.«

*Endlich kommst du zur Vernunft, du sturer Hund,* dachte der Flottenführer aufatmend. *Ich hatte schon nicht mehr damit gerechnet.* Obwohl er so wütend war, dass er den König am liebsten in einem unbeobachteten Moment über Bord geworfen hätte, bemühte er sich dennoch um eine respektvolle Antwort.

»Wenn wir abdrehen und zurücksegeln, werden uns die anderen sicher folgen. Flaggensignale hingegen können die Schiffsführer bei dem peitschenden Regen und der eingeschränkten Sicht wahrscheinlich nicht erkennen. Der aus Südost kommende Wind wird uns so schnell wieder durch den Solent in den Hafen treiben, dass wir aufpassen müssen, nicht an den Klippen zu zerschellen oder mit den anderen Nefs zusammenzustoßen.«

»Ich vertraue auf Euch, Captain. So wie ich es von Anfang an hätte tun sollen. Gebt Euer Bestes, ich bitte Euch. Und nun wendet, damit nicht noch mehr Schiffe untergehen und gute Männer sterben müssen.«

Der Captain gab seinem Rudergänger das Zeichen, auf das dieser schon lange gewartet hatte, und trotz des Sturmes kletterten die Seeleute affengewandt und freudig in die Wanten, um die Rah umzubrassen. Mühsam wendete die große Nef, aber als das Segel dann den Südostwind einfing, flog sie regelrecht zurück und dem rettenden Hafen entgegen.

Ein Aufatmen ging durch die ganze Flotte, als die Kapitäne sahen, dass das Flaggschiff abdrehte. Sofort taten es ihm alle gleich, und in der engen Hafeneinfahrt kam es zu einem üblen

Gedränge. Zwei Schiffe strandeten auf den westlich von Portsmouth befindlichen Klippen, aber die meisten Männer konnten sich an den Strand retten.

Insgesamt hatte die Unvernunft des Königs mehr als hundertfünfzig Seeleute und Soldaten das Leben gekostet, vom Verlust von zwei Dutzend wertvoller Streitrösser und dreier Schiffe gar nicht zu reden. Als Richard, endlich wieder an Land, in das Zelt seiner Mutter stürmte, waren seine ersten Worte:

»Sag nichts! Spar dir deine besserwisserischen Vorwürfe, ich mache mir selbst genug. Offenbar will Gott nicht, dass ich Philipp schlage! Womit nur habe ich ihn so erzürnt?«

»Ich nehme an, das ist eine rhetorische Frage, mein Sohn«, meinte Eleonore mühsam beherrscht. »Wir sollten aufhören, ständig Gott für alles und jedes verantwortlich zu machen. Ich denke eher, er ist gerade anderweitig beschäftigt und lässt stattdessen Petrus schalten und walten, wie es ihm gefällt. Und beruhige dich, ich hatte gar nicht die Absicht, dir die Hölle heißzumachen. Aber etwas aus der Katastrophe lernen solltest du schon. Nämlich dass Ungeduld nur selten zum Ziel führt und ein schlechter Ratgeber ist.«

»Danke, das war genau das, was ich jetzt hören wollte«, knurrte der Gescholtene und ließ sich von einem Kämmerer aus den völlig durchnässten Kleidern helfen. Seine Rüstung würden Knappen tagelang mit Sand abreiben müssen, um den Rost abzuschaben. Aber das war jetzt wahrlich nicht sein größtes Problem, sondern wie lange der Sturm noch anhielt und wann die Flotte endlich gefahrlos erneut auslaufen konnte.

Zehn Tage mussten sich der König und sein Heer noch gedulden, eine Zeit, die Richard wie eine Ewigkeit vorkam. Dann flauten die Winde endlich ab, ja drehten sogar auf Nordwest und bliesen die Schiffe mit geschwellten Segeln der Halbinsel Cotentin in der Normandie entgegen.

Barfleur war seit vielen Jahrzehnten der beliebteste Hafen der Herzöge und Könige, um nach England überzusetzen. Auch Wilhelm der Eroberer war von hier aus nach England gesegelt, um in der Schlacht bei Hastings sein späteres Königreich zu erobern. Anno 1120 sank das *White Ship*, das den englischen Thronfolger und zahlreiche weitere hochrangige Adlige an Bord hatte, kurz nach der Ausfahrt aus dem Hafen.

Richard war sich keinesfalls sicher, wie er empfangen werden würde, und richtete sich, weil er meist mit dem Schlimmsten rechnete, darauf ein, den Hafen einnehmen zu müssen. Aber die Sorgen hätte er sich sparen können, denn die Bevölkerung empfing ihren Herzog mit offenen Toren und Herzen. Alle Kirchenglocken läuteten, und ungestümer Jubel schallte den Ankömmlingen entgegen, Freudenfeuer wurden entzündet, und jeder Einwohner der Hafenstadt half freiwillig dabei mit, die Schiffe zu entladen. Die ganze Nacht über wurde gesungen und getanzt, und der König, der hier eigentlich nur Herzog war, ließ sich nicht lumpen und spendierte so manches Fass Wein. Richard war von dem Empfang an sich schon überwältigt, aber als er vernahm, was die Leute auf den Straßen sangen oder eher grölten, wurde es ihm fast zu viel.

»Der Herr ist erschienen in seiner Macht«, schallte es hoch bis zu den Fenstern der Hafenfestung, wo der König mit seinem engsten Gefolge Quartier genommen hatte, »für den König von Frankreich wird's nun bald Nacht.«

»Hörst du das, Richard?«, spottete Eleonore, die es nicht lassen konnte. »Sie sehen in dir so etwas wie den Erlöser. Wieso, frage ich mich, kannst du dann aber nicht über das Wasser gehen? Du hättest doch die paar Meilen über den Kanal vorausschreiten und die Normandie im Alleingang zurückerobern können.«

Richards Bruder Longsword prustete laut heraus, und selbst der meist ernste William Marshal konnte sich ein Grinsen nicht verkneifen.

»Mach dich nur lustig, Mutter«, knurrte Richard gereizt. »Wann, sagtest du, willst du nach Poitiers weiterreisen? Ich denke, deine spitze Zunge werde ich nicht unbedingt vermissen.«

»Aber meine weisen Ratschläge, mein Sohn«, konnte sich die Königinmutter nicht verkneifen anzumerken. »Und deshalb habe ich meine Meinung geändert und beschlossen, dich noch eine Weile zu begleiten. Ich weiß, dass du dich darüber freust, du brauchst deine Dankbarkeit also nicht überschwänglich zum Ausdruck zu bringen.«

»Mir bleibt auch nichts erspart«, erwiderte Richard nach außen hin gallig, aber jeder der Anwesenden wusste, dass diese Plänkeleien zwischen ihm und seiner Mutter nicht ernst gemeint, sondern eher ein Zeichen ihrer großen Zuneigung zueinander waren.

Eleonore hatte lange nachgedacht und war zu dem Entschluss gekommen, zumindest so lange in der Nähe ihres ältesten Sohnes zu bleiben, bis John auftauchte. Sollte ihr Jüngster auch nur einen Funken Verstand besitzen, würde er kommen und sich seinem Bruder unterwerfen. Wenn sie doch nur wüsste, wo ihr missratener Zögling steckte! Dann würde sie ihm schon per Boten und Schreiben zu verstehen geben, was sie von ihm erwartete. Aber leider war John wie vom Erdboden verschluckt. Vielleicht befand er sich ja auf dem Weg ins Heilige Land, um am Grab Christi für die Vergebung seiner Sünden zu beten. Schließlich war es seinem Bruder zu verdanken, dass Pilger die heiligen Stätten in Jerusalem wieder unbehelligt besuchen konnten. Aber schnell verwarf Eleonore den Gedanken wieder. Denn es war unwahrscheinlich, gestand sie sich ein, dass John die Strapazen einer derart weiten Reise auf sich nahm. Er neigte schließlich zur Bequemlichkeit, schätzte gutes Essen und ein weiches Bett, am besten angewärmt von einer willigen Gespielin. Ihr Jüngster hatte sich wohl eher irgendwo in Frankreich verkrochen und würde wie in den letzten Jahren urplötzlich auftauchen, wenn keiner mehr mit ihm rechnete.

Schon am nächsten Tag brach das Heer Richtung Osten auf. William Marshal befehligte das Gros der Armee, während Richard mit der Vorhut vorauseilte. Über Caen und Lisieux sollte der Weg nach Rouen führen. Das blieb natürlich nicht unbemerkt, und Philipp, der die Burg Verneuil am linken Ufer der Seine belagerte, eine der Schlüsselfestungen der Normandie, dachte schon daran, abzurücken und erst einmal abzuwarten, was sein Gegner unternehmen würde. Doch die Burg stand kurz vor dem Fall, ein Teil der Mauer war bereits eingestürzt. Lange konnte sie sich bestimmt nicht mehr halten, und die Besatzung musste einfach kapitulieren. *Dann wird es der englische König noch schwerer haben, sich die verlorenen Territorien zurückzuholen,* dachte Philipp und wollte noch etwas ausharren. Aber eine offene Feldschlacht gegen Richard gedachte er nicht auszutragen, dafür fühlte er sich nicht stark genug, auch wenn er über eine weit größere Anzahl von Truppen verfügte.

Ein dichter Belagerungsring war um die Festung gezogen worden, und nachts brannten in kurzen Abständen zueinander helle Wachfeuer. Niemand sollte zu den Eingeschlossenen hineingelangen und ihnen womöglich berichten, dass Richard mit einem Heer nahte, um sie zu entsetzen.

Doch was Menschen nicht gelang, dass schafften Vögel spielend. Eines Morgens gurrte in der Burg eine Taube vor ihrem Schlag, an deren Bein eine kleine Pergamentrolle befestigt war. Als der Kaplan die Nachricht vor der versammelten Burgbesatzung verlas, konnte selbst Philipp in seinem Lager noch den Jubel hören und nicht verhehlen, dass es ihm dabei eiskalt den Rücken hinunterlief. Auf der Burg wurde die Kirchenglocke so heftig geläutet, dass es durch das ganze Tal der Seine schallte, und auf den Mauern tanzten die Bogenschützen und Kriegsknechte, als wäre der Erlöser nahe. Aber war es nicht auch so? Philipp wusste nun unumstößlich: Sein Angstgegner war im Lande, und von nun an würde nichts mehr so sein wie bisher.

Und noch ein anderer hatte von Richards Ankunft erfahren. John Plantagenet, der ungeliebte Bruder des Königs, stand an einem Fenster der Burg von Évreux und dachte nach. Er hatte ein gewagtes Spiel um die Krone Englands, ja um die Herrschaft über das ganze, große angevinische Reich gespielt, dieses aber, wie er sich eingestehen musste, verloren. Was sollte er jetzt nur tun? Sich Richard entgegenstellen? Völlig ausgeschlossen! Vor allem mit was? Er hatte keine Truppen, und die wenigen Männer seines Gefolges, die bei ihm geblieben waren, weil er sie fürstlich dafür entlohnte, würden niemals gegen seinen Bruder das Schwert ziehen. Sie wussten, dass er, John, kein ebenbürtiger Gegner in einem Kampf gegen Richard war, und in ehrlichen Momenten gestand John sich das sogar selbst widerwillig ein. Er war kein Krieger, aber vielleicht ein besserer König als Richard, sagte er sich immer wieder und rechtfertigte damit vor sich selbst seine Rebellion. Zumindest wenn es nach seinem Vater Henry gegangen wäre, würde er heute die Krone tragen. Aber sogar der hatte sich Richard geschlagen geben müssen und war letztlich aus Gram darüber gestorben.

Was blieb ihm also? Zu Philipp zu fliehen und den Rest seines Lebens als dessen ungebetener Gast zu verbringen? Wie schmählich hatte der Franzose ihn doch behandelt, und was hatte er hingegen zuvor nicht alles für ihn getan! Aus England Gelder herausgepresst und dem Kaiser übergeben, damit Richard nicht freigelassen wurde oder zumindest auf unabsehbare Zeit in Haft verblieb. Er hatte Philipp das Vexin und weite Teile der Normandie übergeben, ebenso das Anjou und Schlüsselfestungen an der Loire, den Kernlanden der Plantagenets. Und was hatte er dafür im Gegenzug erhalten? Die drei kleinen Städte Arques, Drincourt und Évreux in der Normandie, die Philipp gegen jedes Recht und Gesetz erobert hatte, als der englische König im römisch-deutschen Reich festgehalten wurde! Wobei John noch nicht einmal frei über die Orte verfügen konnte, denn in den Burgen waren französische Besatzungen verblieben.

Wie großzügig hatte sich dagegen doch Richard gezeigt, bevor er ins Heilige Land aufgebrochen war. Er hatte ihn mit der – zugegeben stockhässlichen – Countess of Gloucester verheiratet, was ihm, John, die Herrschaft über die Grafschaft seiner Frau und zusätzlich weitere Gebiete in den Welsh Marches eingebracht hatte. Und dann waren ihm von seinem Bruder sogar noch die Grafschaften Cornwall, Devon, Somerset und Dorset in Südwestengland, Nottingham in den Midlands sowie Mortain in der Normandie übergeben worden. Danach hatte ihn niemand mehr John ohne Land nennen können! Und jetzt? Alles verloren, weil er sich gegen Richard gestellt hatte. Bis auf die Brosamen, die Burgen aus König Philipps Hand, die er nie gegen seinen Bruder würde halten können.

Es hieß, dass das englische Heer bereits Richtung Verneuil marschieren würde. Vielleicht nähme Richard im Vorübergehen dann gleich noch das am Wege liegende Évreux ein. *In dem Fall sollte ich besser nicht in der Stadt sein*, überlegte John. Im Blutrausch, der die Sieger meist nach der Erstürmung einer Stadt oder Burg ergriff, würde wohl auch das Leben eines königlichen Prinzen nicht viel gelten. Vielleicht ließ Richard die Mörder seines Bruders später aufhängen – vorausgesetzt, er könnte auf deren Dienste verzichten. Aber was nützte das dann ihm, lag er mit zerschmettertem Schädel irgendwo im Rinnstein?

John wusste nicht mehr ein noch aus, doch langsam reifte in ihm ein Gedanke. Was wäre wohl, wenn er sich Richard im Büßergewand zu Füßen warf, ihn um Vergebung anflehte und ihm als Zeichen seines guten Willens die Stadt und die Burg Évreux auf dem Silbertablett präsentierte? Vielleicht würde ihm sein Bruder dann verzeihen, wenn auch wahrscheinlich nie wieder vertrauen. Aber besser, ein Leben am Hofe des Königs von England als dessen naher Anverwandter zu führen, als Philipp ständig um seinen Lebensunterhalt anbetteln zu müssen. John knirschte mit den Zähnen. Er, der sich schon als König gesehen hatte, musste nun vor dem Mann zu Kreuze kriechen, der, wäre alles nach seinem Willen gekommen, eigentlich immer noch in deutschen Gefängnissen schmoren sollte. Aber wenn schon, dann sollte es besser so schnell als möglich geschehen. Denn noch war Richards Heer klein, sein Sieg stand keineswegs fest. Im Moment brauchte er jede Hilfe, die er bekommen konnte, von woher auch immer sie kam. Aber eilten erst einmal die normannischen und aquitanischen Barone zu Richards Fahnen und hatte er die ersten Schlachten erfolgreich geschlagen, die ersten Burgen und Städte zurückerobert, sähe die Sache bestimmt ganz anders aus.

Trotzdem schauderte es John bei dem Gedanken an die tiefen, feuchten Kerker der Burg von Rouen. Wer sagte ihm denn, dass diese nicht sein Aufenthaltsort für die nächsten Jahre sein würden? Es wäre seinem Bruder allemal nicht zu verdenken, wenn er ihn nun das gleiche Schicksal kosten ließe, das er selbst ihm einst zugedacht hatte. Kein Vorwurf, von welcher Seite auch immer, würde dem König deshalb gemacht werden, dessen war sich John bewusst. Vorausgesetzt, er überlebte das Zusammentreffen mit seinem Bruder überhaupt. Auszuschließen war es nicht, dass Richard ihn im berechtigten Zorn erschlug.

Vielleicht sollte er Unterhändler zu ihm schicken und über eine Unterwerfung verhandeln? Doch das konnte sich hinziehen und seinen Bruder womöglich noch mehr erzürnen. Nein, er würde wohl in den sauren Apfel beißen und das Risiko eingehen müssen, selbst vor das Angesicht des Königs zu treten und sich ihm auf Gedeih und Verderb auszuliefern. Hoffentlich war wenigstens seine Mutter in der Nähe, um das Schlimmste zu verhindern. Sie würde ja wohl nicht tatenlos zusehen, wie ihr Jüngster womöglich vor ihren eigenen Augen umgebracht wurde. Aber wenn sie gar nicht an Richards Seite weilte, sondern sich bereits auf dem Weg nach Poitiers befand?

Es gab so viele Unwägbarkeiten, dass es John kalt den Rücken hinunterlief. Erst einmal würde er aber unbemerkt aus Évreux entkommen müssen. Die französische Besatzung hatte mit Sicherheit den Befehl zu verhindern, dass er Kontakt zu seinem Bruder aufnahm. Nun, die tumben Kriegsknechte würde er schon überlisten können, das war ihm bisher noch immer gelungen. An Verschlagenheit und Hinterlist nahm es so schnell keiner mit ihm auf.

Noch mehr als zwei Stunden rang John mit sich, wog ständig das Für und Wider gegeneinander ab, bis er sich endlich zu einem Entschluss durchgerungen hatte. Um ihn nicht wieder umzustoßen, weckte er selbst in aller Stille drei seiner engsten Vertrauten und brach mit ihnen noch vor der Morgendämmerung auf. Die vier Männer trugen keine Rüstungen, und John hatte seinen kostbaren Gerfalken auf der Faust. Für die Burgbesatzung sah es so aus, als wolle der Prinz in aller Herrgottsfrühe jagen gehen.

In Eilmärschen war der englische König auf Lisieux vorgerückt, doch noch bevor er die Stadt erreichte, traf sein wohl wichtigster und lange entbehrter Verbündeter ein. Der Söldnerführer Mercadier war Richards Mann fürs Grobe und von diesem aus dem Heiligen Land in das angevinische Reich zurückgesandt worden, als König Philipp nach der Einnahme von Akkon den Kreuzzug verließ und nach Hause zurückkehrte. Natürlich stand zu befürchten, dass der Franzose die Abwesenheit seines Widersachers dazu nutzen würde, sich Teile aus dessen Reich herauszubrechen. Um das zu verhindern, hatte Richard den hünenhaften und skrupellosen Mercadier mit weitreichenden Vollmachten ausgestattet und ihm befohlen, jeden Versuch Philipps, auf angevinisches Gebiet vorzustoßen, mit aller Härte zurückzuschlagen. Wäre dies aufgrund der geringen Anzahl der in der Heimat verbliebenen Truppen nicht möglich, sollte der Söldnerführer seinerseits in

Frankreich einfallen und dort alles verwüsten und niederbrennen, was ihm nur möglich war, um Philipp zu zwingen, sein eigenes Reich zu schützen. Ein Auftrag, der so ganz nach dem Geschmack des Söldnerführers war und den er in den Jahren, in denen sein Dienstherr noch im Heiligen Land und später in Gefangenschaft weilte, mit Bravour ausgeführt hatte.

Als Mercadier, der auf die Kunde hin, sein König sei endlich gelandet, sofort alles stehen und liegen ließ und losritt, um ihn zu begrüßen, nun angesprengt kam, wurde er nur von einem halben Dutzend Männer begleitet. In einer so kleinen Gruppe hatten sie sich, aus dem Norden der Normandie kommend, an Philipps Truppen vorbei durchgeschlagen, was an Kühnheit kaum zu überbieten war. Der Söldnerführer sprang vom Pferd, um vor Richard das Knie zu beugen, doch der war ebenso schnell aus dem Sattel, verhinderte die Demutsgeste und umarmte Mercadier stattdessen wie einen Bruder, was sie einander zumindest im Geiste ja auch waren. Hätte John die Begegnung sehen können, er hätte sich gewünscht, ebenso willkommen geheißen zu werden. Doch im Gegensatz zu ihm hatte der Söldnerführer seinen Dienstherrn niemals verraten, sondern ihm über all die Jahre und alle Widrigkeiten hinweg stets unverbrüchlich die Treue gehalten, was der König durchaus zu schätzen wusste.

»Sagt mir, wie steht es im Land, treuer Freund?«, fragte Richard seinen Vertrauten, während er ihn immer noch an den Oberarmen gepackt hielt. Beide Männer waren nahezu gleich groß und konnten sich direkt in die Augen sehen. »Wo brennt es am stärksten, wohin sollten wir uns zuerst wenden?«

»Sire, Ihr glaubt gar nicht, wie froh ich bin, Euch gesund und wohlauf zu sehen. Wenn Ihr wüsstet, welche Sorgen ich mir um Euch gemacht habe! Wäre Philipp nicht in Eure Ländereien eingefallen und hättet Ihr mich nicht beauftragt, sie für Euch zu schützen, bei Gott, ich hätte Truppen gesammelt und wäre den Rhein hinuntermarschiert, um Euch zu befreien.«

»Gut, dass Ihr es nicht getan habt, es wäre ein hoffnungsloses Unterfangen gewesen. Sie haben mich ständig von einem Ort zum anderen verschleppt, weil sie etwas Ähnliches wohl vermutet haben. Aber noch ist nicht aller Tage Abend, und dass ich Heinrich seine Untat vergelten werde, steht so fest, wie am Morgen die Sonne aufgeht. Aber nun beantwortet meine Fragen. Ich habe gehört, Philipp berennt Verneuil, lässt aber gleichzeitig seine Truppen die Touraine und das Anjou verwüsten. Ist er wirklich so stark, dass er seine Kräfte teilen kann?«

»Er hat Söldner angeworben, wo er nur konnte. Und ich muss gestehen, auch Männer aus meinem Fähnlein sind zu ihm übergelaufen, denn er zahlt gut. Während ich sie kaum ... Nun ja.«

»Ihr sie kaum entlohnen konntet. Sprecht es ruhig aus, Mercadier. Womit auch, hat doch dieser nimmersatte Kaiser alles an Gold und Silber aus meinem Reich herausgepresst, was sich auf Ochsenkarren oder Mulis verladen ließ. Grämt Euch nicht, die Zeiten werden sich auch wieder ändern. Aber noch einmal, wohin soll ich mich als Erstes wenden?«

»Ich denke, nach Verneuil, Sire. Es sind gute Männer in der Burg, aber wenn sie fällt, beherrscht Philipp den Lauf der Seine bis fast nach Rouen hinauf. Den Norden der Normandie konnte ich weitgehend schützen, aber mir standen zu wenig Truppen zur Verfügung, um überall gleichzeitig sein zu können. Philipp marschiert gern an den Flüssen entlang, weil er so seinen Nachschub sichern kann. Dort sollten wir ihn packen.«

»Gut gesprochen, mein Freund. Dann kümmern wir uns zuerst um das Tal der Seine und dann um das der Loire. Kommt, sitzt auf, wir wollen keine Zeit verlieren. Heute noch will ich mit der Vorhut Lisieux erreichen. William Marshal rückt mit der Hauptstreitmacht langsamer nach, tut aber, was er kann, um an uns dranzubleiben.«

Mercadier verzog das Gesicht, als hätte er gerade in eine der sauren Zitronen gebissen, deren Saft, gesüßt mit Honig, sie im

Heiligen Land als Erfrischung genossen hatten. Er und der Earl von Pembroke waren nicht gerade die besten Freunde, weil der Söldnerführer mit Williams Ritterlichkeit, die auch Milde und Gnade gegenüber einem besiegten Feind einschloss, nichts anfangen konnte. Richard, der gesehen hatte, wie Mercadier die Züge entglitten waren, musste lachen.

»Ihr werdet Euch vertragen, hört Ihr? Ich weiß, dass Ihr und Marshal Euch nicht ausstehen könnt. Aber es gilt, was ich Euch auch damals in Bezug auf den jetzigen Earl von Huntingdon, zu dem Ihr ja ein ähnlich gespanntes Verhältnis hattet, gesagt habe: Streitet Euch von mir aus, aber nur mit Worten und dem Ziel, die beste Lösung zu finden, um den Kampf zu gewinnen. Aber wer als Erster das Schwert gegen den anderen zieht, den lasse ich hängen!«

»Ihr wart diesbezüglich schon immer unmissverständlich, Sire«, knurrte der Söldnerhauptmann und schwang sich, wie sein König befohlen hatte, auf sein Pferd.

Am späten Nachmittag erreichten sie Lisieux, und während die Truppen vor der Stadt lagerten, nahm Richard mit seinem engsten Gefolge Quartier in der Burg, die der von ihm damit beauftragte Johann von Alençon gegen alle Angriffe getreulich gehalten hatte.

Der Burgvogt, dem die Ankunft seines Herrschers glücklicherweise rechtzeitig gemeldet worden war, hatte alles für dessen Bequemlichkeit herrichten lassen. Besonderes Augenmerk war auf die Unterkunft der Königinmutter gelegt worden, denn es war bekannt, dass Eleonore ihrer Unzufriedenheit mit ausgesprochen spitzer Zunge Ausdruck verleihen konnte.

Johann von Alençon hatte ein abendliches Festmahl herrichten lassen, das allerdings nicht gar so üppig ausfiel, wie das vor der Gefangenschaft des Königs möglich gewesen wäre. Aber Richard war der Letzte, sich daran zu stoßen, und Eleonore wusste schließlich am besten, wie es um die Finanzen des angevinischen Reiches bestellt war, hatte sie doch das Lösegeld für ihren Sohn erbarmungslos eintreiben müssen.

Der Burgherr diente seinem Herrscher selbst als Mundschenk, behielt aber trotzdem das Geschehen in der Halle ständig im Auge. So entging ihm nicht, dass die Wachen an der Tür ihm verzweifelt Zeichen zu geben versuchten, die er aber nicht zu deuten wusste. Einfach die königliche Tafel zu verlassen, um sich zu erkundigen, was denn los wäre, wagte er allerdings auch nicht. Eleonore, die ihre wachsamen Augen überall hatte, bemerkte die hin und her gehenden Blicke und wandte sich ungeduldig an den Gastgeber.

»Nun geht schon, de Alençon, und schaut nach, warum so dringend nach Euch verlangt wird. Ihr seid derart abgelenkt und unaufmerksam, dass Ihr mir um ein Haar den Wein über das Kleid anstatt in den Pokal geschüttet hättet. Vielleicht ist es ja wichtig, was die Wachen Euch zu melden haben. Mein Sohn und ich werden schon eine Zeit lang ohne Euch auskommen und nicht verdursten.«

Der Burgherr verneigte sich tief, murmelte ein »Danke, Madame« und eilte zur großen Eingangstür der Halle. Dort wurde er sofort von dem Wachhabenden am Ärmel gepackt und in den Vorraum gezogen.

»Was gibt es denn so Unaufschiebbares, dass ich nicht einmal heute Abend meinen Aufgaben nachkommen kann, ohne von Euch abberufen zu werden?«, herrschte Johann de Alençon seinen Untergebenen an. »Habt Ihr nicht gesehen, dass ich der Mundschenk unserer königlichen Gäste bin? Könnt Ihr nicht auch mal eine kurze Zeit ohne mich auskommen und zur Not selbst etwas entscheiden?«

»Vergebt mir, Herr, aber schaut Euch einmal den Ankömmling genauer an. Und dann sagt mir, ob ich ihn in die Halle lassen soll, wie er es begehrt. Er kam gerade mit drei Begleitern an, die unten im Hof warten, und lässt sich nicht abweisen.«

Auf einer Steinbank für Bittsteller saß eine Gestalt, die in einen schmucklosen, braunen Umhang gehüllt war und sich die Gugel tief ins Gesicht gezogen hatte. Jetzt erhob sich der Ankömmling langsam, so als wisse er nicht, ob er bleiben oder nicht doch lieber wieder gehen sollte, schob dann aber entschlossen die Kapuze nach hinten, sodass de Alençon seine Gesichtszüge erkennen konnte. Ihm blieb fast das Herz stehen, als sich der Fremde an ihn wandte.

»Meldet dem König, dass sein Bruder ihn zu sprechen begehrt«, hörte der Burgvogt John sagen, den er natürlich kannte. Im gleichen Augenblick wünschte er sich unendlich weit weg, denn bei dem, was nun wohl unweigerlich folgen würde, wollte er nur äußerst ungern Zeuge sein.

Johann de Alençon dachte gar nicht daran, dem König die Nachricht von der Ankunft seines Bruders zu überbringen und sich dadurch womöglich dessen Zorn zuzuziehen. Stattdessen näherte er sich Eleonore an der ihrem Sohn abgewandten Seite, beugte sich zu ihr hinunter, während er ihr Wein nachschenkte, und flüsterte ihr ins Ohr:

»Madame, Euer Sohn John wartet vor der Halle und begehrt, seinen Bruder zu sprechen. Was soll ich nur tun? Meint Ihr, dass ein Zusammentreffen beider ohne Blutvergießen abgehen wird? Es wäre schrecklich, geschähe in meiner Burg ein Brudermord!«

Die Königinmutter ließ sich nicht anmerken, wie sehr sie diese Nachricht bewegte. Sie hatte so sehr darauf gehofft, dass ihr Jüngster sich dazu durchringen würde, sich seinem Bruder zu stellen, und nicht zu Philipp floh. Nun konnte sie etwas für ihn tun und hoffte nur, dass ihr Einfluss ausreichen würde, um John vor dem Schlimmsten zu bewahren.

»Sorgt Euch nicht, de Alençon«, flüsterte sie unhörbar für Richard zurück, der in ein Gespräch mit einem angesehenen Bürger der Stadt vertieft war. »Dazu wird es nicht kommen.

Zumindest nicht, wenn ich es verhindern kann. Geht zu meinem missratenen Sprössling und sagt ihm, wenn er auf meinen Beistand zählen will, soll er sich seinem Bruder zu Füßen werfen und die *deditio* vollziehen. Ich denke, er kennt das Ritual. Dann bekommt Richard seine *satisfactio*, seine Genugtuung, und kann ihn nicht mehr hart bestrafen, will er sein Gesicht nicht verlieren. Aber tut John das nicht, hat er sich die Folgen selbst zuzuschreiben. Ich rühre dann keinen Finger mehr für ihn.«

Der Burgvogt eilte wieder aus der Halle, was sein Herrscher mit einem Stirnrunzeln zur Kenntnis nahm, und hoffte nur, nicht zwischen den Mühlsteinen, die sich soeben in Bewegung setzten, zerrieben zu werden. Als er dem königlichen Bruder eröffnete, was seine Mutter von ihm verlangte, fuhr dieser wutschnaubend in die Höhe.

»Was soll ich tun? Meine Kleider ablegen und mich nur in Lumpen gehüllt Richard zu Füßen werfen? Eine *prostratio*, eine vollständige Niederwerfung, vor meinem Bruder vollziehen? Das kann meine Mutter unmöglich von mir verlangen!«

»Doch, genau das tut sie, mein Prinz.« Beschwörend sprach de Alençon auf John ein, denn er wollte jeden Streit in seinen Gemäuern nach Möglichkeit vermeiden. »Bedenkt, dass noch viel höhere Herren als Ihr die *deditio* vollzogen haben, um Vergebung zu erlangen. So der römisch deutsche Kaiser Heinrich IV. gegenüber Papst Gregor vor Canossa, welcher tagelang vor der Burg im Schnee ausharrte, bevor der Heilige Vater ihn erhörte. Und selbst Euer Bruder musste in Mainz vor Heinrich VI. knien, der ihn widerrechtlich gefangen gehalten hat, und ihm sein Reich der Form halber überlassen, sonst wäre er heute nicht hier. Ihr seht, dass es durchaus üblich und nichts Außergewöhnliches ist, will man wieder in Gnade aufgenommen werden, was ja ganz offensichtlich Euer Begehr ist. Also tut besser, was Eure Mutter von Euch fordert, wenn Euch Euer Leben lieb ist und Ihr es in Freiheit genießen wollt. Ich flehe Euch an, niemandem ist gedient, wenn Ihr Euch weiterhin widersetzt!«

John knirschte mit den Zähnen, sah aber ein, dass ihm offenbar keine andere Wahl blieb. Er warf seinen Umhang achtlos zu Boden, streifte Surcot und Schuhe ab, sodass er barfuß vor dem Burgvogt stand, und zerriss sich selbst seine Cotte. Das Untergewand ließ er allerdings heil, denn seinen entblößten Hintern oder gar sein Geschlecht sollte niemand zu Gesicht bekommen. De Alençon öffnete die Tür, und John eilte mit langen Schritten durch die Halle auf seinen Bruder zu, um das demütigende Ritual so schnell wie möglich hinter sich zu bringen.

Eleonore hatte währenddessen die Abwesenheit des Burgvogts genutzt und sich ihrem Sohn zugewandt, um ihn auf das bevorstehende Zusammentreffen vorzubereiten.

»Richard, was auch immer gleich geschehen wird, versprich mir, dass du deine Contenance bewahrst«, meinte sie und legte wie zur Bekräftigung nachdrücklich ihre Hand auf den Unterarm ihres Sohnes. »Bedenke, dass es sich im ganzen christlichen Abendland und vielleicht sogar bis ins Heilige Land herumsprechen wird, wie du dich jetzt verhältst. Wahre dein Gesicht, auch wenn es dir schwerfällt, und benimm dich wie ein wahrer Herrscher.«

Richard stutzte einen Augenblick, dann wusste er auf einmal Bescheid.

»Er ist hier, nicht wahr? John wartet vor der Halle, oder? Deshalb rennt Johann de Alençon schon die ganze Zeit herum wie ein aufgeschrecktes Huhn. Na warte, Bruderherz, du wirst gleich dein blaues Wunder erleben!«

»Halte dich zurück, Richard, ich bitte dich! Denke daran, dass John, selbst wenn ich schon manchmal den Tag verflucht habe, an dem er aus meinem Schoß gekrochen ist, auch Blut von meinem Blut ist und dein Erbe, solange du keinen Sohn vorzuweisen hast.«

»Da irrst du dich, Mutter. Ich habe schon auf Sizilien Geoffreys Sohn Arthur zu meinem Erben bestimmt. Das muss in dieser Angelegenheit zwar noch nicht das letzte Wort sein, aber John wird auf gar keinen Fall mein Nachfolger. Eher friert die Hölle ein. Doch beruhige dich, ich werde ihm schon nichts tun. Zumindest so lange nicht, wie er mich nicht provoziert.«

Eleonore war weit davon entfernt, beruhigt zu sein. Geoffrey war ihr vierter Sohn gewesen, ein Jahr nach Richard geboren und von ihrem Gemahl Henry schon in jungen Jahren zum Herzog der Bretagne ernannt worden. Was ihn allerdings nicht davon abgehalten hatte, sich später gegen seinen Vater zu erheben. Aber das tat man nicht ungestraft, wie Eleonore schmerzlich am eigenen Leib hatte erfahren müssen. Geoffrey war nach seiner zu erwartenden Niederlage an den Hof des französischen Königs geflohen, wo ihn Philipp mit offenen Armen aufgenommen hatte. Doch während eines Turniers war er von seinem Pferd abgeworfen und zu Tode getrampelt worden. Seinen Sohn Arthur hatte Geoffrey nie in den Armen halten können, er war erst nach dessen Tod geboren worden. Dass Richard den Jungen nun zum Erben des angevinischen Reiches bestimmt hatte, verwunderte die Großmutter, die von dieser Verfügung allerdings schon gerüchteweise gehört hatte. Doch wie ihr Sohn war sie der Meinung, dass noch viel Wasser die Seine herunterfließen würde, bis es so weit wäre, dass Arthur sein Erbe antreten konnte. Jetzt galt es erst einmal dafür zu sorgen, dass John das Zusammentreffen mit Richard überlebte und, sollte das der Fall sein, auch nicht auf Nimmerwiedersehen in einem Kerker verschwand.

Bevor Eleonore den Gedanken jedoch weiterverfolgen konnte, kam auch schon ihr Jüngster in die Halle gestürmt, als wäre der Leibhaftige hinter ihm her. Anscheinend drängte es ihn, die Angelegenheit möglichst rasch hinter sich zu bringen. Oder fürchtete er womöglich, wenn er zu lange zögerte, doch noch den Mut zu verlieren und einen Rückzieher zu machen?

Wie auch immer, als John das Podest erreichte, auf dem Richard mit seiner Mutter saß und beide leicht erhöht über den anderen tafelten, warf er sich zu Boden und umfasste mit beiden Händen die Knöchel seines Bruders, ganz so, wie es die *deditio* vorschrieb.

»Mein Bruder, ich habe mich an dir versündigt«, brach es aus John heraus, und zwar so laut, dass man es überall in der Halle vernehmen konnte. Vor allem, weil es schlagartig mucksmäuschenstill geworden war. »Ich flehe dich an, vergib mir! Du hast dich mir gegenüber so großzügig gezeigt, bevor du ins Heilige Land aufgebrochen bist. Doch ich habe es nicht zu schätzen gewusst und dich hintergangen. Ich hoffe aus ganzer Seele, dass du mir meine Vergehen verzeihen kannst und mich wieder in Gnaden aufnimmst. Wir sind doch Brüder, eins im Blute! Ich gelobe dir von nun an ewige Treue bis an mein Lebensende.«

John hatte sehr schnell und mit sich überschlagender Stimme gesprochen, wohl weil er fürchtete, sonst von Richard unterbrochen zu werden. Er schluchzte dabei wie ein kleines Kind, und seine Mutter war gespannt, ob er womöglich sogar noch in Tränen ausbrechen würde. Trotzdem klangen die soeben vorgebrachten Worte ihres Sohnes nicht übermäßig glaubwürdig. Nicht für die Anwesenden in der Halle, nicht für sie und schon gar nicht für Richard. Der schaute auf den vor sich in den Binsen Liegenden hinab, als läge da irgendein lästiges Insekt zu seinen Füßen, von dem er nicht wusste, ob er es zertreten oder nur entfernen lassen sollte. Aber wie so oft überraschte er dann alle Anwesenden mit seiner Reaktion und gab sich ganz königlich staatsmännisch.

»Erhebe dich, John. Ich denke, dich trifft keine Schuld. Du bist eben noch ein Kind und hast deshalb auch gehandelt wie ein Kind. Bestrafen werde ich allerdings deine schlechten Ratgeber, allen voran Philipp von Frankreich, der dir wohl das Gift ins Ohr geflüstert hat. Aber auch alle übrigen deiner falschen Freunde, und zwar genauso wie in England, wo die Galgen kaum ausgereicht haben. Du aber steh auf, von mir hast du nichts zu befürchten. Allerdings wirst du sicher dafür Verständnis haben, dass ich deine englischen Lehen einziehe und dir auch untersage, dich auf die Insel zu begeben. Graf von Mortain sollst du aber zumindest vorläufig bleiben. Ich will in nächster Zeit immer ein Auge auf dich haben und dich in meiner Nähe wissen. Und nun setz dich neben deine Mutter, die du ja schon lange nicht mehr gesehen hast. Iss etwas, du wirst bestimmt hungrig sein.«

Richard hatte zu John gesprochen, als wäre er ein kleiner unmündiger Junge und kein gestandener Mann von siebenundzwanzig Jahren. Für seinen Bruder, das erkannte Eleonore sofort, musste diese Art der Vergebung überaus demütigend sein. Andererseits gestattete sie dem König, seinen Bruder wieder in Gnaden aufzunehmen, ohne ihn bestrafen zu müssen. Andernfalls hätte die Ungleichbehandlung der Aufrührer, deren Anführer natürlich John gewesen war, wahrscheinlich viel böses Blut gegeben. Aber man versohlte einem unreifen Kind eben höchstens den Hintern oder führte ihm sein Fehlverhalten nachdrücklich vor Augen, hängte es jedoch nicht gleich auf. Dank Richards klugem Vorgehen war allen, die darauf gehofft hatten, dass John ebenso behandelt werden würde wie diejenigen, die der König bereits zur Verantwortung gezogen hatte, der Wind aus den Segeln genommen worden. Eleonore konnte nicht anders, als einmal mehr bewundernd und anerkennend über ihren Sohn den Kopf zu schütteln. Bald würde er ihren Rat und ihre Hilfe wohl nicht mehr brauchen, wenn er sich weiterhin so diplomatisch verhielt, und sie könnte sich endlich auf ihr Altenteil zurückziehen.

Mit hochrotem Kopf erhob John sich mühsam, verneigte sich noch einmal vor dem König und murmelte dabei ein kaum verständliches »Ich danke dir für deine Gnade, Bruder, und werde dir deinen Großmut nie vergessen«.

John war durchaus bewusst, dass Richard ihn hier vor allen Anwesenden auf die in seinen Augen schändlichste Weise verhöhnt hatte, und schwor sich, dass er sich dafür eines Tages bitter rächen würde. Aber war er damit nicht schon einmal grandios gescheitert? Sich in absehbarer Zeit noch einmal gegen seinen Bruder zu stellen, käme wahrscheinlich einem Selbstmord gleich, dessen war sich der Prinz gewiss.

Der König, dem der Unterton in Johns Stimme keineswegs entgangen war und der genau wusste, was er von dem Treueschwur seines Bruders zu halten hatte, reagierte mit einer Geste, mit der man sonst eine lästige Fliege wegwedelte, und verwies den Bittsteller auf den Platz neben seiner Mutter. Notgedrungen ließ der Prinz sich an der von Richard abgewandten Seite Eleonores nieder, die ihm anerkennend zunickte, ihn aber weder umarmte noch überschwänglich herzlich begrüßte.

Sofort summte es in der Halle wie in einem Bienenstock. Denn was hier soeben vor sich gegangen war, war so unerhört, dass man sich natürlich darüber austauschen musste und später noch seinen Enkeln erzählen konnte, man wäre bei der Aussöhnung der Plantagenets dabei gewesen. Nur hatte diese in Wirklichkeit gar nicht stattgefunden, denn Richard ignorierte seinen Bruder geflissentlich, sosehr sich dieser auch bemühte, ein Gespräch mit ihm anzufangen. Stattdessen unterhielt sich der König lieber mit Mercadier, als wäre rein gar nichts passiert, und besprach mit seinem Söldnerhauptmann das weitere Vorrücken des Heeres. Der Vertraute des Königs hatte John die ganze Zeit über mit so eisigem Blick angestarrt, dass es diesem abwechselnd heiß und kalt geworden war. Der Prinz gab sich diesbezüglich auch keinen Illusionen hin – hätte Mercadier das Sagen gehabt, läge sein Kopf jetzt ganz sicher in den Binsen, die den Boden der Halle bedeckten. Und er hätte noch von Glück sagen können, wenn ihm ein schneller Tod beschieden worden wäre. Der grobschlächtige Normanne war dafür bekannt, Gefangene auch schon einmal bei lebendigem Leib zu häuten.

Johann de Alençon hingegen war heilfroh, dass das Zusammentreffen der beiden Plantagenet-Brüder ohne Blutvergießen ausgegangen war, und schenkte John mit einem Seufzer der Erleichterung roten Wein aus Aquitanien in den Pokal ein, den dieser ihm fordernd entgegenhielt. Gesinde legte dem Prinzen Speisen vor, über die er sich heißhungrig hermachte, was seiner Mutter erneut ein Kopfschütteln entlockte.

»Benimm dich, John, und schling nicht so unflätig in dich hinein«, maßregelte Eleonore ihren Jüngsten. »Hat man dir denn am Hofe deines Vaters gar keine Manieren beigebracht? Ich konnte dich ja leider nicht erziehen, was ich wirklich aus tiefstem Herzen bedauere. Vielleicht wäre dann aus dir ja ein richtiger Mann und nicht so ein …«

»Tu dir keinen Zwang an, Mutter«, unterbrach John Eleonore, die Backen voller Hühnerfleisch. »Sprich ruhig aus, was deiner Meinung nach aus mir geworden ist. Ich bin gespannt darauf, es zu hören. Hat es dich wirklich so verwundert, dass ich in Abwesenheit deines Lieblingssohnes versucht habe, nach der Krone zu greifen, die Vater nach seinem Tod eigentlich mir zugedacht hatte? Und nicht deinem ewigen Protegé Richard, den du stets über alle deine anderen Kinder gestellt hast! Glaubst du, uns Geschwistern hat es nicht wehgetan zu sehen, wie er ständig von dir bevorzugt wurde? Ihn hast du schon in jungen Jahren zum Herzog über die Ländereien ernannt, die du mit in die Ehe gebracht hast. Mir hingegen hat Richard nicht einmal das Herzogtum Aquitanien abgetreten, als Vater es von ihm verlangte und ihn dafür im Gegenzug zu seinem Thronfolger machen wollte. Die Herzogswürde der Normandie hat Richard sich dann gleich noch zusätzlich genommen und sogar die Krone, für die er gar nicht bestimmt war. Und ich, der eigentlich über England herrschen sollte, musste mich jetzt vor ihm in den Staub werfen! Warum nur, frage ich dich? Weil du, nicht Richard, es gefordert hast, wie de Alençon mir ausrichten ließ. Nun, jetzt habt ihr beide, was ihr wolltet. Richard seine Genugtuung, du meine Unterwerfung. Werdet glücklich damit und behandelt mich ruhig wie ein ungezogenes Kind. Aber wundert euch dann auch nicht, wenn ich mich wie ein solches benehme.«

»John, was auch immer du getan hast, du bist ein Prinz von Geblüt, das solltest du besser nicht vergessen. Und es ist nicht wahr, dass ich nicht alle meine Kinder anfangs gleichermaßen geliebt habe. Allerdings kommt es auch darauf an, wie sie ihren Lebensweg beschreiten und ob sie sich der ihnen entgegengebrachten Zuneigung würdig erweisen. Leider habe ich schon vier meiner Kinder an den Tod verloren. Umso mehr hänge ich an den noch lebenden und kann es nicht ertragen, wenn meine beiden letzten Söhne sich gegenseitig zerfleischen.«

»Da kannst du ganz beruhigt sein, Mutter. Ich werde meine Hand gewiss nicht noch einmal gegen Richard erheben. Denn eins weiß ich, in diesem Fall schlägt er sie mir ab und lässt ganz sicher meinen Kopf folgen. So weit will ich es nun wahrlich nicht kommen lassen. Und um ihm das zu beweisen und ihm klarzumachen, dass ich zukünftig an seiner Seite stehen werde, muss ich mich jetzt in sein Gespräch mit Mercadier einmischen. Die beiden sprechen nämlich gerade über etwas, bei dem ich vielleicht behilflich sein kann. Du entschuldigst mich sicher für einen Augenblick.«

John wischte sich seine Hände am Tischtuch ab und setzte sich neben seinen Bruder, indem er seine Mutter einfach ein Stück beiseiteschob, die ob dieses Affronts nur schwach protestierte. Er hatte nämlich vernommen, dass sein Bruder mit dem Söldnerführer über Évreux sprach und dass von der Stadt eine nicht zu unterschätzende Bedrohung ausgehen könnte, würde man sie einfach auf dem Marsch nach Verneuil links liegen lassen. Aber um sie zu belagern und einzunehmen, fehlte einfach die Zeit. Andererseits durfte man auch nicht riskieren, dass die Franzosen dem Heer von dort aus in den Rücken fielen und womöglich der Nachschub abgeschnitten wurde. Richard und Mercadier rangen um eine Lösung des Problems, als sich plötzlich John einmischte, den beide Männer bisher völlig ignoriert hatten.

»Ich hätte da einen Vorschlag, wie man die Stadt und die Burg schnell und ohne große Verluste unsererseits einnehmen könnte«, unterbrach er seinen Bruder gegen alle Etikette, der gerade eigene Pläne entwickelte. Mercadier schenkte John einen vernichtenden Blick, der deutlich sagte, was er von seinen Fähigkeiten als Krieger hielt, aber Richard war zumindest gewillt, sich einmal anzuhören, was er zu sagen hatte.

»Na, dann raus mit der Sprache, ich bin schon ganz gespannt«, meinte er sarkastisch und ohne viel Hoffnung, dass sein Bruder wirklich etwas Konstruktives beitragen könnte. Der hörte natürlich den erneuten Spott aus den an ihn gerichteten Worten heraus, nahm sich aber vor, ihn zu ignorieren und stattdessen Taten sprechen zu lassen, die ihm die erhoffte Anerkennung einbringen sollten.

»Évreux ist mir ja von Philipp übergeben worden. Formal gesehen bin ich also der Herr über Burg und Stadt. Die Bürger werden deshalb gar keine Schwierigkeiten machen. Ihnen ist es letztlich völlig gleich, an wen sie ihre Steuern bezahlen, solange diese nicht zu erdrückend sind und sie ihren Geschäften nachgehen können. Auf der Burg liegt allerdings eine französische Besatzung. Sieht sie ein Heer nahen, wird sie zu Philipp um Hilfe schicken und gleichzeitig die Zugbrücken hochziehen und sich verteidigungsbereit machen. Doch wenn ich mit nur wenigen Begleitern von der Jagd zurückkehre, schöpft sicher niemand Verdacht. Es weiß ja keiner, dass ich mich dir unterworfen habe und du mich wieder in Gnaden aufgenommen hast, Richard.«

*So weit ist es noch lange nicht, Bruderherz,* dachte der Angesprochene und richtete dann eine nicht ganz ernst gemeinte Frage an John.

»Und wie stellst du dir vor, mit nur wenigen Männern die Burgbesatzung zu überwältigen? Ist aus dir vielleicht während meiner Abwesenheit ein begnadeter Kämpfer gleich den Recken aus den alten Sagen um König Artus geworden? Sollte mir da womöglich etwas verschwiegen worden sein?«

»Spar dir deinen Zynismus, Richard«, wagte John sogar schon Widerworte. »Ich bilde mir keinesfalls ein, dass ich es mit dir aufnehmen kann, was deine Erfahrung im Kampf und Krieg betrifft. Und schon gar nicht mit den Rittern der Tafelrunde. Aber eine Zugbrücke nachts herunterzulassen, während Mercadier mit einigen seiner Gefährten die Wachen tötet und dann Truppen in die Festung lässt, traue ich mir durchaus zu. Ihr Euch auch, Hauptmann?«

Der Söldnerführer grinste über das ganze Gesicht.

»Ihr wollt mich als Euren Begleiter in die Burg schmuggeln, habe ich das richtig verstanden? Wir werden also zumindest anfangs nur wenige sein, und fällt Euer Verrat auf oder erkennt mich jemand von der Garnison, kann es recht brenzlig und blutig werden. Das ist Euch doch bewusst, Prinz?«

*Gerade einmal, dass er nicht Prinzlein gesagt hat,* durchfuhr es John. Er wollte schon aufbrausen, denn auch in ihm floss das Blut der Plantagenets, doch mit äußerster Willenskraft riss er sich zusammen. Sein Plan musste einfach angenommen werden und später glücken, damit er sich wenigstens zum Teil vor seinem Bruder rehabilitieren konnte.

»Ich denke nicht, dass es dazu kommen wird«, meinte John deshalb versöhnlich. »Ich bin mit drei Gefährten aufgebrochen und kehre mit ebenso vielen nach Einbruch der Dunkelheit zurück. Übernachtet haben wir wie schon viele Male zuvor in meinem Jagdhaus im Forst. Wer soll da Verdacht schöpfen? Ihr versteckt Euer Gesicht unter einer Gugel und ausreichend Männer für den Sturm auf die Burg in einem Wäldchen davor, wo sie auf Euer Zeichen warten. Oder fürchtet Ihr Euch etwa vor König Philipps Soldaten?«

Fast hätte Mercadier zum Schwert gegriffen ob der Beleidigung, nur ein warnender Blick seines Königs hielt ihn zurück.

»Ich bin erstaunt, John«, meinte Richard erstmals anerkennend. »So viel Mut und Unternehmungslust hätte ich dir gar nicht zugetraut. Aber so einfach, wie du es dir vorstellst, liegen die Dinge nun auch wieder nicht. Lasst uns alle eine Nacht lang darüber schlafen und morgen Kriegsrat halten. Bis dahin müsste auch William Marshal mit dem Gros der Armee angekommen sein, und dessen fundierte Meinung schätze ich immer sehr.«

John war verstimmt, ließ es sich aber nicht anmerken. Der Earl von Pembroke war zusammen mit Eleonore sein großer Gegenspieler im Kampf um die Königskrone von England gewesen und ihm sicher auch jetzt nicht übermäßig gewogen. Lehnte dieser den Plan ab, würde er vielleicht lange warten müssen, bis sich ihm erneut eine ähnlich günstige Gelegenheit bot, um vor seinem Bruder zu glänzen. *Aber ein Widerspruch gegen Richard pro Tag reicht im Moment völlig aus,* dachte John und nickte deshalb zustimmend. Er war schon glücklich, dass sein Vorschlag nicht gleich in Bausch und Bogen abgelehnt worden war, sondern zumindest erwogen wurde.

Es dauerte nicht mehr lange, dann hob der König die Tafel auf. Während für ihn und seine Mutter natürlich Kammern mit weichen Betten hergerichtet worden waren, musste John sich ebenso wie die Ritter aus dem Gefolge seines Bruders und auch Mercadier mit dem aufgeschütteten Stroh in der Halle als Schlafstatt begnügen. Doch während das dem Söldnerhauptmann ganz und gar nichts ausmachte, schmollte der Prinz vor sich hin und haderte mit seinem Schicksal, hatte er sich doch Besseres erhofft.

William Marshal hatte die Armee in einem Gewaltmarsch über Nacht herangeführt. Völlig übernächtigt wurde er ebenso wie Longsword und de Braose, einer seiner Nachbarn aus den Welsh Marches, der ein Kontingent walisischer Bogenschützen anführte, zum Kriegsrat befohlen. Richard und zu Williams Überraschung auch dessen Bruder John sowie natürlich der unersetzliche Mercadier warteten schon auf die Ankömmlinge, denen man nicht einmal Zeit gelassen hatte, sich zu erfrischen. Wenigstens standen auf dem großen Tisch, auf dem eine Karte der Normandie ausgebreitet worden war, auch Brot, Fleisch und Wein bereit, mit dem sich die Männer etwas stärken konnten. Aber keiner von ihnen wagte zuzugreifen, bevor der König sie nicht dazu aufforderte. Doch der war mit seinen Gedanken schon vor Verneuil und sah deshalb nicht das Verlangen in den Augen seiner Getreuen.

»Marshal, werdet Ihr alt?«, fragte der König statt einer Begrüßung seinen Stellvertreter mit vorwurfsvoller Stimme. »Früher habt Ihr doch nie so lange gebraucht, um ein Heer heranzuführen.«

»Sire, bedenkt bitte, dass der Großteil Eurer Truppen aus Fußkämpfern besteht, die auch noch ihre gesamte Ausrüstung tragen müssen, weil es an Pferden und Fuhrwerken mangelt. Die Männer sind am Ende ihrer Kräfte, und wenn Ihr sie weiter derart voranzwingt, wird der Feind leichtes Spiel mit ihnen haben, weil sie sich seines Angriffs dann nicht mehr erwehren können.«

»Nur dass das ganz und gar nicht Philipps Art ist«, konterte Richard selbstbewusst. »Wenn hier jemand angreift, dann werden wir das sein und nicht er. Damit diesbezüglich gar keine Unklarheiten aufkommen, Mylords.«

»Auch dazu müssen die Männer bei Kräften sein und nicht völlig fertig und ausgelaugt von Gewaltmärschen«, gab William Marshal, ohne zu zögern, in einem Ton zurück, den sich die beiden anwesenden Brüder des Königs ihm gegenüber niemals herausgenommen hätten. Aber Richard ließ den Widerspruch, ohne ihn zu ahnden, durchgehen und winkte nur ab.

»Ihr habt sicher recht, aber versteht auch meine Ungeduld. Während wir langsam vorrücken, fallen womöglich noch ein paar Burgen und Städte in Philipps Hände, die wir dann mühselig zurückerobern müssen. Mehr als zwei Dutzend hat er sich schon völlig widerrechtlich angeeignet. Dem gilt es Einhalt zu gebieten, und zwar so schnell als möglich. Ich habe deshalb folgenden Plan, hört genau zu.«

Die Männer gruppierten sich um die Karte und sahen, wie der König Schachfiguren darauf verteilte. Zuerst nahm er zwei weiße Springer in die Hand und stellte sie in der Nähe von Verneuil und Évreux auf.

»John, Mercadier und eine berittene Hundertschaft gascognischer Söldner reiten nach Évreux und nehmen die Stadt und Burg im Handstreich ein. In Ermangelung einer besseren Idee versuchen wir es so, wie es mein Bruder gestern vorgeschlagen hat. Ich hoffe sehr für dich, John, dass das auch klappt.«

Der Blick, den ihm sein Bruder zuwarf, ließ den Prinzen frösteln.

»Ich hingegen werde mit unserer Reiterei so schnell wie möglich auf Verneuil vorrücken«, fuhr Richard fort. »Ihr, de Braose, begleitet mich mit Euren Bogenschützen. Die setzen wir auf alle verfügbaren Pferde, damit wir schneller vorankommen. Beten wir zum Allmächtigen, dass sie ebenso gut sind wie diejenigen, die der Earl von Huntingdon in Arsuf und Jaffa in die Schlacht geführt hat. Oder was meint Ihr, de Braose?«

Der Marcher Lord zuckte nur mit den Schultern.

»Das werden wir erst wissen, wenn sie sich im Kampf bewähren müssen, Sire. Aber einige von ihnen waren mit Euch im Heiligen Land, wie sie mir stolz berichteten, und rühmen sich ihrer dortigen Heldentaten bei jeder Gelegenheit.«

»Wozu sie auch alles Recht der Welt haben«, wies der König den neuen Anführer der Bogenschützen zurecht. »Wenn wir Verneuil erreichen, werdet Ihr mit den Walisern und den besten Kriegsknechten, die wir haben, versuchen, in die Burg zu gelangen und die Besatzung zu verstärken. Ich will derweil Philipps Belagerungsring mit meinen Rittern angreifen, damit seine Truppen abgelenkt sind und Ihr meine Order ausführen könnt.«

»Sire, es ist viel zu gefährlich, Euch nur mit der Reiterei gegen Philipp zu stellen!«, meldete der Earl von Pembroke Bedenken an. »Vor allem, wo Ihr gegenwärtig nur über eine so geringe Anzahl verfügt, weil die Kontingente aus Aquitanien und der Normandie noch nicht zu uns gestoßen sind. Philipps Armee ist Eurer Vorhut wahrscheinlich zwanzigfach überlegen. Es wäre Selbstmord, sie direkt anzugreifen!«

»Das habe ich doch gar nicht vor, Marshal. Beruhigt Euch! Ich will ihn doch nur ablenken, damit de Braose in die Burg gelangt, und ziehe mich dann sofort wieder zurück. Aber nur um gleich danach seine Versorgungslinien anzugreifen und seinen Nachschub abzuschneiden. Deshalb wirst du mich begleiten, William«, wandte sich Richard an seinen Halbbruder, und Longsword begann sofort zu strahlen wie ein Dutzend Öllämpchen. »Dabei kannst du etwas über bewegliche Kriegsführung lernen und dir deine Sporen verdienen.«

»Liebend gern, Sire«, stimmte der jüngste der Brüder sofort zu und wäre Richard am liebsten um den Hals gefallen. Aber der wandte sich jetzt direkt an seinen Stellvertreter.

»Mit dem direkten Angriff auf Philipp warte ich, bis Ihr mit dem Haupttheer heran seid, Marshal. Lasst Euch nicht zu viel Zeit, aber kommt auch nicht mit völlig erschöpften Truppen bei Verneuil an. Gemeinsam zerquetschen wir Philipp dann an den Mauern der Burg genauso wie diese Schabe hier.«

Richard machte seine Worte wahr und zerdrückte die Kakerlake, die auf dem Weg zu dem Fleisch war. Dabei fiel ihm etwas ein, das er bislang zu fragen vergessen hatte.

»Hat vielleicht jemand Hunger? Wenn ja, dann bedient Euch, Mylords.«

Die drei Williams – Marshal, de Braose und Longsword – hatten nichts sehnlicher herbeigewünscht als diese Aufforderung und machten sich nun, ohne zu zögern, über den Braten, Brot und Wein her, den sie allerdings stark verdünnten, denn allen war klar, dass sie einen klaren Kopf behalten mussten, da der König ihnen bestimmt keine längere Pause gönnen würde.

»Vorausgesetzt, der Plan gelingt und wir können Évreux einnehmen, Sire, was sollen wir dann tun?«, meldete sich Mercadier zu Wort. »So schnell wie möglich zu Euch stoßen?«

»Ja, mein Freund, genau das. Ich werde jeden Mann brauchen, stellt sich Philipp zur Schlacht. Allerdings habe ich da wenig Hoffnung, denn nichts fürchtet er mehr, als mir auf dem Feld zu begegnen. Du, John, bleibst in Évreux und hältst die Burg und die Stadt, bis ich dir Entsatz schicken kann. Ich glaube kaum, dass dich jemand angreifen wird, aber falls doch, musst du den Feind zusammen mit deinen Männern und den Bürgern der Stadt abwehren. Versprich ihnen, dass ich mich ihnen gegenüber gnädig zeigen werde, dann werden sie schon kämpfen, wenn es darauf ankommt.«

*Dein Wort in Gottes Ohr,* dachte der Prinz, hütete sich aber davor, einen Kommentar abzugeben, der ihn womöglich als Feigling dastehen ließe.

Der König ließ seinen Männern kaum Zeit für eine ausgiebige Stärkung. Er drängte zum Aufbruch und musste sich zudem noch von seiner Mutter verabschieden. Eleonore hatte beschlossen, nun doch nach Poitiers zu reisen, da die Begegnung zwischen ihren beiden Söhnen, die zu entschärfen ihr Wunsch gewesen war, jetzt stattgefunden hatte. Bei den zu erwartenden kriegerischen Auseinandersetzungen war sie Richard nur im Wege, das wusste sie selbst. Aber ein paar mahnende Worte wollte sie ihm schon noch auf den Weg mitgeben, das war sie sich und ihrer Mutterrolle, von der sie sich nie ganz befreien konnte, so alt ihre Kinder auch waren, schuldig.

»Bring John nicht gleich um, falls er versagen sollte«, meinte sie eindringlich und hielt ihren ältesten Sohn dabei am Arm gepackt. »Sei froh, dass er nicht dein kriegerisches Geschick hat, sonst wärst du wahrscheinlich kein König mehr. Und geh nicht zu erbarmungslos mit den Bewohnern von Städten und Dörfern um, die sich Philipp unterworfen haben. Sie hatten schließlich keine andere Wahl und wussten nicht, ob du überhaupt je wieder zurückkehren würdest. Gnade und Barmherzigkeit sind die größten Tugenden eines Königs, vergiss das nicht, Richard!«

»Aber Verräter bestrafen und mir zurückholen, was mir Philipp gestohlen hat, darf ich schon, oder?« Richards Stimme troff nur so vor Sarkasmus.

Eleonore seufzte tief.

»Du machst ja doch, was du willst, und hörst nicht mehr auf mich. Ich werde dir aus Aquitanien alles an Truppen schicken, was ich auftreiben kann. Und deiner Frau schreiben, denn du tust es ja nicht. Spätestens zu Weihnachten erwarte ich dich an meinem Hof in Poitiers und hoffe, dass dann auch Berengaria angekommen ist und ihr endlich wieder vereint seid. Es ist nicht gut für dich, ständig ohne eine Frau an deiner Seite zu sein. Das macht einen Mann nur hart und unerbittlich, und beides solltest du gerade jetzt nicht sein.«

»Es liegt schließlich nicht an mir, dass Berengaria ihren Vater ihrem Mann vorzieht«, knurrte Richard gereizt und der Worte seiner Mutter langsam überdrüssig.

»Oh doch, Richard, das tut es«, konnte Eleonore sich nicht verkneifen anzumerken, obwohl sie die abweisende Haltung ihres Sohnes bemerkte. »Wobei dies eine besondere Situation ist, denn ihr Vater, von dem sie ihre Klugheit und ihr Mitgefühl geerbt hat, liegt nun einmal im Sterben. Nicht umsonst nennt man ihn Sancho den Weisen. Von ihm hättest du viel über den Umgang mit Menschen und darüber, wie man einem Land den Frieden erhält, lernen können. Wenn Berengaria dann wieder bei dir ist, bemühe dich gefälligst um sie und vor allem darum, dass sie vergisst, was im Heiligen Land vorgefallen ist. Und damit meine ich nicht, dass du ihr ständig von deinen Heldentaten im Krieg, von Mord und Tod, von Rückeroberungen und Brandschatzungen, von Schändungen und Verwüstungen erzählst und womöglich erwartest, dass sie dir andächtig lauscht und dich dafür bewundert. Dichte für sie, singe für sie! Damit hast du einst ihr Herz gewonnen, nicht durch deinen Sieg auf dem Turnier in Pamplona. Und mach ihr nach Möglichkeit wieder ein Kind. Nichts lenkt eine Frau mehr ab, als sich um ein solch kleines, hilfloses Wesen zu kümmern. Lady Marian, habe ich in England erfahren, hatte auch einmal eine Fehlgeburt und ist doch nach der Rückkehr ihres Mannes vom Kreuzzug wieder schwanger geworden.«

»Der hat auch am Heiligen Grab in Jerusalem dafür gebetet, was mir leider verwehrt geblieben ist«, gab Richard schlecht gelaunt zurück. »Und jetzt gehab dich wohl, Mutter. Für mich gibt es heute und in den nächsten Tagen, wenn nicht Wochen und Monaten, noch viel zu tun.«

»Dann will ich dich nicht weiter aufhalten, Richard«, meinte Eleonore versöhnlich, und ehe ihr Sohn sich versah, hatte sie ihn zu sich heruntergezogen und auf die Wange geküsst. »Ich wünsche dir viel Erfolg bei allem, was du vorhast. Aber pass auf dich auf, ich bitte dich! Du bist nicht unsterblich, das solltest du nie vergessen.«

Richard schüttelte nur den Kopf. Er war jetzt siebenunddreißig Jahre alt, doch für seine Mutter würde er wohl immer ein kleiner Junge bleiben.

»Gute Reise, ich muss jetzt wirklich los!«, rief er Eleonore schon im Davoneilen noch zu, die ihrem Sohn sorgenvoll hinterherblickte. Ob sie ihn noch einmal lebend wiedersehen würde? Bei Richard und seinem Draufgängertum wusste man das schließlich nie.

Bevor das Heer sich wie beschlossen teilte, nahm der König noch unbemerkt seinen Söldnerhauptmann zur Seite.

»Mercadier, behaltet John immer im Auge, ich traue ihm nicht. Falls er mich noch einmal an Philipp verraten sollte, tötet ihn. Tut es nicht selbst, denn ich werde den Mörder meines Bruders hinrichten lassen müssen. Gebt einem von Euren entbehrlichen Männern den Auftrag, doch zögert nicht, wenn es sein muss. Das ist allerdings kein Freibrief für Euch, sich seiner zu entledigen, sondern gilt nur bei Verrat. Nicht für Feigheit, Weinerlichkeit oder sonst etwas, die Ihr bei Euren Söldnern gnadenlos ahnden würdet. Habt Ihr mich verstanden?«

»Jawohl, Sire. Wie immer Euer gehorsamer Diener.«

»Dann ist es ja gut.«

Der König klopfte dem Mann, dem er nahezu grenzenlos vertraute, zum Abschied freundschaftlich auf die Schulter. Dann schwang er sich aufs Pferd, befahl seinen jungen Halbbruder Longsword an seine Seite, nickte William Marshal und sogar seinem Bruder John freundlich zu und setzte sich an die Spitze der Vorhut. Sein Ziel war Verneuil, wo er wie Gottes Zorn über Philipp und dessen Armee kommen wollte.

Mercadier und John hielten sich etwas nördlich der Marschroute des Königs, ritten aber nicht weniger schnell als dieser Richtung Évreux. Die Festung lag etwas oberhalb der Stadt auf einem Hügel, in dessen Wald der Söldnerhauptmann seine Männer versteckte. Er hatte die Ankunft vor der Burg bewusst so geplant, dass sie erst in der Dunkelheit erfolgte und von den

Wachen auf dem Donjon und Torturm unbemerkt blieb. Danach befahl er zweien seiner unerschrockensten Männer, ihm zu folgen, und schloss sich dem Prinzen an, der den Jagdfalken auf der Faust vor das Burgtor ritt und laut rufend Einlass begehrte.

Es dauerte eine Weile, bis die Wache sich bequemte, den Burghauptmann zu informieren, ohne dessen Genehmigung nach Einbruch der Nacht das Tor nicht geöffnet und die Zugbrücke heruntergelassen werden durfte. Die Zeit, die bis dahin verging, sagte Mercadier eine ganze Menge über die Wertschätzung, die der Prinz hier offenbar genoss. Es dauerte über eine Stunde, bis der Vogt endlich erschien und seinen Männern missmutig befahl, die Jagdgesellschaft einzulassen.

Als John dann endlich mit seinen Begleitern über die Bohlen der Brücke in den Innenhof der Festung trabte und die Männer abgesessen waren, baute sich der Vogt, der auch der Burgbesatzung vorstand, zornschnaubend vor ihm auf.

»Monsieur, das ist das letzte Mal, dass ich wegen Euch nachts das Tor öffnen lasse. Ich unterstehe König Philipp und habe von ihm die ausdrückliche Order, wachsam und vorsichtig zu sein. Noch dazu jetzt, wo es heißt, dass Euer Bruder wieder im Lande sein soll. Ich ersuche Euch deshalb mit Nachdruck, zukünftig bei Tageslicht von Euren Ausflügen zurückzukehren oder diese, was noch besser wäre, gänzlich zu unterlassen, bis wir Klarheit über die Lage haben. Ansonsten bleibt auch für Euch zukünftig die Brücke oben, und Ihr könnt vor den Mauern nächtigen.«

»Kerl, wie wagst du es, mit mir zu sprechen?«, fuhr John den Vogt an, der sich davon allerdings völlig unbeeindruckt zeigte. »Das wird nicht ohne Folgen für dich bleiben, denn ich bin der Herr über die Stadt und die Burg Évreux, nicht du. Und jetzt schicke uns Knechte, die sich um die Pferde kümmern, denn sie sind von der Jagd erschöpft und müssen gründlich abgerieben und versorgt werden.«

»Die wohl nicht sehr erfolgreich war, denn ich sehe keinerlei Beute«, gab der Vogt spöttisch zurück. »Lasst Eure Begleitung doch die Rösser versorgen, ich wecke wegen Eurer Eskapaden nicht meine Männer.«

Mit diesen Worten wandte er sich verhalten lachend ab und hörte deshalb das charakteristische, schleifende Geräusch nicht, das ein Schwert, das aus der Scheide gezogen wird, verursachte. Er kam nur zwei Yards weit, dann durchfuhr ihn ein unsäglicher Schmerz. Als er an sich hinabblickte, sah er eine Schwertspitze aus seinem Leib ragen, dann brachen seine Augen, und er sackte mit einem gurgelnden Laut zusammen.

Mercadier hatte während des Rededuells die Lage um sich herum analysiert und war zu dem Ergebnis gekommen, mit dem Angriff gar nicht länger warten zu müssen. Vor dem Burgvogt hatte eine Weinfahne hergeweht wie das königliche Löwenbanner vor Richards Truppen, was darauf schließen ließ, dass die ganze Besatzung ausgiebig gezecht hatte. Denn wenn der oberste Befehlsinhaber sich einen genehmigte, das wusste der Söldnerführer aus eigener Erfahrung, hielt die Mannschaft für gewöhnlich kräftig mit.

Im Vorhof befanden sich nur zwei Torwachen, die den Disput zwischen ihrem Herrn und dem Prinzen grinsend verfolgt hatten. Die Brücke war noch heruntergelassen, das Tor geöffnet und das Fallgatter hochgezogen. Warum also zögern und die Gelegenheit ungenutzt verstreichen lassen?

Mercadier war schon immer ein Mann von raschen Entschlüssen gewesen, und er wusste, dass seine beiden Gefährten ebenso schnell und skrupellos handeln würden wie er selbst. Und er hatte sich nicht getäuscht, denn kaum war der Burghauptmann zusammengebrochen, starben auch die beiden Wachleute, der eine niedergestreckt von einem Dolchstoß, der andere von einem Schwertstreich.

John, der sich das alles anders vorgestellt hatte – vor allem langsamer und überlegter, vielleicht des Nachts, wenn alles schlief –, wurde schreckensstarr. Doch das scherte Mercadier nicht, der sich eine Fackel griff, die in einem Ring am Torhaus steckte, auf die Zugbrücke lief und sie mehrmals hin und her schwenkte. Das war das vereinbarte Zeichen für seine Söldner, die zwar nicht so schnell damit gerechnet hatten, gerufen zu werden, aber natürlich bereitstanden und darauf brannten, die Burg zu nehmen, denn ihnen war reiche Beute versprochen worden. Jetzt kamen sie herangestürmt, was allerdings nicht unbemerkt blieb, denn eine angreifende Hundertschaft machte notgedrungen Lärm.

Pferdehufe polterten über die Bohlen der Brücke, dröhnten im Torhaus und im ersten Vorhof der Burg. Die Wachen des zweiten Tores vor der Hauptburg, das ebenfalls offen stand und durch keine zusätzliche Brücke geschützt war, versuchten auf die Schnelle, noch das Fallgatter herunterzulassen, als sie endlich begriffen, was vor sich ging. Doch anstatt die Taue einfach durchzuschlagen, plagten sie sich mit der Winde ab. Noch bevor das schwere Gatter Bodenberührung hatte, war Mercadier mit seinen beiden Gefährten bereits heran. Sich unter dem Fallgatter hindurchzurollen, auf der anderen Seite aufzuspringen und die Wachen niederzumachen war eins und dauerte kaum ein paar Lidschläge. Schon waren weitere Söldner unter dem Gatter hindurch und kurbelten es wieder hoch, sodass ihre noch berittenen Kameraden auch in den zweiten Hof gelangten.

Hier formierte sich endlich Widerstand, aber nur sehr zögerlich, denn wie Mercadier richtig vermutet hatte, waren die meisten Männer der Besatzung sturzbetrunken und warteten noch dazu auf die Befehle des Vogts, der aber nirgends zu sehen war. So torkelten sie mehr in die Schwerter und Spieße der gascognischen Söldner, als dass sie kämpften und sich verteidigten.

Was folgte, war ein einziges, blutiges Gemetzel. Gnade wurde keine gewährt, selbst wer sich ergab, brutal erschlagen.

Der Kampf dauerte kaum eine halbe Stunde, dann war die Burg von Évreux in der Hand Mercadiers und seiner Söldner. John hatte dazu nichts weiter beigetragen, als in die Rolle des Toröffners zu schlüpfen, die er aber meisterlich ausgefüllt hatte.

Die Angreifer hatten niemanden in der Festung am Leben gelassen. Auch die wenigen Männer, die dem Prinzen noch treu gewesen und ihm nicht auf die Jagd gefolgt waren, hatte man umgebracht. Mercadier quittierte Johns diesbezügliche Vorwürfe nach dem Ende des Kampfes nur mit einem Schulterzucken. Sein König würde ihm diesbezüglich mit Sicherheit keine Vorwürfe machen, zumal es ihm die Mühe ersparte, die Verräter und schlechten Ratgeber seines Bruders aufhängen zu müssen.

Der Kampf um die Burg war in der Stadt natürlich nicht unbemerkt geblieben. Hier lebten nicht nur Menschen, die zu Richard Löwenherz als Herzog der Normandie standen, sondern durchaus auch Bürger, die den französischen König als ihren rechtmäßigen Herrscher ansahen, auch wenn sie eindeutig in der Minderheit waren. Als einer der Kaufleute am Morgen erkundet hatte, was vorgefallen war, schickte er umgehend zwei seiner Knechte auf seinen besten Pferden nach Verneuil, die Philipp die Nachricht überbringen sollten, dass Évreux gefallen war und sich wieder in der Hand seines Erzfeindes befand.

Mercadier brach schon am nächsten Tag gegen Mittag auf, um seinem König zu folgen. Da John nunmehr nur noch über drei Gefolgsleute verfügte – diejenigen, die ihn auf die vorgebliche Jagd begleitet hatten –, ließ der Söldnerführer dem Prinzen ein Dutzend Männer zurück, meist allerdings Verwundete und leicht Erkrankte, um die Burg und die Stadt so lange halten zu können, bis ihnen Richard eine Besatzung schickte. Niemand nahm an, dass das überhaupt nötig war, andererseits musste man in diesen unruhigen Zeiten immer mit dem Schlimmsten rechnen. Und diese Einstellung sollte sich auch als richtig erweisen, wie sich schon bald herausstellte.

Die Pferde des Handelsherrn waren leichter und schneller als die schweren Streitrösser von Mercadiers Söldnern. Noch dazu trugen ihre Reiter keine Rüstungen und erreichten deshalb Verneuil und das Feldlager des französischen Königs bereits nach einem straffen Tagesritt. Philipp war gerade wieder einmal dabei, seine Hauptleute zusammenzubrüllen, weil es mit der Erstürmung der Burg nicht voranging, als ihm die Männer aus Évreux gemeldet wurden. Dem König schwante nichts Gutes, und so ließ er die vor Angst schlotternden Knechte, die befürchteten, für das Überbringen der schlechten Nachricht womöglich sogar gehängt zu werden, schleunigst zu sich bringen. Die beiden völlig erschöpften Boten fielen vor Philipp auf die Knie und berichteten ihm stotternd und dabei ihre Mützen in den Händen walkend – an irgendetwas mussten sie sich schließlich festhalten –, was in ihrer Heimatstadt geschehen war und dass sich die Burg durch den Verrat von Prinz John wieder in der Hand von dessen Bruder oder, besser gesagt, der von ihm ausgeschickten Söldner befand.

Philipp knirschte so sehr mit den Zähnen, dass Graf Gottfried von Le Perche, der neben ihm stand, es hören konnte.

»Ich wusste doch von Anfang an, dass man dieser Ratte nicht trauen kann«, fauchte der König wütend und schlug mit der Faust so heftig auf den Tisch, dass die darauf abgestellten Becher in die Höhe sprangen. »Wie viele Männer, sagtet ihr, befinden sich jetzt in der Burg?«, wollte er dann von den Boten wissen.

»Majestät, unser Herr hat uns beauftragt, Euch auszurichten, dass er von etwa hundert gascognischen Söldnern gehört hat. Genau weiß er es aber auch nicht zu sagen, da nur einem Pferdeknecht während des Kampfes und im Schutze der Nacht die Flucht aus der Burg gelungen ist. Die Angreifer haben alle Eure Männer niedergemacht und nicht einen einzigen am Leben gelassen. Der Kopf des Burgvogts wurde auf eine Lanze gesteckt und über dem Tor zur Schau gestellt. Das allerdings haben auch wir gesehen, bevor wir heute Morgen losgeritten sind.«

»Und was haben die ach so treuen Bürger von Évreux und ihre Stadtwache unternommen, als meine Männer kaltblütig niedergemetzelt wurden?«, fuhr Philipp die beiden Knechte an, die sich wie unter Qualen wanden, denn was sie darüber berichten konnten, würde dem König mit Sicherheit nicht gefallen.

»Majestät, als der Kampf nicht mehr zu überhören war, sind die Bürger an dem der Burg gegenüberliegenden Tor zusammengelaufen. Einige von ihnen wollten Euren Soldaten zu Hilfe eilen, sind aber von einer Mehrheit davon abgehalten worden. Keiner wusste ja, wer da angreift und vor allem, wie viele es waren. Besser, man schützte die Stadt, als sich in einen unübersichtlichen Kampf einzumischen, lautete der Ratsbeschluss«, gab einer der Boten mit gesenktem Kopf zu und betete darum, dass er den seinen nicht verlor.

»Soso, man wollte sich also nicht einmischen. Aber als ich vor einem Jahr die Burg eingenommen habe, konnten die Bürger gar nicht genug um Privilegien und Steuererleichterungen betteln, die ich ihnen damals auch großzügig gewährte. Das ist nun der Dank dafür, aber was kann man von Krämern und Pfeffersäcken auch anderes erwarten? Geht mir aus den Augen, Kerle, oder ihr hängt am nächsten Baum! Eurem Herrn werde ich noch persönlich sagen, wie sehr mich seine Botschaft gefreut hat. Raus mit euch!«

Die beiden Knechte konnten ihr Glück gar nicht fassen, mit dem Leben davongekommen zu sein. Unter vielen Verbeugungen zogen sie sich rückwärtsgehend zurück, und so erschöpft sie auch waren, wagten sie doch nicht, nach einer kleinen Stärkung zu fragen, sondern sahen zu, möglichst schnell einige Meilen zwischen sich und das Heerlager zu bringen, bevor sie sich etwas Ruhe gönnten.

Kaum waren die Boten verschwunden, wandte sich der König an seine Hauptleute.

»Das kann ich unmöglich hinnehmen, dass John mich verrät und Évreux an seinen Bruder fällt. Le Perche, Ihr übernehmt hier das Kommando und erobert endlich diese verdammte Burg. Ich breche morgen in aller Frühe auf und versuche, die verlorene Festung Évreux zurückzugewinnen. Außerdem will ich die Bürger der Stadt für ihre Feigheit und Treulosigkeit bestrafen. Hier muss ein Exempel statuiert werden, sonst fallen womöglich die ganzen mühsam eingenommenen Gebiete in der Normandie und Aquitanien wieder von Frankreich ab. Vielleicht gelingt es mir sogar, John zu ergreifen und ihn als Druckmittel gegen seinen Bruder einzusetzen. Wobei, wenn ich es recht bedenke, täte ich Richard damit womöglich sogar noch einen Gefallen, und er wäre froh, sich mit diesem ständigen Verräter nicht weiter herumärgern zu müssen.«

»Aber Majestät, wie unsere Spione berichten, ist das englische Heer auf dem Marsch hierher. Was, wenn es schon bald hier eintrifft und uns eine Schlacht anbietet? Sollte dann der König nicht besser bei seinen Truppen sein? Warum schickt Ihr nicht mich oder einen anderen nach Évreux, um Eure Befehle auszuführen?«, fragte der Graf von Le Perche entsetzt.

*Weil das die Gelegenheit ist, auf die ich schon lange gewartet habe, um mich von dieser wohl dem Untergang geweihten Truppe ohne Gesichtsverlust absetzen zu können*, dachte Philipp und seufzte bedeutungsschwer. Er konnte ja schlecht zugeben, dass er sich vor einer offenen Feldschlacht gegen Richard Löwenherz mehr fürchtete als der Teufel vor dem Weihwasser und dass er nun nicht nur die Chance gegeben sah, gesichtswahrend von hier zu verschwinden, sondern in Évreux vielleicht sogar noch einen kleinen Erfolg zu erzielen, während seine

Truppen – ganz gleich, wem er sie unterstellte – garantiert das Weite suchen würden, rückte der englische König mit seiner Armee an. Er selbst dürfte dann natürlich nicht fliehen, sondern konnte bestenfalls unter dem Vorwand, der Feind wäre kräftemäßig weit überlegen, einen geordneten Rückzug befehlen. Deshalb war es eindeutig besser, wenn er sich nach Möglichkeit schon weit weg vom Ort des Aufeinandertreffens befand und später die Schuld auf andere schieben konnte, als selbst die Verantwortung übernehmen zu müssen.

»Weil ich mit John selbst abrechnen und das keinem anderen überlassen will«, gab Philipp als Grund an, merkte aber selbst, wie schwach seine Erklärung klang. »Außerdem steht es Euch nicht zu, Le Perche, meine Entscheidungen zu hinterfragen. Führt meine Befehle nach bestem Wissen und Gewissen aus, sonst muss ich Euch Eures Kommandos entheben. Und bei der Gelegenheit auch gleich noch Eure Lehen einziehen, sollte ich an Eurer Treue zweifeln. Seid Ihr nicht mit einer Nichte von König Richard verheiratet? Vielleicht wollt Ihr ja auch wie John zu ihm überlaufen, Euch ihm zu Füßen werfen und um Gnade betteln!«

Philipp wusste, wie unbegründet diese Anschuldigungen waren und dass Gottfried von Le Perche sicher nichts Gutes zu erwarten hätte, fiele er Löwenherz in die Hände. Günstigstenfalls würde er bis zur Zahlung eines Lösegeldes, das seine Familie garantiert an den Bettelstab brachte, in einem Kerker verschwinden. Oder aber, wenn bei Richard die Wut über die Vernunft triumphierte, sein Leben verlieren. Trotzdem konnte der König sich diese Stichelei nicht verkneifen, vor allem, weil sie seinen Feldherrn garantiert mundtot machen würde. Der Graf senkte auch wie erwartet den Kopf und unterließ jeden weiteren Widerspruch, der ihm auf der Zunge lag. Ihm war klar, dass sein Lehnsherr ihn und einen Großteil seines Heeres als Bauernopfer zurückließ und vor eine unlösbare Aufgabe stellte, vor der er sich selbst drückte.

Noch deutlicher wurde das Ganze, als Philipp am nächsten Morgen aufbrach und so gut wie jeden Ritter mitnahm, der ihm treu verbunden war. Zurück blieben nur die angeheuerten Söldner, Kriegsknechte und unzuverlässige Gestalten, mit denen Le Perche nur Ärger haben würde. Der König rückte ohne wehende Standarten und Fanfaren ab, denn die Burgbesatzung sollte nach Möglichkeit nicht merken, wie ausgedünnt und durchlässig der Belagerungsring geworden war.

Wenn ein größeres Heer vorrückt, bleibt das natürlich nicht lange unbemerkt. Philipp brauchte mit seiner Truppe für die Strecke, die die beiden Boten an einem Tag zurückgelegt hatten, ganze drei. Die Nachricht, dass der französische König auf Évreux marschierte, erreichte die zurückgelassene Burgbesatzung schon am zweiten Tag und versetzte besonders John gelinde gesagt in Panik. Was sollte er jetzt nur tun? Mit einem Dutzend Söldner die Festung verteidigen? Das wäre glatter Selbstmord! Die Bürger der Stadt würden sich kaum unter sein Kommando stellen und für ihn kämpfen. Was dies anging, gab er sich keinen falschen Hoffnungen hin. Sich stattdessen dem französischen König ergeben? Dann könnte er seinem Bruder nie wieder unter die Augen treten, und außerdem war das Letzte, was er sich gerade wünschte, sich vor Philipp rechtfertigen zu müssen.

Die Entscheidung wurde ihm wie so oft abgenommen, denn an dem Tag, an dem die Ankunft der Franzosen gegen Abend erwartet wurde, waren morgens alle Gascogner und auch zwei von Johns letzten Getreuen verschwunden. Mit nur einem Mann stand der Prinz verlassen im Hof der Burg und dachte darüber nach, warum ihm einfach so rein gar nichts glücken wollte. Aber lange konnte er sich damit nicht aufhalten, wollte er nicht in die Hände seines ehemaligen Verbündeten fallen. Ihm blieb letztlich nur die Flucht, aber wohin und zu wem? Nach Poitiers zu seiner Mutter? Das Gespött, dass er sich unter ihren Röcken verkroch, während sein Bruder kämpfte, würde endgültig seinen Ruf ruinieren, und das könnte er nie und nimmer ertragen. Blieb eigentlich nur der Weg nach Norden, nach Rouen. Die Stadt war nicht mehr als einen straffen Tagesritt entfernt und er hinter ihren starken Mauern in Sicherheit. Und vielleicht hätte sich Richard wegen des erneuten Verlustes von Évreux auch schon wieder etwas beruhigt, wenn er irgendwann in der Hauptstadt seines Herzogtums einträfe und vorher vielleicht noch die eine oder andere erfolgreiche Schlacht gegen die Franzosen geschlagen hatte.

Johns Gesichtszüge hellten sich deutlich auf, nachdem ihm dieser rettende Gedanke gekommen war.

»Folgt mir!«, rief er seinem letzten verbliebenen Gefolgsmann zu, der auch bereits damit geliebäugelt hatte, sich abzusetzen. »Wir reiten nach Rouen. Dort sind wir in Sicherheit und können uns den Verteidigern der Stadt anschließen, bis mein Bruder anrückt. Lasst uns keine Zeit vertrödeln, holt die Pferde!«

Der Ritter, nicht gerade die hellste Kerze auf dem Kronleuchter, war froh, endlich einen Auftrag zu erhalten, den er geflissentlich ausführen konnte. Eigentlich war es unter seiner Würde, Pferde zu satteln, aber sogar die Knappen hatten sich aus dem Staub gemacht. So blieb ihm nichts anderes übrig, als deren Aufgaben zu übernehmen und dem Prinzen auf dem Ritt nach Rouen zu dienen. Denn zumindest rettete er dadurch für den Moment sein Leben, und das war schon mehr, als noch vor Kurzem zu erwarten gewesen war.

Der Vorstoß des englischen Königs auf Verneuil gestaltete sich schwieriger als erwartet. Der Boden war vom Frühjahrsregen aufgeweicht und das Gelände noch dazu von vielen kleinen Flüsschen durchzogen und sumpfig. Deshalb dauerte es auch mehrere Tage, bis die Späher meldeten, dass man nur noch wenige Meilen vom Lager der Franzosen entfernt war. Richard beschloss, sich von der Lage vor Ort selbst ein Bild zu machen und nicht auf fremde Augen zu vertrauen. Er befahl seinen Halbbruder und de Braose an seine Seite, verbat sich die Begleitung von Bannerträgern und preschte los. Auf einem Hügel hielten die Reiter im Schutz der Bäume an und sahen auf einmal das breite Tal der Seine und die belagerte Festung Verneuil vor sich liegen. Das kleine Städtchen zu Füßen der Burg war nahezu dem Erdboden gleichgemacht worden, Teile der Festungsmauer sowie ein Turm bereits eingestürzt. Doch die Besatzung hatte die Bresche geschlossen, und stolz wehte nach wie vor auf dem Donjon die Flagge mit den drei schreitenden, goldenen Leoparden der Plantagenets auf purpurnem Grund und nicht Philipps blaues Banner mit den aufgestickten Lilien. Dessen Fahne entdeckte Richard zu seiner Überraschung auch über keinem Zelt im Lager, was eigentlich nur heißen konnte, dass der französische König nicht anwesend war.

»Hat mein Vetter womöglich kalte Füße bekommen?«, meinte Richard mehr zu sich selbst als an seine Begleiter gewandt. »Außerdem hätte ich gedacht, seine Armee wäre wesentlich größer. Das kann eigentlich nur bedeuten, Philipp ist mit einem Teil seiner Streitmacht abgerückt. Nur wohin, frage ich mich?«

Die letzten Worte hatte er so laut gesprochen, dass de Braose glaubte, antworten zu müssen.

»Und wenn er von unserer Ankunft weiß und mit seiner Reiterei einen Bogen schlägt, um uns in den Rücken zu fallen? Dann trennt er die Vorhut vom Haupteer, und es könnte sehr brenzlig für uns werden.«

»De Braose, das wäre ein Plan, würdig eines wahren Feldherrn. Nur das ist Philipp nicht, glaubt mir. Entweder hat er sich in ein Mauseloch verkrochen, oder er wittert an anderer Stelle leichtere Beute und ist dorthin geeilt, um Brosamen aufzusammeln. Hinter uns befindet er sich ganz sicher nicht, das wäre ihm viel zu gefährlich. Denn was geschieht, wenn wir kehrtmachen und ihn zwischen uns und William Marshal zerquetschen würden? Den fürchtet er fast so sehr wie mich.«

»Aber wo könnte er dann sein?«, wagte William Longsword sich einzumischen, den es jedes Mal Überwindung kostete, sich direkt an seinen Bruder zu wenden.

»Ich habe da so eine Ahnung«, meinte Richard und wiegte den Kopf hin und her. »Aber letztlich ist das auch ganz gleich. Wir sind hier, um die Einnahme der Burg zu verhindern und so viele von Philipps Soldaten zur Hölle zu schicken, wie wir nur können. Danach sehen wir weiter. Ewig wird mir mein ehemaliger Freund sowieso nicht ausweichen können, das steht fest. Wenn wir nicht heute aufeinandertreffen, dann eben ein anderes Mal. De Braose, ich werde die Vorhut im Schutze der Hügelgruppe nach Osten führen und von dort aus flussabwärts angreifen. Das wird die Belagerungstruppen abziehen, denn sie müssen sich mir entgegenstellen. Ihr nutzt das aus und brecht mit Euren Kriegsknechten und den Bogenschützen zur Burg durch. Schickt zuvor eine Taube mit einem Pergament, damit sie Bescheid wissen und nicht auf Euch schießen. Sie sollen die Flagge auf dem Donjon als Zeichen, dass die Botschaft angekommen ist, dreimal ein Stück herunter- und wieder hochziehen. Vorher greife ich nicht an.«

Der Marcher Lord nickte nur und wandte sein Ross, um zu den Truppen zurückzukehren, während Richard, einer Statue gleich, weiter unter den Bäumen verharrte. Als das Schweigen für Longsword nahezu unerträglich wurde, konnte er nicht länger an sich halten.

»Und wo wird mein Platz sein, Sire?«, wollte der junge Krieger wissen. »An Eurer Seite, oder bekomme ich ein eigenes Kommando?«

»Richard für dich, wenn wir unter uns sind, aber nur dann«, bekam er zu hören und gleichzeitig rote Ohren vor Freude. »Pass auf, William, für dich habe ich einen besonderen Auftrag. Du bekommst eine Hundertschaft und reitest auf der

Straße nach Paris weiter nach Osten. Dort legst du dich in einen Hinterhalt und wartest einen Tag, ob sich eine Kolonne mit Nachschub nähert. Wenn ja und das Verhältnis zwischen deinen Männern und der Bewachung ausgeglichen ist oder ihr gar überlegen seid, greift ihr an. Philipps Feldherr vor den Mauern da unten kann es sich auf gar keinen Fall leisten, dass seine Nachschublinien unterbrochen werden. Muss er das befürchten, wird er sich zurückziehen und sein befestigtes Lager aufgeben. Und dann fallen wir über ihn her, noch bevor die Hauptarmee da ist. Ich habe dieses endlose Taktieren satt und will Philipp endlich nachsetzen. Traust du dir zu, meinen Auftrag auszuführen?«

»Nichts ist mir lieber als das, Si…, äh, Richard.« Longsword strahlte über das ganze Gesicht, betete aber gleichzeitig dafür, dass auch wirklich eine Kolonne käme. Er würde sie angreifen und die Fourage erbeuten, komme, was da wolle – selbst wenn tausend Mann die Vorräte schützten, ganz gleich.

Richard sah seinen Halbbruder von der Seite an und wusste genau, in welche Richtung dessen Gedanken gingen. Schließlich hätte er auch nicht anders gehandelt. Lieber einmal übereifrig sein als so zögerlich und unentschlossen wie John. Trotzdem hielt der König noch eine Ermahnung für angebracht.

»Aber sei vorsichtig, ich kann mir keine Verluste leisten. Wollen wir die verlorenen Gebiete in der Normandie und Aquitanien zurückerobern, brauche ich jeden Mann. Ich zähle auf dich, William.«

Bevor der Angesprochene etwas erwidern konnte, wurde auf der Burg auch schon die Flagge gedippt. Offenbar war man dort sehr aufmerksam und behielt den Taubenschlag ständig im Auge. Richard wendete daraufhin wortlos sein Pferd und galoppierte zu dem mittlerweile rastenden Heer zurück. William folgte seinem Bruder auf dem Fuß, ständig bemüht, sein Pferd zu zügeln. Denn den König zu überholen, auch wenn er ihn jetzt unter vier Augen Richard nennen durfte, ging auf gar keinen Fall.

Löwenherz teilte seine Truppen wie zuvor besprochen. Er wollte einen etwa fünf Meilen weiten Bogen schlagen und dann einen Scheinangriff auf das französische Lager führen. Dabei sollten die königlichen Flaggen nicht gezeigt werden, denn er wollte sich nicht zu zeitig zu erkennen geben. Sollte der gegnerische Feldherr doch ruhig annehmen, dass er es mit einer Vorausabteilung zu tun hatte, was ja letztlich auch der Wahrheit entsprach. Das Löwenbanner – oder, wie man es hier auf dem Kontinent nannte, Leopardenbanner, denn das waren die Wappentiere der Normandie und Aquitaniens – wollte er erst beim entscheidenden Angriff zeigen.

Wie üblich waren von den Angreifern befestigte Lager am Fuß der Burg errichtet worden, in die sich die Franzosen des Nachts zurückzogen. Dazwischen brannten Wachfeuer, damit niemand zu den Belagerten hinein- oder diese hinausgelangen konnten. Doch jetzt am Tage, nachdem das Anrücken einer Armee nicht gemeldet worden war, standen die Tore offen, und nur wenige Posten hielten auf Holztürmen Ausschau nach einem nahenden Feind.

Gottfried von Le Perche hatte die Sturmangriffe auf die Festung sofort einstellen lassen, nachdem sein König abgerückt war. Zwar wurden die Mauern noch von Trebuchets beschossen, aber niemand legte mehr Leitern an, und auch der Belagerungsturm war so weit zurückgezogen worden, dass er sich außerhalb der Pfeilschussweite der Verteidiger befand. Der Feldherr nahm nicht an, dass sein König ernsthaft von ihm erwartete, dass er die Festung mit den zurückgelassenen, schwachen Kräften eroberte, nachdem dies nicht einmal der gesamten Armee über Wochen hinweg geglückt war. Wenn es ihm gelang zu verhindern, dass Verstärkung und Versorgungsgüter wie Lebensmittel und Waffen zu den Eingeschlossenen gelangten, konnte er sich schon glücklich schätzen. Auf einmal schallten Alarmrufe von dem Wachturm durch das befestigte Lager, und der Ausguck zeigte ganz aufgeregt nach Osten. Le Perche war sofort aus seinem Zelt gestürzt, als er den Posten brüllen hörte, und starrte nun in die Richtung, in die dieser wies. Zuerst sah er nur eine Staubwolke, doch schon bald schälten sich Reiter aus ihr hervor. Ein ganzes Heer war offenbar im Anmarsch, aber wo kam es so plötzlich her und noch dazu aus einer völlig unerwarteten Richtung? War Löwenherz wieder einmal seinem Ruf gerecht geworden und so schnell marschiert, wie es niemand erwartet hatte? Aber wie auch immer, jetzt galt es, sofortige Gegenmaßnahmen einzuleiten, wollten sie nicht alle unter den Hufen der Angreifer zertrampelt werden.

»Schließt die Tore!«, brüllte der Graf, so laut er konnte. »Besetzt die Brustwehren an den Palisaden! Armbrustschützen zu mir! Schnell, eilt Euch, wenn Euch Euer Leben lieb ist!«

Doch den Männern war selbst klar, was da auf sie zukam. Viele von ihnen hatten sich außerhalb des Lagers aufgehalten, im Fluss gebadet oder die Pferde bewegt. Jetzt strebten sie zurück zu den Befestigungen, was zu einem heillosen Durcheinander am Osttor führte, das wegen der Hineinströmenden nicht geschlossen werden konnte.

Und da waren die fremden Reiter auch schon heran, hieben und stachen von ihren Streitrossen herab auf die Fliehenden ein, die sich zu keiner Widerstandslinie formieren konnten, und erreichten mit ihnen zusammen das Tor. Aber Richard hatte strenge Order gegeben, nicht in das Lager einzudringen, denn im Inneren der Befestigungen, eingeengt und zusammengedrängt, wären seine wenigen Ritter den Fußkämpfern unterlegen gewesen. Also beschränkten sich seine Reiter auf das Niedermachen des Feindes außerhalb des Lagers und waren dabei so effizient, dass kaum einer der Franzosen mitbekam, wie hinter ihrem Rücken eine Entsatz-Truppe in die Burg hineingelangte. Erst als vom Donjon die Hörner schmetterten und der Jubel der Belagerten sogar den Kampflärm übertönte, ging Le Perche auf, dass er gefoppt worden war. Aber noch bevor er seine Männer sammeln und für einen Ausfall bereitmachen konnte, war der Spuk auch schon wieder vorbei, und die Angreifer, die wie aus dem Nichts gekommen waren, hatten sich zurückgezogen.

Die Frage, die sich dem Grafen jetzt stellte, war, ob er den Feind verfolgen sollte. Doch davon nahm er nach reiflicher Überlegung Abstand, denn die Gesamtsituation war ihm einfach zu unübersichtlich. Dann erhielt er am Abend auch noch die Nachricht, dass ein Wagenzug mit dringend erwarteten Versorgungsgütern und Lebensmitteln abgefangen und die Wachmannschaft zum großen Teil getötet worden war. Jetzt wurde Le Perche endgültig klar, dass er in der Patsche saß und die Belagerung von Verneuil nicht länger aufrechterhalten konnte. Rückte womöglich noch Löwenherz mit der Hauptarmee an, würden er und seine Männer zwischen den Mauern der Burg und dem angevinischen Heer zerquetscht werden wie die sprichwörtliche Laus. Nein, seines Bleibens hier war nicht länger, und er musste deswegen auch kein schlechtes Gewissen haben, denn sein König hatte die Situation ja wohl schon kommen sehen und sich rechtzeitig abgesetzt. Le Perche würde es ihm nun gleichtun und befahl seinen Truppen, sich abmarschbereit zu machen. Am nächsten Morgen wollte er mit dem Heer Richtung Paris abrücken.

William Longsword hatte ganze Arbeit geleistet, und als er am Abend mit der erbeuteten Fourage wieder bei seinem Bruder und der Vorhut eintraf, war der Jubel groß. Dennoch konnte er von Glück sagen, auf einen Wagenzug gestoßen zu sein, der von nicht mehr als drei Dutzend Kriegsknechten begleitet worden war. Der Kampf hatte nur kurz gedauert, und wem es von den Söldnern und Wagenlenkern nicht gelungen war, sich im nahen Wald oder im Ufergestrüpp der Seine zu verstecken, war niedergemacht worden. Die Beute bestand vorwiegend aus Tonnen voller Pökelfleisch und Fässern, gefüllt mit Wein. Als Longsword freudestrahlend seinem Bruder davon einen Pokal reichte, nahm dieser auch dankbar einen Schluck, spie das Gesöff dann aber sofort im hohen Bogen wieder aus.

»Ein grässliches Zeug, das Philipp da offenbar saufen muss!«, rief Richard seinen Männern zu und kippte den restlichen Inhalt seines Pokals demonstrativ auf den Boden. »Kein Wunder, dass es ihn nach den edlen Weinen des Anjou und Aquitaniens gelüstet. Da ist ja selbst unser vergorener, normannischer Apfelmost schmackhafter und noch dazu nicht halb so sauer. Wer von Euch will, meine tapferen Freunde, kann sich aber daran laben. Doch gebt tüchtig Honig in das, was man hier Wein nennt, sonst bekommt Ihr von dem Zeug nur Magenschmerzen!«

Richard wusste immer, wie er seine Männer packen und bei Laune halten konnte. Das Gelächter, das nun durch das ganze kleine Heer schallte, belohnte ihn für seinen improvisierten Scherz und lenkte von den eigenen Verlusten ab. Zwei seiner Ritter waren bei dem Angriff auf das Lager von Armbrustschützen getötet worden, und auch die Truppe, die mit Longsword geritten war, hatte Verwundete zurückgebracht. Aber das trübte die Freude über den doch recht leicht errungenen Sieg nicht, und der König war gespannt, was der nächste Tag bringen würde. Doch zuerst einmal brachte der Abend noch Verstärkung, denn Mercadier, der weder sich noch seine Männer geschont hatte, stieß mit seinen Söldnern zum Heer.

Als Philipp von Frankreich Évreux erreichte, standen die Tore der Stadt und auch die der Festung für ihn weit offen. Kein Verteidiger war zu erblicken, und auch von John fehlte jede

Spur. Die Bürger hatten Zweige von Birken abgeschnitten und winkten dem König zu, als dieser sich mit seinen Truppen der Stadt näherte, doch wie groß war ihr Erschrecken, als die Ritter und Kriegsknechte durch die Tore preschten und sofort begannen, jeden niederzumachen, der ihnen vor die Schwerter und Spieße kam.

Einen ganzen Tag dauerte das Gemetzel an, das Philipp befohlen hatte. Schreie hallten durch die Gassen der Stadt, sowohl von Erschlagenen im Todeskampf als auch von geschändeten Frauen und Mädchen. Die Männer des Königs kannten keine Gnade, nicht einmal mit dem Bürgermeister, der händeringend vor Philipp auf den Knien lag und um Gnade für seine Bürger flehte, und auch nicht mit den Mönchen des Klosters. Alles Leben wurde ausgelöscht und danach die Stadt und auch die Burg in Brand gesteckt und bis auf die Grundmauern niedergebrannt.

Auch wenn es ihm schwerfiel, sich dies einzugestehen, wusste Philipp doch, dass er Évreux, jetzt, wo sein Todfeind im Lande war, nicht würde halten können. Aber wenn er Burg und Stadt nicht haben konnte, dann sollte auch Richard sie nicht bekommen. Jedenfalls nicht so, dass er Steuern von den Bürgern würde erheben können und die Festung zu einem starken, grenznahen Bollwerk ausbauen konnte. Eigentlich schreckte der französische König sonst vor derartigen Grausamkeiten zurück, fürchtete er sich doch vor Gottes Strafe, aber hier hielt er sie für unumgänglich und betrachtete sie als Vergeltung für das Blutbad an seinen Truppen. Außerdem würde es sich herumsprechen, wie es den Bewohnern der Stadt ergangen war. Schließlich hatten diese nichts unternommen, als seine Burgbesatzung abgeschlachtet worden war, und offenbar zwischen den Fronten hin- und hergeschwankt, anstatt fest an der Seite ihres Königs und obersten Lehnsherrn gegen einen aufmüpfigen Herzog zu stehen. So zumindest beurteilte Philipp das Geschehen, verschätzte sich damit aber gewaltig, denn sein brutales und ungerechtfertigtes Vorgehen ließ die Menschen in der Normandie und in Aquitanien nur noch fester hinter dem Mann stehen, der gekommen war, um die Franzosen wieder zu vertreiben.

»Wohin jetzt, Majestät?«, wollte Alain de Roucy, einer der engsten Vertrauten Philipps, von seinem König wissen. »Zurück nach Verneuil, um die Belagerung endlich zu einem glorreichen Ende zu bringen?«

»Ich schätze Euer schlichtes Gemüt, de Roucy«, entgegnete der König sarkastisch. »Aber dort wird wohl nichts mehr zu gewinnen sein. Verfolgen wir besser diesen verräterischen Prinzen, der sich Richtung Rouen abgesetzt haben soll, wie mir der Bürgermeister vor seinem Tod noch berichtet hat. Ich habe zwar wenig Hoffnung, ihn einzuholen, aber bei Porte-Joie können wir über die Seine gehen und uns in die nordöstliche Normandie zurückziehen, die noch fest in unserer Hand ist. Und auf dem Weg dorthin vielleicht noch die eine oder andere kleine Burg und Stadt einnehmen und zerstören, sodass Richard weniger Stützpunkte und Einnahmequellen hat. Es wird noch ein langer, gnadenloser Kampf werden, bis ihn eine Seite mit Gottes Hilfe für sich entschieden hat. Lasst uns dafür beten, dass wir es sind, die am Ende triumphieren.«

Richard saß mit seinem Halbbruder und Mercadier unweit von Verneuil am reich gedeckten Tisch beim Frühstück. Sie überlegten gerade, wie sie weiter vorgehen sollten und ob es mehr Sinn machte, auf William Marshal und das Haupttheer zu warten oder aber die Strategie der Nadelstiche fortzusetzen und vielleicht sogar direkt anzugreifen, als einer der Späher in das Zelt gestürzt kam. Nach einem kurzen Kniefall stieß er atemlos hervor:

»Sire, die Franzosen rücken ab. Sie müssen in der Nacht zusammengepackt haben und ziehen Richtung Osten. Ein paar

Männer sind noch dabei, das Belagerungsgerät zu zerstören, aber das Gros befindet sich bereits auf dem Marsch.«

Wie von der Tarantel gestochen fuhr der König auf.

»Das dürfen wir auf gar keinen Fall zulassen. Wir brauchen das schwere Gerät, um unsererseits Städte und Burgen einnehmen zu können. Gebt Signal an de Braose, er soll sofort einen Ausfall unternehmen und Philipps Soldaten von den Trebuchets und Rammböcken vertreiben. Wir anderen nehmen unverzüglich die Verfolgung des Feindes auf und fallen über seine Nachhut her. Wir werden ja sehen, ob sich uns dann das gesamte Heer zum Kampf stellt oder womöglich gar flieht. Im ersten Fall können wir uns immer noch zurückziehen und auf Verstärkung warten, im anderen über die Franzosen kommen wie Gottes Zorn.«

Kaum waren die Befehle gegeben, saß Richard schon im Sattel. Er scharte die englischen Ritter um sich, gab Mercadier die Order, mit seinen Söldnern über den rechten Flügel den Tross anzugreifen, und Longsword die Weisung, den linken Flügel zu übernehmen, der allerdings als Kampfreserve dienen sollte. Dann wurden die Banner ausgerollt, und die Fanfaren bliesen zum Angriff. Diesmal wollte Löwenherz mit offenem Visier kämpfen und den Franzosen zeigen, mit wem sie es zu tun hatten.

Gottfried von Le Perche erschrak fast zu Tode, als er sah, wer da über die Hügel kam und im vollen Galopp angriff. Also konnte Richard doch so schnell marschieren, wie man es von ihm behauptete! Der Graf hatte den englischen König noch mindestens zwei Tagesmärsche weiter westlich vermutet und geglaubt, ausreichend Zeit für einen geordneten Rückzug zu haben. Das gestern konnte doch bestenfalls eine Vorausabteilung gewesen sein, bei der sich nie und nimmer ein Feldherr aufhielt! Der ritt, wie es der Brauch war, schließlich stets inmitten seines Hauptheeres, gut geschützt von seiner Leibwache, aber niemals bei der Vorhut.

Nun, er hätte es besser wissen sollen, denn schließlich kannte er Löwenherz und seine ungestüme Art ja zur Genüge. Dem französischen König wäre das jedenfalls im Traum nicht eingefallen, und deshalb nahm Le Perche nun auch an, der gesamten angevinischen Armee gegenüberzustehen. Aber was sollte er tun? Den Rückzug beschleunigen, um wenigstens einen Teil des Heeres zu retten? Doch nichts war leichter zu bezwingen als eine Truppe auf der Flucht. Selbst schwächere Kräfte konnten einem fliehenden Feind schwere Niederlagen zufügen, das hatte die Geschichte oft genug gezeigt. Sich also dem Gegner entgegenstellen und so die völlige Vernichtung riskieren?

Bevor der Graf den Gedanken zu Ende führen konnte, sah er, wie der Tross angegriffen wurde. Die Fuhrwerklenker droschen auf ihre Gäule ein, um zur Hauptarmee aufzuschließen, doch die zahlreichen Ochsenkarren hatten keine Chance zu entkommen. Le Perche war sofort klar, dass er sich bei Philipp nie wieder sehen zu lassen brauchte, verlöre er dessen persönlichen Besitz, der sich auf den Wagen befand. Er war kein Feigling, und jetzt war sowieso schon alles egal. Der Graf befahl seinem Fanfarenbläser, zum Sammeln und zum Angriff zu blasen, und hoffte nur, dass wenigstens ein paar Ritter seinem Befehl folgen würden und er nicht allein gegen den Feind anstürmen musste.

Doch diese Sorge war unbegründet, denn auch andere befürchteten, womöglich später von Philipp wegen Feigheit vor dem Feind zur Verantwortung gezogen zu werden. Dann schon lieber der ehrenvolle Tod auf dem Feld als später enteignet im Kerker oder am Galgen zu enden. Es war also keine zu unterschätzende Linie von Rittern, die sich Richard und seiner kleinen Truppe entgegenstellte, doch mit der Wucht des wütenden Angriffs der von ihrem König angeführten angevinischen Reiterei hatten die Franzosen nicht gerechnet.

Richard selbst ritt in vorderster Front und sogar eine Pferdelänge vor der Linie, etwas, das sein königlicher Vetter nie im

Leben getan hätte. Seine Lanze war noch aufgestellt, aber nun, etwa hundert Yards vor dem Feind, senkte er sie und gab damit seinen Rittern das Zeichen, es ihm gleichzutun.

Der König hielt direkt auf die Mitte der französischen Linie zu, weil er dort den gegnerischen Feldherrn vermutete. Zumindest wehten da die meisten und kostbarsten Banner, und wenn es gelänge, an dieser Stelle durchzubrechen, war der Sieg so gut wie gewiss.

Gottfried von Le Perche sah seinen schlimmsten Albtraum wahr werden. Kein Zweifel, wer da direkt auf ihn zuhielt, war Richard Löwenherz höchstselbst. Er hatte den englischen König bereits auf dem Kreuzzug kämpfen sehen und schloss gedanklich mit seinem Leben ab. Doch ohne Gegenwehr wollte er nicht untergehen, und so gab er seinem Hengst hart die Sporen, um seinerseits ein Stück vor die Linie zu gelangen. Es gab schließlich schlimmere Schicksale, als von den Barden besungen zu werden, weil er sich heldenhaft dem englischen Löwen entgegengestellt hatte. Gut, er würde die Lieder nicht mehr hören, sehr wohl aber seine Frau und seine Söhne, die ihren Besitz sicher behalten dürften, wenn er fiel, und ihn dafür achteten und beweinten.

Richard plagten solche Bedenken nicht. Wozu Gedanken an den Tod verschwenden, wenn doch das Leben so schön war? Der Schild des Gegners bot die größte Trefferfläche, doch bestand auch die Gefahr, dass die Lanze, ohne Schaden anzurichten, von ihm abglitt oder von einem guten und erfahrenen Ritter abgelenkt wurde. Er jedenfalls beherrschte diese Taktik meisterlich und gedachte, sie auch jetzt anzuwenden. Deshalb richtete er seine eigene Langwaffe nun auf den viel schwerer zu treffenden Helm des Gegners, was, gelänge der Stoß, immer erfolgreich war.

Le Perche, ebenfalls in zahlreichen Kämpfen und auf Turnieren geschult, wagte das nicht. Er zielte mit seiner Lanze auf den Schild des englischen Königs und hoffte, ihn zu treffen und aus dem Sattel zu stoßen, bevor ihn dieses Schicksal ereilte. Vielleicht wäre ihm das auch bei vielen anderen Feinden gelungen, aber nicht bei Richard Löwenherz, der bisher nur ein einziges Mal von einem Gegner im Zweikampf besiegt und zu Boden geworfen worden war – und der hieß William Marshal und besaß seit jener Zeit die uneingeschränkte Hochachtung des Königs.

Als die Lanzenspitze des Grafen Richards Schild fast erreicht hatte, drehte dieser geschickt und blitzschnell seinen Arm leicht zur Seite, sodass die gegnerische Langwaffe nicht auf den Schild prallte, sondern wirkungslos abglitt. Sein eigener Stoß hingegen saß, und für den Grafen wurde es Nacht.

Das Leben rettete Le Perche nur der Umstand, dass er keinen offenen Nasalhelm trug wie Richard, sondern einen der neuerdings aufgekommenen Topfhelme, den die Lanzenspitze nicht durchdrang. Von der Wucht des Aufpralls wurde sein Kopf allerdings nach hinten geschleudert, und um ein Haar wäre sein Genick gebrochen. Sofort verlor er das Bewusstsein und damit die Kontrolle über sein Pferd. Das Ross machte noch ein paar Galoppsprünge, dann blieb es irritiert stehen. Erst jetzt stürzte der Reiter zu Boden, was bisher der hohe Bocksattel verhindert hatte, und blieb regungslos liegen.

Richard bekam von alldem nichts mehr mit, denn er war durch die feindlichen Linien gebrochen und hatte zu seiner eigenen Überraschung noch eine intakte Lanze. Die war gleich darauf der Tod für einen anderen französischen Ritter, der nicht so viel Glück hatte wie sein Feldherr.

Jetzt war der Kampf mit den Langwaffen beendet, Schwerter wurden gezogen und Morgensterne und Kampfhämmer geschwungen. Es setzte ein wildes Hauen und Stechen ein, bei dem sich schon nach kurzer Zeit die Angevinen behaupteten, von denen keiner hinter seinem König zurückstehen wollte. Der anfänglich geordnete Rückzug der Franzosen, die sich an keinem Feldherrn mehr orientieren konnten, artete nach und nach in einer panischen Flucht aus. Gnadenlos ließ Richard nachsetzen, denn wer heute fiel, konnte morgen nicht mehr wiederkommen und erneut gegen ihn kämpfen. Erst als die Männer und Pferde zu erschöpft waren, um die Verfolgung noch weiter fortzusetzen, endete das Gemetzel, und wer am Tag der Schlacht von Verneuil mit dem Leben davongekommen war, konnte sich glücklich schätzen.

Nach dem Gefecht nahm Richard seine umkämpfte Burg wieder in Besitz und zog unter Glockengeläut in die stark beschädigte Festung ein. Er umarmte und küsste jeden einzelnen Verteidiger bis hin zum letzten Stallknecht und versprach, Verneuil noch schöner, größer und mächtiger wiederaufzubauen, als es je gewesen war.

De Braose hatte es tatsächlich geschafft, durch seinen Ausfall das Belagerungsgerät vor der Zerstörung zu bewahren, und so verfügte die Armee jetzt auch über mauerbrechende Waffen. Dass von Mercadier noch dazu der gesamte Tross erbeutet worden war, würde Philipp bitter treffen, denn damit war auch sein großes Prunkzelt nebst vielen persönlichen Dingen in die Hände seines erbittertsten Feindes gefallen.

Der Sieg des englischen Königs war überwältigend und nahezu ungetrübt. Das stieß allerdings William Marshal etwas sauer auf, als er einen Tag später mit der Hauptarmee anrückte.

»Meine Frau wird sicher nicht böse sein, wenn ich zu ihr nach Hause zurückkehre und ihr bei der Verwaltung der Grafschaft und ihrer ererbten Besitzungen in Irland zur Hand gehe, Sire«, knurrte der Earl von Pembroke gereizt. »Ihr braucht mich hier in der Normandie ja ganz offensichtlich nicht.«

»William, seid mir nicht gram, ich bitte Euch«, gab der König sich reumütig. »Aber ich konnte die Gelegenheit doch nicht verstreichen lassen, sondern musste dem fliehenden Feind einfach nachsetzen und ihn schlagen. Die Gelegenheit war schließlich einmalig günstig! Allerdings hätte ich das nie gewagt, wäret Ihr nicht in meinem Rücken herangerückt, sodass jederzeit die Möglichkeit bestand, das Gefecht abzubrechen und uns auf Eure Linien zurückzuziehen, falls die gesamte französische Armee zum Angriff übergegangen wäre. Euch als meine todbringende Reserve in der Hinterhand zu wissen, gab mir erst die nötige Sicherheit und ließ das Risiko überschaubar erscheinen.«

Marshal war schon fast versöhnt, doch eine Frage beschäftigte ihn noch.

»Ich habe gehört, Ihr konntet Gottfried von Le Perche gefangen nehmen, Sire. Könnt Ihr mir sagen, wie es ihm geht? Schließlich bin ich mit ihm weitläufig verwandt.«

»Ich letztlich auch, was ihn aber nicht davon abgehalten hat, mich zu verraten und Philipp zu dienen. Im Heiligen Land haben wir sogar Seite an Seite gekämpft, und kaum sind wir zu Hause, fällt er mir in den Rücken und verbündet sich mit meinen Feinden. Nun, er bekommt ausreichend Gelegenheit, in den Kerkern von Rouen darüber nachzudenken. Mein Medicus meint, es besteht die Möglichkeit, dass er in absehbarer Zeit wieder auf die Beine kommt. Anfangs sah es allerdings nicht danach aus. Nach meinem Lanzenstoß und seinem Sturz vom Pferd war er dem Tode näher als dem Leben. Mal sehen, was meine Nichte dazu sagt und ob sie bereit ist, für ihren Gemahl Lösegeld zu zahlen. Billig wird es nicht, wenn sie ihn wiederhaben will. Ich hoffe sehr, dass ihr Bruder Otto bald zu uns stößt, denn mit ihm habe ich große Pläne.«

Der Earl von Pembroke, der sich dem König gegenüber Dinge herausnehmen konnte, die dieser keinem anderen durchgehen ließ, lachte leise vor sich hin. Richard war offenbar so klamm, dass er nicht einmal davor zurückschreckte, von seiner engsten Verwandtschaft Gelder einzutreiben.

»Wie geht es nun weiter, Sire? Wenden wir uns nach Süden, um Euren Schwager bei der Einnahme von Loches zu unterstützen?«

Sancho, Berengarias Bruder, hatte für Richard während dessen Abwesenheit die Barone im Süden Aquitaniens niedergehalten, die glaubten, ihre Unabhängigkeit ausbauen zu können, wenn sie sich mit Philipp gegen ihren Herzog verbündeten. Danach war er nach Norden vorgestoßen, um die gewaltige Schlüsselfestung in der Touraine zurückzuerobern, die John ohne Not an Philipp abgetreten hatte. Sancho kam mit der Belagerung aber nach allem, was man hörte, nicht so recht voran, und offenbar war Richards militärisches Genie gefragt, um sie erfolgreich zu Ende zu bringen. Doch der hatte vorerst andere Pläne.

»Nein, Marshal, zuerst ziehen wir nach Rouen. Die Menschen in der Normandie, die treu zu mir gestanden und meine Hauptstadt so tapfer verteidigt haben, sollen sehen, dass ihr Herzog zurückgekehrt ist. Ich will mich bei ihnen bedanken und sie nach Möglichkeit belohnen. Wenn auch nicht mit Geld und Geschenken, so doch durch die Vergabe von Privilegien und anderen Gunstbeweisen. Habt Ihr gehört, was Philipp in Évreux angerichtet hat? Einfach grauenvoll! Ich möchte nur wissen, wo er jetzt steckt und ob John noch lebt oder sich in Gefangenschaft befindet!«

Marshal gab sich keinen Moment der Illusion hin, dass sein König in einer vergleichbaren Situation nicht ebenso gegenüber der Bevölkerung gehandelt hätte wie der französische Herrscher, sprach das aber natürlich nicht aus. Alles konnte er sich Richard gegenüber schließlich auch nicht erlauben, und was das Schicksal des Prinzen anging, wusste er nicht mehr als dessen Bruder.

Das Heer zog im Tal der Seine, die in großen Schleifen dem Meer entgegenfloss, Richtung Rouen. Richard hatte eine innere Unruhe ergriffen, von der er nicht wusste, wo sie herrührte. Immer wieder ritt er seinen Truppen voraus, machte links und rechts der Route Abstecher in das Land hinein und verkürzte dabei den Weg, indem er nicht den Flussschleifen folgte, auch wenn er dafür die eine oder andere steile Klippe erklimmen musste. Am zweiten Tag erreichte er eine Hochebene auf einem Kalksteinplateau, zu dessen Füßen die Seine eine große, u-förmige Schleife bildete. An ihren Ufern lag eine kleine Ortschaft, von der nur ein ganz steiler und schmaler Pfad in die Höhe führte. Im Fluss hingegen lagen mehrere kleine und eine größere Insel, auf der es eine Zollstation gab, wo die Schiffer ihren Obolus entrichten mussten.

Der König ritt bis an den Rand der Klippe, die sich mehr als hundert Yards über der Seine erhob, und genoss den Blick über die weite Landschaft. Von hier aus würde man jeden anrückenden Feind schon von Weitem ausmachen können. Und wenn man noch dazu einen Wachturm auf der Höhe errichtete … Nach Paris waren es von hier aus nur etwas mehr als fünfzig Meilen.

Nein! Richard war auf einmal, als hätte ihn ein Blitz getroffen. Kein Turm, eine Burg sollte hier entstehen, seine Burg! Eine Festung, wie sie noch nie zuvor jemand im Abendland erblickt hatte, wollte er bauen. Uneinnehmbar für jeden Gegner, geschützt durch den Fluss, den man von hier aus jederzeit sperren konnte, sowie durch die steile, kaum zu bezwingende Klippe und natürliche Gräben, die sich jetzt bereits durch das Gelände zogen und in die Befestigungen miteingebunden werden konnten. Der König sah sie schon vor seinem geistigen Auge, seine mächtige, sich hocherhebende Gralsburg, in der er seinen wertvollsten Schatz, die Truhe aus dem Heiligen Land, verwahren wollte. Er würde die Festung so bauen, dass allein schon ihr Anblick jeden potenziellen Angreifer abschrecken und von der Undurchführbarkeit eines Angriffs überzeugen sollte. Doch zuvor galt es zu klären, wo man sich hier eigentlich befand und wem das Land, die Dörfer in der Umgebung und die Zollstelle im Fluss gehörten, denn selbst ein König konnte sich nicht einfach nehmen, wonach es ihn gelüstete.

Richard wandte sich an einen der Führer, der ihm den Weg hierhinauf gezeigt hatte.

»Sagt, guter Mann, hat dieser Berg einen Namen, und wer ist der Eigentümer dieses schönen Fleckchens Erde?«

»Sire, Ihr steht hier auf dem Felsen von Les Andelys, und so heißt auch die kleine Fischersiedlung am Flussufer. Sie gehört ebenso wie die Zollstelle auf der Insel dem Erzbischof von Rouen«, bekam der König als Antwort und atmete auf.

Das Amt hatte sein alter Freund und Kampfgefährte Walter de Coutances inne, der ihn anfänglich auf den Kreuzzug begleitet und ihm später als Justiciar in England gedient hatte. Ohne den Kirchenmann stände er heute wohl nicht hier, musste Richard sich eingestehen, denn der Erzbischof hatte auch wesentlichen Anteil an seiner Freilassung aus der kaiserlichen Haft, indem er einen Großteil der Verhandlungen sehr umsichtig geführt, seine Mutter nach Mainz begleitet und sich dort selbst als Geisel gestellt hatte. Mit Walter de Coutances würde er schon klarkommen, sagte sich der König und sah sich seinem Ziel bereits ein großes Stück näher.

Richard drehte sich zu seinen Begleitern um, die ein Stück hinter ihm ihre Pferde gezügelt hatten, denn so dicht wie er trauten sie sich nicht an den brüchigen Rand der Klippe heran.

»Mylords, hier auf diesem Felsen will ich eine Festung errichten, wie die Welt sie noch nie zuvor gesehen hat. Sie wird das Tal der Seine beherrschen, Rouen schützen und, sollte es mich einmal danach gelüsten, Philipp ganz kräftig in den Hintern zu treten, als Ausgangsposition für die Eroberung von Paris und der lächerlich kleinen Krondomäne Île-de-France dienen. Einen Namen habe ich auch schon für meine Festung. Ich werde sie *Château Gaillard,* die kecke Burg, nennen.«

# 3.

## TOURAINE,
## SOMMER 1194

Johann war mit seinem Begleiter geritten wie von hundert Teufeln gehetzt, weshalb es Philipp auch nicht gelang, ihn noch einzuholen. Hinter den Mauern von Rouen war der Prinz in Sicherheit, denn der französische König verfügte erneut nicht über die erforderlichen Streitkräfte, um die Stadt einnehmen zu können. Außerdem hatten ihm seine Kundschafter berichtet, dass Verneuil verloren und seine zurückgelassenen Truppen auf der Flucht Richtung Paris wären. Ob sich ihr Befehlshaber noch bei ihnen befand oder im Rückzugsgefecht gefallen war, wussten sie nicht zu sagen. Wohl aber, dass die angevinische Armee im Anrücken war – mit Richard Löwenherz an ihrer Spitze.

An einem Zusammentreffen mit seinem ehemaligen Freund war Philipp nun ganz und gar nicht interessiert. Es gelang seinen Söldnern allerdings im Handstreich, die Burg von Fontaine – die kaum mehr als fünf Meilen von Rouen entfernt lag – zu nehmen. Von den Mauern der Stadt aus sahen der Earl von Leicester, Erzbischof Walter de Coutances und John, der sich zu ihnen gesellt hatte, tatenlos zu, wie die Burgbesatzung massakriert und die kleine Festung anschließend in Brand gesteckt wurde. Danach zogen die französischen Truppen ab, da mit einem baldigen Eintreffen des englischen Königs zu rechnen war und sich ihm niemand in offener Feldschlacht entgegenstellen wollte.

Richard, der von den Vorgängen nahe Rouen nichts ahnte, hatte sich mit seinem Marsch die Seine abwärts Zeit gelassen. Stirnrunzelnd ritt er nun an den rauchenden Trümmern von Fontaine vorbei und sah den kleinen Trupp erschlagener und gehenkter Verteidiger in der Burg. Was hier, offenbar erst gestern oder vorgestern, vor sich gegangen war, dem wollte er umgehend auf den Grund gehen. Doch zuerst galt es, triumphalen Einzug in die Hauptstadt der Normandie zu halten und sich von der Bevölkerung als Befreier bejubeln zu lassen.

Wie nicht anders zu erwarten, säumten die Menschen die Straßen und Stadtmauern, hängten sich weit aus den Fenstern und warfen Unmengen von Blumen und frischem Birkengrün auf den Weg ihres Herzogs. Richard grüßte huldvoll in alle Richtungen und zügelte gleichzeitig gekonnt sein großes Streitross, das ob des ungewohnten Lärms unruhig tänzelte. Fanfaren und Hörner kannte es, ebenso das Kampfgeschrei anrennender Feinde, das Krachen splitternder Lanzen und das Klirren von Schwertern, aber freudig erregte Bürger brachten es zum Schwitzen und machten ihm Angst.

Auf dem Markt wurde der Herr der Normandie von den Honoratioren der Stadt erwartet. Richard saß ab, nahm den Kniefall des Bürgermeisters, seiner Ratsmitglieder, der reichsten Kaufleute und Gildemeister entgegen und labte sich an dem ihm von einer jungen Maid kredenzten Willkommenstrunk. Dann sprang er trotz seiner schweren Rüstung leichtfüßig die fünf Stufen zum Eingang des Ratsgebäudes hinauf und wandte sich von dem dort aufgestellten Podest aus an die jubelnde Menge.

»Bürger von Rouen!«, rief er den Menschenmassen zu. »Ich danke euch für euern herzlichen Empfang und dafür, dass ihr während meiner Abwesenheit so tapfer ausgeharrt und euch nicht dem Feind ergeben habt. Ich weiß das zu schätzen und werde es auch zu belohnen wissen. Doch noch steht Philipp von Frankreich im Land und bedroht unser aller Freiheit. Erst wenn der letzte von seinen Söldnern aus der Normandie, aus Aquitanien und den Stammlanden der Plantagenets hinausgeworfen worden ist, wird wieder Frieden im angevinischen Reich herrschen und ich mich darum kümmern können, euren Wohlstand zu mehren. Bis dahin haben wir alle noch harte Zeiten zu durchleiden, doch mit Gottes Hilfe werden wir auch diese Prüfung bestehen und letztlich gemeinsam triumphieren. Bis dahin, ihr mögt mir vergeben, werde ich euch gegen meinen Willen leider noch weitere Lasten aufbürden müssen und rufe alle waffenfähigen Männer in Stadt und Land zu den Fahnen. Helft mir, die Franzosen zu schlagen, unterstützt mich auch weiterhin dabei, gegen Philipp zu obsiegen! Umso größer werden unser aller Ruhm und Lohn sein, wenn das Werk – ich hoffe, in Bälde – vollbracht ist. Ich zähle auf jeden Einzelnen von euch!«

Richard hatte den Versammelten keineswegs verheißen, dass Manna und Ambrosia vom Himmel fallen würden, ganz im Gegenteil. Er kündigte an, dass auf die schon jetzt ausgezehrten und sich an der Grenze ihrer Leistungsfähigkeit befindlichen Menschen weitere Belastungen zukommen würden. Und trotzdem jubelten sie ihm weiterhin zu, wie William Marshal ähnlich wie Eleonore in England erstaunt feststellte. Aber wer konnte sich auch dem Charisma dieses Königs entziehen? Er selbst genauso wenig wie die meisten Menschen, denen Löwenherz begegnete. Obwohl sie nur in den seltensten Fällen Gutes von ihm zu erwarten hatten, er oft Tod und Verderben mit sich brachte, war die Anziehungskraft seiner Persönlichkeit ungebrochen und beispiellos. Nicht einmal die Fürsten im römisch-deutschen Reich hatten sich ihr entziehen können, die Kaiser Heinrich so lange zusetzten, dass dieser den englischen König letztlich hatte freilassen müssen. Wie sollte es dann den einfachen Menschen in England und der Normandie gelingen? In Aquitanien, da war sich Marshal sicher, würde es nicht anders sein und die Männer zuhauf zu den Fahnen strömen, um für und mit Löwenherz zu kämpfen und zu siegen.

Richard verließ schon bald den Markt und ritt weiter zur Burg von Rouen. Auf dem Weg dorthin grüßte er weiterhin nach allen Seiten und schenkte den Bürgern am Straßenrand sein wärmstes Lächeln. Das verflog jedoch auf der Stelle, als er die Zugbrücke und das Tor passiert hatte und im Burghof seinen Bruder John nebst Robert de Beaumont, dem Earl von Leicester, erblickte, seinem Beauftragten für die Verteidigung von Rouen. Letzterer erwartete hohes Lob von seinem König für die erfolgreiche Abwehr der Angriffe auf die Stadt, wurde aber ganz schnell eines Besseren belehrt.

»Was ist das für eine Schweinerei mit der Burg von Fontaine?«, fuhr Richard den Kommandeur wutschnaubend an, ohne seinen Bruder auch nur eines Blickes zu würdigen. »Wer hat die Männer umgebracht? Sie sind doch erst ein, höchstens zwei Tage tot! Waren es die Franzosen? Und wenn ja, wieso seid ihr der Garnison nicht zu Hilfe geeilt und habt die Angreifer vertrieben? Es können doch nicht allzu viele gewesen sein! Schließlich habe ich mich mit Philipps Heer herumgeschlagen.«

»Doch, doch, Sire«, stotterte der überraschte Earl von Leicester. »Wie aus dem Nichts erschien plötzlich der König von Frankreich erneut vor den Toren der Stadt, den wir alle bei Verneuil im Kampf gegen Euch vermutet hatten. Wir konnten gerade noch die Tore schließen und die Brücken hochziehen. Der Besatzung der Burg von Fontaine scheint das nicht mehr gelungen zu sein. Wir sahen, wie die französischen Truppen die kleine Festung überrannten, und konnten nichts dagegen tun.«

»Weil Ihr Euch feige hinter den Mauern versteckt habt, de Beaumont, anstatt einen Ausfall zu wagen!«, donnerte Löwenherz, sodass dem Earl die Knie zu schlackern begannen.

»Glaubt Ihr, wenn ich hier gewesen wäre, wären die Männer gestorben? Wahrlich nicht! Bei den Beinen Christi, ich hätte alle Ritter und berittenen Reisigen um mich versammelt und wäre über Philipp gekommen wie der Zorn Gottes. Gleiches verlange ich auch von meinen Kommandeuren, oder sie haben diesen Rang die längste Zeit innegehabt. Ihr solltet doch wissen, was ich von Euch erwarte, de Beaumont, wenn ich Euch schon eine derart wichtige Aufgabe wie die Verteidigung von Rouen anvertraue! Schließlich haben wir Seite an Seite im Heiligen Land bei Arsuf gekämpft. War uns damals das Heer des Sultans nicht haushoch überlegen? Haben wir nicht trotzdem angegriffen, die Sarazenen besiegt, zu Paaren getrieben und so aufs Haupt geschlagen, dass sie sich nie wieder davon erholt haben? Und da kneift Ihr hier vor Philipp mit seiner Handvoll Bewaffneter. Mehr kann er ja nicht bei sich gehabt haben, denn seine Armee stand ja vor Verneuil und ist von mir von dort vertrieben worden.«

»Sire, wir haben es als unsere Hauptaufgabe angesehen, Eure Hauptstadt zu verteidigen«, versuchte sich der Gescholtene zu rechtfertigen. »Die Lage war einfach zu unübersichtlich für einen Gegenangriff. Walter de Coutances und auch Euer Bruder, der zu uns gestoßen ist, waren der gleichen Ansicht.«

»Der Erzbischof ist ein Mann des Friedens und des Ausgleichs. Auf ihn hört besser nicht, wenn es ums Kämpfen geht. Und mein Bruder John ...« Es lag so viel Verachtung in Richards Stimme, dass de Beaumont erschrocken zusammenzuckte. So gut war es um die Versöhnung der Plantagenets offenbar nicht bestellt, wie der Bruder des Königs ihm gegenüber behauptet hatte. Doch er hatte keine Zeit, länger darüber nachzudenken, denn sein oberster Lehnsherr fuhr schon fort.

»Aber wieso war Philipp überhaupt hier? Ich hätte nicht gedacht, dass er sich derart weit in meine Nähe wagt. Ach, jetzt verstehe ich ...« Richard schlug sich mit der Hand vor die

Stirn. »Er hat dich verfolgt, John. Habe ich recht? Du hast ihm Évreux überlassen, anstatt die Burg und die Stadt zu verteidigen, wie ich es dir aufgetragen habe, und bist vor deinem ehemaligen Verbündeten geflohen. Und er ist hinter dir her und hat versucht, dich zu ergreifen. Philipp dachte wohl, du wärst eine fette Beute, mit der er mich in der Hand hätte. Nur dass ich für deine Freilassung keinen Penny bezahlen würde, John. Das ist dir doch wohl klar, oder? Also pass besser auf, dass du nicht in Gefangenschaft gerätst.«

»Danke vielmals, aber so deutlich hättest du deine Wertschätzung mir gegenüber nun auch wieder nicht zum Ausdruck bringen müssen, Bruder«, fauchte John. »Mit wem hätte ich Évreux denn verteidigen sollen, kannst du mir das sagen? Mit den paar Krüppeln und Verwundeten, die Mercadier zurückgelassen hat, als er abrückte, um nur ja möglichst schnell wieder in deine Nähe zu gelangen?« John nickte mit dem Kopf in die Richtung des Söldnerführers, der wie stets ein Yard hinter Richards Linken stand, die Daumen in den Schwertgurt gehakt. »Mir blieb gar nichts anderes übrig, als mich in Sicherheit zu bringen, wollte ich nicht zu Philipps Geisel werden.«

»Und die Bürger von Évreux hast du ihrem Schicksal überlassen, ich weiß.« Richard winkte genervt ab. »De Beaumont«, wandte er sich wieder an den Earl, »sendet Späher aus, die herausfinden sollen, wohin sich Philipp nun wendet. Oder besser, reitet ihm selbst nach. Ihr habt Euch wahrlich lange genug hinter den Mauern von Rouen ausgeruht. Nehmt genügend Männer mit, damit Ihr mir täglich einen Kurier schicken könnt. Ich will auf das Genaueste unterrichtet werden, was der französische König plant. Zur Not verfolgt ihn bis nach Paris in den Louvre, aber schickt mir Botschaft. Habt Ihr das verstanden?«

»Ja, Sire. Ich werde Euch nicht enttäuschen. Wann soll ich aufbrechen?«

»Was haltet Ihr von sofort? Schließlich hat Philipp einen beträchtlichen Vorsprung, aber seiner Spur zu folgen, sollte Euch nicht schwerfallen.«

Der Earl von Leicester verneigte sich tief und eilte von dannen, froh, dem Zorn seines Gebieters entkommen zu können.

Richard schritt an John vorbei in die große Halle, sodass seinem Bruder nichts anderes übrig blieb, als sich dem Gefolge des Königs anzuschließen. Diener trugen beflissen Speisen und Wein herbei, und es dauerte nicht lange, dann tagte erneut der Kriegsrat.

»Marshal, hebt in Rouen und Umgebung Kämpfer aus, damit sich unser armseliger Haufen endlich eine Armee nennen kann«, wies Richard seinen Stellvertreter an. »Und besorgt Proviant, sodass wir uns unterwegs nicht mit Requirierungen aufhalten müssen. Sobald ich weiß, wohin Philipp sich gewandt hat, setzen wir ihm nach.«

»Mit Verlaub, Sire, ich kann keine Wunder wirken und aus Bürgern, die bisher ein bequemes Leben gewohnt waren, über Nacht Soldaten machen. Sie so zu trainieren, dass sie einem feindlichen Angriff standhalten, dauert Wochen. Die Männer zu Kämpfern auszubilden, vor denen sich der Gegner fürchtet, wenn sie angestürmt kommen, sogar Monate.«

»Die Zeit habe ich nicht, Marshal, das wisst Ihr ganz genau. Stellt die neuen Rekruten neben altgediente Männer. Von denen werden sie sich schon abschauen, wie ein Spieß gehandhabt und ein Schwert oder auch eine Keule geschwungen werden. Mir reicht es, wenn Philipp berichtet wird oder er mit eigenen Augen sieht, dass wir ihm zahlenmäßig annähernd ebenbürtig sind. Was meint Ihr, Mercadier, könnt Ihr nicht noch ein paar flämische Söldner anwerben? Es sind schließlich die besten Kämpfer, die im Abendland zu bekommen sind.«

»Aber nur mit Gold zu locken, Sire. Könnt Ihr mir ein paar pralle Beutel für sie mitgeben, reite ich sofort los.«

»Woher, denkt Ihr, soll ich die nehmen? Meine Taschen sind wahrscheinlich leerer als die Euren. Ein König, der betteln gehen muss! Es ist zum Verzweifeln. Und dabei galt das angevinische Reich früher als das wohlhabendste der gesamten Christenheit.«

»Es kommen auch wieder bessere Zeiten, Sire«, versuchte ihn Longsword zu trösten, der sich davor hütete, seinen Bruder in Gegenwart anderer allzu vertraulich anzusprechen.

»Du hast gut reden, William«, knurrte Richard, der sich keine Beschränkungen bezüglich der Anrede auferlegen musste. »Wir brauchen Geld, und zwar so schnell als möglich. Aber woher nehmen, wenn nicht stehlen?«

»Das wäre vielleicht eine Lösung, Sire«, schaltete sich Marshal ein. »Wir sollten beim nächsten Aufeinandertreffen mit Philipp gar nicht so sehr darauf erpicht sein, seine Kämpfer zu schlagen, sondern unser ganzes Sinnen und Trachten darauf ausrichten, seine Kriegskasse zu erbeuten. Sie dürfte, mit Verlaub«, Marshal warf dem ebenfalls am Tisch sitzenden John einen bösen Blick zu, »ja gut gefüllt sein.«

Alle Anwesenden wussten, worauf der Earl von Pembroke mit seinen Worten anspielte. John hatte aus England so viel Geld herausgepresst, wie es nur möglich gewesen war, um damit den französischen König für seine Unterstützung im Kampf um die Krone, der letztlich für ihn verloren gegangen war, zu bezahlen. Das Silber fehlte jetzt ebenso wie jenes, das für das Lösegeld des Königs aufgebracht worden war. Es gab nicht einmal mehr in den Kirchen und Abteien liturgische Gerätschaften aus Edelmetall, weil alles eingeschmolzen und zu Münzen geprägt worden war, die dann das Land auf Nimmerwiedersehen verlassen hatten und jetzt in Österreich, Deutschland und Frankreich als Zahlungsmittel dienten.

»Keine schlechte Idee, Marshal, doch wie stellt Ihr Euch das konkret vor?«, wollte der König wissen.

»Nun, Sire, es ist bekannt, dass Philipp immer sein gesamtes Archiv und auch seinen Staatsschatz mit sich führt, da er niemandem traut und befürchtet, dass beides ihm in seiner Abwesenheit entwendet werden könnte. Irgendwann werden wir wieder auf die Franzosen treffen, darin sind wir uns sicher alle einig. Und dann richtet Ihr den Hauptstoß nicht wie sonst auf deren Zentrum, sondern auf den Tross. Nicht nur auf die Ochsenkarren wie bei Verneuil, sondern auch auf die Gespanne, die, so hat mir Mercadier berichtet, entkommen konnten. Vielleicht wären Eure finanziellen Probleme schon behoben, wenn sie erbeutet worden wären.«

»Höre ich da so etwas wie Kritik aus Euren Worten heraus, Marshal?« Der Tonfall Richards klang bedrohlich. »Was hätte ich denn anderes tun sollen als angreifen? Schließlich kam uns die französische Ritterschaft geschlossen entgegen. Hätte ich mich, anstatt zu kämpfen, um Pferdefuhrwerke kümmern sollen?«

»Ich würde nie wagen, Euer Handeln infrage zu stellen, Sire«, erwiderte Marshal, doch niemand am Tisch glaubte ihm seine Worte. »Ich wollte nur anmerken, dass wir vielleicht beim nächsten Mal unser Hauptaugenmerk mehr in die gerade von mir genannte Richtung lenken sollten.«

»Gut, dann wird das Eure Aufgabe sein, sollte sich eine entsprechende Gelegenheit ergeben. Ich ziehe mit meinen Rittern die feindlichen Kräfte auf mich, und Ihr kümmert Euch um den Tross. Wollen wir es so halten?«

»Wenn Ihr meint, Sire«, erwiderte der Earl von Pembroke und senkte seufzend den Kopf. Hatte er sich doch soeben neben seinen vielen anderen Aufgaben gerade noch eine weitere aufgeladen.

»Doch das löst nicht unser gegenwärtiges Problem«, fuhr Richard fort. »Mercadier, versucht trotzdem, Kämpfer in Flandern anzuwerben. Versprecht ihnen, dass ich sie reichlich entlohnen werde, sobald wir siegreich sind. Mein Name ist doch sicher ein ausreichender Garant für Erfolg, meint Ihr nicht? Schließlich haben wir Verneuil genommen, und Évreux ist auch wieder in unserer Hand. Das sollte doch für den Anfang unseres Rückeroberungsfeldzuges Reputation genug sein, um ein paar Söldner für uns zu gewinnen.«

*Nur dass die nicht für Ruhm und Ehre kämpfen, sondern ausschließlich für Gold und Silber,* seufzte Mercadier innerlich. *Und woher soll das kommen, wenn wie in den beiden genannten Städten nichts mehr zu holen ist, nachdem Philipp sie ausgeblutet hat?* Außerdem war bekannt, dass Richard es auch nicht zuließ, dass unter seinen Augen Wehrlose abgeschlachtet und Frauen und Mädchen geschändet wurden. Es kam zwar trotzdem vor, vor allem, wenn der König zähneknirschend wegsah, aber so ganz wohl hatten sich gekaufte Streiter in seinem Heer noch nie gefühlt. Dazu ging es hier einfach zu ritterlich zu, und Männer wie William Marshal achteten akribisch darauf, dass das auch so blieb. Ja, als er noch als alleiniger Feldhauptmann agiert hatte und Richard weit weg gewesen war, da waren die Söldner zuhauf zu seinen Fahnen geeilt, denn er, Mercadier, kannte die Skrupel seines Dienstherrn nicht. Aber jetzt? Doch wie sollte er das dem König sagen? Besser gar nicht, sondern sein Möglichstes versuchen und den Flamen das Blaue vom Himmel herunter versprechen. Ein paar würde er auf diese Weise sicher gewinnen können, und letztlich zählte jeder von ihnen doppelt und dreifach im Vergleich zu einem in den Waffen ungeübten Städter.

»Wenn Ihr befehlt, Sire, reite ich gleich morgen nach Norden«, stimmte der Söldnerführer gegen besseres Wissen zu. »Ihr wisst, dass ich wie immer mein Bestes geben werde, um Eure Wünsche getreulich zu erfüllen.«

»Ja, mein Freund, daran habe ich keine Zweifel«, meinte Richard zuversichtlich und klopfte Mercadier anerkennend auf die Schulter, was diesem viel mehr bedeutete als jedes Ehrenzeichen, das ihm der König verliehen hätte.

Die Runde ging erst spätabends auseinander. Noch lange hatte man darüber debattiert, wie man weiter vorgehen wollte. Letztlich wurde beschlossen, zunächst de Braose und William Longsword loszuschicken, um kleine Burgen und Städte in der näheren Umgebung von Rouen, die noch von französischen Besatzungen gehalten wurden, zurückzuerobern. So hatte jeder, außer John, dem Richard nach wie vor nicht traute und den er außerdem für völlig unfähig hielt, eine Aufgabe bekommen. Doch alle waren sich darüber im Klaren, dass der nächste, größere Schlag erst geführt werden konnte, wenn man wusste, wohin Philipp sich gewandt hatte. Überraschenderweise erhielten sie die Antwort auf diese drängende Frage schneller als erwartet.

Richard, auch wenn er gerade nicht kämpfen konnte, blieb keineswegs untätig. Es gab viele administrative Dinge zu erledigen, die während seiner Abwesenheit liegen geblieben waren. Recht musste gesprochen, Streitigkeiten geschlichtet, Privilegien erneuert oder vergeben werden.

Gleich am Tag nach seiner Ankunft in Rouen begab sich der König zum Palast des Erzbischofs. Er hatte, verwundert darüber, dass Walter de Coutances ihn bei seinem Einzug in die Hauptstadt der Normandie nicht persönlich willkommen hieß, sondern diese Aufgabe andere Kleriker wahrnehmen ließ, schon daran gedacht, ihn zu sich zu zitieren, dann aber Abstand davon genommen. Vielleicht war der alte Vertraute und Kampfgefährte ja erkrankt und Richard daher der Meinung, sich nichts zu vergeben, wenn er ihn aufsuchte. Freudig eilte er deshalb auf den Prälaten zu, der in seinem großen Arbeitszimmer am Ende eines Tisches saß und über Pergamenten brütete, um ihn zu begrüßen und zu umarmen, als er zu seiner Überraschung dessen abweisenden und nichts Gutes verheißenden Blick sah.

Der Erzbischof erhob sich nicht einmal, als der König ihn erreicht hatte, sondern hielt ihm nur seinen Ring zum Kuss

hin, wohl wissend, dass diese Geste Richard gegen ihn aufbringen und er sie zudem wie meist ignorieren würde. Aber
der gewiefte Diplomat wollte die Auseinandersetzung, und je
eher sie stattfände, desto besser wäre es für beide Seiten.

»Was soll das, Walter?«, raunzte der Ankömmling auch erwartungsgemäß los. »Waren wir nicht immer gute Freunde,
haben wir nicht Seite an Seite gestritten und Ihr mich in meiner Abwesenheit als Justiciar von England vertreten? Und
jetzt begrüßt Ihr mich nicht einmal bei meinem Einzug in
meine normannische Hauptstadt, so wie es Eure Pflicht als
oberster Vertreter des Klerus im Herzogtum ist, wenn der
Herr nach Jahren der unfreiwilligen Abwesenheit endlich zu-
rückkehrt? Stattdessen haltet Ihr mir Eure Insignien vor die
Nase und erwartet offenbar, dass ich sie demutsvoll küsse. Ihr
kennt mich doch und wisst, was ich davon halte. Nicht einmal
die Krone habe ich mir von einem Kirchenvertreter aufs
Haupt setzen lassen, sondern sie dem Erzbischof von Canterbury aus den Händen genommen und mich selbst gekrönt.
Wie kommt Ihr darauf, dass sich an meiner damaligen Einstellung zur geistlichen Oberhoheit über die weltliche etwas
geändert haben könnte? Sagt es mir bitte, und lasst mich darüber nicht im Unklaren. Oder sollte ich mit etwas Euer
Missfallen erregt haben? Auch in diesem Fall bitte ich um
Aufklärung, denn mir ist keine Schandtat bewusst, die ich zu
beichten hätte.«

*Oh Richard, ihre Zahl ist Legion,* seufzte der Erzbischof innerlich. Wo sollte er anfangen? Er hatte bereits dem Vater des
Mannes gedient, der nun vor ihm stand, dem Sohn dann nach
dessen Rebellion gegen seinen Erzeuger die Absolution erteilt,
ihn als Herzog der Normandie eingesetzt und an seiner Krönung zum König von England teilgenommen. Dort hatte er
miterleben müssen, wie Richard sich tatsächlich die Krone
zum Abschluss der Zeremonie selbst aufs Haupt setzte. Leider
hatte sich ob dieses Frevels weder der Himmel aufgetan noch

Erzbischof Balduin von Canterbury zu seiner großen Überraschung ein Strafgericht herabbeschworen. Danach war er Richard bis Messina gefolgt, hatte mitansehen müssen, wie die Stadt von den Kreuzfahrern in Schutt und Asche gelegt worden war, und ständig den Streit zwischen dem englischen und französischen König schlichten müssen. Wie eine Erlösung war es ihm vorgekommen, als er Eleonore, die Berengaria von Navarra nach Sizilien gebracht und ihrem zukünftigen Gatten zugeführt hatte, nach England zurückbegleiten und dort das Amt des Justiciars übernehmen durfte.

Später war Richard in diese unsägliche Gefangenschaft geraten und er maßgeblich an den Verhandlungen über seine Freilassung beteiligt gewesen. Mit dem Ergebnis, dass er selbst als Geisel in Mainz zurückgeblieben war und niemand von den Plantagenets daran dachte, ihn auszulösen. Letztlich hatte er die vom Kaiser geforderte Summe selbst aufbringen müssen, sonst säße er wohl heute noch auf dem Trifels. Und kaum in Freiheit, suchte Richard schon wieder die Auseinandersetzung mit Philipp, der von Rechts wegen sein Lehnsherr auf dem Festland war.

Genug war genug, und das Land brauchte endlich Frieden und keinen immerwährenden Krieg. Und wenn das den englischen König ein paar seiner angestammten Ländereien in Frankreich kosten würde, dann sollte es eben so sein. Gott in seiner unendlichen Güte hatte sich bestimmt etwas dabei gedacht, sie Philipp zu übereignen. Und dass der Ratschluss des Herrn, der einem weltlichen Fürsten durch den Mund von Gottesdienern übermittelt wurde, zu akzeptieren war, das wollte er heute ein für alle Mal klarstellen.

»Auch Ihr, Sire, seid ein Kind Gottes und habt seinen Vertretern auf Erden den nötigen Respekt entgegenzubringen. In Eurer Jugend habe ich Euch Eure mangelnde Demut vor dem hohen Klerus und vor allem den geheiligten Pontifikalien nachgesehen, doch jetzt seid Ihr ein gestandener Mann und

König von Gottes Gnaden. Nur von Gottes Gnaden, vergesst das besser nicht.«

Richard war wie vor den Kopf gestoßen. Mit allem hatte er gerechnet, nur nicht damit, derart zurechtgewiesen zu werden. Noch dazu von einem Mann, den er als seinen Freund betrachtet und dem er bisher nahezu grenzenlos vertraut hatte. Was, zum Henker, war denn nur in den Bischof gefahren? Nun, der König gedachte, es umgehend herauszufinden.

»Raus mit der Sprache, Walter. Was ist los? Haltet Ihr mir etwa eine Strafpredigt, weil ich Euren Ring nicht geküsst habe? Seid versichert, ich würde nicht einmal den des Papstes mit meinen Lippen berühren. Vor allem nicht nach dem, was ich im Heiligen Land und auf meinem Rückweg vom Kreuzzug erlebt habe und erfahren musste.«

»Ihr missachtet ständig die christlichen Gebote, dessen wichtigstes da lautet: Du sollst nicht töten!«, donnerte der Erzbischof den König an, verkniff es sich aber, ihn »mein Sohn« zu nennen, weil er wusste, dass Richard dies niemals geduldet hätte und er sich nicht zum Märtyrer berufen fühlte. »Ihr missachtet die Vertreter der heiligen Mutter Kirche und ihre Pontifikalien. Ihr missachtet die Wünsche Eurer Untertanen, die sich nach nichts mehr als nach Frieden sehnen. Ich habe Euch wahrlich viele Jahre treulich gedient, war Euer Justiciar in England, habe Eurem Favoriten Hubert Walter, obwohl nicht unumstritten, zum Amt des Erzbischofs von Canterbury verholfen, Eure Mutter ins römisch-deutsche Reich begleitet und dort um Eure Freiheit gerungen, die mich letztlich die meine gekostet hat. Glaubt Ihr nicht, dass Euch nach alldem ein bisschen Demut und Gottesfurcht gut zu Gesicht stehen würde, Sire?«

Bevor er das letzte Wort aussprach, hatte Walter de Coutances eine kleine Pause gemacht, sodass es fast wie eine Beleidigung klang, und Richard war feinfühlig genug, das herauszuhören. Als er jetzt antwortete, sprach er deshalb auch mit gefährlich leiser Stimme.

»Für Letzteres und für Eure geleisteten Dienste bin ich Euch unendlich dankbar, Walter. Dass ich das Lösegeld für Euch nicht schicken konnte, tut mir aufrichtig leid. Aber ich habe nun einmal kein Gold, meine Taschen sind leerer als die eines Bettlers vor Eurem Kirchenportal. Doch die anderen Dinge, die Ihr angesprochen habt, kann ich so nicht stehen lassen. Für mich steht niemand über dem König von England. Kein Kaiser, kein Priester in Rom und schon gar keiner seiner ihm untergebenen Kleriker. Ich sage Euch das in aller Klarheit, damit daran keinerlei Zweifel aufkommen. Erzbischof Balduin wusste das, Hubert Walter weiß das, und Ihr solltet Euch besser damit abfinden, wenn Ihr weiter unbehelligt in meinen Landen weilen wollt. Denn daran wird sich, solange ich lebe, auch nichts ändern. Andere Herrscher mögen das anders sehen, aber nicht ich. Und eins will ich Euch im Vertrauen sagen: Ich, hört Ihr, ich habe die Macht, das ganze über mehr als tausend Jahre sorgsam gestrickte Konstrukt der heiligen Mutter Kirche zum Einsturz zu bringen. Nehmt das nicht als inhaltslose Drohung, kann ich Euch nur raten, sondern als das, was es ist. Eine gut gemeinte Warnung, nichts anderes.

Und was das ›Du sollst nicht töten‹ angeht. War es nicht der Heilige Vater«, Richard setzte vor die letzten beiden Worte wie zuvor der Erzbischof vor das »Sire« eine kleine Pause, »der zum Kreuzzug aufrief? Ganz so wie zuvor viele seiner Vorgänger. War das etwa kein Aufruf zu Mord und Totschlag? Oder habe ich da etwas missverstanden, und wir sollten die Sarazenen im Heiligen Land mit Gebeten und guten Worten bezwingen? Als ich dann in Gefangenschaft geriet, hat derselbe Papst keinen Finger gerührt, um meine Freilassung zu erzwingen, obwohl dies seine verdammte Pflicht und Schuldigkeit gewesen wäre, denn Kreuzfahrer stehen doch ausnahmslos unter seinem ganz persönlichen Schutz. Von dem der heiligen Mutter Kirche einmal abgesehen. Kein Interdikt über den Kaiser, geschweige denn über das römisch-deutsche

Reich, was Heinrich bestimmt zum Einlenken bewegt hätte, ist von ihm ausgesprochen worden. Also beschwert Euch lieber nicht so laut über Eure eigene kurze Haft. Und jetzt, wo ich mir mühsam zurückhole, was mir während meiner unrechtmäßigen Gefangenschaft von Philipp und anderen gestohlen worden ist, soll das plötzlich Sünde sein? Warum schleudert Ihr nicht den Bannstrahl gegen den französischen König, der Papst gegen den Kaiser? Ich kann es Euch sagen: weil Ihr Euch vor ihnen, vor ihrer Macht fürchtet. Doch fürchtet mich zukünftig mehr, sage ich Euch, denn ich werde weder dem Heiligen Vater noch der Kirche jemals vergessen, wie sie sich mir gegenüber verhalten haben, als ich sie so dringend brauchte. Euch, Walter, nehme ich ausdrücklich von meinen Vorwürfen aus, denn Ihr habt wahrlich getan, was Ihr konntet, und ebenso wie ich gelitten. Aber erwartet nicht, dass ich mich noch einmal vor einem Kirchenvertreter beuge. Das, bei den Beinen Christi, wird niemals wieder geschehen. Dient Ihr mir weiter so wie bisher, ist alles zwischen uns gut, und ich werde Euch wie bisher achten und ehren. Aber stellt Euch besser nicht gegen mich, denn Ihr wisst, wozu ich im Zorn fähig bin.«

Der Erzbischof von Rouen konnte nicht verbergen, wie die Angst in ihm emporkroch. Nicht um sich, sondern um die mehr als tausendjährige Institution, der er sich mehr als jedem weltlichen Fürsten verpflichtet fühlte. Was hatte der König nur in der Hand, dass er so unverhohlene Drohungen ausstieß? Dass er wütend auf Papst Coelestin war, konnte Walter de Coutances gut verstehen. Denn ihm war es ja nicht anders gegangen, und er hatte sich oft ins Gebet flüchten müssen, um nicht am Heiligen Vater zu zweifeln. Der Erzbischof von Rouen hatte von sich aus nie nach einem hohen Kirchenamt gestrebt, sondern wäre lieber ein Mönch oder einfacher Geistlicher geblieben. Aber Gott und seine Lehrer und Vorgesetzten hatten anders entschieden und ihn in seine jetzige Position emporgehoben. Doch nun, da er das Amt innehatte, gedachte er, es auch auszuüben und Schaden von der heiligen Mutter Kirche abzuwenden und sie zu verteidigen. Gegen wen auch immer.

»Vergleicht nicht den gottgefälligen Kampf gegen die Heiden mit dem gegen einen christlichen König«, donnerte Walter de Coutances zurück. »Verhandelt mit Philipp, einigt Euch mit dem König von Frankreich. Schließlich ist er Euer Lehnsherr, dem Ihr ebenso die Treue schuldet, wie Ihr sie von Euren Lehnsnehmern erwartet und einfordert. Und droht besser nicht der heiligen Mutter Kirche, sondern seid ihr demütiger Diener, wenn Ihr einst ins Paradies eingehen und Gottes Herrlichkeit schauen wollt!«

»Auf welcher Seite steht Ihr eigentlich, Walter?« Richard war ernsthaft verblüfft. »Dass Ihr den Papst gegen besseres Wissen und mit ihm die ganze katholische Kirche, der er vorsteht, verteidigt, kann ich noch nachvollziehen. Aber Philipp, diese Ratte? Ich verstehe Euch nicht. Habt Ihr nicht gerade erst zusammen mit dem Earl von Leicester Rouen gegen ihn verteidigt? Was ist denn nur in Euch gefahren? Walter, alter Waffenbruder!«

»Sire, ich beschwöre Euch, schließt Frieden! Die Menschen brauchen ihn wie die Luft zum Atmen. Sie sind wegen der hohen Steuern für Euer Lösegeld und die fortwährenden Kriegshandlungen völlig verarmt und verzweifelt. Und haltet Eure Söldner zurück! Mercadier macht keinen Unterschied zwischen Normannen und Franzosen, wenn er eine Stadt oder einen Landstrich erobert hat. Er lässt auch Eure eigenen Untertanen abschlachten, wenn sie sich zuvor König Philipp ergeben haben. Aber was hätten diese denn anderes tun sollen? Sie können vor der Übermacht nur kapitulieren, wollen sie nicht ihr Leben verlieren, und werden dafür grausam bestraft, wenn die andere Seite wieder die Oberhand hat. Beendet das, ich flehe Euch an!«

»Das werde ich, seid versichert. Es hört spätestens auf, sobald ich den letzten Franzosen aus dem Land gejagt habe. Wenn Ihr wollt, verhandelt mit Philipp. Ich gebe Euch diesbezüglich freie Hand. Zieht er sich freiwillig zurück, soll es mir recht sein. Zumindest vorläufig. Wenn nicht, werde ich ihn jagen wie einen tollwütigen Hund. Er oder ich, einer von uns beiden wird letztlich über den anderen triumphieren. So war es schließlich seit Anbeginn der Zeit, und daran hat auch Gottes Gebot nichts geändert.

Aber jetzt zu etwas anderem. Ich möchte gern ein Stück Land von Euch erwerben. Den Kalksteinfelsen oberhalb der Seine mit dem Dorf Les Andelys an ihren Ufern. Dort will ich eine Festung zum Schutz des Vexins und von Rouen errichten. Im Moment habe ich zwar kein Geld, um Euch den Flecken abzukaufen, aber ich schlage Euch einen Landtausch vor. Sagt mir, was Ihr als Ausgleich für den Felsen und das Umland haben wollt, und Ihr sollt es bekommen.«

»Les Andelys und die Zollstation auf der Seine-Insel sind Kirchenbesitz und nicht verhandelbar. Ihr werdet Eure Festung an einer anderen Stelle bauen müssen, Sire. Aber sagt, müssen es immer noch mehr Burgen sein, in Fronarbeit errichtet von Bauern, die dadurch ihre eigenen Felder nicht bestellen können und im Winter, wenn die Arbeit ruht, nicht wissen, wie sie ihre Familien durchbringen sollen? Meint Ihr nicht, dass es auch einmal genug sein sollte?«

»Nein, das denke ich nicht, Exzellenz«, erwiderte Richard und zerriss mit dieser Anrede das Freundschaftsband, das Walter de Coutances und ihn bisher verbunden hatte. »Ich werde meine Burg bekommen, und zwar genau an der Stelle, an der ich sie haben will. Ob mit oder gegen Euren Willen, ganz gleich. Stellt Euch mir besser nicht in den Weg, kann ich Euch nur raten. Denn die Festung wird in ihrem Innersten ein Geheimnis beherbergen, das Euch und die ganze heilige Mutter Kirche hinwegzufegen vermag. Zeigt Ihr Euch einsichtig und stellt sich der Heilige Vater von nun an fest auf meine Seite, bleibt es verschlossen und gut gehütet. Aber im anderen Fall …«

Richard ließ den Satz unvollendet und erhob sich. Der Worte waren genug gewechselt worden, jetzt mussten Taten sprechen. Er bedauerte, einen Freund verloren zu haben, sah jedoch keine Möglichkeit, das zu ändern, solange der Erzbischof auf seinem Standpunkt beharrte. Er würde Krieg führen, bis er gesiegt hatte, und seine Burg bauen. Davon konnte ihn keine Macht der Welt, auch keine göttliche, abhalten.

Ohne ein Grußwort verließ Löwenherz das Arbeitszimmer seines alten Kampfgefährten und Vertrauten. Den nachdenklichen Blick, den ihm Walter de Coutances nachsandte, sah er nicht mehr. Noch heute, hatte der Erzbischof soeben beschlossen, wollte er einen Boten nach Rom schicken und Papst Coelestin von dem Gespräch, den Drohungen und Andeutungen des englischen Königs unterrichten. Er sah schwere Zeiten auf sich und die heilige Mutter Kirche zukommen, der letztlich seine wahre und einzige Loyalität galt.

Richard hatte keine Zeit, sich lange über die ablehnende Haltung des Erzbischofs zu echauffieren, denn als er in die Burg von Rouen zurückkehrte, erwarteten ihn gleich zwei Hiobsbotschaften. Der Earl von Leicester hatte sich wohl in dem Bestreben, vor seinem König zu glänzen und seine Gunst zurückzugewinnen, zu weit vorgewagt und war den Franzosen in die Hände gefallen. Philipp bot durch Unterhändler an, ihn gegen Gottfried von Le Perche auszutauschen, doch sein Vorschlag stieß bei Richard auf wenig Gegenliebe und taube Ohren. Er konnte auf einen seiner Earls durchaus verzichten, noch dazu auf einen, über den er sich derart geärgert hatte. Nicht aber auf das Lösegeld, das er sich von seiner Nichte für die Freilassung ihres Gemahls versprach. Sollte Robert de Beaumont doch sehen, wer für ihn zahlte, wenn er schon so ungeschickt war, sich gefangen nehmen zu lassen. Er jedenfalls würde ihn nicht freikaufen. Dass ihn erst kurz zuvor das gleiche Schicksal ereilt hatte und ein ganzes Reich zur Kasse gebeten worden war, um seinen Herrscher auszulösen, verdrängte Richard geflissentlich.

Des Weiteren erwartete den König in seinem Palast ein Bote seines Schwagers. Sancho von Navarra beschwor ihn, endlich nach Loches zu kommen und ihn und seine Truppen zu entsetzen. Dringende Familienangelegenheiten riefen ihn in die Heimat, denn da sein Vater im Sterben lag, galt es das Erbe zu sichern, bevor es sich jemand anderes unter den Nagel reißen konnte. Die Könige von Kastilien und Aragon, zwischen deren großen Reichen das kleine Navarra lag, streckten bereits begehrlich ihre Finger danach aus. Doch Loches stand kurz vor dem Fall, und wenn Sancho jetzt abrückte, wären all die Mühen der vergangenen Wochen vergebens gewesen, denn Philipp, der sich angeblich anschickte, in die angevinischen Stammlande einzufallen, hätte dann leichtes Spiel, um neue Truppen in die starke Burg zu bringen und sie damit nahezu uneinnehmbar zu machen.

Wie immer zögerte Löwenherz keinen Wimpernschlag lang. Er rief seine Truppen und ihre Befehlshaber zusammen und brach umgehend Richtung Süden auf. Zuvor hatte er seinem Bruder, der Loches erst im vergangenen Jahr an Philipp übergeben hatte, befohlen, in Rouen zu verbleiben und die Stadt gegen etwaige Angriffe zu verteidigen. Sollte er allerdings wie in Évreux das Weite suchen, das machte Richard John unmissverständlich klar, würde er ihn zu finden wissen und zur Verantwortung ziehen. Fiele die Hauptstadt der Normandie in die Hände der Feinde, das war selbst dem Prinzen klar, konnte ihn nichts und niemand mehr vor der Wut des Löwenherz retten. Dann blieb ihm nur noch, in ein Land zu fliehen, wo ihn niemand kannte und nicht die Gefahr bestand, dass man ihn an Richard auslieferte, der ihn garantiert langsam zu Tode würde schinden lassen. Sicherheitshalber blieben allerdings auch noch William de Braose und ein nicht unbedeutender Teil Söldner zurück, denn das Vertrauen des Königs in seinen Bruder hatte enge Grenzen.

In nur etwas mehr als einer Woche legte das Heer in Gewaltmärschen die Strecke zwischen Rouen und Loches von mehr als zweihundertfünfzig Meilen zurück, und Richard konnte schon bald seinen hünenhaften Schwager in dessen Feldlager unterhalb der gewaltigen Burganlage der Schlüsselfestung der Touraine in die Arme schließen und sich bei ihm für die geleistete Hilfe und Unterstützung bedanken.

Es gab nur wenige Männer, die den englischen König an Körpergröße überragten. Doch Richard musste zu seinem Schwager wie zu einem Berggipfel emporblicken, wollte er ihm in die Augen schauen. Denn Sancho maß vom Scheitel bis zur Sohle siebeneinhalb Fuß.

»Sancho, mein Freund, ich werde für immer in deiner Schuld stehen«, brachte Löwenherz hervor, als er endlich wieder Luft bekam, denn sein Schwager, der zu vollem Recht den Beinamen der Starke führte, hatte sie ihm bei der Umarmung aus den Lungen gepresst. »Zuerst hast du Raimund von Toulouse daran gehindert, sich Aquitanien anzueignen, und nun die Touraine für mich gerettet. Sag mir, wie ich das je wiedergutmachen kann, und ich werde es tun. Das schwöre ich beim Leben meiner Mutter! Du weißt, wie viel sie mir bedeutet und wie sehr ich sie schätze.«

»Vergiss darüber nur nicht die andere Frau an deiner Seite, Richard«, meinte Sancho in seiner gewohnt bedächtigen Art. »Darum bitte ich dich von Herzen. Sieh es Berengaria nach, dass sie nicht zu dir geeilt ist, als sie von deinem Schicksal erfahren hat. Sie schwankte zwischen ihrer Liebe zu dir und der Pflicht, ihrem Vater in seinen schwersten Stunden beizustehen, ständig hin und her. Jetzt soll es mit dem alten König zu Ende gehen, und deshalb muss ich dringend nach Pamplona.

Und ich denke, wenn ich einmal deiner Hilfe bedarf, wirst du mir diese nicht verweigern. Oder irre ich mich etwa, und unser Bündnis beruht nur auf Einseitigkeit und du hast meine Schwester ausschließlich geheiratet, um dir im Süden deines Reiches den Rücken freizuhalten?«

Ganz unrecht hatte der Prinz damit nicht, denn das war nicht zuletzt einer der Beweggründe des Löwenherz für die Eheschließung gewesen. Doch zu den dynastischen Überlegungen war wahre Liebe gekommen, und Richard, damals noch Herzog von Aquitanien, hatte sich schon auf dem Turnier in Pamplona in den himmelblauen Augen seiner zukünftigen Gemahlin verloren.

»Nein, Sancho, da kannst du dir ganz sicher sein. Sollte dich jemand bedrohen, lasse ich alles stehen und liegen und komme mit meinem Heer über die Pyrenäen. Selbst wenn hinter mir das ganze angevinische Reich in Schutt und Asche fällt, an dieses Versprechen werde ich mich immer gebunden fühlen. Doch nun geh, ich sehe, dein Pferd ist schon gesattelt und wartet auf dich. Das hier bringe ich allein zu Ende, mach dir keine Sorgen. Sag deinem Vater, wenn du ihn noch lebend antriffst, dass ich in Gedanken bei ihm bin. Doch er kann beruhigt von dieser Welt scheiden, denn er hat in dir einen würdigen Nachfolger. Und grüß mir meine Frau. Sie soll sich keine Sorgen machen, ich bin ihr nicht gram. Aber ich würde mich sehr freuen, wenn sie zum Weihnachtshof nach Poitiers käme, damit ich sie endlich wieder in meine Arme schließen kann. Willst du ihr das von mir ausrichten?«

»Liebend gern, Schwager. Ich wüsste nicht, was ich lieber täte. Aber nun gehab dich wohl, ich muss wirklich los. Hol dir deine Burg zurück, und schlag Philipp so aufs Haupt, dass er noch lange Kopfschmerzen davon hat. Dass dir beides gelingen wird, daran habe ich keine Zweifel. Doch pass auch auf den Süden auf, dort gärt es noch immer. Raimund ist keinesfalls geschlagen, und verbündet er sich mit den Franzosen, stehst du einer gewaltigen Übermacht gegenüber. Ob ich dir demnächst wieder zu Hilfe eilen kann, weiß ich nicht zu sagen. Erst einmal muss ich Navarra stabilisieren, und das wird nicht ganz einfach sein und mich viel Kraft kosten.«

»Zerbrich dir nicht meinen Kopf, Sancho. Du hast schon weit mehr getan, als ich jemals zu hoffen gewagt hatte. Komm gut nach Hause, und sobald es mir möglich ist, will ich dir als dem neuen König von Navarra meine Aufwartung machen.«

Beide Männer umarmten sich zum Abschied noch einmal. Dann sprang Sancho auf sein gewaltiges Streitross, das unter ihm trotzdem wie ein Welsh Pony wirkte, hob grüßend die Hand und galoppierte mit seinem Gefolge von dannen. Sein Heer schloss sich ihm an und folgte dem vorauseilenden Prinzen, so schnell es konnte. Richard hätte die kampferprobten Männer zwar gern behalten, wusste aber, dass sie jenseits der Pyrenäen gebraucht wurden, um Navarra sowohl gegen seine äußeren als auch inneren Feinde zu schützen.

William Marshal ließ die von ihm herangeführten Truppen das verlassene Lager der Navarresen beziehen, und die Verteidiger von Loches, die bereits Hoffnung geschöpft hatten, dass die Belagerung abgebrochen werden würde, kamen vom Regen in die Traufe. Auch wenn Sancho ihnen keine Ruhe gegönnt und die Mauern der Festung hartnäckig hatte berennen lassen – allerdings ohne allzu großen Erfolg –, so standen sie jetzt doch Richard Löwenherz gegenüber, der sich schon in jungen Jahren als Herzog den Beinamen der große Burgenzerstörer erkämpft hatte.

Der englische König gedachte auch nicht, lange mit einem Angriff auf die Festung von Loches zu warten. Er befahl seinen Halbbruder Longsword an seine Seite, ersetzte seinen goldenen Helm mit der Krone durch einen einfacheren und streifte seinen Wappenrock ab. Dann brach er mit nur wenigen Begleitern zu einem Ritt rund um die Burg und die Stadt auf, die schon gefallen war und in der das Heer Quartier bezogen hatte, um die Lage zu erkunden.

Loches und die auf einem Bergsporn darüber thronende Festung lagen in einer Schleife des Flusses Indre. Schon zu Zeiten der Gallier und der Römer hatte es hier eine Siedlung gegeben. Die Grafen des Anjou, Vorfahren der Plantagenets, errichteten um anno 1000 eine Burg, und Fulko dem Schwarzen wurde der Bau des gewaltigen Donjons – einen größeren gab es in ganz Frankreich nicht – zugeschrieben. Alle ihm nachfolgenden Herrscher der Region hatten an der Festung weitergearbeitet, und vor allem von Richards Vater Henry war sie zu einem nahezu uneinnehmbaren Bollwerk ausgebaut worden. Aus den Felsen des Bergsporns wuchs eine mehr als eine Meile lange Ringmauer empor, durch die nur ein einziges Tor von der Stadt aus hinauf auf den Burgberg führte. Dieses war allerdings von Sanchos Truppen genommen worden, sodass Teile des Heeres bereits auf dem Bergsporn kampierten. Doch die eigentliche, im südlichen Teil der Anlage gelegene Festung mit dem Donjon war nochmals durch Gräben und hohe Mauern mit Türmen und Wehrgängen geschützt. Sie zu überwinden war den Navarresen nicht gelungen, und sie hatten sich von den Verteidigern dafür übel verhöhnen lassen müssen.

Richard hatte nicht vor, sich lange mit der Einnahme der Burg aufzuhalten. Vor fünf Jahren, als er sich im Krieg mit seinem Vater befand, hatte er sie bereits einmal erobert und kannte hier jeden einzelnen Stein. Und vor allem das Geheimnis, das Loches mit der Burg von Nottingham und anderen Pfalzen, die Henry einst für sich auserkoren hatte, teilte.

Der Donjon, fast vierzig Yards hoch und mehr als zwanzig breit, war ebenso wie die Mauern, Türme und Nebengebäude der Festung aus Steinquadern errichtet worden, die man direkt aus den unterirdischen Schächten, die den ganzen Burgberg durchzogen, gewonnen hatte. Was war da naheliegender gewesen, als einen dieser Gänge als Fluchttunnel auszubauen? Henry hatte solche letzten Rückzugsmöglichkeiten überall, wo er residierte, anlegen lassen, und Nottingham war erst wenige Wochen zuvor gefallen, weil der Earl von Huntingdon um den geheimen Zugang zur Burg gewusst hatte. Den hiesigen hingegen kannte Richard, doch es gab ein Problem.

Die kleine Reitergruppe hielt am Ufer der Indre, auf deren anderer Seite die Felsen des Bergsporns senkrecht emporwuchsen. Niemand konnte sie erklimmen, sollte man meinen, und wenn doch, kam nach den Felsen noch die zehn Yards hohe Ringmauer. Kein Absatz, auf den ein Angreifer auch nur einen Fuß setzen, geschweige denn eine Leiter angelegt werden konnte, trennte die von der Natur und von Menschenhand geschaffenen Befestigungen. Und genau aus diesem Grund wollte Richard gerade hier den Angriff wagen, denn es gab keine Wachen auf diesem Abschnitt der Ringmauer, von der aus der Steilhang und das Flussufer nur einzusehen waren, wenn man sich weit nach vorn beugte und damit ein hervorragendes Ziel für die feindlichen Bogenschützen abgab.

»William, schau mal nach oben«, forderte der König seinen Halbbruder auf. »Kannst du etwas erkennen?«

Longsword ließ seinen Blick umherschweifen, aber außer den steilen, teilweise mit Efeu bewachsenen Felshängen, der darüber thronenden Burg und der über Stromschnellen rauschenden Indre sah er nichts.

»Tut mir leid, Sire, aber ich kann nichts Außergewöhnliches feststellen, sosehr ich mich auch bemühe«, meinte Longsword und zuckte mit den Schultern.

»Seht Ihr auch nichts, Marshal?«, wandte sich der König jetzt an seinen Stellvertreter, der bereits in sich hineinschmunzelte, weil er wusste, wonach er Ausschau halten musste.

»Ihr meint sicher die dunkle, stark bewachsene Stelle dreißig Yards über dem Bett der Indre kurz unterhalb der Burgmauer, Sire«, antwortete der Earl von Pembroke. »Gibt es von dort aus einen Gang in das Innere der Burg? Und wenn ja, wie soll man da hinaufgelangen?«

»Gut beobachtet, Marshal.« Richard nickte anerkennend. »Ja, hinter der vom Efeu umrankten Vertiefung befindet sich eine Tür, die in einen Gang führt, durch den man in den Burghof gelangt. Eigentlich ist es ein Fluchtweg aus der Burg hinaus und deshalb auch etwas schwierig, den Weg in der umgekehrten Richtung zu gehen. Aber es ist dennoch möglich. Mit einem Boot muss man zuvor über die Indre setzen. Auf der anderen Seite gibt es einen Ring, um es festzumachen, und unter dem Blattwerk des Efeus verborgen sind Trittlöcher in den Felsen geschlagen worden. Bleibt die Tür, die von der anderen Seite verriegelt ist. Aber die war schon zu der Zeit, wo ich hier residierte, so morsch, dass sie bestimmt leicht aufzubrechen ist. Daneben lag damals immer eine Strickleiter, die man bei Gefahr ausrollen und hinabklettern konnte, um sich dann über oder auch auf dem Fluss in Sicherheit zu bringen. Was meinst du, William«, Richard wandte sich wieder an seinen jungen Halbbruder, »traust du dir zu, da hinaufzuklettern, die Tür aufzubrechen und die Leiter herabzulassen, damit dir weitere Männer leichter folgen können?«

Longsword hatte an der Frage schwer zu kauen.

»Und wenn ich abgleite und stürze, breche ich mir auf den Steinen im Fluss alle Knochen«, wagte er vorsichtig Bedenken anzumelden.

»Nein, du wirst nur nass«, beruhigte Richard Longsword. »Unser Vater war doch nicht verrückt. Er hat an der Stelle unter der Tür alle Felsen im Wasserlauf beseitigen lassen, sodass man von oben im äußersten Notfall auch herunterspringen kann, ohne zu Tode zu kommen. Die Grube ist so tief, da kann dir gar nichts passieren. Schwimmen wirst du ja sicher können, oder etwa nicht? Im Notfall fischen wir dich ein Stück flussabwärts aus dem Wasser, und du versuchst es noch einmal.«

Der junge Ritter merkte sehr wohl, dass er auf die Probe gestellt wurde. Wohl war ihm nicht, aber was blieb ihm anderes übrig, als sein Einverständnis zu erklären, wollte er nicht als Feigling dastehen.

»Wann soll denn das ganze Unternehmen stattfinden, und wie viele Krieger werden mich in die Burg begleiten?«, wollte er stattdessen wissen.

»Morgen bei Tagesanbruch«, wurde ihm von seinem Bruder beschieden, dessen Plan schon feststand. »Marshal und ich werden an zwei Stellen gleichzeitig nahe des dem Donjon vorgelagerten Torturms die Mauer berennen. Das dürfte wohl so gut wie alle Verteidiger auf die Wehrgänge locken, sodass sich kaum noch jemand im Hof aufhalten wird. Du bekommst zwei Dutzend meiner besten Streiter und dringst durch den Geheimgang in das Innere der Festung vor. Eure Aufgabe wird es sein, die Zugbrücke herunterzulassen, dann das Tor von innen zu öffnen und uns einzulassen. Meinst du, dass du der Aufgabe gewachsen bist? Ich setze großes Vertrauen in dich, wie du vielleicht merkst. Enttäusche mich nicht.«

*Das würde ich nie wagen,* dachte Longsword bei sich. *Doch was geschieht mit mir, wenn ich versage?* Darüber wollte er sich lieber keine Gedanken machen, denn schließlich konnte er bei dem waghalsigen Unternehmen, das so ganz dem Naturell seines Bruders entsprach, ohne Weiteres zu Tode kommen. Und sollte das Ganze schiefgehen, wäre dessen Missmut sein kleinstes Problem.

»Ich hoffe mich der Ehre, den Sturmtrupp anführen zu dürfen, würdig zu erweisen«, konnte seine Antwort deshalb nur lauten, wollte er sich die Gunst des Löwenherz nicht verscherzen.

»Gut so, William«, meinte der dann auch zufrieden lächelnd. »Nichts anderes habe ich von dir erwartet. Du bist halt ein richtiger Plantagenet. Nicht so wie ...«, John, hatte Richard sagen wollen, schluckte es aber hinunter. »Mylords, lasst uns zurückreiten und alles für den morgigen Angriff vorbereiten. Spätestens am Abend muss die Festung in unseren Händen sein, denn es gibt noch zahlreiche andere Dinge zu erledigen.«

*Große, hehre Ziele,* dachte William Marshal, *die Ihr da verfolgt, mein König, und für die wieder viele Männer werden sterben müssen. Vielleicht sollte man erst einmal versuchen zu verhandeln. Aber wieso wundert es mich nicht, dass Ihr daran keinen einzigen Gedanken verschwendet?* Nun, der Earl von Pembroke kannte Richard schon seit Kindheit an und wusste um dessen ungestümes Draufgängertum, dem selbst die bedächtige Eleonore nie hatte Einhalt gebieten können. Von niemandem würde er sich seinen einmal gefassten Plan ausreden lassen, und deshalb versuchte Marshal es auch gar nicht erst. Er würde sich morgen den Helm festbinden, Schild und Schwert ergreifen und an der Spitze seiner Männer die Leitern zu den Zinnenfenstern der Burgmauer emporstürmen. So wie er es immer getan hatte, wenn einer der drei Könige, denen er bisher gedient hatte, es befahl.

Die ganze Nacht über herrschte rege Betriebsamkeit vor den Mauern der Festung, was der Besatzung nicht verborgen blieb, denn es brannten riesige Feuer im Lager, in deren Schein Belagerungsgerät gezimmert, Leitern zusammengebunden und Waffen geschliffen wurden. Bei den Franzosen begann sich bei diesem Anblick, trotz der schier unbezwingbaren Bollwerke, hinter denen sie sich verschanzt hatten, langsam, aber sicher die Angst auszubreiten.

Richard ließ aus dem Dachgebälk der Stiftskirche Saint-Ours, die sich ebenfalls auf dem Burgberg innerhalb der ersten Ringmauer befand, einen großen Rammbock fertigen. Die Mönche protestierten zwar wütend dagegen, stießen aber nur auf taube Ohren. Der König versprach ihnen, ihre Abtei nach seinem Sieg reich zu beschenken, sodass sie unter seiner Herrschaft schöner und größer wiederaufgebaut werden konnte als zuvor. Doch was von solchen Lippenbekenntnissen zu halten war, wusste jeder, der Löwenherz und seine stets klamme Kasse kannte.

Der Kastellan von Loches, Dreux de Mello, wollte unter allen Umständen versuchen, den zu erwartenden Angriff abzuschlagen. Dafür rechnete er sich gute Chancen aus, denn meist wurde beim ersten Versuch nur erkundet, wo die Schwachstellen der Befestigungen lagen. Sollte es ihm und seinen Männern gelingen, den Feind abzuwehren, wollte er verhandeln und hoffte, die Gespräche dabei so lange hinziehen zu können, bis sein König ihm endlich Unterstützung schickte oder, noch besser: gleich selbst kam. Dass dies eintreten würde, daran hatte er zwar seine Zweifel, aber andererseits war Loches für die Beherrschung der Touraine im Herzen Frankreichs zu wichtig, als dass Philipp die Festung einfach aufgeben konnte. Während die Gegner draußen schufteten, schickte de Mello seine Kämpfer lieber schlafen, damit sie bei Tagesanbruch, zu dem er mit dem Angriff rechnete, ausgeruht wären.

Wie nicht anders zu erwarten gewesen war, bliesen im ersten Morgengrauen tatsächlich die Hörner zum Sturm. William Marshal befehligte den linken, Richard den rechten Flügel des Heeres. In dieser Formation griffen ihre Truppen auch beidseits des Torturmes, der dem Donjon vorgelagert war, an. In der Mitte sollte der Rammbock zum Einsatz kommen, der so ausgelegt war, dass sein Schwingarm sogar über den Graben bis an die Zugbrücke und das sich dahinter befindliche, mächtige Eichentor reichte. Der König hoffte zwar, dass es über kurz oder lang von innen geöffnet werden würde, aber sich darauf zur Gänze verlassen wollte er lieber nicht.

Zuerst rannten leicht Bewaffnete nach vorn, die Reisigbündel trugen und diese Faschinen in den Graben warfen. Auf sie hagelte ein wahrer Regen von Pfeilen und Armbrustbolzen herab, doch davor schützten sie große Geflechte aus Weidenzweigen, die jeweils von zwei Männern vor ihnen hergetragen wurden. Richard konnte es sich nicht leisten, auch nur einen einzigen seiner Streiter wegen fehlender Deckung umkommen zu lassen, und war deshalb pragmatisch darauf bedacht, seinen Kriegern den bestmöglichen Schutz angedeihen zu lassen. Trotzdem fiel der ein oder andere, aber das war letztlich nicht zu vermeiden. Doch der Graben füllte sich, über die Faschinen wurden Planken geworfen, und schon bald würde man darüberlaufen und Leitern an die Mauern anlegen können. Nur waren die jeweiligen Abschnitte leider nicht sehr breit, was es der Burgbesatzung leicht machte, sie zu verteidigen. Danach folgten auf beiden Seiten gleich wieder Türme, die zu erklimmen unmöglich war.

In der Mitte des Heeres wurde der Rammbock nach vorn geschoben. Mehr als hundert Männer waren erforderlich, um das Ungetüm zu bewegen. Zu ihrem Schutz gab es über dem Belagerungsgerät ein mit nassen Tierhäuten behängtes Gestell, das sie vor Pfeilen, aber auch vor heißem Wasser und Brandgeschossen schützen sollte.

Dreux de Mello stand auf dem Torturm gut gedeckt hinter einer Zinne, denn die Kunstfertigkeit der englischen Bogenschützen, die seine Männer auf den Mauern mit einer Salve nach der anderen eindeckten, war legendär. Mit zunehmendem Unbehagen verfolgte er den Ansturm des Feindes. Hatte er bisher an der Entschlossenheit der Angreifer noch Zweifel gehabt, so waren diese spätestens jetzt restlos verflogen. Da gab es kein Zögern und Zaudern, nur den unbändigen Willen, die Festung zu nehmen. Offenbar übertrug sich die Stimmungslage des englischen Königs direkt auf seine Krieger, die vor ihm glänzen und sich keine Blöße geben wollten. Der Kastellan kannte Löwenherz nicht persönlich, doch selbstverständlich seinen Ruf. Mit dessen Schwager Sancho hätte er fertigwerden können, doch ob es ihm hier und heute gelang, diesen entschlossenen Angriff abzuwehren, das stand trotz der großen Tapferkeit seiner Männer in den Sternen. Er hatte sie alle auf den Mauerabschnitten rechts und links des Torturmes versammelt, denn nur hier konnten die Feinde eventuell Erfolg haben. Doch er wollte es den Angreifern so schwer wie möglich machen, und zur Not würden sie eben alle ehrenvoll fallen wie einst die Spartaner bei den Thermopylen.

Aber der heldenhafte Vorsatz hielt nicht lange. Rechts von sich sah de Mello Männer unter William Marshals legendärem gelb-grün gestreiftem Banner mit einem roten, aufrecht stehenden Löwen in der Mitte, der drohend die Pranken in die Höhe reckte, anstürmen. Wandte er den Kopf nach links, sah er die Farben des englischen Königs, drei goldene, schreitende Leoparden auf purpurrotem Grund. Es würde ihn nicht wundern, wenn sowohl Löwenherz als auch Marshal ihre Truppen selbst anführten und als Erste die Leitern emporgestürmt kämen. Dieser Ruf eilte den beiden jedenfalls voraus, und dann würde kein Einziger ihrer Krieger zurückstehen wollen und sie alle ihren Anführern wie ein Mann folgen.

Richard hatte allerdings William Marshal ausdrücklich verboten, den heutigen Angriff von der Spitze aus zu führen. Zu wichtig war ihm der Earl von Pembroke, als dass er dessen Tod bei solch einem Unternehmen riskieren konnte. Er selbst hielt sich diesmal ebenfalls zurück, wollte er doch mit der Hauptmacht das Tor stürmen, sollte es seinem Halbbruder gelingen, es von innen zu öffnen.

Als sich der erste helle Schein am Horizont zeigte, war William Longsword mit nur drei Gefährten in einen kleinen Kahn gestiegen und hatte über die Indre gesetzt. Die anderen sollten folgen, wenn es ihm glückte, die unter dem Efeu verborgene Tür zu öffnen und die Strickleiter herabzulassen. Schnell war das Boot an dem in die Felswand eingelassenen Ring vertäut, und der junge Ritter – nur mit einer leichten Tunika bekleidet, denn sollte er abstürzen, wollte er nicht von einer schweren Rüstung in die Tiefe gezogen werden – tastete nach den Trittlöchern im Stein. Er fand das erste schneller als gedacht und setzte seinen linken Fuß hinein, der darin mühelos Platz fand. Jeweils im Abstand von einem halben Yard und leicht zueinander versetzt folgte die nächste Aussparung im Fels, sodass Longsword einfacher nach oben gelangte, als er es zuvor angenommen hatte. Seine Hände fanden Halt in den ausgehauenen Löchern, die Füße, die er nachzog, ebenfalls, und so hätte sich das Ganze recht bequem gestalten können, wäre da nicht der Efeu gewesen, der ständig zur Seite geschoben werden musste und dessen Ranken sich wie Fangarme um den Kletterer schlangen.

Doch nach einiger Zeit hatte Longsword die dreißig Yards nach oben geschafft, ohne abgestürzt zu sein. Nach unten zu schauen, wo die Indre in ihrem Bett tosend vorbeirauschte, versuchte er allerdings krampfhaft zu vermeiden, denn ganz traute er der angeblichen Grube im Wasser nicht. Wenn es diese nämlich nicht gab und er den Halt verlor, würde er stattdessen auf einen der vielen Felsen prallen, an denen das Wasser schäumend gurgelte, und sein zerschmetterter Leichnam den Fluss hinabtreiben – das wusste er nur zu gut.

Als Longsword auf der Höhe der Stelle angelangt war, die sein Bruder ihm gezeigt hatte, tastete er mit der linken Hand das Blattwerk ab, während er sich mit der rechten krampfhaft an einem vorspringenden Felsstück festklammerte und festen Stand für seine Füße suchte. Tatsächlich fühlte er Holz nur wenige Fingerbreit hinter dem dichten Efeu. Er drückte so fest er konnte dagegen, doch es tat sich rein gar nichts. Longsword zog seinen Dolch, den er vorsorglich nicht zurückgelassen hatte, und fuhr mit der Klinge zwischen dem Stein und den Bohlen entlang. Der Spalt war so schmal, dass sie manchmal kaum dazwischenpasste. Dann, an einer Stelle, traf plötzlich Stahl auf Stahl. Das musste der innere Riegel sein, erkannte der junge Ritter sofort, aber ob es ihm tatsächlich gelingen würde, ihn zurückzuschieben?

Longsword versuchte es auf verschiedene Arten, kratzte mit seiner Klinge über das rückwärtige Eisen, soweit es ihm der geringe Spielraum ermöglichte, schlug so fest er konnte mit der Hand gegen die Tür in der Nähe des Riegels, ja nahm sogar seinen linken Fuß aus dem Trittloch und trat dagegen. Fast hätte er dabei das Gleichgewicht verloren und wäre abgestürzt, doch trotz seiner Waghalsigkeit tat sich nichts, der Zugang zu dem Geheimgang blieb verschlossen. Seufzend machte sich der junge Ritter daran, zu versuchen, ein Loch oberhalb des Riegels in das Holz zu schneiden. Das erwies sich allerdings als hoffnungsloses Unterfangen oder würde zumindest Stunden dauern, denn nur ein kleiner Holzsplitter nach dem anderen löste sich aus den starken Bohlen, aus denen die Tür bestand, heraus. Dann brach auch noch die Klinge des Dolches ab, und nun wusste Longsword gar nicht mehr, was er tun sollte, um den Auftrag seines Halbbruders auszuführen. Wütend und verzweifelt hieb er mit der Faust gegen das Holz. Das hätte er vielleicht schon eher tun sollen – denn auf einmal brach sie mitsamt dem halben Unterarm auf der anderen Seite der Tür durch.

Am Riegel selbst war die Bohle offenbar verstärkt worden, die daneben aber morsch, so wie Richard es vorhergesagt hatte. Vorsichtig zog Longsword seinen Arm zurück, um sich nicht an dem gesplitterten Holz zu verletzen. Doch die Sorge war unbegründet, denn es war offenkundig so marode, dass es nun wie von selbst zerbröselte. Noch dreimal schlug er, diesmal allerdings mit dem Knauf des Dolches, zu, dann konnte er durch das Loch in der Tür nach innen fassen, den Riegel greifen und zurückschieben. Glücklicherweise schwang diese daraufhin nicht gleich auf, denn das hätte Longswords Ende bedeuten können. Sie öffnete sich nämlich nach außen und nicht in den Gang hinein. Nicht auszudenken, wäre die Tür ihm entgegengekommen, während sein Arm noch in ihr gesteckt hätte. Doch so konnte er sich wieder einen festen Halt suchen und die Tür langsam aufziehen. Knarrend öffnete sie sich, und erstmals sah der junge Ritter den dahinterliegenden Gang. Er war etwas über mannshoch, zwei Yards breit, roh in den Felsen hineingehauen und stieg leicht an.

Vorsichtig kletterte Longsword hinein, und als er es geschafft hatte, atmete er erst einmal tief durch. Jetzt erst spürte er auch, wie sehr ihn seine Arme, Beine und Hände schmerzten, die durch die anstrengende Kletterei völlig verkrampft waren, doch das würde sich bald wieder geben. Tatsächlich lag ein Stück weiter im Gang ein Fass und in ihm, wie von ihm erhofft und von Richard vorhergesagt, die Strickleiter. Schnell war sie an den dafür vorgesehenen, in die Felswand eingelassenen Haken befestigt und in die Tiefe geworfen. Longsword merkte, wie sie sich gleich darauf straffte, und bald kletterte der erste seiner Gefährten zu ihm hinauf. Gleichzeitig konnte er von oben sehen, dass mehrere Boote vom anderen Ufer der Indre abstießen, die unter dem Ufergestrüpp verborgen gewesen waren. Die Bewaffneten in ihnen sollten nach Richards Plan den Stoßtrupp bilden. Einer von ihnen brachte auch die Rüstung des jungen Ritters und dessen Waffen mit, und erst beim Anlegen der Boote kam Longsword zu Bewusstsein, was er eigentlich geleistet hatte und was alles dabei hätte schiefgehen können. Jetzt hoffte er nur, auch noch den Weg nach oben zu finden und den Auftrag seines Königs erfolgreich zu Ende zu bringen.

Während Richards Halbbruder in der Steilwand hing, tobte der Kampf um die Burg von Loches mit all seiner Grausamkeit. Männer, die die Leitern emporkletterten, wurden mit kochend heißem Wasser überschüttet oder von herabgeschleuderten Steinen, Pfeilen und Bolzen getroffen. Verteidiger stürzten schreiend von den Mauern in den Graben, wenn sie das gleiche Schicksal ereilte, denn die englischen Bogenschützen – viele von ihnen waren auf dem Kreuzzug durch die Hölle und eine harte Schule gegangen – kannten kein Erbarmen und verfehlten selten ihr einmal angepeiltes Ziel.

Mit langen Haken stießen die Franzosen die Leitern zurück, sodass sie in den Graben fielen und meist ebenso zerbrachen wie die Knochen derer, die sich bereits auf ihnen befunden hatten. Waren die Sturmleitern durch das Gewicht der Angreifer bereits zu schwer, um sie umzuwerfen, durchstießen die Verteidiger mit an Stangen befestigten Sicheleisen die oberen Leiterstufen. Oft trafen sie dabei auch noch die Männer, die am Weitesten hochgeklettert waren, und wenn diese schreiend nach unten stürzten, rissen sie ihre Kameraden mit sich in die Tiefe.

Noch war es keinem der Angreifer gelungen, auf der Brustwehr Fuß zu fassen, aber es war nur eine Frage der Zeit, bis es ihnen gelingen würde, stellte de Mello zu seinem Schrecken fest. Das war kein vorsichtiges Herantasten vonseiten des Feindes, das war ein wütender, zorniger und unabwendbarer Sturm, der ihm und seinen Männern da entgegenbrauste. Offenbar hatte Richard Löwenherz die Absicht, sich hier und heute zurückzuholen, was seit Urzeiten seinen Ahnen gehört hatte und damit letztlich ihm. Niemand würde ihn davon abhalten können, erkannte der Kastellan, und sein erst vor Kurzem gefasster Entschluss, notfalls bis zum Ende auszuharren, geriet ins Wanken. Nutzte er seinem König nicht mehr, wenn er am Leben blieb und ihm selbst Bericht erstattete, wie Richard beim Sturm auf eine Festung vorging? Außerdem konnte er Philipp so weiterhin als Feldherr dienen, was wohl kaum möglich war, fiele er hier bei dem hoffnungslosen Versuch, Loches zu halten, oder geriete bestenfalls in Gefangenschaft.

Dreux de Mello fasste eine schwerwiegende Entscheidung. Er wollte die Burg verlassen und sich zu seinem König durchschlagen. Der war bisher gegen Richard Löwenherz ebenfalls nicht übermäßig erfolgreich gewesen und würde sicher Verständnis, wenn nicht sogar Dankbarkeit dafür aufbringen, wenn er einen seiner treusten Anhänger nicht durch unnützen Heldenmut verlor. Der Kastellan feuerte noch einmal seine Männer mit lauter Stimme an, nicht nachzulassen in dem Bestreben, den Feind abzuwehren, dann zog er sich unauffällig zurück. Der Geheimgang des alten Königs Henry begann an einer von den Mauern aus nicht einsehbaren Stelle im Hof des Donjons und war mit einer starken, eisenbeschlagenen und gleich mehrfach verschlossenen Tür versperrt, für die nur er die Schlüssel besaß. Er würde schwimmen müssen, denn um ein Boot zu ordern, fehlte dem Kastellan in dieser Phase des Sturms die Möglichkeit, darum hätte er sich eher kümmern müssen. Doch vor einem Bad in der Indre fürchtete er sich nicht, denn nass zu werden war dreimal besser, als Löwenherz in die Hände zu fallen.

Nachdem auch der letzte Mann des Stoßtrupps die Strickleiter erklommen hatte, setzte sich Longsword an die Spitze der ihm unterstellten Männer und begann, den Gang vorsichtig hinaufzuschreiten. Einen Moment hatte er gezögert, die mitgebrachten Fackeln zu entzünden, um niemanden auf die Eindringlinge aufmerksam zu machen, sich dann aber doch dafür entschieden. Es brachte schließlich nichts, in der Dunkelheit herumzutasten und womöglich den Weg zu verfehlen oder vielleicht sogar in einen Schacht zu stürzen.

Der Fels war erstaunlich trocken und der Gang nahezu eben. Nach ungefähr hundert Yards mündete er in einer großen Höhle, eher eine unterirdische Halle, von der gleich mehrere Stollen in verschiedene Richtungen abzweigten. Von ihnen aus hatte man wiederum Schächte in den Fels getrieben und auf diese Art die Steine gewonnen, aus denen die gesamte Burganlage errichtet worden war. Longsword schauderte bei dem Gedanken daran, wie viele Menschen bei dieser Arbeit unter Tage wohl umgekommen waren. Meist zog man Häftlinge und Gefangene, für die niemand Lösegeld zahlte, zu derartigen Arbeiten heran, und die meisten von ihnen sahen die Sonne nie wieder. Das war im Übrigen das Stichwort, denn ans Tageslicht wollten die Männer des Stoßtrupps schließlich auch wieder. Doch welcher der vielen Gänge brächte sie dorthin?

Longsword entschied sich schließlich für einen, der leicht nach oben anstieg und in dem er Kufen-Schleifspuren von Schlitten zu erkennen glaubte, auf denen man die herausgehauenen Steine wahrscheinlich nach oben gezogen hatte. Der Stollen war wesentlich breiter und höher als der Gang, durch den sie in die Felsenhalle gekommen waren. Nach geschätzten hundertfünfzig Yards endete er plötzlich an einer starken, von außen verschlossenen und verriegelten Tür.

Jetzt war guter Rat teuer, denn sie aufzubrechen würde zweifelsohne so viel Lärm verursachen, dass die Verteidiger darauf aufmerksam wurden. Und dann stünde der kleine, aus zwei Dutzend Männern bestehende Trupp plötzlich einer vielfachen Übermacht gegenüber. Wie dieser Kampf ausgehen würde, war abzusehen und sicherlich nicht im Sinne von Longswords königlichem Halbbruder.

Der junge Ritter beratschlagte sich gerade mit seinen Gefährten, alle kampferprobte Sergeanten, die sich schon in vielen verzweifelten Situationen befunden hatten, aber immer wieder heil aus ihnen herausgekommen waren, als sich das Problem urplötzlich von allein löste. Die Tür flog auf, und auf der Schwelle vor ihnen stand ein einzelner Mann, den Schlüsselbund in der einen, eine Fackel in der anderen Hand.

Schreckensbleich starrte Dreux de Mello auf die Männer vor sich. Es war das Letzte, was er in seinem Leben erblickte, denn Longsword handelte instinktiv und blitzschnell. Er packte den Kastellan mit der rechten Hand am Kragen des Kettenhemdes, riss ihn zu sich heran und verschloss ihm gleichzeitig mit der linken den Mund, sodass er nicht schreien konnte. Der Sergeant neben ihm handelte nicht weniger geistesgegenwärtig, riss seinen Dolch heraus und stieß ihn de Mello in die Kehle. Gurgelnd erstickte der Kastellan an seinem eigenen Blut. Seinem König würde er nun keinen Bericht mehr erstatten können, und der Verrat an seinen Männern bestrafte sich nahezu von selbst.

Nachdem sie die Leiche ein Stück weit nach hinten in den Gang gezogen hatten, spähte Longsword vorsichtig zur Tür hinaus, ob sich noch weitere Personen auf dem Platz davor aufhielten. Doch das war nicht der Fall, dafür drang von draußen gleich aus mehreren Richtungen lauter Kampflärm zu ihnen herüber. Sein Bruder ließ also wie besprochen die Mauern berennen, stellte der junge Ritter fest. Jetzt war es an ihm und seinen Männern, den zweiten Teil des Plans in die Tat umzusetzen.

Nahezu lautlos huschte der Stoßtrupp über den Innenhof zu einer Ecke des Donjons. Der Eingang zu dem Wohnturm befand sich etwa fünf Yards über dem Niveau des Hofes. Zu ihm führte eine schmale Treppe hinauf, die sich im Notfall schnell zerstören ließ. Longsword wusste, wie schwer sich eine solche Festung in der Festung einnehmen ließ, rissen die Verteidiger die Stiege weg. Verfügten sie im Inneren des Turmes über einen Brunnen oder eine Zisterne und genügend Vorräte, konnten sie dort zur Not Wochen, wenn nicht gar Monate ausharren, bis Hilfe kam. Deshalb nahm er sich vor, mit seinen Gefolgsleuten sofort den Zugang zu sichern, sobald die Zugbrücke unten und das Tor offen war, damit sich die Verteidiger nicht in den Donjon zurückziehen konnten.

Als Longsword um die nächste Ecke spähte, sah er den Torturm unmittelbar vor sich. Alle Franzosen befanden sich auf den Mauern rechts und links daneben und waren vollauf damit beschäftigt, die Angreifer abzuwehren. Keiner von ihnen sah in seine Richtung, was ihm die Hoffnung gab, seinen Auftrag zu einem guten Ende bringen zu können.

Jeder der Sergeanten wusste, was er zu tun hatte. Die Aufgaben waren schon zuvor klar verteilt worden, sodass es kein wirres und ungeordnetes Hin-und-her-Gerenne geben würde. Zwölf Männer sollten in das Torhaus stürmen, drei von ihnen jeweils die linke und die rechte Seilwinde der Zugbrücke mit mitgebrachten Äxten durchhauen, die sechs anderen danach zuerst das Tor öffnen und dann das Fallgatter sichern, damit es im letzten Moment nicht noch irgendein Verteidiger herabließ. Das zweite Dutzend hatte die Aufgabe, seine Kameraden dabei zu schützen und jeden abzuwehren, der sie an ihrem Vorhaben zu hindern versuchte.

»Also los, worauf warten wir?«, rief Longsword seinen Männern zu. »Mein Bruder wird schon sehnsüchtig Ausschau halten, wann wir ihm und seinen Truppen endlich das Tor öffnen. Wir sollten ihn besser nicht enttäuschen!«

Der junge Ritter war der Erste, der über den Burghof stürmte, doch seine Männer blieben ihm dicht auf den Fersen. Nahezu unbemerkt erreichten sie ihr Ziel im Torhaus, und sofort schlugen die sechs Stärksten von ihnen mit Äxten auf die dicken Taue ein, die die Zugbrücke oben hielten. Ein halbes Dutzend weiterer Männer riss die Querriegel aus den Halterungen des Tores, und nachdem sie es aufgestoßen hatten, wuchteten sie Balken unter das Fallgatter, sodass dieses nicht mehr wie sonst im Falle größter Gefahr herabgelassen werden konnte. Das alles ging natürlich nicht lautlos vonstatten, denn die Beilschläge übertönten sogar den Kampflärm, was die Verteidiger auf die Eindringlinge aufmerksam machte. Sofort sprangen einige Franzosen von den Wehrgängen herunter und gingen zum Angriff über. Doch dadurch waren jetzt Teile der Mauer unbesetzt, und William Marshals Männern gelang es nun als Ersten, auf der Mauerkrone Fuß zu fassen.

Für Longsword und seinen Trupp hingegen wurde es brenzlig, denn die Übermacht, mit der sie es zu tun hatten, war groß. Doch als die letzten Hanffasern der Taue rissen, donnerte die Zugbrücke mit lautem Krachen herunter. Dummerweise fiel sie allerdings auch auf den starken Balken des Rammbocks, der gerade nach vorn schwang, um das Tor aufzustoßen. Das zerstörte zwar die in der Nacht gezimmerte Ramme, bremste aber andererseits den Fall der Brücke so stark ab, dass sie beim Aufprall auf der anderen Seite des Grabens nicht zerschellte. Als jetzt auch noch die beiden Torflügel aufschwangen, gab es für Richard kein Halten mehr.

»Vorwärts, der Sieg ist unser!«, brüllte der König und wies mit seinem Schwert einen Moment lang nach vorn, nur um dann seinem Streitross die Sporen zu geben und als Erster über die herabgelassene Zugbrücke in die Festung einzudringen. Wie ein Mann folgten ihm seine Streiter und fluteten durch das Torhaus ins Innere der Burg.

Noch aber war die Schlacht nicht vorbei, denn die Franzosen versuchten, sich kämpfend in den Donjon zurückzuziehen. Wenn ihnen das gelang, das war zumindest jedem Anführer auf der gegnerischen Seite klar, konnten sie den Wohnturm nur über eine lange Zeit hinweg belagern und die darin Eingeschlossenen aushungern. Dass das nicht im Sinne ihres Königs war, war jedem bewusst, und so bemühte sich jeder Krieger auf dem Hof, wenn auch aus unterschiedlichen Gründen, die Stiege zum Eingang des Donjons zu erreichen.

Doch das gelang zumindest keinem Franzosen, denn auf der untersten Treppenstufe stand William Longsword wie ein Recke aus alten Zeiten und ließ sein langes Schwert, das ihm seinen Beinamen verliehen hatte, wie einen Dreschflegel kreisen. Nur schlug er nicht wie die Bauern auf Ähren ein, sondern auf Helme, Schilde und Rüstungen, und es sprang auch kein Hunger stillendes Korn heraus, wo sein scharfer Stahl auftraf, sondern es spritzte Blut aus geschlagenen Wunden und abgehauenen Gliedmaßen. Die Männer seines Stoßtrupps, die sich sofort nach Erledigung ihres Auftrags mit ihrem Anführer zusammen an den Fuß der Stiege zurückgezogen hatten, standen ihm zur Seite und kämpften mit dem Mut der Verzweiflung gegen die anbrandenden Wogen der Burgbesatzung.

William Marshal hatte sich nicht davon abhalten lassen, mit seinen Männern gemeinsam über die Sturmleitern die Mauerkrone zu erklimmen. Obwohl auch hier noch der Kampf tobte, sah er von oben, dass das kleine Häufchen um den Halbbruder des Königs in arger Bedrängnis war. So gut wie alle Franzosen, die nicht in Rückzugsgefechte verwickelt waren, bedrängten den kleinen Stoßtrupp, denn sie wollten in den Donjon. Schon waren einige der Sergeanten gefallen, und auch Longsword konnte sich der heftigen Angriffe kaum mehr erwehren. Richard steckte kurz hinter dem Torhaus inmitten einer Schar Verteidiger fest, die sich ihm todesmutig entgegengeworfen hatten. Vom Pferd aus hieb er um sich, als gäbe es kein Morgen, aber zumindest im Moment gab es für ihn kein Durchkommen zu dem Donjon.

Dies alles überschaute der Earl von Pembroke mit einem Blick, brüllte einem seiner Fähnleinführer zu, ihm mit seinen Männern zu folgen, und sprang mehr, als dass er lief, die Treppe von der Mauerkrone zum Burghof hinunter. Von hier aus bahnten sich die Angevinen kämpfend ihren Weg zu Longswords eingeschworenem Haufen, und als sie die Verteidiger des Zugangs zum Donjon erreichten und mit ihnen gemeinsam Front gegen den immer noch anstürmenden Feind machten, war die Schlacht entschieden.

Wer von den Franzosen nicht fliehen konnte, warf die Waffen weg und ergab sich. Nicht allen wurde Gnade gewährt, denn die Angreifer befanden sich im Blutrausch und töteten teilweise noch weiter, auch wenn ihre Gegner vor ihnen auf den Knien lagen und ihnen flehend die gefalteten Hände entgegenstreckten. Erst als Richards laute Stimme über den Burghof schallte und er befahl, den Kampf einzustellen, hörte das Morden langsam auf. Aber so war es meist, wurde eine Burg erstürmt, und oft genug durften die Verteidiger überhaupt nicht damit rechnen, verschont zu werden, wenn ihre Festung in die Hände des Feindes fiel. Philipp hatte etliche Besatzungen der von ihm eroberten Burgen hinrichten und die gesamte Einwohnerschaft vieler Städte abschlachten lassen. Hierfür nahmen seine Gegner nun blutige Rache, auch wenn es wie so oft im Krieg die Falschen traf, während die wahrhaft Schuldigen, statt zur Verantwortung gezogen zu werden, sich ihrer angeblichen Heldentaten brüsten durften und meist sogar noch für ihre Grausamkeiten durch reiche Beute belohnt wurden.

Die Eroberung der mächtigen und als uneinnehmbar geltenden Festung von Loches hatte gerade einmal drei Stunden gedauert. Schon zur Mittagszeit saß Richard in der großen Halle des Donjons im zweiten Obergeschoss und speiste im Kreise seiner Hauptleute und seines engsten Gefolges. Die Vorratskeller der Burg waren gut gefüllt, Schinken, Fleisch und Brot im Übermaß vorhanden und sogar der Wein genießbar. Im Hof brieten die siegreichen Kämpfer der unteren Dienstränge ganze Ochsen am Spieß, und sowohl bei ihnen als auch bei den Edlen im Wohnturm herrschte eine ausgelassene Stimmung.

»Sagt mal, Marshal, was habt Ihr Euch eigentlich dabei gedacht, von der Mauerkrone aus auf den Burghof zu springen?«, fragte der König seinen Stellvertreter, den Mund halb voll mit dem Keulenfleisch eines Kapauns. »Mir ist fast das Herz stehen geblieben, als ich es gesehen habe. Ihr seid schließlich nicht mehr der Jüngste, und nicht zuletzt deshalb hatte ich Euch Zurückhaltung befohlen!«

»Ich muss doch sehr bitten, Sire«, entgegnete der Earl von Pembroke ebenfalls kauend, der wusste, dass man sich in dieser Stimmung auch einmal eine scherzhafte Bemerkung gegenüber dem König herausnehmen durfte. »Wollt Ihr mich mit meinen gerade einmal fünfzig Lenzen einen alten Mann schimpfen? Und was war denn mit Eurer Zurückhaltung? Hätte einer der Männer am Tor seine Lanze zu beherrschen gewusst oder ein Armbrustschütze die Nerven behalten, hätte das Euer Ende bedeuten können.«

»Ach was, Marshal. Ich bin um etliches jünger als Ihr, und das Schwert ist noch nicht geschmiedet und der Bolzen noch nicht gefertigt, der mich zu Fall bringt. Macht sich in Gefahr zu begeben außerdem nicht erst die Würze des Lebens aus, um dieses danach umso mehr zu genießen? Aber lassen wir das. Ich denke, es wird Zeit, einen jungen Ritter zu ehren, der nun endgültig zum Manne gereift ist und uns nicht unwesentlich zum Sieg verholfen hat. Wir hätten es sicher auch ohne ihn geschafft, aber immerhin.«

Alle Augen richteten sich auf den König, denn viele hatten sich am heutigen Tag ausgezeichnet, und fast jeder an der Tafel hoffte auf einen Gunstbeweis. Doch Richard hatte einen ganz bestimmten der Anwesenden im Auge und befahl seinen Halbbruder, der am unteren Ende des Tisches saß und heilfroh war, seinen Auftrag erfolgreich ausgeführt zu haben und noch am Leben zu sein, zu sich nach vorn.

Longsword schlug das Herz bis zum Halse, als er durch die Halle auf seinen königlichen Halbbruder zuschritt. Er spürte, dass alle Blicke auf ihn gerichtet waren, und rekapitulierte schnell, ob er sich irgendwelche Verfehlungen hatte zuschulden kommen lassen. Waren vielleicht zu viele der ihm unterstellten Männer gefallen, weil er zu leichtsinnig gewesen war? Hätte er am Tor bleiben und nicht die Stiege zum Eingang des Donjons sichern sollen? Er wusste es nicht, und sicherheitshalber bereitete er sich auf eine Rüge vor, denn Richards an William Marshal gerichtete Worte hatte er am unteren Ende der Tafel nicht vernommen. Erhobenen Hauptes stand er vor seinem Halbbruder und bemühte sich, ihm offen in die Augen zu sehen. Doch zu seinem Erstaunen wurde er aufgefordert, seine Haltung zu ändern.

»Knie nieder, William!«, befahl Richard mit seiner volltönenden Stimme, und als Longsword dem Befehl Folge geleistet hatte, fuhr er fort. »Du bist noch jung an Jahren, doch hast du dich heute durch große Tapferkeit und Umsicht ausgezeichnet.

Nach meiner langen Kerkerhaft hätte ich nicht mit dir tauschen wollen, als du durch die unterirdischen Gänge gehen musstest, um uns das Tor zur Festung zu öffnen. Und danach hast du auch noch erkannt, dass der Zugang zum Donjon gesichert werden muss, und entschlossen gehandelt. Ohne deinen Mut säßen wir jetzt vielleicht nicht hier, sondern die Franzosen würden sich an den Vorräten laben und uns von großer Höhe aus auf die Köpfe spucken. Deshalb wird es Zeit, dir einen Rang zu verleihen, der deinen Taten angemessen ist. Der Earl von Salisbury ist verstorben, und seine kleine, erst vierjährige Tochter hat seinen Titel und seine Ländereien geerbt. Sie ist natürlich nicht in der Lage, der damit verbundenen Aufgabe gerecht zu werden. Deshalb übergebe ich dir den Titel und die Herrschaft über die Grafschaft mit der Auflage, Ela von Salisbury zu ehelichen. Ich erwarte von dir, dass du ihr ein guter Vormund sein wirst und sie selbstverständlich erst ins Brautbett führst, wenn die Zeit dafür reif ist. Du wirst damit aus dem Recht deiner Frau Earl von Salisbury, so wie William Marshal hier an meiner Seite im Recht seiner Gemahlin der Earl von Pembroke ist. Lege nun deine Hände in die meinen, William, schwöre mir Treue, und nimm das Lehen entgegen. Ich denke, du hast es dir verdient.«

Longsword war völlig sprachlos und wusste gar nicht, wie ihm geschah. Eben noch ein nahezu mittelloser Ritter, der am Hofe seines Halbbruders von dessen Gnade lebte, gehörte er nun von einem Moment zum anderen dem englischen Hochadel an und verfügte über ein eigenes Earldom, wenn auch im Recht seiner Frau. Aber die war schließlich noch ein kleines Kind und würde selbst im Erwachsenenalter zu tun und zu lassen haben, was er als Ehemann beschloss und ihr vorschrieb. Die Herrschaft über Salisbury wollte er ausüben, daran bestand gar kein Zweifel.

William Marshal hätte ihm allerdings sagen können, dass dies nicht ganz so einfach war, wie es sich der junge Ritter vielleicht vorstellte. Seine Gemahlin, Isabell de Clare, machte ihm oft genug die Hölle heiß, wenn sie der Meinung war, er ginge mit ihrem Erbe nicht sorgsam genug um und es bliebe vielleicht zu wenig für die gemeinsamen Kinder übrig, wenn er weiterhin so überreich mit beiden Händen für Klöster und Abteien spendete und zudem noch dem König ständig Geld lieh. Aber noch etwas anderes ging dem Earl von Pembroke auf. Richard hatte damit seinen Halbbruder in den gleichen Stand erhoben, den gegenwärtig John innehatte. Der war dem Titel nach schließlich auch nur noch der Graf von Mortain, nachdem der König seine englischen Besitzungen eingezogen hatte. Wenn man es ganz genau nahm, stand Longsword jetzt sogar über dem jüngsten leiblichen Sohn von Henry und Eleonore, denn Salisbury im Südwesten Englands hatte einen weit größeren Stellenwert als das kleine Mortain in der Normandie. Ob das die ehemalige Königin freuen würde, dass ihr eigener Nachkomme gegenüber einem Bastard ihres ungetreuen Gemahls zurückgesetzt wurde? Nun, das war Richards Problem und nicht das seine, und so war Marshal der Erste von vielen, der den frischgebackenen Earl beglückwünschte und ihm alles Glück dieser Welt für seine Ehe und seine Zukunft wünschte.

Nach der Einnahme von Loches ließ Richard die beschädigten Befestigungen der Burg und der Stadt erneut instand setzen und zusätzlich verstärken. Gleichzeitig machte er sich daran, seine Autorität in der Touraine wiederherzustellen, die John ebenso wie große Teile der Normandie an Philipp übergeben hatte. Doch das war kein leichtes Unterfangen, denn woher sollte er wissen, wer während seiner Abwesenheit treu zu ihm gestanden und wer ihn verraten hatte? Dies herauszufinden bedeutete, jeden der Barone persönlich aufzusuchen, ihn einem langen Verhör zu unterziehen und auch seine Untergebenen zu befragen. Doch so viel Zeit hatte Richard nicht, denn immer noch waren zahlreiche seiner Burgen und Städte von den Franzosen besetzt und Philipp keineswegs geschlagen.

Anfang Juli kamen dann gleich zwei Nachrichten. Einmal die betrübliche, dass der alte König von Navarra gestorben war. Sosehr Richard auch um seinen Schwiegervater trauerte, den er sehr gemocht hatte und der ihm in schwerer Zeit eine große Stütze gewesen war, so sehr hoffte er gleichzeitig, dass seine Frau nun endlich zu ihm zurückkehren würde, denn es gab für sie nun keinen ersichtlichen Grund mehr, noch länger südlich der Pyrenäen zu verweilen. Dass das Bündnis mit Navarra halten würde, daran zweifelte Richard nicht. Sein bereits zu Sancho VII. gekrönter Schwager war schließlich nicht nur sein Freund, sondern auch die Rechtschaffenheit in Person.

Die zweite Botschaft zu hören hingegen freute Richard außerordentlich. Philipp war endlich von seinen Spähern gefunden worden, er marschierte an der Spitze eines Heeres auf Vendôme zu. Die gleichnamige Burg und Stadt hatten französische Garnisonen, doch die Einwohnerschaft sympathisierte ganz offen mit den Plantagenets. Dem wollte Philipp offenbar ein Ende setzen, doch scheinbar wusste er nicht, dass sein gefürchteter Gegner nur fünfzig Meilen entfernt weilte, gerade die wichtigste Festung der Touraine im Handstreich genommen hatte und nur darauf brannte, ihn zur Feldschlacht zu stellen.

Mittlerweile war das Heer des englischen Königs auch deutlich angewachsen. Seine Mutter hatte ihm jeden verfügbaren Kämpfer aus dem Poitou gesandt, die Barone von Aquitanien beeilten sich, mit ihren Kontingenten zu ihrem siegreichen Landesfürsten zu stoßen, und selbst Mercadier war mit flämischen Söldnern eingetroffen, die sich unter Löwenherz reichere Beute erhofften als unter dem wankelmütigen Philipp.

Richard rief seine Armee zusammen und zog dem König von Frankreich in Eilmärschen entgegen. Er umging Vendôme, weil er sich mit der Einnahme nicht aufhalten wollte, und brachte sein Heer etwa zehn Meilen nordöstlich der Stadt bei dem kleinen Örtchen Fréteval in Stellung. Damit blockierte er die Straße, die von Paris aus in das Tal der Loire führte und die Philipp unter allen Umständen nehmen musste, wollte er seiner Präsenz im Vendômois und in der Touraine nicht verlustig gehen.

Der König von Frankreich hatte ausnehmend gut geschlafen, und dementsprechend entspannt war seine Stimmung, als er aus seinem Zelt heraustrat, um sich davor an einem reich gedeckten Tisch unter einer aufgeschlagenen Plane zum Frühstück niederzulassen. Die Sonne schien vom makellos blauen Himmel, der damit der Grundfarbe des französischen Lilienbanners entsprach, gleichzeitig vertrieb ein laues Lüftchen die größte Hitze. Das empfanden vor allem die Ritter seines engsten Gefolges als äußerst angenehm, die jeden Morgen das Vergnügen hatten, ihrem Monarchen beim Essen zusehen zu dürfen, und ihn im weiten Kreis umstanden, ohne von schattenspendenden Zeltbahnen geschützt zu werden.

*So lässt sich's aushalten,* dachte Philipp und begann die Rühreier, die sein Koch auf unnachahmliche Weise mit Trüffeln aus dem Périgord zuzubereiten wusste, in sich hineinzuschaufeln. Doch der Appetit sollte ihm schnell vergehen, denn das, was seine ausgesandten Späher, die ihre Meldung für so wichtig erachteten, dass sie ihren König nicht einmal zu Ende frühstücken lassen wollten, zu berichten hatten, vertrieb seine gute Laune so rasch wie die dunklen Wolken eines Sommergewitters den hellen Sonnenschein.

Erst kurz vor dem herrschaftlichen Zelt hatte der Anführer des Spähtrupps sein Pferd gezügelt, war abgesprungen und sofort vor Philipp auf das Knie gesunken.

»Majestät, vergebt mir, ich bin untröstlich«, stieß der Hauptmann hervor. »Doch ich denke, Ihr solltet wissen, dass das angevinische Heer unmittelbar vor uns steht und sich bereits zur Schlacht formiert hat. Der englische König blockiert mit seinen Truppen die Straße nach Vendôme, sodass an ein weiteres

Vorrücken nicht zu denken ist. Wir werden uns ihm stellen müssen, sonst überrennt er uns mit seinen Streitkräften und stampft uns in den Boden.«

Philipp fiel das Rührei von seinem Weizenbrotfladen, und er bekleckerte sich seinen kostbaren, himmelblauen Wappenrock, so sehr begannen seine Hände auf einmal zu zittern.

»Kerl, was unterstehst du dich?«, fuhr er den Spähtruppführer wütend an und sprang gleichzeitig von seinem Scherenstuhl hoch. »Du wagst es, deinem König Ratschläge zu erteilen! Wache, legt den Mann in Ketten! Ich werde über sein Schicksal entscheiden, wenn ich mit eigenen Augen gesehen habe, wovon er faselt. Es ist doch völlig unmöglich, dass Richard sich vor uns befindet. Bestenfalls in unserem Rücken, doch niemals bereits in der Touraine! Sollte dem allerdings tatsächlich so sein, dann werden die Späher für ihr Versagen allesamt hingerichtet, und mit ihrem Anführer können wir nachher gleich beginnen.«

Die Männer aus Philipps Entourage, die sich versammelt hatten, um dem König ihre morgendliche Aufwartung zu machen, zogen die Köpfe so weit ein, wie es ihnen in ihren Rüstungen möglich war. Sie kannten ihren Herrscher nur zu gut und wussten, dass sein Zorn auch ganz schnell einen von ihnen treffen konnte, sollte nur ein Wort fallen, das ihm missfiel.

Guillaume des Barres, ein Schwager des Earls von Leicester, der aufgrund seines Draufgängertums den Beinamen der Tapferste der Tapferen führte, war der Erste und Einzige, der es wagte, sich zu Wort zu melden.

»Majestät, denkt Ihr nicht, dass wir uns schleunigst zur Schlacht rüsten und aufstellen sollten?«, mahnte er mit ähnlichen Worten wie zuvor der bedauernswerte und mittlerweile von Wachen abgeführte Hauptmann der Späher seinen König. »Ihr wisst selbst, wie schnell Richard zuschlägt, wenn er es für geboten hält. Ich habe an seiner Seite bei Arsuf gegen Sultan Salah ad-Din gekämpft. Die Sarazenen waren uns damals zahlenmäßig weit überlegen, und trotzdem hat uns der beherzte Angriff des Löwenherz den Sieg gebracht. Überrascht er uns, bevor wir Stellung bezogen haben, kann es sein, dass seine Truppen unter den unseren ein Massaker anrichten. Wir sollten also besser nicht zögern und noch länger hier verweilen, wollen wir dem feindlichen Heer nicht nahezu wehrlos gegenüberstehen.«

Mit Guillaume des Barres konnte Philipp nicht umspringen wie zuvor mit dem Späher, und letztlich hatte der erfahrene Ritter, der sich schon einmal in der Gefangenschaft Richards, als dieser noch kein König gewesen war, befunden hatte, ja recht. Des Barres war damals, wenn auch auf ziemlich unritterliche Weise, wie Philipp sich erinnerte, die Flucht gelungen. Aber dass er keine Lust hatte, dieses Schicksal noch einmal zu erleiden, konnte der König von Frankreich gut nachvollziehen. Er im Übrigen auch nicht, aber das war eine andere Sache. Philipp bequemte sich also, nach seinem Pferd rufen zu lassen, um selbst nach vorn zu reiten und mit eigenen Augen zu sehen, was er eigentlich für unmöglich hielt.

Doch seine Späher hatten sich nicht getäuscht und ihn auch nicht belogen, musste er feststellen, als er auf einem Hügelkamm hielt und auf das befestigte Lager hinabblickte, das sich zu beiden Seiten der Straße hinzog. Davor hatte gestaffelt in mehreren Reihen das gesamte Heer seines Gegners Aufstellung genommen, über dem unzählige Flaggen aus allen Gegenden des riesigen angevinischen Reiches in der Morgenbrise wehten. In der Mitte natürlich, wie nicht anders zu erwarten, das purpurne Leopardenbanner des englischen Königs, das Richard auf dem Festland anstatt der englischen Löwen führte.

Philipp konnte nicht verhindern, dass er bei diesem Anblick erblasste, und hoffte nur, dass es niemand aus seiner Entourage bemerkte. Sein schlimmster Albtraum wurde gerade wahr, denn sich Richard in offener Feldschlacht zu stellen, noch dazu mit fast gleichstarken Truppen, hatte er bisher tunlichst zu vermeiden versucht. Natürlich wusste er um die grandiosen Siege des Löwenherz im Heiligen Land gegen ihm stets weit an Zahl überlegene Gegner, auch wenn er nach der Einnahme von Akkon bereits wieder abgereist war und sich gerade einmal drei Monate in Palästina aufgehalten hatte. Außerdem war er realistisch genug, sich nicht für einen Feldherrn gleich Sultan Salah ad-Din zu halten, der vor Richards Ankunft die Christen in allen Schlachten besiegt hatte. Aber eben nur vor Richards Ankunft! Sich diesem jetzt hier mit zahlenmäßig kaum überlegenen Truppen zu stellen, hielt Philipp nahezu für Selbstmord. Und war dieser nicht von der heiligen Mutter Kirche unter strenge Strafe gestellt worden und zog die ewige Verdammnis nach sich? Es musste also eine andere Lösung gefunden werden, und Philipp wusste auch schon in etwa, welche. Doch zuvor galt es das Gesicht zu wahren, und dazu gehörte ein Treffen der beiden Heerführer zwischen ihren Armeen, um ein letztes Mal zu verhandeln, bevor die Waffen sprachen. So wollte es seit alters her der Brauch, und Philipp gedachte nicht, davon abzurücken, denn das gehörte zu seinem Plan.

»Des Barres«, meinte er deshalb zu seinem Ritter, »nehmt Euch zwei Bannerträger, und reitet zum gegnerischen Heer. Sagt dem Herzog, meinem Lehnsmann, sein König befiehlt ihn um die Mittagsstunde zwischen den Schlachtreihen zu einem klärenden Gespräch. Ich erwarte ihn mit kleinem Gefolge und werde selbst nur mit einem halben Dutzend Männer erscheinen. Sollte er nicht kommen, wird man ihn im gesamten christlichen Abendland einen Feigling nennen.«

Guillaume des Barres sah seinen Herrscher an, als wäre dieser soeben von Gott mit Wahnsinn geschlagen worden, was Philipp glücklicherweise entging. Er sollte Löwenherz einen Feigling nennen? Im Leben nicht, denn schließlich hing er an dem seinen! Das sollte Philipp einmal schön selbst tun, wenn ihn danach gelüstete. Ebenso würde er sich niemals unterstehen, den englischen König nur als Herzog zu titulieren, auch wenn dies von der Sache her nicht ganz falsch war. Den Befehl, zu den feindlichen Linien zu reiten, konnte er hingegen kaum verweigern und wollte es auch gar nicht. Denn es war seit Urzeiten Sitte, dass sich gegnerische Feldherren trafen, und die Überbringer deren gegenseitiger Botschaften standen unter parlamentarischem Schutz. Allerdings nur, solange sie sich respektvoll betrugen und keine Beleidigungen ausstießen. Und Letzteres hatte Guillaume des Barres, der Löwenherz und dessen Ritterlichkeit durchaus schätzte, keinesfalls vor. Er winkte zwei Bannerträger mit der königlichen Lilienflagge zu sich, gab seinem Pferd die Sporen und ritt deutlich sichtbar und von seinen beiden Begleitern flankiert auf die feindlichen Linien zu.

Richard hatte Philipp auf dem Hügelkamm natürlich längst erspäht und wunderte sich auch nicht, als er dessen Unterhändler auf sich zukommen sah. Er hatte eine Weile mit sich gerungen, die Franzosen bereits des Nachts zu überfallen, es dann aber als zu unritterlich verworfen. Stattdessen wollte er ihnen eine Feldschlacht anbieten, der sie sich in ihrer jetzigen Situation kaum verweigern konnten. Denn sollten sie diese nicht annehmen und abrücken, würde er ihnen nachsetzen, in ihre Rückzugslinien einbrechen und sie auf diese Weise vernichtend schlagen. Kein Heer war so leicht zu besiegen wie eins auf der Flucht. Dass das auch Philipp wusste, war ihm klar, und so zweifelte er nicht daran, dass es noch heute zu der von ihm erhofften Auseinandersetzung kommen und er seinem Rivalen Auge in Auge gegenüberstehen würde.

Dem französischen König wäre Richard entgegengeritten, doch dessen Unterhändler ließ er zu sich bringen. Der englische König saß vor einem Zelt, das hinter den Linien seiner Streiter leicht erhöht errichtet worden war und nicht weniger prächtig wirkte wie das seines Gegenspielers. Allerdings saßen die Ritter seines Gefolges mit ihm zusammen an der Tafel und mussten nicht um ihn herumstehen, um ihm beim Speisen zuzusehen.

Guillaume des Barres kannte Mercadier vom Kreuzzug her und war in friedlicheren Zeiten auch schon William Marshal begegnet, sodass er beiden kurz zunickte, bevor er sich tief vor Löwenherz verneigte und darauf wartete, von diesem angesprochen zu werden. Selbst als Erster das Wort gegenüber einem Höhergestellten zu ergreifen, verbot die Höflichkeit. Er musste auch nicht lange warten, denn Richard brannte die Zeit unter den Nägeln. Der englische Löwe wollte mit seinen Pranken lieber gleich als später zuschlagen und die Sache zwischen Philipp und ihm am liebsten hier und heute noch zu Ende bringen.

»Ihr traut Euch was, des Barres«, knurrte Richard den Parlamentär an. »Nachdem Ihr vor sechs Jahren höchst unritterlich aus meiner Gefangenschaft geflohen seid, mir hier als Unterhändler unter die Augen zu treten. Wie soll ich einem Mann vertrauen, der schon einmal sein Wort gebrochen hat? Ihr hattet mir einen Eid geschworen, nicht zu fliehen, wenn ich Euch in ritterlicher Haft halte. Ich habe mein Wort gehalten, wie Ihr sicher zugeben werdet. Doch was habt Ihr getan? Seid bei erster Gelegenheit auf einem Packpferd geflüchtet und habt den armen Gaul zu Tode geschunden! Denkt Ihr, so etwas vergesse ich Euch?«

»Wenn ich ehrlich sein darf, Sire, hatte ich das angenommen«, entgegnete des Barres zwar leicht erschrocken, aber doch selbstbewusst. »Jedenfalls habt Ihr den Vorfall im Heiligen Land nie erwähnt, obwohl Ihr dort oft genug dazu Gelegenheit gehabt hättet.«

»Das war etwas anderes, des Barres. Dort waren wir Kreuzfahrer, die Seite an Seite gegen die Sarazenen gekämpft haben und wo sich einer bedingungslos auf den anderen verlassen können musste. Doch hier sind wir wieder in der Heimat und streiten wie einst gegeneinander. Ihr aufseiten Philipps gegen mich, so wie vor Châteauroux. Damals habt Ihr mich betrogen, wieso sollte ich dann heute Eurem Wort vertrauen?«

»Es ist nicht mein Wort, dem Ihr Euer Ohr leihen sollt, Sire, sondern das meines Königs«, erwiderte der Abgesandte, dem es langsam mulmig wurde. Es war zwar nicht Sitte, sich an einem Parlamentär zu vergreifen, kam aber durchaus vor. Und wenn der König in ihm einen Verräter sah, schützte ihn auch das Banner nicht, unter dem er gekommen war. Doch Richard genügte es, des Barres etwas Angst eingejagt zu haben. Mehr war ihm die längst vergangene Angelegenheit gar nicht wert.

»Dann lasst hören, was mein königlicher Vetter mir zu sagen hat«, meinte er stattdessen in versöhnlichem Ton. »Stellt er sich nun endlich zur Schlacht, auf dass wir unseren Streit austragen, wie es sich unter Herrschern geziemt? Oder will er womöglich verhandeln? Wenn ja, dann nur darüber, dass er sich sofort und für immer aus den angevinischen Gebieten zurückzieht und das Wiederkommen vergisst. Alles andere ist für mich unannehmbar.«

»Nun, Sire, genau darüber möchte mein Herr mit Euch sprechen«, erwiderte des Barres jetzt sichtlich entspannt. »Ganz wie es der Brauch vor einer Schlacht gebietet. Er lädt Euch zu einer Zusammenkunft zwischen den Heeren genau um die Mittagszeit ein. Dann kann jeder dem anderen seinen Standpunkt erläutern, und wenn es zu keiner Einigung kommt, müssen letztlich die Waffen sprechen. Doch zuvor sollte stets versucht werden, einen Konflikt gütlich zu lösen. So schreibt es auch die heilige Mutter Kirche vor, für die und den Glauben wir schließlich im Heiligen Land gekämpft haben.«

»Und die mich danach im Stich gelassen hat, als ich in Gefangenschaft geriet«, konnte sich Richard nicht verkneifen anzumerken. Nun, eines Tages würde er sich dafür rächen, das hatte er sich selbst geschworen und fest vorgenommen. Doch noch war es nicht so weit, denn zuvor musste er erst wieder seine alte Macht zurückgewinnen, um stark genug für die entscheidende Auseinandersetzung zu sein. »Aber zur Sache, des Barres. Warum bis Mittag warten? Mein Pferd steht bereit, um mich zwischen die Linien zu tragen, und Euren König habe ich auf dem seinen thronen sehen. Von mir aus können wir uns auch sofort treffen. Oder braucht Philipp vielleicht noch eine Gnadenfrist, um mit seinem Schöpfer ins Reine zu kommen? Dann will ich sie ihm gern gewähren, doch länger warte ich nicht.«

»Ich bin nur der Überbringer der Botschaft, Sire, und nicht dazu befugt, sie zu kommentieren. Darf ich dem König von Frankreich ausrichten, dass Ihr zur Stelle sein werdet? Ich denke, das gebietet sowohl die Höflichkeit wie auch die Ritterlichkeit.«

»Darauf solltet *Ihr* besser nicht anspielen, des Barres. Sonst erinnere ich mich womöglich doch noch daran, dass Ihr eigentlich mein Gefangener seid und ich bisher kein Lösegeld für Euch erhalten habe. Aber von mir aus, sagt Philipp, ich werde da sein. Hoffentlich hat der Betbruder bis dahin sein Zwiegespräch mit Gott beendet. Er kann es ja vielleicht schon heute Abend von Angesicht zu Angesicht fortsetzen. Ihr dürft ihm meine Worte gern überbringen und Euch jetzt entfernen, des Barres.«

Außer William Marshal, der strenggläubig und dem jeder Scherz über den Herrn ein Gräuel war, lachten alle am Tisch über Richards makabre Bemerkung.

Dass man seinen König hier ganz offen verspottete, würde des Barres diesem natürlich nicht zur Kenntnis bringen, denn er hatte ja gerade erst erlebt, wie Philipp mit Boten, die ihm unliebsame Nachrichten verkündeten, verfuhr. Er verbeugte sich erneut tief vor Richard, schritt dann rückwärtsgehend zu seinem Pferd, saß auf und ritt den Weg zurück, auf dem er kurz zuvor gekommen war. Dass links und rechts davon bald Berge von Toten liegen und Verwundete schreien und um Erlösung flehen würden, stand für ihn außer Zweifel.

Den ganzen Vormittag wartete Richard darauf, dass sich das französische Heer formieren würde, doch nichts geschah. Er konnte darüber nur den Kopf schütteln, denn er würde seinen Gegner in jedem Fall angreifen, komme, was da wolle. Und wenn Philipp seine Armee einfach abschlachten lassen wollte, dann sollte es eben so sein. Seine eigenen nach wie vor in Schlachtreihen wartenden Männer ließ der König von Hilfskräften verköstigen und die Pferde tränken.

Endlich, kurz bevor die Sonne ihren höchsten Punkt erreicht hatte, kam Philipp über den Hügel. Richard sah, dass er sechs Begleiter neben den Bannerträgern bei sich hatte, und befahl seinerseits Marshal, Mercadier und Longsword an seine Seite. Er war der Meinung, dass drei Angevinen sechs Franzosen leicht aufwogen, was er mit dieser Geste auch zum Ausdruck bringen wollte.

Man konnte sich schlecht zwischen den Heeren treffen, denn vom gegnerischen fehlte jede Spur. Richard wusste allerdings von seinen Spähern, dass die Franzosen nicht, wie er fast schon vermutet hatte, abgerückt waren, sondern gelassen auf der anderen Seite der Hügelkette ihrem Lagerleben nachgingen. Also ritt der englische König dem französischen entgegen, und wo man sich traf, wurde der Einfachheit halber angenommen, dass es die Mitte zwischen den beiden Armeen war.

»Was soll das, Philipp?«, fauchte Richard seinen ehemaligen Freund an, kaum dass dieser sein Pferd gezügelt hatte. »Willst du, dass ich über deine unvorbereiteten Krieger herfalle wie plötzlicher Hagel im Sommer, der ganze Ernten in kürzester Zeit vernichtet? Warum stellst du dein Heer nicht auf und gibst deinen Männern damit wenigstens die Chance, ehrenvoll zu kämpfen? Notfalls auch zu sterben, was so oder so der Fall sein wird.«

»Ich freue mich auch, dich zu sehen, Richard«, meinte der Angesprochene, ohne mit der Wimper zu zucken und auf die ihm gestellten Fragen einzugehen. »Unser letztes Zusammentreffen vor Akkon im Heiligen Land ist immerhin fast drei Jahre her. Vor allem so gesund und kraftstrotzend. Es scheint fast, als wäre die Gefangenschaft für dich keine Mühsal, sondern ein Jungbrunnen gewesen. Aber wir sollten doch erst einmal klären, was überhaupt der Anlass für diesen Streit ist, bevor wir uns gegenseitig die Köpfe einschlagen. Vielleicht können wir ihn ja auch gütlich beilegen, und es muss überhaupt kein Blut fließen.«

»Einverstanden! Du ziehst dich auf der Stelle aus all meinen von dir besetzten Städten und Burgen zurück und schwörst einen heiligen Eid bei Strafe der Exkommunikation, nie wieder einen Fuß auf meine Territorien zu setzen. Außerdem legt dein Heer die Waffen nieder, und du übergibst mir als Eingeständnis deiner Niederlage deine Banner. Dann wäre da noch die Summe zu klären, die du mir für die angerichteten Schäden während der Besetzung meiner Ländereien zu zahlen hast. Ich denke einmal, fünfzigtausend Mark reines Silber, also ein Drittel der Summe, die der Kaiser für meine Freilassung verlangt hat, werden genügen. Na, was sagst du? Bin ich nicht großzügig?«

Richard wusste, dass seine Forderungen für Philipp völlig unannehmbar waren, aber er hatte auch nicht vor, viel Zeit mit in seinen Augen unnützem Geschwätz zu vergeuden. Umso mehr verblüffte ihn die völlig emotionslos vorgebrachte Antwort seines Kontrahenten.

»Du hast überhaupt nichts zu verlangen, Richard, sondern demütig dein Haupt zu beugen und mir als dem König von Frankreich zu huldigen und den Lehnseid zu leisten. Das hast du nämlich für deine Festlandsbesitzungen noch nie getan und damit auch keinerlei Anspruch auf die beiden Herzogtümer und zahlreichen Graf- und Herrschaften, den du erhebst. Sie gehören somit der Krone, und du bist der Usurpator, nicht ich. Du bist nur ein aufmüpfiger Lehnsmann, den sein König zur Räson bringen muss, will er nicht sein Gesicht vor der gesamten Christenheit verlieren. Glaub mir, alle Fürsten des Abendlandes werden es nicht anders sehen, wenn ich sie als Zeugen anrufe und ihnen ein Hilfeersuchen schicke.«

Richard lachte schallend auf.

»Mach dich ruhig lächerlich, Philipp. Hat dir dein Cousin und Abgesandter am kaiserlichen Hof, der Bischof von Beauvais, nicht berichtet, dass der Kaiser *mir* Waffenhilfe gegen dich zugesagt hat, solltest du in meine Ländereien einfallen? Nur bin ich nicht verrückt genug, auch nur einen Penny darauf zu setzen, dass er zu seinem Wort steht. Auf fremde Hilfe kannst du ewig warten, da bin ich mir ganz sicher. Ebenso wie auf meinen Lehnseid. Eher friert die Hölle ein, bevor ich vor dir knie! Mein Vater hat dir nie einen geleistet, und ich werde es ebenfalls nicht tun. Eher komme ich in deine lächerlich kleine Île-de-France, die du großspurig deine Krondomäne nennst, und schaue mal, ob ich sie nicht meinem Reich einverleiben kann.«

»Leere Worte, Richard. Der Heilige Vater würde zum Kreuzzug gegen dich aufrufen, versuchst du einen gesalbten König von Gottes Gnaden zu stürzen. Dann hättest du wirklich das gesamte Abendland gegen dich, und deine Verbündeten müssten sich von dir abkehren, weil sie sonst wie dich der Bannstrahl der heiligen Mutter Kirche trifft.«

»Das lass ruhig meine Sorge sein. Sei versichert, nichts davon wird geschehen. Im Gegenteil, in Zukunft kann ich vom Klerus und der Kurie fordern, was immer ich will, und werde es auch bekommen.«

Richard lachte Philipp erneut ins Gesicht, was diesen langsam zu beunruhigen begann, denn die Exkommunikation eines Königs war ein durchaus ernst zu nehmender Vorgang, der selbst den römisch-deutschen Kaiser Heinrich IV. dazu gezwungen hatte, nach Canossa zu gehen. Ihm selbst war sie gerade angedroht worden, weil er seine im vergangenen Jahr geehelichte Gemahlin nach nur drei Monaten wieder verstoßen hatte. Sie war aber auch gar zu zickig, verweigerte ihm die ihm zustehenden Rechte und schrie jedes Mal das ganze Schloss zusammen, wenn er sie trotzdem nehmen wollte. Nicht einmal das in Aussicht gestellte Bündnis mit ihrem Vater, dem gefürchteten Knut von Dänemark, gegen England war es wert, diese Furie weiterhin an seiner Seite zu behalten. Doch was tat dieses Weib daraufhin? Beschwerte sich beim Papst in Rom darüber, dass er sie in ein Kloster gesperrt hatte, was diesen doch tatsächlich dazu veranlasste, ganz Frankreich mit dem Interdikt zu bedrohen. Aber das war bisher noch streng geheim und der Gegenstand von Verhandlungen, was Richard ja nicht unbedingt wissen musste.

»Das heißt, du willst dich mir also nicht unterwerfen und darum bitten, die Ländereien deines Vaters und deiner Mutter als Lehen aus meinen Händen zu erhalten?«, fragte der französische König hochmütig den in seinen Augen unbotmäßigen Herzog, sehr darum bemüht, sich seine Verunsicherung nicht anmerken zu lassen.

»In diesem Leben nicht und in keinem anderen«, lautete dessen Antwort wie erwartet. »Und jetzt Schluss mit dem Geschwätz! Stell dich mit deinen Männern zur Schlacht, und wir werden sehen, auf wessen Seite Gott der Herr steht. Oder besser noch, wir beide tragen es im Zweikampf aus. Ob zu Pferd oder zu Fuß, gleich mit welcher Waffe, ich lasse dir die freie Wahl.«

»Das war vielleicht in grauer Vorzeit einmal üblich, Richard, wie uralte Chroniken berichten. Aber doch nicht mehr in unserer heutigen Zeit! Also gut, wenn du es so willst, dann müssen eben die Waffen sprechen. Allerdings nicht mehr heute, dazu ist der Tag bereits zu weit fortgeschritten und es außerdem zu heiß. Lass es uns morgen nach Sonnenaufgang in der Morgenkühle austragen. Gönne deinen Männern die Ruhe, lass sie die Messe hören und beichten. Ich will es ebenso mit den meinen halten. Schließlich werden auf beiden Seiten viele von ihnen vor ihren Schöpfer treten, und das sollten sie mit reinem Herzen und unbefleckter Seele tun.«

Der englische König sah sein französisches Pendant fassungslos an.

»Was ist das schon wieder für ein Posse, die du hier spielst, Philipp? Nun gut, die Schonfrist sei dir gewährt. Aber ich warne dich, suchst du morgen wieder nach Ausflüchten, werde ich dich zu finden und zu stellen wissen. Noch einmal bleibt mein Schwert nicht in der Scheide, stehe ich dir gegenüber. Und versuche gar nicht erst eine Hinterlist, ich würde sie doch durchschauen.«

»Was denkst du von mir, Richard? Giltst du von uns beiden nicht eher als der Listenreiche? Ich wünsche dir bis zu unserem nächsten Wiedersehen eine schöne Zeit, denke aber auch, bevor nicht einer von uns den anderen endgültig besiegt hat, wird kein Frieden herrschen in diesem schönen Land. Gönnen wir es den Männern, die für uns streiten werden, noch einmal einen Sonnenaufgang zu sehen. Gehab dich wohl, Herzog. Dein König wünscht sich jetzt zurückzuziehen.«

Bevor der verblüffte Richard noch etwas entgegnen konnte, wendete Philipp sein Pferd und ritt dorthin zurück, wo er hergekommen war. Wenn Blicke töten könnten, wäre er allerdings vielfach durchbohrt zu Boden gestürzt und hätte sich nie wieder erhoben.


Richard traute dem Frieden nicht und befahl, die ganze Nacht über das gegnerische Lager im Auge zu behalten. Aber die Späher berichteten nur, dass große Wachfeuer brannten, Priester die Messe lasen und fromme Gesänge zu hören waren.

Noch im Morgengrauen nahm das angevinische Heer wieder seine Schlachtaufstellung links und rechts der Straße ein, die von Paris an die Loire führte. Richard selbst befehligte das Zentrum, während William Marshal die Aufgabe erhielt, die hinter einem Wäldchen zurückgehaltenen Reserven wenn nötig im entscheidenden Moment in die Schlacht zu führen. Aber eigentlich hoffte der König, die Franzosen, die bald über die Hügel kommen mussten, schon mit der ersten Angriffswelle zurückzuwerfen. Er vertraute dabei auf seine erfahrenen Lanzenreiter, die flämischen und gascognischen Söldner und die mittlerweile gut geschulten Stadtmilizen. Doch als die Sonne schon am Himmel stand und sich immer noch nichts tat, verlor er die Geduld. Er wollte sich nicht weiter darauf verlassen, was die Späher ihm berichteten, sondern selbst nachsehen, wo Philipp mit seinem Heer blieb. Richard gab seinem Pferd die Sporen und verließ zum Schrecken seiner Hauptleute, nur gefolgt von ein paar Männern seiner Leibgarde, die Schlachtreihe und galoppierte auf den Hügelkamm. Was er zu sehen bekam, machte ihn schier fassungslos und hatte er so nicht erwartet.

Von den Franzosen fehlte jede Spur. Halt, dass stimmte so nicht, musste Richard sich korrigieren. Eine deutlich erkennbare Fährte, die nach Nordosten in Richtung Paris führte, hatten sie schon hinterlassen. Schließlich konnte eine ganze Armee, vorausgesetzt, es handelte sich nicht um himmlische Heerscharen, kaum in den Wolken verschwinden. Zelte und Palisaden standen verlassen da, und die Wachfeuer glommen noch. Und es gab tatsächlich sogar Leben da unten, denn Mönche und Priester hielten eine Morgenandacht. Der französische König hatte sie die ganze Nacht über singen lassen, damit er sich unbemerkt aus dem Staub machen konnte. Ihnen würde schon nichts geschehen, hatte er sich gedacht, und wenn doch, könnten sie die Herrlichkeit Gottes noch eher schauen als von ihnen angenommen. Auf diese Weise hatte Philipp sein

Abrücken noch am gestrigen Abend geschickt kaschiert, und Richard knirschte mit den Zähnen, während er sich ausmalte, wie sich sein Kontrahent ins Fäustchen lachte. Doch diesmal sollte er sich zu früh gefreut haben, schwor er sich und jagte zurück zu den eigenen Reihen.

»Alle Hauptleute zu mir«, brüllte der König schon von Weitem und gedachte nicht einmal, für den Kriegsrat abzusitzen. Er wollte sich auch gar nicht erst beraten und andere Meinungen einholen, sondern nur die wichtigsten Befehle erteilen. Als auch endlich sein Stellvertreter heran war, der sich wie befohlen bei der zurückgesetzten Reserve aufgehalten hatte, begann er sogleich, seinem Herzen Luft zu machen.

»Dieser verdammte Feigling, der sich König von Frankreich nennt, ist geflohen!«, donnerte Richard, und seine Stimme überschlug sich fast vor Wut. »Ist denn das zu fassen? Hat Philipp denn gar keinen Funken Ehrgefühl im Leib? Aber diesmal lassen wir ihn nicht entkommen. Weit kann er noch nicht sein. Wir setzen ihm, mit allem, was wir haben, nach. Die Berittenen, mit Ausnahme Eurer Reserve, Marshal, folgen mir. Ihr selbst bekommt den Auftrag, den Tross einzuholen und zu erobern. Kein Fuhrwerk, kein Packpferd darf uns diesmal entkommen. Das habt Ihr selbst in Rouen so angeregt, jetzt will ich Ergebnisse sehen. Meint Ihr, dass Ihr das schafft, Marshal?«

»Ich werde mein Möglichstes geben, Sire. Mit meinen Rittern kann ich die Fuhrwerke und Ochsenkarren leicht einholen und die Begleitmannschaften sicher so lange binden, bis auch das Fußvolk heran ist. Aber was habt Ihr vor? Wenn Philipp die ganze Nacht durchgeritten ist, kann er schon gut zwanzig Meilen weit vor uns sein. Er wird sich bestimmt an die Spitze seiner Truppen gesetzt haben und dadurch am weitesten von uns entfernt sein.«

»Ganz gleich! Ich jage ihn, wenn es sein muss, sogar bis nach Paris. Diesmal lasse ich mich nicht wieder von ihm zum Narren halten. Irgendwann muss schließlich auch er einmal rasten. Außerdem wird er kaum annehmen, dass wir ihn verfolgen. Denn das dürfte in seinen Augen ein aussichtsloses Unterfangen sein, das er, wäre er an meiner Stelle, bestimmt nicht beginnen würde. Mercadier, Ihr bringt das Fußvolk nach. Lasst die Kerle laufen, was sie können, und jeden liegen, der zusammenbricht. Wir wollen doch einmal sehen, ob Eure Söldner ihr Geld wert sind.«

»Und wenn ich sie mit der Peitsche vor mir hertreiben muss«, meinte der grobschlächtige Hüne gelassen. »Wenn Ihr uns braucht, Sire, werden wir zur Stelle sein.«

»Gut, dann weiß ja jeder, was er zu tun hat. Marshal, Ihr folgt der Straße. Der Tross wird diese wohl kaum verlassen. Ich halte mich mit meinen Reitern etwas östlich und versuche den Bogen, den sie in Richtung Nordosten macht, abzukürzen. Vielleicht können wir so Philipp einholen. Und jetzt vorwärts, es gilt, keine Zeit zu verschwenden. Wer ein Pferd hat und nicht zur Reserve gehört, der folge mir.«

Noch im Sprechen hatte Richard sein Streitross gewendet und ihm die Sporen gegeben. Wie der Sturmwind brauste er davon, sodass es seinen Rittern von Anfang an schwerfiel, mit ihrem König Schritt zu halten. Die wilde Jagd ging durch Felder, die kurz vor der Ernte standen, verwüstete Wiesen und Weiden ebenso wie Gemüseäcker, und kein einziger Verfolger sah auch nur einmal zu den geschundenen Bauern hinüber, die verzweifelt ihre Hände rangen und schon jetzt wussten, dass sie im Winter würden hungern müssen.

Die schweren Streitrosse waren nicht für lange Galoppaden gezüchtet worden, sondern trugen ihre Reiter meist über weite Strecken im Schritt, um erst kurz vor dem Angriff auf den Feind ihre volle Geschwindigkeit zu entwickeln. Doch heute wurden sie nicht geschont und mussten laufen, laufen, laufen. Als Richards Pferd, das einen großen, schweren Reiter in voller Rüstung zu tragen hatte, deutlich langsamer wurde und immer schwerer atmete, ließ der König seinen Blick über seine

Begleiter schweifen. Er erspähte einen nur leicht bewaffneten, schmalen und kleinen Kriegsknecht auf einem guten, leichtblütigen Ross hinter sich, dem er befahl, dieses mit dem seinen zu tauschen. Jetzt war er wieder schneller unterwegs, doch das führte natürlich dazu, dass sich seine Reiterei immer weiter auseinanderzog und keine geschlossene Einheit mehr bildete. Der königlichen Leibgarde wurde es angst und bange, denn ihr Souverän ritt weit vor ihnen und war kaum mehr einzuholen. Was, wenn er nun plötzlich auf die Nachhut der Franzosen träfe, bevor sie zu ihm aufgeschlossen hatten?

Keiner von Richards wilder Jagd ahnte, dass man einen Großteil des französischen Heeres, welches auf der Straße marschierte, bereits außerhalb der Sichtweite überholt hatte. Marshal, der diesem Heeresteil auf direktem Weg gefolgt war, hatte die Nachhut der Franzosen unweit des Städtchens Fréteval bereits in Gefechte verwickelt. Als immer mehr Fußtruppen zu seiner Reiterei stießen, wandte sich der Feind zur Flucht und überließ den Tross seinem Schicksal, sodass es dem Earl von Pembroke mit der ihm unterstellten Reserve befehlsgemäß gelang, auch noch das allerletzte Fuhrwerk mit Philipps Bagage zu erbeuten, während Mercadiers Söldner jeden niedermachten, der ihnen vor die Schwerter und Spieße kam.

Richard hingegen sah erst am späten Nachmittag eine Staubwolke vor sich, von der er annahm, dass sie von Philipps Rittern aufgewirbelt wurde. Noch einmal gab er seinem nun schon dritten Ross am heutigen Tag die Sporen, und es gelang ihm, den Abstand zu den Verfolgten etwas zu verkürzen. Doch seine Männer, die weitestgehend immer noch die gleichen Pferde ritten wie am Morgen, konnten bei dem von ihm vorgelegten Tempo nicht mehr mithalten. Einer nach dem anderen fiel zurück, nur ein offenbar noch junger, schlanker Ritter in leichter Rüstung, dessen blau-rotes Wappen auf dem Schild dem König irgendwie bekannt vorkam und der einen

Andalusier besten Blutes ritt, war noch zwei Längen hinter dem König.

Von der Nachhut der Fliehenden waren die Verfolger jetzt offenbar bemerkt worden. Sie hielten wieder auf einem Hügelkamm an, und Richard war sich nun sicher, Philipp vor sich zu haben. Für einen Moment glaubte er sogar, dessen goldene Helmkrone im Licht der untergehenden Sonne aufblitzen zu sehen. Aber nur kurz, dann ritt der Großteil der Verfolgten auf der anderen Seite den Hügel hinunter und entschwand seinen Blicken. Ein Dutzend Ritter wendeten allerdings ihre Pferde, legten ihre Lanzen ein und kamen den Abhang hinunter. Doch auch ihre Pferde wirkten müde und überanstrengt und konnten sich ganz offensichtlich kaum mehr auf den Beinen halten. Richard senkte nun ebenfalls seine Lanze und hielt auf den ersten der auf ihn zukommenden Reiter zu.

Sein Ross schaffte gerade noch drei Sprünge hügelaufwärts, dann blieb es einfach stehen. Das Pferd war mit seinen Kräften am Ende. Es atmete keuchend, glänzte vor Schweiß, und große weiße Flocken, die sich dort gebildet hatten, wo Leder an dem klitschnassen Fell rieb, flogen bei jeder Bewegung in alle Richtungen. Langsam sank das brave Streitross, das wahrlich sein Letztes gegeben hatte, auf die Vorderfußwurzelgelenke nieder und rang wie ein Ertrinkender im Meer um Luft für seine geschundenen Lungen. Keine Sporen, kein aufmunterndes Rufen seines Reiters konnte es dazu bewegen, wieder auf die Beine zu kommen.

Richard hob den Kopf und sah einen Ritter, der seine Lanze genau auf ihn ausgerichtet hatte und hangabwärts auf ihn zugeprescht kam. Er versuchte, seine Füße aus den Steigbügeln zu ziehen und abzuspringen, doch in dem Moment kippte sein Pferd zur Seite und klemmte sein rechtes Bein zwischen seinem schweren Leib und dem harten, steinigen Boden ein. Wahrscheinlich nur weil das Ross danach völlig still lag, brachen Richard dabei nicht die Knochen. Der König war jetzt seinem Angreifer wehrlos ausgeliefert und sah dem Tod – allerdings nicht zum ersten Mal – direkt ins Auge. Seine Leibgarde war weit hinter ihm, die eigene Lanze ihm beim Sturz entfallen, wie sollte er da den Angreifer abwehren? Doch das erledigte zu seinem Erstaunen ein anderer, und noch dazu mit Bravour.

Der junge Ritter, dessen Pferd offenbar noch über die Kraft verfügte, auch hügelaufwärts zu galoppieren, war heran. Er lenkte die Lanzenspitze mit dem Schild auf die gleiche Art und Weise ab, wie Richard es selbst getan hätte, und hieb dann mit seinem Schwert von oben herab so kraftvoll zu, dass dem französischen Ritter trotz seiner Kettenrüstung das Blut gleich einer Fontäne aus der Halsbeuge schoss. Die Männer, die ihm gefolgt waren, zügelten erschrocken ihre Pferde, was ihnen nicht schwerfiel, weil diese ebenfalls am Ende ihrer Kräfte waren und nicht mehr vorwärtswollten. Nun war auch endlich die Leibgarde des Königs heran und bildete einen Kordon aus Eisen um ihren Herrscher, dem es mithilfe zweier seiner Ritter gelang, sein Bein zu befreien und wieder auf die Füße zu kommen. Fast so schwer atmend wie sein Ross stand er da und sah den Franzosen nach, die ihre Pferde wendeten und den Hügel wieder hinaufritten, wenn auch sehr langsam. Doch an eine Verfolgung war nicht zu denken, denn keins der Pferde der angevinischen Ritter konnte mehr einen Huf vor den anderen setzen.

Richard ging auf, wie kurz er gerade davor gewesen war, seinem Schöpfer gegenüberzutreten. Sein Blick suchte seinen Retter und fand ihn neben seinem Pferd stehen, dessen Kopf er begütigend tätschelte. Der Ritter trug einen der immer mehr in Mode kommenden Topfhelme, denen der König nichts abgewinnen konnte, schränkten sie seiner Meinung nach doch das Sichtfeld zu sehr ein. Aber dass der andere damit klarkam, hatte er soeben gerade auf das Eindrucksvollste bewiesen, und dass er dem Fremden Dank schuldete, war Richard selbstverständlich bewusst, und er war der Letzte, der das nicht zum Ausdruck bringen konnte.

»Wer seid Ihr, junger Mann, und wo kommt Ihr so plötzlich her? Gebt Euch zu erkennen, und nehmt Euren Helm ab, damit ich in das Antlitz des Ritters schauen kann, der das Leben des Königs von England gerettet hat. Ich werde Euch auf ewig dafür verbunden sein, das versichere ich Euch.«

»Ich gehöre dem Kontingent aquitanischer Ritter an, das Euch Eure Mutter geschickt hat, Sire«, entgegnete der Fremde und löste dabei die beiden Lederriemen, die seinen Helm hielten. Als er ihn endlich abnehmen konnte, blickte Richard in stahlgraue Augen, die er sofort erkannte. »Ich bin Philipp, Baron von Cognac, und, nur für den Fall, dass Ihr es vergessen haben solltet, Vater, Euer Sohn.«

# 4.

# AQUITANIEN,
# SOMMER 1194

Richard war von dem plötzlichen Zusammentreffen so überrascht, dass ihm glatt die Worte fehlten, was wahrlich nicht oft vorkam. Seine Unsicherheit versuchte er, mit kühler Ablehnung zu überspielen, denn eigentlich hatte er das Zusammentreffen mit seinem Sohn anders geplant und vor allem den Zeitpunkt selbst bestimmen wollen. Nun war Philipp ihm nicht nur zuvorgekommen, sondern stand zudem noch in provozierender Erwartungshaltung vor ihm, was ein Problem für Richard darstellte. Und so rettete er sich in seine Rolle als Oberbefehlshaber des Heeres, die ihm weit besser lag als die eines ob des unverhofften Zusammentreffens beglückten Familienvaters.

»Wir werden später noch Gelegenheit haben, ausführlich miteinander zu reden, Philipp«, meinte Richard und legte seinem Sohn, der fast so hochgewachsen, aber wesentlich schmaler war als er, begütigend die Hand auf die Schulter. »Doch du wirst verstehen, dass ich mich jetzt zuerst um die Belange des Heeres kümmern muss. Der französische König ist uns offenbar leider erneut entkommen. Nichtdestotrotz kann es sein, dass wir uns zwischen ihm und seiner Hauptstreitmacht befinden. Wie auch immer, östlich von uns muss sich die Straße von Paris nach Vendôme befinden. Ihr werden wir nach Süden folgen, wo wir auf William Marshal treffen, der hoffentlich erfolgreicher war als wir. Gemeinsam sind wir alle Male stark genug, um jede Gegenwehr der Franzosen zu zerschlagen. Noch dazu, wo deren König so schmählich geflohen ist. Nie im Leben hätte ich gedacht, dass ich einmal einen derartigen Feigling zum Freund gehabt habe. Nun, ich hätte es eigentlich wissen müssen, denn auch im Heiligen Land hat er schließlich das Weite gesucht, als es ihm zu gefährlich und anstrengend wurde. Also dann, aufgesessen, wer noch ein Pferd besitzt, das ihn zu tragen vermag. Die anderen folgen mir und gehen wie ich zu Fuß.«

Sofort erboten sich etliche Ritter, dem König ihr Streitross zu überlassen, doch der lehnte dankend, aber bestimmt ab. Wie so oft wollte er mit gutem Beispiel vorangehen. Vor allem aber wollte er auf dem Marsch, der alle anstrengen und damit schweigen lassen würde, ungestört darüber nachdenken können, wie es mit ihm und seinem Sohn weitergehen sollte.

Vor fünf Jahren hatte Richard, damals noch Herzog von Aquitanien, bevor er zu seiner Krönung nach England aufgebrochen war, den damals fünfzehnjährigen und damit nach geltendem Recht mündigen, aber widerstrebenden Philipp mit der fünf Jahre älteren, jedoch bereits verwitweten Amélie de Cognac verheiratet. Danach waren die beiden der Vormundschaft seines Statthalters in Bordeaux unterstellt und ein Verwalter für die Baronie eingesetzt worden. Ein Jahr später war er, nun König von England, ohne noch einmal in Aquitanien nach dem Rechten zu schauen, zu seinem Kreuzzug aufgebrochen, dessen verpflichtende Teilnahme er ebenso wie das angevinische Reich von seinem Vater geerbt hatte. Jetzt, nach seiner Rückkehr, musste er zu seinem Erstaunen feststellen, dass aus dem unreifen Knaben, der am liebsten mit Hunden gespielt und ein rechter Taugenichts zu werden versprochen hatte, ein stattlicher junger Mann geworden war, dessen man sich als Vater offenbar nicht zu schämen brauchte.

Früher hatte Philipp Waffenübungen abgelehnt, war seinen Ausbildern, auch wenn sie ihn dafür mit Richards Einverständnis gnadenlos verprügelten, ständig dumm gekommen und manchmal tagelang verschwunden gewesen. War er dann halb verhungert wiederaufgetaucht, ging das gleiche Spiel von vorn los. Vielleicht hätte Eleonore als zugleich gütige und strenge Großmutter etwas bei dem Jungen, der ohne Mutter aufgewachsen war, bewirken können, doch die war von ihrem Mann eingesperrt worden, der nicht einmal die eigenen Söhne zu ihr ließ, geschwiege denn einen Bastardenkel.

Richard, von der Situation maßlos überfordert, hatte seinen Sohn nahezu mit Gewalt vor den Altar geschleppt und seine Hand im Beisein des Bischofs von Angoulême in die der jungen Witwe gelegt, der er vorher angedroht hatte, sie in ein möglichst kleines, dafür aber umso strengeres Kloster zu stecken, wenn sie sich weigerte, Philipp zum Manne zu nehmen. Irgendwann hatte Amélie ihren Widerstand aufgegeben, wohl weil sie sich gesagt hatte, dass sie mit dem pickligen Jüngling schon irgendwie fertigwerden würde und so wenigstens auf dem angestammten Familiensitz bleiben konnte, den zu bewahren sie sich als ehernes Ziel vorgenommen hatte. Doch zu Richards Erstaunen war nun aus dem aufmüpfigen Burschen, der nicht einmal zum Knappen getaugt hatte, offenbar ein Mann geworden, der seine Waffen zu beherrschen wusste und kaltblütig genug war, um im richtigen Moment zur Stelle zu sein und sie entsprechend einzusetzen.

Was bei Philipp diese Veränderungen bewirkt hatte, wollte der Vater unter allen Umständen herausfinden, doch dafür war jetzt nicht der richtige Zeitpunkt. Was ihn allerdings an seinem Sohn störte, war das süffisante, ja schon fast herablassend zu nennende Lächeln, das ständig um dessen Mundwinkel spielte, wenn Richard aus den Augenwinkeln heraus zu ihm schaute.

Philipp hingegen, zu einer Zeit geboren, in der sein Vater und der jetzige französische König noch innige Freunde gewesen waren, weshalb er auch nach diesem benannt worden war, ahnte von diesen Gedankengängen nichts. Er trug seinen blasierten Gesichtsausdruck ebenso wie seine Rüstung und sein Schild zur Schau, um seine wahren Gefühle besser verbergen zu können und sie niemandem offenbaren zu müssen. In seinem Innersten hatte er sich abgrundtief vor diesem Zusammentreffen gefürchtet und war gleichzeitig von grenzenloser Hochachtung und Stolz auf seinen Erzeuger erfüllt. Doch das konnte er ihm ebenso wenig zeigen wie seine Sehnsucht nach väterlicher Zuneigung, nach der er sich verzehrte, solange er nur zurückdenken konnte, und für die er alles, aber auch wirklich alles geben würde, was ihm lieb und teuer war.

Der junge Ritter schritt leicht versetzt hinter seinem Vater her, führte sein Pferd ebenso wie dieser am Zügel und machte auf alle den Eindruck, als hätte ihn der Gewaltritt nicht im Geringsten angestrengt. Sogar sein Pferd wirkte, im Gegensatz zu den Rössern der königlichen Leibgarde und Richards engstem Gefolge, relativ frisch, sodass er eigentlich hätte reiten können. Doch mit langen Schritten trieb er seinen Vater regelrecht vor sich her, der immer mehr ins Schwitzen geriet und schon bald bereute, nicht doch das Angebot eines seiner Ritter angenommen und dessen Pferd bestiegen zu haben. Die königliche Entourage hielt gebührenden Abstand, ging doch jeder davon aus, dass es zu bewegenden Wiedersehensszenen und langen Gesprächen zwischen Vater und Sohn kommen würde, die niemand stören wollte. Doch zu aller Erstaunen war dem nicht so, beide schwiegen beharrlich, und als sich endlich die ersten Rückzügler von Philipps Armee zeigten, verfolgt von William Marshals Berittenen, atmete das ganze Gefolge erleichtert auf, denn das Schweigen war bedrückend geworden, und dass der französische König hatte entkommen können, kratzte noch dazu an der Ehre seiner Verfolger.

Mittlerweile hatten sich die Pferde, die an einem kleinen Flüsschen getränkt worden waren, so weit erholt, dass die Ritter wieder aufsitzen konnten und jetzt wie Gottes Gericht über die verstreuten französischen Truppenteile herfielen. Philipps Männer leisteten verzweifelten Widerstand, doch von ihrem König schnöde im Stich gelassen, blieb ihnen letztlich nur die panische Flucht, sich zu ergeben oder aber zu sterben.

Richards Plan, die feindliche Armee zu stellen, vernichtend zu schlagen und Philipp gefangen zu nehmen, war zwar nicht aufgegangen, aber das Gefecht von Fréteval, wie man das erste Aufeinandertreffen des Königs von Frankreich mit Richard Löwenherz nach dessen Freilassung bald nennen würde, war trotzdem ein voller Erfolg. Denn Philipp war unter Zurücklassung seiner Armee einfach schmählich vom Schlachtfeld geflohen, was seinem Renommee gewaltig schadete. Richards Truppen hatten kaum Verluste zu beklagen, die des Gegners hingegen waren verheerend. Aber das Schlimmste für die Franzosen war, dass der Feind nun schon zum zweiten Mal innerhalb von nur vierzig Tagen ihren Tross erobert hatte – und diesmal sogar bis auf den letzten Wagen. Eine größere Peinlichkeit konnte es für einen Heerführer gar nicht geben, und Richard grinste über das ganze Gesicht, als er am Abend endlich auf William Marshal traf und dieser ihm den Triumph vermelden konnte.

Der Earl von Pembroke führte den König entlang des Wagenzuges, den er von seinen zuverlässigsten Männern sorgsam bewachen ließ, damit es nicht zu Plünderungen kam, und Richard gingen die Augen über. Die Ausrüstung einer ganzen Armee, Waffen, Zelte, Belagerungsgeräte, Proviant, Wagenladungen mit Fässern voller Wein waren William Marshal in die Hände gefallen. Das an sich war schon reiche Beute, doch was sein Stellvertreter Löwenherz in einem der vorderen Wagen zeigte, überstieg alle Vorstellungen. Kisten voller Silber und sogar Gold – Philipps Kriegskasse nebst seinem persönlichen Siegel –, wertvolles Tafelgeschirr und liturgische Gerätschaften sprengten fast die Truhen. Die Gerüchte hatten sich damit bewahrheitet: Philipp führte tatsächlich stets seinen gesamten Staatsschatz mit sich. Und nun war er nahezu kampflos seinem ärgsten Feind in die Hände gefallen. Richards größte finanzielle Sorgen hatten damit, zumindest vorerst, schlagartig ein Ende.

»Und das hat Philipp alles unverteidigt zurückgelassen?« Der König konnte es nicht fassen, doch Marshal zuckte nur mit den Schultern.

»Unverteidigt würde ich es nun nicht nennen, Sire. Es war schon ein hartes Stück Arbeit, die Begleitmannschaften und die Nachhut niederzukämpfen. Aber sein Leben war dem französischen König offenbar wichtiger als seine Kasse und auch als diese Dokumente hier.«

Der Earl von Pembroke deutete auf eine große Schatulle voller Pergamente. Richard griff hinein, entrollte eine der Listen und bekam den Mund nicht wieder zu. Sorgfältig war hier von Schreibern aufgeführt worden, wer von seinen Untertanen wann und zu welchen Konditionen Philipp die Treue geschworen und damit seinen Lehnseid ihm gegenüber gebrochen hatte. Darunter waren so klangvolle Namen wie Aymar, der Graf von Angoulême, oder Gottfried von Lusignan, dessen Bruder Guido im Heiligen Land von Richard in seiner Würde als König von Jerusalem gegen großen Widerstand bestätigt worden war. Männer, die Seite an Seite mit Löwenherz auf dem Kreuzzug gegen die Sarazenen gekämpft hatten und, kaum zurück in der Heimat, nichts Besseres zu tun hatten, als ihm in den Rücken zu fallen. Aber auch Adémar, der Vizegraf von Limoges, und sein Cousin Gottfried von Rancon, über deren Verrat sich Richard allerdings nicht weiter wunderte, denn beide hatten schon gegen seinen Vater und später gegen ihn gekämpft, standen auf der Liste, zudem eine Vielzahl weiterer, kleinerer Barone. Glücklicherweise aber nicht der Name seines Sohnes, stellte der König zu seiner Erleichterung fest, denn das hätte ihm vielleicht nicht das Herz gebrochen, ihn jedoch überaus geschmerzt. Dafür fand er allerdings Beweise, dass die Untreue seines Bruders John noch viel weiter ging als bisher angenommen. Vor einem halben Jahr, als Richards Freilassung schon abzusehen gewesen war, hatte John noch weite Teile der Normandie, das gesamte Vexin, das Poitou und das Anjou an Philipp abgetreten.

Der König knirschte mit den Zähnen, als er lesen musste, was seinem Bruder seine weiterhin andauernde Gefangenschaft wert gewesen war, die er sich mit diesen Geschenken an die französische Krone hatte erkaufen wollen, und bedauerte zutiefst, dass er ihn in Lisieux so glimpflich hatte davonkommen lassen. Neben diesen Listen war Philipps gesamtes Staatsarchiv auf dem Wagen und damit jetzt in Richards Händen. Er hatte nun Einblick in die französischen Steuerlisten, die geheimsten Absprachen zwischen dem König und seinen Vasallen sowie der Kirche und gedachte, sich dieser Informationen weidlich zu bedienen und sie jederzeit zu gebrauchen, wenn sie ihm nützten.

Wem er das alles zu verdanken hatte, wusste der König wohl, und er hatte kein Problem damit, diesen Mann zu loben und zu ehren. Beim abendlichen Festmahl in der Burg von Vendôme, die ebenso wie die zu ihren Füßen liegende Stadt ihre Tore weit und ohne Widerstand dem siegreichen Feldherrn geöffnet hatte, ließ er daran auch keine Zweifel aufkommen. Während im Hof der Festung und auf den Plätzen der Stadt die einfachen Soldaten feierten, sich ihrer Heldentaten und der Beute, die sie gemacht hatten, rühmten, sprach der König im Palas Worte, die von seinem Chronisten Roger von Howden aufgezeichnet wurden und die den Mann, an den sie gerichtet waren, zum Erröten brachten.

»Marshal hat mehr und Besseres geleistet als wir alle«, sagte Richard und hob den Pokal in Richtung seines Stellvertreters, um ihm Ehre zu erweisen. »Wenn man eine gute Reserve hat, fürchtet man seine Feinde nicht. Und unsere heutige Beute haben wir nur ihm zu verdanken. Mir hingegen ist das Wild, das ich gejagt habe, leider ein weiteres Mal entkommen.«

Philipp hatte sich nach seiner vernichtenden, vor allem aber finanziell verlustreichen und demütigenden Niederlage wie ein geprügelter Hund nach Paris zurückgezogen und die Stadt in Verteidigungsbereitschaft versetzt, so sehr fürchtete er sich vor einem Nachsetzen seines Gegners. Doch Richard beschloss, vorerst weiter nach Süden vorzustoßen. Dort hatten sich während seiner Abwesenheit die meisten seiner Vasallen von ihm abgewandt, und diese galt es jetzt für ihre Treulosigkeit zur Verantwortung zu ziehen. Aber noch etwas anderes hatte den König zu diesem Entschluss veranlasst. In Aquitanien, unweit von Angoulême, lag die kleine Baronie Cognac. Er wollte seinen Sohn dorthin begleiten, auf dem Ritt die Zeit nutzen, um Philipp weiter zu beobachten und auch endlich ausgiebig mit ihm zu reden, denn in seinem Kopf begann ein Plan zu reifen, über dessen Durchführbarkeit sich Richard allerdings noch nicht im Klaren war.

Innerhalb kurzer Zeit wurde das gesamte Land Gottfrieds von Rancon erobert, Taillebourg fiel ebenso wie Marcillac und all die anderen als unbezwingbar geltenden Burgen der rebellischen Barone Aquitaniens. Dann wandte sich Richard gegen das auf einem Bergsporn liegende und den Fluss Charente beherrschende Angoulême. In einem Brief an Hubert Walter berichtete der König stolz, dass die Stadt und die starke Festung, an der sich einst die Römer in ihrem Krieg gegen die Gallier die Zähne ausgebissen hatten, an einem einzigen Abend genommen wurden und dreihundert Ritter, für die er nun ein ansehnliches Lösegeld erwartete, in seine Hände gefallen waren. Doch all das war ihm nicht so wichtig, wie seinen Sohn zu beobachten, in dem er eine jüngere Ausgabe seiner selbst wiederzuerkennen glaubte. Nur eins fehlte Philipp – die Härte und auch die Grausamkeit eines Löwenherz, die in den Augen des Königs manchmal einfach vonnöten war, um sich Respekt zu verschaffen. Richard wusste nicht, ob er sich darüber freuen oder es bedauern sollte, denn zu einem wirklich erfolgreichen Anführer gehörte – das hatte schon Julius Caesar gewusst – beides. Ebenso wie im rechten Augenblick Gnade üben zu können.

Letzteres tat Philipp im Übermaß. Selbst während die Schlacht tobte oder eine Burg erstürmt wurde, verschonte er, wo immer es ging, seinen Gegner und nahm ihn lieber gefangen, als ihn zu töten. Nie sah oder hörte Richard auch nur davon, dass sich sein Sohn an Schändungen und Plünderungen beteiligte. Das hatte er allerdings mit William Marshal gemeinsam, dessen berühmte Ritterlichkeit sich Philipp offenbar zum Vorbild nahm.

Eines Abends, die Burg Montignac an der Dordogne des abtrünnigen Grafen Elias von Périgord war gerade eingenommen worden, und Philipp hatte sich dabei wieder einmal ausgezeichnet, kam es zu dem längst erwarteten, aber auch von beiden lange aufgeschobenen, weil gefürchteten Gespräch zwischen Vater und Sohn. Die Hauptleute hatten sich überraschend zeitig zurückgezogen, und Richard und Philipp fanden sich zu ihrer eigenen Überraschung plötzlich allein an der langen Tafel wieder, an der vor wenigen Augenblicken noch der Sieg gefeiert, geschmaust und gezecht worden war. Auch der König hatte dem Wein kräftig zugesprochen, was seine Zunge locker, ihn aber nicht betrunken gemacht hatte. Philipp hingegen, und das war seinem Vater durchaus nicht entgangen, hatte dem schweren Roten aus der Region um Bordeaux, in der schon seit den Zeiten der Römer exzellente Weine gekeltert wurden, nur mäßig zugesprochen und immer darauf geachtet, ihn ausreichend mit Wasser zu verdünnen.

»Du bist dir wohl zu fein dafür, mit anderen zu zechen?«, fuhr Richard, der sich auch schon einmal zu den einfachen Kriegsknechten ans Lagerfeuer hockte und mit ihnen ein paar Krüge Wein lehrte, seinen Sohn an, als dieser gerade dabei war, sich zu erheben, um sich ebenfalls zurückzuziehen. »Bleib sitzen, es wird höchste Zeit, dass wir einmal ein klärendes Gespräch unter Männern führen. Dein blasiertes Gehabe geht mir so was von auf die Eier, das kannst du dir gar nicht vorstellen! Wieso kannst du dich nicht wie ein richtiger Mann benehmen, frage ich dich? Nur dann werden dich die Soldaten als einen der ihren ansehen und als *primus inter pares,* sollte es einmal darauf ankommen.«

Philipp, der geglaubt hatte, in letzter Zeit alles richtig gemacht und sich die Anerkennung seines Vaters erworben zu haben, war von dessen plötzlichem Ausbruch und den derben Worten mehr als nur überrascht. Aber nun gut, wenn sein Erzeuger Streit wollte, dann sollte er ihn bekommen. Seit Tagen, Wochen, Monaten, ja seit Jahren hatte der junge Ritter sich zurechtgelegt, was er dem Mann, dessen Lenden er entsprungen war, sagen wollte, wenn er ihm endlich wieder einmal begegnen würde, und so sprudelte es jetzt geradezu aus ihm heraus, was seinen Vater nicht wenig verblüffte, denn nur wenige wagten es, einem Löwenherz Widerworte zu geben.

»Ist es für dich ein Zeichen von Männlichkeit, zu saufen, zu huren, ja zu schänden und zu morden, so wie es deine Männer tun, seit ich zu dir gestoßen bin? Wenn ja, dann hättest du mich vielleicht von Kindheit an immer an deiner Seite behalten sollen, damit ich es von dir lerne, Vater!«

Philipp dachte nicht mehr daran, seinen Vater respektvoll anzusprechen, und das letzte Wort stieß er noch dazu hervor, als wäre es das übelste Schimpfwort, das er kannte.

»Wie wagst du es …«, donnerte Richard erwartungsgemäß daraufhin zurück, wurde aber, noch bevor er den Satz beenden konnte, von seinem Sohn nachdrücklich unterbrochen.

»... mit dir zu reden, ja? So, wie ich es mir schon seit langer Zeit vorgenommen habe! Du fällst über das Land her wie ein tollwütiges Tier! Meinst du nicht, dass du als ihr Herrscher auch eine Verantwortung gegenüber den Menschen hast, die hier leben? Vielleicht sogar auch gegenüber mir? Aber sie und ich sind dir doch völlig gleichgültig! Glaubst du, dass irgendjemand von den Bürgern, Bauern und kleinen Adeligen in Aquitanien auch nur ansatzweise eine Chance hatte, sich den Befehlen und Anordnungen ihrer Grafen zu widersetzen, die während deiner Abwesenheit zur französischen Krone übergelaufen sind? Aber du lässt sie allesamt über die Klinge springen, wenn sie dir und deinen Söldnern in die Hände fallen. Die halbherzige Unterwerfung der großen Landesherren, die allein dafür verantwortlich sind, hingegen nimmst du an, wenn sie nur genug Silber in deinem Beutel klingeln lassen. Und kaum hast du eine Stadt, eine Burg, einen Landstrich verwüstet, ziehst du weiter und siehst nicht, wie hinter dir die Fäuste geschüttelt werden und sich bereits der nächste Aufstand zusammenbraut. Doch das kümmert dich ja nicht, so wenig, wie ich dich bisher gekümmert habe. Seit Jahr und Tag wollte ich nichts weiter, als einmal deine Zuneigung spüren! Dafür habe ich getan, was immer ich nur konnte. Aber habe ich einmal deine Aufmerksamkeit erlangt? Hast du mich einmal gesucht, wenn ich weggelaufen war? Nein, du hast deine Schergen losgehetzt, um mich wieder einzufangen, und ihnen noch dazu befohlen, mich gnadenlos zu verprügeln. Hättest du es doch selbst einmal getan! Von dir hätte ich die Schläge mit Freude hingenommen, wäre dir dadurch doch wenigstens einmal bewusst geworden, dass es mich überhaupt gibt!«

»Das können wir auf der Stelle nachholen, wenn du so sehr darum bettelst«, fauchte Richard und war kurz davor, sich auf seinen Sohn zu stürzen.

»Dafür dürfte es jetzt zu spät sein, Vater«, gab Philipp eiskalt zurück. »Die Zeiten, wo ich hinnehmen musste, dass mich jemand ungestraft züchtigt, sind vorbei. Du kannst mich hängen oder köpfen lassen, dazu hast du als König die Macht. Aber hebe nur ein einziges Mal die Hand gegen mich – ich schwöre, ich schlage sie dir ab. Den letzten Schlag habe ich vor zwei Jahren bei meiner Schwertleite bekommen, als mich dein Seneschall Elias de la Celle in Bordeaux zum Ritter schlug. Seither wagt das niemand mehr, und selbst dir würde es schlecht bekommen.«

»Darauf können wir es gern ankommen lassen«, schrie der Vater den Sohn an, den dessen ständiger Widerspruch zur Weißglut trieb. »Elias de la Celle hatte nicht das Recht, dich zum Ritter zu schlagen, das werde ich ihm bei unserer wohl bald stattfindenden Begegnung schon sehr nachdrücklich klarmachen. Deine Schwertleite ist also hinfällig. Wie kommt er überhaupt dazu? Schließlich hast du nicht als Knappe gedient und dich auch nie im Waffenhandwerk geübt.«

Richard war deshalb so wütend, weil er selbst gern seinen Sohn zum Ritter geschlagen hätte. Dass sein Seneschall ihm zuvorgekommen war, wurmte ihn schon, seit er davon erfahren hatte.

»So, woher willst du das denn wissen?«, konterte Philipp auch sofort. »Weil ich mir von deinen brutalen Schlägern nichts beibringen lassen wollte? Als du dich in fremden Ländern herumgeschlagen hast, haben Kriegsknechte des Grafen von Angoulême Dörfer meiner Baronie gebrandschatzt, die Bauern umgebracht, die Frauen und Mädchen geschändet, das Vieh weggetrieben und die Felder verwüstet. Ich konnte nichts dagegen tun, stand nur mit zu Fäusten geballten Händen daneben, musste mich verhöhnen lassen und sah die Tränen in den Augen meiner Frau, deren Erbe verwüstet wurde. Da kam ich mir so unendlich nutzlos vor, dass ich nach Bordeaux geritten bin und de la Celle, den du schließlich zu meinem Vormund bestimmt hast, gebeten habe, mir so schnell wie möglich alles beizubringen, was ein Ritter können muss. Er hat mich nicht geschont und sehr hart rangenommen, ist dabei aber immer fair geblieben. Von ihm, nicht von den von dir bestellten Waffenmeistern, lernte ich, zu Fuß und zu Pferd zu kämpfen, die Lanze ebenso zu führen wie das Schwert, aber auch höfische Manieren und die Regeln des Rittertums. Dann hat er mich während der alljährlichen großen Schwertleite in Bordeaux zum Ritter geschlagen. Und weißt du auch, warum? Weil ich auf dem zur gleichen Zeit stattfindenden Turnier gegen den Mann antreten wollte, der die Kriegsknechte befehligt hat, die meine Dörfer verwüstet haben.«

»Und, hast du dich mit ihm geschlagen?«

Jetzt war Richard neugierig geworden und hatte sich wieder in seinen Lehnstuhl zurücksinken lassen.

»Ja, ich habe ihm meine Lanze genau in seine überheblich grinsende Visage gerammt. Auch wenn die Spitze stumpf war, so ist sein Schädel unter dem offenen Helm doch geplatzt wie ein reifer Kürbis. Seither hat sich niemand mehr an den Bauern in meiner Baronie vergriffen.«

Was Philipp verschwieg und man ihm hoffentlich nicht ansah, war, wie stolz er damals gewesen war. In dieser Nacht war seine Frau, die sich ihm bisher notgedrungen nur in ihrer Hochzeitsnacht hingegeben hatte, das erste Mal aus freien Stücken zu ihm gekommen. Nicht weil er einen Mann getötet hatte, wie sie ihm später versicherte, sondern weil er ihre Untertanen gerächt hatte, denen sie sich, entsprechend der Tradition ihrer aquitanischen Familie, verpflichtet fühlte. Damals war wohl auch ihr Sohn gezeugt worden. Sollte er seinem Vater nun sagen, dass er schon Großvater war? Nun, Philipp hielt den Zeitpunkt noch nicht für gekommen und beschloss, dies weiterhin für sich zu behalten.

*Bei Gottes Beinen*, dachte Richard, *das hätte ich so gerne gesehen!* Er war schon seit Wochen stolz auf seinen Sohn, aber jetzt sprengte es ihm fast die Brust. *Warum war ich da nur nicht dabei? Richtig, weil ich mich in fremden Ländern herumtreiben musste, wie Philipp gerade so treffend bemerkt hat, und mein eigenes dabei fast vor die Hunde gegangen ist.* Aber das hatte jetzt ein Ende, schwor er sich. Nie wieder wollte er das angevinische Reich verlassen und wenn doch, dann nur an der Spitze eines Heeres, um Philipp von Frankreich und vielleicht auch den römisch-deutschen Kaiser Heinrich und Leopold von Österreich für das zur Rechenschaft zu ziehen, was sie ihm angetan hatten. Doch eins konnte er schon heute nicht dulden, nämlich wie sein Sohn mit ihm sprach. Schließlich war er der König von England und Philipp letztlich nur ein Bastard und ausschließlich durch seine Gnade Baron von Cognac.

»Es freut mich, dass offenbar doch noch etwas aus dir geworden ist«, meinte Richard und bemühte sich, in seiner Stimme keinen väterlichen Stolz mitschwingen zu lassen, sondern stattdessen kalt wie Eis zu sagen: »Doch eins hat man dir anscheinend bis heute nicht beigebracht: nämlich Respekt vor deinem König und Vater zu haben. Es ist wohl an der Zeit, das in aller Deutlichkeit nachzuholen und dir einzubläuen.«

Wenn Richard geglaubt hatte, Philipp mit seinen Worten einzuschüchtern – selbst Mercadier hätte bei der momentanen Stimmung seines Königs wohl um sein Leben gebangt –, sah er sich zu seiner Verwunderung erneut getäuscht und kam nicht umhin, den Mut seines Sohnes zu bewundern.

»Und du glaubst wirklich, der Richtige dafür zu sein, ja?«, begehrte Philipp weiter auf. »Ein Sohn, der seinem Vater gegenüber so viel Respekt bezeugt hat, dass er über Jahre hinweg Krieg gegen ihn geführt hat, verlangt diesen jetzt von seinem eigenen? War Großvater nicht ebenfalls König von England, und hast du dich nicht mit seinen Feinden, die im Übrigen jetzt die deinen sind, verbündet, um ihn zu bekämpfen und letztlich in den Tod zu treiben? Soll ich mir dich wirklich zum Vorbild nehmen, Vater? Bedenke, was daraus entstehen könnte.«

Richard war wie vor den Kopf geschlagen. Mit allem hatte er bei seinem Wiedersehen mit Philipp gerechnet, aber nicht damit, derart von ihm bloßgestellt und an seine eigene Vergangenheit erinnert zu werden. Wie von der Tarantel gestochen fuhr er deshalb auf und brüllte sein Gegenüber mit bedrohlich geschwollener Zornader an:

»Vergleiche dich nicht mit mir, Bursche, hörst du! Schließlich bist du nur ein Bastard und ein mir unterlaufenes Missgeschick! Was weißt du schon von deinem Großvater, den du schließlich niemals zu Gesicht bekommen hast und der sich keinen Deut für dich interessiert hat?«

»Zumindest«, entgegnete Philipp, so kühl er konnte und ohne sich anmerken zu lassen, wie sehr ihn die Worte seines Vaters schmerzten, »dass er sich zeit seines Lebens um seine Bastarde fürsorglich gekümmert hat. Stand mein Onkel Geoffrey im Gegensatz zu dir nicht an seinem Totenbett und ist jetzt Erzbischof von York? Und William Longsword dient dir als Heerführer und Vertrauter, wie ich selbst sehen konnte, um nur zwei Beispiele zu nennen. Ich mag ein Bastard und in deinen Augen nur ein Unfall sein, aber eins solltest du besser nicht vergessen, Vater. In mir, und gegenwärtig nur in mir, lebt zumindest bisher dein Blut fort!«

Kaum war das letzte Wort verklungen, machte Philipp auf der Hacke kehrt und verließ die Halle. Aber nicht, wie es sich gehörte, mit einer Verbeugung und rückwärtsgehend, sondern erhobenen Hauptes und dem König seine Kehrseite zeigend. Doch darauf kam es nun auch nicht mehr an. Richard war in seinem Stuhl zusammengesunken und von seinem eigenen Sohn zumindest mit Worten geschlagen worden. Daran hatte er schwer zu kauen, denn außer seiner Mutter hatte es zumindest in den letzten Jahren niemand gewagt, ihm gegenüber das letzte Wort zu behalten.

Nun, das stimmte nicht ganz, musste er sich eingestehen. Selbst Berengaria gelang das von Zeit zu Zeit, und auch der Earl von Huntingdon hatte ihm mehr als nur einmal widersprochen. Doch das war eine ganz andere Sache, der hatte schließlich lange in den Wäldern von Sherwood gelebt, einen Sheriff an den Zinnen seiner eigenen Burg aufgehängt und mit seinen Bogenschützen sogar die Sarazenen das Fürchten gelehrt. Als er ihn das letzte Mal in Nottingham gesehen hatte, hatte ihm Robert von Loxley eiskalt ins Gesicht gesagt, dass er Angelsachse wäre und in England bleiben würde, weil ihn ein Krieg in Frankreich nichts anginge. Dafür hätte er eigentlich eingesperrt gehört, aber der Kerker, aus dem der Earl von Huntingdon nicht entkommen konnte, war wahrscheinlich noch nicht gebaut. Schließlich war er sogar den Assassinen aus ihrer Bergfestung Masyaf entwischt. Und ihn hinzurichten, dazu hatte sich Richard nicht durchringen können. Schließlich betrachtete er Robert von Loxley bis heute als einen wahren Freund. Davon hatte er, wenn man es recht betrachtete, nun wirklich nicht viele, und außerdem wusste man schließlich nie, ob man einen Mann wie ihn irgendwann nicht noch einmal brauchte.

Aber sich vom eigenen Sohn über den Mund fahren lassen? Das durfte er sich auf gar keinen Fall bieten lassen, sollte sein Ansehen nicht nachdrücklich darunter leiden. Wo käme man denn hin, wenn ein Bastard seinem Erzeuger auf der Nase herumtanzte? Gleich morgen wollte der König das ein für alle Mal klären und seinen aufmüpfigen Sprössling zur Räson bringen. Doch als er nach einer nahezu schlaflosen Nacht nach ihm schickte, war Philipp fort. Genauso plötzlich, wie er aufgetaucht war, war er auch wieder verschwunden, und Richard fragte sich, ob das alles nicht nur ein böser Traum gewesen war.

Die Unterwerfung des Grafen Aymar von Angoulême und des Vizegrafen Adémar von Limoges nach nur kurzem Kampf – Richard fragte sich allerdings, die wievielte das jetzt eigentlich schon war, denn beide hatten bereits gegen seinen Vater und auch gegen ihn als Herzog von Aquitanien gekämpft, und wann die Grafen wohl erneut zu seinen Feinden überlaufen würden – war der Gipfelpunkt eines nur zweimonatigen Feldzugs mit bemerkenswertem Erfolg.

»Von Verneuil bis hin zu den Pyrenäen gibt es niemanden, der Löwenherz standhalten kann«, wussten die Troubadoure überall zu verkünden, was Philipp von Frankreich im Louvre mit den Zähnen knirschen ließ. Notgedrungen beschloss er, zu versuchen, Friedensverhandlungen in die Wege zu leiten. Gleichzeitig aber plante er ein Bündnis mit Raimund von Toulouse, dem großen Widersacher der Plantagenets im Süden, zu schließen, um Richard in die Zange zu nehmen und so vielleicht doch noch bezwingen zu können.

Der englische König hingegen folgte dem Lauf der Dordogne westwärts nach Bordeaux. In der Stadt unweit des Atlantiks residierte sein Seneschall für die Gascogne und den Süden Aquitaniens, dem er einen längst überfälligen Besuch abstatten wollte. In der Kathedrale von Bordeaux hatte einst Richards Mutter, damals gerade einmal fünfzehn Jahre alt, nach dem plötzlichen Tod ihres Vaters auf Betreiben des Klerus den französischen Thronfolger Louis geheiratet. Schon kurze Zeit später – das Brautpaar befand sich gerade auf dem Weg nach Paris – erfuhren die Frischvermählten, dass auch Louis' Vater verstorben und er somit als Siebzehnjähriger König von Frankreich geworden war. Auf diese Aufgabe war der junge Mann von niemandem ausreichend vorbereitet worden, denn als Zweitgeborener war er ursprünglich für die kirchliche Laufbahn vorgesehen gewesen und erst nach dem Tod seines Bruders aus dem Kloster geholt und in aller Eile in den ritterlichen Tugenden und in den Staatsgeschäften unterwiesen worden. Zeit seines Lebens blieb Louis auch eher Mönch als König, und Richard bezweifelte stark, dass seine zwei Halbschwestern Marie und Alix wirklich von ihm gezeugt worden waren. Die Ehe war schließlich annulliert worden, vorgeblich wegen der zu engen verwandtschaftlichen Beziehungen der beiden Gatten. In Wahrheit aber, weil Louis seiner lebensbejahenden und oft über die Stränge schlagenden Frau einfach nicht gewachsen war. Eleonore, das pfiffen alle Spatzen von den Dächern, hatte ihren Gemahl nach Strich und Faden betrogen, wann auch immer sie dazu Gelegenheit gehabt hatte. Ob in Paris oder im Heiligen Land, wohin sie Louis ganz gegen die herrschende Sitte und Moral auf seinem desaströsen Kreuzzug begleitet hatte, nahm sie, ohne zu zögern, in ihr Bett, wer auch immer ihr gefiel. In Palästina sollte es seine Mutter sogar mit ihrem Onkel Raimund, dem damaligen Grafen von Antiochia, getrieben haben, hatte Richard läuten hören. Aber wer war er, ihr das vorzuwerfen?

Nicht einmal zwei Monate nach der Trennung von ihrem ersten Gemahl und ohne dessen Zustimmung als ihrem Lehnsherrn heiratete Eleonore den elf Jahre jüngeren Henry, damals Graf von Anjou und Herzog der Normandie, der bald darauf König von England wurde und ihr damit erneut eine Krone bescherte. Als Herr über das angevinische Reich herrschte Henry jetzt von den Pyrenäen im Süden bis nach Flandern und Schottland im hohen Norden. Von Rechts wegen war er dem französischen König auf dem Festland für seine Besitzungen zwar lehnspflichtig, doch dieser klug genug, dem aufbrausenden und umtriebigen Normannen gegenüber darauf nicht zu bestehen.

Philipp, der jetzige König von Frankreich, stammte aus der dritten Ehe des Mönchskönigs Louis, und kein denkender Mensch nahm an, dass dieser auch tatsächlich sein Vater war. Seine fünfundzwanzig Jahre jüngere Gemahlin, Adele von der Champagne, hatte es wohl genauso gehalten wie einst Eleonore, ihrem Gatten dafür aber endlich den ersehnten Thronfolger geschenkt, mit dem Richard sich nun allerdings herumschlagen musste.

Das alles ging dem englischen König durch den Kopf, als er auf die bedeutende Handelsmetropole Bordeaux zuritt, wo ihm die Bevölkerung einen ähnlich triumphalen Empfang bereitete wie unlängst die von Rouen. Richard wusste zwar, dass der Jubel eher ihm als Sohn seiner hier überaus populären Mutter galt, aber das war ihm letztlich gleichgültig, wenn nur die Menschen im Bordelais weiter treu und verlässlich zum angevinischen Reich standen.

Schon vor den Stadttoren wurde er von seinem Seneschall Elias de la Celle begrüßt, der zusammen mit Sancho von Navarra die aufständischen Barone des Südens niedergehalten und somit Richard während seiner Abwesenheit die Vorherrschaft in der Gascogne und Aquitanien bewahrt hatte. Wie konnte dieser ihm daher böse sein, nur weil de la Celle, ohne sein Einverständnis einzuholen, seinen Sohn zum Ritter geschlagen hatte? Zumal er nicht wusste, wie de la Celle das überhaupt hätte tun sollen, während er in Deutschland auf dem Trifels inhaftiert gewesen war. Nein, Richard entschied sich dafür, über den leidigen Vorfall kein Wort zu verlieren, und schloss seinen Seneschall ebenso herzlich in die Arme wie vor einiger Zeit seinen Schwager Sancho vor Loches.

Mit Wohlgefallen sah der König, dass de la Celle rings um die Stadt eine neue, weiter außerhalb liegende Ringmauer errichten ließ, die so geschickt mit der Landschaft und dem Flussufer der Garonne verschmolz, dass sie kaum zu bezwingen sein würde. Richard nahm im Palast seiner Mutter Quartier, auch wenn dieser ebenfalls gerade umgebaut und erweitert wurde. Geld spielte hier offenbar keine große Rolle und war nicht so knapp wie in den anderen Landesteilen des angevinischen Reiches. Aber das war auch kein Wunder, denn die Bürgerschaft lebte sehr einträglich vom Handel und war seit vielen Jahren vom Krieg verschont geblieben.

Am nächsten Tag ließ sich der König durch die Stadt führen, in der überall rege Bautätigkeit herrschte. Neue Kais wurden am Flussufer errichtet, da die alten nicht mehr genug Platz für die vielen Schiffe boten, die den Wein aus der Region und die von geschickten Handwerkern gefertigten Güter über das Meer in aller Herren Länder brachten. Die Stadt war auch ein großer Umschlagplatz für Waren aus der ganzen Welt, da sich hier gleich mehrere alte Römerstraßen kreuzten, die immer noch benutzt wurden. Fast kam es Richard so vor, als wäre er zurück nach Akkon an die Küste des Heiligen Landes versetzt, so sehr duftete es auf den Märkten nach Gewürzen und Weihrauch. Ballen von Seide lagen ebenso aus wie fein gewebte Stoffe in allen Farben des Regenbogens. Als der König Bischof Gottfried von Malmort seine Aufwartung machte, zeigte dieser ihm stolz, welche Fortschritte der Bau der Kathedrale Saint-André machte, die im angevinisch-romanischen Stil errichtet wurde und eine der größten Kirchen Frankreichs werden sollte. Richard allerdings, der als Herzog schon oft in der Stadt geweilt hatte, verrichtete seine Gebete lieber in der Kirche der alten Benediktinerabtei Sainte-Croix.

Der Legende nach war das Kloster auf Betreiben des Herzogs Eudo, einem seiner Vorgänger in diesem schönen Land, der vor fünfhundert Jahren gelebt haben sollte, gegründet worden. Er hatte Bordeaux zur Hauptstadt eines von den Franken unabhängigen Königreiches Aquitanien machen wollen, was Richard gut nachempfinden konnte. Doch Eudos Pläne waren am Widerstand der damals gerade wiedererstarkten und vereinten Franken, die die Oberhoheit über sein Land beanspruchten, gescheitert. Später dann war die Abtei von den aus Spanien nach Norden drängenden Mauren ebenso wie die ganze Stadt zerstört worden. *Wie sähe Aquitanien, ja das ganze Abendland heute wohl aus, wenn Herzog Eudo und der fränkische Hausmeier Karl Martell die grausamen arabischen Krieger anno 732 zwischen Tours und Poitiers, der heutigen Residenz meiner Mutter, nicht aufgehalten hätten?*, fragte sich der König nicht selten. Bis heute schlug man sich mit ihnen südlich der Pyrenäen herum, und seine Schwester Eleanor, die mit König Alfons von Kastilien verheiratet war, wusste in ihren Briefen Schreckliches über die Kämpfe mit den Mauren zu berichten. Richard hoffte nur, dass er irgendwann nicht auch noch in diesen Konflikt hineingezogen werden würde, und war froh, dass das Königreich Navarra, mit dem es ein gegenseitiges Beistandsabkommen gab, keine Grenze mehr zu den Emiraten auf der Iberischen Halbinsel hatte.

Die Barone der Gascogne und Aquitaniens wurden aufgefordert, nach Bordeaux zu kommen, um ihrem Herzog und König zu huldigen und ihren Lehnseid zu erneuern. Keiner wagte es, jetzt, wo Löwenherz wieder im Lande war, diesem Ruf nicht Folge zu leisten. Die Grafen und Vizegrafen, Barone und Grundherrn von Armagnac und Béarn knieten ebenso vor Richard wie die aus Clermont, dem Périgord, dem Agenais und den anderen südlichen Regionen des Landes. Nur der Graf von Toulouse war erwartungsgemäß nicht erschienen, weil er die Oberhoheit des Herzogs von Aquitanien über seine Ländereien nicht anerkannte, obwohl sie in alten Dokumenten verbrieft war. Aber mit diesem Problem wollte sich Richard später befassen, wenn er mehr Muße dafür hatte und in den übrigen Landesteilen Ruhe und Frieden eingezogen waren.

Der König genoss die Zeit in Bordeaux und liebäugelte schon mit dem Gedanken, über die Pyrenäen nach Pamplona zu reiten, wo Sancho mittlerweile zum König gekrönt worden war, um dort seine Frau abzuholen, die er endlich wieder an seiner Seite haben wollte, da kamen erschreckende Nachrichten aus der Normandie, die diese Pläne schlagartig zunichtemachten.

Im Februar erst hatte Richards Bruder die Schlüssel- und Grenzfestung Vaudreuil an Philipp übergeben. Jetzt, nach dessen Niederlage bei Fréteval, glaubte John, leichtes Spiel zu haben und die mächtige Burg, die einen ähnlich großen Stellenwert für die Normandie besaß wie die von Rouen, Caen oder Falaise, leicht zurückerobern zu können. Der Prinz zog

Streitkräfte zusammen und begann, Vaudreuil zu belagern, doch diesmal handelte Philipp entschlossen. Schließlich, sagte sich der französische König, hatte er es hier nur mit John, also einer Maus, und nicht mit dem englischen Löwen zu tun. In Eilmärschen zog er an die Grenze der Normandie und tauchte überraschend, wie die Boten berichteten, die nach Bordeaux geeilt waren, »mit der Plötzlichkeit eines Dämonenkönigs auf«.

John wurde völlig überrumpelt. Philipp griff im Morgengrauen mit seinen Streitkräften das Heerlager vor der Burg an und errang einen überwältigenden Sieg. Nicht zuletzt deshalb, weil der Prinz einmal mehr floh und sich seinem Beispiel folgend auch die normannische Reiterei in Sicherheit brachte. Doch der Großteil der Fußtruppen, darunter viele Bürger aus Rouen, wurde von den Franzosen gefangen genommen. Diesmal verkehrten sich die Umstände, und Philipp eroberte Johns gesamten Tross. Wenn auch seine Beute nicht ansatzweise so bedeutend war wie die von Richard, oder besser die von William Marshal, bei Fréteval, so war der Verlust doch schmerzhaft.

Durch die Vermittlung von Erzbischof Walter de Coutances, der vor allem die Bürger seiner Stadt zurückhaben wollte, weil deren Mütter, Frauen und Töchter händeringend vor ihm erschienen waren, kam es zu einem Waffenstillstand, der zwischen Philipps Unterhändlern und dem Bischof bei Tillières geschlossen wurde und bis Anfang November gelten sollte.

Richard ging fast die Wände hoch, als er davon erfuhr, aber was sollte er machen? Er musste Walter de Coutances sogar noch dankbar dafür sein, dass er gerettet hatte, was noch zu retten gewesen war. Dass der Erzbischof geschickt verhandelt hatte, wollte Richard gar nicht infrage stellen, obwohl ihn die Gebietsverluste und Zugeständnisse schmerzten. Doch wenn er John zwischen die Finger bekäme …

Dem König blieb gar nichts anderes übrig, als seine Zelte im Süden abzubrechen und wieder in den Norden zu ziehen. Zu seinem Leidwesen konnte er nicht überall zugleich sein, zumal er sich auf seinen Bruder in keiner Weise verlassen konnte, wie er gerade einmal mehr hatte erleben müssen. Übermäßig zu beeilen brauchte er sich aber auch nicht, denn in die Normandie zu stürmen und die noch von den Franzosen gehaltenen Burgen zu berennen, ging während des Waffenstillstandes schließlich nicht an.

Die Zeit reichte allerdings nicht mehr für einen Ritt nach Navarra, und so blieb ihm nur, Berengaria einen Brief zu schreiben und ihr einen Boten zu schicken. Richard beschwor seine Gemahlin erneut mit innigen Worten, baldmöglichst zu ihm zurückzukehren, und legte seinem Schreiben sogar ein selbst verfasstes Liebeslied bei, denn schließlich war er auch ein geachteter Troubadour und hatte einst in Pamplona nicht nur als Turnierstreiter, sondern auch als Sänger um die damalige Prinzessin von Navarra geworben.

Auf dem Weg in die Normandie wollte er allerdings einige Stationen machen und dringende Familienangelegenheiten klären, die nicht länger aufgeschoben werden konnten. Den ersten Halt, noch begleitet von seinem Seneschall Elias de la Celle, legte Richard in dem kleinen, auf einem Hochplateau über der Dordogne gelegenen Städtchen Saint-Émilion ein. Von hier kamen die besten Weine im ganzen Bordelais, und vor allem Richards Mutter wusste deren samtigen Charakter sehr zu schätzen und ließ ihn an ihrer Tafel ausschenken. Kein Wunder also, dass die Bürger und Winzer ihrem Herzog einen begeisterten Empfang bereiteten. Als er durch die Porte de la Cadène in die Stadt einritt, wurden Blumen auf seinen Weg gestreut, und die Ratsmitglieder empfingen ihren Landesherrn auf dem Marktplatz vor der berühmten Felsenkirche mit einem Pokal, gefüllt mit dem köstlichsten Roten, den Richard jemals getrunken hatte.

»Bei Christi Beinen, was für ein göttlicher Trank«, stieß Richard hervor, der nun wahrlich schon so manchen Becher und auch Krug gelehrt hatte. »Sagt, edle Stadtväter, welcher Winzer ist in der Lage, so etwas zu keltern? Den Mann muss ich kennenlernen und ehren, denn er ist ein wahrer Künstler, wie es nur wenige auf dieser Welt gibt.«

»Sire, wenn Ihr verzeiht, jeder der Weinbauern hier gibt sich große Mühe, den Ansprüchen Eurer uns teuren Mutter gerecht zu werden«, meinte der Maire von Saint-Émilion verlegen, weil er keinen der Winzer so klar herausstellen wollte. »In einem Jahr keltert der eine den besten Wein, im nächsten ein anderer. Heuer hat der Rat entschieden, dass Monsieur Vauthier die Ehre hat, Euch den Willkommenstrunk zu kredenzen. Er bewirtschaftet Weinberge unterhalb unseres Städtchens, die von Felswänden geschützt werden und die gleichzeitig die Wärme der Sonne speichern. Man sagt, schon der römische Konsul und Dichter Ausonius habe an dieser Stelle Reben pflanzen lassen. Dessen einstige Villa, heute leider zu großen Teilen zerfallen, steht jedenfalls ganz in der Nähe, und in den darunter befindlichen Kellern, die ähnlich groß sind wie unsere Felsenkirche und an eine unterirdische Kathedrale erinnern, lagert die Familie Vauthier ihre edlen Tropfen. Aber wenn Ihr uns die Ehre und Gelegenheit gebt, Euch heute Abend bewirten zu dürfen, werden wir Euch gern auch andere Weine kredenzen. So zum Beispiel die der Augustinermönche von Saint-Martin de Mazerat oder auch den des Barons Albert de Frère, der seinen Wein nach seinem Wappentier, einem weißen Pferd, *Cheval Blanc* nennt.«

»Maire, Maire, Ihr haltet mir ja einen ganzen Vortrag, wo ich doch nur einen guten Schluck Wein trinken möchte. Aber wenn man so wie Ihr derart fest hinter dem steht, was die Bürger Eures Städtchens herstellen, dann kann ja nur Gutes daraus erwachsen. Gern nehme ich Eure Einladung an und bitte Euch, mir Eure besten Winzer vorzustellen. Sie sollen die Ehre haben, an meinem Tisch zu tafeln. Aber da ich noch nie Gelegenheit hatte, mir Euren kleinen, schmucken Ort anzusehen, sollten wir das zuvor noch nachholen. Wollt Ihr ihn mir zeigen? De la Celle, Ihr und William Marshal begleitet uns. Ich will endlich einmal eine unversehrte, blühende Stadt sehen und nicht immer nur gebrandschatzte und geplünderte, in denen einen das heulende Elend aus jedem Torbogen anschaut.«

*An wem das wohl liegt?*, dachte William Marshal, der sich gern im Hintergrund aufhielt und nur ungern nach vorn drängte. *Mir braucht Ihr solche Städte nicht zu zeigen, Sire. Ich bemühe mich in meiner Grafschaft nach Kräften darum, Krieg und Zerstörung von ihr fernzuhalten und das Gemeinwesen ebenso wie den Handel und das Handwerk zu fördern. Dem ganzen angevinischen Reich würde es besser gehen, würdet Ihr es ebenso halten und den Kampf lieber vermeiden, als ihn ständig zu suchen.*

Marshal schwang sich seufzend vom Pferd. Schließlich war er nicht mehr der Jüngste und wenig erbaut davon, sich einer Stadtbesichtigung anschließen zu müssen, die aufgrund der engen Gassen auch noch zu Fuß erfolgen musste. Er war nicht darauf erpicht, sich seine guten Stiefel zu verderben, weil er durch Schlamm und Unrat stapfen musste, der gemeinhin aus den Fenstern und Türen der Häuser einfach auf die Straßen gekippt und günstigstenfalls von einem starken Regen weggewaschen wurde. Doch zu seinem Erstaunen waren alle Gassen und Plätze des Städtchens gepflastert und sauber. Als er einen der Ratsherren danach fragte, wie das käme, deutete dieser auf die entlang der Straßen in den Kalkstein gehauenen Rinnen, durch die ständig das Wasser aus den oberhalb der Stadt entspringenden Bächen rann. Nur in diese durften Unrat und auch menschliche Ausscheidungen gekippt werden, die sofort hinweggespült wurden. Schon die Römer, auf deren Spuren man hier allerorten traf, wurde Marshal belehrt, hatten es in den von ihnen gegründeten Ansiedlungen so gehalten und die gesamte hiesige Region sich diese Tradition glücklicherweise bewahrt.

Der Maire hingegen war natürlich hellauf begeistert, dem König und Herzog seine Stadt zeigen zu dürfen, und alle Ratsmitglieder schlossen sich selbstverständlich an, während Richard den Großteil seine Entourage zu deren Erleichterung zurückließ.

Als Erstes wurde der Landesherr in die berühmte Felsenkirche geführt. Nach dem Durchschreiten des kunstvoll gestalteten Portals befand man sich in einem großen, sakralen Innenraum, der gänzlich aus dem Kalkstein herausgeschlagen worden war. In der Gruft einer Seitenkapelle ruhten die Gebeine des Einsiedlers Emilion, nach dem das Städtchen benannt worden war. Der Überlieferung nach stammte er aus der Bretagne und hatte hier unter einem Felsen seine Klause errichtet. Da er angeblich Wunder vollbringen und Kranke heilen konnte, pilgerten die Menschen zu ihm und siedelten sich in seiner Nähe an. So ging der Name des Mönchs auf den Platz und schließlich die Stadt über, deren Bürger ihn bis heute als Heiligen verehrten.

Oberhalb der Kirche erhob sich der Neubau eines Donjons, der Richards Aufmerksamkeit erregte, auch wenn er noch lange nicht fertiggestellt war.

»Meint Ihr wirklich, der kleine Ort braucht ein derart monströses Bauwerk?«, fragte er seinen Seneschall stirnrunzelnd. »Wer sollte denn die Bürger hier bedrohen, dass sie den Schutz einer solch gewaltigen Burg bedürfen?«

»Sire, etliche Barone und Grafen haben schon ihre Finger nach diesem kleinen Städtchen ausgestreckt, denn es ist eine gar zu verlockende Beute. Ich denke aber, es sollte ausschließlich der Krone erhalten bleiben. Deshalb lasse ich den Donjon hier errichten und nenne ihn bewusst Château du Roi, damit jeder weiß, mit wem er sich anlegt, sollte er den Landfrieden brechen.«

»Wenn Ihr das so seht, de la Celle«, erwiderte Richard und klopfte seinem Seneschall anerkennend auf die Schulter. »Was meint Ihr denn dazu, Marshal?«

»Ich denke, wichtiger als eine starke Burg mit einer ständigen Garnison, die von den hiesigen Bewohnern durchgefüttert werden muss, wäre eine gute und leicht zu verteidigende Mauer, die den ganzen Ort schützt und von den Bürgern selbst bewacht wird«, wandte der Earl von Pembroke ein, der nicht viel davon hielt, dass überall im Land mit großem Kostenaufwand und in Fronarbeit gewaltige Festungen errichtet wurden.

»Aber das geschieht doch bereits«, eiferte sich der Seneschall. »Folgt mir bitte zur Porte de la Cadène, durch die wir in die Stadt eingeritten sind. Ihr Ursprung geht auf einen römischen Tempel zurück, der jetzt zu einem imposanten Stadttor umgebaut wird. An sie schließt sich die Stadtmauer mit Wehrgängen an, die gerade errichtet wird und durch die später vier Tore führen sollen. Richtig ist, dass der Donjon eine Garnison mit der Krone treu ergebenen Männern erhalten soll, aber auch als letzte Zuflucht für alle Bewohner der Stadt und des Umlands dient, falls es einmal zum Äußersten kommt.«

»Was wir nicht hoffen wollen! Nicht wahr, Maire? Es wäre doch ein Jammer um Eure schmucke Stadt, würde sie raubgierigen Plünderern in die Hände fallen«, meinte Richard augenzwinkernd.

»Davor beschütze uns der allmächtige Gott«, stammelte der Bürgermeister erschrocken und bekreuzigte sich gleich mehrmals.

Während des Disputs war man an der im Bau befindlichen Mauer angelangt, zu der noch keine Treppe oder Leiter hinaufführte, auf die der König aber trotzdem sofort kletterte – sehr zum Leidwesen der Ratsherren und auch von William Marshal, der ihm notgedrungen folgte. Doch der Ausblick entschädigte für die Mühe. In alle Richtungen erstreckten sich Reben bis zum Horizont und hinunter zum Bett der Dordogne, immer wieder unterbrochen von Feldflächen, auf denen Korn und Gemüse angebaut wurden. Ebenso Obstbäume mit Äpfeln, Birnen, Quitten, Pfirsichen und sogar Granatäpfeln, die Richard aus dem Heiligen Land kannte, waren zu sehen. Die Trauben an den Stöcken glänzten bereits prall und saftig und warteten auf die bald einsetzende Lese. Deren Beginn beschloss alljährlich der Rat, der dazu die erfahrensten Winzer befragte, und wer sich nicht an die Vorgaben hielt und zu zeitig erntete, der wurde mit hohen Strafen belegt.

Etwas außerhalb des Städtchens befand sich das Kloster der Augustiner mit seiner dem heiligen Martin geweihten Kirche. Doch selbst Richard, der dem Heiligen außerdem den Drachentöter Sankt Georg vorzog, scheute davor zurück, in der glühenden Sommerhitze den Weg dorthin zurückzulegen, und alle atmeten auf, als er wieder den Weg zurück zum Markt und damit zu den schattigen Quartieren einschlug, die seine Entourage für die Nacht beziehen würde, während das Heer vor den Toren der Stadt kampierte.

Am Abend während des Festmahls, das aus Platzmangel im Freien auf dem Marktplatz von Saint-Émilion an langen Tafeln unter mächtigen Platanen eingenommen wurde und für das die Bürger alles aufgetragen hatten, was Küche und Keller nur hergaben, kam es zu der versprochenen Weinverkostung. Der König musste feststellen, dass es ihm wirklich schwerfiel, einen Sieger zu küren. Eine Todsünde wäre es allerdings gewesen, die edlen Tropfen mit Gewürzen zu versehen oder gar mit Honig zu süßen, wie es bei den sauren Weinen aus den nördlicheren Anbaugebieten teilweise unerlässlich war, wollte man nicht bei jedem Schluck das Gesicht verziehen. Richard erinnerte sich mit Schaudern an das grauenhafte Zeug, das am Hofe seines Vaters ausgeschenkt worden war und meist aus den Stammlanden der Plantagenets, dem Anjou und der Touraine stammte. Da aber der Maire auf einem Urteil bestand, ernannte der König letztlich nach langem Probieren Monsieur Vauthier vom Weingut *Ausone* zum Sieger. Schließlich hatte dieser ihm bei seiner Ankunft den Willkommenstrunk serviert, und der erste Eindruck war wie so oft der beste. Und noch etwas hatte den Ausschlag gegeben – die Familie betrieb zusätzlich zum Weinbau eine Mühle, die, wie hier in der Gegend üblich, ähnlich einer Kirche einem Heiligen geweiht war, um ihre Bedeutung für die Menschen, die auf das gemahlene Korn angewiesen waren, zu unterstreichen. In diesem Fall dem heiligen Georg, Richards und Englands Schutzpatron. Folglich hieß sie Moulin Saint Georges, was den König zusätzlich zu dem exzellenten Wein veranlasste, Alain Vauthier zu ehren. Sehr zum Ärger von Baron Albert de Frère, der fest mit dem Preis für seinen *Cheval Blanc* gerechnet hatte, sich nun aber mit dem zweiten Platz begnügen musste.

Sein Trost war nur, dass die Augustiner gänzlich leer ausgingen. Der König befand nämlich, dass die Mönche, die ihm ihren Wein kredenzten, stanken und mit ihren Körperausdünstungen den Duft des Weines überdeckten. Offenbar nahmen sie die Empfehlung ihres Kirchenlehrers Augustinus, nach dem sie ihren Orden benannt hatten, sehr wörtlich. Der hatte nämlich das Nichtbaden in den Rang einer Tugend erhoben, die als ebenso bedeutungsvoll galt wie das Fasten. Ein Bad pro Monat sei gerade noch mit dem christlichen Glauben zu vereinbaren, hatte er erklärt. Mönche sollten sich diesem Ritual am besten überhaupt nur vor Ostern und Weihnachten unterziehen. Und da es jetzt Hochsommer war, müffelten die Brüder entsprechend stark vor sich hin, was Richards Nase regelrecht beleidigte, der, wann immer es ihm möglich war, abends in einen Zuber stieg oder in Flüssen und Seen schwamm, was schließlich eine der sieben Fertigkeiten war, die jeder Ritter beherrschen sollte.

Am nächsten Tag erwachte der König zu seiner eigenen Verwunderung ganz ohne schweren Kopf, obwohl er sich kaum daran erinnern konnte, jemals eine derartige Menge unverdünnten Wein getrunken zu haben. Nach einem kräftigen Frühstück und herzlichen Abschied von den gastfreundlichen

Bürgern Saint-Émilions ging es weiter nach Norden. Er wollte zu seiner Mutter nach Poitiers, um mit ihr das weitere Vorgehen gegen Philipp wie auch gegen Raimund von Toulouse zu besprechen. Schließlich kannte sie den aufmüpfigen Grafen seit vielen Jahrzehnten und wusste wohl am ehesten, was man tun konnte, damit er sich nicht mit den Franzosen verbündete und den Plantagenets womöglich bei nächster Gelegenheit in den Rücken fiel.

Zwischen Saintes und Angoulême musste mittels einer Furt die Charente überquert werden – und ebenfalls am Fluss etwa in der Mitte zwischen den beiden bedeutenden Städten lag das kleine Cognac. Richard hatte lange mit sich gekämpft, doch jetzt fasste er einen seiner schnellen Entschlüsse, für die er bekannt und auch gefürchtet war. Das Heer lagerte an den Ufern der Charente und würde mindestens einen ganzen Tag brauchen, um an das andere Ufer zu kommen. Es war also Zeit genug für einen kurzen Abstecher, und so befahl der König William de Braose zu sich.

»Mein Freund, habt Ihr Lust auf ein kleines Abenteuer?«, fragte der König leutselig.

Der Marcher Lord wusste natürlich, welche Antwort er zu geben hatte, und entsprechend fiel sie aus.

»Selbstverständlich, Sire. Ihr befehlt, und ich stehe Euch zur Seite.«

»Gut, aber Ihr werdet mir als Knappe dienen müssen.«

De Braose blickte etwas verständnislos drein. Schließlich war er kein junger Mann mehr, sondern ein gestandener Baron und zählte etliche Jahre mehr als Richard.

»Meint Ihr nicht, dass ich dafür etwas zu alt bin, Sire?«, fragte er deshalb auch verblüfft.

»Nun habt Euch nicht so, William!« Der König wurde vertraulich. »Ich brauche auf meinem Ritt nur einen Begleiter, auf den ich mich verlassen kann und der auch einmal die Pferde hält und mir aus der Rüstung hilft, wenn es darauf ankommt. Und der vor allem verschwiegen ist und nicht ausplappert, was er eventuell sieht und vor allem hört. Da kann ich mich doch auf Euch verlassen, oder?«

»Das bedarf keiner Worte, Sire. Ich bin ganz der Eure und stumm wie das Grab Christi.«

»Schlechter Vergleich, de Braose. Schließlich ist der, wie uns die Pfaffen erzählen, wieder daraus auferstanden und hat zu seinen Jüngern gesprochen. Gnade Euch Gott, wenn Ihr es ihm gleichtut.«

Der Lord, der mit Richards Scherzen nicht so recht etwas anzufangen wusste, zwinkerte nur erschrocken mit den Augen und hoffte, dass der König keine weitere Antwort von ihm erwartete. Doch der war mit seinen Gedanken schon ganz woanders und merkte seinem vorgesehenen Begleiter die Unsicherheit gar nicht an.

»Streift Euren Wappenrock ab, de Braose, und sattelt uns zwei Pferde. Wartet westlich des Lagers am Flussufer auf mich. Bei Einbruch der Dunkelheit werde ich zu Euch kommen, und dann werden wir die ganze Nacht durchreiten. Es ist nahezu Vollmond, und da wir immer der Charente folgen, ist das kein Problem. Morgen Abend müssen wir zurück sein, aber bis dahin sind wir nur zwei fahrende Ritter auf der Suche nach einem neuen Dienstherrn. Na, ist das nicht etwas nach Eurem Geschmack?«

William de Braose wusste nicht, ob er lachen oder weinen sollte. *Das kann ja heiter werden*, dachte er und spürte, wie ihm der Schweiß den Rücken hinabbrann, was aber nicht an der sommerlichen Hitze Südfrankreichs lag. Der König wollte still und heimlich das schützende Lager und sein Heer verlassen, und er sollte ihn als Einziger begleiten. Und das hier, wo es vor aufständischen Grafen und Baronen nur so wimmelte. Was, wenn sie überfallen, ausgeraubt und niedergemacht wurden? Oder gar erkannt und gefangen genommen? Es war doch noch gar nicht so lange her, dass Richard vor Wien in genau so eine Situation geraten war. Wurde der König denn niemals klug, hatte seine Freilassung das Land noch nicht genug gekostet? Was, wenn man sie festsetzte und an Philipp auslieferte? De Braose wagte gar nicht, daran zu denken, aber wer war er, Löwenherz seine Befürchtungen darzulegen? Der wusste schon, warum er ihn und nicht einen Mann wie William Marshal zu seinem Begleiter auserkoren hatte. Der Earl von Pembroke würde wahrscheinlich die Wache rufen und den König fesseln lassen, bis er wieder zur Vernunft gekommen war. Aber ihm stand das nicht zu, und er würde eine solche Respektlosigkeit wohl mit seinem Leben bezahlen. Also blieb de Braose gar nichts anderes übrig, als zu nicken und den Befehlen Folge zu leisten. Betend und hoffend, dass daraus nichts Schlimmes entstünde, entfernte er sich nach einer tiefen Verbeugung und tat, was der König ihm aufgetragen hatte.

Es war natürlich nicht ganz einfach für Richard, sich unbemerkt zu entfernen, und zumindest den Hauptmann seiner Leibwache, der fast einen Nervenzusammenbruch bekam, musste er einweihen, denn er brauchte bei dem Unterfangen seine Hilfe, aber letztlich gelang es ihm doch. Es wurde einfach verbreitet, der König wäre unpässlich, was immer mal wieder vorkam, da er seit seinem Aufenthalt im Heiligen Land am Wechselfieber litt, an dem er vor Akkon fast gestorben wäre. Sein Arzt Milo wurde gerufen und im königlichen Zelt festgesetzt, damit er sich keinen schwer zu beantwortenden Fragen ausgesetzt sah.

Die Dämmerung war der nächtlichen Dunkelheit gewichen und der Mond noch nicht aufgegangen, als Richard am Flussufer nach William de Braose suchte und letztlich von diesem gefunden wurde, denn der hünenhafte König war keineswegs in der Lage, sich so lautlos zu bewegen wie seine Wappentiere, die Leoparden. Allerdings trug er sie auch nicht wie sonst auf der Brust, sondern nur ein leichtes Kettenhemd über dem Gambeson und einen einfachen, normannischen Nasalhelm. Sein Begleiter war ebenso gerüstet, und beide führten als Waffen nur Schwert und Dolch mit sich, das musste genügen.

Der Fluss glitzerte selbst in der Dunkelheit, und bald leuchtete auch der Mond, sodass die beiden Männer leicht ihren Weg nach Westen fanden. Als der Morgen graute, sah Richard dann auch sein Ziel vor sich. Cognac oder auch Compniacum, wie die Römer den Ort genannt hatten, befand sich unmittelbar vor ihnen und erwachte offenbar gerade zum Leben.

Das Örtchen lag in einer Schleife der Charente und war somit von drei Seiten durch den Fluss gut geschützt. Die dritte sicherte eine Wehrmauer mit einem Torhaus, während es zum Flussufer hin nur angespitzte, hölzerne Palisaden gab. Daran musste sich dringend etwas ändern, befand Richard sofort, aber wahrscheinlich fehlte das Geld für eine steinerne Ringmauer. Durch Reihen voller Weinreben – hier allerdings weiße Trauben im Gegensatz zum Bordelais – und kurz vor der Ernte stehende Felder voll von goldgelbem Korn hielten die beiden Reiter auf die Porte Saint-Jacques zu. Zwei Rundtürme flankierten das Tor, vor dem schon mehrere Bauern mit ihren Waren darauf warteten, dass die Zugbrücke herabgelassen wurde und sie die Erzeugnisse ihrer Felder und Hände Arbeit auf dem Markt anbieten konnten. Als sich die Brücke endlich quietschend herabsenkte, reihte sich Richard, der normalerweise, von Bannerträgern, Fanfarenbläsern und seiner Leibwache begleitet, darübergeprescht wäre, diesmal bescheiden unter die Wartenden ein und gab auch den Wachen bereitwillig Auskunft, die ihn nach dem Woher und Wohin fragten.

»Wir sind nur zwei landlose Ritter, die Baron Philipp unsere Dienste anbieten wollen«, meinte Richard und hoffte, dass ihn niemand erkannte. »Könnt Ihr uns sagen, wo wir ihn finden?«

»Ich denke nicht, dass Ihr da viel Glück haben werdet, Monsieur. Unser Baron ist recht sparsam und hält sich nur wenige Bewaffnete und schon gar keine Ritter. Außerdem ist er bereits im ersten Morgengrauen zur Jagd aufgebrochen. Es ist also sicher besser, wenn Ihr gleich weiterreitet. Vielleicht habt Ihr ja in Saintes oder Angoulême mehr Glück. Dorthin ist es jeweils ein guter Tagesritt, Ihr könntet die beiden Grafensitze also noch vor dem Abend erreichen.«

»Wir würden doch lieber auf Philipp von Cognac warten, wenn es genehm ist. Aus Angoulême kommen wir gerade. Graf Aymar hat sich König Richard unterworfen und alle seine Ritter entlassen müssen, soweit sie nicht in Gefangenschaft geraten oder gefallen sind. Wir können von Glück sagen, mit dem Leben davongekommen zu sein.«

»Unser Mitleid hält sich in Grenzen. Niemand hat die Barone Aquitaniens geheißen, sich gegen ihren rechtmäßigen Herzog zu erheben. Glücklicherweise hat sich unser Herr nicht dazu verleiten lassen, obwohl Graf Aymar ihn diesbezüglich umworben hat. Aber wenn Ihr Euch unbedingt selbst eine Abfuhr holen wollt, uns soll es recht sein. Reitet zur Burg, die Herrin werdet Ihr leicht finden. Sie entscheidet letztlich sowieso, wer in Cognac bleiben darf und wer nicht.«

Offenbar sahen die Torwachen in den zwei fremden, abgerissenen Rittern ohne Schild, Lanze und Gefolge keine Gefahr, sonst hätten sie sie wohl nicht so ohne Weiteres eingelassen. *Auch daran muss sich etwas ändern,* dachte Richard. Wie leicht konnte sich ein Mörder einschleichen, der sich, weil er an ihn nicht herankam, deshalb an seinem Sohn für irgendein an ihm begangenes oder auch nur eingebildetes Unrecht rächen wollte.

Den Weg zur Burg, die sich am nördlichen Ende des Örtchens befand, kannte Richard natürlich. Sie grenzte an den Fluss, und nur das Hauptgebäude bestand aus Stein. Aber offenbar war man dort gerade dabei, die hölzernen Befestigungen durch steinerne zu ersetzen, denn überall herrschte rege Bautätigkeit.

Am Tor wurden Richard und de Braose erneut von Wachen angehalten, an denen sie diesmal nicht so leicht vorbeikamen, und dazu genötigt, abzusitzen und ihre Waffen abzulegen. Der König, nicht gerade mit dem sanftesten Temperament ausgestattet, beherrschte sich jedoch und tat zur Überraschung seines Begleiters ohne Widerspruch, wie ihm geheißen worden war. Dann brachte einer der Kriegsknechte die beiden Ankömmlinge in den Innenhof, wo eine zierliche, aber sehr resolute weibliche Person mit einem etwa zweijährigen Knaben auf dem Arm den Bauleuten und dem Gesinde lautstark Anweisungen gab.

*Großer Gott*, dachte Richard, der Amélie de Cognac natürlich sofort erkannt hatte, *lass das eines anderen Mannes Kind sein! Ich bin doch noch kein Großvater!*

Es dauerte eine Weile, bis die Wache die Burgherrin auf die beiden Ritter aufmerksam machen konnte, doch dann schritt diese beherzt auf sie zu. Der König hielt sich bewusst im Torschatten und hatte seinen Helm tief in die Stirn gezogen und den Kopf gesenkt.

»Was wollt Ihr hier?«, herrschte Amélie die Ankömmlinge an. »Bei uns ist kein Platz für Raubgesindel, und mein Mann führt auch keine Fehden gegen seine Nachbarn. Schert Euch weg, bevor er zurück ist, sonst jagt er Euch eigenhändig aus seiner Burg und von seinen Ländereien. Und solltet Ihr glauben, bei uns plündern oder gar schänden zu können, so lasst Euch die Gehenkten am Waldrand als Warnung gelten. So gehen wir hier mit Leuten um, die denken, Bauern sind nichts anderes als Vieh, und sich an Ihnen vergehen.«

»Diese Absicht haben wir keinesfalls, Madame«, meinte Richard und versuchte, seine Stimme zu verstellen. Aber das gelang ihm offensichtlich nicht besonders gut, denn als er weitersprach, schaute ihn die junge Frau bereits misstrauisch an. »Ich denke aber, wir sollten uns in einem abgeschiedenen Gemach unter vier Augen weiter unterhalten, denn ich bringe Euch wichtige Botschaft.«

Amélie war einen Schritt näher herangetreten, und als sich ihre von der Sonne geblendeten Augen an den Schatten gewöhnt hatten, wusste sie auf einmal, wer vor ihr stand. Doch bevor sie in einen tiefen Hofknicks versinken konnte, hatte Richard sie schon am Ellbogen gepackt und raunte ihr unhörbar für die Leute rings umher zu: »Psst, niemand weiß, dass ich hier bin, und das soll auch so bleiben. Ihr braucht Euch vor uns nicht zu fürchten, Madame. Geleitet meinen Begleiter und mich zu Eurem Gemach, damit wir unbelauscht sprechen können.«

Die Burgherrin hatte sich schnell wieder gefangen, fasste das Kind auf ihrem Arm, das ihr vor Schreck fast entfallen wäre, fester und gab gleich darauf mit ihrer klaren Stimme forsche Anweisungen.

»Dann folgt mir, Boten des Königs sind bei uns immer willkommen. Und ihr«, damit wandte sie sich an die Bauleute, »tut, was ich euch gesagt habe, sonst wird der Herr sehr zornig sein, wenn er zurück ist. Ihr wisst, dass er es nicht mag, wenn herumgetrödelt und Geld verschwendet wird. Denkt daran, dass er euch auf Jahre hinweg Arbeit versprochen hat und keine Frondienste einfordert. Das heißt aber nicht, dass ihr ihm auf der Nase herumtanzen könnt, sobald er einmal nicht anwesend ist. Also los, an die Arbeit. Alle tun, was ich ihnen aufgetragen habe. Mittags schaue ich mir an, was geschafft worden ist, und wer nicht fleißig war, darf heute fasten.«

*Herr im Himmel, bewahre mich vor so einem Weib*, dachte de Braose bei sich und war nahe daran, sich zu bekreuzigen. Richard hingegen fühlte sich an seine Mutter erinnert und in die Zeit zurückversetzt, in der er als kleiner Junge an ihrem Hof in Poitiers gelebt hatte. *Eine solche Frau kann meinem*

*Sohn nur guttun,* sinnierte er, während er ihr folgte. Vielleicht hatte ja *sie* aus Philipp den Mann gemacht, den er unlängst kennengelernt hatte und an dem sich zuvor alle von ihm eingesetzten Erzieher die Zähne ausgebissen hatten.

In ihrem persönlichen Gemach neben der Halle angekommen, versank Amélie de Cognac dann doch in eine tiefe Verbeugung und hauchte etwas wie »Sire, welch große Ehre«.

Doch Richard winkte nur ab und befahl de Braose, vor der Tür Aufstellung zu nehmen, damit sich niemand unbemerkt nähern konnte und er mit seiner Schwiegertochter ungestört war. Jetzt hatte er auch mehr Muße, den Knaben zu betrachten, und als ihm die ganze Tragweite bewusst wurde, da dessen Anblick jeden Zweifel ausschloss, musste er sich erst einmal setzen. Rote Locken kräuselten sich auf dem Haupt des kecken kleinen Burschen, der so gar keine Angst vor dem großen, fremden Mann zeigte, und Richard blickte in die gleichen blaugrauen Augen, die auch ihn anschauten, wenn er in einen seiner kostbaren, venezianischen Spiegel sah. Bevor er noch etwas sagen konnte, ergriff die Mutter die Initiative.

»Geh, Henry, und heiße deinen Großvater willkommen. Er ist bestimmt von weit her gekommen, nur um dich endlich einmal zu sehen.«

Jetzt war auch noch die letzte Unklarheit beseitigt, und Richard stieß mit einem tiefen Seufzer die angehaltene Luft aus.

»Madame, Ihr seid wirklich für eine Überraschung nach der anderen gut«, meinte er im Brustton der Überzeugung. »Zuerst sträubt Ihr Euch mit Händen und Füßen, meinen Sohn zu heiraten – und dann macht Ihr einen ganzen Mann aus ihm. Erzählt mir bloß nicht, dass es andere waren, die Philipps charakterliche Veränderung zu verantworten haben! Ich konnte Euch auf dem Hof beobachten und habe, von meiner Mutter einmal abgesehen, noch nie eine Frau gesehen, der man so viel Respekt entgegenbringt. Und dann macht Ihr mich auch noch zum Großvater! Einen solchen Schock muss ich wahrlich erst einmal verdauen! Noch dazu, wo ich mich noch gar nicht wie ein solcher fühle.«

Während dieser Worte war der Zweijährige auf Richard zugetappt, brabbelte dabei etwas vor sich hin und schlug dann völlig unverfroren mit seinen Patschhändchen auf das Knie des Königs, was diesen dazu veranlasste, ihn hochzuheben und auf ebendieses zu setzen. Der Mutter ging bei diesem Anblick das Herz auf. Das war nicht der gefürchtete Richard Löwenherz, vor dem ganz Aquitanien gezittert hatte, als er hier noch als Herzog herrschte, das war einfach nur ein Großvater, der seinen Enkel auf den Schoß nahm. Und darüber war sie unendlich glücklich, denn ohne eine Erklärung dafür zu haben, hatte sie sich vor dem Moment ihrer ersten Begegnung nach Richards Rückkehr aus dem Heiligen Land doch abgrundtief gefürchtet.

»Ich freue mich sehr, dass Ihr einmal den Weg zu uns gefunden habt, Sire«, meinte Amélie de Cognac jetzt wieder mit fester Stimme. »Darf ich Euch eine Erfrischung kommen lassen? Ihr hattet doch bestimmt noch kein Frühstück und werdet Hunger und Durst haben.«

»Später, mein Kind.« Richard fand die Anrede angemessen, obwohl er gerade einmal zwölf Jahre älter war als die junge Frau. »Jetzt setzt Euch erst einmal zu mir, wir haben einiges zu bereden. Wo steckt übrigens mein gar nicht mehr so missratener Sohn? Geht er wieder einmal seiner Lieblingsbeschäftigung nach, anstatt sich um die Belange seiner Baronie zu kümmern? Lädt er womöglich alles Unangenehme und die ganze Arbeit auf Euren Schultern ab, Amélie?«

»Das tut er nicht, Sire«, empörte sich die junge Frau. »Euer Sohn ist in aller Herrgottsfrühe aufgebrochen, um wilde Schweine zu jagen, die gleich mehrere Felder und große Rebflächen verwüstet haben. Durch die ständigen Kriege und Aufstände hatte keiner mehr Zeit, das Wild niederzuhalten, und jetzt hat es überhandgenommen. Einer muss es ja bejagen, wenn es die

Bauern nicht dürfen. Und um Wildhüter anzustellen, dafür fehlt uns das Geld.«

»Ist ja schon gut«, wehrte Richard ab, der sich immer mehr an eine Wildkatze erinnert sah, die ihre Behausung und ihre Jungen verteidigte. »Ich hab's ja begriffen. Es ehrt Euch, dass Ihr die Lanze für Philipp brecht. Doch sagt, was hat denn Euren Sinneswandel bewirkt? Als ich Euch das letzte Mal gesehen habe, fürchtete ich eigentlich um das Leben meines Sohnes, so wie Ihr ihn angeschaut habt. Ich dachte schon, dass Ihr ihn, wenn nicht schon in der Hochzeitsnacht, dann doch spätestens, wenn ich das Land verlassen habe, umbringen werdet.«

»Ich glaube, Ihr kennt ihn gar nicht richtig, Sire«, fuhr Amélie den König an, der dies wahrlich nicht gewohnt war. »Ihr habt Euch schließlich nie um Philipp gekümmert, ihn und seine Erziehung immer nur anderen überlassen. Das mag ja bei Hofe so üblich sein, und ich will Euch gar nicht dafür tadeln. Doch er hat es nicht verkraftet, ein ungeliebter Bastard zu sein, und durch seinen ständigen Widerstand nur versucht, Euch auf ihn aufmerksam zu machen. Auch mir stand er anfangs sehr ablehnend gegenüber, weil Ihr ihn zu dieser Ehe gezwungen habt. Ich ihm übrigens auch, um der Wahrheit die Ehre zu geben. Aber irgendwann habe ich gemerkt, was für eine verletzte Seele er war. Euer Sohn brauchte eigentlich gar keine Frau, sondern eher die Mutter, die er nie gehabt hat. Und als er merkte, dass ich mich wie eine solche um ihn gekümmert habe, wurde er mit der Zeit zugänglicher.«

Richard betrachtete die junge Frau vor sich aufmerksam, während er deren Sohn auf seinen Knien reiten ließ. Aus der noch unreifen Witwe, die er mit Philipp vermählt hatte, war eine bezaubernde, zarte Schönheit, wenn auch mit sehr viel südländischem Temperament, geworden. Gut, Amélie war fünf Jahre älter als Philipp, aber spielte das eine Rolle? In ihre erste Ehe war sie mit fünfzehn gezwungen worden, und ihren damaligen Gemahl konnte man getrost einen Greis nennen, hatte er damals doch bereits das sechzigste Lebensjahr überschritten. Aber wie es halt so war, ihre Eltern hatten nun einmal eine gute Partie gewittert, eine Mitgift für ihre Tochter zusammengekratzt und diese dem Baron ins Bett gelegt. Wenigstens hatte er den Anstand besessen, sie nicht zu schwängern, und war nach drei Jahren bereits verstorben. Ihm war wahrscheinlich nie bewusst gewesen, welches Juwel er da an seiner Seite gehabt hatte. Ob es mittlerweile wenigstens Philipp bemerkte? Schließlich schien Amélie ja nicht nur die Rolle einer Mutter ihm gegenüber einzunehmen, wovon der Nachwuchs zeugte.

Braunes Haar kräuselte sich unter dem leichten Schleier Amélies, und Augen in der gleichen Farbe blitzten mal wütend, mal sanft. *Bestimmt auch verführerisch, wenn ihre Besitzerin es darauf anlegt,* dachte Richard.

Die Burgherrin war mädchenhaft schlank und konnte doch sehr resolut sein, wie er bereits hatte erleben dürfen. Offenbar war ihm, ohne es zu ahnen, gelungen, etwas zusammenzuführen, was zusammengehörte.

»Sprecht weiter, meine Teure«, forderte der König Amélie auf. »Ich bin ganz begierig, mehr über Euch und auch meinen Sohn zu erfahren. Als er die kurze Zeit bei mir war, hat dafür leider die Zeit gefehlt, und er hat sich auch bis auf unser letztes Gespräch sehr bedeckt gehalten. Hat er Euch erzählt, dass er mir das Leben gerettet hat?«

Die Burgherrin bekam große Augen.

»Kein Wort! Aber er spricht eh nicht viel. Nur manchmal bricht es aus ihm heraus, und dann wird man von seiner Wortflut nahezu hinweggespült.«

*Sehr treffend beschrieben, mein Kind,* dachte Richard, da fuhr die junge Frau auch schon fort.

»Als Bewaffnete des Grafen von Angoulême unsere Dörfer plünderten, weil Philipp sich weigerte, diesem Gefolgschaft zu leisten, hat er kein einziges Wort beim Anblick der toten Bauern gesagt, sondern nur die Hände zu Fäusten geballt, während mir die Tränen in Sturzbächen über die Wangen gelaufen sind und ich ihn angeschrien habe, warum er denn nichts täte. Am nächsten Tag war er dann auf einmal spurlos verschwunden.«

*Das Verschwinden scheint mein Sohn bis zur Perfektion zu beherrschen*, sinnierte Richard. *Ich muss ihn mal fragen, ob er womöglich die sagenumwobene Tarnkappe besitzt, von der ich während meiner Gefangenschaft in den Burgen und Städten am Rhein gehört habe.*

»Und, kam er von sich aus wieder zurück, oder habt Ihr ihn gefunden und an den Haaren hierher zurückgeschleift?«, versuchte der König einen Scherz, der aber nicht übermäßig gut ankam.

»Nein, Euer Seneschall aus Bordeaux schickte mir Nachricht, dass mein Gemahl bei ihm sei und sich zum Ritter ausbilden ließe. Er muss sich über ein Jahr bis aufs Blut geschunden haben, denn als ich ihn nach dieser Zeit wiedersah – Elias de la Celle lud mich ohne Philipps Wissen zum Turnier ein –, habe ich ihn kaum wiedererkannt. Er war viel härter und männlicher geworden, und seine Muskeln sprengten fast die Rüstung, die ihm sein Vormund geschenkt hatte. Im Lanzenstechen hat er den Mann herausgefordert, der damals unsere Dörfer gebrandschatzt hat. Der überhebliche Kerl dachte wohl, er hätte leichtes Spiel mit dem jungen, unerfahrenen Ritter. Aber Philipp ist einerseits mit so viel Wut und Wucht und andererseits auch Geschick gegen ihn angerannt, dass er das Aufeinandertreffen nicht überlebte. Da die Rüstung dem Sieger gehört, hat Euer Sohn sie ihm abgenommen und später an der Grenze unserer Besitzungen gen Angoulême hin wie eine Vogelscheuche aufgestellt. Seither haben wir Ruhe, und ich bin noch am Abend des Turniers zu Philipp gegangen, um seine Blessuren zu versorgen, denn davon hatte er reichlich, da er auch noch im Schwertkampf angetreten ist. In dieser Nacht waren wir dann das erste Mal wirklich Mann und Frau, und ich denke, Euer Sohn braucht jetzt keine Mutter mehr. Aber ich weiß, dass er sich nach wie vor nach einem Elternteil sehnt – nach Euch, seinem Vater.«

Richard schaute versonnen vor sich hin und ließ Amélies Worte in sich nachklingen. Dabei bewegte er instinktiv sein Knie, was dem daraufsitzenden, kleinen Jungen offenbar gefiel, denn er stieß immer wieder quietschende Laute der Begeisterung aus.

»Warum habt Ihr den Jungen auf den Namen Henry taufen lassen?«, wollte der König nach einiger Zeit wissen.

»Ich hatte Richard vorgeschlagen«, antwortete Amélie und senkte den Blick. »Aber Philipp meinte, wenn wir Euch schon zum Großvater machen, dann können wir ihn auch nach seinem Großvater benennen.«

*Schau an, Humor hat mein Sohn also auch noch,* dachte der Vater und schmunzelte vor sich hin.

»Wann erwartet Ihr Philipp denn zurück?«, wollte er dann wissen. »Hoffentlich nicht erst in ein paar Tagen, denn so lange kann ich nicht bleiben. Und es gibt einiges, was ich gern mit ihm«, Richard zauderte einen Moment und ergänzte dann, »und Euch besprechen möchte.«

Er hatte sich das erneute Aufeinandertreffen und den Vorschlag, den er seinem Sohn unterbreiten wollte, ursprünglich zwar anders vorgestellt, doch dessen Frau nicht in seine Pläne miteinzubeziehen, erschien ihm von einem Wimpernschlag zum anderen nunmehr einfach unrealistisch.

»Spätestens gegen Mittag. So groß ist unsere Baronie schließlich nicht, Sire, was Ihr eigentlich wissen solltet«, gab die Burgherrin schnippisch zurück. »Ich hoffe doch, dass Ihr so lange bleiben könnt und zumindest mit uns speist, auch wenn wir Euch nur ein bescheidenes Mahl bieten können. Schön wäre natürlich auch einmal ein gemeinsamer ruhiger Abend, an dem sich Vater und Sohn bei einem Becher Wein in aller Ruhe aussprechen.«

Richard glaubte, seinen Ohren nicht zu trauen. Wo war er denn hier hingeraten? Was, bei Gottes Beinen, nahm sich die junge Baronin ihm gegenüber nur für Freiheiten heraus? Wollte sie ihm wirklich vorschreiben, was er für Pflichten seinem Bastard gegenüber hatte? Aber – der König war manchmal durchaus ehrlich sich selbst gegenüber – wenn er es recht bedachte, war das, was sie vorschlug, gar nicht so falsch. Was er mit Philipp bereden wollte, ließ sich schließlich nicht zwischen Tür und Angel besprechen und bedurfte vielleicht mehr Worten, als er sich ausgemalt hatte. Hoffentlich besaß er überhaupt genügend Überzeugungskraft, um das Paar – denn nur um seinen Sohn ging es schon lange nicht mehr, hatte Richard erkannt – auf seine Pläne einzuschwören. Kurz entschlossen rief er deshalb seinen Begleiter in das Gemach und erteilte ihm einen neuen Auftrag.

»Hört zu, de Braose, Ihr reitet allein zurück. Lasst Euch eine Stärkung geben, und brecht danach gleich auf. Sagt William Marshal, aber nur ihm, unter vier Augen, wo ich bin. Ansonsten bewahrt Stillschweigen, oder Ihr habt nie wieder Gelegenheit zum Schwätzen. Das Heer soll ruhig weiterziehen. Ich werde hier die Charente überschreiten und morgen oder spätestens übermorgen wieder zu Euch stoßen. Habt Ihr das verstanden?«

»Jawohl, Sire«, meinte de Braose, dem fast das Herz stehen blieb. »Aber, wenn Ihr mir die Bemerkung gestattet: Ihr könnt unmöglich allein durch das Land reiten. Bedenkt, was daraus entstehen mag! Lasst mich Euch eine Eskorte schicken, damit sie Euch sicher zurück zum Heer geleitet. Die Zeiten sind einfach zu unruhig für ein so gewagtes Abenteuer, wie Ihr gerade wieder eins plant.«

»Damit jeder Mann weiß, wo ich war, und die Gerüchteküche anfängt zu brodeln?«, schnauzte Richard. »Kommt überhaupt nicht infrage! Die ganze Geheimhaltung wäre dahin. Dann hätte ich auch gleich mit Bannerträgern und Fanfaren hier auftauchen können. Ich werde schon Begleitung haben, seid versichert. Ihr stellt mir doch sicherlich ein paar berittene Kriegsknechte, Amélie, oder?«

»Selbstverständlich, Sire. Und solange Ihr in Cognac seid, garantieren wir für Eure Sicherheit.«

»Da hört Ihr es, de Braose. Also macht Euch keine Sorgen. Und nun sputet Euch. Denn sobald das Heer den Fluss überquert hat, wird auch das Königszelt abgebaut. Spätestens dann erfährt Marshal, dass ich nicht da bin. Und bevor er die ganze Saintonge und das Angoumois auf der Suche nach mir durchkämmt, solltet Ihr ihn lieber informiert haben.«

»Worüber denn genau, Sire?«, wollte de Braose zu seiner eigenen Sicherheit wissen.

»Nun darüber, dass mich dringende Familienangelegenheiten im Moment von meinen Pflichten als militärischem Anführer abhalten«, meinte Richard, lächelte seine Schwiegertochter an und strich gleichzeitig seinem Enkel über das Haar.

Nachdem de Braose aufgebrochen war, bat der König die Herrin von Cognac, ihn doch einmal herumzuführen und ihm zu zeigen, was sich alles verändert hatte, seit er das letzte Mal vor fünf Jahren hier gewesen war. Amélie war dazu gern bereit, denn sie war stolz auf ihre Baronie. Ihr Geschlecht ging bis auf die de Villebois zurück, die die Burg von Cognac vor mehr als zweihundertfünfzig Jahren auf den Grundmauern eines römischen Castrums errichtet hatten. Nach und nach siedelten sich in ihrem Schutz Bauern und Handwerker an, und mittlerweile platzte das Städtchen aus allen Nähten.

Mönche hatten ein Kloster gegründet und die Kirche Saint-Léger errichtet, in die auch die Leute aus der näheren Umgebung zur Messe strömten. Seit vor achtzig Jahren der hölzerne Vorgängerbau abgerissen worden war, wurde an ihr gebaut.

Das Längsschiff maß mehr als dreißig Yards, war bereits fertiggestellt und wurde von einem monumentalen Glockenturm überragt, den man schon von Weitem sehen konnte und der den Reisenden den Weg nach Cognac wies. Gegenwärtig ließen die Benediktiner ein Querschiff errichten und den Chor erneuern. Richard ahnte auch, woher sie das Geld dafür hatten, als er überall an der Fassade Reliefs von Muscheln neben anderen wundervollen Steinmetzarbeiten sah, die Heilige, aber auch die Tierkreiszeichen darstellten. Wie Saint-Émilion lag auch Cognac am Jakobsweg, der bis nach Santiago de Compostela in Galizien führte, und die zahlreichen Pilger, die von überallher zum Grab des heiligen Jakobus strömten, brachten mit Sicherheit die Kasse des Klosters zum Klingeln, wenn sie sich für Quartier, Pflege und Essen bedankten, wobei ihnen all das eigentlich unentgeltlich gewährt werden sollte.

Überall herrschte reges Treiben, und die Burgherrin, die sich frei und völlig ungezwungen unter den Handwerkern, Kaufleuten und auch Marktfrauen bewegte und stets freundliche Worte an der richtigen Stelle zu platzieren wusste, wurde von allen respektvoll gegrüßt. Den großen, gewappneten Mann an ihrer Seite mit dem tief ins Gesicht gezogenen Helm hingegen beäugten sie misstrauisch. Ob man ihn wohl für den neuen Hauptmann der Wache hielt oder gar für einen Liebhaber, der sich zeigte, sobald der Baron nicht anwesend war? Zu gern hätte Richard gewusst, was in den Köpfen der Leute vor sich ging, die ihm so argwöhnisch hinterherschauten, und er malte sich aus, was es wohl für einen Tumult geben würde, erfuhren sie vielleicht später von schwatzhaftem Gesinde, wer unerkannt in ihrem Städtchen geweilt hatte.

Der König besichtigte auch die Befestigungen und gab hilfreiche Ratschläge, wie man sie noch effektiver und zudem kostengünstiger anlegen konnte. Mit Burgenbau hatte er sich schon seit seiner frühesten Jugend beschäftigt und im Heiligen Land sowohl von den Ordensrittern, die sich durch mächtige

Festungen vor den Überfällen der Sarazenen schützten, als auch von den Letzteren ungemein viel dazugelernt. Er hoffte, seine Kenntnisse bald nutzen und die Burg errichten zu können, von der er seit seiner Rückkehr träumte und in der er seinen größten Schatz für alle Zeit sicher aufbewahren wollte.

Als die Glocke von Saint-Léger zu Mittag läutete, wurde es Zeit, zur Burg zurückzukehren. Amélie verfrachtete ihren Schwiegervater kurzerhand wieder in ihr persönliches Gemach über der großen Halle, wo er vor allzu neugierigen Blicken verschont blieb, während sie selbst in der Küche verschwand. Kurz darauf hörte Richard Hufgetrappel auf dem Burghof, und als er an eins der Bogenfenster trat, sah er, dass die Jagdgesellschaft, die allerdings nur aus Philipp und zwei Treibern nebst einem Dutzend Hunden bestand, zurückgekehrt war. Offenbar war Sankt Hubertus seinem Sohn hold gewesen, denn auf den Packpferden sah Richard mindestens drei Schweine liegen. Was ihn wunderte, war, wie ruhig die Rösser unter ihrer Last blieben, denn normalerweise scheuten sie vor Blutgeruch und totem Wild. Doch hier schienen sie es gewohnt zu sein, Jagdbeute auf ihrem Rücken zu tragen, ohne sich davor zu fürchten.

Die Ankömmlinge brauchten nicht lange auf eine Begrüßung zu warten, denn völlig unprätentiös kam die Burgherrin aus der Küche gestürmt, rannte mit gerafften Röcken über den Hof und fiel ihrem Gemahl vor aller Augen um den Hals, der sie seinerseits emporhob und im Kreis schwenkte. Das sah so liebevoll, herzlich und ungekünstelt aus, dass es Richard in der Brust zu ziehen begann. Er gönnte seinem Sohn sein Glück, hätte aber nur allzu gern auch seine eigene Frau wieder einmal in den Armen gehalten, sie geherzt, geküsst und später geliebt.

Es dauerte nur eine kurze Zeit, bis die Tür zu der Kemenate aufflog und Philipp, Amélie im Schlepptau, hereingestürmt kam. Die Verbeugung fiel äußerst knapp aus und war nur mit viel gutem Willen überhaupt als solche zu erkennen. Aber Richard hatte nicht die Absicht, auf Förmlichkeiten zu bestehen, noch dazu, wo sie hier nur unter sechs Augen und im engsten Familienkreis waren.

»Ich hätte nicht gedacht, dich so bald wiederzusehen, Vater«, meinte Philipp anstelle einer Begrüßung. »Um ehrlich zu sein, hatte ich sogar angenommen, dass wir uns nichts mehr zu sagen hätten.«

Hinter dem Rücken ihres Gemahls verdrehte Amélie die Augen. Sie hatte ihren Mann darauf vorbereitet, wer ihn erwartete, und ihn eindringlich beschworen, sich geziemend und höflich zu verhalten, aber von Höflichkeit konnte nach seinen ersten Worten nun wahrlich nicht die Rede sein. Offenbar hatte ihm sein Vater doch mehr Eigenschaften vererbt als bisher angenommen, und sie rechnete schon mit einem Wutausbruch des Königs, doch der blieb zu ihrer Verwunderung völlig ruhig und gelassen.

»Jetzt setz dich doch einfach erst einmal zu mir, Philipp«, meinte Löwenherz schnurrend wie ein Hauskater, »und lass uns wie vernünftige Menschen miteinander reden. Ich freue mich zu sehen, dass du dich mit deiner dir von mir bestimmten Gemahlin so außerordentlich gut verträgst. Was ich ursprünglich kaum zu hoffen gewagt habe. Gram bin ich dir höchstens, weil du mir deinen Sohn verschwiegen hast. Wäre ich nicht hierhergekommen, hätte ich vielleicht nie erfahren, dass ich Großvater geworden bin. Obwohl ich gestehen muss, bisher auch ohne diesen Titel ganz gut gelebt zu haben.«

Doch Philipp war noch nicht dazu bereit, mit seinem Vater zu scherzen, dementsprechend harsch viel seine Erwiderung aus.

»Ich hatte eigentlich vor, es dir zu sagen, fand aber die Zeit dafür noch nicht reif. Vielleicht ist es besser, wenn unser Sohn überhaupt nie erfährt, aus wessen Lenden ich einst entsprungen bin.«

»Nun mach aber mal halblang, Junge. Ich denke nicht, dass du dich meiner zu schämen brauchst. Sicher habe ich mich nicht immer so verhalten, wie du es dir gewünscht hättest, aber da bist du nicht der einzige Sohn auf dieser weiten Welt, dem es so ergangen ist. Also, bevor du weiterhin klagst, was für ein Rabenvater ich gewesen bin, mach es erst einmal besser. Wenn dein Sohn so alt ist, wie du es jetzt bist, sprechen wir uns wieder. Und dann will ich einmal sehen, ob sein Verhältnis zu dir oder zu mir ein besseres ist«, gab Richard leutselig zurück, der seinen eigenen Großvater zwar nie kennengelernt, dafür aber ein sehr inniges Verhältnis zu seiner Großmutter Matilda, der ehemaligen Kaiserin des römisch-deutschen Reiches, gehabt hatte.

»Die Frage wird sich kaum stellen, denn ich gedenke nicht, unseren Sohn deinem Einfluss auszusetzen.«

Philipp stand immer noch vor seinem Vater, hatte die Stirn gerunzelt und die Arme in die Hüften gestützt. Er war die personifizierte Anklage und Richard kurz davor, seine guten Vorsätze über Bord zu werfen. Doch Amélie, die dies sehr wohl erkannt hatte, gelang es, die Situation zu entschärfen.

»Jetzt tu doch endlich, was dein Vater gesagt hat, Philipp, und setz dich zu ihm«, meinte sie und drückte ihren Gemahl mit beiden Händen auf einen Stuhl. »Und hör dir an, was er zu sagen hat. Ich gehe doch recht in der Annahme, Sire, dass Ihr nicht eigens ohne jedes Gefolge zu uns gekommen seid, nur um uns einen reinen Höflichkeitsbesuch abzustatten. Denn dazu hätte es sicher nicht so vieler Heimlichkeiten bedurft.«

»Das erkläre ich Euch und dem immer noch aufmüpfigen Burschen gern. Doch im Gegenzug erwarte ich, dass Ihr endlich das unsägliche Sire weglasst, wenn wir unter uns sind. Darf ich Euch im Gegenzug einfach Amélie nennen? Es wäre mir eine Ehre.«

Beschämt nickend senkte die Burgherrin den Kopf und errötete erstmals, seitdem ihr Schwiegervater anwesend war.

Schließlich war es ihr, der Tochter kleiner Landadeliger, nicht an der Wiege gesungen worden, einmal mit einem König und Herzog familiär zu verkehren.

»Es ist mir eine Ehre, Si…, äh, Vater, wenn ich so sagen darf«, stammelte Amélie und wurde jetzt sogar richtig rot, was ihrem Gemahl wiederum den Anflug eines Schmunzelns entlockte. Doch damit war das Eis gebrochen, und auch Philipp begann, sich langsam zu entspannen.

»Also, was führt dich zu uns?«, wollte er wissen. »Oder wolltest du nur einmal nachschauen, ob noch etwas von der Baronie übrig ist, in die hinein du mich verheiratet hast? Falls du den von dir eingesetzten Verwalter suchen solltest, den habe ich davongejagt, als ich aus Bordeaux zurückgekommen bin.«

»Sei versichert, daran habe ich noch keinen einzigen Gedanken verschwendet.« Richard winkte nur ab. »Philipp, ich habe lange über deine Worte bei unserem letzten Gespräch nachgedacht. Glaub mir, es lag nicht in meiner Absicht, dich zu kränken, und ich habe erkannt, dass du viel Wahres ausgesprochen hast. Nicht nur was dich und mich betrifft. Aber du musst auch mich verstehen. Ich kann es keinesfalls hinnehmen, dass der König von Frankreich das Land, das er mir während meiner Gefangenschaft gestohlen hat, einfach so ohne jede Gegenleistung behält. Das würde mich zum Gespött des ganzen Abendlandes machen. Ganz davon abgesehen, dass es einfach Unrecht ist und gesühnt werden muss.«

»Und dafür müssen wieder unschuldige Menschen auf beiden Seiten sterben, ja? Männer, Frauen und Kinder, die nichts anderes wollen als Frieden, aber ständig im Krieg leben müssen, weil ihr, mein Namensvetter und du, euch nicht einigen könnt und es nur um eure Ehre, die Lehnshoheit und vorgebliches Recht geht? Dein Reich ist so riesig groß, Vater, dass du mehr als ein Jahr bräuchtest, um es von Nord nach Süd zu durcheilen. Was kommt es da auf ein paar kleine Ländereien wie das Vexin oder das Berry an?«

»Das sind beides Regionen zu Frankreich, die unsere Grenzen zur Normandie und zu Aquitanien hin schützen und um die schon mein Vater und dessen Vater gekämpft haben. Die kann man nicht so einfach aufgeben, will man nicht riskieren, im nächsten Schritt auch gleich noch die dahinterliegenden Herzogtümer zu verlieren. Das kannst du einfach nicht alles überschauen, Philipp, dafür fehlt dir der Überblick über das große Ganze. Ich habe, wie schon gesagt, lange über deine letzten Worte in Montignac nachgedacht, und du hattest durchaus recht mit dem, was du gesagt hast. Dein Großvater hat sich – verzeih mir das Wort – auch um seine Bastarde gekümmert, was ich dich betreffend bisher nicht oder zumindest nicht ausreichend genug getan habe. Doch wenn du möchtest, würde ich das jetzt gern ändern. Du bist bereits einen Teil des Weges zu einem wahren Ritter selbst gegangen, wie ich erfahren durfte und mit eigenen Augen gesehen habe. Doch wenn du eine höhere Stellung in meinem Reich bekleiden willst – denk nur an meinen Halbbruder Geoffrey, den Erzbischof von York –, dann musst du noch viel lernen. Dafür reicht es nicht, sich nur in den ritterlichen Tugenden und Fertigkeiten zu üben. Für einen Baron vielleicht, aber für jemanden, der im angevinischen Reich eine hohe und geachtete Position einnehmen will, auf gar keinen Fall.«

»Wer sagt dir denn, dass ich überhaupt diese Absicht habe, und falls doch, wie stellst du dir das vor? Dass ich dich wie William Longsword auf deinen Feldzügen begleite und in deinem Auftrag morde und schände, Dörfer verwüste und Städte brandschatze? Danke, aber nein danke. Daran habe ich kein Interesse, und außerdem fehlt mir dazu das Talent.«

»Philipp, nur um das klarzustellen: Solche Dinge passieren bedauerlicherweise im Krieg, aber ich habe sie noch nie gutgeheißen. Hör dich um, wenn du mir nicht glaubst, es wird dir jeder bestätigen, der mich kennt. Oft habe ich diejenigen, die etwas Derartiges getan haben, aufhängen lassen, mich aber, zugegeben, auch manchmal abgewandt und mit den Zähnen geknirscht, weil ich es nicht verhindern konnte. Es gibt böse Stimmen, die mir unterstellen, mich selbst an derartigen Gräueltaten beteiligt zu haben. Vielleicht wurde dir auch die Geschichte zugetragen, die man sich im Anjou über mich erzählt. Dort soll ich, als ich noch Herzog war, eine Nonne begehrt und Mercadier zu ihr geschickt haben, damit er sie zu mir bringt. Als sie ihn fragte, was mir denn so an ihr gefiele, und er antwortete: ›Die Augen‹, soll sie sich diese eigenhändig herausgerissen und sie ihm mit den Worten überreicht haben: ›Bringt sie ihm, dann hat er, was er begehrt.‹ Hast du solche Geschichten über mich gehört, ja? Ich schwöre dir auf alles, was du mir vorlegst, dass sie samt und sonders erstunken und erlogen sind. Meine Feinde lassen sie verbreiten, um mich als Ungeheuer darzustellen, vor dem man sich fürchten und gegen das man bis zum letzten Blutstropfen kämpfen muss. Aber bedenke, dass du schließlich auch den Mann getötet hast, der in deine Baronie eingefallen ist. Damit hast du letztlich im Kleinen nichts anderes getan als das, was ich im Großen tun muss.«

»Und was ist mit den zweitausendsiebenhundert gefangenen Sarazenen, die du vor Akkon hast hinrichten lassen? Wir haben hier munkeln hören, dass nicht einmal deine Frau dir diese Tat vergeben kann und dass sie deshalb nicht zu dir zurückkehren will.«

An diesem Vorwurf hatte Richard wirklich schwer zu schlucken und rechnete es sich selbst hoch an, immer noch ruhig zu bleiben.

»Das war sicherlich kein Ruhmesblatt, aber nach meinem damaligen Dafürhalten nun einmal erforderlich. Ich habe bitter dafür bezahlt, denn Berengaria hat beim Anblick der vielen Toten unser Kind verloren. Aber nur sie, kein Fürst, kein Heerführer, kein Feind, ja nicht einmal Sultan Salah ad-Din hat mich dafür gescholten. Im Gegenteil, er zollte mir seinen

Respekt, denn schließlich hatte er die zwischen uns geschlossenen Verträge nicht eingehalten und ist seinen eingegangenen Verpflichtungen nicht nachgekommen. Da blieb mir nichts anderes übrig, als zu tun, was ich getan habe, sonst hätte ich vor den Orientalen für alle Zeit mein Gesicht verloren und sie mich nie wieder ernst genommen. Vielleicht hätte es ja noch eine andere Möglichkeit gegeben, ich weiß es nicht. Jedenfalls ist mir damals keine eingefallen. Ich bin nun einmal ein Mann des Krieges, das will ich gar nicht bestreiten. Aber vielleicht sollte gerade deshalb nach mir ein Mann des Friedens kommen, der die Wunden heilt, die ich geschlagen habe. Philipp, ich frage dich, und selten war mir etwas so ernst: Willst du dieser Mann sein?«

Philipp sah seinen Vater eine Weile sprachlos an. Es fehlte nur noch, dass ihm der Unterkiefer herunterklappte, so sehr überraschte ihn die Frage, und auch Amélie riss die Augen derart weit auf, dass Richard dachte, er könne durch sie hindurch bis in ihr Hirn schauen und sehen, wie es darin arbeitete.

»Und wie genau stellst du dir das vor?«, fragte Philipp, nachdem er sich endlich wieder gefangen hatte. »Nicht dass ich an deinem Angebot interessiert wäre oder deinen Worten Glauben schenke. Aber dennoch möchte ich gern wissen, was du dir da ausgedacht hast. Soll ich vielleicht dein Kanzler werden oder sonst eine hohe Position bekleiden, ähnlich dem, was Geoffrey für deinen Vater war? Das ist doch nichts anderes als reines Wunschdenken, dafür fehlen mir alle nötigen Kenntnisse.«

»Eben, Philipp, und genau deshalb bin ich hier. Willst du dir diese Kenntnisse aneignen, willst du in die Geheimnisse der Staatskunst eingewiesen werden? Die Sprache der Diplomatie erlernen und wie man sich die Schwächen seiner Feinde zunutze macht, um sie zum eigenen Vorteil zu verwenden? Nicht auf dem Schlachtfeld, sondern mithilfe von Pergament und Feder, mit Bündnissen und, wenn nötig, auch mit Intrigen. Denn das ist es, was ein König können muss, will er herrschen und soll sein Reich Bestand haben. Du bist noch jung, du kannst es schaffen, ich spüre das. Wenn du es willst, wenn du Ja sagen würdest, dann wüsste ich genau den richtigen Lehrer für dich. Jemanden, der dir all das beibringen kann, weil er ein Meister seines Faches ist. Unübertroffen und erfahren wie kein anderer in dieser Kunst, respektiert, geachtet, aber auch gefürchtet, wie es für einen Herrscher nun einmal unabdingbar ist.«

»Und wer bitte soll diese Person sein? Willst du mich zu Geoffrey oder Hubert Walter in die Lehre geben? Hast du womöglich gar vor, meine Ehe annullieren zu lassen und mich ebenso in den geistlichen Stand zu zwingen, wie du es mit deinem Halbbruder getan hast? Lass dir gesagt sein, mit mir hättest du kein so leichtes Spiel, und ich lasse mich bestimmt nicht zum Priester weihen.«

»Ach was!« Richard winkte unwirsch ab. »Du verstehst mich völlig falsch. Ich sehe doch, wie glücklich du mit deiner Familie bist. Nie käme es mir in den Sinn, sie dir zu nehmen, im Gegenteil. Und Pfaffen als Lehrmeister? Das hat schon bei dir als jungem Burschen nicht gefruchtet. Nein, Philipp, mir schwebt etwas ganz anderes vor. Dein letzter Satz, bevor du dich davongestohlen hast und der mir seither nicht mehr aus dem Kopf gegangen ist, lautete: ›In mir, und gegenwärtig nur in mir, lebt zumindest bisher dein Blut fort‹! Kannst du dich erinnern? Und ich wiederhole mich, du hattest und hast damit völlig recht. Begleite mich zu deiner Großmutter nach Poitiers. Sie ist die Person, von der ich gesprochen habe und die dir alles beibringen kann, was du wissen musst. Und dann, wenn du durch ihre Schule gegangen bist, werde mein Thronfolger.«

In dem Gemach wurde es schlagartig so still, dass Amélie glaubte, die Flöhe husten zu hören. Sie sah, dass ihr Mann so bleich wie eine frisch gekalkte Wand geworden war, und merkte, dass Richard ihm Zeit ließ, damit sich seine Worte setzen konnten und in Philipp nachklangen. Endlich, es kam allen in der Kemenate wie eine Ewigkeit vor, entfuhr diesem ein tiefer Seufzer, bevor er zu sprechen begann.

»Ich habe keine Ahnung, was du mit deinen Worten bezweckst, Vater, aber das, was du vorschlägst, ist doch völlig unmöglich. Du vergisst oder verdrängst – ich weiß es nicht –, dass ich ein Bastard und kein legitimer, in einer Ehe gezeugter Sohn bin! Nie werden die Barone oder gar die Kirche mich anerkennen! Da gibt es doch ganz andere Anwärter auf den Thron als mich. Du bist schließlich in den besten Jahren! Zeuge mit deiner Gemahlin, immerhin einer gekrönten Königin, Kinder, die dir nachfolgen können. Und solltet ihr aus welchem Grund auch immer keine bekommen können, dann hast du doch schon vor Jahren auf Sizilien einen Nachfolger und Erben ernannt.«

»Ja, meinen Neffen Arthur von der Bretagne. Aber das habe ich vor allem deshalb getan, damit sich mein Bruder John keine Hoffnungen auf die Krone macht, sollte mir auf dem Kreuzzug etwas zustoßen. Arthurs Mutter hasst uns Plantagenets und hat ihren Sohn ganz in diesem Sinne erzogen. Kein Wunder, hat mein Vater sie doch nach dem Tod meines Bruders in eine Ehe mit Ranulph de Blondeville, dem Earl von Chester, gezwungen. Selbst ich kann den Kerl nicht ausstehen! Wie musste es da erst ihr gehen? Aber das ändert nichts an der Tatsache, dass sie mir die Lehnshoheit über die Bretagne vorenthält und sich weigert, Arthur zur Erziehung an meinen Hof zu schicken. Außerdem ist der Bursche gerade einmal sieben Jahre alt, und keiner weiß, was einmal aus ihm wird.«

»Und weil du dir bei ihm unsicher bist, soll ich herhalten? Du hast schließlich noch andere Neffen und letztlich einen leiblichen Bruder.«

»Hör mir gut zu, was ich dir jetzt sage, Philipp. Nie, niemals darf John König und Herr über das angevinische Reich werden. Niemals, hörst du? Er ist gänzlich unfähig und ungeeignet, um zu herrschen. Du wirfst mir vor, beständig Krieg zu führen? Ich sage dir, unter John würde alles noch viel schlimmer werden, und die Menschen hätten unendlich zu leiden. Wie die Wölfe würden alle Nachbarn über ihn herfallen, weil sie um seine mangelnden Fähigkeiten als Heerführer und seine Charakterschwäche wissen. Aufstände würden das Land zerreißen, die Barone sich erheben und das Reich auseinanderfallen. Denke nicht, dass ich hier ein Schreckensszenario an die Wand male, ich kenne meinen Bruder. Er wäre zum Herrschen der vollkommen falsche Mann und darf niemals Macht in die Hände bekommen, weil er damit absolut nicht umgehen kann. Was glaubst du, warum ich so ein Geheimnis um meinen Ritt zu euch gemacht habe? Erfährt John von dir als potenziellem Thronfolger, wird er nicht davor zurückschrecken, euch gedungene Mörder auf den Hals zu hetzen. Ein vergifteter Becher Wein, ein hinterhältiger Dolchstoß, ein provozierter Jagdunfall – und schon gibt es einen unliebsamen Konkurrenten weniger. Auch ich bin meines Lebens keineswegs sicher und fühle mich auf dem Schlachtfeld wesentlich wohler als in seiner Nähe.«

Die letzten Worte waren aus Richard regelrecht herausgebrochen, denn der wiederholte Verrat seines Bruders saß tief in ihm, und dass er nun auch noch dazu gezwungen war, diesen unsinnigen Friedensvertrag anzuerkennen, nur weil John erneut seine Unfähigkeit unter Beweis gestellt hatte, tat ein Übriges.

»Wie auch immer, Vater«, meinte Philipp nach einer ganzen Weile, »ich denke, ich bin nicht der Richtige für das, was du planst. Ein bisschen kenne ich mich in der Familiengeschichte der Plantagenets auch aus. Als der Sohn Henry I. mit dem *White Ship* unterging und ertrank, bestimmte der alte König seine Tochter zu seiner Nachfolgerin. Matilda, deine Großmutter, war die Letzte von seinem Blut und sollte als Königin die Krone tragen. Und wozu hat das geführt? Dreimal haben die Barone geschworen, sie als Herrscherin anzuerkennen, aber kaum war ihr Vater tot, zählten diese Eide alle nichts mehr, und das Land versank in einem nicht enden wollenden Bürgerkrieg. Chaos und Anarchie herrschten fast zwanzig Jahre lang in England, und als dann endlich dein Vater an die Macht kam und gekrönt wurde, lag das ganze Reich danieder und war völlig ausgeblutet. Glaubst du, ich will der Anlass für ein vergleichbares Geschehen sein? Ein Bastard auf dem Thron wäre doch der perfekte Vorwand zum Aufstand, und die unsäglichen Zeiten würden wieder zurückkehren.«

»Matilda war eine Frau, und die Zeit für sie als Thronfolgerin war einfach noch nicht reif. Ich denke, sie hätte das Land regieren können, ebenso wie ich dies meiner Mutter zutrauen würde. Aber es ist müßig, darüber nachzudenken. Du aber, Philipp, bist ein Mann! Wilhelm, den man heute den Eroberer nennt, war ebenfalls ein Bastard, der Sohn einer Lohgerbertochter, sein Vater nur Herzog der Normandie. Aber er ist nicht davor zurückgeschreckt, sich ein Königreich zu erobern, und niemand hat gewagt, es ihm streitig zu machen. Sei wie er, nimm dir nach mir die Krone, ich biete sie dir an!«

»Ich war noch nie in England, aber selbst ich weiß, welche unsäglichen Grausamkeiten Wilhelm im Land verübt hat, bevor er es unterwerfen konnte. Nein, so will ich nicht werden, unter keinen Umständen. Keine Krone der Welt könnte mich dazu bringen, derartige Gräueltaten zu begehen, wie man sie Wilhelm nachsagt. Auch deshalb denke ich, dass ich nicht der richtige Mann für deine Pläne bin. Dafür bin ich einfach nicht geboren. Als du mich nach Cognac brachtest und mit Amélie verheiratet hast, dachte ich, du schicktest mich in die Hölle. Heute weiß ich, dass es das Paradies ist.« Philipp warf seiner Gemahlin einen zärtlichen, überaus verliebten Blick zu, den diese ebenso erwiderte. »Und das soll ich für eine ungewisse Zukunft, für ein Leben voller Kampf, voller Krieg, Mord, Totschlag und Intrigen aufgeben? Ständig um das Leben meiner Lieben und auch um mein eigenes fürchten? Das kannst du nicht von mir verlangen, Vater. Und wenn du es doch tust, dann muss ich dir ganz klar sagen, die Antwort lautet: nein.«

»Ist das dein letztes Wort, Philipp?« Richard ließ seine Stimme werben, denn noch hatte er nicht aufgegeben. »Ich biete dir immerhin an, dich zu legitimieren, und noch dazu, mein Nachfolger zu werden. Bedenke, deine Frau würde Königin, dein Sohn könnte als Henry III. nach dir herrschen. Willst du es dir nicht noch einmal überlegen? Du musst dich nicht sofort entscheiden. Ich kann mir vorstellen, dass dich mein Vorschlag überrascht hat und dass du Bedenkzeit benötigst. Schlaf eine Nacht darüber, sprich mit deiner Frau – und dann begleite mich morgen nach Poitiers. Deine Familie kannst du nachholen, wenn hier alles geregelt ist. Na, was meinst du zu meinem Angebot?«

»Du hast meine Antwort bereits erhalten, Vater. Sie lautet ...«

Bevor Philipp den Satz beenden konnte, legte jedoch Amélie ihre Hand auf seinen Arm und machte »Psst«.

Überrascht drehte sich ihr Mann zu ihr, da sprach sie auch schon auf ihn ein.

»Höre einmal auf das, was dein Vater sagt, Philipp. Entscheide nicht vorschnell, sondern denke in Ruhe über seinen Vorschlag nach. Gib ihm morgen deine Antwort, ich bitte dich. So viel Respekt solltest du ihm erweisen. Schließlich ist er für unser Glück verantwortlich, auch wenn es damals nicht abzusehen war. Vielleicht verhält es sich mit dem Angebot, das er dir soeben unterbreitet hat, letztlich ebenso, und es kann viel Gutes daraus erwachsen. Zumindest noch einmal darüber zu schlafen, ist sicherlich nicht zu viel verlangt, oder?«

»Wenn du meinst, mon cher«, meinte Philipp, klang aber nicht überzeugt. »Aber nur unter der Bedingung, dass heute nicht mehr über den Vorschlag gesprochen wird. Kann ich mich darauf verlassen, Vater, dass du mich nicht den ganzen Abend beackerst und womöglich so trunken machst, dass ich gegen meinen Willen doch noch Ja sage? Wenn du mir das nicht versprichst, sattle ich mir auf der Stelle ein Pferd, reite wieder auf die Jagd und kehre erst zurück, wenn du wieder weg bist.«

»So sei es, ich verspreche es. Aber im Gegenzug musst du mir etwas Zeit mit meinem Enkel gönnen. Habe ich auch dein Wort?«

Philipp lächelte seinen Vater zum ersten Mal von Herzen an. Richard beschäftigte sich den ganzen Nachmittag mit dem kleinen Henry, ließ ihn auf seinen Schultern reiten und schnitzte ihm sogar ein Spielzeug, von dem allerdings niemand so recht wusste, was es darstellen sollte. Auch der Abend verlief harmonisch, doch als Richard am nächsten Morgen aufbrechen wollte, um zum Heer zurückzukehren, trug sein Sohn kein Reisegewand. Phillip war in seinem Entschluss nicht wankend geworden, und auch seine Frau hatte ihn nicht umstimmen können – er wollte Baron von Cognac bleiben und kein König werden.

Der Blick, den William Marshal dem König zuwarf, als dieser bei Mareuil wieder zum Heer stieß, sprach Bände, aber dieser sah sich zu keiner Erklärung genötigt. Schließlich war er der Herr über das angevinische Reich und damit in seinen Augen niemandem rechenschaftspflichtig, außer vielleicht Gott. Oder stimmte das etwa gar nicht, und wurde von ihm mehr erwartet als von jedem anderen? Musste er nicht ständig und fortwährend Vorbild sein, und hatte er nicht bei seiner Krönung geschworen, die Gesetze zu achten, den Glauben zu ehren, die Kirche zu schützen, allen ihm anvertrauten Völkern Gerechtigkeit widerfahren zu lassen und den Frieden zu wahren? War das nicht eine Last, die sogar begann, seine breiten Schultern niederzudrücken, und hatte Philipp etwa recht daran getan, gar nicht erst zu versuchen, sich diese aufzuladen? Richard wusste die Frage nicht zu beantworten, denn er hatte immer darum gekämpft, ganz nach oben zu kommen, obwohl ihm dieser Weg nicht vorgezeichnet gewesen war, denn zwischen ihm und der Krone hatten immer sein Vater und seine älteren Brüder gestanden. Doch letztlich hatte er sie sich in Westminster aufs Haupt gesetzt und gedachte nicht, nun auch nur das kleinste Stückchen Land seines Herrschaftsgebietes einem anderen zu überlassen.

Auf dem Weg nach Poitiers huldigten die Herren der Saintonge ihrem Herzog und auch die Abordnungen der großen Hafenstädte Rochefort und La Rochelle ließen sich bei Richard melden, um ihm einerseits Geschenke zu überreichen, ihn andererseits aber auch darum zu bitten, ihre Privilegien zu bestätigen und zu erweitern, was er sich teuer bezahlen ließ und zu einem Aufstöhnen unter den Stadtvätern führte. Dies alles verzögerte die Reise, und so traf das Heer erst Ende September in Poitiers ein, wo Marshal das Lager vor den Toren der Stadt aufschlagen ließ, Richard aber selbstverständlich im Palast seiner Mutter, in dem er eine mehr oder weniger glückliche Kindheit verbracht hatte, Quartier nahm.

Hier in Poitiers hatte Eleonore von Aquitanien in jüngeren Jahren ihren Musen- und Liebeshof unterhalten, die Dichtkunst ebenso wie die Troubadoure gefördert, Bauwerke von spielerischer Leichtigkeit in Auftrag gegeben und sich in dieser Stadt wesentlich wohler gefühlt als in allen anderen des angevinischen Reiches, London beziehungsweise die königlichen Residenzen Westminster und Rouen eingeschlossen. Während ihr Gemahl Henry unermüdlich durch das Land geeilt war, in den Pyrenäen ebenso unverhofft auftauchte wie an der Grenze zu Schottland, hatte sie hier ihre glücklichste Zeit verbracht, ihre Kinder großgezogen und sich den schönen Künsten gewidmet. An ihrem Hof, Richard hatte das mehr als einmal mitbekommen, war es oft recht frivol zugegangen, und seine Mutter hatte schon allein deshalb seinem Vater keine Vorhaltungen bezüglich dessen zahlreicher Liebschaften und Eskapaden gemacht. Bis, ja, bis dieser sie gänzlich durch eine andere, wesentlich jüngere Frau hatte ersetzen und zur Seite drängen wollen. Doch die Rechnung hatte er ohne seine Gemahlin gemacht, die ihm acht Kinder geschenkt hatte und ihre Söhne jetzt im Kampf um die Macht gegen ihren Vater bestärkte und ihn streckenweise sogar selbst anführte. Richard war von ihr zum Herzog von Aquitanien, ihren ureigenen Stammlanden, ernannt worden. Sehr zum Verdruss Henrys, der die reichste Provinz des Abendlandes für seine eigenen Zwecke und ihre Einkünfte für seinen Krieg gegen die französische Krone nutzen wollte. Das war die Zeit gewesen, in der sich Richard sogar mit dem damals schon gekrönten Philipp von Frankreich, seinem jetzigen Todfeind, gegen seinen Vater verbündet hatte und zunächst an der Seite seiner Brüder kämpfte, dann aber auch gegen sie. Es waren verworrene Verhältnisse gewesen, denen er keine Träne nachweinte, und dass sie nie wiederkamen, dafür wollte er sorgen.

In der Stadt und auch im Palast wurde Richard auf das Herzlichste empfangen und sah nach langer Zeit auch seine Schwester Joan wieder. Sie war mit König Wilhelm von Sizilien verheiratet gewesen, doch die Ehe kinderlos geblieben und Joan nach dem Tod ihres Gemahls von dessen Nachfolger festgesetzt worden, damit dieser ihr Wittum einbehalten konnte. Nur war dann Richard plötzlich auf Sizilien erschienen, um dort auf dem Weg in das Heilige Land Station zu machen, eroberte im Handstreich Messina und drohte König Tankred an, Gleiches mit seiner Residenz Palermo zu tun, sollte dieser nicht umgehend seine Schwester freilassen und zusammen mit dem ihr zustehenden Erbe zu ihm schicken. Tankred erkannte, dass es nicht viel Sinn machte, sich mit dem König, der seit der Einnahme Messinas den Beinamen Löwenherz führte, anzulegen, und kam umgehend dessen Forderungen nach. Joan begleitete Richard danach zusammen mit Berengaria auf seinem Kreuzzug, wäre vor Zypern fast bei einem Schiffbruch ertrunken und war von ihrem Bruder kurzzeitig als Gemahlin für den Bruder von Sultan Salah ad-Din vorgesehen gewesen, woraus aber – sie dankte noch heute dem Himmel dafür – letztlich nichts wurde.

Als Richard plante, wieder von Akkon aus in die Heimat aufzubrechen, schickte er seine Frau und Joan voraus. Sie waren über Rom, Pisa, Genua und Marseille nach Hause gelangt. Auf der letzten Etappe der Reise hatte Raimund von Toulouse Joan sogar bis ins Poitou geleitet, während Berengaria unter dem Schutz König Alfons von Aragón nach Navarra zu ihrem krank daniederliegenden Vater eilte.

Die Geschwister fielen sich nun bei ihrem erneuten Zusammentreffen völlig unstandesgemäß um den Hals, und ihre Mutter stand schmunzelnd daneben und sagte sich, dass sie bei ihrer Erziehung doch nicht so viel falsch gemacht haben konnte, wenn sich Bruder und Schwester derart zugeneigt waren.

Natürlich gab es die obligaten Festmähler und Huldigungen der Stadtväter und Adeligen aus dem Poitou, aber Richard fieberte darauf, endlich mit Eleonore unter vier Augen sprechen zu können. Doch erst am nächsten Tag war dafür Zeit, und der König gedachte nicht, aus seinem Herzen eine Mördergrube zu machen.

»Hast du gehört, was John sich wieder geleistet hat?«, waren seine ersten Worte, als sie endlich allein waren. »Greift Vaudreuil an, wozu er überhaupt keine Befugnisse hatte! Natürlich konnte er die Burg nicht einnehmen und hat sich noch dazu von Philipp überraschen lassen. Dem ist Johns ganzer Tross in die Hände gefallen, und er hat mehrere Hundert Gefangene gemacht, die Walter de Coutances mit viel Geld auslösen musste. Noch dazu war er gezwungen, einen schmählichen Frieden abzuschließen. Glücklicherweise gilt der Vertrag nur bis November, dann kann Philipp etwas erleben! Aber zuvor nehme ich mir John zur Brust. Reißt mit seinem Hintern wieder ein, was ich mühsam aufbaue und zurückerobere! Ist denn das zu fassen? Sag du doch auch mal was, Mutter!«

»Richard, was erwartest du denn? John hat nun einmal nicht dein kriegerisches Geschick und Feldherrntalent. Aber das wusstest du doch schon vorher. Sei froh darüber, sonst hättest du heute vielleicht kein Reich mehr. Entziehe ihm jegliches militärische Kommando, und setze ihn dort ein, wo er dir am ehesten nützen kann. Bei Verwaltungsaufgaben zum Beispiel. Dabei stellt er sich gar nicht so ungeschickt an, kann ich dir versichern.«

»Nimm du ihn nur immer in Schutz, Mutter. Irgendwann reicht es mir mit ihm, und ich zerdrücke ihn wie eine lästige Laus. Aber jetzt zu etwas anderem. Hast du gewusst, dass ich bereits Großvater bin?«

»Natürlich. Denkst du, mir entgeht etwas, das in Aquitanien geschieht? Aber warum soll es dir besser ergehen als mir? Schließlich bin ich sogar schon Urgroßmutter.«

»Und du bist nicht der Meinung, dass du mir das hättest sagen müssen? Ich stand vor Amélie und bekam den Mund nicht wieder zu, als ich den kleinen Henry gesehen habe. Du weißt, dass sie den Jungen nach deinem Gemahl benannt haben?«

»Richard, noch einmal, mir bleibt nichts verborgen, was in Aquitanien vor sich geht. In all den Jahren habe ich über deinen Sohn gewacht und seinen Werdegang beobachtet. Ist er nicht ein prachtvoller Bursche geworden? Ewig schade, dass du mit seiner Mutter nicht verheiratet warst. Das wäre ein Thronfolger ganz nach meinem Geschmack. Halte dich ran, wenn Berengaria wieder da ist, vielleicht gelingt dir so etwas wie Philipp ja noch einmal.«

Richard schaute nachdenklich vor sich hin.

»Ganz ehrlich, Mutter, da habe ich wenig Hoffnung. Ich glaube, dass Berengaria nach der Fehlgeburt im Heiligen Land keine Kinder mehr bekommen kann. Mein Arzt Milo hat jedenfalls so etwas angedeutet, und es ist ja nicht so, dass wir es nicht immer wieder probiert hätten. Zeit genug hatten wir in Jaffa und Akkon ja. Aber du kannst Berengaria gern auch noch einmal von Josef von Salamanca untersuchen lassen, wenn sie damit einverstanden ist. Dein Arzt ist, was Frauen betrifft, vielleicht versierter als der meine, der sich mehr mit Wunden und Seuchen in Feldlagern auskennt und herumschlagen muss.«

»Das können wir gern tun, wenn sie denn endlich wieder einmal gedenkt, an unserem Hof zu erscheinen.« Eleonore klang recht ungehalten, stellte Richard erstaunt fest, denn die beiden Frauen in seinem Leben, die ihm am meisten bedeuteten, hatten bisher immer ein sehr inniges Verhältnis zueinander gehabt. »Hast du denn Nachricht, wann sie nun aus Navarra zurückkehren will?«

»Leider nein. Was ich zu hören bekomme, sind leider immer nur Ausflüchte. Ich wollte schon über die Pyrenäen reiten und sie holen, aber dafür hat die Zeit leider nicht gereicht. Vielleicht sollte ich eine Gesandtschaft zu Sancho schicken, die sie auf dem Rückweg mitbringt.«

»Dräng sie lieber nicht, Richard, sonst verweigert sie sich dir womöglich ganz. Es ist für eine Frau schwer zu verkraften, ihr Kind zu verlieren, und wie Joan mir erzählt hat, gibt Berengaria dir die Schuld daran – wegen des Massakers an den Muslimen, das sie mitansehen musste. Ich kann das zwar nicht nachvollziehen, denn was hättest du anderes tun sollen, aber sie war schon immer eine sehr mitfühlende Seele.«

»Ja, das ist wahr«, seufzte Richard. »Aber noch einmal zurück zu Philipp. Ich habe ihm vorgeschlagen, an deinen Hof zu kommen und sich von dir in der Staatskunst unterweisen zu lassen, um danach mein Thronfolger zu werden. Und weißt du, was er gesagt hat? Einfach nur: nein! Kannst du dir das vorstellen? Seine Frau hingegen schien mir gar nicht so abgeneigt zu sein. Nun, schauen wir mal, was die Zeit bringt. Schließlich ist noch nicht aller Tage Abend.«

»Du bist ein Traumtänzer, Richard. Dem würden deine Barone und vor allem die Kirche nie und nimmer zustimmen.«

»Lass das mal meine Sorge sein, Mutter. Mit den Pfaffen werde ich zukünftig mit links fertig, das kann ich dir versichern. Nicht einmal der Papst wird sich noch einmal einem Plantagenet in den Weg stellen, nie wieder. Und die Barone? Wenn ich noch eine Weile im Land bin, dann fressen sie mir allesamt aus der Hand und sind so klein, dass man Mühe haben wird, sie überhaupt noch wahrzunehmen.«

»Komm mal wieder runter von deinem hohen Ross, mein Sohn. Noch hast du mit jeder Menge Aufstände zu kämpfen, und auch Philipp ist keineswegs besiegt. Und ich will jetzt endlich wissen, was es mit deinen ständigen Andeutungen bezüglich deiner Macht über die Kirche auf sich hat. Das ist ja unerträglich, dass du mich so zappeln lässt. Hoffentlich ist das alles nicht nur heiße Luft, die, wenn es darauf ankommt, durch den Kamin abzieht, ohne Schaden anzurichten.«

»Die Zeit ist noch nicht reif, um dir das Geheimnis der Truhe zu offenbaren, Mutter, aber sie wird kommen. Lass mich nur zuerst einen absolut sicheren Ort für sie schaffen, wo keiner an sie herankommt, dann kann ich es dir enthüllen. Zuvor aber, sei versichert, kommt kein Sterbenswörtchen über meine Lippen.«

»Lass mich nur nicht dumm sterben, Richard, das rate ich dir. Sonst erscheine ich dir jede Nacht als Geist, und du findest keine Ruhe mehr. Aber bezüglich Philipp, was hast du denn erwartet? Der Junge ist nicht dumm, er hat die Schwierigkeiten, ihn zu inthronisieren, vielleicht besser erkannt als du. Und nicht jeder giert nach einer Krone, das solltest du ebenfalls bedenken. Ich halte Philipp zwar durchaus für geeignet, eine zu tragen, aber nur wenn er es auch wirklich will und bereit ist, dafür zu kämpfen. Zwingst du ihn, wirst du genau das Gegenteil erreichen. Ebenso wie bei deiner Frau.«

»Ich weiß, deshalb bin ich ja auch nicht weiter in ihn gedrungen. Soll sich mein Angebot doch erst einmal in aller

Ruhe in seinem Hirn einnisten und Amélie von Zeit zu Zeit ein bisschen sticheln. Ich denke, sie könnte sich ganz gut eine Krone auf ihrem hübschen Köpfchen vorstellen.«

»Ja, das mag sein. Ich war auch nicht böse, als aus deinem herzoglichen Vater ein König wurde und ich wieder eine Königin. Es hat mich schon geschmerzt, diesen Titel aufgeben zu müssen, als ich mich von Louis getrennt habe. Zuerst Königin von Frankreich, dann Königin von England, das muss mir erst einmal jemand nachmachen.«

Eleonore war nicht gerade dafür bekannt, uneitel zu sein, und sie scheute sich auch nicht davor, dies klar zu artikulieren. Aber Richard beschäftigte noch ein ganz anderes Problem, zu dem er den Rat seiner Mutter einholen wollte.

»Elias de la Celle hat mir gesagt, dass man im ganzen Süden munkelt, Raimund von Toulouse stehe kurz davor, ein Bündnis mit Philipp einzugehen. Wenn das zutrifft, haben wir ganz schnell mit einem Zweifrontenkrieg zu rechnen, der uns in arge Bedrängnis bringen könnte. Ich kann schließlich nicht überall zugleich sein, und was passiert, wenn ich ein paar Hundert Meilen weg vom Ort des Geschehens bin, haben wir gerade gesehen. Sancho wird uns diesmal auch nicht den Rücken im Süden freihalten können, denn er hat als König genug eigene Probleme mit seinen Nachbarn auf der Iberischen Halbinsel.«

»Ich denke, der alte Raimund macht es nicht mehr lange«, meinte Eleonore wenig mitfühlend. »Jedenfalls berichten das meine Spione vom Hof in Toulouse. Er ist schwer krank und hat seine Amtsgeschäfte bereits an seinen Sohn übergeben. Der sucht aber offenbar den Ausgleich mit seinen Nachbarn, denn auf sein Betreiben hin hat seine Schwester deinen Schwager Sancho geheiratet. Das ist gerade einmal drei Wochen her.«

»Ich fasse es einfach nicht!«, entfuhr es Richard. »Wieso sind deine Spione um so viel besser unterrichtet als die meinen? Ich war gerade in Bordeaux, also näher dran an Navarra und

Toulouse als du hier in Poitiers, habe aber nicht das Geringste davon läuten hören.«

»Da siehst du mal wieder, Richard, wozu deine alte Mutter noch gut ist.« Eleonore konnte es einfach nicht lassen. »Trotzdem ist die Gefahr damit keineswegs gebannt. Vor allem, weil der junge Raimund erst unlängst Bourgogne von Lusignan geheiratet hat. Und deren gesamte Familie gehört nun nicht gerade zu unseren besten Freunden. Aber ich habe da schon so eine Idee, wie wir die Ehe vielleicht wieder auseinanderbringen können.«

Richard wusste, dass seine Mutter einmal um ein Haar von Guy de Lusignan entführt worden wäre und sie es nur William Marshal verdankte, der sich dem Grafen als junger Ritter todesmutig entgegengestellt hatte, dass sie im letzten Moment entkommen konnte. Seither war ihr Verhältnis zu der gesamten Familie immer ein angespanntes gewesen, und deshalb interessierte es ihn ganz besonders, was sie gerade wieder ausheckte und vielleicht so etwas wie eine späte Rache war.

»Da bin ich aber gespannt. Wärst du wohl so gütig, mich an deinen Überlegungen teilhaben zu lassen?«

»Raimund und Bourgogne sind Cousin und Cousine zweiten Grades, also nach kirchlicher Lesart eigentlich viel zu eng miteinander verwandt, um die Ehe eingehen zu dürfen. Auch meine Verbindung mit Louis wurde damals aus diesem Grund geschieden, obwohl unser verwandtschaftliches Verhältnis wesentlich weitläufiger war. Man muss nur einmal ein paar hohe Kleriker darauf ansetzen, vielleicht sogar den Papst, der dir noch etwas schuldet. Schließlich hat er es nicht gewagt, über Kaiser Heinrich den Kirchenbann auszusprechen, obwohl dies seine verdammte Pflicht und Schuldigkeit gewesen wäre. Immerhin hat der einen Kreuzritter festgehalten und Lösegeld von ihm erpresst. Ein Verbrechen, für das er hoffentlich einmal in der tiefsten Hölle schmoren wird, auch wenn er dafür nicht exkommuniziert worden ist.«

Eleonore war immer noch darüber aufgebracht, dass sie das ganze Land hatte ausbluten lassen müssen, damit ihr Sohn überhaupt wieder freikam, und Richard durchaus an die deftige Wortwahl seiner Mutter gewöhnt.

»Nur mal angenommen, du kommst damit durch, und Coelestin erklärt die Ehe für ungültig. Glaubst du ernsthaft, dass würde Raimund zu unserem Freund machen? Ich denke eher, dass du damit genau das Gegenteil erreichst und ihn erst recht Philipp in die Arme treibst.«

»Man müsste ihm halt etwas Besseres anbieten als diese hässliche und verwachsene Lusignan, die er nur aus Bündnisgründen geheiratet hat. Für die Ehe hat er zuvor seine zweite Gemahlin, Beatrix von Béziers, verstoßen, weil sie ihm nichts mehr nützte. Warum sollte Raimund das nicht noch einmal tun, wenn er einen weit größeren Fisch an Land ziehen könnte.«

»Du hast doch schon jemanden im Auge, wie ich dich kenne. Raus mit der Sprache, wen planst du, mit dem Grafen von Toulouse zu verkuppeln?«

»Denk doch mal nach, Richard. Kommst du nicht von selbst drauf?«

Einen Moment musste der König überlegen, dann fiel es ihm wie Schuppen von den Augen.

»Das glaube ich einfach nicht! Hast du denn schon mit ihr gesprochen?«

»Nein, aber ich denke nicht, dass deine Schwester sich dagegen sträuben wird. Raimund hat sie damals nach der Rückkehr aus dem Heiligen Land von der Provence bis hierher nach Poitiers geleitet, und der Abschied war überaus herzlich. Muss ich mehr dazu sagen? Schließlich kommt Joan nach mir und ist eine bildschöne Frau und ehemalige Königin. Eine bessere Partie kann es für den zukünftigen Grafen gar nicht geben.«

»Aber vielleicht für Joan. Würde sie da nicht weit unter ihrem Stand heiraten? Schließlich ist sie, wie du eben richtig gesagt hast, eine ehemalige Königin und Schwester eines Königs.«

»Das mag sein, aber die Grafschaft Toulouse ist nach Aquitanien die reichste Provinz im ganzen Abendland. Am Hof der Raimundiner geht es formidabler zu als an so manchem Königshof. Raimund hat mir schon immer die besten Troubadoure abgeworben und seinen eigenen Musenhof errichtet. Er ist reich wie Krösus und äußerst charmant, wovon ich mich erst unlängst überzeugen durfte. Ich denke nicht, dass Joan sich gegenüber ihrem ersten Gemahl und Sizilien verschlechtern würde, im Gegenteil.«

»Wenn du es so siehst.« Richard rieb sich nachdenklich das Kinn. »Aber dann solltest du vielleicht erst mit ihr sprechen, bevor du die Ehescheidung von Raimund in die Wege leitest. Nicht dass sie sich dann mit Händen und Füßen gegen eine Vermählung mit ihm sträubt. Mein Versuch, ihr einen Gemahl auszuwählen, hat jedenfalls in einem Desaster geendet und mich fast mein Augenlicht gekostet.«

Eleonore lachte leise vor sich hin.

»Ich hatte eigentlich gehofft, dass du den Part übernimmst, aber wenn du dich so vor deiner Schwester fürchtest ...«, stichelte sie. »Doch eine ordentliche Mitgift wirst du schon herausrücken müssen. Biete Raimund an, ihm das Quercy zurückzugeben, dass du ihm erst vor sechs Jahren abgenommen hast. Und vielleicht noch das Agenais dazu. Die beiden Regionen liegen so weit abseits von unseren anderen Ländereien, dass wir sie entbehren können.«

»Nur wenn sie unter unserer Lehnshoheit bleiben«, meinte Richard trocken. »Schließlich habe ich nichts zu verschenken. Aber die Idee ist einfach genial, Mutter, das muss ich dir zugestehen. Wir binden Raimund an uns und nehmen damit Philipp seinen wichtigsten Verbündeten, ohne dass es uns auch nur einen Penny kostet.«

»Nun, noch ist es nur ein Plan. Aber lass mich mal machen. Ich denke, ich bekomme das hin. Allerdings wäre es sicher sehr hilfreich, wenn wir zusätzlich Druck auf die Vertreter der heiligen Mutter Kirche ausüben könnten. Du willst mir unter diesen Umständen nicht vielleicht doch sagen, was du gegen sie in der Hand hast?«

»Guter Versuch, Mutter, aber die Antwort lautet nach wie vor nein. Ich stimme dir zu, der Heilige Vater schuldet uns noch etwas. Das sollte in diesem Fall genügen. Wenn nicht, können wir immer noch auf den Schatz in der Truhe zurückgreifen.«

Eleonore, die die Neugier fast auffraß, seufzte tief.

»Wer hat dich nur gelehrt, so hart zu sein, mein Sohn?«, fragte sie nicht ohne Stolz in der Stimme. »Wie lange, sagtest du, kannst du bleiben? Ich hoffe, du ziehst nicht gleich morgen wieder weiter.«

»Doch, Mutter, ich habe keine Wahl. Ich denke, die Normandie wird in nächster Zeit der Hauptkriegsschauplatz sein, und dort werde ich gebraucht. Außerdem würde mein Heer dir das ganze Land kahl fressen, bliebe es länger vor den Toren von Poitiers liegen. Vielleicht kann ich zum Weihnachtshof wiederkommen, aber das hängt davon ab, was mich in Rouen erwartet. Und auch, ob Berengaria dann endlich hier eingetroffen sein wird. Ich denke, du wirst das verstehen.«

Da war sie wieder, die alte Vertrautheit zwischen Mutter und Sohn. Eleonore wusste genau, was Richard tun musste, und war die Letzte, ihn daran zu hindern. Seine Aufgabe war es, das angevinische Reich wieder in der Größe herzustellen, in der er es von seinem Vater geerbt hatte, und die ihre, ihn dabei nach Kräften zu unterstützen.

# 5.

# NORMANDIE,
# 1194/1195

Auf dem Weg nach Norden machte Richard Station in Fontevrault Abbey, wo sein Vater begraben lag. Viele Jahre seines Lebens hatte er ihn bekämpft, und böse Zungen behaupteten, letztlich auch in den Tod getrieben. Doch nun erschien ihm nach seinen Gesprächen mit Philipp manches von dem, was er in seiner Jugend getan hatte, in einem anderen Licht, und er fragte sich, ob er sich seinem Vater gegenüber wirklich immer richtig verhalten hatte oder nicht einfach zu machtgierig gewesen war. Auch war ihm bewusst geworden, dass er sich wohl allzu oft von seiner Mutter hatte manipulieren lassen, die ihn, ihren Lieblingssohn, als Werkzeug benutzt hatte, um sich an ihrem Gemahl für das Unrecht, das ihr dieser angetan hatte, zu rächen. Seine vorübergehenden Liebschaften hatte Eleonore Henry immer verziehen. Schließlich war er elf Jahre jünger als sie und brauchte einfach junge Bettgespielinnen, die sie ihm teilweise sogar selbst aussuchte. Nicht verziehen hatte sie ihm aber, dass er sie um ihre Stellung und Macht als Königin zugunsten seiner neuen Favoritin Rosamund Clifford hatte bringen wollen. Bis heute hielt sich hartnäckig das Gerücht, dass Eleonore noch aus dem Gefängnis heraus, in das sie von ihrem Gemahl gesteckt worden war, den Auftrag zur Ermordung der Rivalin gegeben hatte. Auch für sich selbst hatte sie Fontevrault Abbey als letzte Ruhestätte bestimmt, wo sie neben ihrem Henry begraben werden wollte. Ob dies seinem Vater allerdings recht wäre, könnte er noch mitbestimmen, bezweifelte Richard stark. Nun ja, träfen die beiden im Himmel oder auch, was durchaus nicht abwegig war, in der Hölle wieder aufeinander, würde es mit Sicherheit turbulent zugehen. Wäre Gott der Herr aber ein Diplomat und wollte seine Ruhe haben, schickte er bestimmt den einen zu Luzifer, während er den anderen bei sich aufnahm. Doch wer von seinen Eltern an welchen Ort kam, wusste Richard nicht zu sagen, und er war gespannt, ob er es je erfahren würde.

Fontevrault war eher eine Klosterstadt als eine kleine Abtei. Hier lebten Frauen und Männer, wenn auch natürlich strikt getrennt, nebeneinander, wobei die Nonnen den Vorrang innehatten und auch die jeweilige Äbtissin stellten. Gegenwärtig hatte dieses Amt Matilde von Flandern inne, die aber schon so alt und gebrechlich war, dass es wohl bald eine Nachfolgelösung geben musste. *Doch darum wird sich meine Mutter bestimmt kümmern und mich nicht damit belasten,* dachte Richard, der froh war, sich nicht mit der alten Nonne herumplagen zu müssen und allein am Grab seines Vaters mit diesem Zwiesprache halten zu können.

Das Grab des alten Königs war beeindruckend. Bevor Richard ins Heilige Land aufgebrochen war, hatten die Steinmetze noch daran gearbeitet, sodass er es jetzt erstmalig fertiggestellt sah. Henry war als überlebensgroße Figur aus dem Tuffstein herausgearbeitet worden und lag auf seinem Sarkophag in einer Art Prunkbett. Gekleidet hatten ihn die Bildhauer in eine Tunika, ihm die Krone aufs Haupt gesetzt und ihm das Zepter als Zeichen der königlichen Macht in die Hände gegeben. Daneben lag sein ebenfalls in Stein gemeißeltes Schwert, das er zeit seines Lebens meisterlich zu führen verstanden hatte. Das ganze Ensemble, auch weil Kleider, Haut und Gegenstände in naturgetreuen Farben bemalt waren, wirkte so lebensecht, dass Richard für einen Moment glaubte, sein Vater schliefe nur und würde sich gleich erheben.

Eigentlich hatte er an diesem Ort beten wollen, doch zu seinem eigenen Erstaunen fielen ihm keine salbungsvollen Worte ein, mit denen er die Seele seines Vaters Gott empfehlen konnte. Lag es an dem, was er im Heiligen Land gesehen, erlebt und erfahren hatte, oder daran, dass Henry während seiner Regierungszeit mit dem Klerus so gut wie immer auf Kriegsfuß gestanden hatte? Sogar Erzbischof Thomas Becket, den auch Richard wegen seines zur Schau gestellten Fanatismus, seiner vorgeblichen Frömmigkeit und seines ständigen Anspruchs, die geistliche Macht über die weltliche zu erheben, nie hatte leiden können, war von vier Rittern seines Vaters – angeblich ohne dessen Wissen – auf den Stufen des Altars von Canterbury erschlagen worden. Dafür hatte sich der alte König später von den Mönchen der dortigen Abtei sowie den Bischöfen, Äbten und Prälaten aus dem ganzen Land in der Kathedrale geißeln lassen müssen, was sein Verhältnis zur heiligen Mutter Kirche nicht gerade verbesserte.

Aber weil das nun alles einmal so abgelaufen war und er es selbst miterlebt hatte, kniete Richard nicht nieder und flehte auch nicht zum Herrn des Himmels, sondern dachte am Grab seines Vaters wie schon auf dem Ritt hierher über sein Verhältnis zu ihm nach, in dem er Parallelen zu dem seinen mit Philipp sah. Sein Sohn hatte ihm ja zuletzt die Frage gestellt, ob er wirklich wolle, dass er sich seine Beziehung zu seinem Vater Henry zum Vorbild nähme. Eine Frage, die Richard mittlerweile aus fester Überzeugung heraus verneinen konnte. Aber aus der Distanz von nunmehr fünf Jahren sah so manches anders aus. Damals war er der festen Überzeugung gewesen, das Richtige getan zu haben. Heute hingegen war sein damaliger Verbündeter im Kampf gegen seinen Vater sein Todfeind und das angevinische Reich, das Henry nicht zuletzt in seiner Person zusammengehalten hatte, kurz vor dem Zerfall. Zumindest Letzteres würde er mit aller Kraft zu verhindern versuchen, selbst wenn es ihn das eigene Leben kosten sollte, nahm er sich am Grab des Königs fest vor und betrachtete das Versprechen, das er damit seinem toten Vater gab, als unverbrüchlichen Schwur.

Von Fontevrault Abbey ritt Richard nach Chinon, der mächtigen Festung der Plantagenets, die über dem Fluss Vienne auf einem Felsen thronte und seinem Vater als Residenz und zur Aufbewahrung des Staatsschatzes gedient hatte. Hier war König Henry auch verschieden, nachdem er zwei Tage zuvor den schmachvollen Vertrag hatte unterzeichnen müssen, der seinen Sohn Richard zu seinem alleinigen Erben und Nachfolger bestimmt und ihn selbst zum Lehnsmann der Krone Frankreichs herabgestuft hatte.

Die Festung, die eigentlich aus drei voneinander getrennten und jeweils durch eigene Mauern, Türme und Zugbrücken gesicherten Burgen bestand, galt als völlig uneinnehmbar. Sie erstreckte sich über eine Länge von fast fünfhundert und eine Breite von hundert Yards, und ihr mächtigster Turm, von dem man weit ins Land schauen und jeden Feind bereits von Weitem erspähen konnte, war nahezu fünfzig Yards hoch. Henry hatte seine Residenz auf den Grundmauern eines römischen Kastells zur mächtigsten Festung seines Reiches ausbauen lassen, aber auf seinen Sohn wirkte sie, als er vom Ufer der Vienne aus den Blick über die Mauern schweifen ließ, etwas altmodisch und in der Bauweise überholt. Für das Château Gaillard schwebte ihm etwas gänzlich Neues vor. Ein Bauwerk mit abgerundeten Befestigungen und ohne tote Winkel, in denen sich der Feind verbergen konnte. Doch noch gab es die Pläne nur in seinem Kopf, während Chinon wie eine einzigartige Demonstration der Macht vor ihm aufragte.

Der Kastellan empfing den König selbstverständlich mit allen Ehren und war stolz auf den tadellosen Zustand, in dem er die Residenz präsentieren konnte. Doch an einem Umstand konnte auch er nichts ändern – daran, dass die großen Schatzkammern nahezu leer waren. Einen Teil der Beute aus der Schlacht von Fréteval hatte Richard zwar hierherbringen lassen – unter anderem das königliche, französische Siegel aus purem Gold, dessen Verlust Philipp sehr schmerzen musste, und auch dessen silbernes Tafelgeschirr –, aber all diese Dinge verloren sich geradezu in den weitläufigen, unterirdischen Räumlichkeiten, die für die Aufbewahrung wesentlich größerer Besitztümer vorgesehen waren.

Richard hielt sich deshalb auch nicht länger als unbedingt nötig in Chinon auf und setzte über Le Mans, wo er auf seinen Halbbruder Geoffrey traf, der gekommen war, um ihm die Restsumme, die er ihm noch für das Amt des Sheriffs von Yorkshire schuldete, zu überbringen, seinen Ritt nach Rouen fort. Der unerwartete Geldsegen hatte seine Stimmung schlagartig gehoben, und so forderte er Geoffrey dazu auf, ihn in die Hauptstadt der Normandie zu begleiten und eine Weile bei ihm zu bleiben, was dieser aber dankend ablehnte und sich schleunigst wieder auf den Weg nach England machte, wo er zumindest im Norden mittlerweile schalten und walten konnte, als wäre er selbst ein gekrönter König. Sehr zum Missfallen von Hubert Walter, wie dieser dem König mehrmals in seinen Schreiben berichtet hatte. Aber Richard gedachte zumindest gegenwärtig nicht, sich in den Streit der beiden Erzbischöfe einzuschalten. Sollten sie das doch unter sich ausmachen, solange er nur die versprochenen Zahlungen erhielt, mit denen er seine Truppen entlohnen konnte, auf die er bald wieder angewiesen sein würde.

Richard kam wie ein Wirbelwind nach Rouen hineingefegt, sodass John gar keine Zeit blieb, sich vor dem Zorn seines Bruders in Sicherheit zu bringen. Der war, nachdem er erstmalig vor Ort das ganze Ausmaß der Katastrophe erfahren hatte, derart aufgebracht, dass er John an seinem Wappenrock packte, ihn daran bis vor seinen Thronsessel schleifte und vor den Stufen zu Boden stieß.

»Zieh ihn aus!«, brüllte der König vor seinen versammelten Hauptleuten unbeherrscht seinen Bruder an. »Streife dir sofort diesen Wappenrock ab, und wage es nie wieder, die Leoparden der Plantagenets oder gar die englischen Löwen auf der Brust zu tragen! Hast du mich verstanden, du jämmerliche Gestalt? Ich frage mich nur, wieso ich dich nicht schon in Lisieux wie eine lästige Laus zerquetscht habe! Wohl nur, weil mir dort noch nicht die ganze Tragweite deines Verrats bekannt war. Was ich aber in den Listen Philipps lesen musste, schlägt dem Fass den Boden aus! Dass du fast das ganze normannische und aquitanische Erbe unserer Eltern an die französische Krone verschenkst, die Stammlande unseres Hauses sogar zur Gänze, hätte ich mir wahrlich nicht träumen lassen! Hast du denn überhaupt keine Ehre im Leib? Du wolltest doch angeblich an meiner statt König werden, wurde mir zugetragen. Von was denn, wenn ich dich fragen darf, wo du doch nahezu alles, was unsere Vorfahren auf dem Festland erheiratet und erobert haben, einfach so weggegeben hast?«

»Von England!«, brüllte John fast ebenso laut wie sein Bruder zurück und rappelte sich mühsam auf, »das dir ja offenbar nichts bedeutet. Auf dem Festland sind wir Plantagenets schließlich nur Lehnsmänner des Königs von Frankreich, während wir auf der Insel völlig unabhängig herrschen können. Warum eroberst du nicht lieber Schottland, Wales oder gar Irland, anstatt dich hier herumzuschlagen? Das, denke ich, wäre eine weitaus lohnendere Aufgabe und auch wesentlich erfolgversprechender.«

»Du willst mir raten, John? Ausgerechnet du! Was hast du denn, außer Intrigen zu spinnen und unsere ererbten Ländereien an den Feind zu verschenken, bisher in deinem Leben fertiggebracht? Jedes Mal, wenn der Gegner kommt, rennst du schreiend davon. Früher nannte man dich *John ohne Land*.

Heute wäre wohl *Weichschwert* angebrachter. Wie bist du überhaupt auf die wahnwitzige Idee gekommen, nach Vaudreuil zu marschieren? Dazu hattest du keinen Befehl und schon gar keine Befugnis! Sollte ich irgendwann einmal der Meinung sein, dir ein militärisches Kommando anzuvertrauen, lasse ich es dich wissen. Aber bis das geschieht, muss noch viel Wasser die Seine hinunterfließen oder ich mit Wahnsinn geschlagen werden.«

John, der mittlerweile wieder auf seinen Beinen stand und zu seinem auf einem Podest thronenden Bruder aufsah, zuckte nur mit den Schultern.

»Ich dachte, es würde dich freuen, wenn ich dir die wichtige Grenzfestung zurückholen könnte.«

»Die du erst kurz zuvor an Philipp übergeben hast und von der er dich ebenso vertrieben hat wie aus Évreux. Kannst du denn nicht einmal, nur ein einziges Mal, gegen ihn bestehen oder ihm auch nur für kurze Zeit die Stirn bieten?«

»Es war doch nicht zu vermuten, dass er sich nach seiner Niederlage gegen dich so schnell erholt. Alle meinten, er würde in Paris im Louvre hocken und seine Wunden lecken. Aber auf einmal war er wie aus dem Nichts da und fiel über uns her.«

»Hattet ihr denn keine Kundschafter ausgesandt, keine Vorposten aufgestellt? Ein anmarschierendes Heer erscheint doch nicht so plötzlich wie ein Geist.«

John senkte erstmals beschämt den Blick.

»Mein Freund, der Earl von Arundel, dem ich das Kommando über die Reiterei übertragen hatte, meinte, das wäre nicht nötig. Es gäbe in der ganzen Gegend bis Paris keine Truppen, die uns gefährlich werden könnten.«

»Du hast auf den Rat von William d'Aubigny gehört, diesem unreifen Bürschchen? Der ist doch mit seinen zwanzig Jahren noch nicht einmal trocken hinter den Ohren und hat, außer sich gegen mich auf deine Seite zu schlagen, ebenso wie du noch nichts Nennenswertes vollbracht. Ich fasse es einfach nicht! Wo ist der Kerl denn jetzt? Ich kann ihn hier nirgends entdecken.«

»Zurück nach England. Es gibt da wohl nach dem Tod seines Vaters Erbstreitigkeiten mit Richard de Clare, die bereinigt werden müssen.«

»Sag besser, er ist geflohen, weil er sich ausrechnen konnte, was ich mit ihm mache, fällt er mir in die Hände. Und wer hat denn jetzt diesen Schandfrieden ausgehandelt, an den ich mich angeblich bis November noch halten muss? Warst du daran beteiligt und hast dich derart von Philipp über den Tisch ziehen lassen?«

»Der Wortführer war vor allem Walter de Coutances«, erwiderte John hämisch. »Schließlich hast du ihn und nicht mich zu deinem Seneschall für die Normandie ernannt.«

Richard, der mit dem Erzbischof keineswegs immer einer Meinung war, wollte das aber gegenüber seinem Bruder auf keinen Fall zugeben.

»Und das war auch gut so, sonst wäre wahrscheinlich die gesamte Normandie verloren. Du darfst dich zurückziehen, John. Ich untersage dir ausdrücklich, dich zukünftig an wie auch immer gearteten militärischen Aktionen zu beteiligen oder gar selbst welche zu unternehmen und zu befehligen. Hast du mich verstanden? Für dich werde ich irgendwelche Verwaltungsaufgaben finden, damit du beschäftigt bist. Ich hoffe sehr, dass du dabei weniger Schaden anrichtest als bei dem, was du bisher getan hast.«

John lief so rot an wie der Wappenrock, den zu tragen ihm sein Bruder zukünftig verboten hatte. Er glaubte die Schmach, der er hier vor dem versammelten militärischen Hofstaat ausgesetzt worden war, nicht länger ertragen zu können. Dabei hatte er es doch nur gut gemeint und gehofft, Richard eine Freude machen und mit der Einnahme der bedeutenden Festung sein Wohlwollen erringen zu können. Das aber auch alles, was er kriegerisch anpackte, derart schiefgehen musste! Doch irgendwann würde er sich für die erlittenen Demütigungen bitter rächen, das nahm er sich ganz fest vor und verließ erhobenen Hauptes die Halle.

Mit Walter de Coutances konnte Richard natürlich nicht so umspringen wie mit seinem Bruder, und deshalb bestellte er den Erzbischof zu einem Vieraugengespräch in sein privates Kabinett ein. Der gewiefte Diplomat wusste natürlich, was ihn erwartete – vor allem, nachdem man ihm zugetragen hatte, wie Richard mit seinem Bruder umgesprungen war –, und hatte sich dementsprechend vorbereitet.

»Sire, ich kann mir vorstellen, dass Ihr über das Abkommen nicht glücklich seid. Doch lasst mich erklären, warum ich es trotzdem in Eurem Namen ausgehandelt und gezeichnet habe«, begann er deshalb auch, noch bevor ihn der König mit Vorwürfen überschütten konnte.

»Lasst hören, Walter. Ich lausche Euch mit offenen Ohren. Eigentlich hatte ich Euch als gewieften Verhandlungspartner in Erinnerung. Aber die Bedingungen, die Ihr hier akzeptiert habt, kann ich nur als unannehmbar bezeichnen.«

»Es galt vor allem, nach der verheerenden Niederlage Eures Bruders ein Nachsetzen Philipps zu verhindern. Die Reiterei unter dem Earl von Arundel hatte sich kampflos vom Schlachtfeld entfernt und John sich ihr angeschlossen. So gerieten die Fußtruppen nahezu geschlossen in Gefangenschaft, und auch der Tross und das Belagerungsgerät fielen in die Hände der Franzosen. Wer sollte sie daran hindern, dieses jetzt gegen unsere Burgen und Städte einzusetzen? Die Normandie war nahezu schutzlos, denn Ihr weiltet ja mit der Hauptstreitmacht im Süden. Meine Sorge war, die Gefangenen schnellstmöglich auszulösen, sonst hätten wir im Ernstfall nicht einmal genügend Männer gehabt, um Rouen zu verteidigen. Ich dachte, ich streue Philipp Sand in die Augen, damit er sich mit dem begnügt, was er hat, und nicht nach noch mehr Erfolg strebt. Wenn ihm aufgegangen wäre, wie schwach wir im Moment der Niederlage Eures Bruders wirklich waren ... nicht auszudenken!«

Richard lehnte sich gedankenversunken zurück und strich sich über den Bart. Sollte er Walter de Coutances womöglich unrecht getan und dieser besser verhandelt haben als angenommen? Dieser Gedanke war ihm schon einmal, gleich nach Erhalt der Hiobsbotschaft, gekommen, und ganz von der Hand zu weisen waren seine Ausführungen jedenfalls nicht, weshalb der König innerlich auch schon geneigt war, sich bei dem Erzbischof zu entschuldigen. Doch dann beging dieser einen entscheidenden Fehler, der das früher so feste Band zwischen den beiden Männern endgültig zerriss.

»Was wäre außerdem so schlimm daran, einen Teil der Ländereien an Philipp abzutreten, wenn wir dafür einen dauerhaften Frieden bekämen? Ich könnte mir vorstellen, dass er bereit ist, den Waffenstillstand, den ich für Euch abgeschlossen habe, in einen dauerhaften Friedensvertrag umzuwandeln, falls ich mit Eurem Einverständnis weiter mit ihm verhandle. Den Menschen ist es letztlich gleich, wer über sie herrscht und an wen sie ihre Steuern entrichten, wenn sie nur endlich ohne Gefahr für Leib und Leben das geschundene Land wiederaufbauen können. Und Ihr, Sire, verfügt über ein derart großes Reich, dass Euch die kleinen Verluste in den Grenzregionen kaum schmerzen, ja ihr sie gar nicht spüren werdet.«

»Seid Ihr noch bei Trost, Walter?«, donnerte Richard völlig fassungslos. »Ich soll Philipp aus freien Stücken überlassen, was er mir gestohlen hat? Da kennt Ihr mich aber wahrlich schlecht! Es mag den Bauern, Bürgern und kleinen Adeligen gleich sein, wer über sie herrscht und wem sie Abgaben zu entrichten haben. Aber nicht mir! Ich habe es Euch schon einmal gesagt und wiederhole es noch ein einziges Mal: Ich werde erst ruhen, wenn das angevinische Reich in den Grenzen, in denen ich es von meinem Vater übernommen habe, wiederhergestellt ist. Und ob mir das reicht oder ich mir zudem noch die lächerlich kleine Île-de-France miteinverleibe, wenn ich schon einmal dabei bin, weiß ich heute noch nicht zu sagen. Ihr habt mir einen Bärendienst erwiesen, indem Ihr Philipp einen Großteil der östlichen Normandie nebst den Grenzfestungen überlassen habt, die ich nun mühsam zurückerobern muss. Er gestattet mir vertraglich ja gerade einmal, vier meiner von ihm zerstörten Burgen wiederaufzubauen. Er gestattet! Ich glaube es einfach nicht! Und damit nicht genug. Euer Abkommen schließt auch noch den Grafen von Angoulême ein, sodass ich ihn nicht für seinen Verrat zur Rechenschaft ziehen und er seine Ländereien unabhängig von meiner Lehnshoheit behalten darf. Dabei hatte ich seine Stadt und seine Burg, einen Tag bevor Euer Abkommen in Kraft trat, eingenommen! Könnt Ihr Euch vorstellen, wie ich mich gefühlt habe, als ich davon erfuhr? Ich schlage die aufständischen Barone in Aquitanien aufs Haupt, dass es ihnen jahrelang brummen wird, und Ihr beraubt mich hintenherum meines Sieges! Man könnte das ohne Weiteres auch Hochverrat nennen, und es sind schon gute Männer für weniger gehenkt worden.«

Die Miene des Erzbischofs wurde eisig.

»Niemand konnte ahnen, dass Ihr im Süden derart erfolgreich wart, denn uns hier oben im Norden fehlte jede Kunde von Eurem Feldzug. Ich hatte nur im Sinn, Euch den Rücken freizuhalten und zu verhindern, dass Euch die aufständischen Barone Aquitaniens in den Rücken fallen. Im Übrigen vergesst Ihr offenbar, Sire, dass ich ein Mann der heiligen Mutter Kirche bin und nicht Eurer Gerichtsbarkeit unterstehe«, merkte Walter de Coutances kühl an. »Wenn ich Euer Missfallen erregt habe, so tut mir das sehr leid. Ich dachte, in Eurem Sinne zu handeln und auch in dem der Menschen dieses Landes, wenn ich ihnen eine Atempause verschaffe. Aber da dem offenbar nicht so ist, stelle ich mein Amt als Seneschall gern zur

Verfügung und lege es zurück in Eure Hände, aus denen ich es auch empfangen habe.«

»Damit seid Ihr Eurer Enthebung zuvorgekommen, Exzellenz«, gab Richard nicht weniger frostig zurück. »Ich werde William FitzRalph damit betrauen, der es schon einmal während Eurer und meiner Abwesenheit innehatte und es sehr zu meiner Zufriedenheit ausgefüllt hat. Jedenfalls kann ich mir nicht vorstellen, dass er mir eine derartige Schmach zumuten würde. Euch danke ich dafür, dass Ihr das Amt zusätzlich zu Eurem geistlichen ausgeübt habt. Doch nun zu meiner vorerst letzten Frage an Euch. Habt Ihr Euch das mit dem Felsen bei Les Andelys und dem Dorf noch einmal überlegt? Ihr wisst, wie viel mir daran liegt, und ich bin bereit, Euch großzügig dafür zu entschädigen.«

»Sire, es gilt, was ich Euch schon damals gesagt habe: Kirchenbesitz ist nicht verhandelbar. Dem habe ich auch heute nichts hinzuzufügen«, entgegnete der Erzbischof hocherhobenen Hauptes, denn er wusste die ganze Macht seiner mehr als tausendjährigen Institution hinter sich, die niemals herausgab, was sie sich einmal angeeignet hatte.

»Was seid Ihr doch für ein Heuchler, de Coutances!« Richard lehnte sich in seinem Sessel zurück, und alles Verbindliche war aus seiner Stimme verschwunden. »Ihr sagtet noch vor wenigen Augenblicken zu mir, ich solle um des lieben Friedens willen Teile meines Reiches Philipp übereignen, und mir tretet Ihr nicht einmal einen Bergsporn ab, um den ich Euch bitte und den ich Euch voll und ganz vergüten will. Glaubt mir, ich werde meine Burg hoch über der Seine bekommen, auch gegen Euren Willen. Und jetzt geht mir aus den Augen, ich bin fertig mit Euch. Vielleicht solltet Ihr Euch einmal für einige Wochen oder gar Monate zur inneren Einkehr in ein Kloster zurückziehen. Eine Zeit in einer Zelle – glaubt mir, ich weiß, wovon ich spreche – bringt einem oft ganz neue Einsichten und einen klareren Blick auf die Welt.«

»Das ist nichts, worüber Ihr zu befinden habt, Sire«, erwiderte der Erzbischof. »Aber ich werde darüber nachdenken, so enttäuscht und gekränkt, wie ich gerade bin. Und für Euch beten, wie ich es bisher immer getan habe.«

Mit diesen Worten verbeugte sich Walter de Coutances vor seinem Souverän, dem er nach seinem Befinden immer treu und aufopfernd gedient hatte und der das offenbar nicht zu schätzen wusste. Rückwärtsgehend, so wie es sich gehörte, verließ er das Gemach und war fest entschlossen, dem Rat des Königs zu folgen und sich in die Abtei von Cambrai zurückzuziehen. Nicht weil ihm das befohlen worden war, dazu hatte kein weltlicher Herrscher das Recht, sondern weil er es selbst schon seit Längerem wollte, um wieder zu sich selbst zu finden. Sollte Richard doch sehen, wie er ohne ihn zurechtkam. Bisher war ihm das jedenfalls noch nicht gelungen, und der Erzbischof rechnete auch dieses Mal damit, dass der Groll des Königs bald verfliegen würde und er erneut in Gnaden aufgenommen und wieder in seine Ämter eingesetzt werden würde.

Bereits am ersten November stand Richard mit seinen Truppen an der Linie, die das in Tillières am dreiundzwanzigsten Juli geschlossene Waffenstillstandsabkommen vorschrieb. Schon zuvor hatte er Mercadier mit seinen Söldnern nach Süden in das Berry und die Auvergne geschickt, wo sie den abtrünnigen Baronen nachdrücklich klarmachen sollten, wer ihr wahrer Herr war und wem gegenüber sie Lehnspflichten zu erbringen hatten.

Für Richard, den Herzog der Normandie, war die Lage, in die ihn sein Bruder und Walter de Coutances gebracht hatten, absolut unerträglich. Sein einziges und erklärtes Ziel war es, endlich die Schande zu tilgen, dass französische Banner über seinen Burgen und Städten wehten. Waffenstillstand und angebotene Friedensverhandlungen hin oder her, das musste ein Ende haben.

Philipp war davon ausgegangen, dass wie allgemein üblich im Spätherbst und Winter aufgrund des dann meist herrschenden schlechten Wetters die Kampfhandlungen ruhen würden. Doch da kannte er seinen Gegner schlecht. Was scherten Richard eisiger Regen, aufgeweichte Straßen und Nachtfröste, wenn es galt, seine Ländereien zurückzuerobern und die Fehler seines Bruders auszumerzen? Die Witterungsverhältnisse schlossen allerdings aus, schweres Belagerungsgerät mit sich zu führen, welches so sicher wie das Amen in der Kirche im Morast stecken geblieben wäre. Aber das brauchte der König für das, was er vorhatte, auch gar nicht. Er verfolgte eine andere Taktik und machte Philipps Besatzungen zu Gefangenen innerhalb ihrer eigenen Mauern, ohne sie direkt zu belagern, denn dafür fehlte es ihm an der nötigen Truppenstärke. Doch kamen die Franzosen aus ihren Burgen heraus, um Nahrungsmittel zu requirieren oder Steuern zu erheben, waren Richards Männer zur Stelle und trieben sie meist mit blutigen Nasen zurück. Der König selbst hielt unterhalb der Festung von Vaudreuil Hof und verspottete damit Philipp und dessen Kastellan, der sich nicht hervorwagte, um diese provokanten Übergriffe zu unterbinden. Richard verurteilte damit die Garnisonen der Städte und Festungen, die Philipp in seinem Land besetzt hielt, zur Ohnmacht, und seinem Gegner in Paris ging mit der Zeit auf, dass es ein kostspieliger Luxus war, Besatzungen zu unterhalten, die sich nicht mehr in die ihre Burgen umgebenden Territorien hineintrauten. Ihm blieb gar nichts anderes übrig, als sie nach und nach abzuziehen, weil sie dem Druck, der permanent auf sie ausgeübt wurde, auf die Dauer nicht standhalten konnten. So fiel Richard nahezu kampflos Évreux wieder in die Hände, und noch bevor er sich nach Rouen begab, um dort das Weihnachtsfest zu begehen, wurden von den Franzosen auch Drincourt, Conches, Breteuil und Le Neubourg geräumt, ohne dass ein einziger seiner Kämpfer dafür hatte sterben müssen.

Während der Weihnachtsfeiertage, die sich bis zu Heilige Drei Könige am sechsten Januar erstreckten, schwiegen die Waffen. Denn dass die Kirche auf der Stelle jeden exkommunizieren würde, der gegen dieses Gebot verstieß, war allen an dem Konflikt Beteiligten bekannt. Richard hatte bis zuletzt gehofft, dass Berengaria anlässlich des Weihnachtshofes nach Poitiers kommen würde, und hielt sich bereit, um jederzeit in den Sattel steigen und nach Süden reiten zu können. Doch von seiner Mutter hörte er nur, dass seine Frau eine Nachricht geschickt hatte, dass in den Pyrenäen zeitig sehr viel Schnee gefallen sei und eine Überquerung deshalb unmöglich wäre. Notgedrungen beschloss der einsame Ehemann deshalb, in Rouen zu bleiben und das Fest in einer reinen Männergesellschaft zu begehen, die in erster Linie aus Mercadier und einigen seiner Feldhauptleute bestand. Die drei Williams – Marshal, de Braose und Longsword – hatten um Urlaub gebeten und waren nach England gesegelt, um dringende Angelegenheiten auf ihren Besitzungen zu regeln und die Feierlichkeiten mit ihren Familien zu begehen.

Die Zurückgebliebenen verbrachten das Fest hingegen mit zahlreichen Gelagen, bei denen der Wein in Strömen floss, geprasst wurde, bis die Bäuche zu platzen drohten, und keine Magd vor ihnen sicher war. An der Hurerei beteiligte Richard sich nicht, bei allem anderen hielt er aber wacker mit und griff auch zur Laute, um seine Männer gemeinsam mit weiteren Troubadouren und Spielleuten zu unterhalten. Seine Lieder waren allerdings nur selten der hohen, entsagungsreichen Minne gewidmet. Stattdessen verspottete er darin seine Feinde, und da er wusste, dass jede Zeile weitergetragen wurde, ließ er auch die eine oder andere Drohung mit einfließen. Und so klatschten Mercadier und seine Spießgesellen laut Beifall, als der König, an die Adresse immer noch abtrünniger Barone gerichtet, sang:

Solltet Ihr wirklich Euch vermessen
Und den geschwornen Eid vergessen:
So kann Euch König Richard verkünden,
Ihr werdet einen harten Krieger finden.

Es wäre trotz allem letztlich um ein Haar ein trauriges Weihnachten geworden, wenn nicht überraschenderweise zwei Personen, mit denen Richard überhaupt nicht gerechnet hatte, über deren Ankunft er sich aber umso mehr freute, nach Rouen gekommen wären.

Die erste war sein Neffe Otto von Braunschweig, der zusammen mit seinem Bruder Wilhelm als Geisel für Richard zuerst am Hofe Herzog Leopolds in Wien, später dann an dem Kaiser Heinrichs festgehalten worden war. Der jüngere Wilhelm wurde nach wie vor irgendwo in Ungarn vermutet, doch Otto war vom Rhein aus die Flucht in die Normandie gelungen, nachdem der Kaiser in Richtung Italien aufgebrochen war, um sich dort das Königreich Sizilien aus dem Recht seiner Frau heraus zu sichern. Der älteste der drei Welfensöhne, Heinrich, musste ihn dabei begleiten, doch Otto und Wilhelm waren wohl noch als zu jung dafür befunden worden, und so konnte Richard seinen Neffen, der am Hofe der Plantagenets aufgewachsen war und um dessen Erziehung er sich teilweise selbst gekümmert hatte, überglücklich in die Arme schließen.

Otto gehörte dem Geschlecht der Welfen an, welches lange Zeit ebenso mächtig gewesen war wie das der jetzt im römisch-deutschen Reich regierenden Staufer. Doch das hatte vielen der Reichsfürsten nicht gepasst, weshalb sie so lange gegen Heinrich den Löwen, Herzog von Sachsen und Bayern, der mit Richards älterer Schwester Mathilde verheiratet war, intrigierten, bis Kaiser Friedrich I., wegen seines roten Bartes auch Barbarossa genannt, seinen einstigen Freund und Kampfgefährten all seiner Ländereien und Titel für verlustig erklärte und ihn aus dem Reich verbannte.

Der Löwe war daraufhin mit seiner Gemahlin und ihren gemeinsamen Söhnen Heinrich und Otto und seiner Tochter Richenza an den Hof seines Schwiegervaters Henry II. gegangen, wo später dann auch Wilhelm geboren worden war. So wuchsen die Welfensprösslinge zusammen mit den Plantagenet-Kindern auf, und Richard nahm sich besonders Ottos an und schloss ihn wegen seines ihm ähnlichen Wesens ins Herz. Jetzt war sein Lieblingsneffe, gerade einmal achtzehn Jahre alt, zu ihm zurückgekehrt, und sofort schmiedete der König weitreichende Pläne.

Fast noch mehr aber freute er sich über die Ankunft seines alten Freundes und Gefährten in unzähligen Kämpfen, Baudouin de Béthune, am letzten Tag der Weihnachtsfeierlichkeiten. Der Freund musste wie der Teufel geritten sein, denn er brachte interessante und – Richard konnte es nicht verhehlen – für ihn freudige Nachrichten aus Wien.

Baudouin war schon ein treuer Ritter seines Vaters gewesen und hatte zusammen mit Geoffrey und William Marshal am Sterbebett Henry II. gestanden. Doch nach dem Tod des alten Königs galt seine ausschließliche Treue dem neuen, und Richard wusste das durchaus zu schätzen. De Béthune hatte während des ganzen Kreuzzugs an der Seite des Königs gekämpft und war einer seiner vier Begleiter gewesen, als er auf dem Rückweg aus dem Heiligen Land in Erdberg bei Wien von Herzog Leopold gefangen genommen worden war. Baudouin hatte dem Namen nach die Reisegruppe angeführt, in der sich auch der Kaufmann Hugo alias Richard Löwenherz befand. Als die Männer des Herzogs die Schenke stürmten, in der der König gerade höchstselbst ein Hühnchen am Spieß briet, wollte der Ritter sich ihnen todesmutig entgegenstellen, doch Richard befahl ihm, das Schwert niederzulegen, und übergab sein eigenes wenig später dem herbeigeeilten Leopold.

Die Feindschaft zwischen ihm und dem Herzog rührte aus einer Begebenheit in Akkon an der Küste Palästinas her. Nach der Einnahme der zwei Jahre umkämpften Hafenstadt hatte Leopold sein Banner neben dem der Könige Philipp und Richard aufpflanzen lassen, als wäre er ihnen gleichrangig, und noch dazu den Sultanspalast für sich und seine wenigen ihn begleitenden Getreuen beansprucht. Mercadier, Richards Mann fürs Grobe, hatte die Fahne umgehend wieder entfernt und noch dazu in die Latrine geworfen. Die halbherzige Entschuldigung des Königs hatte der Herzog nicht angenommen und Rache geschworen, bevor er sich zurück in die Heimat aufmachte.

Dass ihr Sohn nach dieser Episode dann ausgerechnet den Weg über Österreich wählen musste, um nach England zurückzukehren, hatte Eleonore, als sie davon erfuhr, an dessen Verstand zweifeln lassen. Selbst Richard hatte die Idee später als irrsinnig bezeichnet, war aber zu dem Zeitpunkt, als die Entscheidung über die einzuschlagende Route von ihm getroffen wurde, von ihrer Richtigkeit überzeugt gewesen. Zuerst auf Burg Dürnstein in der Wachau, später in den Reichsfestungen Hagenau und Trifels bekam er dann ausreichend Gelegenheit, darüber nachzudenken, welchen Fehler er begangen hatte und welche immense Summe es ihn und sein Land kosten würde, seinen Leichtsinn auszumerzen.

Baudouin war im Gegensatz zu Richard bald wieder von Leopold freigelassen worden und einer von denen gewesen, die die Nachricht von der Gefangennahme des Königs nach England gebracht hatten. Später hatte er gemeinsam mit Richards Mutter und dem Earl von Huntingdon die zweite Rate des Lösegelds nach Mainz gebracht und sich freiwillig erneut als Geisel für Leopold zur Verfügung gestellt, bis auch der letzte Penny bezahlt wäre, da immer noch ein Teil der gewaltigen Summe fehlte und erst später beglichen werden sollte. Seine Haftbedingungen in Wien waren zwar ehrenvoll, nichtsdestotrotz aber dennoch hart gewesen. Zudem hätte seine Geiselhaft noch lange andauern können, da der König den

Restbetrag für seine Auslöse immer noch nicht aufgebracht hatte. Umso erfreulicher fand Richard die Rückkehr des getreuen Ritters, die ihn nun kein Geld mehr kosten und der ihm bei seinen Kämpfen sicherlich wieder wie gewohnt zur Seite stehen würde.

»Baudouin, welch unendliche Freude, Euch zu sehen!«, rief Richard deshalb auch aus, als der Gefolgsmann so überaus überraschend in der großen Halle der Burg von Rouen auftauchte. Statt dessen Kniefall abzuwarten, sprang der König auf, lief dem Ritter entgegen und schloss ihn in die Arme. »Hat dieser Hundsfott von einem Herzog Euch endlich freigelassen? Nun redet schon, wie ist es Euch ergangen?«

»Lasst mich doch erst einmal wieder zu Atem kommen, Sire«, bat Baudouin de Béthune. »Ihr habt mir ja die ganze Luft aus den Lungen gepresst. Glaubt mir, ich habe viel zu berichten.«

»Nun, dann sollten wir uns besser setzen und Ihr Euch stärken. Mit Verlaub, Ihr seht völlig verhungert aus. Hat man Euch dort unten im Land der Berge nichts zu essen gegeben?«

»Schon, aber auf dem Ritt hierher habe ich mir kaum eine Pause gegönnt. Die Nachrichten, die ich Euch überbringe, sind nach meinem Dafürhalten so wichtig, dass sie Euch schnellstmöglich erreichen sollten. Ich denke aber, wenn Ihr verzeiht, Sire, dass sie zuerst nur für Eure Ohren bestimmt sind. Ihr könnt dann in Ruhe entscheiden und überlegen, wie Ihr weiter damit umgeht.«

»Wenn Ihr meint, mein Freund«, entgegnete Richard und gab seinem Gefolge und der Dienerschaft mit einer Handbewegung zu verstehen, dass er mit de Béthune allein sein wollte. Doch dann überlegte er es sich im letzten Augenblick anders und rief seinen Neffen zurück.

»Otto, du bleibst. Ich nehme an, dass das, was der Baron zu berichten hat, auch dich und deine Familie betrifft. Schließlich wart ihr alle beide Geiseln am Hofe Leopolds und dem des

Kaisers und kennt Euch daher so gut, dass es eigentlich keine Geheimnisse zwischen Euch geben sollte.«

Baudouin, der die Zeit genutzt hatte, in der sich die Entourage des Königs entfernt hatte, um sich an dem auf der Tafel stehenden Brot und Fleisch zu laben und auch einen kräftigen Schluck Bordeaux zu genießen, nickte nur bejahend. Denn er war noch immer am Kauen, und mit vollem Mund zu sprechen wäre zu unhöflich gewesen.

Richard wartete, wenn auch ungeduldig, bis sein Ritter den letzten Bissen heruntergeschluckt hatte, brauchte aber nicht nachzufragen, denn de Béthune begann von sich aus zu berichten.

»Die erste Nachricht wird Euch nicht sehr freuen, Sire. Kaiser Heinrich ist, was keiner mehr angenommen hatte, Vater geworden. Und noch dazu von einem gesunden und, wie man erzählt, kräftigen Jungen, der nach seinem Großvater auf den Namen Friedrich getauft worden ist.«

»Wie kann denn diese alte Schachtel Konstanze noch Nachwuchs bekommen?«, entfuhr es Otto in jugendlicher Unbekümmertheit. »Außerdem ist sie stockhässlich. Deshalb hat sie auch keiner gewollt, und sie wurde erst als alte Jungfer von dreißig Jahren auf Verlangen ihres Neffen Wilhelm von Sizilien, deinem ehemaligen Schwager, Richard, verheiratet. Heinrich muss sich zu Tode erschrocken haben, als er sie das erste Mal zu Gesicht bekam. Ich nehme an, er hat ihr in der Hochzeitsnacht und auch später, wenn er seinen ehelichen Pflichten nachkommen musste, ein Tuch über das Gesicht gelegt. Sonst hätte er doch nie im Leben einen hochbekommen.«

»Na, na, Otto, nicht so vorlaut.« Richard drohte seinem Neffen mit dem Finger, lächelte ihm dabei aber verschwörerisch zu. »Wenn wir unter uns sind, kannst du so sprechen, aber hüte deine Zunge in Anwesenheit anderer. Vor allem den Klerus wirst du mit solch lockeren Sprüchen nur gegen dich aufbringen, also wähle deine Worte stets mit Bedacht, sind Pfaffen in der Nähe. Denn denen bist du nicht gewachsen, wenn sie anfangen, dich salbungsvoll zu belehren und dir deine Sünden vorzuhalten. Es ziemt sich schließlich nicht, so von einem gesalbten Herrscher und seiner Gemahlin zu sprechen. Glaub mir, ich weiß, wovon ich spreche«, meinte der König und dachte dabei an den Erzbischof Walter von Coutances, der immer noch in dem fernen Kloster weilte, weshalb die heiligen Messen in der Kathedrale von Rouen zu Weihnachten auch wesentlich weniger feierlich gewesen waren als sonst.

»Es wurden auch sofort Zweifel an der Rechtmäßigkeit der Geburt laut«, fuhr Baudouin des Béthune fort. »Schließlich ist Konstanze erst nach neun Jahren Ehe schwanger geworden, und vierzig Jahre sind ein hohes Alter für eine Frau, um niederzukommen, noch dazu zum ersten Mal.«

»Lasst das bloß nicht meine Mutter hören, Baudouin«, warf Richard ein. »Sie war fünfundvierzig, als John geboren wurde. ›Den hätte ich mir schenken sollen‹, sagte sie einmal zu mir. Wohlgemerkt, es waren ihre Worte, nicht meine.«

»Sire, da hatte Eure hochverehrte Frau Mutter aber schon neun Kinder zuvor geboren. Ich bin nun wahrlich keine Hebamme, aber jede Geburtshelferin, die ich bislang dazu befragt habe, und auch jeder Medicus hat mir gesagt, dass es ein Wunder Gottes sei, dass Konstanze diese Geburt lebend überstanden hat. Um alle Zweifel an der Rechtmäßigkeit der Geburt auszuräumen, hat sie das Kind in einem Zelt auf dem Marktplatz von Jesi zur Welt gebracht und alle Frauen der kleinen Stadt als Zeuginnen zusehen lassen. Feinde der Staufer zweifeln zwar trotzdem an, dass der kleine Friedrich der wahre Sohn Heinrichs ist, aber da der Kaiser seinen Sohn selbstverständlich sofort anerkannt hat, besitzt das römisch-deutsche Reich jetzt einen Erben.«

Otto stieß die Luft hörbar schwer atmend aus, hatten sich die Welfen doch Hoffnung gemacht, dass, würde Heinrich ohne Nachkommen verscheiden, sie endlich den von ihnen beanspruchten Platz im Reich einnehmen könnten.

Richard, dem das nicht entgangen war, legte seine Hand beruhigend auf die Schulter seines Neffen.

»Schau, Otto, noch ist nicht aller Tage Abend. Vielleicht bleibt Heinrich ja mit seiner Familie dort unten in Sizilien. Ein wirklich schönes Stückchen Erde, kann ich dir versichern. Wer es einmal gesehen hat, wird nicht mehr viel Sehnsucht nach dem kalten Teil des römisch-deutschen Reiches nördlich der Alpen haben. Tut er das, verliert er aber bestimmt den Rückhalt der Reichsfürsten, und die wählen in euren Landen schließlich den König. Ein zugegeben eigenartiger Brauch, den ihr euch da ausgedacht habt, und mir völlig unverständlich. Aber dir und deiner Familie kann er durchaus zugutekommen.«

»Wenn du meinst, Onkel«, seufzte Otto keineswegs überzeugt, doch schon fuhr de Béthune fort zu berichten.

»Im römisch-deutschen Reich sind nun jede Menge Gerüchte im Umlauf. Es heißt, die Schwangerschaft wäre nur vorgetäuscht gewesen und das Kind gesunden Eltern abgekauft worden. Diese hätte man auf Befehl des Kaisers hin anschließend umgebracht, und die Zeuginnen auf dem Marktplatz von Jesi wären allesamt bestochen gewesen. Aber ob sich das beweisen lässt oder auch nur etwas davon standhält, wenn Heinrich seinen Sohn den deutschen Fürsten vorstellt und verlangt, dass sie ihn krönen? Ich weiß es wahrlich nicht zu sagen.«

»Nun, das wird letztlich die Zeit weisen«, erwiderte Richard. »Das sind wirklich bedeutende Neuigkeiten, die Ihr uns da überbringt, Baudouin. Doch jetzt erzählt endlich, wie Ihr Leopold entkommen seid. Oder ließ Euch der Herzog womöglich frei, weil er plötzlich sein großzügiges Herz entdeckt hat? Das sollte mich bei diesem gemeinen Straßenräuber allerdings wirklich wundern.«

»Er hat mich nicht freigelassen, sondern sein Sohn und Nachfolger Friedrich. Leopold ist tot.«

Für einen Moment herrschte überraschtes Schweigen, bis Richard es brach.

»Sagt das noch einmal! Soll Gott mein Flehen tatsächlich erhört und diesen Bastard zu sich gerufen haben? Wobei, den Bastard nehme ich zurück, denn meiner bereitet mir gerade große Freude, auch wenn er nicht tut, was ich von ihm will.«

Otto und de Béthune blickten Richard verständnislos an, doch der wollte keine weiteren Erklärungen abgeben, sondern wissen, wie Leopold gestorben war. Schließlich war der Herzog genauso alt wie er gewesen, und an seinem plötzlichen Tod ließ sich wieder einmal sehen, wie erbarmungslos das Schicksal zuschlagen konnte.

»Das, was ich Euch jetzt berichte, Sire, weiß ich auch nur vom Hörensagen, denn ich selbst war nicht zugegen. Leopold nahm an einem Turnier am zweiten Weihnachtstag in Graz teil, was an sich schon eine Sünde war. Doch die bestrafte der Herr augenblicklich. Beim Lanzenstechen rutschte sein Pferd auf einer vereisten Stelle aus, stürzte und begrub den Herzog unter sich. Als er endlich unter dem Ross hervorgezogen werden konnte, muss sein Bein übel ausgesehen haben. Der Knochen unterhalb des Knies war gleich mehrfach gebrochen und stach aus dem Fleisch heraus. Seinen Medicus hatte Leopold in Wien zurückgelassen, und der Bader, der gerufen wurde, schlug nur die Hände über dem Kopf zusammen, als er die Wunde sah, gab dann vor, seine Instrumente holen zu müssen, und ward nie mehr gesehen. Er muss sich abgrundtief davor gefürchtet haben, das Bein des Herzogs zu versorgen, denn dass diesen nur noch ein Wunder retten konnte, war jedem klar, der die Verletzung zu Gesicht bekommen hatte.«

Richard bekam plötzlich Schweißperlen auf der Stirn, war ihm doch unlängst erst Ähnliches widerfahren. Wie leicht hätte er das Schicksal Leopolds teilen können, hätte sein Pferd aufgrund seiner Erschöpfung nicht so still dagelegen. Er wollte gar nicht daran denken, wie nahe er bei Fréteval dem Tode gewesen war.

»Und wie ist der Herzog denn nun gestorben?«, wollte der König wissen. »Ist er friedlich eingeschlafen oder unter großen Schmerzen zur Hölle gefahren? Schließlich war er exkommuniziert und ihm deshalb ja angeblich der Weg ins Himmelreich auf immer und ewig versperrt.«

Was Leopold damals in Erdberg getan hatte, war eine unverzeihliche, bannwürdige Sünde gewesen, denn niemand durfte sich an einem Kreuzfahrer auf dem Weg ins Heilige Land oder von dort zurück vergreifen. Im Gegenteil, es war jedermanns Pflicht, ihn zu beschützen, ihm Nahrung und Obdach zu gewähren und ihm nur jede erdenklich mögliche Hilfe angedeihen zu lassen. Der Herzog hatte mit der Gefangennahme Richards gegen all diese Gebote verstoßen und war dafür – im Gegensatz zu Kaiser Heinrich, an den sich Papst Coelestin nicht herantraute – exkommuniziert worden. Der Bann sollte nur gelöst werden, wenn er die Geiseln freiließ, das Lösegeld zurückerstattete und sich erneut auf einen Kreuzzug ins Heilige Land begab. Nichts davon war bisher eingetreten, und so hätte er eigentlich ohne kirchlichen Beistand und vor allem ohne Absolution von dieser Welt abtreten müssen. Doch das war nicht geschehen, wie de Béthune zu berichten wusste und Richard schon vermutet hatte.

»Leopold soll eines wahrlich grausamen Todes gestorben sein. Das Bein ist natürlich, wie es alle befürchtet haben, brandig geworden. Der Herzog flehte seine Ritter und sogar seine Söhne an, es ihm abzuschneiden, doch keiner konnte sich dazu durchringen. Da hat er sich eine Axt reichen lassen und es sich selbst abgehauen. Drei Schläge soll er dafür gebraucht haben, und das ganze Gemach war anschließend mit Blut und Eiter vollgespritzt. Doch es war zu spät und der Wundbrand schon zu weit fortgeschritten. Friedrich, sein ältester Sohn, hatte den Erzbischof von Salzburg holen lassen, und auf dem Sterbebett gelobte der Herzog, alle Forderungen des Heiligen Vaters zu erfüllen. Nur auf den Kreuzzug würde er wohl nicht mehr gehen können. Nun, das sah der Erzbischof ein, erteilte dem Sterbenden die Letzte Ölung und sprach ihn von seinen Sünden frei. Leopold verschied unter grässlichen Schmerzen, aber letztlich versöhnt mit der Kirche und versehen mit den Sterbesakramenten. Friedrich hat sofort sein Vermächtnis erfüllt und uns Geiseln freigelassen. Weiterhin soll ich ausrichten, dass er nicht weiter auf der vertraglich geregelten Eheschließung zwischen ihm und Eurer Nichte Eleanor von der Bretagne besteht, Sire. Allerdings gab mir Friedrich auch zu verstehen, dass es wohl mit der Rückgabe des Lösegeldes nichts werden würde, da sein Vater bereits so gut wie alles davon für den Bau von Städten und Befestigungsanlagen ausgegeben hat.«

»Das wäre auch zu schön gewesen, um wahr zu sein«, seufzte Richard, dem bei diesen Nachrichten aber sofort verschiedenste Gedanken durch den Kopf schossen. Denn wenn dem so war, dann stand ihm seine Nichte wieder für eine Verheiratung mit einem anderen, ihm genehmen Kandidaten zur Verfügung, und er brauchte zumindest kein Lösegeld mehr für die letzten Geiseln in Österreich zu entrichten. Zusammen mit der Nachricht vom Tod seines Erzfeindes, fand Richard, waren das durchaus erfreuliche Neuigkeiten.

»Nun, ich werde sicher keine Gebete für Leopolds Seelenheil sprechen«, meinte er schließlich nach einiger Zeit des Nachdenkens, »doch solch einen Tod wünsche ich keinem Mann. Die Strafe des Himmels ist doch oft grausamer, als wir Menschen sie uns ausdenken könnten. Jetzt will ich nur hoffen, dass auch Heinrich das erpresste Geld im Halse stecken bleibt und er am besten daran erstickt. Aber vielleicht sollten wir auch in diesem Fall auf die göttliche Gerechtigkeit vertrauen. Kommt sie nicht und haben wir erst Philipp endgültig geschlagen, dann statten wir dem Kaiser bestimmt einmal einen Besuch in seinem Reich ab. Einen mit richtig viel Gefolge, am besten einer starken Armee. Oder was meinst du, Otto? Wärst du dabei, wenn danach vielleicht ein Welfe auf dem Thron Karls des Großen gekrönt werden würde?«

»Aber sicher doch, Onkel!« Der junge Mann strahlte über das ganze Gesicht. »Mit Gottes Hilfe ist alles möglich, wie wir gerade erst wieder erfahren haben.«

»Am besten bin ich immer gefahren, wenn ich mich weniger auf ihn als auf mich selbst verlassen habe«, entgegnete der König. »Und wenn ich dir einen guten Rat geben darf, Neffe: Halte es ebenso, und du wirst es noch weit bringen.«

Kaum waren die Weihnachtsfeiertage vorüber, das neue Jahr ein paar Wochen alt und die Straßen endlich wieder einigermaßen passierbar, griff Richard mit aller Wut, zu der er fähig war, Philipps Stellungen an. An allen Fronten gingen seine Streitkräfte gegen die französischen Besatzungen vor und eroberten eine Stadt, eine Burg nach der anderen zurück. Zwischendurch gab es immer wieder einmal Waffenstillstandsverhandlungen zwischen den kriegführenden Parteien, doch keine Seite hielt sich länger, als die Tinte auf den Pergamenten zum Trocknen brauchte, an die getroffenen Vereinbarungen.

Mercadier setzte auf Befehl des Königs seine Raubzüge im Berry und der Auvergne fort. Richard hatte Philipp zwar zu der Zeit, in der er noch mit ihm verbündet gewesen war, alle Lehnsrechte über diese Gebiete abgetreten, doch da er der Meinung war, dass der französische König ihm Teile seines Landes in der Normandie und Aquitanien gestohlen hatte, fühlte er sich an seine damaligen Versprechen nicht mehr gebunden. Seinem Söldnerhauptmann gelang es, den Grafen der Auvergne zu überraschen und gefangen zu nehmen und im Berry die große und bedeutende Festung Issoudun zu erobern, von der aus sich das ganze Land beherrschen ließ.

Philipp wurde es mittlerweile mulmig, denn er glaubte, auch die Burg Vaudreuil nicht mehr lange halten zu können. Deshalb bot er seinem Kontrahenten Friedensverhandlungen an und stellte sogar in Aussicht, ihm die von beiden Seiten begehrte Burg kampflos zu übergeben. Doch bevor ein Treffen vereinbart werden konnte, erreichte Richard eine Nachricht, die ihn alles andere vergessen und nach Poitiers eilen ließ. Berengaria war endlich zurückgekehrt und anlässlich der Osterfeierlichkeiten am Hof seiner Mutter erschienen. Zweieinhalb Jahre hatte der König seine Frau nicht gesehen, jetzt wollte er keinen Lidschlag länger warten, um sie endlich wieder in seine Arme schließen zu können. Drei Pferde, so sangen zumindest die Troubadoure später, hätte er auf dem Weg aus der Normandie in das Poitou zuschanden geritten, nur um so schnell als möglich zu der Liebe seines Lebens zu gelangen.

Das Zusammentreffen der Vermählten gestaltete sich dann weniger prosaisch als in der Wiedergabe der Spielleute. Neben seiner in die Farben der Plantagenets Rot und Gold gekleideten Mutter wirkte Berengaria, immer noch Trauer tragend, wie eine asketische Nonne, die der Welt entsagt hatte. *Wo ist nur die strahlende und lebensbejahende Schönheit geblieben, die mir Eleonore einst in Messina zugeführt hat?*, fragte sich ihr Gemahl insgeheim, als er durch die große Halle des Palastes auf sie zuschritt.

Richard konnte sich noch gut an den Augenblick erinnern, als er Berengaria ganz in himmelblaue Seide gekleidet – die Farbe ihrer Augen – an Bord der Galeere gesehen hatte, die in den Hafen der sizilianischen und kurz zuvor von ihm eroberten Hafenstadt einlief. Sein ganzes Heer hatte er rings um die Bucht Aufstellung nehmen lassen, und als er an Bord eilte und seine zukünftige Gemahlin vor aller Augen in den Arm nahm und küsste, da hatte es kein Halten gegeben und der Jubel aus Tausenden von Kehlen laut über das Meer gehallt. So hatte er seine Frau in Erinnerung und nicht, wie sie jetzt vor ihm stand, vergrämt und wie von einer schweren Last niedergedrückt.

Trotzdem nahm sich Richard zusammen und begrüßte seine Gemahlin sittsam und höflich, wie es die Etikette verlangte. Für lange Gespräche und auch den Austausch von Intimitäten, wie sie unter Vermählten nach so einer langen Zeit der Trennung üblich waren und nach denen sich der König wie sonst nach nichts anderem sehnte, würde später in der Abgeschiedenheit des ehelichen Gemachs noch ausreichend Zeit sein.

Berengaria legte zur Begrüßung ihre Wange für einen Moment an die ihres Gatten und hauchte ein »Ich freue mich, dich endlich wiederzusehen, Richard« in sein Ohr, wahrte danach allerdings sofort wieder Distanz zu ihm. Bei dem anschließenden, ihr zu Ehren gegebenen Festmahl, das anlässlich des Aufeinandertreffens der so lange Getrennten gegeben wurde, ließ sie sich nur Brot und stark mit Wasser verdünnten Wein reichen, was ihr Gemahl und auch Eleonore stirnrunzelnd zur Kenntnis nahmen. Es dauerte nicht lange, und die Königin von England – Richard hatte Berengaria gleich nach ihrer Hochzeit auf Zypern in der Kathedrale des Heiligen Georg in Limassol krönen und salben lassen – bat darum, sich zurückziehen zu dürfen, da sie von der langen Reise immer noch erschöpft war und sich unpässlich fühlte.

Das verstieß zwar in grober Weise gegen das Hofzeremoniell, denn wenn sich die Königin erhob, war das Festmahl eigentlich beendet, doch Eleonore setzte sich darüber hinweg und bat die Gäste zu bleiben und nach Belieben weiter zu tafeln. Schließlich hatte sie auftragen lassen, was Küche und Keller nur hergaben, und sah gar nicht ein, dass die Köstlichkeiten Aquitaniens vergeudet werden sollten. Richard wollte seine Gemahlin natürlich begleiten, wurde aber von seiner Mutter nachdrücklich dazu aufgefordert, an ihrer Seite zu bleiben, da die Abwesenheit beider Ehrengäste kaum zu erklären gewesen wäre. Und schließlich handelte es sich auch nicht um die Hochzeitsnacht des Ehepaares, in der man ein solches Verhalten vielleicht gerade noch als entschuldbar hätte ansehen können.

Aber kaum ließ es der Anstand zu, folgte der König seiner Gemahlin und erwartete eigentlich, sie in seinem Bett und für die Nacht zurechtgemacht vorzufinden. Doch das war zu seinem Erstaunen nicht der Fall, und deshalb stürmte Richard, jetzt schon mit Zornesfalten auf der Stirn, zu den Gemächern, die seiner Frau zugewiesen worden waren. Er wusste natürlich, wo diese lagen, schließlich hatte er große Teile seiner Kindheit und Jugend im Palast verbracht und brauchte deshalb niemanden, der ihm den Weg zeigte. Seinem Gefolge hatte er schon zuvor befohlen, zurückzubleiben, denn bei seinem ersten, wirklichen Zusammentreffen mit seiner Frau wollte er keine Zeugen in der Nähe haben.

Die Wachen vor den Frauengemächern salutierten vor dem König, und die Mägde und Zofen im Vorzimmer stoben wie aufgeschreckte Hühner auseinander, als er wie der Sturmwind hineingefegt kam. Richard hatte nicht die Absicht, sich von irgendjemandem aufhalten zu lassen, und durcheilte das Gemach mit langen Schritten, um endlich zu seiner Gemahlin zu gelangen, doch als er die Tür zu ihrer Kemenate nach kurzem Klopfen öffnen wollte, fand er diese von innen versperrt. Jetzt war es kurz davor, dass ihm der Geduldsfaden riss, und sein erneutes Anklopfen war wahrscheinlich in der ganzen Burg zu hören und erweckte wohl den Eindruck, als tobe sich ein Gewitter über Poitiers aus, so heftig donnerte seine Faust gegen das Holz.

»Mach die Tür auf, Berengaria, ich bitte dich!«, rief der König, jede Zurückhaltung aufgebend. »Wieso versteckst du dich vor mir? Ich tu dir doch nichts, du brauchst keine Angst zu haben. Was ist denn nur aus unserer Liebe geworden, sag mir das! Wir müssen doch nur miteinander reden, dann wird bestimmt alles gut. Lass mich ein, ich will dich endlich nach so langer Zeit wieder einmal in den Arm nehmen.«

Richard erinnerte sich noch gut daran, wie Berengaria das erste Mal zu ihm gekommen war. Damals, in Messina, nach dem Turnier, auf dem er durch Philipps Heimtücke fast sein Leben verloren hätte. Robert von Loxley und Baudouin de Béthune hatten es ihm damals durch ihr beherztes Eingreifen gerettet und seine zukünftige Frau es nach diesem Vorfall nicht mehr bis zur Hochzeit abwarten können und ihm eine Liebesnacht beschert, an die er bis ans Ende seiner Tage denken würde. Und nun verschloss sie ihm ihre Kammer und wollte nichts mehr von ihm wissen! *Was zur Hölle,* überlegte Richard, *ist nur mit ihr passiert?*

Die Tür war aus massivem Eichenholz und eisenverstärkt, doch trotzdem hätte Löwenherz sie sicher einrammen können, zur Not mithilfe der Tischplatte aus dem Vorzimmer. Aber auf solch gewaltsame Art und Weise in das Gemach seiner Gemahlin einzudringen, davor schreckte er dann doch zurück. Gerade hob er wieder die Faust, um gegen die Tür zu hämmern, als er von der anderen Seite Berengarias Stimme, wenn auch sehr gedämpft, vernahm.

»Richard, ich bitte dich, gib mir Zeit! Es ist nicht so einfach für mich, wie du denkst. Seit den zwei grässlichen Verlusten innerhalb so kurzer Zeit ertrage ich niemandes Nähe mehr, weil ich immer fürchte, dann bald den nächsten geliebten Menschen zu verlieren. Nach dem Tod unseres Kindes und meines Vaters will ich nur noch beten und mich und die Meinen mit Gott versöhnen. Kannst du das nicht verstehen? Ich bin zu dir zurückgekehrt, aber schon heute glaube ich, dass das ein Fehler war. Vielleicht hätte ich in Navarra in ein Kloster gehen und der Welt entsagen sollen. Ich denke, das wäre vielleicht für uns alle das Beste gewesen.«

»Berengaria, meine Liebe, mach die Tür auf, lass uns reden«, lockte Richard mit samtweicher Stimme. »Ich verspreche dir, ich berühre dich nur, wenn du es willst und mich darum bittest. Aber lass mich nicht so vor deiner Kemenate stehen und betteln. Wir sind doch schließlich Mann und Frau, und Gott hat diesen Bund gesegnet.«

»Ich kann nicht, Richard. Ich wüsste nicht, was dann geschieht, und davor fürchte ich mich. Ich flehe dich an, versuche, mich zu verstehen. Vielleicht wird ja mit Gottes Hilfe alles wieder gut, und wir können noch einmal wie früher zusammenleben. Dafür will ich heute Nacht beten, aber allein. Ich bitte dich von Herzen, das zu akzeptieren.«

Richard nahm all seine Willenskraft zusammen, um nicht doch noch die Tür einzutreten. Das Gesinde und auch Berengarias Hofdamen hatten sich in eine Ecke des Vorzimmers geflüchtet und dort zusammengekauert, so sehr fürchteten sie sich vor dem Berserker, der da Einlass in die Kemenate ihrer Herrin begehrte. Dass sie ihn nicht zu sich einlassen wollte, konnte jede von ihnen nur allzu gut verstehen. Der König allerdings ganz und gar nicht. War er nicht immer ein fürsorglicher, zuvorkommender und charmanter Ehemann gewesen? Er hatte auf Turnieren in den Farben Berengarias gekämpft, für sie Lieder geschrieben, sie mit Geschenken überhäuft und ihr immer wieder seine Liebe gestanden. Was wollte sie denn noch? Ihr Kind hatte sie nicht zuletzt deswegen verloren, weil sie gegen seinen ausdrücklichen Befehl verstoßen hatte, doch nie war auch nur ein Wort des Vorwurfs über seine Lippen gekommen. Sie hingegen hatte ihn immer wieder angeklagt, schuld am Tod ihres ungeborenen Kindes zu sein, weil er die gefangenen Sarazenen vor Akkon hatte hinrichten lassen. Nun gut, er hatte sich damit abgefunden, dass sie ihn nicht verstand. Ihre zarte, mitfühlende Seele war damals schwer verletzt worden, das hatte er eingesehen. Aber am Tod ihres Vaters trug er nun wahrlich keine Schuld. Sancho VI. war ein alter, kranker Mann gewesen, der im Kreise seiner Angehörigen nach einem langen, erfüllten Leben verschieden war.

*Wenn Berengaria das nicht verkraftet, dann ist sie vielleicht tatsächlich nicht die richtige Frau an meiner Seite,* grübelte

Richard erstmalig. *Eine Königin würde nun einmal in ihrem Leben mit Tod und Gewalt konfrontiert werden, das war der Lauf der Dinge.* Eigentlich hatte seine Frau ein Hospital auf dem Jakobsweg gründen und leiten wollen, fiel Richard ein, bevor sie seinem Werben nachgegeben hatte. Ob sie es heute bereute, damals nach Sizilien geeilt und nicht in der Heimat geblieben zu sein? Der König wusste es nicht, aber er wollte es unter allen Umständen herausfinden. Doch nicht heute, gestand er sich ein, dafür bedurfte es der Ruhe und vor allem einer anderen, ungestörten Umgebung.

»Gut, wenn du es wünschst, werde ich mich jetzt zurückziehen«, meinte er deshalb mit dem Mund dicht an der Tür. »Aber eins solltest du dir immer bewusst machen, Berengaria – wir sind nicht Mann und Frau, weil Bündnisse zu schließen waren und Grenzen gesichert werden mussten, sondern weil ich um dich in Pamplona geworben habe und du mich erhört hast. Soll das jetzt wirklich vergessen sein und nichts mehr zählen? Von mir aus kann alles wieder so werden, wie es war, denn ich liebe dich wie am ersten Tag unseres gemeinsamen Lebens.«

Eine Weile lauschte Richard noch auf eine Antwort hoffend an der Tür, aber er vernahm kein weiteres Wort mehr von der anderen Seite. Nur ein leises Schluchzen glaubte er zu hören, war sich aber nicht sicher, ob er nicht einer Täuschung erlag und ihn nur der Frühlingswind narrte. Endlich wandte er sich ab und verließ mit hängenden Schultern und schleppenden Schrittes das Gemach, in das er vor Kurzem noch so schwungvoll und voller Hoffnung hineingestürmt war.

In seinem eigenen erwartete ihn zu seiner Überraschung seine Mutter, die ihn in einem Lehnstuhl sitzend und mit einem Krug und einem Pokal, der mit schwerem Bordeaux gefüllt neben ihr auf einem Tischchen stand, empfing.

»Ich hätte dich vielleicht vorwarnen sollen, Richard«, meinte Eleonore, während sich ihr Sohn schwer auf einen Stuhl fallen ließ und sich ebenfalls einen Becher Wein einschenkte, »aber ich hatte die Hoffnung, dass sie sich vielleicht fängt, wenn sie dich wiedersieht. Schließlich wart ihr einmal ein Paar, wie es selten ein zweites gibt. Ein Paar, das mich, wann immer ich sah, wie ihr miteinander geturtelt habt, an meine erste Zeit mit Henry erinnert hat. Damals, in Messina, war ich sogar etwas neidisch auf euch und bin nicht zuletzt deshalb so schnell wieder abgereist, weil ich das Liebesgesäusel kaum ertragen konnte. Doch die Berengaria, die ich dir damals nach Sizilien brachte, ist nicht mehr diejenige, die jetzt aus Navarra an meinen Hof gekommen ist. Das habe ich gleich erkannt, als sie vor drei Tagen hier ankam. Was, habe ich mich gefragt, kann einen Menschen nur so verändern? Ist sie wirklich so labil, dass sie keine Verluste verkraftet? Nun, wenn dies der Fall sein sollte, dann ist sie aber auch keine Königin, und dann musst du – mag ich das noch so sehr bedauern – völlig umdenken, Richard. Das Reich braucht eine Frau an deiner Seite, die strahlt und repräsentiert, und keine Betschwester, die nur auf den Knien vor Altären rumrutscht. Das hat sie nämlich in den letzten Tagen fast ununterbrochen getan. Vielleicht sind ja die sechs Monate Aufenthalt in Rom während ihrer Rückreise aus dem Heiligen Land daran schuld, ich weiß es nicht. Ständig nur umgeben zu sein von Prälaten, Mönchen, Nonnen und Weihrauchschwaden, das muss einem ja aufs Gemüt schlagen.«

»Was hat Berengaria denn so lange in Rom gewollt, und war Joan nicht an ihrer Seite?«

»Doch, schon. Es war für beide zu gefährlich, weiterzureisen, und so haben sie sich unter den Schutz des Heiligen Vaters gestellt. Und du weißt ja, die Mühlen des Vatikans mahlen besonders langsam. Es hat ein halbes Jahr gedauert, bis sich Coelestin aufraffen konnte, die beiden Frauen in Begleitung eines Kardinals nach Marseille weiterreisen zu lassen. Dort haben sich deine Gemahlin und Joan dann getrennt. Deine Schwester hat mir erzählt, dass Berengaria in Rom ständig mit Klerikern zusammen war und vor allem gleich mehrere Äbtissinnen ihr einredeten, dass sie selbst die Schuld am Tod ihres Kindes tragen würde, aus welchem Grund auch immer. Diese permanente Indoktrination kann durchaus Früchte getragen haben. Eine Königin, die der Welt entsagt und stattdessen in ein Kloster eintritt, wäre doch wahrlich ein gefundenes Fressen für die heilige Mutter Kirche.«

»Sie läuft ja schon herum wie eine Nonne«, meinte Richard wütend. »Kein repräsentatives Kleid, kein Schmuck, kein Rouge, dass die Blässe auf Wangen und Lippen kaschiert. Sie sah aus, als hätte sie die Profess schon abgelegt und wäre bereits auf dem Weg in ein Kloster.«

»Ich habe ihr Zofen und meine Schneider geschickt und ihr angeraten, sich für dich schön zu machen und zu schmücken«, verteidigte sich Eleonore. »Aber was hat deine Frau mir daraufhin geantwortet? Sie bräuchte kein eitles Blendwerk, Gott würde ihr auch ohne diesen Tand tief in die Seele schauen können.« Die Königinmutter verdrehte verständnislos die Augen. »Ich denke, in diesem Zustand kann sie ihre Pflicht, dir zur Seite zu stehen und Nachkommen zu schenken, nicht erfüllen. Dazu muss eine Frau bereit sein, auch innerlich. Glaub mir, ich weiß, wovon ich rede. Immer dann, wenn ich gern empfangen habe, wurde auch ein Kind geboren. Im anderen Fall wurde daraus nichts, so wie bei meinem ersten Gemahl Louis.«

*Hat meine Mutter gerade eben offen eingestanden, dass meine Halbschwestern Marie und Alix unehelich gezeugt worden sind?*, fragte sich Richard, verdrängte aber den Gedanken sofort wieder. Er hatte wahrlich andere Probleme, und schließlich war ihm das auch völlig gleich.

»Hast du nicht einen Rat für mich, Mutter? Selten habe ich mich so hilflos gefühlt. Ich weiß wirklich nicht, was ich tun soll. Vielleicht Berengaria anschreien, endlich aufzuwachen und sich mehr zusammenzunehmen? Meinst du, dass das helfen würde? Oder soll ich ihr Zeit geben und hoffen, dass diese ihre Wunden heilt und sie wieder zu sich und damit auch zu mir findet?«

»Ich bin in diesem Fall ebenso ratlos wie du, Richard. Josef von Salamanca meint, dass die Seele ebenso verletzt werden kann wie der Körper. Das hat man ihn zumindest während seines Studiums in Salerno gelehrt. Nur fehlt es ebenso, wie es für viele Krankheiten des Leibes kein Heilmittel gibt, leider auch an Wissen, die Heilung des Geistes betreffend. Du wirst ja wohl keinen Teufelsaustreiber für deine Frau bestellen oder sie mit eiskaltem Wasser übergießen lassen wollen. Das wird nämlich bei solchen Erkrankungen nebst dem Tragen von Amuletten und natürlich den üblichen Aderlässen empfohlen. Mein Arzt rät allerdings von alldem dringend ab. Er denkt, dass Berengaria von der Schwermut befallen wurde, und sagte mir, dass diese am ehesten durch Ablenkung und die Beschäftigung mit den schönen Dingen des Lebens vergeht. Jetzt kommt der Frühling, das Grün bricht überall mit Macht hervor, unzählige Blumen blühen auf den Wiesen. Besonders schön ist es um diese Jahreszeit in der Maine unweit von Le Mans. Vielleicht solltest du deine Frau überreden, mit dir dorthin zu reiten. Es ist ja nicht weit von hier aus. Da gibt es auch keinerlei Zerstörungen, der Krieg hat diese Gegend nie erreicht. Die Dörfer sind intakt, die Städte blühen, und die Klöster gedeihen. Wenn sie dieser Anblick nicht aufheitert, Maine im Frühling, dann weiß ich auch nicht mehr weiter.«

»Zumindest ist es einen Versuch wert«, meinte der König nachdenklich. »Ich hatte schon daran gedacht, Troubadoure zu einem Wettstreit einzuladen, aber das hieße, hier vor Ort zu bleiben. Und so schön dein Palast auch ist, Mutter, letztlich sind es für Berengaria vielleicht nur graue Mauern, die sie einengen und in denen sie sich wie eine Gefangene vorkommt. Zudem habe ich überlegt, ob die Jagd sie vielleicht zerstreuen würde, es aber sofort wieder verworfen. Großer Gott, wenn sie in ihrem jetzigen Zustand Blut sieht, bricht sie mir womöglich gänzlich zusammen. Aber Blumen und Frühlingsgrün, das könnte klappen. Gleich morgen will ich meiner Frau das vorschlagen und mit ihr nach Norden reiten. Zur Not binde ich sie auch auf ein Pferd! Wir nehmen nur ein ganz kleines Gefolge mit, das Abstand hält. Ein paar Zofen, Knappen und Pagen, das muss reichen. Und deinen Sänger Blondel leihe ich mir aus, Mutter. Aber gnade ihm Gott, wenn er von Liebe singt, die ewig unerfüllt bleibt! Dann schneide ich ihm die Zunge heraus, so wahr man mich Löwenherz nennt. In Mainz habe ich einen Dichter singen hören, dessen Lieder schon fast frivol zu nennen sind. Walther von der Vogelweide ließ er sich nennen, ein eigenartiger Name. Aber gut war er, das muss ich schon sagen. Wie der über den Klerus hergezogen ist, ich habe mir vor Lachen auf die Schenkel geschlagen. Der könnte auch Berengaria aufheitern, da bin ich mir ganz sicher.«

»Dann lass ihn doch suchen, und biete ihm einen Platz an deinem Hof an. Wirklich gute Sänger für die abendliche Unterhaltung sind rar. Aber bis dahin begnüge dich mit Blondel de Nesle. Ich werde ihn schon instruieren, was er singen darf und was besser nicht. Schade, dass Alan a Dale zurück in England ist. Seine Verse über Robert von Loxley würden deiner Frau sicher auch gut gefallen. Schließlich mochte sie den Earl von Huntingdon sehr.«

»Wer nicht?«, seufzte Richard. »Er hat mir schon in Jaffa geraten, wie ich Berengaria zurückgewinnen könnte. Übrigens mit ähnlichen Empfehlungen, wie du sie mir hier und heute gegeben hast. Damals war ich recht erfolgreich und habe meine Frau wieder lachen sehen. Also folge ich am besten deinem Ratschlag und versuche es noch einmal auf diese Weise.«

Mutter und Sohn hoben ihren Pokal zum gegenseitigen Einverständnis und gönnten sich den Wein aus Saint-Émilion bei Bordeaux als Schlummertrunk. Beide hofften aus tiefster Seele, dass sich Berengaria wieder finge und zumindest angemessen als Königin an der Seite ihres Gemahls auftreten könnte. Und vielleicht käme es dann ja auch noch zu dem er-sehnten Nachwuchs, man sollte die Hoffnung schließlich nie aufgeben.

Das, was seine Mutter ihm da offeriert hatte, war zwar nur ein Strohhalm, aber einer, an den Richard sich voller Hoffnung klammerte. Am nächsten Tag konnte Berengaria sich ihm nicht entziehen, und so nahm er sie nach der Frühmesse sanft am Arm und führte sie in den Palastgarten, wo er ihr inmitten von blühenden und duftenden Sträuchern seinen Plan darlegte. Seine Gemahlin sträubte sich anfänglich mit Händen und Fü-ßen, weil sie die Geborgenheit einer Kirche und den Beistand von Klerikern nicht vermissen wollte, musste sich aber letzt-lich dem Willen ihres Gatten beugen.

Auf ihrem Ritt durch den Frühling ließen sie sich Zeit, es drängte sie ja niemand. Richard umging bewusst das nördlich von Poitiers gelegene Schlachtfeld, wo vor etwas weniger als fünfhundert Jahren Karl Martell und Eudo von Aquitanien mit ihren verbündeten Truppen den Vorstoß der Araber in das Herz des Abendlandes aufgehalten hatten. Denn an Schlach-ten, Mord und Totschlag wollte er seine Frau besser nicht erinnern.

Wo es schön war, machte die kleine Reisegesellschaft Rast, und Richard bemühte sich, Berengarias Augenmerk auf die vielfältige Schönheit der wiedererwachenden Natur zu lenken. Mal zeigte er ihr eine Ricke mit ihren Kitzen, mal aus dem Süden zurückgekehrte Schwalben, die sich in die Lüfte schwan-gen und dort ihre außerordentlichen Flugkünste unter Beweis stellten. Blumenkränze wurden von den Mägden gewunden und an die Sättel und Wagen gehängt. Abends sang Blondel de Nesle dann schmachtende Lieder, und selbst Richard griff ab und an zur Laute und besang den Frühling und Berengarias Schönheit, was diese jedes Mal erröten ließ und dazu brachte, die Augenlider niederzuschlagen oder ihren Blick abzuwenden. Sie selbst wusste am besten, dass davon nicht mehr viel übrig war und ihr Gemahl in Erinnerungen schwelgte, die längst Vergangenheit waren und nie mehr zurückkehren würden. Letztlich war ihr das aber gleichgültig, denn mit ihrem früheren Leben hatte sie abgeschlossen und wünschte es sich auch nicht zurück.

Die kleine Reisegesellschaft nächtigte an murmelnden Bächen in Zelten, wobei Berengaria sehr zum Missvergnügen ihres Gemahls darauf bestanden hatte, ein eigenes zu bekommen, um nicht mit ihm das Lager teilen zu müssen. Bei Saumur überquerten sie auf der alten Römerbrücke die Loire. Der Kastellan des auf einem Hügel über der Stadt gelegenen, wunderschönen kleinen Schlösschens war nahe daran, sich vom Turm zu stürzen, weil der König, wenn er denn schon einmal da war, nicht bei ihm Quartier nehmen wollte. Wobei es in dem ganzen Gemäuer nur ein einziges Schlafgemach gab, das einem Herrscherpaar angemessen war. Und da Richard das wusste und er seine Frau nicht überfordern wollte, wurde besser außerhalb der Mauern genächtigt. Allerdings kamen die Zelte des Königs und seiner Königin schon eher kleinen Palästen gleich. Glücklicherweise blieb das Wetter die ganze Zeit über ausgesprochen schön, eine kräftige Frühlingssonne wärmte tagsüber, und auch die Nächte waren so mild, dass sogar die Grillen zirpten.

Die Landschaft wurde immer lieblicher, und bei dem kleinen Örtchen Thorée-les-Pins taute Berengaria endgültig auf. Wie ein kleines Mädchen lief sie mit ausgebreiteten Armen durch die Wiesen, auf denen das Gras schon hüfthoch wogte und viele bunte Blumen blühten.

»Hier ist es so schön, hier möchte ich am liebsten für immer bleiben!«, rief sie aus, und Richard ging das Herz auf.

»Dann tu das doch, mein Engel«, erwiderte er und strich seiner Frau zart über die Wange, eine Berührung, die sie sich erstmals, ohne vor ihm zurückzuweichen, gefallen ließ. »Wenn du willst, lasse ich uns auf dem nächsten Hügel eine Burg bauen. Wir sind im Haut-Anjou, hier gehört mir jeder Quadratyard Boden. Dahinten, das Flüsschen ist die Loire. Sie entspringt im Perche, von dort kommen gute Zugpferde. Und siehst du die vielen kleinen Seen? Sie sind sehr fischreich, und in den Wäldern kann man gut … Nun ja, lassen wir das. Was meinst du denn zu meinem Vorschlag?«

Gut jagen, hatte Richard sagen wollen, das Wort aber gerade noch rechtzeitig heruntergeschluckt. Erwartungsvoll blickte er seine Frau an, aber er sah nur in traurige Augen.

»Hast du nicht schon genügend starke feste Burgen, Richard?«, fragte Berengaria mit müder Stimme. »Unweit von hier steht die wohl mächtigste des angevinischen Reiches, von der selbst ich gehört habe. Bewahrst du in Chinon nicht sogar deinen Staatsschatz auf? Warum dann noch eine Festung, die das Land beherrscht und ihren Donjon drohend für alle sichtbar in den Himmel reckt? Warum nicht einfach einmal ein Haus bauen inmitten einer blühenden Wiese, ohne Mauern, Türme und Zugbrücke? Mit großen Fenstern und einer stets offenen Tür? Warum das friedliche Land zerstören, indem man tiefe Gräben aushebt, Wasser umleitet und Wälle aufwirft?«

*Weil ich der König bin und nicht wie ein Bauer leben kann,* lag Richard als Erwiderung auf der Zunge. *Und weil das Leben nun einmal nicht so ist, wie du es dir wünschst. Eine feste Burg kann einem Feind auch einmal standhalten, ein Haus mit einer offenen Tür sicher nicht. Aber wenn es dich glücklich macht, sollst du auch das bekommen.*

»Ganz wie du möchtest, mein Herz«, lautete deshalb Richards Antwort, der alle Einwände hinunterschluckte. »Ich werde einen Baumeister beauftragen, der an einer dir genehmen Stelle das Haus deiner Träume errichtet. Du musst ihm nur sagen, wie du es dir wünschst, und so soll es entstehen.«

»Nicht mein Haus, Richard. Unseres! Könntest du dir nicht vorstellen, hier mit mir bis ans Ende unserer Tage glücklich zu sein? Nur du und ich? Weitab von der Welt, die so viel Tod und Verderben in sich trägt!«

Richard kämpfte mit sich, ob er Berengaria lieber weiterhin schonen oder ihr mit ehrlichen, klaren Worten sagen sollte, was er von ihrem Vorschlag hielt. Befand sich ihr Geist womöglich schon in einem ersten Stadium der Umnachtung, sodass sie gar nicht mehr merkte, wie unmöglich das war, was sie von ihm erwartete? Sie waren König und Königin, herrschten über das größte Reich des Abendlandes nach dem des römisch-deutschen Kaisers! Da konnten sie sich doch nicht auf einmal ins Nirgendwo zurückziehen und der Welt entsagen. Wofür außerdem? Um allein für ihre Liebe zu leben? Zumindest Richard wusste, dass er das ein, zwei Tage, vielleicht sogar eine Woche aushalten würde, aber nicht länger. Außerdem musste er ein Land regieren, es vor seinen Feinden bewahren, die Menschen schützen und tun, was ein Monarch sonst noch so alles an Aufgaben zu erfüllen hatte. Am besten mit einer Frau an seiner Seite, die ihn in seinem Tun und Handeln bestärkte, wenn nötig beriet und ihm im nächtlichen Gemach Ablenkung von den Sorgen des Alltags bot und zusätzlich noch Nachkommen bescherte. War Berengaria womöglich entfallen, dass dies auch zu ihren Pflichten gehörte? Schließlich war sie die Frau, Tochter und Schwester eines Königs! Sie musste doch wissen, was von ihr erwartet wurde! Aber Richard beschloss, die Erwiderung, die ihm bereits auf der Zunge lag, herunterzuschlucken und sanft wie ein Lamm zu bleiben. Die Wirklichkeit würde seine Frau schon noch zeitig genug einholen, und er wollte, soweit es ihm möglich war, die harte Realität des Lebens von Berengaria fernhalten, solange es ging. Vielleicht half ihr das ja, wieder zu sich zu finden, sodass sie nach einer Zeit der Ruhe und inneren Einkehr erneut die Aufgaben wahrnehmen könnte, die man von ihr erwartete. Jedenfalls war es besser, ein Haus auf dem Lande für sie zu bauen, als sie an eine Abtei zu verlieren.

»Wenn du meinst, meine Liebe«, meinte Richard deshalb auch ganz nachgiebig. »Such du einen Platz für unser Haus aus, und ich reite nach Le Mans und besorge einen Baumeister. Spätestens morgen bin ich mit ihm zurück, und die Arbeiten können beginnen. Wir wollen doch keine Zeit verlieren und unseren Traum Wirklichkeit werden lassen.«

*Vielleicht wird dich das ablenken und beschäftigen, wenn ich bald wieder wegmuss*, dachte Richard. *Und ich werde zu deinem Schutz eine starke Garnison hierher verlegen. Das wird zwar die Bauern in den umliegenden Ortschaften gar nicht freuen, aber daran führt nun mal kein Weg vorbei, denn wo sollte ich sie sonst einquartieren, wenn ich keine Burg bauen darf.*

Die Bauern von Thorée-les-Pins und auch den Nachbargemeinden Luché-Pringé, Le Lude, Vaulandry und La Flèche waren wenig erbaut davon, dass man ihnen plötzlich eine große Wiese wegnahm, die sie bisher immer gemeinschaftlich als Weide genutzt hatten, nur weil der König die völlig verrückte Idee hatte, ein Haus darauf bauen zu wollen. Aber wer waren sie, sich dagegen zur Wehr zu setzen, nachdem ein vorsichtiger Versuch der Dorfältesten, Einspruch zu erheben, rigoros von Richard abgebürstet worden war. Also machten sie gute Miene zum bösen Spiel, verdingten sich als Arbeitskräfte und hofften, später Nahrungsmittel an die Bewohner liefern zu können, denn von irgendetwas mussten diese ja leben.

Berengaria ging völlig darin auf, mit dem Baumeister die Pläne auszuarbeiten und die ersten Arbeiten zu beaufsichtigen. Erstmals sah Richard wieder so etwas wie einen leichten Hauch von Rot auf ihren Wangen. Und als nach einer Woche Boten kamen und ihm berichteten, er würde dringend in der Normandie gebraucht, nahm seine Frau den Abschied gar nicht so schwer wie befürchtet und bot ihrem Gemahl sogar die Wange zum Kuss.

Auch während der Abwesenheit des Königs waren seine Befehlshaber nicht untätig gewesen und Philipps Truppen immer weiter zurückgedrängt worden. Baudouin de Béthune hatte aus Dankbarkeit für seine aufopfernde Treue von Richard die Grafschaft Aumale als Lehen erhalten. Der Haken war nur, dass es dort, ganz im Norden der Normandie, noch eine französische Besatzung gab. Doch das, meinte der erfahrene Ritter, wäre für ihn kein Problem. Er warb Freiwillige und flämische Söldner an und machte sich daran, sich seine Grafschaft zu erobern.

William Longsword hingegen war auf französisches Territorium vorgestoßen, und Richard wollte besser gar nicht wissen, was er dort alles in seinem jugendlichen Übermut anrichtete. Die Bauern und Bürger der kleinen Städte in den Grenzregionen waren bestimmt nicht zu beneiden. Mercadier kämpfte währenddessen im Süden äußerst erfolgreich, und William Marshal nahm mit stoischer Ruhe eine Burg nach der anderen ein. So blieb Philipp gar nichts anderes übrig, als um Friedensgespräche nachzusuchen. Sie sollten vor der stark umkämpften Festung Vaudreuil stattfinden, die der französische König, sollten sie erfolgreich verlaufen und man im gegenseitigen Einvernehmen voneinander scheiden, nach Abschluss der Verhandlungen übergeben wollte.

Dazu konnte Richard natürlich schlecht Nein sagen, und so eilte er an die Eure, einen Nebenfluss der Seine, wo die Burg, die einmal mehr auf den Fundamenten eines römischen Kastells errichtet worden war, seit ewigen Zeiten eine Furt über den kleinen Fluss und auch eine Brücke über die unweit nördlich gelegene Seine schützte.

Marshal hatte ein großes Feldlager errichten lassen, welches dem des französischen Königs in nichts nachstand und die Macht und den Reichtum seines angevinischen Gegenspielers sehr deutlich zur Schau stellte. Richard war auch sehr angetan, als er Vaudreuil erreichte, und klopfte seinem Stellvertreter anerkennend auf die Schulter.

»Was würde ich nur ohne Euch machen, Marshall?«, fragte er mehr rhetorisch als ernst gemeint. »Auf Euch ist immer und stets Verlass, das wusste schon mein Vater, Gott hab ihn selig, und erst recht meine Mutter. Und nun dient Ihr mir schon seit Jahren an allen Fronten und mit einer Zuverlässigkeit, die ihresgleichen sucht. Falls ich mich einmal revanchieren kann oder Ihr einen Wunsch habt, lasst es mich wissen. Sofern es mir möglich ist, wird er Euch erfüllt werden.«

*Weniger Feldzüge, damit ich mehr Zeit mit meiner Familie verbringen kann, das wäre eine Sache,* dachte der Earl von Pembroke bei sich. Aber es ging natürlich nicht an, dies dem König ins Gesicht zu sagen, und so zuckte er nur mit den Schultern.

»Ihr habt mir die Ehe mit Isabell de Clare ermöglicht, Sire, und mich vom landlosen, fahrenden Ritter zum Earl von Pembroke und Eurem Stellvertreter erhoben. Was kann ein Mann sich mehr wünschen? Möchtet Ihr, dass ich Euch zu den Verhandlungen mit Philipp begleite, und wer sonst, denkt Ihr, sollte auf alle Fälle an Eurer Seite den Franzosen gegenübertreten?«

»Natürlich kommt Ihr mit, Marshal. Ich brauche wie immer Euren Rat und außerdem Euren mäßigenden Einfluss auf mich. Hubert Walter wäre schön, aber den werden wir wohl nicht so schnell heranschaffen können, oder?« Der König lächelte verschmitzt und fuhr dann fort aufzuzählen. »Auf Walter de Coutances kann ich verzichten, mit dem bin ich fertig. Otto sollte auf alle Fälle mit dabei sein. Erstens kann er bei den Verhandlungen etwas lernen und zweitens zeigen, dass uns auch deutsche Verbündete zur Verfügung stehen. Ansonsten muss mein Gefolge zahlenmäßig dem Philipps entsprechen. Wir wollen ja nicht protzen und gleich mit einer Hundertschaft anrücken. Sonst fürchtet er sich womöglich und verkriecht sich in ein Mauseloch, aus dem er dann nur sehr schwer wieder hervorzulocken ist.«

Richard konnte es einfach nicht lassen zu sticheln, was Marshal hinter dem Rücken des Königs mit Augenrollen und einem kaum vernehmbaren Seufzer quittierte.

»Philipp hat vorgeschlagen, sich morgen zu einem gemeinsamen Frühstück zu treffen. Kann ich ihm ausrichten lassen, dass Ihr damit einverstanden seid, Sire, und Euch mit ihm zwischen den Lagern trefft? Wer soll in diesem Fall das Zelt aufbauen und wer für die Speisen und den Wein sorgen?«

»Wenn ich Philipp beim Essen zusehen muss, vergeht mir der Appetit. Nein, wir können uns NACH dem Frühstück treffen, ich speise hier im Lager. Vor meinem Zelt und mit meinen Befehlshabern. Das kann er ruhig sehen und vor allem hören, was für eine gute Laune bei uns herrscht. Wir fangen gar nicht erst damit an, uns von ihm Bedingungen diktieren zu lassen oder auch nur auf seine Vorschläge einzugehen. Philipp soll von Anfang an wissen, was auf ihn zukommt, wenn er sich mit mir anlegt. Bisher ist er noch jedes Mal davongerannt, wenn es darauf ankam. Mal sehen, wie es diesmal ausgehen wird.«

*Das kann ja heiter werden*, dachte Marshal, *wenn man sich im Vorfeld der Verhandlungen nicht einmal darauf verständigen kann, miteinander zu frühstücken.* Er hatte nicht viel Hoffnung, dass die Gespräche im Guten enden würden, wenn sich schon bei solchen Kleinigkeiten keine Übereinstimmung erzielen ließ.

Richard hingegen verfolgte eine besondere Absicht. Viele der heutigen Gefolgsleute Philipps waren früher einmal die seinen gewesen. Wenn der französische König es ihm gleichtat und vor seinem Zelt speiste, mussten sie entsprechend dem Hofzeremoniell um ihn herumstehen und ihm beim Essen zusehen, ohne daran teilhaben zu dürfen. Doch schauten sie dann hinüber zu ihren Gegnern, würden sie ein gänzlich anderes Bild erblicken, einen Herrscher inmitten seiner Getreuen, der mit ihnen gemeinsam tafelte und sich als Erster unter

Gleichen sah. Würde da in dem einen oder anderen nicht unmittelbar die Frage aufkeimen, ob er mit seinem Übertritt zu Philipp wirklich die richtige Wahl getroffen hatte? *Je mehr Zweifel ich daran säben kann, umso besser*, dachte Richard.

Und so war es auch. Während die Peers von Frankreich um den Tisch ihres Königs herumstanden, hungrig und durstig mitansehen mussten, wie ihr Souverän missgelaunt an einem Hühnerschenkel knabberte, und dabei in der Frühsommerhitze in ihren Rüstungen schwitzten, schallte aus dem gegnerischen Lager fröhliches Gelächter herüber. Richard hatte dafür gesorgt, dass die Edlen Philipps freien Blick auf ihn und seine zechende Runde hatten, und hob so manches Mal den Becher grüßend in ihre Richtung, was den französischen König mit den Zähnen knirschen ließ und ihm restlos den Appetit verdarb.

Doch ewig ließ sich das Aufeinandertreffen der beiden Monarchen nicht aufschieben, und als sie sich schließlich zwischen den Lagern unter einem offenen Baldachin trafen, war ein leichtes Kopfnicken der Gipfel an Höflichkeiten, die sie austauschten.

»Ich freue mich, dass du meiner Einladung Folge geleistet hast, Richard«, begann Philipp, nachdem er sich in einem Scherenstuhl niedergelassen hatte. Wutbebend musste er dabei zur Kenntnis nehmen, dass Richards von Bediensteten herbeigeschaffte Sitzgelegenheit eher einem Thron entsprach und auch seine beiden hochrangigsten Begleiter, William Marshal und Otto von Braunschweig als Vertreter der Welfen, auf Stühlen Platz nahmen, während Philipps Gefolge ausnahmslos stehen musste.

»Es ist mir ein Vergnügen, Philipp. Vor allem, weil du dich bei unserem letzten Zusammentreffen so urplötzlich verabschiedet hast«, entgegnete Richard süffisant. »Lass hören, was für Vorschläge du zu unterbreiten hast. Ich nehme an, dir gehen langsam die Krieger aus, die deine ständig verloren gehenden

Schlachten schlagen sollen. Oder was sonst sollte dich dazu bewegen, mir ohne Kampf das zurückzugeben, was mir von Rechts wegen sowieso gehört?«

»Darüber ließe sich trefflich streiten, Richard. Du erhebst zum Beispiel Anspruch auf das Vexin und das Berry. Beide Landschaften waren aber eine Mitgift meiner Schwester Alix, mit der du dich eigentlich nach dem Willen unserer beiden Väter hättest vermählen sollen. Doch ist die Ehe etwa geschlossen worden? Nach meinem Kenntnisstand bist du mit Berengaria von Navarra verheiratet, wenn auch nicht sehr glücklich, wie mir berichtet wurde. Alix hingegen lebt wie eine Gefangene am Hof deiner Mutter und ist immer noch unvermählt. Meinst du nicht, dass das eine immerwährende, schwärende Verletzung im Fleisch ihres Bruders ist? Wie gedenkst du diese Angelegenheit endlich zu bereinigen, frage ich dich?«

Philipp hatte den Finger mit großer Treffsicherheit in eine Wunde gelegt, die auch Richard schmerzte. Als Alix damals an den englischen Hof gekommen war, war sie eine nahezu überirdische, jugendliche Schönheit gewesen, die Richard, hätte es ihm sein Vater befohlen, auf der Stelle geheiratet hätte. Doch dem war selbst aufgefallen, welchen Schatz man ihm da nebst der umfangreichen Mitgift zugesandt hatte, und er gedachte erst einmal selbst auszuprobieren, ob die französische Prinzessin auch gut genug für seinen Sohn war. Nun, das Ende vom Lied war, dass Henry derart angetan von Alix war, dass er die Finger nicht von ihr lassen konnte und sie sogar ein Kind von ihm bekam. Als er dann endlich seine Lust ausreichend an ihr gestillt hatte und von Richard verlangte, dass er die Prinzessin nun heiraten sollte, damit deren Mitgift den Plantagenets erhalten bliebe, lehnte dieser dankend ab. Er hatte weder die Absicht, die alten Kleider noch die abgelegten Frauen seines Vaters aufzutragen. Sein Bruder John bot zwar sofort an, für ihn einzuspringen, wenn er dafür Thronfolger werden würde, doch diese Pläne beendete Richard, indem er im Bunde mit Philipp den alten König Henry in offener Feldschlacht vernichtend schlug und damit in den Tod trieb. Die Frage, was mit Alix geschehen sollte, war dadurch aber nach wie vor offen und belastete auch Richard, der der Meinung war, sich nichts zu vergeben, wenn er deren schweres Schicksal endlich zum Besseren wandelte.

»Alix soll zurück an deinen Hof kehren, Philipp. Was ihr angetan wurde, ist mit nichts zu rechtfertigen, ich weiß. Es belastet auch mich sehr, und ich möchte dich in diesem Fall aufrichtig um Entschuldigung bitten.«

»Und du meinst wirklich, damit ist es getan, ja? Was ist mit der Mitgift, die ihr Plantagenets unberechtigt einbehalten habt? Im Berry wütet dein Söldnerhauptmann Mercadier, und auf das Vexin erhebst du ja nach wie vor Anspruch.«

»Weil es unverzichtbar für die Sicherheit der Normandie ist«, gab Richard wütend zurück, dessen Nachgiebigkeit Grenzen hatte.

»Ebenso aber auch für die von Paris«, hielt Philipp dagegen. »Schließlich erstreckt es sich bis Pontoise im Osten, und von dort ist es nur noch ein Katzensprung zur Abtei von Saint-Denis, der Grablege der französischen Könige seit Jahrhunderten.«

»Hast du Angst, dass ich die Gräber deiner Vorfahren plündere oder dir gar deine kleine Île-de-France wegnehme, Philipp?« Richard grinste über das ganze Gesicht und lehnte sich entspannt zurück. Jetzt hatte er seinen Gegner da, wo er ihn haben wollte. »So wie du mir große Teile der Normandie und Aquitaniens weggenommen hast, als ich in deutschen Kerkern saß? Woran du im Übrigen nicht ganz unschuldig warst, wie ich in den Dokumenten lesen konnte, die du bei Fréteval zurückgelassen hast.«

»Weit weniger schuldig als dein Bruder John. Vielleicht mistest du erst einmal den Stall in deiner eigenen Familie aus, bevor du mit dem Finger auf andere zeigst. Was denkst du wohl, warum so viele nicht an deiner Rückkehr interessiert waren? Über die Rückgabe meines Archivs und Staatsschatzes wird auch noch zu reden sein.«

Jetzt lachte Richard aus vollem Halse und sah, dass auch Otto sich ein Grinsen nicht verkneifen konnte, während Marshal seine stoische Miene beibehielt. Schließlich war er es gewesen, der beides erobert hatte.

»Vergiss es, Philipp. Die Beute gehört dem Sieger, das solltest du wissen. Über den Dokumenten brüten die Schreiber in meinen Kanzleien noch immer, und es kommt ständig neues zutage. Und das Gold und Silber ist schon längst ausgegeben, wie du dir sicher denken kannst. Kommen wir endlich zur Sache. Schließlich hast du um diese Verhandlung gebeten. Was willst du mir denn nun anbieten, damit ich nicht weiter vorrücke?«

»Ich biete dir den Frieden an, Richard, ist das nicht genug? Im Gegenzug übergibst du mir meine Schwester in allen Ehren und verzichtest auf die dir sowieso nicht zustehende Mitgift. Deine Söldner verschwinden aus dem Berry, und du räumst die Teile des Vexins, die du dir schon wieder angeeignet hast.«

Was der französische König da forderte, war einfach eine bodenlose Unverschämtheit, stellte diesmal sogar William Marshal fest und runzelte missbilligend die Stirn. Wollte Philipp womöglich gar keinen Frieden, denn seine Worte kamen eher einer Kriegserklärung gleich? Was, beim Leib Christi, plante der gerissene Franzose wirklich? Sosehr sich der Earl von Pembroke auch das Hirn zermarterte, konnte er dennoch keine Erklärung für die völlig unrealistischen Forderungen finden, die der französische König hier stellte.

Richard hingegen machte sich gar nicht erst die Mühe, darüber nachzudenken.

»Du verkennst die Situation, Philipp. Du hast hier nichts zu fordern, sondern bestenfalls etwas anzubieten, wenn du Frieden haben möchtest. Schließlich bist du in meine Ländereien eingefallen, als ich in Gefangenschaft war, und nicht meine Statthalter in die deinen. Ich habe dir schon einmal gesagt, dass ich dafür Entschädigung verlange. Wie stehst du denn dazu? Ich kann das, was du hier von dir gibst, nur als äußerst provokant bezeichnen. So werden wir jedenfalls zu keiner Übereinkunft kommen, das lass dir gesagt sein. Deine Forderungen gehen völlig an der Realität vorbei. Allein schon deiner Schwester ihre Jungfernschaft zurückzugeben ist schließlich nicht möglich. Oder was verstehst du unter: dir Alix ›in allen Ehren‹ zurückzugeben? Und dass ich dir das Vexin bis an die Tore von Rouen abtrete, kannst du doch selbst im Traum nicht wirklich ernst meinen. Was soll das Ganze hier also? Willst du nur meine Zeit verschwenden?«

»Das ist ganz und gar nicht meine Absicht, denn es ist ja schließlich auch die meine. Gut, wenn wir zu keiner Übereinkunft kommen, dann müssen eben weiterhin die Waffen sprechen. Ich mache dir noch ein Angebot, Richard. Du übergibst mir meine Schwester und ich dir dafür die Festung Vaudreuil. Ich würde deinem Wort vertrauen und sie dir gleich heute überlassen, wenn du mir zusicherst, Alix umgehend nach Paris zu schicken.«

Bei William Marshal läuteten alle Alarmglocken, aber er kam einfach nicht dahinter, was der französische König ausheckte. Der Earl von Pembroke legte seine Hand auf Richards Arm und beugte sich zu dessen Ohr.

»Sire, lasst uns in Ruhe darüber nachdenken«, flüsterte er nur für seinen König verständlich. »Ich wittere eine Falle, in die wir nicht hineintappen sollten. Irgendetwas ist hier faul, ich spüre das einfach.«

»Ach was, Marshal«, entgegnete Richard für alle gut verständlich. »Was ist schon dabei? Auf diesen Vorschlag können wir uns getrost einlassen. Ich habe wegen Alix schon seit Jahren ein schlechtes Gewissen und kann dieses damit endlich beruhigen. Sie soll zu ihrem Bruder zurückkehren, und wir bekommen dafür eine wichtige Burg ohne Kampf. Ich denke, das ist kein schlechtes Geschäft.«

»Ich freue mich, dass du das so siehst«, meinte Philipp und warf Marshal einen bitterbösen Blick zu. »Ich habe schon einmal die entsprechenden Papiere vorbereiten lassen. Wenn du mit dem Wortlaut einverstanden bist, können wir sie gleich hier unterzeichnen, und du kannst sofort von Vaudreuil Besitz ergreifen.«

Philipp winkte einem Schreiber, der eifrig zwei Pergamente ausrollte und sie dem englischen König zu lesen gab. Richard fand an den Formulierungen nichts Tadelnswertes und reichte die Dokumente an Marshal und sogar an Otto weiter, der damit aber nichts anzufangen wusste und nur so tat, als ob er den Inhalt verstünde, und wissend nickte. Der Earl von Pembroke hingegen prüfte Satz für Satz auf beiden Schreiben, fand aber nicht die kleinste Abweichung vom Text und auch sonst nichts, was sein ungutes Gefühl bestätigte. Trotzdem gefiel ihm die ganze Sache nicht, und er versuchte noch einmal, seinen König dazu zu bewegen, erst morgen über Philipps Vorschlag zu entscheiden.

»Warum noch mehr Zeit vergeuden, Marshal?«, knurrte Richard. »Eure Vorsicht in Ehren, aber wir machen jetzt und hier Nägel mit Köpfen. Dann kann ich noch heute die Burg in Besitz nehmen und wir alle darin nächtigen. Der Himmel sieht ganz danach aus, als würde es bald Regen geben, und die Männer sind sicher froh über ein festes Dach über dem Kopf. Man reiche mir Tinte und Feder.«

Beides war sofort zur Stelle, und schwungvoll setzte Richard seinen Namen unter das eine Dokument, während Philipp das andere unterzeichnete. Dann wurden die Pergamente ausgetauscht, und man verabschiedete sich mit dem gleichen knappen Kopfnicken voneinander, mit dem man sich auch begrüßt hatte.

Als Richard wieder im Lager bei seinen Truppen angekommen war und sich umwandte, sah er, wie die Franzosen hastig ihre Zelte abbrachen und die ersten sich bereits über die Furt der Eure in Richtung Norden zurückzogen.

»Die haben es aber eilig, Onkel«, meinte Otto und blickte sehnsüchtig den Davonreitenden nach. Zu gern hätte er ihnen nachgesetzt und sich auf sie gestürzt, so wie es Richard bei Fréteval getan hatte. Der erriet die Gedanken seines Neffen und sah sich veranlasst, ihn zu ermahnen.

»Wir haben einen Waffenstillstand vereinbart, Otto, vergiss das nicht. Ihn zu brechen wäre unritterlich. Und ich lasse mir viel nachsagen, aber nicht, dass ich gegen die Gebote des Rittertums verstoße. Wenn andere dies tun, so ist das deren Sache. Doch wenn du willst, dass ich dich demnächst zum Ritter schlage, dann solltest du es besser ebenso halten wie ich. Und jetzt schauen wir uns doch einmal an, was Philipp uns da kampflos überlassen hat. Nie hätte ich gedacht, dass Vaudreuil so leicht in unsere Hände fällt.«

»Was nützt ihm schon die Festung, wenn das gesamte Umland fest in unserer Hand ist?«, gab William Marshal zu bedenken. »So eine Burg verursacht nur Kosten und hat keinerlei strategische Bedeutung mehr. Trotzdem sollten wir vorsichtig sein, Sire. Mir gefällt die ganze Geschichte ganz und gar nicht. Vielleicht hat Philipp Truppen zurückgelassen, die es einzig und allein auf Euch abgesehen haben.«

»Ihr seid eine alte Unke, Marshal. Aber damit Ihr Ruhe gebt, schickt eine Vorausabteilung in die Burg. Sie sollen schauen, ob die Franzosen sich auch wirklich zurückgezogen haben. Erst dann reiten wir in die Festung, einverstanden?«

Marshal fiel ein Stein vom Herzen, und sofort sandte er ein Fähnlein unter einem erfahrenen Sergeanten los, die Festung zu erkunden. Es dauerte nicht lange, dann erschien einer der Männer auf einem der Tortürme und schwenkte die angevinische Fahne mit den drei Leoparden, das Zeichen, dass alles in

Ordnung war und sich keine Feinde mehr innerhalb der Mauern befanden. Richard gab daraufhin seinem Hengst die Sporen und preschte, gefolgt von William Marshal, Otto von Braunschweig, seinen Bannerträgern und den Rittern seines engsten Gefolges auf die Zugbrücke zu, um die Festung in Besitz zu nehmen. Das Holz dröhnte unter den Hufen der schweren Streitrösser, als sie über die Bohlen der Brücke galoppierten, und erst im Innenhof vor dem alten Donjon zügelte der König sein Pferd.

»Und, Marshal, was sagt Ihr jetzt?«, wollte Richard wissen.

»Kein Franzose weit und breit zu sehen. Ich sage es ja nur ungern, aber manchmal seid sogar Ihr zu vorsichtig.«

»Besser zu vorsichtig als tot«, gab der Earl von Pembroke wenig beeindruckt zurück. »Riecht Ihr nichts, Sire? Ich denke, mir steigt Brandgeruch in die Nase.«

»Jetzt ist es aber genug, Marshal! Denkt Ihr, Philipp hat die Burg anstecken lassen? Dann müssten wir doch irgendwo Flammen sehen?«

Otto, der sich selten aus der Deckung wagte, sah sich aber diesmal gemüßigt, Marshal beizuspringen.

»Bei allem Respekt, Onkel, aber ich rieche es auch. Hier brennt es irgendwo, oder jemand räuchert ganz in der Nähe Fische.«

Richard winkte den Sergeanten zu sich, der als Erster die Burg betreten hatte und in ehrerbietiger Entfernung auf weitere Befehle wartete.

»Sergeant, habt Ihr den Donjon untersucht?«, wollte der König wissen. »Kann es vielleicht sein, dass in einem der Kamine Dokumente verbrannt worden sind oder die Franzosen ihren Hausrat angesteckt haben?«

»Nein, Sire, wir haben nichts entdeckt und sind durch alle Stockwerke gelaufen. Aber mit Verlaub, auch ich habe diesen brandigen Geruch in der Nase.«

»Vielleicht hast du recht, Otto. Ein Fischer räuchert seinen Fang, und der Wind trägt den Geruch zu uns. Schließlich sind die Eure und die Seine sehr fischreich«, meinte der König, war aber selbst nicht gänzlich überzeugt von dem, was er sagte.

Während des Disputs hatte William Marshal seinen Blick schweifen lassen, und auf einmal griff die nackte Furcht nach seinem Herzen.

»Weg hier, schnell! Die Burg stürzt ein! Philipp hat die Mauern unterminieren lassen, das Feuer wütet in den Hohlräumen darunter!«, schrie der Earl von Pembroke, so laut er konnte, griff in die Zügel von Richards Streitross, damit der König keine weitere Zeit mit Fragen verlor, und gab seinem eigenen Pferd die Sporen.

Richard musste sich am Vorderzwiesel seines Sattels festhalten, sonst wäre er wahrscheinlich vom Pferd gestürzt, so urplötzlich trat sein Hengst an. Alle Soldaten, die den Ruf William Marshals vernommen hatten, den sie als einen äußerst besonnenen Mann kannten, zögerten keinen Lidschlag lang und rannten zum Torhaus, um so schnell als möglich die Burg zu verlassen. Doch auch hier erwartete sie Tod und Verderben. Kaum hatten die drei Reiter die Zugbrücke passiert, fielen hinter ihnen mit donnerndem Getöse die Tortürme in sich zusammen. Gesteinsbrocken prasselten auf diejenigen hernieder, die sich nicht im letzten Augenblick hatten retten können, und Lawinen von Schutt und Geröll begruben sie unter sich.

Ein Stein traf auch Richards Helm und ein weiterer sein Pferd auf der Kruppe, das daraufhin kerzengerade emporstieg. Der König hatte alle Mühe, sein Streitross zu bändigen, aber als er seinen Kopf hob, sah er, dass sich jetzt auch der Donjon, wie von Geisterhand nach vorn geschoben, zu neigen begann. Er war Krieger, Burgenbauer und auch -zerstörer und wusste sofort, was das zu bedeuten hatte.

Philipp hatte von seinen Mineuren große Hohlräume unter den Gebäudeteilen ausheben lassen, die jetzt zusammenstürzten. Die Decken waren natürlich während der Arbeiten sorgfältig abgestützt und später die entstandenen Tunnel und Kammern mit Reisig und anderen schnell brennbaren Materialien gefüllt worden. Vor der Übergabe an Richard hatte man das Ganze dann angezündet, das Feuer verbrannte die mit Öl präparierten Stützen, und die entstehende Hitze schwächte das Mauerwerk zusätzlich, das nun ohne Fundamente in die Hohlräume fiel und damit auch alle anderen Bauteile zum Einsturz brachte, mit denen es verbunden war. Auf genau die gleiche Art und Weise hatte Richard die Mauern von Akkon unterminieren lassen und die Stadt auf diese Weise nach zwei Jahren Belagerung einnehmen können. Philipp hatte offenbar von ihm gelernt und es ihm jetzt bei Vaudreuil gleichgetan.

Wer es nicht aus der Festung herausgeschafft hatte, war unrettbar verloren. Ebenso die Burg, die nur noch eine Ruine war. Von Richards Gefolge war es neben Otto und Marshal nur wenigen gelungen, dem Inferno zu entkommen, und kaum einem der Fußsoldaten.

*Deshalb also hat sich der französische König so nachgiebig gezeigt,* sinnierte William Marshal. *Die Burg nutzte ihm nichts mehr, aber sein Gegner sollte sie auch nicht bekommen. Er hat zudem darauf gesetzt, dass, wenn alles gut geht und nach Plan verläuft, Richard und ein guter Teil seiner Truppen bei dem Versuch, Vaudreuil in Besitz zu nehmen, ihr Leben verlieren werden.*

Das allerdings war auch dem König aufgegangen, und er gedachte keineswegs das, was er als abgrundtiefen Verrat ansah, ungestraft zu lassen. Da sich der Großteil seines Heeres noch außerhalb der Mauern befunden hatte, hielten sich die Verluste in Grenzen, auch wenn sie zu beklagen waren.

»Vorwärts!«, brüllte Richard und riss sein Schwert aus der Scheide. »Lasst uns diese Niedertracht vergelten und den Tod Eurer Kameraden rächen. Auf, verfolgen wir die verräterischen Franzosen! Bei Gottes Beinen, ich will verflucht sein, wenn ich heute nicht noch ein paar Sättel leere!«

Das ließen sich Richards Truppen nicht zweimal sagen. Nur wenige blieben zurück, um zu schauen, ob unter den Trümmern noch Lebende geborgen werden konnten, obwohl diesbezüglich wenig Hoffnung bestand.

Das Wasser spritzte nach allen Seiten, als die Reiterei durch die Furt in der Eure preschte. Allen voran jagte Richard, an seiner Seite sein Neffe Otto. Doch was sie unter ihre Schwerter bekamen, waren nur bedauernswerte Nachzügler, die nichts für die heimtückischen Pläne ihres Königs konnten und trotzdem gnadenlos niedergemacht wurden.

Der König wusste, wohin sein Widersacher wollte – zur hölzernen Seine-Brücke bei Pont-de-l'Arche. Die gab es schon seit Menschengedenken, und wer sie beherrschte, beherrschte auch den Zugang nach Rouen. Deshalb war sie auch an beiden Seiten durch Bollwerke geschützt, doch die hatte Philipp in der Nacht vor der Zusammenkunft mit Richard von einer Übermacht seiner Männer erobern lassen. Dass er die Brücke nicht würde halten können, war ihm klar, aber über sie gelangte der Großteil seiner Truppen auf das nördliche Ufer der Seine, die hier zwar nicht allzu breit, dafür aber reißend und deshalb nicht anders zu überwinden war. Als die ersten Verfolger auftauchten, ließ Philipp die zuvor angesägten Brückenpfeiler durch Pferdegespanne umreißen, sodass die ganze Konstruktion auseinanderbrach und in den Fluss stürzte. Diejenigen seiner Kämpfer, die sich noch auf der Südseite der Seine befanden, überließ er dabei ihrem Schicksal und empfahl ihre Seelen Gott dem Herrn.

Richard sah zum zweiten Mal an diesem Tag nur Trümmer vor sich und keine Möglichkeit, die Verfolgung fortzusetzen. Wieder war Philipp ihm entwischt, weil der Franzose sich einfach keinem fairen Kampf stellte. Aber seine heutige Heimtücke würde er ihm vergelten, schwor sich Richard. Nur William Marshals Umsicht und blitzschnellem Handeln war es zu verdanken, dass er nicht zerschmettert unter der zusammengestürzten Burg lag. Langsam schuldete er dem Earl von Pembroke so viel, dass er es in diesem Leben wohl nicht mehr würde abbezahlen können.

Als niemand mehr zum Töten übrig war, zogen sich der König und seine Kämpfer nach Vaudreuil zurück. Richard kletterte missgestimmt über die Trümmer, die einmal eine mächtige Festung gewesen waren, um zu sehen, ob vielleicht noch etwas zu retten war. Gewiss, ein Großteil der Mauern stand noch, aber vom Torhaus und vor allem vom Donjon waren nur noch Fragmente übrig. Der König musste zugeben, dass Philipps Mineure ganze Arbeit geleistet hatten. Wenn er Vaudreuil hätte schleifen wollen, hätte er es nicht besser machen können, stellte er fest.

»Und, Onkel, bauen wir die Burg wieder auf?«, wollte Otto wissen, der an seiner Seite über die Mauerreste kletterte. »Größer und mächtiger, als sie je zuvor gewesen ist?«

Richard richtete sich auf und blickte über das weite Land in Richtung Osten. Dorthin, wo Paris lag.

»Nein, Otto, das lohnt der Mühe nicht«, meinte er dann gelassen. »Dass Philipp die Festung zerstört hat, zeigt nur, wie schwach er ist. Er wusste, dass er sie nicht würde halten können. Wir bauen eine neue, eine uneinnehmbare, von hier aus gesehen ein ganzes Stück weiter die Seine aufwärts. Damit rücken wir ihm noch einmal näher auf den Pelz, und Vaudreuil benutzen wir als Steinbruch. Dann entsteht die Festung an anderer Stelle neu, und die Franzosen werden schon sehen, was sie davon haben, derart verräterisch zu sein. Glaub mir, Philipp wird die Sprache verstehen, er ist ja nicht dumm. Mein Château Gaillard wird nur einen Tagesritt von seiner Hauptstadt entfernt emporwachsen und soll ein ewiger Stachel in seinem Fleisch sein.«

»Und was wird mit Prinzessin Alix?«, hakte Otto nach. Eingedenk der Worte seines Onkels bezüglich der Ritterlichkeit wollte er sich schon einmal in ihr üben, und da gehörte der

Dienst an hochgeborenen Frauen dazu und war eine Tugend. »Schließlich hast du dich vertraglich verpflichtet, sie zu ihrem Bruder zurückzuschicken. Oder gilt das jetzt nicht mehr, nachdem Philipp sein Wort gebrochen hat.«

»Das hat er eigentlich gar nicht«, überlegte Richard laut. »An keiner Stelle in den Pergamenten steht, in welchem Zustand die Burg übergeben wird. Darauf kann er sich jederzeit berufen. Wir haben nur angenommen, dass wir sie genauso übergeben bekommen, wie wir sie gesehen haben, bevor sie zusammengestürzt ist. Aber was soll's, er kann seine Schwester haben. Ein Esser weniger am Hofe deiner Großmutter, der Kosten verursacht. Sie wird froh sein, die ehemalige Bettgespielin meines Vaters endlich los zu sein. Soll Philipp doch sehen, ob er sie irgendwie verheiratet bekommt oder in ein Kloster stecken muss. Außerdem wird er denken, dass wir Alix nun als Geisel behalten, und umso überraschter sein, taucht sie plötzlich an seinem Hof auf. Ein weiteres Problem für ihn, eins weniger für uns. Aber glaub mir, sein heutiges Verhalten zahle ich ihm auf andere Art heim. Der Tag wird kommen!«

Und er kam eher, als Richard gedacht hatte, doch zuvor erhielt Otto eine betrübliche Nachricht. Sein Vater, Heinrich der Löwe, war nach langen Jahren im Exil und nach dem Tod seiner Gemahlin vor fünf Jahren in seine Heimat zurückgekehrt und hatte mit dem Kaiser Frieden geschlossen. Allerdings war eine der Bedingungen dafür gewesen, dem Staufer seine Söhne als Geiseln zu übergeben. Danach hatte der alte Löwe, jetzt ohne jeden politischen Einfluss, die letzten Jahre seines Lebens mit dem Studium und Sammeln alter Chroniken verbracht. Nun war er verstorben und in Braunschweig beigesetzt worden. Dass er in den letzten Stunden nicht bei seinem Vater hatte weilen können, lastete schwer auf Otto, aber da er fürchten musste, von den Seneschallen des mittlerweile in Italien weilenden Kaisers wieder gefangen und als Geisel festgehalten zu werden, verbot sich die Reise nach Sachsen. Richard versuchte, seinen Neffen, so gut er es vermochte, zu trösten, doch Ablenkung brachte ein neuer Feldzug.

Philipp, der davon ausging, dass Richard in der Normandie alle Hände voll zu tun hatte, war nach Süden gezogen und griff das Berry an. Hier hielt Mercadier nach wie vor die Schlüsselfestung Issoudun unweit von Bourges, die nun aber durch den französischen König mit seinem gesamten Heer belagert wurde. Schon bald gelang es Philipps Truppen, die Stadt einzunehmen, doch die Burg hielt dank Mercadiers eisernem Willen, sie zur Not bis zum letzten Mann zu verteidigen, stand. Aber da auch der Söldnerhauptmann an seinem Leben hing, schickte er Boten zu seinem König und flehte ihn an, den Eingeschlossenen zu Hilfe zu kommen.

Richard, der noch in Vaudreuil weilte, zögerte keinen Augenblick, befürchtete aber, dass er zu spät kommen würde, wenn er mit dem gesamten Heer marschierte. Also befahl er William Marshal, mit dem Großteil der Truppen nachzukommen, und ritt selbst mit einer Handvoll ausgesuchter Gefolgsleute gen Süden. Dabei legten sie täglich eine Strecke zurück, für die man normalerweise die dreifache Zeit benötigte.

Die Verteidiger der Burg hielten Tag und Nacht Ausschau nach dem Entsatz, und als man Mercadier meldete, dass von dem hohen Bergfried, der den Namen *Tour Blanche* – weißer Turm – trug, ein kleiner Trupp Reiter, über dem allerdings das rot-goldene Banner der Plantagenets wehte, gesichtet worden war, setzte der Söldnerhauptmann alles auf eine Karte und wagte einen Ausfall.

Richards Annäherung war von Philipps Männern nicht bemerkt worden, und so wurden die Belagerer von dem zweiseitigen Angriff völlig überrascht. Aus der Burg stürmten die gefürchteten Söldner hervor, durch den kleinen Fluss Théols preschte auf einmal der englische König mit seinen Rittern heran, da machte sich Panik unter den Franzosen breit. Bevor

Philipps Befehlshaber mitbekamen, dass keineswegs die gesamte Armee Richards, sondern nur eine kleine Einheit angerückt war, hatten die Angreifer bereits eine breite Schneise in die Belagerer geschlagen. Wo Richards Schwert niederfuhr, stand keiner wieder auf, Otto an seiner Seite tat es ihm gleich, und auch die ausgewählten Ritter standen ihrem König in nichts nach. Mercadiers Söldner hingegen kämpften selten mit dem Schwert, dafür hieben sie mit Streitäxten, Kampfhämmern und eisengespickten Keulen auf ihre Feinde ein oder spießten sie mit ihren langen Lanzen auf.

Philipp stand völlig verdattert vor seinem auf einem Hügel und weit weg vom Kampfgeschehen errichteten Zelt und verstand die Welt nicht mehr. Wo, bei allen Heiligen, kam Richard denn nun auf einmal her? Der weilte doch, wie ihm glaubhaft berichtet worden war, noch in der Normandie und konnte unmöglich in so kurzer Zeit mit seiner Armee die dreihundert Meilen aus dem Norden in das Herz Frankreichs zurückgelegt haben. Das ging doch nicht mit rechten Dingen zu! Hatte Löwenherz womöglich im Morgenland, wo es ja die erstaunlichsten Dinge gab, wie er mit eigenen Augen in Akkon gesehen hatte, die Zauberei erlernt und konnte jetzt wie ein Dschinn urplötzlich an jedem beliebigen Ort auftauchen? Der König von Frankreich war nahe daran, sich auf ein Pferd zu werfen und erneut zu fliehen, als einer seiner Hauptleute auf ihn zukam und atemlos berichtete, dass es sich nur um höchstens zwei Dutzend Reiter handelte, die da angerückt waren und sich jetzt zusammen mit den Söldnern wieder in die Burg zurückgezogen hatten. Aber auf alle Fälle war der englische König unter den Angreifern gewesen, das stand unstrittig fest, denn gleich von mehreren Kämpfern, die seine wütenden Attacken aus nächster Nähe verfolgt hatten, war er erkannt worden.

Plötzlich war Philipp wieder obenauf und rieb sich die Hände. Wenn das so war, saß sein ärgster Feind nun in der Falle, denn dass die Burg von Issoudun bald fallen würde, stand für ihn außer Frage. Und dann würde Richard sich ihm ergeben müssen und anschließend für alle Zeit in einem tiefen Kerker verschwinden und nie wieder das Sonnenlicht erblicken. Nur mühsam wischte Philipp seine Tagträume zur Seite und befahl, den Beschuss der Festung zu verstärken. Die Trebuchets sollten nicht aufhören, Steine und Feuerkugeln zu schleudern, und auch des Nachts die Burg beschießen. In spätestens einer Woche, so nahm er an, würde sie sturmreif und der Widerstand der Verteidiger gebrochen sein.

Im Inneren der Festung waren die Ankömmlinge mit lautem Jubel empfangen worden, doch Richard sah Mercadiers besorgte Miene, als dieser den Blick über das kleine Häufchen schweifen ließ.

»Keine Sorge, alter Freund«, meinte er leise zu seinem Mann fürs Grobe. »William Marshal kommt mit allen verfügbaren Männern, die wir auf die Schnelle zusammentrommeln konnten, bald nach. Bis dahin müssen wir die Burg halten, und dann wird Philipp sein blaues Wunder erleben. Wir zerquetschen ihn zwischen den Mauern und unserem Heer wie eine lästige Laus!«

»Euer Wort in Gottes Ohr, Sire«, erwiderte der in Hunderten von Kämpfen erprobte Söldner. »Ich hoffe nur, er hält sich ran, denn ewig werden wir auch mit Euren Rittern nicht standhalten können. Die Hälfte meiner Männer ist bereits gefallen, und von der anderen sind so gut wie alle verwundet. Lässt Philipp stürmen, haben wir seiner Übermacht kaum etwas entgegenzusetzen.«

»Seid nicht verzagt, Leute!« Richard wandte sich nun unverwandt an alle Verteidiger, die sich um ihn herum versammelt hatten. »Ich werde an eurer Seite auf den Mauern kämpfen, wenn die Franzosen kommen. Und bisher haben wir sie noch immer geschlagen, wenn wir zusammengehalten haben! Oder etwa nicht?«

Erneut brandete lauter Jubel auf, der bis in das gegnerische Lager zu hören war und Philipp frösteln ließ. Bahnte sich hier womöglich eine erneute Niederlage für ihn an? Er konnte sich das zwar nicht vorstellen, aber sobald Richard ins Spiel kam, war es besser, keine Prognosen mehr abzugeben.

Und zumindest darin sollte sich der französische König auch diesmal nicht getäuscht haben, bewies er doch einmal mehr, dass er als militärischer Befehlshaber fast eine ebenso große Niete war wie John, der Bruder seines Gegenspielers.

Das Heer Richards traf nicht geschlossen ein, sondern über Tage verteilt in mehr oder weniger großen Trupps und bezog auf dem anderen Ufer der Théols Stellung. Hätte er jede dieser anrückenden Abteilungen mit seiner Übermacht angegriffen, wäre der Sieg sicher der seine gewesen, doch Philipp zögerte und vergab dadurch die nahezu einmalige Chance, Richards Armee aufzureiben und seinem Feind eine vernichtende Niederlage beizubringen. Lieber wartete er ab und harrte der Dinge, die da kamen, was fatale Konsequenzen für ihn haben sollte. Denn nach einer knappen Woche – Philipp hatte für den nächsten Morgen den Sturmangriff befohlen – war auf einmal William Marshal mit dem Gros der Armee heran und schloss nun seinerseits die französischen Truppen ein.

Jetzt saß auf einmal Philipp, verursacht durch sein zögerliches Handeln, in der Falle und nicht Richard. Der Franzose wäre am liebsten vor Wut mit dem Kopf gegen die Zeltstangen gerannt, so sehr ärgerte er sich darüber, die Gelegenheit verpasst zu haben, die Armee des englischen Löwen zu vernichten, solange ihm das noch möglich gewesen war. Statt seinen Widersacher zu fangen, blieb ihm nun gar nichts anderes übrig, als Unterhändler zu schicken und um Waffenstillstand zu bitten. Es würde ihn viel Selbstbeherrschung kosten, sich die Schmach und die Schande der erneuten Niederlage nicht anmerken zu lassen, wenn er demnächst wieder auf den in seinen Augen unbotmäßigen Herzog traf. Aber was sollte er tun, wollte er nicht von zwei Seiten angegriffen und samt seinem Heer wahrscheinlich niedergemacht werden? Also biss er in den sauren Apfel, auch wenn ihm dies regelrecht körperliche Schmerzen verursachte, und machte sich bereit, sich erneut demütigen zu lassen.

Hätte Philipp gewusst, wie schlimm es tatsächlich um die Burg und ihre Verteidiger stand, hätte er vielleicht doch noch stürmen lassen. Seine Trebuchets hatten ganze Arbeit geleistet, und von den Gebäuden im Inneren war bis auf den *Tour Blanche* kaum noch eins intakt. Von den herumfliegenden Steinbrocken waren weitere Männer verwundet und getötet worden, und auch Richard selbst hatte etliche Schrammen abbekommen. Aber da die Franzosen nicht in die auf einem Hügel errichtete Festung hineinschauen konnten, ahnten sie von der gesunkenen Moral der Verteidiger nichts und gingen davon aus, dass diese, angeführt von ihrem König, im Falle eines Angriffs erbitterten Widerstand leisten würden. So kam auch Richard die Verhandlungsbereitschaft der Franzosen gerade recht, und fast dankbar nahm er die Einladung zu einem erneuten Zusammentreffen zwischen den Fronten an.

Diesmal ging es weniger formvollendet zu als vor Vaudreuil, und man schenkte sich alle Spielchen, die den jeweils anderen beeindrucken oder gar provozieren sollten. Vor allem Philipp buk kleine Brötchen, denn im Gegensatz zu Fréteval konnte er von hier nicht fliehen.

Richard, der nicht gedachte, sich auch nur im Geringsten anmerken zu lassen, wie froh er über die Verhandlungen war, ging gleich zum Angriff über und konfrontierte den Franzosen mit Forderungen, die diesem die Zornesröte ins Gesicht steigen ließen.

»Nun, Philipp, habe ich dich endlich gestellt«, begann Löwenherz sich sein Gegenüber vorzunehmen. »Heute kannst du mir nicht entkommen. Wenn du willst, tragen wir unseren Streit ein für alle Male hier aus und beenden damit den anhaltenden

Zwist. Entweder mit beiden Heeren auf der Ebene vor der Stadt oder einfach nur mit fünf Rittern von jeder Seite im ehrlichen Zweikampf. Wobei ich einer von ihnen sein würde und von dir erwarte, dass auch du selbst mitkämpfst.«

Das war nun das Allerletzte, wonach Philipp der Sinn stand, und deshalb winkte er auch sofort ab.

»Du weißt, Richard, dass ich mich nicht mit dir schlage, also was soll der unsinnige Vorschlag? Auch dir dürfte bekannt sein, dass, wenn Heere gegeneinander antreten, der Ausgang der Schlacht immer in Gottes Hand liegt. Zu viel Unvorhergesehenes kann geschehen, also sei dir über den Ausgang nicht gar zu sicher. Auch meine Ritter und Fußtruppen können kämpfen, das haben sie schon mehr als einmal nachdrücklich bewiesen. Vor allem dann, wenn sie in die Enge gedrängt werden. Besser ist es daher, wir einigen uns auf einen anhaltenden Frieden, der vielen guten Männern das Leben erhält.«

»Auch recht. Dann verlange ich von dir ebenso wie vor Fréteval, dass du dich aus allen besetzten Gebieten in der Normandie und Aquitanien zurückziehst und mir Schadensersatz für meine Verluste und Ausgaben leistest. Des Weiteren fordere ich, dass du anerkennst, dass die Grafen von Angoulême und Périgueux sowie der Vizegraf von Limoges meine Vasallen sind und damit mir, nicht dir, Lehnstreue schulden. Das Gleiche gilt für Raimund von Toulouse. Wenn ich länger nachdenke, fallen mir bestimmt noch ein paar Dinge ein, die ich mit Fug und Recht von dir verlangen kann, aber fürs Erste sollte das genügen.«

»Du musst völlig verrückt geworden sein, Richard! Du kannst doch nicht ernsthaft erwarten, dass ich darauf eingehe! Das sind ja noch heftigere Forderungen, als du sie mir in der Touraine gestellt hast.«

»Richtig, Philipp. Seither hat sich aber auch die Waagschale deutlich weiter zu meinen Gunsten geneigt. Bei Fréteval bist du außerdem geflohen, hier steht dir diese Möglichkeit nicht offen. Wir haben deine Truppen schon fast aus der ganzen Normandie vertrieben, der Rest ist nur noch eine Frage der Zeit. Und glaubst du ernsthaft, dass ich dir deinen Verrat bei Vaudreuil ungestraft durchgehen lasse?«

»Was für einen Verrat? Hast du womöglich geglaubt, ich übergebe dir eine intakte Burg? Wie naiv bist du eigentlich, Richard?«

»Ich wäre beim Einsturz der Tortürme fast ums Leben gekommen!«

»Dann sei in Zukunft vorsichtiger. Ich an deiner Stelle hätte ein oder auch zwei Tage abgewartet und erst einmal eine Besatzung in die Burg geschickt, bevor ich sie selbst betreten hätte.«

»Ja, das sieht dir ähnlich, Philipp. Aber zurück zur Sache. Gibst du mir, was ich verlange, oder kommt es doch noch zur Schlacht?«

»Du wirst sicher nicht davon ausgehen, alles zu bekommen, was du forderst. Schließlich warst du wie ich im Heiligen Land und hast spätestens dort das Feilschen gelernt. Ich gebe dir in der Normandie und auch in Aquitanien alle Burgen und Städte zurück mit Ausnahme der Grenzbefestigungen, die zu meiner Krondomäne gehören. Auf die Lehnshoheit über die drei genannten Grafschaften verzichte ich gern, denn es sind recht unbotmäßige und nicht sehr zuverlässige Vasallen, die sich mir da freiwillig unterworfen haben. Mit Raimund musst du allerdings selbst klarkommen, er herrscht in Toulouse wie ein kleiner König und lässt sich von niemandem etwas sagen, nicht einmal vom Heiligen Vater, der ihn wegen seiner Unterstützung der ketzerischen Katharer schon mehrmals gerügt hat. Und Geld habe ich wahrscheinlich weit weniger als du. Schließlich hast du meinen Staatsschatz erbeutet, und auch wenn dein Reich während deiner Gefangenschaft geblutet hat, so ist es doch weit größer und reicher als das meine. Aber dies alles im Detail zu regeln, werden wir hier kaum schaffen. Lass uns die Übereinkunft beeiden und dann Unterhändler den

Friedensvertrag aufsetzen. Ich denke, auf dieser Grundlage könnten wir uns einigen.«

Richard, der weit mehr bekommen hatte als erwartet, blieb gar nichts anderes übrig, als zustimmend zu nicken. Seine Männer, obwohl ihm treu ergeben, hätten es wahrscheinlich nicht sehr geschätzt, wenn sie wegen ein paar Kleinigkeiten, über die sich die Könige nicht einigen konnten, in einer Schlacht mit ungewissem Ausgang den Tod gefunden hätten. Also schworen die beiden Monarchen vor Zeugen auf die Bibel, die getroffenen Vereinbarungen einzuhalten, bis sie in einem Friedensvertrag niedergeschrieben worden waren. Dann trennten sich die beiden Heere voneinander, ohne dass es zu dem befürchteten blutigen Gemetzel gekommen war. Richard wusste nicht so recht, ob er sich darüber freuen sollte oder eine einmalige Chance, den Krieg ein für alle Mal zu beenden, vergeben worden war.

Philipp hingegen zog äußerst erleichtert ab und schwor sich, nie wieder die Marschgeschwindigkeit seines Gegners zu unterschätzen. Wie er vorausgesagt hatte, zogen sich die Verhandlungen über Monate hin, und erst im Januar anno 1196 wurde durch Unterhändler beider Seiten bei Louviers der Friedensvertrag unterzeichnet, von dem vor allem die Menschen in den umkämpften Gebieten hofften, dass er für längere Zeit halten und sie endlich zur Ruhe kommen würden.

Nur zweimal in diesem ereignisreichen Jahr hatte es Richard geschafft, Berengaria in Maine zu besuchen. Jedes Mal war zu sehen gewesen, wie das Haus, das sie für sich und ihn bauen ließ, wuchs, doch an ihrer kühlen, ablehnenden Haltung ihm gegenüber änderte sich zu seinem Leidwesen nichts. Im Gegenteil, er hatte bei ihren spärlichen Begegnungen den Eindruck, dass sie, obwohl sie nicht darüber sprach, ihm innerlich vorwarf, immer wieder wegzureiten und sich in Kämpfe zu stürzen, die sie verabscheute.

Zum ersten offenen und auch lautstarken Streit kam es zwischen den Eheleuten, als der König von seiner Gemahlin verlangte, dass sie ihn zum Weihnachtshof nach Poitiers begleiten sollte. In Berengaria, die lieber in Thorée-les-Pins geblieben und dort mit ihrem Mann das Fest in Ruhe und Abgeschiedenheit gefeiert hätte, brach sich erstmals wieder ihr südländisches Temperament Bahn. Früher hatte Richard das sehr gemocht, doch diesmal erinnerte ihn der Ausbruch Berengarias eher an eine keifende Nonne als an seine einst heiß geliebte Bettgespielin. Sie zeterte, dass sie keinerlei Bedürfnis verspüre, an höfischen Gelagen und Festmählern teilzunehmen, und die alljährliche Ankunft des Heilands lieber in ihrem erst unlängst fertiggestellten Haus in Frieden und im Gebet erwarten wolle.

Diesmal blieb Richard allerdings hart, denn schließlich hatte nicht nur er, sondern auch seine Gemahlin repräsentative Pflichten bei dem wichtigsten Fest des Jahres wahrzunehmen, und niemand würde es verstehen, wenn Berengaria zwar im Lande weilte, aber durch Abwesenheit glänzte. Also wurde sie von Bediensteten mit sanfter Gewalt in einen Reisewagen gesetzt und in den herzoglichen Palast nach Poitiers verfrachtet, wo Richard seine Mutter bat, sich seiner Gemahlin anzunehmen und ihr noch einmal von Frau zu Frau, von Königin zu Königin, ins Gewissen zu reden.

Doch Eleonore war dabei ebenso erfolglos wie ihr Sohn, und Berengaria tat zwar, was man von ihr verlangte, leistete aber auf die ihr eigene Art Widerstand. Obwohl das Trauerjahr um war, trug sie ausschließlich dunkle und ihr nicht zum Vorteil gereichende Kleider, verzichtete auf jedwede Art von Schmuck und richtete sich auch sonst nicht her. Ihr Haar war bis auf die letzte Strähne unter einem Schleier verborgen und die Kinnbinde so straff angelegt, dass sich Richard wunderte, dass sie überhaupt noch atmen konnte und den Mund aufbekam. Ihr ganzes Auftreten erinnerte mehr an das einer Ordensfrau als an das einer Herrscherin über ein großes Reich, und wenn sie bei Tisch saß, nahm sie, obwohl die vorweihnachtliche Fastenzeit vorbei war und um sie herum nach Herzenslust geschlemmt wurde, keinerlei Fleisch und nicht einmal Fisch zu sich und ließ sich statt Wein ausschließlich Kräuteraufgüsse reichen.

Richard sah sich das drei Tage lang mit an, dann reichte es ihm. Als seine Frau sich wieder einmal lange vor dem Ende des Mahles erhob, um sich zurückzuziehen, stand er gegen alle Konventionen ebenfalls auf, packte sie am Arm und geleitete sie zu ihren Gemächern. Dort scheuchte er alle Bediensteten und Hofdamen aus dem Vorzimmer, verriegelte die Tür und zerrte Berengaria in ihr Schlafgemach, wo er sie wütend und mit all dem Frust, der sich in ihm aufgestaut hatte, auf das große Baldachinbett warf, das er eigentlich Nacht für Nacht mit ihr zu teilen gedacht hatte.

»Nur zu, Richard«, fauchte ihn seine Frau an. »Mach deine Schande vollständig, und nimm dir mit Gewalt, was ich nicht mehr bereit bin, dir aus freien Stücken zu geben. Warum soll es mir besser gehen als all den anderen Menschen, die unter dir zu leiden haben?«

»Warum nur verhältst du dich derart abweisend mir gegenüber, Berengaria?«, schrie Richard seine Frau an. »Was, bei den Beinen Christi, habe ich dir denn getan? Habe ich dich nicht stets auf Händen getragen, Verse für dich gedichtet, dir stets und immer meine Liebe bewiesen? Sag mir, was ich falsch gemacht habe, was deine Zuneigung zu mir zerstört hat. Ich beschwöre dich, gib uns doch noch eine Chance! Warum können wir denn nicht wieder wie Mann und Frau zusammenleben, frage ich dich!«

»Weil ich jedes Mal, wenn ich dich anschaue, nur Blut und Tod sehe«, schrie Berengaria gleichfalls und noch dazu so laut zurück, dass das Gesinde ihre Stimme, wenn auch nicht den Wortlaut, noch durch zwei Türen hindurch auf den Fluren des Palastes hören konnte. »Erhebe ich meine Augen und blicke in dein Gesicht, dann ist mir, als wate ich wieder durch das Blut der vielen Getöteten vor Akkon, das mir in die Schuhe gelaufen ist. Ich sehe die Mutter mit dem gespaltenen Schädel vor mir, die noch ihren Säugling umklammert hält, ich höre das flehende Schreien der Frauen und Kinder, die um Gnade winseln, aber es gibt keine, denn der sie gewähren könnte und Löwenherz genannt wird, kennt so etwas nicht. Das werde ich zeit meines Lebens nicht mehr aus meinem Kopf bekommen, und immer wenn die Erinnerung daran in mir hochkommt, wird es schlimmer. Deshalb kann ich es nicht ertragen, wenn du mich auch nur mit deinen Fingerspitzen berührst. Denn dieselben Finger umschließen auch Schwerter, mit denen du nach wie vor tötest. Warum kannst du nicht deinem bisherigen Leben entsagen, so wie ich es tue, und den Rest deiner Tage in stiller Einkehr verbringen und im Gebet Gott darum bitten, dir deine Sünden zu vergeben? So könnte ich mir ein Zusammenleben mit dir weiterhin vorstellen, aber niemals, hörst du, niemals mehr so, wie du dir das vielleicht vorstellst. Ich will nicht länger Königin an deiner Seite sein und dadurch mitverantwortlich für deine Taten. Nie mehr!«

Richard wich vor seiner Gemahlin zurück, die in keiner Hinsicht mehr der Frau glich, die er geheiratet und deren Lieblichkeit ihn in früheren Jahren betört hatte, die ihn nun aber an eine entfesselte Furie erinnerte. In ihm wurde es innerlich eiskalt, und deshalb klang seine Stimme auch, als würde gefrorenes Wasser zerbrechen.

»Weißt du, was passiert, wenn ein König nicht sein gegebenes Wort hält und sich weich und nachgiebig zeigt? Du schätzt William Marshal, nicht wahr? Als er ein kleiner Junge war, wurde er von seinem Vater an König Stephan als Geisel übergeben. Trotzdem wechselte der alte Marshal während des englischen Bürgerkrieges die Fronten und brach seinen Eid. Stephan zog vor seine Burg und drohte, den Jungen aufzuhängen. Aber der Vater rief nur, dass er das ruhig tun könne, schließlich hätte er das Werkzeug dazu, weitere Söhne zu machen. Stephan war vielleicht ein guter Mensch, denn er brachte den Jungen daraufhin nicht um, aber ein schlechter König, den danach keiner mehr ernst nahm und der letztlich seinen Thron verlor und ihn nicht an seine eigenen Söhne weitergeben konnte. Nichts anderes wäre bei Akkon geschehen, hätte ich nachgegeben und nicht entschlossen gehandelt. Nur das hat Salah ad-Din Respekt abgerungen und in der Konsequenz dazu geführt, dass ich mit ihm einen für beide Seiten annehmbaren Frieden schließen konnte, der, soweit mir bekannt ist, bis heute hält und den Christen freien Zutritt nach Jerusalem und den heiligen Stätten garantiert. Deshalb können viele Pilger gerade jetzt an den Weihnachtstagen in der Grabeskirche beten. Ist das vielleicht kein Verdienst, den du anerkennen kannst, wo du doch auf einmal so fromm geworden bist?«

»Und dafür mussten Tausende Männer, Frauen und Kinder sterben, ja? Gott sei deiner armen Seele gnädig, Richard! Mir graut vor dir, und wenn ich dich ansehe, dann blicke ich in das Antlitz eines Mörders!«

Richard trafen diese Worte, als wäre er soeben mit voller Wucht von Berengaria ins Gesicht geschlagen worden, und er musste an sich halten, um nicht Gleiches mit Gleichem zu vergelten. Wozu er allerdings die Hand und nicht die Zunge genommen hätte. Aber auch wenn ihm dieses Recht als ihrem Gemahl zustand, war er nicht der Mann, der eine Frau züchtigte. Doch weiterhin mit einer zusammenleben, die ihn abwies und in ihm ein Ungeheuer sah, das wollte er auch nicht.

»Unsere Ehe ist vollzogen worden, wofür es viele Zeugen gibt. Enge verwandtschaftliche Beziehungen zwischen unseren Familien bestehen auch nicht. Damit gibt es keinen Grund, um sie annullieren zu lassen. Ich gestatte dir, dich ins Maine zurückzuziehen, und werde dir die notwendigen Mittel zur Verfügung stellen, damit du dort ein Kloster gründen kannst. Dann hast du ein Haus und einen Ort, wo du im Gebet versinken kannst. Bei Hofe brauchst du nicht mehr zu erscheinen, ich will dir zukünftig meinen Anblick ersparen. Leb wohl, Berengaria. Wir hatten eine kurze, aber schöne Zeit miteinander. Vielleicht erinnerst du dich auch einmal daran und nicht nur an die Schrecken, die dich offenbar bei meinem Anblick plagen. Sollte es dir gelingen, deine inneren Dämonen zu besiegen, bist du mir jederzeit wieder herzlich willkommen. Doch bis dahin lebe dein Leben, so wie ich das meine leben werde. Fern von dir, doch ich bin überzeugt davon, dass meine Gedanken dich trotz allem oft besuchen kommen werden.«

Richard wandte sich um und verließ schweren Schrittes das Gemach. Seine Miene war wie versteinert, und es brauchte zwei Tage, bis das Herz in seiner Brust wieder seinen gewohnten Schlagrhythmus fand. In der dritten Nacht ließ er eine Magd zu sich kommen, die sich nicht sträubte, dem König zu Willen zu sein. Richard empfand keine Liebe und noch nicht einmal Zuneigung für die junge, durchaus hübsche Frau, die sich die größte Mühe gab, ihm zu gefallen. Aber die Zeit seiner Enthaltsamkeit war vorbei, und der Samen, der sich über lange Zeit in ihm aufgestaut hatte, musste endlich den Körper verlassen. Und dafür, für nichts anderes, war der Körper der Magd das entsprechende Gefäß, in das er sich nach kurzer Zeit und wenigen Stößen in mehreren Schüben ergoss.

# 6.

# ANGEVINISCHES REICH, 1196

Da Richard nach der Auseinandersetzung mit Berengaria nicht davon ausging, mit ihr noch einen Erben zu zeugen, war damit die Frage wieder akut, wer ihm in hoffentlich noch langer Zeit als Herrscher über das angevinische Reich nachfolgen sollte. Bereits auf dem Hinweg ins Heilige Land hatte er Arthur von der Bretagne, den posthum geborenen Sohn seines bei einem Turnierunfall in Paris ums Leben gekommenen Bruders Geoffrey, auf Sizilien als Thronanwärter benannt und wollte jetzt Nägel mit Köpfen machen und den neunjährigen Knaben an seinen Hof holen. In Poitiers in der Obhut seiner Mutter lebte bereits dessen Schwester Eleanor, und Richard nahm nicht an, dass Konstanze, seine ehemalige Schwägerin, ihm ihren Jungen vorenthalten würde, den er für solch eine hohe Aufgabe vorgesehen hatte.

Doch nach dem Tod von Geoffrey hatte König Henry die stolze, aus uraltem Adel stammende Bretonin mit Ranulph de Blondeville, dem Earl von Chester, verheiratet, weil er sie an der Seite eines treuen Gefolgsmannes und ihre Ländereien in sicherer Hand wissen wollte. Aber Chester war nun wirklich ein Fiesling allererster Güte und die Gier in Person. Er brachte in kürzester Zeit nicht nur seine Gemahlin, sondern das ganze Land, das er für Henry regieren sollte, gegen sich auf. Eine Zeit lang hielt der Earl seine Frau in England sogar wie eine Gefangene, nach dem Tod des alten Königs und während sich Richard auf dem Kreuzzug befand, gelang Konstanze jedoch die Flucht, und sie verschanzte sich in ihren Stammlanden. Von hier aus suchte sie den Schulterschluss mit Philipp von Frankreich, denn ihr Hass auf Henry, der sie zuerst mit seinem Sohn und dann auch noch, um das Maß vollzumachen, mit Chester vermählt hatte, hatte sich mittlerweile auf alle Plantagenets übertragen.

Davon ahnte Richard allerdings nichts, der sich einbildete, immer ein gutes Verhältnis zu der Frau seines Bruders gehabt zu haben, als er sie aufforderte, mit ihrem Sohn an seinen Hof nach Rouen zu kommen. Konstanze sah keine Möglichkeit, sich dem Wunsch ihres obersten Lehnsherrn zu entziehen, ließ aber Arthur in der Obhut ihrer Ratgeber in der Bretagne zurück. Doch da ihr Ritt in die Normandie kein Geheimnis war, hatte ihr Gemahl durch seine Spione, die an ihrem Hof lebten, davon Wind bekommen und seine eigenen Pläne geschmiedet.

Ranulph de Blondeville wagte sich zwar nicht in das Herzogtum seiner Gemahlin hinein, denn ihre Vasallen hatten ihm schon einmal sehr nachdrücklich zu verstehen gegeben, was sie von ihm hielten, lauerte ihr aber kurz hinter der Grenze mit einer Hundertschaft seiner Ritter und Kriegsknechte auf und nahm sie nach kurzem hartem Kampf mit ihrem überraschten Gefolge gefangen. Der Earl von Chester hatte keineswegs die Absicht, dauerhaft auf die Einnahmen aus dem Herzogtum zu verzichten, über das er von König Henry im Recht seiner Frau als Herr eingesetzt worden war, auch wenn dessen Nachfolger Richard seine Ansprüche nie bestätigt hatte. Also wollte er vollendete Tatsachen schaffen, und da er wie viele normannische Barone Ländereien auf beiden Seiten des Kanals besaß, schaffte er Konstanze auf dem schnellsten Weg in seine Burg bei Saint-Senier-de-Beuvron, die nördlich von Rennes lag, aber nicht mehr in der Bretagne, sondern bereits in der Normandie.

Einigen Rittern der Herzogin war es allerdings gelungen zu entkommen, und diese eilten nach Rouen, um vor dem König bittere Klage über das Vorgehen Chesters zu führen. Richard hatte gerade die Nase voll von widerspenstigen Ehefrauen, wollte aber keinen Streit mit der Mutter des Jungen, den er als seinen Nachfolger im Auge hatte, und beschloss, der Sache auf den Grund zu gehen. Er hatte zudem gerade nichts anderes zu tun und wahrlich kein Interesse an einer Auseinandersetzung mit einem der mächtigsten und reichsten Barone Englands, der aber offenbar nicht einmal mit seiner Gemahlin klarkam. Aber das traf auf ihn ja ebenfalls zu, gestand sich der König ein, befahl Mercadier mit einem Trupp seiner Söldner an seine Seite und schwang sich seufzend wieder einmal in den Sattel, anstatt weiter an den Plänen für seine Festung Château Gaillard arbeiten zu können.

Ranulph de Blondeville traf fast der Schlag, als ihm ohne Vorwarnung die Ankunft seines Souveräns gemeldet wurde. Er schaffte es gerade noch aus dem Gemach heraus, in das er seine Gemahlin eingesperrt und mit der er soeben wieder einen ergebnislosen Disput geführt hatte, in den Innenhof seiner Burg, da polterten auch schon die Hufe der schweren Streitrösser über die Zugbrücke, und Richard sprang unmittelbar vor ihm aus dem Sattel.

Der Earl von Chester sank ehrfurchtsvoll auf sein Knie, beugte, wie man es bei so hohem Besuch erwarten durfte, das Haupt und murmelte etwas von »welche unerhörte Ehre« und »wenn ich geahnt hätte, Sire ...«, doch Richard hatte nicht die Absicht, sich lange mit einleitenden Reden aufzuhalten und schon gar nicht Freundlichkeit zu heucheln. Stattdessen war seine Tonlage, mit der er sich de Blondeville zur Brust nahm, von einer solchen Lautstärke, dass auch noch der letzte Stallbursche und die jüngste Küchenmagd hörten, wie es um das Ansehen ihres Herrn bei seinem König bestellt war.

»Seid Ihr noch bei Trost, Chester?«, donnerte Löwenherz. »Ich bestelle meine ehemalige Schwägerin zu mir, um mit Ihr über ihren Sohn, meinen Neffen, zu reden, und Ihr fangt sie ab und haltet sie gefangen! Ja, seid Ihr denn von allen guten Geistern verlassen? Wenn Ihr mir noch etwas schlechtere Laune macht, nenne ich das Hochverrat und lasse Euch dafür ausweiden! Wo ist Konstanze? Ich hoffe sehr, Ihr habt Ihr kein Leid angetan!«

»Sire, bei allem nötigen Respekt, aber sie ist immer noch mein mir auf Wunsch Eures Vaters angetrautes Eheweib«, entgegnete de Blondeville erschrocken und bemühte sich, Haltung zu bewahren, sobald er wieder aufrecht stand. »Ich habe mich nur so verhalten, wie Ihr es als mein König von mir erwarten durftet. Sie ist es, die sich ihren ehelichen Pflichten entzieht, mir die Herrschaft über ihr Herzogtum und auch ihr Bett seit Jahren verweigert. Ich habe mir nur genommen, was mir seit der Eheschließung nach Recht und Gesetz zusteht.«

»Ich warne Euch, Chester, treibt es nicht zu weit!« Richard wurde auf einmal ganz leise, und jeder, der ihn kannte, wusste, jetzt wurde es gefährlich. »Wo ist sie? Bringt mich auf der Stelle zur Herzogin, und sollte sie Klage gegen Euch führen, dann macht schon einmal Euer Testament.«

De Blondeville wurden die Knie weich, aber natürlich gab es keine Widerrede gegen den Befehl des Königs. Am liebsten hätte er sich in das winzigste Mauseloch seiner Burg verkrochen, denn er konnte sich ausmalen, was ihn erwartete, wenn Richard seiner Gemahlin ansichtig wurde. Deshalb versuchte er nun auch, sich zu verdrücken, und schob eine Ausrede vor, um sich einen weiteren königlichen Zornesausbruch zu ersparen.

»Mein Knappe wird Euch den Weg weisen, Sire. Mich entschuldigt bitte kurz, damit ich dafür sorgen kann, dass alles für Eure Bequemlichkeit hergerichtet ist, sobald Ihr mit meiner Gemahlin gesprochen habt.«

»Nichts da, Chester.« Wenn sich Richard mit etwas auskannte, dann mit Ausflüchten seiner Untergebenen. »Versucht nur nicht, Euch davonzumachen. Ich will Euch dabeihaben, wenn ich Eurer Gemahlin gegenübertrete. Vor allem, um ihr klarzumachen, dass ich mit ihrer Entführung nichts zu tun habe.«

»Wenn Ihr mir dann bitte folgen würdet, Sire«, dienerte Chester und wurde noch um eine Spur blasser. Ihm blieb heute aber auch wirklich gar nichts erspart.

Das Gemach, in das er seine Gemahlin eingesperrt hatte, befand sich im Obergeschoss des Donjons. De Blondeville dankte dem Himmel, dass der König heute gekommen war, denn für morgen hatte er Konstanze, würde sie sich weiterhin so widerspenstig zeigen, angedroht, sie in den Kerker werfen zu lassen. Wie er dies dann ihrem ehemaligen Schwager hätte erklären sollen, dafür fehlte ihm die Fantasie. Schon jetzt wurden seine Schritte immer schleppender, während er die Wendeltreppe emporstapfte, denn selbst ihm brannte noch die Hand von den Ohrfeigen, die er seinem aufmüpfigen Eheweib erst vor Kurzem verpasst hatte, und wie deren Wangen aussahen, konnte er sich lebhaft vorstellen.

Vor dem Gemach hielt einer von Chesters Kriegsknechten Wache. Der Earl bedeutete ihm, die Tür zu öffnen, und bat den König mit einer Verbeugung, als Erster einzutreten. Er wollte sich lieber hinter ihm halten, um im Notfall die Flucht ergreifen zu können, käme es zum Äußersten.

Der Raum war eigentlich nett eingerichtet, und neben dem großen Baldachinbett befanden sich noch zwei Lehnstühle an einem Tisch, ein Hocker, eine Truhe und sogar ein an der Wand aufgehängter, polierter Messingspiegel darin. Ein schmales, aber hohes Bogenfenster ließ Licht und Luft herein, und alles zeugte vom Reichtum des Burgherrn. Es wäre ein angenehmer Anblick gewesen, und selbst Richard hätte sich in dem

Gemach wohlgefühlt, wenn, ja, wenn da nicht eine weinende Frau auf dem Bett gelegen und aus tiefster Seele geschluchzt hätte.

»Erhebe dich, Weib«, vernahm der König hinter sich Chesters Stimme, »und erweise unserem Gast den nötigen Respekt. Siehst du nicht, wer angekommen ist? Hast du denn überhaupt keinen Anstand? Schließlich bist du als meine Frau auch die Herrin dieser Burg und solltest unserem obersten Lehnsherrn ehrfurchtsvoll begegnen.«

Im nächsten Moment stockte das herzzerreißende Weinen, und die Frau, die bäuchlings auf dem Bett lag, wandte sich um. Richard hatte seine ehemalige Schwägerin lange nicht gesehen und erschrak bei ihrem Anblick.

Konstanze war etliche Jahre jünger als er und früher eine bildschöne Frau mit rotem Haar und leuchtend blauen Augen gewesen. Doch nun, da ihr Schleier verrutscht war, sah der König, dass sich graue Strähnen durch die Lockenpracht zogen und ihre Augen trübe dreinblickten. Ob es an den Tränen lag oder daran, dass die Herzogin ihre Lebensfreude verloren hatte, wusste er nicht zu sagen, gedachte es aber umgehend herauszufinden. Was ihn aber am meisten erzürnte, waren die deutlich sichtbaren Handabdrücke auf ihren Wangen, die auch die Sturzbäche von Tränen nicht hatten wegwaschen können, und er glaubte sogar, Würgemale am Hals der Gepeinigten zu sehen.

Wutschnaubend fuhr Richard herum, um sich Chester vorzunehmen, der angsterfüllt vor dem zornigen Blick seines Königs zurückwich, aber nur um gegen die breite Brust Mercadiers zu prallen, der Löwenherz sicherheitshalber nach oben begleitet hatte und nun prompt seine Arme um den Earl schlang, sodass dieser nicht davonlaufen und nicht einmal mehr richtig atmen konnte.

»Schafft mir den Kerl aus den Augen!«, brüllte Richard. »Mercadier, Ihr seid mir dafür verantwortlich, dass er nicht entkommt. Mit ihm beschäftige ich mich später. Und jetzt raus hier, alle. Schickt eine Magd mit einer Schüssel warmen Wassers und weichen Tüchern. Jemand anderen will ich hier nicht sehen. Die Tür von außen schließen, habe ich gesagt!«

Wenn der König in dieser Stimmung war – und das kam durchaus öfter vor –, ging man ihm tunlichst aus dem Weg, wie jeder aus seinem Gefolge wusste. Und deshalb dauerte es auch nur ein paar Lidschläge, bis er allein mit Konstanze war, die sich langsam beruhigte. Dann klopfte es, kurz schwang die Tür auf, eine Magd knickste tief, stellte mit gesenktem Kopf die Waschschüssel auf die Truhe, legte die Tücher daneben und war auch schon wieder verschwunden. Richard nahm an, dass sie die ganze Zeit über, die sie in der Kammer war, den Atem angehalten hatte, aber das war ihm gleich.

»Wenn Ihr Euch etwas herrichten wollt, Madame, dann habt Ihr jetzt dazu Gelegenheit«, meinte der König mit sanfter Stimme. »Ich sehe in der Zwischenzeit ein bisschen aus dem Fenster, sodass ihr ungestört seid. Also bitte, tut Euch keinen Zwang an. Danach können wir uns in aller Ruhe unterhalten, und Ihr könnt mir sagen, was vorgefallen ist und was Euch bedrückt.«

»Was vorgefallen ist?«, fauchte Konstanze, ganz und gar nicht das erleichterte Frauchen, das voller Dankbarkeit für ihren Retter war, der da in silbern glänzender Rüstung vor ihr stand. »Das, was immer passiert, wenn die Plantagenets oder ihre Freunde versuchen, sich anderer Menschen oder deren Ländereien zu bemächtigen. Es fließen Blut und Tränen, Menschen werden getötet und verletzt. Das war unter Eurem Vater so, Sire, und hat sich auch unter Euch nicht geändert!«

»Jetzt seid Ihr aber ungerecht, Konstanze«, entgegnete Richard, überrascht von dem Ausbruch der Herzogin. »Ich habe keinen Anteil an dem, was Euer Gemahl Euch angetan hat. Es geschah nicht auf meinen Befehl hin, dass müsst Ihr mir glauben.«

»Mein Gemahl!« Konstanze schnaubte verächtlich, trat dann aber an die Tonschüssel, fuhr mit den Händen in das Wasser und wusch sich prustend das Gesicht und damit die Tränen von den Wangen. Die roten Male darauf verschwanden allerdings auch dadurch nicht. Dann richtete sie ihren Schleier, strich ihr Kleid glatt und fand sich jetzt, nachdem sie noch einen prüfenden Blick in den Spiegel geworfen hatte, präsentabel genug, um ihrem ehemaligen Schwager, der Seite an Seite mit ihrem ersten Gemahl gegen den gemeinsamen Vater gekämpft hatte, auf Augenhöhe begegnen zu können.

»Ich bin nie um meine Meinung gefragt worden, ob ich einen der mir zugedachten Ehemänner heiraten wollte. Meine Vorfahren waren schon Herzöge der Bretagne, da nannten die Plantagenets gerade einmal die Grafschaft Anjou ihr Eigen. Mit welchem Recht hat also Euer Vater über meine Vermählung bestimmt? Zugegeben, beim ersten Mal hatte ich Glück, und Euer Bruder war mir ein guter Mann, aber mein jetziger? Gieriger Abschaum, vor dem ich ausspeien möchte.«

»Nun wollen wir doch einmal sachlich bleiben, meine Teuerste«, entgegnete Richard, den die ganze Angelegenheit langsam zu nerven begann. »Mein Großvater mag einmal nur Graf von Anjou gewesen sein, aber seine Gemahlin, meine Großmutter, war Kaiserin des römisch-deutschen Reiches und die Tochter des englischen Königs. Ihr Sohn, mein Vater, folgte dem ihren auf dem Thron nach und wurde damit Herr über das angevinische Reich und damit Euer Lehnsherr, der Euch durchaus einen Gemahl auswählen durfte. Und wie Ihr schon selbst sagtet, Geoffrey war sicher nicht der schlechteste. Chester, nun ja. Aber was soll ich tun? Ihr seid nun einmal mit ihm verheiratet und schuldet ihm gemäß Gottes Wort und auch nach dem Gesetz Gehorsam.«

»Was Ihr tun sollt? Die Ehe annullieren lassen! Sie ist schließlich nie vollzogen worden!«

»Ist das so?« Richard zeigte sich überrascht. »Aber wie wollt Ihr das beweisen?«

»Indem ich jeden heiligen Eid auf die Bibel schwöre, den Ihr oder ein Bischof hören wollt. Aber fragt doch einmal meinen Gemahl, ob er mir je beigewohnt hat, und seht ihm dabei in die Augen. Ich glaube nicht, dass er ein so ausgekochter Lügner ist, dass er das, ohne rot zu werden, behaupten kann. Er wusste außerdem genau, dass ich ihn mit meinem Dolch von seinem Gemächt trenne, kommt er mir auch nur einmal zu nahe oder vergreift sich am Erbe meiner Kinder.«

*Allmächtiger*, dachte Richard, *da bin ich ja mit Berengaria noch gut dran. Zumindest hatten wir einmal eine Zeit lang viel Spaß im Ehebett, und sie hat mir nie gedroht, mich von meinen Eiern zu befreien.*

»Das will ich gern tun, Konstanze, und Euch durchaus glauben«, meinte er dann nachdenklich. »Und vielleicht kommen wir damit auch durch. Die Ehe meiner Mutter mit ihrem ersten Gemahl ist schließlich auch aufgehoben worden. Aber vorab kann ich Euch schon versprechen, mir Chester gründlich vorzunehmen. Er wird Euch nie wieder Gewalt antun, das schwöre ich. Ich verbanne ihn nach England und verbiete ihm, sich Euch und der Bretagne zu nähern. Wäre das nicht in Eurem Sinne?«

»Durchaus, Sire.« Konstanze wirkte das erste Mal etwas gefasst, seit Richard das Gemach betreten hatte. »Vorausgesetzt, dass er sich auch daran hält.«

»Dafür werde ich sorgen, verlasst Euch darauf. Doch nun, da das geklärt ist, zu etwas anderem. Ich möchte, dass Euer Sohn an meinen Hof kommt und dort in allen ritterlichen Tugenden und auch in der Staatskunst unterwiesen wird. Wie Ihr wisst, habe ich Arthur schon in Messina zu meinem Nachfolger bestimmt, und es wird Zeit, ihm nun die entsprechende Ausbildung zukommen zu lassen, damit er einmal in meine Fußstapfen treten kann.«

»Aber Sire, das hat doch bisher niemand ernst genommen«, entgegnete Konstanze entsetzt. »Alle wussten schließlich, dass Ihr damals mit diesem Schachzug nur Euren Bruder wegen dessen Verrats von der Thronfolge fernhalten wolltet. Mein Sohn wäre doch an Eurem Hof keinen Tag seines Lebens sicher! John würde sofort Himmel und Hölle in Bewegung setzen, um seinen unliebsamen Nebenbuhler auszuschalten. Er spekuliert, wie man hört, immer noch auf Eure Nachfolge, sollte Euch in den vielen Schlachten, die Ihr schlagt, etwas zustoßen. Ich will keine Mutter sein, die um ihr Kind weinen muss, nur weil es wegen einer Illusion umgebracht worden ist!«

»Denkt Ihr, ich kann Arthur nicht schützen, wenn er bei mir ist?« Richard war für den Moment fassungslos.

»Ich glaube Euch Eure lautere Absicht, Sire. Aber nein, niemand kann das. Ich habe Euren Bruder John oft an unserem Hof in der Bretagne erlebt. Verzeiht die offenen Worte, aber mir ist noch nie ein falscherer und niederträchtigerer Mensch untergekommen. Hütet Euch vor ihm wie vor dem Teufel, kann ich Euch nur empfehlen. Selbst dann, wenn Ihr John verbannen würdet, wüsste er immer noch Wege zu finden, sich seines Widersachers zu entledigen. Nie lasse ich meinen Sohn in seine Nähe! Das könnt Ihr wirklich nicht von mir verlangen!«

Konstanzes Worte waren immer flehentlicher geworden, und zum Schluss ihrer kleinen Ansprache sank sie sogar händeringend vor Richard auf die Knie, was diesem hochgradig unangenehm war. Deshalb fasste er seine ehemalige Schwägerin auch an den Ellenbogen und zog sie wieder empor.

»So gern ich Eurem Bitten nachgeben würde, Konstanze, ich kann es einfach nicht. Ich habe keine legitimen Nachkommen und werde wohl auch keine mehr bekommen. Euer Sohn steht damit in der Thronfolge an erster Stelle, denn Geoffrey war älter als ich und wäre heute statt meiner König, wäre er nicht durch diesen dummen und vermeidbaren Unfall ums Leben gekommen. Ich kann Euch nur versichern, alles Menschenmögliche für Arthurs Sicherheit zu veranlassen, aber an meinen Hof kommen muss er. Da führt kein Weg dran vorbei.«

Konstanze schlug die Lider nieder, damit Richard ihr nicht in die Augen blicken konnte.

»Wenn Ihr meint, Sire. Dann bleibt mir wohl nichts anderes übrig, als mich zu fügen, und für die große Ehre zu danken, die Ihr mir und Arthur erweist. Ich wäre Euch aber sehr verbunden, wenn Ihr mir gestatten würdet, ihm die freudige Nachricht überbringen zu dürfen. Sicherlich kann ich ihm als seine Mutter eher verdeutlichen, um was es dabei für ihn geht, und ihm die kindliche Angst davor nehmen, als wenn er Euch unmittelbar gegenübertreten muss und sie aus Eurem Munde erfährt. Gebt mir zwei Wochen, dann bringe ich ihn Euch hierher oder auch nach Rouen, wenn Ihr mögt.«

»Gewährt, aber ich werde hier warten.« Richard fiel ein Stein vom Herzen. »Doch nicht länger, sonst komme ich ihn holen. Und um die Annullierung Eurer Ehe kümmere ich mich ebenso wie um Euren Gemahl. Glaubt mir, er wird Euch nie wieder belästigen.«

»Ich danke Euch, Sire. Was denkt Ihr, wann kann ich aufbrechen?«

»Wenn Ihr möchtet und Euch dazu in der Lage fühlt, gleich morgen. Ich habe die Ritter aus Eurem Gefolge mitgebracht, die sich retten konnten. Für die anderen wird Chester ein Blutgeld zahlen, so wahr man mich Löwenherz nennt.«

»So soll es sein«, erwiderte Konstanze und konnte das leichte Triumphgefühl nicht unterdrücken, das in ihrer Stimme mitschwang. »Gestattet mir dann bitte, mich zurückzuziehen, Sire, damit ich Reisevorbereitungen treffen kann. Bei dem abendlichen Festmahl, das mein Noch-Ehemann für Euch ausrichten lässt, werdet Ihr mich sicher entschuldigen.«

Richard nickte wohlwollend, und Konstanze sank in einen tiefen Hofknicks, damit der König das wiedererwachte Leuchten in ihren Augen nicht sah. Sie hatte, was sie wollte, nämlich ihre Freiheit, und die würde sie niemals wieder hergeben. Und wenn man Richard auch Löwenherz nannte, die wahre Löwin war sie – und das würde sie im Kampf um ihre Kinder beweisen.

Letztlich war Chester froh, nur verbannt zu werden und nicht dem Zorn des Königs zum Opfer gefallen zu sein. Und wenn dieser die Ehe auflösen wollte, die auf Betreiben seines Vaters, des alten Henry, geschlossen worden war, sollte es ihm nur recht sein. Sein Interesse, sich weiter mit dieser bretonischen Furie auseinanderzusetzen, hielt sich in Grenzen. Wenn er die Bretagne und sogar die Normandie verlassen musste, dann würde er halt sein Augenmerk zukünftig mehr auf England richten und dort seine Macht und seinen Reichtum mehren. Ohne dabei allerdings dem Earl von Huntingdon in die Quere zu kommen, nahm er sich fest vor, denn an sein letztes Zusammentreffen mit diesem hatte er nur die allerschlechtesten Erinnerungen.

Richard wartete die vereinbarten zwei Wochen, doch weder von Konstanze noch von ihrem Sohn kam die geringste Nachricht. Also entschloss sich der König, nachdem die Konstanze gesetzte Frist verstrichen war, selbst in die Bretagne zu reiten und Arthur abzuholen. Widerstrebend machte er sich nach Nantes, der herzoglichen Residenz, auf, erfuhr aber unterwegs, dass seine ehemalige Schwägerin in den äußersten Westen ihres Landes – nach *finis terrae*, das Ende der Welt, wie schon die Römer diese Gegend genannt hatten – in die Küstenfestung Brest geflohen war. Von hier aus konnte sie sich, wenn es ihr in den Sinn kam, jederzeit über das Meer nach Schottland zurückziehen, denn ihre Mutter war eine Tochter des Prinzen Heinrich von Schottland. Das wollte Richard unbedingt verhindern, und so änderte er seine Reiseroute von Süd auf West und kämpfte sich durch die teilweise unwirtliche Landschaft der Bretagne, die nicht unwesentlich dazu beigetragen hatte, dem Land für so lange Zeit seine Eigenständigkeit zu bewahren. Doch bevor er die Hafenstadt erreichte, stellte sich ihm bei Carhaix ein bretonisches Heer unter dem Befehl von Alain de Dinan, Konstanzes Seneschall, entgegen. Richard, mit seinen wenigen Söldnern hoffnungslos unterlegen, musste etwas hinnehmen, an was er sich schon gar nicht mehr erinnern konnte – eine Niederlage auf offenem Feld. Der vollständigen Vernichtung der von ihm geführten Truppen konnte er sich nur durch sofortigen Rückzug, der schon mehr einer Flucht glich, entziehen. Selbstverständlich kochte er danach vor Zorn, der bekanntermaßen ein schlechter Ratgeber war. Aus befestigter Position heraus schickte der König Mercadier los, Rache an den Bretonen zu nehmen. Das war so ungefähr das Dümmste, was er tun konnte, denn der Söldnerhauptmann kannte keine Gnade, verwüstete Dörfer und kleine Städte und brachte so die Menschen des Herzogtums endgültig gegen die Plantagenets auf. Sie scharten sich um Konstanze und leisteten erbitterten Widerstand, den selbst Richard mit seinem Häufchen Söldner nicht brechen konnte. Er wollte schon um Hilfe schicken lassen und William Marshal mit dem Großteil des Heeres zu sich zitieren, doch dann kam Mercadier mit einem Gefangenen zurück, der Erstaunliches zu berichten wusste.

Arthur befand sich schon seit längerer Zeit nicht mehr in der Bretagne. Konstanze hatte ihren Sohn nicht nach Schottland in Sicherheit gebracht, sondern sofort nach ihrer Freilassung an den Hof Philipps nach Paris geschickt und ihn der Obhut des französischen Königs anvertraut. Jetzt war für Richard das Maß voll, und unter normalen Umständen hätte er alles darangesetzt, das widerspenstige Land mit seiner aufmüpfigen Herzogin endgültig zu unterwerfen, doch da erreichten ihn beunruhigende Nachrichten aus der Normandie, die ihn sofort zurückriefen. Er sandte noch ein Schreiben nach England an Hubert Walter mit der Bitte, ihm dringend Verstärkung zu schicken, dann machte er sich nach Rouen auf. Dort erwartete ihn ein zerknirschter Baudouin de Béthune, der äußerst Unangenehmes zu berichten hatte. Ihm war es gelungen, die Herrschaft über die ihm von Richard als Lehen gegebene Grafschaft zu erringen, doch nun war diese wieder verloren gegangen, weil Philipp sich nicht an den erst vor weniger als einem halben Jahr geschlossenen Frieden gehalten und sich noch dazu mit dem jungen Grafen Balduin von Flandern verbündet hatte, den Richard in seinem Kampf gegen die Franzosen eigentlich zu seinen Unterstützern zählte. Jedenfalls hatte Balduin dem englischen König gehuldigt, als der sich auf seiner Rückreise aus deutscher Gefangenschaft nach England befand, und mit ihm einen gegenseitigen Beistandspakt geschlossen. Flandern mit seinen berühmten Webereien war auf englische Wolle angewiesen und das Königreich jenseits des Kanals darauf, dass diese jemand kaufte. Es war also im gegenseitigen Interesse gewesen, sich miteinander zu verbünden. Noch dazu, wo Philipp sich große Teile Flanderns unter den Nagel gerissen hatte, nachdem Balduins Vater verstorben war. Was den jungen Grafen dazu bewogen hatte, die Seiten zu wechseln, musste Richard unbedingt herausfinden, denn sonst stünde ihm schon sehr bald ein ganz unangenehmer Zweifrontenkrieg bevor.

»Baudouin, nun beruhigt Euch erst einmal«, versuchte er deshalb, seinen Kampfgefährten zu besänftigen, der so aufgebracht war, dass er kaum noch in der Lage war, zusammenhängende Sätze zu formulieren. »Was genau ist denn nun eigentlich geschehen?«

»Von drei Seiten sind sie gekommen und haben meine Grafschaft verwüstet, weil sie angeblich im Besitz von Hugo von Gournay wäre, dem sie von Philipp als Lehen übertragen wurde. Von Norden kam der neue Verbündete des französischen Königs, Balduin von Flandern, von Osten Wilhelm von Ponthieu, sein Schwager, denn mit diesem hat er seine Schwester Alix verheiratet und ihn dadurch als Bundesgenossen gewonnen, und von Süden Philipp selbst. Mir blieb nichts anderes übrig, als die Burgbesatzung von Aumale zum Ausharren zu ermuntern und ihr zu versprechen, zu Euch zu eilen und Euch zu bitten, sie ebenso zu entsetzen wie die in Issoudun.«

»Verdammt!« Richard hieb mit der Faust auf die Lehne seines Sessels, rieb sich aber gleich darauf die schmerzende Hand und verzog das Gesicht. »Wo man auch hinsieht, nichts als Verrat. Wilhelm von Ponthieu ist mein Lehnsmann und hat mir Treue geschworen. Wenn er jetzt zu Philipp übergelaufen ist, hat er damit ein ganz schön großes Stück Land aus der Normandie herausgebrochen, dass erst mühsam wieder zurückerobert werden muss. Und Balduin? Ich sehe ihn noch vor zwei Jahren vor mir knien, jetzt beugt er das Haupt vor Philipp! Noch heute schreibe ich an Hubert Walter, dass kein Sack Wolle mehr nach Flandern geliefert wird! Mal sehen, wie lange der junge Graf dann dem Druck seiner Kaufleute, die schließlich alle seine Geldgeber sind, standhält. Glaubt mir, Baudouin, den haben wir bald wieder in unserem Lager. Aber bis es so weit ist, bleibt er ein gefährlicher Feind.«

»Sire, bei allem Respekt, aber meine Männer werden nicht mehr lange standhalten. Wollt ihr nicht Euer Heer zusammenrufen und Philipp in den Rücken fallen? Nur so können wir Aumale retten.«

Richard rieb sich nachdenklich das Kinn. Da sich gleich drei Fürsten auf die Grafschaft Aumale ganz im Norden der Normandie an der Grenze zu Flandern gestürzt hatten und die erbetene Verstärkung aus England noch nicht eingetroffen war, erschien ihm das Unternehmen zu riskant. Stünde er mit seinen Streitkräften den verbündeten Heeren gegenüber, wäre er ihnen womöglich zahlenmäßig hoffnungslos unterlegen. Und wozu das führen konnte, hatte er gerade erst in der Bretagne zu spüren bekommen. Deshalb beschloss er, eine verwegene Strategie zu verfolgen und wenn möglich die feindliche Armee zu spalten.

»Passt auf, Baudouin, wir machen es diesmal anders. Ich marschiere nicht auf Aumale im Norden, sondern zur Festung von Nonancourt im Südosten. Das dürfte Philipp äußerst nervös machen, denn geht sie ihm verloren, steht uns der Weg nach Paris offen. Also wird er sich, vermute ich einmal, schleunigst nach Süden wenden, um seiner Besatzung zu Hilfe zu eilen. Aber mit Philipp allein werde ich alle Male fertig, der holt sich nur die nächste blutige Nase. Ihr hingegen reitet zurück nach Aumale und verstärkt dort den Widerstand. Wilhelm von Ponthieu ist jung und unerfahren, er will sich nur vor seiner neuen Gemahlin hervortun. Spürt er Gegenwind, wird er bestimmt schnell zurück unter ihre Röcke kriechen. Und zu Balduin schicke ich Boten. Setzt er den Kampf fort, stehen bald seine Webereien still. Dann geht ihm ganz schnell das Geld aus, und er wird wieder handzahm.«

»Euer Wort in Gottes Ohr, Sire. Aber wenn Ihr Euch irrt und die Belagerung fortgesetzt wird, während ihr mit Euren Truppen vor Nonancourt steht, dann müssen viele gute Männer sterben, und die Franzosen besetzen den ganzen Norden der Normandie.«

»Glaubt mir, Baudouin, ich weiß, wie Philipp denkt. Er ist ja so berechenbar. Spätestens in einem Monat habt Ihr Eure Grafschaft wieder und ich den französischen König wegen des Bruchs des Friedensvertrages zur Verantwortung gezogen.«

Meist trafen Richards Voraussagen in Bezug auf militärische Vorgänge ein, denn er war ein brillanter Taktiker, nur diesmal sollte er sich irren. Philipp wollte tatsächlich sofort nach Süden marschieren, als er von der Belagerung von Nonancourt hörte, aber seine beiden Bundesgenossen beschworen ihn, zu bleiben und die Sache mit Aumale zu Ende zu bringen. Und da er seine gerade neu gewonnenen Verbündeten nicht vor den Kopf stoßen und deshalb vielleicht erneut verlieren wollte, nahm er zähneknirschend zur Kenntnis, dass seine Grenzfestung im Süden fiel, während er sich im Norden herumschlug.

Der Kastellan von Nonancourt war ein vernünftiger Mann, der wusste, dass er Richard nicht lange würde widerstehen können, wenn keine Hilfe von seinem König kam. Also leistete er der Form halber etwas Widerstand, übergab aber die Schlüssel der Festung, bevor jemand ernsthaft zu Schaden gekommen war. Damit man ihm allerdings später nicht Feigheit vorwerfen konnte und er sich auch vor einem Zusammentreffen mit seinem Oberbefehlshaber fürchtete, der natürlich die Weisung ausgegeben hatte, Nonancourt bis zum letzten Mann zu verteidigen, machte er sich gleich nach der Kapitulation auf den Weg ins Heilige Land. Dort trat er dem Orden der Tempelritter bei, schützte Pilger auf dem Weg von der Küste nach Jerusalem, wo sie dank Richards Vertrag mit Salah ad-Din immer noch uneingeschränkt Zutritt zu den heiligen Stätten hatten, und kehrte nie wieder nach Frankreich zurück.

Da die Einnahme von Nonancourt so schnell vonstattengegangen war, nahm Richard an, dass Philipp, der davon noch nichts erfahren haben konnte, auf dem Weg zu der Festung war, und beschloss, ihm entgegenzuziehen. Doch je weiter er auch vorrückte, von den Franzosen fehlte jede Spur. Die hatten die Zeit genutzt und rund um Aumale in der Zwischenzeit ein stark befestigtes Lager errichtet. Als der englische König endlich nach langem, schnellem und deshalb kräftezehrendem Marsch in der umkämpften Grafschaft eintraf, sah er von einem Hügel herab auf Befestigungen und Verschanzungen, die nahezu uneinnehmbar waren. Philipp hatte aus seiner Niederlage bei Issoudun gelernt und gedachte nicht, sich noch einmal so schmählich überraschen zu lassen.

Für den Abend rief Richard den Kriegsrat zusammen und hörte sich das Für und Wider seiner Befehlshaber bezüglich eines Angriffs auf die gut gesicherten Stellungen der Belagerer an. William Marshal sprach sich eindeutig dagegen aus und konnte das auch tun, ohne befürchten zu müssen, dass deshalb jemand an seinem Mut zweifelte, denn den hatte er schon zur Genüge unter Beweis gestellt. Mercadier und Otto hingegen waren, wie nicht anders zu erwarten, für einen Sturmangriff. Dieser Meinung schlossen sich auch Longsword und de Braose an, die beide vor Kurzem wieder zum Heer gestoßen waren und ein Kontingent englischer Ritter mitgebracht hatten, die regelrecht darauf brannten, sich im Kampf gegen die Franzosen auszuzeichnen und Ruhm und Ehre zu gewinnen.

Richard war eigentlich geneigt, der Meinung des Earls von Pembroke zu folgen, doch zu viele andere beschworen ihn, nicht nachzugeben und den Angriff zu wagen. Den Ausschlag gab letztlich sein Versprechen an Baudouin de Béthune, den Eingeschlossenen zu Hilfe zu kommen und sie herauszuhauen.

Doch von Anfang an verlief diesmal nichts nach Plan. Philipp musste unbedingt vor seinen Bundesgenossen bestehen, wollte er nicht deren Respekt und damit ihre Unterstützung bei weiteren Unternehmungen verlieren. Deshalb nahm sich der König vor, unter allen Umständen auszuharren und seine Truppen Richard entgegenzuwerfen. Zusätzlich zu den Flamen, den Truppen Philipps und den Männern von Richards ehemaligem Lehnsmann Wilhelm von Ponthieu hatte sich auch noch ein Kontingent bretonischer Ritter zu den Belagerern durchgeschlagen und angeboten, an deren Seite gegen die verhassten Plantagenets zu kämpfen. Das war die Quittung für Mercadiers Grausamkeiten auf ihrer Halbinsel, denn sie hatten geschworen, dafür blutige Rache zu nehmen. Angeführt wurden die Bretonen wiederum von Alain de Dinan, der Richard schon bei Carhaix zum Rückzug gezwungen hatte.

*Wir haben zwar nur leichtes Belagerungsgerät dabei, aber für die Erdwälle und Palisaden, die das gegnerische Lager schützen, müsste es reichen,* dachte Richard. Also schickte er seine Fußtruppen mit Faschinen nach vorn, die mit den Reisigbündeln die trockenen Gräben auffüllen sollten, und als das geschehen war, folgten ihnen Mercadiers Söldner mit Sturmleitern nach, die hier teilweise gegen ihre eigenen Landsleute, Graf Balduins Flamen, kämpfen mussten. Löwenherz hoffte, auf diese Weise die feindliche Reiterei hervorzulocken, und plante, sie dann mit einem wuchtigen Frontalangriff zurückzuwerfen.

Doch zuerst stockte der Angriff auf das Lager aufgrund eines fortwährenden Hagels von Pfeilen und Armbrustbolzen, und als sich dann tatsächlich die Tore in den Verschanzungen öffneten und die Reiterei aus dem Inneren hervorbrach, waren es weit mehr Ritter als angenommen. Franzosen, Flamen und Bretonen kamen mit zuerst erhobenen, dann gesenkten und eingelegten Lanzen auf die angevinische Ritterschaft zu, die gerade erst dabei war, sich zu formieren. Vor allem die Neuzugänge aus England, die noch nicht restlos in den Kampfverband eingegliedert worden waren, verursachten ein gelindes Chaos in der sonst so disziplinierten und von Richard selbst gedrillten Reiterei.

Trotzdem ließ der König zum Angriff blasen und preschte wie immer in der ersten Reihe voran. Er hatte Alain de Dinan an seinem Wappen ausgemacht und hielt jetzt direkt auf den Bretonen zu, um sich für die Niederlage zu revanchieren, die dieser ihm beigebracht hatte. Richard zweifelte keinen Moment daran, dass er Konstanzes Seneschall, der schließlich kein junger Mann mehr war, aus dem Sattel werfen könnte. Das hatte er schon unzählige Male zuvor mit vielen Gegnern auf Turnieren und auch im wahren Gefecht getan und hielt sich darin eine gewisse Meisterschaft zugute. Ob Richard deshalb etwas zu selbstsicher war oder einfach nur einen schlechten Tag erwischt hatte, um ein Haar wäre es vor Aumale jedenfalls zur Katastrophe gekommen, denn hier traf er auf einen wahren Könner.

Was bisher nur William Marshal gelungen war, der vor Le Mans noch für König Henry und gegen dessen Sohn Richard gekämpft hatte, nämlich diesen aus dem Sattel zu heben, wiederholte zu aller Überraschung in diesem eher unbedeutenden Gefecht Alain de Dinan.

Richard wusste gar nicht, wie ihm geschah. Er hatte wie immer mit der Lanzenspitze auf den Helm des ihm entgegenstürmenden Ritters gezielt, da spürte er zuerst einen schweren Schlag gegen seinen Schildarm und merkte gleich darauf, wie er trotz seines mit einem gepolsterten hohen Vorder- und Hinterzwiesel ausgestatteten Sattels den Halt verlor, denn der gegnerische Stoß hatte ihn mit voller Wucht leicht seitlich auf den Schild getroffen. Offenbar hatte de Dinan eine längere Lanze benutzt als er selbst und so als Erster den Treffer setzen können. Das war zwar nicht übermäßig ritterlich, aber auch nicht gerade ungewöhnlich.

Ohne dass er noch etwas dagegen tun konnte, stürzte Richard zu Boden. Der Aufprall – schließlich fiel er im vollen Galopp vom Pferd – war so heftig, dass ihm die Luft wegblieb und ihm schwarz vor Augen wurde. Er wusste natürlich, in welch gefährlicher Situation er sich nun befand, denn schließlich war sein Bruder Geoffrey in einer ganz ähnlichen Lage – wenn auch nicht im Gefecht, sondern bei einem Turnier – von den Hufen eines Streitrosses zu Tode getrampelt worden. Deshalb versuchte der König, wenigstens auf die Knie zu kommen, um sich danach weiter aufzurichten, aber es wollte ihm einfach nicht gelingen. Auch er sah nun, als er sich stöhnend zur Seite wälzte und aufblickte, die eisenbeschlagenen Hufe eines großen Pferdes über sich und sandte ein Stoßgebet zum Himmel.

Offenbar wurde Richard erhört, denn das Ross gehörte seinem Neffen Otto, der hinter ihm geritten war. Als der junge

Welfe sah, was seinem Onkel gegen jede Erwartung zugestoßen war, ließ er seine eigene Lanze fallen und riss mit beiden Händen die Zügel zurück, sodass sein Hengst kerzengerade emporstieg und nicht über den am Boden Liegenden hinweggaloppierte und ihn dabei womöglich zertrampelte.

Otto sprang auf der Stelle vom Pferd und deckte mit seinem Schild den König, bis dessen Leibwache heran war und einen Ring aus Eisen um ihren Herrscher bildete. Aber die Schlacht war verloren, und kämpfend zogen sich Richards Truppen zurück, wütend attackiert vor allem von den Bretonen, die das Glück ihres Anführers gar nicht fassen konnten. Alain de Dinan war schon jetzt der Held des Tages, auch wenn es ihm leider nicht gelungen war, den feindlichen Heerführer gefangen zu nehmen. Erst als Trompeten die verbündeten Ritter zurückriefen, ließen sie widerwillig von ihren Gegnern ab und zogen sich in das geschützte Lager zurück, um dort tagelang mit ihren Heldentaten zu prahlen und sich feiern zu lassen.

Auf der anderen Seite löste William Marshal das Heer durch geschickte Manöver vom Feind und ließ erst in sicherer Entfernung vom Gegner ein eigenes Lager aufschlagen und sofort befestigen. Für den König, der nicht wieder aufs Pferd hatte steigen können und auf einer Trage vom Schlachtfeld gebracht worden war, wurde ein Zelt aufgeschlagen und unverzüglich sein Arzt Milo vom Tross geholt und zu ihm gebracht.

Richard fluchte derart über sein Missgeschick, dass manch einer aus seinem Gefolge nahe daran war, sich die Ohren zuzuhalten. Sein ganzer Körper schmerzte, was kein Wunder war, wenn man in einer eisernen Rüstung von einem in voller Karriere dahinbrausenden Pferd auf den Boden geschleudert wurde. Viele Ritter überlebten einen solchen Sturz entweder gar nicht oder zogen sich dabei so schwerwiegende Verletzungen zu wie Herzog Leopold, an denen sie nach langen Qualen schließlich doch noch zugrunde gingen. Als Milo endlich eintraf, wusste der König aber schon, dass er sich wahrscheinlich nichts gebrochen hatte, denn nach und nach verrichteten seine Glieder wieder ihren Dienst. Trotzdem litt er unter erbärmlichen Schmerzen, und sein Kopf drohte zu zerspringen.

Der Arzt schickte alle Anwesenden aus dem Zelt, half dem König aus seinen letzten Kleidern – die Rüstung hatte man ihm schon abgenommen – und untersuchte sorgfältig den ganzen Körper von den Haarwurzeln bis zu den Fußsohlen. Dabei ließ er sich nicht drängen, legte sein Ohr an mehreren Stellen auf den Brustkorb des Königs, klopfte dabei mit seinen Fingerknöcheln auf die Rippen und bat Richard auch, mehrmals zu husten. Nach Abschluss seiner Untersuchungen und nachdem er sich ein Bild über die Verletzungen seines Dienstherrn gemacht hatte, richtete der Medicus sich auf und sah seinen Patienten vorwurfsvoll an.

»Ihr habt unglaubliches Glück gehabt, Sire, und Eure Schutzengel ganze Arbeit geleistet«, meinte er nachdenklich. »Allzu oft solltet Ihr aber das Schicksal nicht auf diese Art herausfordern. Ihr werdet mehrere Tage lang üble Schmerzen zu erdulden haben, denn Euer Körper weist an vielen Stellen Prellungen auf. Sie werden sich grün, blau und braun verfärben, aber das werdet Ihr überstehen. Mehr Sorgen macht mir Euer Kopf. Schaut einmal zu mir her, wie viele Finger seht Ihr?«

Milo reckte Zeige- und Mittelfinger nach oben.

»Zwei. Was soll der Unfug?«, knurrte Richard, aber der Arzt, der seinen Patienten in- und auswendig kannte, ließ sich davon nicht beeindrucken.

»Seht Ihr alles klar oder eher verschwommen?«, wollte er deshalb wissen.

»Völlig klar, ich bin doch nicht betrunken. Im Moment zumindest noch nicht.«

»Dann lest mir das doch bitte einmal vor.«

Milo hatte ein Pergament vom Tisch in der Mitte des Zeltes genommen, auf dem benötigte Versorgungsgüter für das Heer vermerkt worden waren. Richard versuchte, sich von seinem Lager aufzurichten, sank aber stöhnend wieder zurück. Als Milo ihm die Liste reichte, musste er zugeben, dass die Buchstaben und Zahlen vor seinen Augen verschwammen und er sie nur schwer erkennen konnte. Hielt er das Pergament, so weit es ihm sein Arm erlaubte, von sich weg, wurde es etwas besser. Als er das seinem Arzt erklärte, nickte dieser verstehend mit dem Kopf, doch das reichte dem König nicht. Er wollte endlich wissen, was ihm fehlte und ob er wieder vollständig genesen würde.

»Nun, Sire, nicht nur Euer Körper ist durch den Sturz übel zugerichtet worden, sondern auch Euer Kopf und mit ihm Euer Gehirn. Wir sagen dazu, es wurde erschüttert. Das führt dann zu Ausfällen in den Bewegungen und kann auch den Verlust des Seh- oder Hörvermögens zur Folge haben. Ihr müsst die nächsten Tage absolute Ruhe halten, dürft Euch nicht erheben und solltet Euer Zelt mit Decken verdunkeln lassen, damit Eure Augen keinem Sonnenlicht ausgesetzt sind. Reisen dürft Ihr bestenfalls in einer Sänfte. Dann müsste sich die Erschütterung in ungefähr einer Woche gebessert haben, und wenn Ihr großes Glück habt und Gott mit Euch ist, wird auch nichts zurückbleiben.«

»Herr im Himmel, Milo!«, brauste Richard auf. »Ich habe einen Krieg zu führen und kann doch hier nicht auf der faulen Haut herumliegen. Die Verteidiger von Aumale warten darauf, dass ich sie entsetze. Gebt mir etwas gegen die Schmerzen, dann wird es schon gehen, und ich kann den nächsten Angriff führen. Ich sage Euch auch zu, mich vorzusehen, versprochen.«

»Wenn Ihr tut, was Ihr plant, Sire, kann es durchaus passieren, dass sich Euer Sehvermögen nicht bessert, sondern schlechter wird, ja dass Ihr sogar erblindet. Oder nichts mehr hört, auch das ist möglich. Im schlimmsten Fall kommt alles zusammen, und Ihr könnt sogar nicht mehr sprechen oder werdet gelähmt. Sagt dann nicht, ich hätte Euch nicht gewarnt!

Gegen eine Erschütterung des Gehirns helfen keine Tränke oder Salben und schon gar kein Aderlass, falls Ihr daran denken solltet. Nur Ruhe und Dämmerlicht, sonst gar nichts. Gern würde ich Euch Besseres verkünden, aber soll ich Euch belügen?«

Milo war bereits Richards Leibarzt geworden, als er noch Herzog von Aquitanien und ein junger Mann gewesen war. Zusammen mit Josef von Salamanca, der seine Mutter betreute, hatte er in Salerno und Toledo studiert. Dem König war bei den Worten des Medicus nun doch mulmig geworden. Er hatte schon Krieger gesehen, die nach einem Schlag auf den Kopf oder Sturz vom Pferd halbseitig gelähmt gewesen waren oder nur noch Unverständliches vor sich hin lallen konnten. So wollte er auf keinen Fall enden und war schon nahe dran, nachzugeben.

»Aber meine Kommandeure kann ich doch wenigstens empfangen, mich mit ihnen beraten und ihnen meine Befehle erteilen, oder?«, wollte er wissen und sah Milo erwartungsvoll, auf Bestätigung hoffend, an.

»Bedauerlicherweise nein, Sire«, bekam er aber zur Antwort. »Strengt Ihr Euren Kopf an, und ist es auch nur durch Nachdenken oder lautes Reden, dann können die Kopfschmerzen für immer bleiben und Euch bis an Euer Lebensende quälen. Wollt Ihr das?«

»Natürlich nicht, welche Frage. Sie sind wirklich kaum auszuhalten, und die Vorstellung, mit ihnen leben zu müssen, ist genauso schrecklich wie die der Hölle. Aber ich muss doch von meinen Hauptleuten hören, was sich da draußen tut, und mit ihnen beraten, wie wir Philipp schlagen können. Wir können doch von hier nicht einfach abrücken und die Verteidiger ihrem Schicksal überlassen. Darunter befindet sich auch mein Freund Baudouin de Béthune, der mir stets treu zur Seite gestanden ist und es nicht verdient hat, in einem französischen Kerker zu schmoren.«

»Ihr habt doch einen erfahrenen und zuverlässigen Stellvertreter, der auch jetzt wieder das Heer aus der gefährlichen Situation, in die es geraten ist, herausgeführt hat. Vertraut ihm, so wie Ihr mir in Bezug auf Eure Gesundheit vertrauen solltet.«

Seufzend ließ sich Richard aus der halb aufgerichteten Lage, in die er sich dank seiner Ellenbogen und unter Mühen gebracht hatte, in die Kissen zurücksinken.

»Also gut, Milo, Ihr habt gewonnen. Ich füge mich. Aber nur drei, höchstens vier Tage, hört Ihr? Dann muss das besser geworden sein, oder ich reiße mir den Kopf von den Schultern, und Ihr könnt mir einen neuen draufsetzen. Und nun schickt William Marshal zu mir. Mit ihm muss ich sprechen, das werdet hoffentlich sogar Ihr einsehen.«

Der Arzt lächelte milde und erhob sich von dem Krankenlager, um dem Wunsch seines Königs nachzukommen und Marshal zu instruieren, dass Richard größtmögliche Schonung brauchte. Er hatte ihm gegenüber absichtlich etwas übertrieben und die möglichen Folgen des Sturzes sehr schwarzgemalt, aber nur so war es ihm gelungen, seinen ungeduldigen Patienten auf dem Lager zu halten. Bei Richards eiserner Konstitution müssten die Folgen der Gehirnerschütterung nach vier Tagen eigentlich weitestgehend abgeklungen sein und er sich, wenn auch unter Schmerzen wegen der Prellungen, die Milo aber mit einer Salbe behandeln konnte, wieder bewegen können.

William Marshal gelang es wenig später mühsam, den König davon zu überzeugen, dass es keine Möglichkeit gab, mit dem geschwächten Heer die befestigten Stellungen der Verbündeten vor Aumale zu überrennen. Salah ad-Din war vor Akkon in einer ähnlichen Situation gewesen und hatte den von den Kreuzfahrern in der Hafenstadt Eingeschlossenen auch nicht helfen können. Der Earl von Pembroke empfahl dringend, sich für dieses Mal zurückzuziehen und die Kräfte neu zu sammeln. Niemand wäre damit gedient, wenn Philipp womöglich mit seinem Schwager und Graf Balduin nach der abzusehenden Einnahme von Aumale auf Rouen vorrückte. Die Besatzung der Burg und auch Baudouin de Béthune könnte man später immer noch auslösen. Marshal bot an, sich um die diesbezüglichen Verhandlungen zu kümmern, was Richard dankend annahm.

Widerwillig, aber einsichtig stimmte der König allem zu, was der Earl von Pembroke vorgeschlagen hatte. Schon am nächsten Tag rückte das Heer ab und zog sich auf Rouen zurück. Eine Woche später kapitulierte die Besatzung von Aumale unter annehmbaren Bedingungen und ging in Gefangenschaft. William Marshal löste sie wenig später mit königlichem Einverständnis für dreitausend Mark Silber aus, und Baudouin de Béthune wurde gegen Gottfried von Le Perche ausgetauscht, der sich immer noch in Gefangenschaft befunden hatte, weil niemand bereit gewesen war, das hohe, von Richard für ihn geforderte Lösegeld zu bezahlen.

Der König wurde in einer abgedunkelten Sänfte vom Kampfplatz getragen, was ihn fast vor Scham im Erdboden versinken ließ. Es war bereits die zweite Niederlage innerhalb von nur wenigen Wochen, die er hatte hinnehmen müssen, und noch dazu eine derart demütigende, dass sein Ruf als unbesiegbarer Held schwer beschädigt worden war.

Aber es sollte noch schlimmer für ihn kommen. Als er wieder reiten konnte, befahl Richard auf dem Weg nach Rouen mehr oder weniger im Vorbeigehen, die kleine Burg von Gaillon einzunehmen. Wie immer wollte er selbst die Schwachstellen der Befestigungen auspähen und kam dabei in den Schussbereich der Armbruster auf den Wehrgängen. Prompt surrten von dort Bolzen heran, und einer von ihnen traf Richard am Bein. Glücklicherweise war es nur ein Streifschuss, der aber trotzdem ein Stück Fleisch aus dem Oberschenkel dicht über dem Knie riss.

Milo schüttelte erneut den Kopf, als er die Wunde versorgte, und erinnerte den König an seine Worte vor nur einer Woche. Erneut versprach Richard, zukünftig vorsichtiger zu sein, aber jeder aus seiner Umgebung wusste, dass der gute Vorsatz bei ihm nicht lange anhalten würde. Doch das war äußerst bedauerlich, denn hätte ihm der Vorfall vor den Mauern von Gaillon als Warnung gedient, wäre ihm und letztlich auch seinem Reich viel erspart geblieben.

Das Geschehen der vergangenen Wochen ließ Richard zu der Überzeugung gelangen, dass dies offenbar nicht sein Jahr war und er dringend etwas daran ändern musste. Und da es nicht in seiner Natur lag, die Hände in den Schoß zu legen und auf den lieben Gott zu vertrauen, machte er sich auch gleich daran, das Heft des Handelns wieder in die Hand zu bekommen.

Dringender als jemals zuvor erschien es ihm nun, seine Nachfolge zu regeln. Und da sein Sohn Philipp nach eigener Aussage nichts davon wissen wollte und sein Neffe Arthur sogar vor ihm in Sicherheit gebracht worden war – damit er nur ja kein Plantagenet wurde –, blieben nicht mehr viele Alternativen. Deshalb wollte Richard die beste, die ihm diesbezüglich einfiel, gleich einmal in Angriff nehmen.

Von all seinen Neffen hielt er Otto am geeignetsten dafür, zu einem zukünftigen Herrscher herangezogen zu werden. Der junge Welfe war noch nicht zum Ritter geschlagen worden, was Richard mit einer Schwertleite anlässlich eines Turniers in Rouen umgehend nachholte. Schließlich hatte Otto sich diese Ehre schon lange mehr als nur verdient und durch sein beherztes und rasches Handeln vor Aumale seinem Onkel wahrscheinlich das Leben gerettet, auf alle Fälle aber eine sich anbahnende Katastrophe verhindert. Nach der längst fälligen Aufnahme in den Ritterstand schickte Richard Otto nach Poitiers und stellte ihm in Aussicht, ihn zum Grafen von Poitou und später zum Herzog von Aquitanien zu erheben, wenn seine Großmutter, um deren Erbe es sich letztlich handelte, ihn ebenfalls für dazu würdig befände. Sich mit ihr gut zu stellen und von ihr zu lernen, war nun die wichtigste Aufgabe des jungen Mannes, den der König zwar noch nicht offiziell dem Namen nach, sehr wohl aber im Prinzip durch seine geplante Erhöhung zu seinem Thronfolger bestimmt hatte.

John war nahe daran, sich den Kopf an den Wänden der Kanzlei, der er nun vorstand, einzurennen, und überlegte gar, in die Seine zu springen. Da er nicht schwimmen konnte, würde das hoffentlich seinen raschen Tod bedeuten. Es war immer sein erklärtes Ziel gewesen, Herzog von Aquitanien zu werden. Einmal hatte er sogar mit Richard um den Titel und das Land gekämpft und Krieg gegen ihn geführt. Doch Hoffnungen, wenn auch noch so kleine, seinen Bruder möglicherweise zu besiegen, hatte er sich nur bis zum ersten Zusammentreffen ihrer beiden Heere machen können. Danach war er nur noch gerannt, bis er sich wieder unter dem sicheren Schutz seines Vaters befand, dessen erklärter Liebling er immer gewesen war, den er zu seinem Ende hin letztlich aber ebenfalls verraten hatte.

Für alle erkennbarer, als dem jungen Otto die Grafen- und Herzogswürde in Aussicht zu stellen und an ihn, John, diesbezüglich nicht einmal einen Gedanken zu verschwenden, konnte Richard gar nicht deutlich machen, was er von seinem Bruder hielt. Auf die erneute Kränkung und fast nicht zu ertragende Demütigung reagierte John zwar nach außen hin gelassen, doch in seinem Innersten brodelte es wie nie zuvor. Etwas musste geschehen, unbedingt, und zwar bald, sonst ginge er an dem in ihm nagenden Groll zugrunde. Nur was das sein sollte, wusste er noch nicht, aber er würde darüber nachdenken und eines Tages seine Genugtuung bekommen, dessen war er sich sehr sicher. Und wenn er nachhelfen musste, sei es mit Gift, einem Dolchstoß in einem der dunklen Gänge oder mit einem vorgetäuschten Unfall, um sich die unliebsamen Rivalen um die

Macht im angevinischen Reich vom Hals zu schaffen, würde er auch davor nicht zurückschrecken, das schwor er sich und hoffte, dass seine Zeit bald kommen würde.

Doch zuerst einmal wollte er sehen, ob er nicht doch endlich wieder ein militärisches Kommando übertragen bekommen würde, das ihm Ruhm und Ehre einbringen könnte und ihn nicht gänzlich in Vergessenheit geraten ließ. Jetzt, wo sich sein Bruder wegen seiner Beinwunde und den noch nicht gänzlich verheilten Verletzungen nach seinem Sturz bei Aumale nicht selbst um die Weiterführung des Krieges gegen Philipp kümmern konnte, wollte er bei ihm vorstellig werden und ihn bitten, ihn aus der Schreibstube zu entlassen und wieder ins Feld zu schicken, damit er sich endlich auch als Feldherr beweisen konnte.

Der König knurrte nur unwirsch, als John bei ihm um ein Kommando nachsuchte, gab dann aber letztlich dessen lästigem Drängen widerwillig nach. Er stellte ihm John Mercadier zur Seite und schickte beide los, die Festung von Gamaches im normannischen Vexin einzunehmen, von der aus Philipp sein geplantes Bauvorhaben bei Les Andelys hätte wirksam stören können. Und tatsächlich, John – oder vielmehr Mercadier, aber der Prinz heftete sich den Erfolg natürlich großspurig an die Brust – gelang es, die Burg in kurzer Zeit zu erobern, die Besatzung gefangen zu nehmen und die Wehranlagen zu schleifen. Es war der einzige militärische Erfolg der Plantagenets in diesem unseligen Jahr, und umso mehr forderte John nach Beifall heischend die Siegeslorbeeren für sich ein.

Richard hingegen begann nun mit Feuereifer, endlich sein Lieblingsprojekt Realität werden zu lassen. Er warb jeden Handwerker an, den er bekommen konnte, und machte sich daran, ein Basislager unweit der Stelle zu errichten, an der er seine Burg Château Gaillard aus den Felsen herauswachsen lassen wollte. Baumeister und Zimmerer, Kalkbrenner und Steinmetze, Holzfäller, Bergleute, Schmiede und Steinbrucharbeiter folgten dem Ruf des Königs, und wer kein Handwerk erlernt hatte, verdingte sich als Wasserträger oder Maultiertreiber. Die Steuereinnahmen in England, aber auch in Aquitanien und selbst in der umkämpften Normandie hatten sich wieder stabilisiert, und so stand Richard auch das Geld zur Verfügung, um sein Vorhaben zu realisieren und die Bauleute angemessen bezahlen zu können. In Fronarbeit wäre das Projekt nie zu verwirklichen gewesen, und Handwerker, die ihren Lohn nicht bekamen, waren ganz schnell verschwunden und suchten sich lukrativere Anstellungen, das war selbst dem König klar. Deshalb geizte er auch nicht, denn er wollte seine Burg und die um sie herum geplanten Befestigungsanlagen, die ihm die Herrschaft über das mittlere Tal der Seine und über den Fluss selbst sichern sollten, möglichst schnell wachsen sehen. Jeden Tag ein Stückchen mehr, hatte er sich selbst zum Ziel gesetzt und forderte für sein gutes Geld auch den höchstmöglichen Einsatz von jedem Beschäftigten. So hallte das Hämmern und Klopfen von Sonnenaufgang bis Sonnenuntergang über die Hochebene, und zwar so laut, dass selbst Walter de Coutances im weit entfernten Cambrai es vernahm.

Natürlich erfuhr der Erzbischof in seiner klösterlichen Abgeschiedenheit durch Vertraute davon, dass Richard ohne sein Einverständnis zu bauen begonnen hatte, was ihn unglaublich wütend machte. Was nahm sich dieser englische Löwe, für dessen Freilassung er sich vor etwas mehr als zwei Jahren derart ins Zeug gelegt hatte und der offenbar die Undankbarkeit in Person war, eigentlich heraus? Eignete sich gegen seinen ausdrücklichen Willen Kircheneigentum an und begann ohne Zustimmung des Besitzers mit Bauarbeiten, die die heilige Mutter Kirche ihrer Einnahmen aus der Zollstation in der Flussmitte berauben würden! Das ging so auf gar keinen Fall an und musste unterbunden werden, und zwar sofort!

Statt sich mit Richard zu einigen, wie es ihm dieser ja mehrmals angeboten hatte, entschloss sich Walter de Coutances zu einem drastischen Schritt. Der Erzbischof sprach über die gesamte Normandie und ihren Herzog das Interdikt aus. Von nun an waren alle gottesdienstlichen Handlungen untersagt, die Kirchen mussten geschlossen werden, es durften keine Messen mehr gelesen, Sakramente gespendet und Tote auf geweihten Friedhöfen begraben werden. Die Kirchenglocken verstummten im ganzen Land, und die Gotteshäuser zeigten ein Bild der Trauer ähnlich dem an Karfreitag, wo der Schmuck von den Altären entfernt und die Kruzifixe verhüllt wurden. Danach flüchtete sich Walter de Countances eingedenk dessen, was dem Erzbischof von Canterbury zugestoßen war, der sich gegen Richards Vater Henry gestellt hatte, nach Rom in den Schutz des Heiligen Vaters.

Richard traf fast der Schlag, als er erfuhr, was sein ehemaliger Kanzler und Waffengefährte veranlasst hatte. Mit allem hatte er gerechnet, auch mit weiterem Gezeter und Drohungen, aber doch nicht wegen solch einer Kleinigkeit, die sich schließlich in gegenseitigem Einvernehmen bereinigen ließ, mit dem Interdikt belegt zu werden. Und nicht nur er, sondern die gesamte Normandie mit all ihren Bewohnern! Ja war de Coutances denn völlig verrückt geworden und hatte jeglichen Bezug zur Realität verloren? Der Bau einer Festung zum Schutz des Landes war doch kein bannwürdiges Verbrechen! Ganz im Gegensatz zu dem, was Philipp sich soeben geleistet hatte.

Der französische König hatte gerade zum zweiten Mal geheiratet. An sich nichts Verwerfliches, doch in diesem Falle schon, denn seine erste Gemahlin, Ingeborg von Dänemark, lebte noch und war auch offiziell nicht von ihm geschieden worden. Zwar hatten französische Prälaten die Ehe auf Drängen ihres Königs hin annulliert, der sich außerstande sah, mit der Nordländerin zusammenzuleben, und sie noch dazu in strenger Haft hielt, während seine neue Gemahlin bereits im Louvre residierte, doch die Kurie in Rom hatte ihre Zustimmung dazu verweigert. Jetzt lebte Philipp im Zustand der Bigamie – und das war nun wahrlich ein Vergehen, das gegen weltliches wie kirchliches Recht verstieß und von letzterer Seite her nur mit Exkommunikation geahndet werden konnte. Aber was geschah? Der greise Papst Coelestin traf wie gewohnt keine Entscheidung, sondern ließ die Angelegenheit von seinen Beauftragten untersuchen – und die würden erfahrungsgemäß erst nach Jahren zu einem fragwürdigen Ergebnis kommen.

Anstatt Philipp zu bannen, wie es das kanonische Recht im Falle einer Vielehe eindeutig vorschrieb, stand stattdessen die Normandie unter dem Interdikt, und die Menschen, denen ihr Glaube und dessen Ausübung heilig waren, begannen bereits zu murren und ihre Fäuste wütend gegen Richard zu schütteln, wenn dieser sich sehen ließ. Das musste sich ändern, und zwar umgehend, weshalb der König auch beschloss, erstmals seine mächtigste Waffe einzusetzen und die sich allmächtig dünkende heilige Mutter Kirche unter Druck zu setzen und das Fürchten zu lehren. Er schrieb an Hubert Walter, ihm die anvertraute Truhe unter starker und zuverlässiger Begleitung umgehend nach Rouen zu schicken. Es wurde Zeit, zumindest einen kleinen Teil der Geister, die sie enthielt, in die Freiheit zu entlassen, auch wenn das zu unabsehbaren Konsequenzen für die weltliche und geistliche Macht auf Erden führen könnte.

Hubert Walter war heilfroh, das unheimliche Ding, vor dem er sich immer etwas gefürchtet hatte, obwohl er dessen Inhalt gar nicht kannte, endlich loszuwerden, und kam dem Wunsch seines Königs mit Freuden nach. Noch dazu, wo er die Bürde der Bewachung von nun an jemand anderem aufhalsen konnte und damit endlich seiner Verantwortung ledig wurde.

Geoffrey Plantagenet, der Erzbischof von York, war dabei, sich nach Rom zu begeben, um die Streitigkeiten in seinem Bistum vom Heiligen Vater persönlich beilegen zu lassen. Ihm übergab Hubert Walter die Truhe mit dem Auftrag, sie seinem

Halbbruder in Rouen unbeschädigt und vor allem ungeöffnet zu übergeben. Geoffrey dachte nicht im Traum daran, sich in seiner gegenwärtigen Situation – mehrere Bischöfe aus dem Norden Englands und sogar sein eigenes Domkapitel hatten seine Ablösung gefordert – mit Richard anzulegen, brauchte er doch dessen Beistand, um seine Ämter wiederzuerlangen. Obwohl es ihn durchaus gereizt hätte, nachzuschauen, was sich in der ominösen, aus dem Heiligen Land stammenden Kiste nun tatsächlich befand. Doch seine Neugier sollte gestillt werden, denn der König gedachte, ihm als Erstem das Geheimnis zu offenbaren.

Als Geoffrey, begleitet von einer Hundertschaft ausgewählter und von Hubert Walter auf die Heilige Schrift vereidigter Ritter in Rouen eintraf, wurde die Truhe sofort in den tiefsten Keller der Burg geschafft und gleich danach vor die drei nach unten führenden und stets verschlossenen Türen zuverlässige Wachen gestellt. Richard sah es als Gottesfügung an, dass ausgerechnet sein Halbbruder mit seinem Schatz zusammen angekommen war, denn einen besseren Boten, der seine Wünsche in Rom vortragen sollte, konnte er sich gar nicht wünschen. Und so begaben sich die beiden Männer auch gemeinsam zu der ominösen Truhe, wo das Rätsel um ihren Inhalt, oder besser gesagt, ein kleiner Teil davon, endlich gelüftet werden sollte.

Richard verschloss alle drei Türen hinter sich, nachdem er die Posten nach oben geschickt hatte. Geoffrey hatte er zwei Fackeln in die Hand gedrückt, er selbst trug einen Eisenständer mit fünf Wachskerzen, mit denen er den Raum, in dem die Truhe stand, erhellen wollte. Der Erzbischof, der wusste, wie teuer Kerzen waren, wurde immer neugieriger auf das, was sein Bruder ihm da offenbaren wollte. Er steckte die beiden Fackeln in zwei eiserne, an den Wänden befestigte Ringe, sodass sie den Kellerraum schon einmal erleuchteten. Zusätzlich entzündete Richard die Kerzen und stellte den großen

Leuchter unmittelbar neben die Truhe. Dann entfernte er das dicke Tuch, in das er sie schon in Palästina sorgfältig hatte einschlagen lassen, und erstmalig sah Geoffrey, dass das Behältnis aus nahezu schwarzem Holz gefertigt worden war. Das allein hätte ihn nicht verwundert, wohl aber die Vielzahl von geschnitzten Dämonen, die teilweise als ganze Figuren, dargestellt mit Tierkörpern voller Schuppen und Hörnern, andererseits aber auch nur als abscheuliche Fratzen jeden Quadratzoll der Truhe bedeckten. Selbst er, der nur notgedrungen ein geistliches Amt bekleidete und lieber als Feldherr oder weltlicher Fürst sein Leben eigenständig in die Hand genommen hätte, konnte nicht verhehlen, dass ihm beim Anblick der fürchterlichen Gestalten kalte Schauer den Rücken hinunterliefen.

»Entweichen jetzt die Teufel der Hölle, wenn du die Truhe öffnest?«, versuchte Geoffrey einen Scherz, der aber nicht so recht zünden wollte. »Was in Christi Namen ist denn da nun so Geheimnisvolles drin? Alle Welt fragt sich, was Hubert Walter auf deinen Befehl hin aus dem Heiligen Land mitgebracht und seither Tag und Nacht nicht aus den Augen gelassen hat. Ich nehme an, er schläft erstmalig wieder tief und fest, seit er mir die Verantwortung für das ominöse Ding übergeben hat.«

»Das wirst du gleich sehen, Geoffrey, aber zuvor lass mich dich warnen. Ein Wort über das, was ich dir gleich offenbaren werde, zu einer Person, die nicht befugt ist, etwas über dieses Geheimnis zu erfahren – und du bist des Todes. Dann werden dich von mir ausgeschickte Männer finden, wo auch immer du dich versteckst, dir zuerst die verräterische Zunge herausschneiden, dir danach die Hände abhacken, mit denen du vielleicht etwas aufgeschrieben hast, dich anschließend blenden, damit deine Augen nie wieder etwas erblicken, und dich zu guter Letzt in einer Jauchengrube ertränken, sodass sich dein Magen und deine Lunge noch vor deinem Ende mit Scheiße füllen und du an den Exkrementen erstickst. Habe ich mich klar und verständlich genug ausgedrückt?«

»Ähm, ja, ich denke schon. Aber ich glaube nicht, dass ich jetzt wirklich noch wissen will, was da tatsächlich drin ist.«

Geoffrey, der sichtlich blass um die Nase herum geworden war, zeigte mit dem Finger auf die Truhe, machte aber keine Anstalten, sich zu entfernen.

»Willst du doch, sonst hättest du mich schon längst angefleht, dich aus dem Keller herauszulassen, und wärst die Treppen hinaufgerannt. Also, was ist nun? Ich habe nicht gescherzt. Gehst du das Risiko ein, das ich dir aufgezeigt habe, wenn du dein Wort mir gegenüber brichst? Jetzt ist die letzte Gelegenheit, dich zu entscheiden.«

»Aber wenn niemand davon wissen darf, was nützt es dir dann, mir das Geheimnis zu offenbaren?«

»Einer soll es schon erfahren. Der Heilige Vater in Rom. Und nach ihm sein jeweiliger Nachfolger. Niemand anderes, kein Kardinal, kein Erzbischof, keiner von der Kurie. Nur der Papst. Und was den betrifft, mache ich mir keinerlei Sorgen, dass er nicht darüber schweigen wird. Ich bin mir sicher, das Oberhaupt der heiligen Mutter Kirche wird das Geheimnis gegenüber jedermann wahren. Ebenso wie die vielen anderen, die in den Tiefen der Katakomben unter dem Vatikan seit mehr als tausend Jahren schlummern, denn ihm wird sofort bewusst sein, sobald du in meinem Auftrag auch nur einen Zipfel lüftest, was geschehen wird, sollte es zur Gänze bekannt werden.«

»Dein Wort in Gottes Ohr, Richard. Aber was, wenn der alte Coelestin doch schwatzt? Lässt du mich dann trotzdem umbringen, wie du es mir gerade angedroht hast? Dass dir derartige Grausamkeiten nicht fremd sind, weiß ich nur zu genau und glaube dir deshalb deine Worte sofort. Keine schönen Aussichten, die du mir da offerierst.«

»Sei versichert, Geoffrey, die Kirche wird das Geheimnis wahren und es niemals die Mauern des Lateranpalastes verlassen. Du bekommst von mir jetzt etwas zu lesen, und danach sprechen wir weiter.«

Richard zog eine schmale Schnur, die er um seinen Hals trug, unter seinem Hemd hervor, an der drei kleine Schlüssel befestigt waren. Er zeigte sie Geoffrey, der allerdings nichts Außergewöhnliches an ihnen erkennen konnte.

»Jeder dieser Schlüssel hat einen eigens gearbeiteten Bart. Steckt man auch nur einen von ihnen in das falsche Schlüsselloch, lässt sich die Truhe nicht mehr öffnen. Versucht man es mit Gewalt, zerstört sich deren Inhalt selbst. Besser, es weiß niemand um das Geheimnis, als dass es in falsche Hände fällt.«

Der König warf einen Blick auf die Schlüssel, dann steckte er einen nach dem anderen in die drei dafür vorgesehenen Öffnungen. Zuerst drehte er einen um, anschließend zwei gleichzeitig. Daraufhin war im Inneren der Truhe so etwas wie ein Rattern zu hören, dann sprang der Deckel plötzlich von ganz allein auf. Richard klappte ihn in den Scharnieren nach hinten, und Geoffrey sah, dass darin eine lederne, mehrfach versiegelte Mappe auf einem eisernen Kasten lag, die sein Bruder jetzt vorsichtig herausnahm. Ansonsten befand sich noch ein weißflauschiges, filzähnliches Material in der Truhe, in dem der eiserne Kasten ebenso eingebettet war wie mehrere, sorgfältig verschlossene, gläserne Gefäße, in denen der Erzbischof eine klare Flüssigkeit zu erkennen glaubte.

Richard brach die Siegel auf und reichte Geoffrey die Mappe.

»Du wirst jetzt etwas zu sehen bekommen, was die Welt erschüttern kann, denn es stellt alles, woran wir bisher geglaubt haben, infrage. Es ist aber nur ein Protokoll über die Teilnehmer einer Anhörung und die erste Seite einer Vernehmung. Der Rest, der noch wesentlich brisanter ist als das, was du gleich liest, liegt in dem zugeschmiedeten, eisernen Kasten. In den Glasgefäßen zwischen den weißen Fasern, die die Araber Baumwolle nennen, befindet sich eine Flüssigkeit, die selbst Eisen zerfrisst, wenn sie freigesetzt wird. Öffnet man die Truhe unsachgemäß oder versucht, den Kasten ohne Kenntnis der bestehenden Sicherungsmaßnahmen zu entnehmen, zerbricht das Glas, und alles geht in Rauch auf. Glaub mir besser, dass es so ist. Die besten Handwerker in Akkon, die sich auf die Anfertigung derartiger Behältnisse seit den Zeiten der Byzantiner verstehen, haben die Truhe hergestellt. Niemand, der nicht um den Mechanismus weiß, kommt an ihren Inhalt heran. Und jetzt lies, Geoffrey, aber geh vorsichtig mit den beiden Blättern um. Es ist Papyrus aus Ägypten, auf den die Römer Dokumente geschrieben haben, die sie in ihren Archiven aufbewahren wollten. Normalerweise waren es lange Rollen, aber dieser Papyrus hier besteht aus einzelnen Blättern, warum auch immer. Sollten deine Finger schweißnass sein, wische sie dir vorher trocken. Das Dokument, das du gleich zu sehen bekommst, ist über eintausend Jahre alt und hat die Zeit unbeschadet überstanden. Der größte Feind des Papyrus ist Feuchtigkeit, wurde mir gesagt, deshalb muss er vor dieser geschützt werden. Ansonsten ist er sogar weit haltbarer als unser Pergament.«

Geoffrey hatte tatsächlich vor Aufregung geschwitzt und tat jetzt, wie ihm von seinem Bruder geheißen worden war. Dann legte er die lederne Mappe auf einen im Raum befindlichen Tisch und schlug sie auf. Zwei beschriebene Blätter befanden sich darin, die Schrift war klar erkennbar, schwarz und gut lesbar. Die lateinischen Buchstaben und Zeichen beherrschte der Erzbischof natürlich, und so konnte er sich ohne große Mühe daranmachen, den Text zu lesen.

Schon nach wenigen Zeilen verschlug es ihm die Sprache, und sein Puls begann zu rasen. Als er die Lektüre des ersten Blattes beendet hatte, blickte er kurz auf, und Richard sah die weit aufgerissenen Augen seines Halbbruders. Aber das hatte er erwartet, denn ihm war es nicht anders ergangen, als er das Geschenk Salah ad-Dins zum ersten Mal in den Händen gehalten und Zeile um Zeile mit beständig wachsender Erschütterung studiert hatte.

Als Geoffrey geendet hatte, glaubte er, sich unbedingt setzen zu müssen, doch in dem Raum gab es keinen Stuhl, nur den Tisch und die Truhe. Also blieb ihm gar nichts anderes übrig, als sich zu straffen und den König entsetzt anzusehen.

»Großer Gott, Richard, bist du dir sicher, dass das Dokument echt ist? Denn wenn ja, dann, dann …«

»Könnte die ganze christliche Welt darüber einstürzen, ich weiß«, beendete der Angesprochene den Satz. »Geoffrey, ich denke nicht – nein, ich bin sogar fest davon überzeugt, dass das Dokument keine Fälschung ist, obwohl dies natürlich auch mein erster Gedanke war. Salah ad-Din ließ mir durch den Überbringer ausrichten, es wäre nach der Einnahme Jerusalems im Quartier der Templer entdeckt worden. Dort hatte man es ganz tief in den Katakomben des alten, salomonischen Tempels versteckt. Ob der Besitz dieses Papyrus die Ursache dafür war, dass den Tempelrittern vonseiten der Kirche so große Privilegien zugesprochen worden sind? Sie dürfen sich jedenfalls Dinge herausnehmen, wie zum Beispiel gleich den Juden Zinsen auf das von ihnen verliehene und ihnen anvertraute Geld zu erheben, die allen anderen Christenmenschen untersagt sind und zur Exkommunikation führen würden. Daher auch der unvorstellbare Reichtum des Ordens, der doch Armut gelobt hat und dessen Siegel zwei Ritter auf einem Pferd zeigt, weil sich angeblich nicht jeder ein eigenes leisten kann.«

»Vorstellbar wäre es jedenfalls«, sinnierte der Erzbischof, der auch in seiner Diözese ständig mit der auf Macht und Reichtum beruhenden, grenzenlosen Arroganz der Templer konfrontiert wurde. »Aber was macht dich so sicher, dass Salah ad-Din das Dokument nicht hat herstellen lassen, um das Christentum in Misskredit zu bringen und seine Lehren bis auf die Grundmauern zu erschüttern?«

»Sein Abgesandter sagte mir, dass der Sultan sofort um die Brisanz des Papyrus für die Christenheit wusste, als ihm Schriftgelehrte eine Übersetzung anfertigten. Schließlich deckt sich das, was daraufsteht, doch nahezu vollständig mit den Lehren des Islam und seiner Propheten. Ich denke, er hat es mir gegeben, damit ich es weiterverbreite und dadurch Zwietracht unter den Kreuzfahrern entsteht. Für seinen Glauben und den aller Muslime hat es jedenfalls keine große Bedeutung, denn das, was du da gelesen hast, hat ja schon in weiten Teilen Mohammed im Koran ausgeführt. Ob der Begründer des Islam von dem Papyrus wusste? Wir werden es wohl nie erfahren. Für den Glauben an Jesus Christus als Sohn Gottes hingegen hat es immense Bedeutung und würde unserer Religion vollständig den Boden unter den Füßen wegziehen. Aber das darf niemals geschehen, Geoffrey, hörst du? Wird der Inhalt bekannt, rüttelt das Dokument nicht nur an den Grundfesten der christlichen Kirche, sondern auch an der Macht der Könige und Kaiser, die schließlich von Gott eingesetzt und gesalbt und damit nur ihm verantwortlich sind und über allen anderen Menschen stehen.«

»Aber wenn niemand außer dem Papst von dem Dokument erfahren darf, wie willst du es dann für deine Zwecke nutzen, Richard? Der Heilige Vater wird es bestimmt nicht öffentlich machen.«

»Indem wir ihm glaubhaft damit drohen, genau dies zu tun, wenn er sich meinen Forderungen widersetzt«, gab der König zurück. »Ich denke, das dürfte genügen, weil ihm die Brisanz klar sein wird, liest er auch nur die ersten Zeilen. In einem Fall wie jetzt gerade, wo ein Erzbischof in seiner Selbstherrlichkeit ein ganzes Land unter das Interdikt stellt, nur weil ich eine Burg zum Schutze der Normandie bauen will, muss ich notgedrungen einen Zipfel des Geheimnisses lüften und dem Heiligen Vater zeigen, dass er in mir einen weit gefährlicheren Gegner hat als im römisch-deutschen Kaiser, auch wenn ich keine Truppen nach Italien schicke. Nie werde ich Coelestin vergeben, dass er Kaiser Heinrich nicht gebannt hat, als dieser mich als seinen Gefangenen festhielt. So etwas macht kein Papst je wieder mit einem Plantagenet, das schwöre ich dir. Die Zeiten, in denen ich notgedrungen ein gehorsamer Diener der heiligen Mutter Kirche war, weil nur sie mir zur Krone verhelfen konnte, sind vorbei! Von nun an reden wir auf Augenhöhe miteinander, und die weltliche Macht wird zumindest in meinem Reich über der geistlichen stehen. Ich bin mir sicher, das wird der Heilige Vater auf der Stelle erkennen, wenn du ihm eine Abschrift von dem vorlegst, was du soeben gelesen hast, und einen heiligen Eid schwörst, dass du selbst sie von dem Original angefertigt hast.«

»Du meinst, ich soll …«

»Genau, Geoffrey. Du wirst diese Blätter Zeile für Zeile kopieren und mit den Dokumenten nach Rom reisen. Dort übergibst du sie zusammen mit meinen Forderungen ausschließlich Papst Coelestin. Danach wird nichts mehr so sein, wie es früher war.«

»Das glaube ich auch! Um Himmels willen, wenn dies alles wahr ist, dann habe ich soeben die Originalunterschrift von Pontius Pilatus gesehen und wortwörtlich gelesen, was Maria, die Mutter Gottes, nach dem Tod ihres Sohnes vor römischen Beamten über die Auferstehung zu Protokoll gegeben hat, damit ihre Schwiegertochter und ihre Enkel verschont bleiben und nicht, wie von dem römischen Präfekten angedroht, in die Sklaverei verschleppt werden!«

»Nur dass Maria ihren eigenen Worten nach eben nicht die Mutter eines Gottes ist«, merkte Richard trocken an. Vor Kurzem wäre ein solcher Satz noch völlig blasphemisch gewesen, doch nach der Lektüre von nur zwei Seiten des alten Dokumentes waren sich die beiden Halbbrüder einig, dass es diesen Begriff – zumindest in Bezug auf Jesus Christus – vielleicht bald gar nicht mehr geben würde.

»Steht da noch mehr auf den anderen Blättern, als dass es gar keine Auferstehung gegeben hat?«, wollte Geoffrey, noch immer schreckensstarr, wissen.

»Sie hat das ganze Leben ihres Sohnes während der Befragung zu Protokoll gegeben und scheint dabei sehr ehrlich auf alles, was man von ihr wissen wollte, geantwortet zu haben. Jedenfalls haben es so die Schreiber vermerkt, und Pilatus hat es mit seiner Unterschrift bestätigt. Eine Abschrift des Dokuments ging auf seinen Befehl hin nach Rom an die Kanzlei des Kaisers Tiberius, wie unten auf dem Schriftstück vermerkt worden ist. Ob man sich dort allerdings groß dafür interessiert hat, was einem Wanderprediger in Judäa zugestoßen ist, wage ich zu bezweifeln. Manches von dem, was auf dem Papyrus steht, deckt sich mit den Überlieferungen aus den Evangelien, wie zum Beispiel die Geburt von Jesus in einem Stall in Bethlehem. Aber wie Maria ihren Mann hintergangen hat, weil sie von dessen Bruder schwanger war, das ist schon ein starkes Stück. Vielleicht erzähle ich dir mal, was sonst noch so alles in den Dokumenten vermerkt ist, wenn du mit einer Antwort des Papstes aus Rom zurück bist.«

»Besser wäre, ich könnte sie selbst einmal lesen.«

»Der eiserne Kasten wird nur geöffnet, wenn es wirklich unabdingbar ist und es keine, aber auch gar keine andere Möglichkeit mehr gibt, als die Wahrheit über den Menschen Jesus zu verbreiten. Denn Gottes Sohn war er ganz sicher nicht, zumindest nicht nach den Worten seiner Mutter. Vielleicht ein Prophet, wie die Muslime behaupten. Das könnte ich mir eventuell sogar vorstellen. Für seine Mutter jedenfalls waren seine Gefährten, die wir heute Apostel oder Jünger nennen, nichts anderes als Taugenichtse, Verschwörer und Sektierer, die ihren Sohn aufgrund seines Predigertalents überhöht und Gott gleichgesetzt haben und dadurch letztlich seinen Tod mit zu verantworten hatten. Maria selbst, das hat sie jedenfalls zu Protokoll gegeben, hat nicht einmal an den jüdischen Gott

Jahwe geglaubt, was ihr die Römer ohne Weiteres zugestanden hätten, sondern am liebsten zu Diana, der Göttin der Fruchtbarkeit und der Jagd, gebetet. Aber genug für heute. Gib mir die beiden Blätter, damit ich sie wieder sicher verwahren kann. Morgen schreibst du die Liste mit den Anwesenden bei der Vernehmung Marias und die erste Seite ihrer Aussagen ab. Danach versiegle ich die Mappe wieder und bringe die Truhe nach Château Gaillard, das ich um sie herum errichten lasse.«

»Und was genau soll ich denn jetzt von Coelestin fordern, damit du die Dokumente weiter unter Verschluss hältst und die Dämonen nicht aus der Truhe entweichen lässt?«

»Vorerst, dass das Interdikt über die Normandie und mich unverzüglich aufgehoben und stattdessen Philipp wegen seiner Bigamie gebannt wird. Und dass mir niemand mehr vonseiten des Klerus Steine wegen des Baus meiner kecken Burg in den Weg legen darf. Das wär's fürs Erste, aber später fallen mir bestimmt noch ein paar andere Dinge ein. Ach, da ist noch etwas. Coelestin soll die Ehe zwischen Raimund von Toulouse und Bourgogne von Lusignan für null und nichtig erklären. Dann bieten wir dem Grafen eine Vermählung mit unserer Schwester Joan an, die er sicher nicht ausschlagen wird, und machen ihn so von einem Verbündeten des französischen Königs zu unserem Bundesgenossen.« Richard rieb sich schon voller Vorfreude die Hände. »Philipp wird im Louvre die Wände hochgehen, wenn er davon erfährt. Das wird ein Spaß, kann ich dir sagen!«

»Und du bist sicher, Richard, der Heilige Vater gesteht dir das alles zu? Nur auf der Grundlage eines Dokumentes, dessen Echtheit zumindest fragwürdig ist und von dem er nur eine zweiseitige Kopie zu sehen bekommt?«

»Glaub mit, Geoffrey, das wird er«, entgegnete der König im Brustton der Überzeugung. »Ich kenne die Pfaffen, und den ängstlichen Coelestin erst recht. Der macht sich vor Schreck in seine Soutane, liest er auch nur die ersten Zeilen.

Seine Marienverehrung ist schließlich legendär, und wenn er befürchten muss, dass seine Ikone womöglich von ihrem himmlischen Thron gestürzt wird, wird er alles, aber auch wirklich alles tun, um das zu verhindern. Und seine späteren Nachfolger auf dem Thron Petri ebenfalls. Ich erzähle dir bei Gelegenheit einmal, was Maria über diesen angeblichen Lieblingsjünger ihres Sohnes sagt, da gehen dir Augen und Ohren über, versichere ich dir.«

Zwei Tage später machte sich der Erzbischof von York auf den Weg nach Rom. Geoffrey sah dem Gespräch mit Coelestin jetzt mit großer Gelassenheit entgegen, da er durchaus entschlossen war, sein Wissen um den Papyrus auch für seine eigenen Zwecke zu nutzen.

Richard hingegen begab sich umgehend wieder auf die Baustelle bei Andelys. Die geheimnisvolle Truhe, deren Geheimnis er erstmals zumindest in geringem Umfang gelüftet hatte, nahm er selbstverständlich mit. Der Donjon, das Herzstück der Burganlage, war schon nahezu fertiggestellt, und die Bergarbeiter hatten drei hundertfünfzig Yards tiefe Schächte in den Kalkstein bis weit unter das Niveau der Seine getrieben. Zwei würden als Brunnen dienen und die Wasserversorgung der Burgbewohner auch im Falle einer Belagerung sicherstellen. Was mit dem dritten Schacht geschehen sollte, war den Arbeitern allerdings ein Rätsel, denn er endete in einem aus dem Fels herausgehauenen, kreisrunden Kellerraum unter dem Palas, zu dem nur eine verborgene Treppe aus dem für den Burgherrn vorgesehenen Schlafgemach führte.

Der König ließ nicht nur eine Festung auf dem Bergsporn über der Seine errichten, die im Abendland nicht ihresgleichen hatte, sondern zudem auch noch am südlichen Ufer des Flusses und auf der Insel in der Mitte der Seine eine völlig neue Stadt bauen, die Petit-Andelys genannt wurde. Von ihr ausgehend, erstreckten sich Befestigungsanlagen durch den

Fluss, der damit für französische Schiffer gesperrt werden konnte, bis an das andere Ufer und von dort hinauf zu dem alles überragenden Château Gaillard, dessen weiße Mauern direkt mit dem Kalkstein der Klippe verwachsen zu sein schienen. Risse und Spalten im Fels hatte Richard zu tiefen, unüberwindlichen Gräben erweitern lassen, die aufgrund ihrer Tiefe niemals durch Faschinen zugeschüttet werden konnten und hinter denen sich unmittelbar die Mauern erhoben. Gleich mehrere Vorburgen mit eigenen Motten und Türmen schützten die eigentliche Festung, deren Außenmauern keine einzige gerade Linie aufwiesen. Richard hatte den Grundriss selbst entworfen und ihn oval angelegt, was im Vergleich zur Bauart bereits bestehender Burgen eine Einmaligkeit darstellte. Dadurch gab es keine toten Winkel an dem gesamten Bauwerk. Château Gaillard selbst bestand aus einer von zahlreichen aneinandergereihten, halbrunden und im unteren Teil geböschten Türmen gebildeten Hauptburg, die ihrerseits wiederum den in ihrer Mitte stehenden Donjon umschloss. Die Vorburg und der Turmring würden selbst Treffer mit schwerstem Belagerungsgerät auf ihn verhindern und an den abgerundeten Mauern zudem die Wurfgeschosse abprallen, ohne großen Schaden anrichten zu können. Hingegen konnte von der hohen, alles überragenden Plattform auf dem Bergfried mit Katapulten jeder beliebige Ort rings um die Festung getroffen und jede Belagerungsmaschine zerstört werden.

Richard hatte darüber hinaus noch eine zusätzliche Neuerung an den Außenmauern anbringen lassen, die er einmal im Heiligen Land an einer maurischen Burg gesehen hatte, die es aber in Europa noch an keiner Befestigung gab. Zwischen jeweils zwei Konsolen an den nach außen vorkragenden Wehrgängen wurden Wurf- und Gussöffnungen ausgespart. Durch sie konnten Angreifer am Mauerfuß wirksam mit Steinen, heißem Wasser oder Pfeilen und Bolzen bekämpft werden, wobei die Verteidiger geschützt blieben und ihre Deckung nicht verlassen mussten.

Die gesamte Anlage war ein einzigartiges Meisterwerk der Festungsbaukunst. Der Standort, die Gesamtstruktur der Befestigungen, die Palisaden durch den Fluss, die Insel- und Uferstadt und letztlich die eigentliche Burg bildeten jeweils ein harmonisches Teil der Gesamtanlage und waren so vollkommen, dass Richard einmal zu William Marshal sagte, dass er seine »schöne Burg auf dem Fels«, wie er Château Gaillard auch gern nannte, sogar gegen jeden Angreifer halten könnte, wenn die Mauern aus Butter wären.

Sein Stellvertreter hingegen sah in erster Linie die immensen Kosten, die das Bauwerk verschlang. Für all seine Burgen in England hatte der König in seiner gesamten bisherigen Regierungszeit gerade einmal siebentausend Pfund ausgegeben, die Kosten für Château Gaillard hingegen beliefen sich schon nach einem Jahr Bauzeit auf elftausendfünfhundert Pfund!

Aber Richard focht das alles nicht an. Diese Festung sollte die Basis sein, von der aus er in den nächsten Jahren seine Schläge gegen Philipps Burgen und Ländereien führen und vielleicht sogar bis nach Paris marschieren wollte. Schließlich war die französische Residenz von hier nur noch sechzig Meilen entfernt, eine Strecke, die der König mit Pferdewechsel gut und gern an einem Tag zurücklegte. Die Arbeiten an seiner »schönen Tochter« – eine weitere Bezeichnung für Château Gaillard – überwachte er Tag und Nacht höchstpersönlich und gönnte Baumeistern, Handwerkern und Arbeitern kaum eine Ruhepause. Spätestens im nächsten Jahr wollte er hier Hof halten und aller Welt zeigen, was für ein gewaltiges Bauwerk unter seiner Ägide entstanden war.

In Rom herrschte derweil milde ausgedrückt grenzenlose Panik. Geoffrey hatte um eine persönliche Audienz bei Papst Coelestin nachgesucht, die ihm zuerst von der Kurie verwehrt wurde. Wer war schon ein kleiner Erzbischof aus einer kaum bekannten Diözese ganz im Norden des Kontinents und noch dazu auf einer nebeligen Insel gelegen? Lebten da überhaupt noch Menschen, oder bekehrte der Bischof die dortigen Schafe, weil er die Heilige Schrift, in der Jesus Christus immer wieder von seiner Herde sprach, zu wörtlich nahm?

Doch Geoffrey ließ sich nicht abwimmeln, und ewig konnte man einem Abgesandten des englischen Königs ein Zusammentreffen mit Seiner Heiligkeit auch nicht verwehren, obwohl Coelestin versuchte, dieses so lange wie möglich hinauszuschieben, weil er nur neue Vorwürfe und Forderungen von Richard erwartete.

Was dachte sich dieser bärbeißige Normanne eigentlich, der ihm ununterbrochen neue Schwierigkeiten machte? Wahrscheinlich würde dessen unwillig in den geistlichen Stand gezwungener Halbbruder, über den im Vatikan eine lange Liste an Beschwerden seiner Amtsbrüder aus England vorlag, unter anderem wieder verlangen, dass die heilige Mutter Kirche Kaiser Heinrich bannte.

Wie gern würde er, Coelestin, ihm den Gefallen tun, denn der Staufer mit seiner großspurigen Art war in seinen Augen mehr als nur suspekt, und dass er einen Kreuzfahrer festgehalten und von ihm ein immenses Lösegeld erpresst hatte, eine Ungeheuerlichkeit. Aber es war natürlich völlig unmöglich, dem Halbbruder des englischen Königs hierin entgegenzukommen, denn schließlich stand der Deutsche mit einem gewaltigen Heer im Land, hatte sich soeben gegen den ausdrücklichen Willen des Heiligen Stuhls Siziliens bemächtigt und als Wiedergutmachung halbherzig einen Kreuzzug angeboten. Allerdings nur unter der Voraussetzung, dass man ihm die Herrschaft über Süditalien als Lehen im Recht seiner Frau bestätigte. Doch das war wahrlich das Letzte, was Coelestin zu tun gedachte – wollte er den römisch-deutschen Kaiser doch unter keinen Umständen *sowohl* als nördlichen *als auch* südlichen Nachbarn des Kirchenstaates haben. Wie immer verfolgte das greise Kirchenoberhaupt deshalb eine hinhaltende und zähe Politik des Widerstandes mit allerlei diplomatischer Klüngelei, konnte aber in dieser Situation unmöglich den Bannfluch über Heinrich aussprechen, ohne befürchten zu müssen, dass dieser dann nur wenige Tage später mit seinen Truppen vor Rom stünde und ihn aus dem Amt jagte.

Außerdem vergriff sich dieser englische König auch noch an Kircheneigentum, worüber sich der Erzbischof von Rouen, der erst unlängst zu persönlichen Konsultationen eingetroffen war, zu Recht beschwerte. Das ging natürlich ganz und gar nicht an, auch wenn Coelestin es etwas übertrieben fand, wegen eines kleinen Dorfes und eines Felsens gleich ein ganzes Land unter das Interdikt zu stellen. Aber Richard würde nachgeben müssen, da biss die Maus keinen Faden ab. Schließlich musste er als Heiliger Vater natürlich Partei für den geschädigten Kirchenfürsten ergreifen und durfte sich unter gar keinen Umständen auf die Seite eines aufmüpfigen, weltlichen Fürsten gegen einen geistlichen stellen.

Das alles sollte endlich einmal klargestellt werden, und so empfing der greise Papst seufzend und widerwillig Geoffrey Plantagenet, den Erzbischof von York, den er für die Unbotmäßigkeit seines Halbbruders zu schelten gedachte. Doch was tatsächlich geschah, ließ Coelestin wünschen, bereits verschieden zu sein und im Himmel zur Rechten Gottes zu sitzen, anstatt miterleben zu müssen, dass der Stuhl des heiligen Petrus auf eine Art erschüttert wurde, wie es in der gesamten Geschichte der Christenheit bisher noch nie vorgekommen war.

Anfänglich benahm sich Geoffrey, wie es sich gehörte, kniete vor dem Heiligen Vater, bewies ihm seine Demut und küsste den Fischerring, den ihm der Papst an seiner dürren und mit Altersflecken gesprenkelten Hand entgegenhielt. Doch dann richtete er sich auf und verlangte, allein mit Seiner Heiligkeit sprechen zu dürfen, weil die Botschaft, die er überbrachte, nur für dessen Ohren und für sonst niemanden bestimmt wäre. Das war eine Ungeheuerlichkeit, auf die hin die gesamte versammelte Kurie empört ihr Missfallen kundtat, wenn auch sehr gedämpft. Aber Geoffrey beharrte auf seiner Forderung, und weil Coelestin nichts mehr hasste als lautstarke Auseinandersetzungen und letztlich seine Ruhe haben wollte, gab er schließlich nach. Allerdings bestand er darauf, dass ein Mann bleiben sollte, nämlich Kardinaldiakon Lotario di Segni, der als der beste Kirchenrechtsgelehrte im Vatikan galt, in Paris und Bologna studiert hatte und dem der Papst als seinem persönlichen Ratgeber grenzenlos vertraute. Da di Segni schon als Nachfolger des neunzigjährigen Papstes gehandelt wurde, gab Geoffrey letztlich nach. Vielleicht ersparte er sich damit ja eine weitere Reise nach Rom, denn schließlich musste auch ein in absehbarer Zeit neu gewählter Heiliger Vater wissen, dass es besser war, die Wünsche seines Bruders zu erfüllen, wollte er auf dem Stuhl des gar nicht so heiligen Petrus verweilen.

»Nun, was habt Ihr uns denn so Wichtiges von König Richard zu übermitteln, dass es keine anderen Ohren als die des Heiligen Vaters hören dürfen? Doch sicher wieder nichts anderes als Wünsche und Forderungen, während hier bei uns Unmengen an Beschwerden über ihn und auch über Euch vorliegen«, meinte Lotario di Segni hochnäsig, der offenbar mittlerweile Coelestins Sprecher war und hinter dem Papst stand, der selbstverständlich auf seinem Thron saß. Aber bei Geoffrey Plantagenet kam er damit an den Falschen, denn auch wenn er zum Erzbischof geweiht worden war, so hatte er doch keineswegs die Gelübde der Demut und des Gehorsams abgelegt und diese auch nicht verinnerlicht. Wenn ihm der Kardinaldiakon derart selbstgefällig und überheblich begegnete, nun, dann würde er ihm auf die gleiche Art antworten.

»Ich bringe Euch Abschriften von Dokumenten, die die heilige Mutter Kirche in den Abgrund stürzen können«, gab er deshalb ebenso blasiert zurück. »Mein Bruder hat sie im

Heiligen Land während seines erfolgreichen Kreuzzuges sichergestellt und verwahrt sie nun an einem geheimen Ort. Werden sie öffentlich, ist nicht nur die Kirche, sondern der ganze Glaube an die Göttlichkeit von Jesus Christus infrage gestellt. Deshalb sollte alles getan werden, damit die auf Papyrus geschriebenen Aussagen niemals bekannt werden, denn sie könnten die gesamte uns bekannte Welt erschüttern.«

»Nun, ob dieser Kreuzzug wirklich erfolgreich war, darüber ließe sich trefflich streiten«, fuhr der Kardinal Geoffrey sofort in die Parade. »Schließlich hat König Richard weder Jerusalem einnehmen noch die Sarazenen dauerhaft aus dem Heiligen Land vertreiben können, so wie es seine Aufgabe gewesen wäre.«

»Immerhin hat er Akkon erobert, Sultan Salah ad-Din bei Arsuf und Jaffa vernichtend geschlagen und freien und sicheren Zugang für die Pilger zu den heiligen Stätten der Christenheit ausgehandelt«, gab Geoffrey wütend zurück, der in dieser Hinsicht uneingeschränkt auf der Seite seines Bruders stand. »Wohingegen der französische König es vorzog, bereits nach wenigen Wochen aus Palästina zurückzukehren, um hier in Rom vorzusprechen und sich von seinem Kreuzzugsgelübde entbinden zu lassen. Was ihm ja auch gewährt wurde, während christliche Fürsten den siegreichen Kreuzfahrer auf seinem Rückweg in die Heimat gefangen nahmen und sein ganzes Reich nahezu in den Ruin trieben. In meiner Diözese gibt es nur noch liturgische Gerätschaften aus geschnitztem und gedrechseltem Holz, weil alles Gold und Silber Kaiser Heinrich und Herzog Leopold übergeben worden ist, damit deren königlicher Gefangener ausgelöst werden konnte. Einer von den beiden Räubern ist glücklicherweise schon zur Hölle gefahren, und Ihr werdet es mir nachsehen, di Segni, dass ich auch den anderen dorthin wünsche und hoffe, dass ihm der Anblick von Gottes Herrlichkeit für alle Zeit verwehrt bleibt.«

»Pax, pax, meine Brüder in Christi«, mischte sich erstmalig der Heilige Vater selbst in das Gespräch ein und rief die beiden Streithähne zur Ordnung. »Es bringt doch nichts, sich immer wieder über die gleichen Dinge, die nun einmal bedauerlicherweise geschehen sind, zu ereifern. Sagt mir lieber, Bischof, was für Dokumente und Aussagen das denn sein sollen, die Ihr uns da bringt? Die heilige Mutter Kirche feiert bald ihr tausendzweihundertjähriges Bestehen, wenn wir vom Tag der Geburt unseres Herrn ausgehen. Da wird sie sicher kein wie auch immer geartetes Schreiben in ihren Grundfesten erschüttern. Sie hat schon so viele Höhen und Tiefen, Anfeindungen und Angriffe erlebt und ist doch stets gestärkt und als Siegerin aus allem hervorgegangen.«

»Nun, wenn dieses nach Christi Tod am Kreuz verfasste Protokoll, in dem seine Mutter zu seinem Leben, seinen Jüngern, seiner Gemahlin und deren gemeinsamen Kindern befragt wird, in die falschen Hände gerät, dann kann das sehr fatale Folgen für alle haben, die bisher die jungfräuliche Geburt, die Ehelosigkeit von Jesus Christus und seine Auferstehung von den Toten verkündet haben«, erwiderte Geoffrey mit triumphierender Stimme und holte die beiden von ihm abgeschriebenen Blätter aus der ledernen Rolle heraus, in der er sie bisher verwahrt hatte. Dadurch sah er nicht, wie sich der Papst und sein Kardinal wissende Blicke zuwarfen und beide schicksalsergeben leise seufzten.

Der Erzbischof reichte die beiden Pergamente dem Heiligen Vater, der sich einen geschliffenen Kristall in sein rechtes Auge klemmte, ohne den er nicht mehr lesen konnte. Coelestin überflog die Zeilen, ohne sich anmerken zu lassen, dass er deren Inhalt bereits kannte, und reichte sie dann an seinen Vertrauten weiter, der für sein hohes Amt noch sehr jung war und über ein dementsprechend gutes Sehvermögen verfügte. Langsam und Zeile für Zeile studierte der Kardinal die beiden Pergamente und ließ sie dann, als er fertig war, kopfschüttelnd sinken.

»Und diese haltlosen Schmierereien sollen die heilige Mutter Kirche ins Wanken bringen?«, meinte er dann süffisant. »Also ich muss schon sagen, Exzellenz, da hätte ich wahrlich mehr erwartet. Es ist doch eindeutig, dass es sich hierbei um eine leicht zu durchschauende Fälschung handelt, und noch dazu nicht einmal eine gute. Wer auch immer dieses Machwerk verfasst hat, ob Sarazenen, Juden oder Häretiker, er hätte sich wahrlich mehr Mühe geben können.«

Für einen Moment war Geoffrey verblüfft, aber dann breitete sich ein verstehendes Grinsen über sein ganzes Gesicht aus, was Lotario di Segni erstmalig etwas verunsicherte. Diese Bande hier im Vatikan, die seinem Bruder so zusetzte, kannte das Dokument bereits, ging dem Erzbischof auf, aber selbstverständlich durfte das niemand zugeben. Nun, wenn das so war, konnte er sie auch mit ihren eigenen Waffen schlagen.

»Was ich Euch hier vorgelegt habe, ist selbstverständlich nur eine Kopie der ersten zwei Seiten des auf ägyptischem Papyrus verfassten Dokumentes. Ich selbst habe sie vom Original abgeschrieben und kann Euch versichern, dass das Protokoll so echt ist, wie es ein Dokument aus jener Zeit nur sein kann. Versucht gar nicht erst, es als eine Fälschung darzustellen, denn es ist keine. Im Gegensatz zu den Urkunden, auf denen die konstantinischen Schenkungen beruhen, wie jeder weiß, und auf denen der Machtanspruch der heiligen Mutter Kirche bis heute gegründet ist.«

»Was untersteht Ihr Euch …!«, brauste der Kardinal auf, doch Coelestin winkte nur müde ab.

»Nicht so laut, mein Bester«, versuchte der Papst, seinen potenziellen Nachfolger zu beruhigen. »Ihr wisst, dass ich keine lauten Worte und schon gar keinen Streit mehr vertrage. Warum nur hat man mich nicht von meinem schweren Amt zurücktreten lassen, so wie ich es wollte? Nun werde ich es wohl bis zu meinem hoffentlich baldigen Ende ausüben und mich mit solch üblen Dingen weiter herumschlagen müssen. Was glaubt

Ihr eigentlich, Bischof, wie viele derartige Schreiben in den Archiven des Vatikans lagern? Ihre Namen sind Legion, kann ich Euch versichern. Auf eine Verleumdung der Mutter Gottes und unseres Herrn Jesus Christus mehr oder weniger kommt es da auch nicht mehr an. Und was Ihr über die Schenkungen Kaiser Konstantins sagt, nun ja. Schließlich hat er im Zeichen des Herrn über seine Feinde gesiegt und ist Christ geworden. Da war es doch nur folgerichtig, dass er die Oberherrschaft über Rom, Italien, aber auch über das gesamte Erdenrund der heiligen Mutter Kirche mittels Schenkung übertragen hat. Mag das nun auf Dokumenten festgehalten worden sein oder nur auf mündlicher Überlieferung seines Beichtvaters beruhen. Aber das ist nicht unser Thema, und wir sollten es dabei belassen. Was hat denn Euer Halbbruder mit diesen Schriftstücken vor, die sich in seinem Besitz befinden? Das Beste wäre es sicher, er übereignet sie dem Heiligen Stuhl, damit sie hier in aller Ruhe geprüft werden können. Was dabei allerdings herauskommen wird, da bin ich mir ganz sicher, ist, dass es sich um nachgemachte Dokumente handelt, die nur unseren Glauben verunglimpfen sollen. So etwas sollte besser nicht dem gemeinen Volk oder auch dem niederen Klerus zugänglich gemacht werden. Das würde die Menschen nur verunsichern und gehört wie andere Dinge dieser Art in die Archive des Laterans, wo sie für alle Zeiten vor den Blicken Unbefugter verborgen sind.«

»Eure zuletzt gemachten Ausführungen sieht König Richard ähnlich wie Ihr, Heiliger Vater«, entgegnete der Erzbischof. »Allerdings gedenkt er nicht, sich von dem Papyrus zu trennen, sondern wird ihn im Besitz der Plantagenets behalten. Deshalb baut er auch eine große, uneinnehmbare Festung um die Truhe herum, in der die Dokumente verwahrt werden. Niemand wird sie jemals zu Gesicht bekommen, wenn man seinen Wünschen vonseiten des Heiligen Stuhls in Rom nachkommt. Ansonsten …« Geoffrey sparte es sich, den Satz zu Ende zu bringen, er zeitigte auch so Wirkung.

»Wollt Ihr womöglich die heilige Mutter Kirche erpressen?«, donnerte der Kardinal wutschnaubend, was Coelestin dazu brachte, erneut das Gesicht zu verziehen.

»Di Segni, denkt an meine Kopfschmerzen«, hauchte der Papst mehr, als dass er sprach. »Ich bin müde, das Gespräch hat mich erschöpft. Wir erlauben Euch, Euch zu entfernen, Erzbischof. Die Pergamente lasst hier, ich will sie mir noch einmal in Ruhe betrachten. Morgen könnt Ihr vortragen, was der englische König von uns wünscht, und Euch zu den gegen Euch erhobenen Vorwürfen äußern. Doch jetzt bitte ich Euch, uns zu verlassen, damit auch ich mich zurückziehen kann.«

Geoffrey kniete nieder, um noch einmal den Ring des Papstes mit seinen Lippen zu berühren, dann verließ er den Audienzsaal, sehr zufrieden mit sich und seiner Argumentation. Natürlich würde niemand von der hohen Kurie eingestehen, welche Angst man vor dem Protokoll mit der Vernehmung Marias hatte, das war ihm von Anfang an klar gewesen. Aber wie sehr man sich fürchtete, dass etwas daraus ruchbar werden könnte, musste die Zeit weisen. Jetzt, wo sich immer mehr spalterische Strömungen in der Kirche breitmachten und zum Beispiel die Katharer im Süden Frankreichs die Oberhoheit des Papstes bereits infrage stellten und einen ganz anderen Glauben praktizierten, als ihn die Kurie in Rom vorschrieb, war die Gefahr groß, dass ein solches Dokument das gesamte, mehr als tausendjährige Gefüge zum Einsturz bringen könnte. Geoffrey wusste, dass das auch dem Papst und seinem Kardinaldiakon klar sein musste, und beschloss deshalb, der Dinge zu harren, die da kamen.

»Das musste ja einmal so kommen«, stöhnte Coelestin, als er mit seinem Vertrauten endlich allein war. »Seit Hugo von Payns, der erste Großmeister der Templer, Papst Honorius darüber informierte, dass ein solcher Papyrus in den Gewölben unter dem Tempel des Salomon gefunden worden ist, zittert der ganze Vatikan vor der Enthüllung seines Inhalts. Die Templer waren zumindest so klug, ihn unter Verschluss zu halten, bis sie Hals über Kopf aus Jerusalem fliehen mussten und ihn in all der Panik im Tempel zurückgelassen haben. Aber Löwenherz? Warum nur musste ausgerechnet ihm dieses Protokoll in die Hände fallen? So wütend, wie dieser auf mich ist, weil ich Kaiser Heinrich nicht gebannt und ihm während seiner Gefangenschaft nicht hilfreich beigestanden habe, kann ich mir gut vorstellen, dass er die Dokumente tatsächlich verbreiten lässt. Und dann? Ob die heilige Mutter Kirche dem Sturm, der daraufhin losbrechen wird, wohl standhalten kann? Ich weiß es wahrlich nicht zu sagen und kann nur zu Gott dem Herrn um Erleuchtung beten.«

»Eure Heiligkeit, bedenkt, dass auch die Templer über alle Großmeister hinweg den Heiligen Stuhl erbarmungslos mit dem Papyrus erpresst haben. Die beiden Seiten, die uns dieser Bastard Geoffrey Plantagenet da mitgebracht hat, stimmen jedenfalls haargenau mit der Abschrift überein, die Hugo von Payns damals Eurem Vorgänger unter größter Geheimhaltung übersandt hat. Von ihm haben wir allerdings eine komplette Kopie der Dokumente, und um deren Brisanz wisst Ihr ebenso wie ich. Nein, sie dürfen niemals das Licht der Welt erblicken! Die Folgen wären überhaupt nicht auszudenken. Es wird uns wohl gar nichts anderes übrig bleiben, als zukünftig die Wünsche der Plantagenets ebenso zu erfüllen, wie wir es bereits bei den Templern in den letzten siebzig Jahren getan haben. Es sei denn, es gelingt der heiligen Mutter Kirche endlich, selbst in den Besitz der Dokumente zu gelangen. Dann müssen sie für immer verschwinden, am besten vernichtet werden, um unseren Glauben vor all denen zu schützen, die ihm übelwollen.«

»Ihr habt ja so recht, di Segni. Könnt Ihr Euch der Sache annehmen? Ich bitte Euch von Herzen! Ich bin zu alt und zu müde, um mich damit herumzuplagen. Gebt König Richard, was auch immer er will, solange es annähernd im Bereich des Möglichen ist. Zumindest solange ich lebe. Was Ihr danach tut, sei Euch überlassen.«

Der Kardinal nickte und rief nach dienenden Brüdern, die den Heiligen Vater zu Bett bringen sollten. Auch er sah keine andere Möglichkeit, um die Veröffentlichung der glaubensgefährdenden Dokumente zu verhindern, als den Plantagenets zu Willen zu sein. Wenigstens vorläufig. Aber er wollte auch darüber nachdenken, wie er sie endgültig in den Besitz der heiligen Mutter Kirche bringen konnte. Dies musste ihm einfach gelingen, selbst wenn es dafür notwendig wäre, die Angelegenheit zur Hauptaufgabe seines hoffentlich baldigen Pontifikats zu machen, obwohl er eigentlich andere Pläne verfolgte.

Nicht vor der versammelten Kurie, sondern nur im kleinen Kreis, zu dem auch Erzbischof Walter de Coutances hinzugezogen wurde, teilte Kardinaldiakon Lotario di Segni im Auftrag von Papst Coelestin dem Erzbischof von York mit, dass die Anliegen König Richards von England geprüft und für rechtens befunden worden wären. Als Erstes wurde daher sehr zur Verwunderung und zum Ärger von de Coutances das Interdikt über die Normandie und ihren Herzog aufgehoben. Der Heilige Vater befahl weiterhin, dass der Erzbischof sich mit seinem Landesherrn über eine angemessene Abfindung für den Kirchenbesitz zu einigen hätte, und ermahnte ihn gleichzeitig, dabei nicht gierig zu sein. Die Ehe zwischen Raimund von Toulouse und Bourgogne von Lusignan sollte annulliert und für null und nichtig erklärt werden. Außerdem wurde Philipp von Frankreich bedeutet, dass er sich zu seiner Gemahlin Ingeborg von Dänemark zurückzubegeben und mit ihr in ehelicher Verbundenheit zu leben hatte, da seine neuerliche Vermählung mit Agnes-Maria von Andechs-Meranien vonseiten der Kirche nicht anerkannt werden könnte. Sollte er dieser Aufforderung nicht nachkommen, drohte ihm der Papst die

Exkommunikation und ein Interdikt über ganz Frankreich an. Und selbstverständlich wurden alle Vorwürfe des Klerus gegen den Erzbischof von York fallen gelassen, der schließlich ein gehorsamer Diener der Kirche und Gott wohlgefällig war.

Geoffrey bekam während der ganzen Ansprache des Kardinals kaum das Grinsen aus seinem Gesicht. Er freute sich schon jetzt darauf, seinem Bruder berichten zu können, dass dessen Vorhersagen alle in Erfüllung gegangen waren. Die Macht der Plantagenets würde wohl auf unabsehbare Zeit unangefochten sein, und er gedachte durchaus, daran zu partizipieren. Vielleicht war ja auch sein Weg nach oben noch nicht zu Ende. Schließlich hatte es schon einmal einen Bastard als König auf dem englischen Thron gegeben. Nun, im Moment war das alles nur ein Gedanke, der noch reifen musste und der sich nicht realisieren ließ, solange Richard, mit dem Geoffrey sich ganz sicher nicht anlegen wollte, am Leben war. Aber wenn sein Halbbruder weiterhin so leichtsinnig mit seinem Leben spielte, wie die zwei üblen Verletzungen bewiesen, die er sich vor Aumale und Gaillon zugezogen hatte und die ohne Weiteres auch seinen Tod hätten bedeuten können, war es durchaus möglich, dass sich völlig neue Konstellationen auftaten. Normalerweise konnte ein geweihter Priester nicht König werden, aber wenn man den Papst in Rom auf seiner Seite und in der Hand hatte ...

Richard schlug sich vor Lachen auf die Schenkel, dass es nur so krachte, als er von den Vorgängen in Rom erfuhr. Seine Mutter Eleonore hatte bei Raimund von Toulouse schon vorgefühlt, ob dieser sich eine Verbindung mit ihrer Tochter Joan, der ehemaligen Königin von Sizilien, vorstellen könnte, und als der Graf von der Annullierung seiner Ehe erfuhr, wehrte er sich nicht lange, wie von den Lusignans erwartet, gegen diese neue Option, sondern verstieß seine Gemahlin und hielt umgehend beim König von England und letztlich seinem obersten Lehnsherrn um die Hand von dessen Schwester an. Da Joan sich ebenfalls nicht sträubte, den zwar rangmäßig unter ihr stehenden, aber sehr vermögenden Herrn des Toulousain zu ehelichen, wurde die Hochzeit im Oktober in Rouen ausgerichtet.

Fast vierzig Jahre hatten die Herzöge von Aquitanien gegen die Grafen von Toulouse Krieg geführt, da sie die Oberhoheit über ganz Okzitanien beanspruchten, diese aber niemals ganz hatten durchsetzen können. Mal war die eine Seite, mal die andere darin erfolgreich gewesen, die Ländereien des jeweils anderen zu verwüsten oder sich anzueignen. Richard hatte noch kurz vor dem Aufbruch zu seinem Kreuzzug die wichtige und reiche Region um Cahors, das Quercy, erobert, das er jetzt Raimund zurückgeben wollte. Des Weiteren bekam seine Schwester die Grafschaft Agen als Mitgift zugesprochen, die aber in der Lehnshoheit von Aquitanien verblieb. Raimund hingegen versprach, sein Bündnis mit Philipp zu lösen und seinen Schwager fortan mit fünfhundert Rittern und deren Gefolge im Süden des Reiches zu unterstützen. Beides war Richard sehr wichtig, da Sancho von Navarra, der gegenwärtig Krieg gegen Kastilien führte, ihm dort nicht mehr zur Seite stand und der französische König mit Graf Raimund einen seiner wichtigsten Bundesgenossen verlor. Außerdem würde sich nun auch das durch die ewigen Fehden geschundene Land endlich erholen können und der wichtige Flusshandel auf der Garonne zwischen Toulouse und Bordeaux aufblühen. Aus dem ehemaligen Feind machte der König durch seine großzügigen Gesten und die Heirat so einen Verbündeten, was Philipp wieder einmal die Wände hochgehen und auf Rache sinnen ließ, als er davon erfuhr.

Zur Hochzeit kam natürlich auch Eleonore nach Rouen, die etwas ungehalten darüber war, dass die Vermählung nicht in Poitiers stattfand, doch Richard wollte sich nicht so weit von seiner im Bau befindlichen Burg entfernen. Leider aber befand sich Berengaria nicht im Gefolge seiner Mutter, auf die Richard so gehofft hatte. Schließlich waren seine Schwester und seine Gemahlin einmal gute Freundinnen gewesen, hatten ihn beide auf den Kreuzzug begleitet, in Akkon und Jaffa zusammengelebt und waren von dort aus gemeinsam ins angevinische Reich zurückgereist. Dass seine Frau nun nicht einmal zu diesem großen Fest erschien, sah Richard als neuerlichen Affront an und wäre fast nach Maine geritten, um sie zu holen, hätte seine Mutter ihn nicht zur Seite genommen, um ihn von dem Vorhaben abzubringen.

»Richard, lass es!«, sprach Eleonore beschwörend auf ihren Sohn ein. »Was hast du davon, wenn Berengaria wiederum nur mit Leichenbittermiene und ganz in triste Farben gehüllt neben dir sitzt und allen anderen die Hochzeit vergällt? Du kannst sie zwingen hierherzukommen, aber nicht dazu, sich wie eine Königin zu betragen. Innerlich hat sie sich offenbar bereits vom weltlichen Leben verabschiedet und sich ganz dem geistlichen zugewandt. Ich habe sie auf der Herreise besucht und erneut wie mit Engelszungen auf sie eingeredet – ohne jeden Erfolg. Sieh deine Ehe als beendet an, kann ich dir nur raten. Ich weiß zwar nicht, womit man es begründen soll, aber vielleicht löst der Papst sie trotzdem auf. Offenbar bekommst du von ihm ja alles, was du willst. Wie du das anstellst, würde ich nur allzu gern wissen. Meine Unterhändler bezüglich der Auflösung von Raimunds Ehe hat er jedenfalls strikt abgewiesen, dir die Annullierung aber ohne Weiteres zugestanden.«

»Komm mich in Château Gaillard besuchen, wenn es fertiggestellt ist, dann zeige ich dir, womit ich den Klerus für alle Zeit in der Hand habe.«

Eleonore seufzte nur tief.

»Hoffentlich erlebe ich das noch. Aber zurück zur Sache. Berengaria wird dir bestimmt keine Steine in den Weg legen, wenn du dich von ihr trennen willst, sondern eher glücklich darüber sein, falls sie sich dann in ein Kloster zurückziehen kann.«

»Das ist aber ganz und gar nicht das, was ich will, Mutter«, brauste Richard auf. »Ich liebe meine Frau und habe sie schließlich nicht nur geheiratet, um unsere Südgrenze zu schützen und ihren Bruder als Bundesgenossen zu gewinnen. Was ist nur in sie gefahren? So lebenslustig und sinnlich, wie sie einmal war?«

»Menschen verändern sich im Laufe ihres Lebens, das ist nun einmal so. Manchmal zum Besseren, manchmal aber auch in eine Richtung, die uns nicht gefällt. Ich wüsste nicht, was man dagegen tun kann, mein Sohn«, meinte Eleonore und legte begütigend ihre Hand auf Richards Arm. »Ich wünschte, ich könnte dir auch diesmal wieder helfen, wie ich es schon so oft getan habe, aber hier bin auch ich mit meinem Latein am Ende. Und das ist im Gegensatz zu deinem gar nicht so schlecht, wie dir bekannt sein dürfte.«

»Ich bin ganz und gar nicht zum Scherzen aufgelegt, Mutter«, knurrte Richard. »Aber nun mal zu etwas anderem. Was hältst du von Otto? Wäre er würdig, Herzog von Aquitanien und damit mein potenzieller Nachfolger zu werden? Du hattest ja nun ausgiebig Zeit, ihn auf Herz und Nieren zu prüfen. Kämpfen kann er, das habe ich selbst erlebt. Als ich noch jung war, dachte ich, das genügt, um ein Herzog oder gar ein König zu sein. Aber heute weiß ich es, nicht zuletzt dank dir, besser.«

»Da fragst du mich was, Richard«, seufzte Eleonore. »Otto erinnert mich sehr an dich, so ungestüm und wagemutig, wie er ist. Aber ob er einmal ein guter Herrscher wird, wage ich nicht vorauszusagen. Er ist auch noch so jung. Aber vielleicht sollten wir es einfach wagen, ihm größere Aufgaben anzuvertrauen. Jetzt, wo Raimund von einem Feind zu einem Verbündeten geworden ist, kann er in Aquitanien auch nicht viel Schaden anrichten. Außerdem werde ich immer ein wachsames Auge auf ihn haben und meinen Enkel schon zur Räson rufen, wenn ich es für angebracht halte.«

»Gut, dann soll es so sein. Nun, da Arthur bei Philipp in Paris weilt, weil die Heiratspolitik von Vater eine Katastrophe war und Konstanze uns nicht mehr vertraut, bleiben kaum Alternativen. Zumindest trägt Otto das Blut der Plantagenets in sich, und darauf sollten wir vertrauen.«

»John aber auch, Richard. Das darfst du bei all deinen Überlegungen niemals vergessen.«

Der Blick, den der König nach diesen Worten seiner Mutter zuwarf, sprach Bände und traf Eleonore, trotz aller Vorbehalte, die sie gegen ihren Jüngsten hegte, ins Herz.

Nach dem Gespräch mit seiner Mutter nahm Richard Abstand davon, nach Thorée zu reiten, um Berengaria abzuholen, und widmete sich stattdessen mit aller Kraft den Hochzeitsvorbereitungen.

Die Heirat von Joan von England mit Graf Raimund von Toulouse wurde dann auch ein grandioses Fest, von dem man an allen Fürstenhöfen des Abendlandes sprach. Im Vorfeld der Hochzeit war es auch zur Aussöhnung mit Walter de Coutances gekommen, der für die der Kirche entgehenden Einnahmen aus Andelys mit zwei großen Gütern und dem florierenden Seehafen von Dieppe entschädigt wurde. Und so war es auch der Erzbischof selbst, der das Brautpaar auf den Stufen vor der Kathedrale von Rouen vermählte und anschließend die heilige Messe zelebrierte. Bei einer weiteren während der anhaltenden Festivitäten wurde Otto von Braunschweig feierlich zum Grafen von Poitou und Herzog von Aquitanien erhöht. Der König selbst überreichte ihm die Insignien seiner Macht, während Walter de Coutances den Segen des Himmels für den jungen Mann erflehte und Gott bat, ihn immer weise zu lenken und ihn stets das Richtige tun zu lassen.

Richard hatte beschlossen, anlässlich der Heirat seiner Schwester zu zeigen, dass sich das angevinische Reich von dem gewaltigen finanziellen Aderlass weitestgehend erholt hatte, und zu den zahlreichen Festmählern auffahren lassen, was sein Land, das sich von den Pyrenäen bis nach Schottland erstreckte, an Köstlichkeiten nur hergab. Die besten Gaukler, Troubadoure und Spielleute von nah und fern gaben sich ein Stelldichein, und über Tage und bis weit in die Nächte hinein wurde gefeiert, getanzt und gezecht. Manchmal griff der König auch selbst zur Laute, und irgendwann fiel ihm auf, dass es immer die gleichen blaugrauen Augen waren, die ihn ganz besonders anhimmelten, wenn er eines der von ihm verfassten Liebeslieder vortrug, die er einst für Berengaria gedichtet hatte. Sie gehörten, wie er schnell herausfand, der Gräfin Saint-Pol, einer jungen Hofdame seiner Mutter, deren Bruder Hugo im Gefolge des Grafen von Flandern an Richards Kreuzzug teilgenommen hatte.

Jeanne de Saint-Pol war bereits seit zwei Jahren verwitwet, aber ihr Wittum so gering, dass sie bei Eleonore in Poitiers um Aufnahme nachgesucht hatte, bis sich ein neuer Gemahl für sie fände. Die noch junge Frau entstammte dem einflussreichen, im Norden Frankreichs und in Flandern beheimateten Geschlecht der Candavenen, was für manchen Bewerber um ihre Hand trotz der kaum zu erwartenden Mitgift durchaus seinen Reiz besaß. Die kühle blonde Schönheit lehnte allerdings einen Freier nach dem anderen ab, was bei Eleonore schon so manches Stirnrunzeln hervorgerufen hatte. Doch jetzt bemerkte Eleonore, der so gut wie nichts entging, wie die Blicke zwischen ihrem Sohn und der Gräfin immer häufiger hin- und herwanderten, und ein winziges, verstehendes Lächeln begann um ihre Lippen zu spielen.

Richard war ein Mann aus Fleisch und Blut, der schon viel zu lang abstinent lebte. Seit der Geschichte mit der Magd vor fast einem Jahr zu Weihnachten hatte er nie wieder einer Frau beigewohnt, weil ihm einfach nicht der Sinn nach einem kurzen, animalischen und letztlich unbefriedigenden Akt stand. Manchmal hatte er allerdings schon darüber nachgedacht, sich eine der zahlreichen Huren kommen zu lassen, mit denen sich sein Bruder vergnügte und von denen einige durchaus ansehnlich waren. Aber irgendwie schien ihm das unpassend zu sein, und er wollte sich auch nicht auf das Niveau Johns, der immerhin mit Isabel von Gloucester verheiratet war, aber nicht mit ihr zusammenlebte, begeben. Doch die junge, verwitwete Gräfin sprach den König durchaus an, und warum sollte er sich nicht eine Geliebte zulegen, wenn seine eigene Frau es vorzog, wie eine Nonne zu leben, und nichts mehr mit ihm zu tun haben wollte?

Und so wurden Richards Lieder während der Festlichkeiten immer schmachtender und richteten sich für alle deutlich erkennbar an eine Person, die anfangs noch züchtig die Augen niederschlug, wenn der König in ihre Richtung schaute, von Mal zu Mal dessen Blicke aber offener zu erwidern und mehr als nur verführerisch zu lächeln begann. Manchmal stahl sich eine kleine rosa Zunge zwischen den Lippen hervor und feuchtete diese an, sodass sie sinnlich im Kerzenschein glänzten. Dann wieder ließ sie eine goldblonde Haarsträhne unter ihrem Schleier entweichen und schob sie kokett hinter ihr Ohr, aber erst nachdem sie sich Aufmerksamkeit heischend über ihrem ansatzweise erkennbaren, schneeweißen Busen gekringelt hatte. Die Gräfin beherrschte mit ihrer Kleidung das reizvolle Spiel von Verhüllung und Zurschaustellung perfekt, und Richard wäre kein Mann gewesen, wenn er sich davon nicht hätte einfangen lassen. Manchmal wurde es ihm in seiner Brouche ganz schön eng, und seine Gedanken verirrten sich immer häufiger in die Richtung, wie er Jeanne de Saint-Pol näherkommen könnte. Schließlich ging es nicht an, die Gräfin wie eine Hure oder eine Magd einfach zu sich zu bestellen, und genauso wenig konnte er plötzlich in ihrem Gemach auftauchen. Doch wie so oft kam beiden der Zufall unverhofft zu Hilfe.

Die Festung von Rouen war vor Hunderten von Jahren errichtet und seither beständig erweitert worden. Direkt an die große Halle angrenzend, in der die Feierlichkeiten stattfanden, gab es einen Erker mit einem Abtritt für den Burgherrn und seine hochrangigsten Gäste, der über keine Tür verfügte und so gestaltet war, dass man sich weiterhin an den Gesprächen an der Tafel beteiligen konnte, wenn man seine Notdurft verrichtete. Aber Richard hatte nicht die Absicht, sich von der Festgesellschaft dabei beobachten zu lassen, wie er sein Wasser abschlug, und verließ deshalb kurzzeitig die Halle, um einen Abtritt außerhalb des Donjons an der Außenmauer aufzusuchen. Bei dieser Verrichtung wollte er nun wirklich niemanden dabeihaben und bedeutete seinem Gefolge, das ihn sonst auf Schritt und Tritt begleitete, zurückzubleiben. Er war schon Manns genug, sich auf den paar Yards durch die engen und dunklen Gänge selbst seiner Haut zu erwehren, sollte ihm wirklich jemand übelwollen.

Nach erledigtem Geschäft war er auf dem Weg zurück, als ihm eine Dame entgegenkam, die offenbar das gleiche Bedürfnis verspürte wie er zuvor. Richard wich zur Seite aus, um sie vorbeizulassen, da beleuchtete durch ein Bogenfenster der Mond für einen Moment sein Gesicht und seinen Wappenrock. Die Dame sank in einen tiefen Hofknicks, so wie es üblich war, wenn man überraschend dem König begegnete, und hauchte ein leises »Sire«.

Spätestens jetzt wusste Richard, wen er vor sich hatte, und mit seiner Zurückhaltung war es von einem Moment zum anderen vorbei. Er fasste Jeanne de Saint-Pol bei den Armen, zog sie zu sich hoch, und einen Augenblick später trafen sich ihre Lippen.

Weder der König noch die junge Frau waren unerfahren in Liebesdingen, und beide wollten das Gleiche und zierten sich nicht. Sofort begannen ihre Zungen ein heißes Spiel miteinander. Richard umfasste mit einer Hand den Kopf, mit der anderen den Oberkörper der Gräfin, als wolle er sie nie wieder loslassen, und während er sie begierig küsste, nahm seine Nase den süßen betörenden Duft wahr, der von ihr ausging. Wie lange hatte er etwas Vergleichbares entbehrt, wie lange waren ihm die Freuden der Liebe vorenthalten worden, und wie sehr hatte er sich nach weichen Lippen, einem Frauenkörper in seinen Armen und einem willigen, feuchten Schoß gesehnt. Manch ein Mann wäre jetzt auf der Stelle über die junge Frau hergefallen und hätte sie gleich in dem dunklen Gang im Stehen genommen, aber Richard war nicht auf eine schnelle Befriedigung aus, sondern wollte – wenn schon, denn schon – den Akt der Liebe, den er so lange vermisst hatte, in all seinen Facetten und Spielarten genießen. Er hob die zierliche Frau hoch, die sich nicht dagegen sträubte, sondern im Gegenteil seinen Nacken mit ihren Armen umschlang und ihren Kopf an seine Brust legte.

Der König empfand die Last als äußerst begehrenswert und gleichzeitig so leicht wie eine Feder. Sein Schlafgemach befand sich nur ein Stockwerk höher, und immer zwei Stufen auf einmal nehmend, eilte er die Wendeltreppe empor.

Natürlich standen zwei Wachen vor des Königs Gemächern, aber die waren in solch einem Fall blind und taub und würden kein Sterbenswörtchen über das verlieren, was hinter der Tür vor sich ging, wollten sie ihre Zungen behalten. Die Knappen und Pagen scheuchte Richard mit einem harschen »Raus, alle!« aus dem Raum, und ein paar Lidschläge später war er mit Jeanne in seinem an das Vorzimmer angrenzenden Schlafgemach allein. Der König gedachte nicht, sich allzu lange mit Werben und Vorreden aufzuhalten. Zu deutlich hatte er gespürt, dass er mit keinem Widerstand seitens der jungen Frau rechnen musste.

Die Gräfin hatte einen Moment lang daran gedacht, sich der guten Form halber etwas zu zieren, den Gedanken aber sofort wieder verworfen. Als der König sie auf dem breiten Baldachinbett ablegte und begann, sich seiner Kleider zu entledigen, tat sie es ihm in aller Eile gleich. Sollte sie zumindest das Hemd anbehalten, um sich nicht allzu schamlos zu zeigen? Nein, entschloss sich Jeanne, sie brauchte sich für ihren Körper nicht zu schämen, den das sanfte Kerzenlicht, welches das prachtvolle königliche Gemach erhellte, perfekt zur Geltung bringen würde. Sollte ihr Liebhaber ruhig sehen, was sie ihm schenkte, und es mit allen Sinnen, nicht nur mit seinem Schwanz, genießen.

Ihr verstorbener Gemahl war nur wenig älter und ebenso unerfahren bei ihrer Vermählung gewesen wie sie, aber gemeinsam hatten sie hinter den Bettvorhängen gelernt, dem jeweils anderen Lust zu bereiten, und ihre Leiber gegenseitig erkundet. Jeanne war sich immer bewusst gewesen, dass sie es viel schlechter hätte treffen können, denn ihr Gatte hatte sie regelrecht angebetet und war nie übergriffig geworden, wie sie es so oft von ihren Freundinnen gehört hatte, die man mit wesentlich reiferen Männern, manche sogar mit wahren Greisen, verheiratet hatte.

Ihr Gemahl war einem ähnlichen Turnierunfall erlegen wie der Bruder des Königs, und sie hatte ihn lange und aus tiefstem Herzen betrauert. Deshalb war ihr auch kein Freier recht gewesen, weil sie jeden mit dem Verstorbenen verglich, doch als sie die Blicke des Mannes auf sich gespürt hatte, der sich gerade eben seiner Beinlinge entledigte und sich dabei etwas ungeschickt anstellte, weil das sonst Pagen für ihn erledigten, hatte es seit Langem erstmalig wieder in ihrem Leib gekribbelt. Auch wenn Richard vielleicht fünfzehn Jahre älter war als sie, war sein Körper – sah man von den zahlreichen Narben ab, von denen aber nur noch die am Bein, die der Armbrustbolzen gerissen hatte, rot schimmerte – nahezu makellos. Nichts zeugte von übermäßiger Völlerei oder Weingenuss, die Muskeln traten wie dicke Schnüre unter der Haut hervor, und sein

Haupthaar war ebenso wie der kurze Bart dicht und voll, wo doch viele andere in seinem Alter schon kahlköpfig waren.

Das Gefühl, das über Jeanne kam, wann immer sie Richard während der über mehrere Tage gehenden Feierlichkeiten erblickte, war mit der Zeit stärker, ja fast übermächtig geworden, sodass sie schon überlegt hatte, Eleonore zu bitten, den weiteren Gastmählern fernbleiben zu dürfen. Denn ihre Leidenschaft für den für sie unerreichbaren König wurde schon fast zur puren Gier und sie feucht zwischen den Schenkeln, wenn er nur in ihre Nähe kam. Und dann hatte er sie auf diesem dunklen Gang einfach in seine Arme gerissen – einen winzigen Moment, bevor sie ihm wahrscheinlich um den Hals gefallen wäre. Jetzt wollte sie nur noch, dass er sich endlich mit ihr vereinigte und sie jeden Quadratzoll seines Körpers spüren konnte.

Jeanne nahm an, dass der König sofort in sie eindringen und sie mit wenigen Stößen nehmen und seinen Samen in sie ergießen würde. So erregt, wie sie war, wäre ihr das durchaus recht gewesen, auch wenn sie die langsameren Spielarten der Liebe mehr zu schätzen wusste. Doch Richard dachte gar nicht daran. Er war kein junger, unreifer Bursche mehr, sondern ein gestandener Mann in den besten Jahren, der das vierte Lebensjahrzehnt noch nicht erreicht hatte und wusste, dass es die eigene Lust und das Vergnügen umso mehr steigerte, wenn man auch seiner Partnerin Lust und Vergnügen bereitete. Außerdem wollte er sich an dem wunderschönen Frauenkörper erfreuen, die weiche Haut genießen, den Duft einatmen, spüren, wie sich die Brustknospen unter seinen Berührungen aufrichteten, das verlangende Stöhnen hören und mit der jungen Frau gemeinsam zum Höhepunkt kommen. Nur das war wahre Liebeskunst, wie er wusste, denn einen schnellen Akt vollziehen konnte auch jedes Tier.

Und so erlebte Jeanne eine weitere Überraschung in dieser Nacht. Statt über sie herzufallen, wie sie es erwartet und deshalb in weiser Voraussicht bereits die Beine gespreizt hatte, damit der königliche Schwanz ungehindert und ohne ihr Schmerzen zu bereiten – feucht genug war sie glücklicherweise bereits – in sie eindringen konnte, kniete Richard sich zwischen ihre Schenkel und begann, sie sanft zu streicheln. Zuerst ihre Hüften, dann ihre Brüste, ihre Halsbeuge, was sie sich willig gefallen ließ und sich schnurrend wie ein Kätzchen in seine Hand schmiegte, dann ihre seidenweichen Oberschenkel. Die ganze Zeit über blickte sie in blaugraue, versonnen schauende Augen ähnlich den ihren, nur wurden diese von keiner hellblonden Haarpracht, sondern von einem rötlichen Bart- und Kopfhaar gerahmt.

Dann teilten plötzlich die Finger ihres Liebhabers ihre Scham, und einer fand die kleine Knospe dazwischen und begann, zärtlich mit ihr zu spielen. Jeanne riss die Augen auf, denn das hatte sie nun beileibe nicht erwartet, und ihr entfuhr ein erstes, kehliges Stöhnen.

»Komm zu mir, mein Geliebter, nimm mich«, hauchte sie dem König entgegen und hoffte auf Erlösung, doch der ließ sie weiter zappeln.

»Psst, leise, genieße es einfach«, meinte Richard und ließ von ihrer Liebesperle ab, um stattdessen mit seiner rechten Hand Jeannes Kopf anzuheben, damit er sie küssen konnte, während die Finger seiner linken unterdessen sanft ihre Brustwarzen umkreisten.

Um die junge Gräfin war es endgültig geschehen. Sie stöhnte ihre Lust in Richards Mund, während ihre Zunge wild um die seine tanzte. Gleichzeitig umschlang sie ihn mit ihren Armen und langen, schlanken Beinen und zog ihn damit regelrecht in sich hinein. Nun sträubte sich auch ihr Liebhaber nicht länger gegen die Vereinigung. Richard hatte gewusst, dass er sich nach den Monaten der Enthaltsamkeit nicht lange würde zurückhalten können, und deshalb zuvor alles dafür getan, den Erregungsgrad seiner Bettgespielin zu steigern, damit sie nicht unbefriedigt blieb, wenn er sich in ihr verströmte. Doch die Sorge hätte er gar nicht haben brauchen, denn Jeanne erreichte genau mit ihm zusammen ihren Höhepunkt und schrie ihre Lust heraus, dass es von den Wänden des Gemaches zurückhallte. Sicher hatten die Wachen sie gehört, aber selbst wenn alle Burgbewohner am nächsten Tag über sie tratschen würden, war ihr das, zumindest im Moment, völlig gleichgültig, und sie nahm sich vor, mit hocherhobenem Kopf zur Messe zu gehen und die neugierigen und wenig freundlichen Blicke, die man ihr mit Sicherheit zuwerfen würde, allesamt als vom Neid getrieben zu bewerten.

Schweißnass und ermattet lagen Mann und Frau nach dem animalischen Liebesakt nebeneinander, doch Richard hatte noch lange nicht genug. Er zog eine weiche Felldecke über Jeanne, damit sie nicht fror, stützte sich dann aber auf einem Ellenbogen ab, um sie weiter anschauen zu können. Es gelang ihm kaum, sich an dieser schönen Frau sattzusehen, so sehr gefiel ihm alles an ihr. Die Wangen waren vom Liebesspiel leicht gerötet, der Haaransatz verschwitzt, aber die Locken umrahmten ein ebenmäßiges Gesicht mit kleinen Grübchen an den Mundwinkeln. Die Lippen waren sanft geschwungen und nicht zu üppig, aber auch nicht so schmal wie ein Strich. Was ihn aber am meisten faszinierte, war die Sinnlichkeit, die von der Gräfin ausging und ihn an Berengaria in ihrer Anfangszeit erinnerte. War es Sünde, jetzt an seine Frau zu denken, wo er doch bei einer anderen lag, die ihm gegeben hatte, was er so sehr vermisste? Richard konnte nicht wissen, dass Jeanne in diesem Moment ebenfalls mit ihren Gedanken bei ihrem Mann weilte, der im Gegensatz zu Berengaria aber nicht mehr unter den Lebenden weilte. Sie schickte ihm, wo auch immer er jetzt war, eine Entschuldigung, weil sie eine so starke, wenn nicht gar größere Lust empfunden hatte als bei den Vereinigungen mit ihm, und hoffte aus ganzem Herzen, dass er sie ihr gönnte.

Weder Richard noch Jeanne konnten in dieser Nacht genug voneinander bekommen. Ihre Münder, ihre Hände und Arme, ihre Beine und auch sein Glied und ihr Schoß fanden immer wieder zueinander. Mal war die junge Frau obenauf und ritt ihren Liebhaber wie einen feurigen Hengst, mal kniete sie vor ihm und ließ sich von hinten nehmen, was sie als besonders beglückend empfand. Erst weit nach Mitternacht schliefen beide eng umschlungen und erschöpft ein, doch schon beim ersten Morgengrauen war Jeanne wach und stahl sich vorsichtig aus Richards Armen. Sie wollte sich gerade ihr Hemd überstreifen, als der König sie verschlafen anblinzelte.

»Wo willst du hin, Chérie?«, wollte er wissen, und Jeanne ärgerte sich über die Frage, denn das war ja wohl offensichtlich. Die Nacht war vorbei, und nun, da der Tag anbrach, würde alles wieder so sein wie zuvor, die gemeinsam verbrachten Stunden nichts anderes als eine schöne Erinnerung bleiben.

»Natürlich in mein Gemach, das ich mit drei weiteren Hofdamen Eurer Mutter teile, Sire«, antwortete Jeanne deshalb etwas spitz. »Es wird auch so schon genug Gerede geben, da muss nicht noch die halbe Burgbesatzung sehen, wie ich aus Euren Räumlichkeiten komme.«

»Vor Kurzem war ich noch Richard für dich und du eine wundervolle Geliebte«, gab der König zurück. »Jeanne, komm her zu mir, gib mir deine Hand, ich bitte dich. Ich will nicht, dass es so zwischen uns endet.«

Widerstrebend trat die Gräfin, immer noch so nackt, wie Gott sie geschaffen hatte, an das Bett heran und reichte ihrem Liebhaber der vergangenen Nacht, was er begehrte, der darauf sofort mit ihren Fingern zu spielen begann. Richard rollte sich auf den Bauch und sah der vor ihm stehenden jungen Frau tief in die Augen.

»Ich liebe dich, Jeanne, das habe ich in den letzten Stunden erkannt. Deshalb möchte ich auch nicht, dass du jetzt gehst, sondern dass du für immer bei mir bleibst. Könntest du dir das nicht auch vorstellen?«

»Aber wie soll das gehen? Ihr seid schließlich ein verheirateter Mann, Sire«, gab Jeanne mit leiser und trauriger Stimme zurück, da sie sich nichts sehnsüchtiger wünschte als das, was ihr der König gerade vorgeschlagen hatte.

»Das ist richtig, aber meine Ehe besteht nur noch auf dem Pergament, das sie besiegelt hat«, hörte sie daraufhin Richard mit beschwörender Stimme auf sie einreden. »Meine Frau hat sich von mir getrennt, ich mich nicht von ihr. Sie will in Abgeschiedenheit leben und am liebsten in ein Kloster eintreten. Doch noch bin ich mit ihr verheiratet, Jeanne, da hast du recht. Deshalb kann ich dir auch nicht anbieten, meine Gemahlin zu werden, auch wenn ich es für mein Leben gern möchte. Zumindest im Moment noch nicht, denn das wäre unehrlich uns beiden gegenüber. Aber du sollst meine Gefährtin sein und später vielleicht, sollte der Papst meine Ehe annullieren, auch meine Frau. Mein Vater hat lange Zeit und bis zu ihrem Tod mit Lady Rosamund Clifford zusammengelebt und sie in hohen Ehren gehalten, was meine Mutter damals alles andere als freute. Doch sie wollte auch immer Ehefrau und Königin sein, während Berengaria dies alles nicht mehr möchte. Wenn du also willst und für mich ebenso empfindest wie ich für dich, dann sei du von nun an die Frau an meiner Seite. Niemand wird dich dafür scheel ansehen, auch wenn wir nicht vor Gott den Bund der Ehe geschlossen haben, das schwöre ich dir! Und wenn es doch einer wagen sollte, fordere ich ihn auf der Stelle auf Leben und Tod.«

Den letzten Satz hatte Richard scherzhaft gesagt, aber Jeanne glaubte ihm aufs Wort.

»Meint Ihr wirklich, Sire?«, fragte sie schon halb überzeugt und überwältigt von den Möglichkeiten, die sich auf einmal vor ihr auftaten.

»Wenn du mich noch einmal Sire nennst, leg ich dich übers Knie«, meinte Richard und zog Jeanne an ihrer schlanken

Hand, die er immer noch in der seinen hielt, zu sich heran, bis sich ihre Lippen zu einem verlangenden Kuss trafen.

Anfangs war es der Gräfin de Saint-Pol noch unangenehm, an der Seite des Königs aufzutreten, aber bald gewöhnte sie sich daran. Vor allem, weil ihr die allseits wegen ihrer spitzen Zunge gefürchtete Königinmutter äußerst wohlwollend gegenüberstand und nicht eine einzige anzügliche Bemerkung über ihre Lippen kam. Folglich wagte dies auch keine ihrer Hofdamen, wollte es sich doch niemand ernsthaft mit Eleonore verscherzen. Und so kam es, dass Jeanne de Saint-Pol in prachtvoller Garderobe neben Richard stand, als dieser seine Schwester und Graf Raimund nach Toulouse verabschiedete. Jeder konnte sehen, wie liebevoll der König mit seiner neuen Gefährtin umging, und nicht einmal hinter vorgehaltener Hand wagte es einer seiner Ritter, darüber zu lästern. Schon zu Weihnachten wusste Jeanne, dass sie schwanger war, und nun war ihr und auch Richards Glück vollkommen.

# 7.

# NORMANDIE,
# 1197/1198

Nachdem Richard im Süden durch sein diplomatisches Geschick den Rücken freibekommen und mit der Eheallianz zwischen seiner Schwester und Graf Raimund von Toulouse einen mehr als vierzig Jahre währenden, zermürbenden Krieg beendet hatte, konnte er sich wieder mit aller Kraft dem großen Kampf gegen Philipp widmen. Doch zuvor wandte er sich seiner nördlichen Grenze zu, denn es ging nicht an, dass Balduin von Flandern noch länger ein Verbündeter Philipps blieb. Das musste sich schleunigst ändern, und dazu hatte der englische König genau die richtigen Machtmittel parat, die er auch rigoros einzusetzen gedachte.

Flandern war eine dicht besiedelte und unglaublich reiche Grafschaft. In den großen Städten wie Gent, Brügge, Lille und weiteren gab es weit mehr Münder, als die heimischen Bauern zu stopfen vermochten. Die dort lebenden Menschen konnten sich nur schwer aus dem Land heraus ernähren und waren darauf angewiesen, Korn, Schlachttiere und Wein aus anderen Ländern einzuführen. Sie selbst lebten vorwiegend vom Handwerk und vom Handel. Vor allem die Herstellung von feinen und überall im Abendland heiß begehrten Tuchwaren brachte der Grafschaft ihren Reichtum.

Das gedachte Richard, sich zunutze zu machen, und verhängte ein Handelsverbot bezüglich des Warenaustauschs mit England über das ganze Herrschaftsgebiet von Graf Balduin.

Kein Getreide, kein Fleisch, kein Bier, kein heiß begehrter Wein aus Aquitanien, aber vor allem auch keine von den Webern sehnsüchtig erwartete Wolle durften mehr nach Flandern aus- und von dort aus keine Tuche mehr nach England eingeführt werden. Graf Balduin, der in seiner jugendlichen Unbekümmertheit damit nicht gerechnet hatte, und sein Volk bekamen nun Richards Unmut über sein Bündnis mit Philipp mit voller Wucht zu spüren. Hungersnöte brachen aus, die Webstühle standen still, und der Warenverkehr stockte.

Das traf auch die Handelsherren diesseits und jenseits des Kanals hart, und sofort blühte der Schmuggel auf. In England ließ Hubert Walter daraufhin die auslaufenden Schiffe in den Häfen streng kontrollieren und verhängte drastische Geldstrafen bei Verstößen gegen das Ausfuhrverbot. Richard hingegen, das verwunderte niemanden, der ihn kannte, ging einen deutlichen Schritt weiter. Er eröffnete den Krieg gegen Philipp mit einem Angriff auf Saint-Valery, den Hafen von dessen Schwager, des Grafen von Ponthieu, an der Mündung der Somme. Die Stadt wurde im Handstreich und ohne eigene Verluste genommen und reiche Beute gemacht. Im Hafen lagen auch etliche englische Schiffe, die gegen das Embargo verstoßen hatten. Der König ließ ihre Ladungen beschlagnahmen, die Nefs in der Fahrtrinne versenken, sodass der Hafen für längere Zeit unbrauchbar wurde, und die Seeleute, obwohl sie ihren König um Gnade anflehten, hängen. Das Exempel sprach sich schnell herum, und kaum mehr ein Kapitän wagte es, gegen das Handelsverbot zu verstoßen, denn an ihrem Leben hingen sie alle, auch wenn der Schmuggel noch so reichen Profit versprach.

Graf Balduin stand das Wasser schon bald bis zum Hals, und er begann zu bereuen, sich mit Philipp eingelassen zu haben, der ihm keine wirkliche Hilfe war. In den Straßen der Städte und vor den Kirchen stieg die Zahl der Bettler drastisch an, und fast täglich standen Abordnungen der Handelsherren und Vertreter der Zünfte vor den Toren seiner Burg und suchten um eine Audienz nach. Das Land ginge vor die Hunde, machten sie dem jungen Grafen nachdrücklich deutlich, wenn das englische Embargo nicht schleunigst aufgehoben werden würde. Frankreich war nicht in der Lage, ausreichend Ersatz an Nahrungsmitteln und Wolle zu leisten, und wenn sich womöglich noch die deutschen Fürsten am Niederrhein, zu denen Richard traditionell ein gutes Verhältnis hatte, dem Handelskrieg anschlossen, könnte man gleich den Staatsbankrott verkünden.

Balduin, in dessen Geldtruhen langsam der Boden zu sehen war, wurde es himmelangst und bange. Vorsichtig begann er, seine Fühler auszustrecken, um in Erfahrung zu bringen, ob der englische König ihm seinen Treuebruch verzeihen würde, und der zeigte sich großmütig. Richard bot nicht nur an, das Handelsembargo aufzuheben, sondern versprach Balduin sogar, ihn mit Geldmitteln zu unterstützen, falls dieser sich von Philipp die Ländereien zurückholen wollte, die ihm dieser aus dem Erbe seiner Mutter vorenthielt.

Der bedächtige William Marshal wurde nach Flandern geschickt, um mit dem jungen Herrscher bezüglich eines gegenseitigen Bündnisses zu verhandeln, und als man sich einig geworden war, kam der Graf selbst zur Vertragsunterzeichnung nach Château Gaillard, das bereits nach noch nicht einmal einem Jahr Bauzeit seiner Fertigstellung entgegenging.

»Nun, was sagt Ihr?«, wollte Richard nach den ersten Begrüßungsworten von seinem Gast wissen, dem er, wie es der Brauch verlangte, ein paar Meilen entgegengeritten war. Sie hielten auf einem Hügel, von dem aus sie einen Überblick über die gewaltige Burganlage hatten, die sich fast über die ganze Hochebene erstreckte, und der König weidete sich an den weit aufgerissenen Augen des Grafen.

»Bei Gott, Sire, habt Ihr die Gralsburg erschaffen lassen?«, stieß Balduin voller Ehrfurcht hervor. »Ich denke, im ganzen Abendland gibt es kein vergleichbares Bauwerk. Wie habt Ihr es nur geschafft, dass die Mauern ebenso weiß sind wie der Kalkstein, aus dem sie herauswachsen? Sie können doch unmöglich komplett mit Schlämmkreide angestrichen sein.«

»Da habt Ihr recht, das sind sie auch nicht, denn der Regen würde die Kreide bald abwaschen. Wir haben die äußeren Mauern mit behauenen Kalksteinen aus der Umgebung verkleidet. Die werden einem Beschuss aus Trebuchets zwar nicht standhalten, aber die dahinter befindlichen Granit- und Basaltsteine jederzeit. Und die Turmmauer im Inneren oder gar den Donjon erreicht kein Geschoss, ganz gleich, wo man das Belagerungsgerät aufstellt und wie groß man es auch immer bauen würde. Kommt, ich zeige Euch meine schöne, einjährige Tochter.«

Richard erfand immer neue Namen für seine Lieblingsresidenz, auf die er unendlich stolz war. Und da er im Spätsommer erneut Vater werden würde, bot sich der Vergleich in seinen Augen an, denn wenn Jeanne ihm ein Mädchen schenken sollte, würde es natürlich das lieblichste Kind auf Erden werden. Sich einen Sohn zu wünschen, fand er fast zu vermessen und wollte sein Glück durch eine derartige Bitte an den Herrn nicht überstrapazieren.

Graf Balduin zeigte sich höflich beeindruckt von der gesamten, weitläufigen Festungsanlage, die bisher natürlich nur in Teilen fertiggestellt war. Die Vorburg mit ihren fünf Türmen befand sich noch im Bau, ebenso etliche der von natürlichen Gräben umgebenen Motten auf der Hochebene. Fast vollendet hingegen war der Donjon, der ebenso wie die ihn umgebende, eigentlich nur aus halbrunden Türmen bestehende Ringmauer die ungewöhnliche Form eines Ovals und damit keinerlei tote Winkel aufwies. Von der Plattform auf dem Wohnturm, in dem sich zahlreiche Gemächer und Hallen befanden, hatte man einen weiten Blick über das Land und auf die Seine-Schleife mit der neu errichteten Stadt Petit-Andelys an ihrem südlichen Ufer. Palisaden und Ketten sperrten den

Fluss zur Gänze ab, und Balduin sah, dass sich vor der Zollstation vielleicht dreißig aus Paris kommende Schiffe stauten, für die eine Weiterfahrt auf diesem wichtigen Handelsweg erst möglich wurde, wenn ihre Ware sorgfältig kontrolliert und der zu entrichtende Obolus abgeführt worden war. Das spülte hohe Gewinne in die Kassen seines Gastgebers, ging dem Grafen sofort auf, dessen Haupteinnahmequelle ebenfalls Zölle aus den Seehäfen waren.

Nach zwei Tagen intensiver Verhandlungen bezüglich letzter Details wurde ein Vertrag zwischen Flandern und dem angevinischen Reich geschlossen, der es keiner Seite gestattete, ohne Zustimmung der anderen mit Frankreich einen Waffenstillstand oder gar Frieden zu schließen. Für Balduin war das äußerst wichtig, gedachte er doch umgehend in das Artois einzufallen, das eigentlich zu seinen Ländereien gehörte, seit dem Tod seines Vaters aber von Philipp besetzt gehalten wurde. Richard bestärkte den jungen Grafen in seinem Vorhaben, und zum zweiten Mal war damit innerhalb kürzester Zeit aus einem Feind ein weiterer Verbündeter geworden. Selbstverständlich wurde das Handelsverbot, das auch den Bauern, Grundherrn und Kaufleuten auf der Insel geschadet hatte, unverzüglich aufgehoben.

Da der König durch die Liaison mit Jeanne de Saint-Pol auch ihren Bruder auf seine Seite gezogen hatte und der Graf von Boulogne daraufhin ebenfalls zu ihm übergetreten war, herrschte im Norden und Nordosten der Normandie ein stabiler Frieden, und Richard konnte sich wieder auf seinen Hauptgegner konzentrieren. Er sammelte den Großteil seiner Truppen bei der Grenzfestung Gournay und fiel erstmals direkt in Frankreich ein, was Philipp, der damit nicht gerechnet hatte, an den Rand eines Nervenzusammenbruchs brachte. Hatte doch im Vorjahr zuletzt alles so gut für ihn ausgesehen und er sogar gehofft, dass Richard vielleicht an den Nachwirkungen seiner Verletzung durch den Armbrustbolzen sterben würde. Wie schnell sich aus einer solchen Wunde tödlicher Wundbrand entwickeln konnte, hatte man ja an Herzog Leopold gesehen. Doch jetzt war sein Gegner wahrscheinlich mit des Teufels Hilfe wieder vollständig genesen, hatte ihm seine zwei wichtigsten Verbündeten abspenstig gemacht und griff ihn erneut und mit geballter Kraft an. Womöglich stünde er schon bald vor Paris, und dann? Philipp wusste kaum mehr ein noch aus, doch es sollte noch viel schlimmer für ihn kommen, und vor allem für seinen Vetter, Richards Erzfeind.

Mit Philipp von Dreux, dem Bischof von Beauvais, war Richard schon auf dem Kreuzzug zusammengeraten, weil er sich ständig seinen Befehlen widersetzt hatte. Später war Löwenherz sogar von ihm bezichtigt worden, die Ermordung von Konrad von Montferrat, dem frisch gewählten König von Jerusalem, bei den Assassinen in Auftrag gegeben zu haben. Dabei wäre er, Richard, doch um ein Haar selbst einem Anschlag der gefürchteten Selbstmordattentäter zum Opfer gefallen! Doch genau diese unsinnige Anklage hatte Kaiser Heinrich später zum Vorwand genommen, um den englischen König festzuhalten und Lösegeld für ihn zu erpressen. Dass Philipp von Dreux dann auch noch von seinem königlichen Vetter nach Mainz entsandt worden war, um seine Freilassung zu verhindern, hatte das Maß endgültig vollgemacht. Also richtete sich Richards erster größerer Vorstoß auf französischem Territorium auch ganz gezielt auf dessen Diözese und Grafschaft Beauvais. Auf dem Marsch dorthin stand dem König allerdings die Burg von Milly im Weg, die erst eingenommen werden musste, bevor man weiter vorrücken konnte.

Deren Besatzung, angeführt von ihrem Kastellan Guillaume de Monceaux, wehrte sich verzweifelt und leistete erbitterten Widerstand. Die ganze Sache hielt Richard schon viel zu lang auf, der gehofft hatte, ganz überraschend vor Beauvais auftauchen und die stark befestigte Stadt ebenso im Handstreich nehmen zu können wie Anfang des Jahres Saint-Valery. William Marshal bemerkte das wohl und beschloss, den nächsten und, wie er hoffte, entscheidenden Angriff selbst zu führen, denn er hatte keine Lust, die schlechte Laune seines Königs noch weiter ertragen zu müssen. Beileibe kein junger Mann mehr, kletterte er an der Spitze seiner Gefolgsleute die Sturmleiter empor und zeigte wieder einmal allen, wie er zu dem Ruf, der beste Ritter des angevinischen Reiches zu sein, gekommen war. Einen gezielten Lanzenstoß vom Wehrgang aus wehrte er mit dem Schild ab, dann sprang er zwischen zwei Zinnen hindurch mitten unter die Verteidiger und kam über sie wie Gottes Zorn. Hiebe nach allen Seiten austeilend, ermöglichte er es den ihm Nachfolgenden, die Mauerkrone zu erklimmen und sich ebenfalls auf den Feind zu stürzen.

Der König hatte mit Entsetzen gesehen, wie sich sein Stellvertreter, der ihm lieb und teuer war und dessen Rat er wie den keines anderen schätzte, selbst ins Kampfgetümmel stürzte. Schnell ließ er sich deshalb seinen Helm reichen, schlüpfte mit dem linken Arm in die Schildschlaufen und rannte in gänzlich unköniglicher Hast auf die nächste Sturmleiter zu.

»Weg da!«, brüllte Richard schon von Weitem und sprang an den verdutzt zur Seite tretenden Kriegsknechten vorbei die Leiter regelrecht empor. Genauso flink wie die große Katze, wenn sie zur Jagd auf eine Beute ansetzte – nach der man ihn auch benannt hatte –, kletterte Löwenherz die Stufen empor und ignorierte einen Stein, der von oben auf ihn geschleudert wurde und an seinem Helm abprallte. Ähnlich wie kurz zuvor Marshal schwang er sich durch ein Zinnenfenster hindurch auf den Wehrgang, und nun kamen die Angreifer von zwei Seiten über die Verteidiger.

Es dauerte nicht lange, und die Besatzung streckte die Waffen. Guillaume de Monceaux kniete selbst vor dem König nieder und wollte ihm sein Schwert überreichen, doch dieser knurrte den Kastellan nur unwirsch an.

»Gebt es ihm«, meinte er und wies dabei auf William Marshal, der schwer atmend und noch gezeichnet von den Anstrengungen des Kampfes herbeigeeilt kam. »Schließlich war es der Earl von Pembroke, der als Erster Eure Mauern bezwungen hat. Ihr seid sein Gefangener. Und dafür dankt Gott, de Monceaux, denn meine Lösegeldforderung wäre sicher weit höher ausgefallen als die, welche mein sanftmütiger Stellvertreter verlangen wird. Aber sobald Ihr das ausgehandelt habt, Marshal, will ich Euch in meinem Zelt sprechen. Und glaubt mir, das wird keine angenehme Unterhaltung werden.«

Die Besatzung von Milly wurde verschont, denn es waren ja keine abtrünnigen Gefolgsleute Richards, sondern Männer, die schon seit jeher dem König von Frankreich zur Treue verpflichtet waren. So etwas wusste Richard durchaus zu würdigen, auch wenn ihn deren anhaltender Widerstand aufgebracht und von seinem eigentlichen Ziel, Beauvais, ferngehalten hatte.

William Marshal war sich keiner Schuld bewusst, als er sich später am Tag bei seinem König melden ließ. Doch der gab ihm schnell zu verstehen, was er ihm vorzuwerfen hatte.

»Marshal, was denkt Ihr Euch eigentlich?«, fauchte Richard seinen Stellvertreter an. »Ihr hattet das Oberkommando inne, und ein Befehlshaber stürzt sich nicht blindlings in den Kampf, sondern lenkt seine Truppen von einer Stelle aus, von der er den Überblick über das gesamte Geschehen hat. Dass ich Euch das in Eurem Alter noch sagen muss, ist eigentlich eine Schande!«

»Danke, dass Ihr mich belehrt, Sire«, gab der Earl von Pembroke leicht mokiert zurück. »Ihr erlaubt, dass ich Euch bei passender Gelegenheit an Eure Worte erinnere?«

»Untersteht Euch, Marshal! Vergesst nicht, wer hier König und wer Lehnsmann ist. Ihr braucht keinem mehr etwas zu beweisen, Euer Ruf ist für alle Zeiten so gefestigt, dass niemand es je wagen wird, daran zu kratzen. Ich hingegen darf als

Herrscher niemals Schwäche zeigen und muss immer vorangehen, soll man mich nicht mit Philipp vergleichen. Um das ein für alle Mal klarzustellen: Ich verbiete Euch ab sofort, Euch noch einmal selbst in den Kampf zu stürzen! Habt Ihr mich verstanden? Ich brauche die Sicherheit, dass ich Euch in meinem Rücken weiß und dass Ihr mich jederzeit heraushauen könnt, sollte ich mich in Schwierigkeiten gebracht haben. Schickt William de Braose vor, wenn es denn sein muss. Oder zur Not auch Longsword. Beide sind gegebenenfalls ersetzbar. Ihr hingegen seid es nicht. Habe ich mich klar und verständlich genug für Euch ausgedrückt?«

Bevor der Earl von Pembroke etwas erwidern konnte, wurde der Zelteingang zur Seite gerissen, und Mercadier stürmte, ohne sich von einer der Wachen zurückhalten zu lassen, in die königliche Behausung.

»Vergebt mir mein ungebührliches Verhalten, Sire!«, rief er, schon während er auf Richard zueilte. »Aber wir haben einen Gefangenen gemacht, dessen Anblick ich Euch keinen Augenblick vorenthalten möchte.«

Der König, der schon die Stirn krausgezogen hatte, richtete sein Augenmerk erneut auf den Zugang zu seinem Zelt, durch den jetzt zwei von Mercadiers Söldnern kamen und einen Mann zwischen sich hereinschleppten, der nicht mehr aufrecht gehen konnte.

Richard hatte seinen Vertrauten mit einem größeren Trupp ausgeschickt, um den Weg nach Beauvais zu erkunden. Dabei waren der Söldnerführer und seine Männer auf eine ihnen entgegenkommende Abteilung gestoßen und hatten diese, da Mercadier ebenso wie sein König nichts von Rückzug hielt, unvermittelt angegriffen. Die überraschten Ritter waren geradezu überrumpelt worden, noch bevor sie in der Lage waren, sich zu formieren, und wer nicht fliehen konnte, wurde niedergemacht oder gefangen genommen. Zu den Letzteren gehörte auch ein Mann in kostbarer Rüstung, der mit dem

Streitkolben um sich schlug, als gäbe es kein Morgen. Doch nachdem Mercadier ihn mit der Lanze aus dem Sattel gehoben hatte, gelang es zweien seiner Söldner, den Ritter zu überwältigen. Groß war das Erstaunen, als sie ihm den Helm abnahmen und allen sofort bewusst war, dass sie den Gefangenen auf der Stelle zu ihrem König bringen mussten.

Jetzt, im Zelt, gaben sie ihrer lebenden Beute einen Stoß, die den immer noch Gewappneten zu Boden und unmittelbar vor die Füße des Königs warf. Als der Geschundene den Kopf hob, sah er direkt in die blaugrauen Augen von Löwenherz, die grausam auf ihn niederblickten.

»Willkommen, Philipp von Dreux«, meinte Richard süffisant. »Ihr glaubt gar nicht, wie sehr ich mich freue, Euch wiederzusehen.«

Niemanden auf der Welt hasste der König mehr als diesen streitbaren Bischof, der ihm seiner Meinung nach all das Leid eingebrockt hatte, das er selbst erdulden, aber auch seinem Land hatte aufbürden müssen. Mit seinen Lügen, seinen Intrigen und wohlplatzierten Anschuldigungen hätte Philipp von Dreux um ein Haar dafür gesorgt, dass Richard nie wieder freigekommen wäre. Er hatte versucht, mit französischem Gold die deutschen Fürsten zu bestechen, damit diese den Kaiser dazu ermächtigten, ihn weiter in Haft zu behalten. Doch nun hatte sich das Blatt gewendet, und in diesem Fall gedachte der König, keine Großmut walten zu lassen.

Philipp von Dreux war ein ausgesprochen kriegerischer Vertreter seines Standes. Bevor er sich seinem Vetter angeschlossen hatte und auf den Kreuzzug gegangen war, war er wiederholt in die Normandie eingefallen und hatte die Ländereien des damals herrschenden Königs Henry verwüstet, dessen Bauern abschlachten lassen und seine Städte niedergebrannt. Aber er war nur stark, wenn andere wesentlich schwächer waren als er. Um ein Haar hätte das französische Kontingent im Heiligen Land auf dem Marsch nach Arsuf in die

Katastrophe geführt. Nur dem beherzten Eingreifen Richards und der Ordensritter war es zu verdanken gewesen, dass er und seine Truppen den blitzschnell vorgetragenen Angriff von Salah ad-Dins Reiterei überlebt hatten. Bedankt dafür hatte sich der unheilige Kirchenvertreter aber, indem er ständig versuchte, Zwietracht zwischen den Christen in Palästina zu säen. Richard unterstellte er unter anderem die abscheulichsten Verbrechen, seine Anklagen entbehrten jedoch jeder Grundlage. So war ausgerechnet der Bischof der Letzte gewesen, der Konrad von Montferrat lebend gesehen und mit ihm zu Abend gespeist hatte. Danach war dieser hinterrücks erdolcht worden. Aber anstatt eine Mitschuld am Tod des Königs von Jerusalem einzugestehen, weil er diesen ohne jeden Begleitschutz aus seinem Haus geschickt hatte, hatte er versucht, den Mord Richard in die Schuhe zu schieben. Die gleichen unbegründeten Anschuldigungen wiederholte der Bischof dann auch bei der Gerichtsverhandlung gegen den englischen König in Mainz, kam damit aber ebenso wenig durch wie mit seinem Versuch, dessen Freilassung zu verhindern.

Wütend über seine Misserfolge, ignorierte der kämpferische Kirchenvertreter alle Waffenstillstände, die zwischen dem englischen und dem französischen König geschlossen worden waren, und führte aus seinem Bistum heraus einen ständigen Krieg gegen die Normandie. Auch jetzt war er unterwegs gewesen, um entweder die Besatzung von Milly zu unterstützen oder, wenn das nicht möglich war, im Rücken der Belagerer zu plündern und zu brandschatzen, um diese zum Abzug zu bewegen.

Weit entfernt davon, sich geschlagen zu geben, fauchte der Bischof, sich mühsam aufrappelnd, Richard auf eine Weise an, die für diesen das Fass zum Überlaufen brachte.

»Was untersteht Ihr Euch?«, brüllte der Bischof zuerst Richard, dann alle Umstehenden an. »Ich bin ein Diener Gottes, ein heiliger Mann der allein selig machenden Mutter Kirche.

Alle, die sich an mir vergriffen haben, werden für ewig im Höllenfeuer brennen! Ich verlange, auf der Stelle freigelassen zu werden und für die erlittene Unbill Genugtuung und Entschädigung zu bekommen.«

»Der Letzte, der Euch in meiner Gegenwart einen heiligen Mann genannt hat, Bischof, war bald darauf tot. Erinnert Ihr Euch? Es war Euer Schreiber, der Robert von Loxley herausgefordert hatte. Am nächsten Tag lag er von unzähligen sarazenischen Pfeilen durchbohrt im Wüstensand. Der Earl von Huntingdon hingegen wird wohl im Moment eher in den Armen seiner Gemahlin liegen oder im Sherwood Forest seiner Lieblingsbeschäftigung nachgehen und jagen, wonach auch immer. Das nenne ich einmal ein Gottesurteil! Und dass Ihr jetzt in meiner Hand seid, ist ein weiterer Beweis der Gnade und Gerechtigkeit unseres Herrn.«

»Ich werde dafür sorgen, dass jeder von Euch für alle Zeiten exkommuniziert und von Satans Dämonen zerfleischt wird«, zeterte Philipp von Dreux weiter, nur um rüde von Richard unterbrochen zu werden.

»Genug, mir reicht Euer Geschwätz. Mercadier, wie und wo habt Ihr den Bischof denn aufgegriffen?«

»Etwa zehn Meilen östlich von hier, Sire. In voller Rüstung mit Helm und Schild und keineswegs im geistlichen Gewand. Den Streitkolben hielt er in der Hand und schwang ihn wie einen Weihwasserwedel, nur wesentlich kräftiger. Zwei meiner Männer wurden von ihm erschlagen, bevor ich ihn aus dem Sattel stoßen konnte.«

»Gut gemacht, mein Freund. Damit seid Ihr kein Kirchenmann, Philipp, sondern ein feindlicher Kämpfer, den wir gefangen genommen haben. Genauso werden wir es auch dem Heiligen Vater erklären. Glaubt mir, keinen Finger wird er für Euch rühren, sondern Euch eher für Eure unchristlichen Taten verdammen. Und damit Ihr Euch nach dem Höllenfeuer sehnt, kommt Ihr zunächst einmal in die tiefsten Kerker meiner Burg in Rouen. Die sind schön kalt und feucht, denn sie liegen nahe der Seine. Solange ich lebe, das schwöre ich Euch, seht ihr das Sonnenlicht nicht wieder. Und nun schafft mir diese Kreatur aus den Augen, sein Anblick beleidigt mich und alle wahren Christenmenschen.«

Philipp von Dreux wurde gepackt und trotz seines Widerstandes und Gebrülls aus dem Zelt geschleift. Noch lange hörte man ihn zetern, er wäre rein zufällig auf das Schlachtfeld geraten und hätte ebenso zufällig gerade einen Streitkolben zur Hand gehabt, als ihn Mercadier angriff. Die gleiche Botschaft schickte er auch nach Rom, ohne dort allerdings auf viel Gehör zu stoßen. Richard sollte recht behalten, Coelestin rührte offiziell keinen Finger für den Bischof, bat aber als Privatperson um Gnade für einen alten Freund. Doch damit stieß er beim König auf taube Ohren, und Philipp von Dreux kam erst nach Richards Tod gegen Zahlung eines immensen Lösegeldes wieder frei.

Da Richard mit der Gefangennahme des Bischofs von Beauvais mehr erreicht hatte als erhofft, wandte er sich nach Süden, um im Berry die letzten noch besetzten Burgen zu erobern. Außerdem wollte er aus sicherer Distanz sehen, wie Balduin von Flandern mit dem französischen König fertigwurde, ohne zum Eingreifen genötigt werden zu können. Der junge Graf stellte sich dabei ganz geschickt an, wurde ihm berichtet. Er marschierte in das Artois ein, eroberte Douai, Saint-Omer und belagerte das reiche Arras. Als Philipp wutschnaubend anrückte, um den untreuen Vasallen zu strafen, zog sich dieser zwar zurück, ließ aber vor und hinter dem französischen Heer alle Brücken abbrechen und die Dämme durchstechen. Das flache Land stand bald darauf komplett unter Wasser, und Philipp musste erkennen, in eine unentrinnbare Falle gelockt worden zu sein, aus der er mit seinen Truppen nur entkommen konnte, wenn ihnen allesamt Schwimmhäute wuchsen. Aber da damit eher nicht zu rechnen war, schickte er Boten zu Balduin und bot ihm alles an, was dieser begehrte, wenn er nur sein Bündnis mit Löwenherz aufkündigte. Doch diesmal blieb der Graf standhaft und treu, denn gar zu einschneidend hatte der englische König ihm demonstriert, wie sehr er ihn piesacken konnte. Der Handel mit dem angevinischen Reich, zu dem schließlich auch die große Insel jenseits des Kanals gehörte, war zu wichtig für Flandern, als dass man ihn gefährden durfte.

Erneut wurde Philipp zu einem demütigenden Frieden gezwungen und musste große Teile des Gebietes, das er sich nach dem Tod von Balduins Vater angeeignet hatte, zurückgeben und verlor auch in der Normandie und in Aquitanien weiter an Boden. Richard wäre mit der Entwicklung sicherlich hochzufrieden gewesen, wenn ihm nicht etwas anderes große Sorgen bereitet hätte.

Jeanne bekam ihre Schwangerschaft ganz und gar nicht. Sie klagte nicht, sie machte auch niemandem Vorwürfe, aber dass sie litt, war für jeden deutlich erkennbar. Milo war mit der Situation klar überfordert, und Richard sandte Botschaft nach Poitiers und bat seine Mutter, ob sie nicht ihren Leibarzt Josef von Salamanca nach Rouen schicken könnte, damit er der Gräfin de Saint-Pol beistand. Schließlich hatte der alte Medicus selbst ihm schon ans Licht der Welt verholfen, und das war wahrlich ein schweres Stück Arbeit gewesen, wie Eleonore mehr als nur einmal hatte verlauten lassen. Sie zögerte deshalb auch nicht lange und begleitete ihren Arzt sogar gleich nach Rouen, vorgeblich, damit er stets in ihrer Nähe weilte, in Wahrheit aber, weil auch sie sich um ihre ehemalige Hofdame sorgte. Selten hatte sie ihren Sohn so glücklich gesehen wie in Jeannes Gegenwart. Ausgenommen vielleicht in den drei Tagen, die sie zusammen mit Berengaria in Messina geweilt hatte. Und dafür, dass es so bliebe, wollte sie alles tun, was in ihrer Macht stand.

Richard hatte schon beim Heiligen Stuhl vorsichtig nachfragen lassen, ob man sich dort eine Annullierung seiner Ehe mit seiner Gemahlin vorstellen könnte, da diese ja ein Leben in Einsamkeit und kirchlicher Geborgenheit dem an seiner Seite vorzog. Doch Coelestin war schwer erkrankt, und man fürchtete in Rom, dass es mit dem Heiligen Vater zu Ende ging. Über das Anliegen würde dann erst ein neuer Papst entscheiden können, gab man dem König zu verstehen, versprach aber, nach Möglichkeit in seinem Sinne zu entscheiden. Schließlich steckte seinem als Nachfolger vorgesehenen Kardinaldiakon Lotario di Segni noch immer der Schock über die vorgelegten Dokumente in den Knochen, auch wenn er sich das gegenüber Geoffrey von York nicht hatte anmerken lassen.

Es war ein furchtbar heißer und schwüler Augusttag in Rouen, als bei Jeanne die Wehen einsetzten. Richard war den letzten Monat bei ihr gewesen, obwohl Balduin ihn gedrängt hatte, an den Friedensverhandlungen mit Philipp teilzunehmen. Doch der König konnte sich nicht von seiner Geliebten trennen, die auf Weisung Josefs von Salamanca das Bett nicht mehr verließ. Oft saß er auf einem Stuhl neben ihrer Liegestatt und hielt einfach nur ihre Hand in der seinen. Jeanne bedachte ihn dann mit Blicken, in denen so viel Zärtlichkeit lag, dass Richard sich fragte, ob er diese zweite Liebe in seinem Leben überhaupt verdient hatte. Andererseits machte er sich schwere Vorwürfe, an Jeannes Zustand schuld zu sein. Schließlich hatte er seinen Samen in ihren Leib gepflanzt, und was daraus erwachsen war, konnte er jeden Tag sehen. Immer mehr siechte Jeanne dahin, und Josef von Salamanca hatte Eleonore zu verstehen gegeben, dass er kaum eine Möglichkeit sah, dass die junge Frau die Geburt überlebte. Warum sie immer mehr an Kraft verlor, wusste auch er nicht zu sagen, was ihm wieder einmal die Unzulänglichkeit seines medizinischen Wissens vor Augen führte und ihn schier verzweifeln ließ. Er flößte ihr stärkende Tränke ein, verbot jeden Aderlass, ordnete stattdessen

Wadenwickel an und ließ der ständig Schwitzenden den ganzen Tag über Kühlung zufächeln. Zwei erfahrene Hebammen standen ihm zur Seite, als es dann so weit war, und damit hatte Jeanne jede Hilfe, die sie nur bekommen konnte.

Richard war sanft, aber bestimmt aus dem Gemach hinauskomplimentiert worden und lief seither wie ein gefangenes Tier davor auf und ab. Von Zeit zu Zeit, wenn die Schreie seiner Geliebten, die er so gern zu seiner Frau machen wollte, durch die dicken Wände und Türen drangen und er sie nicht mehr ertragen konnte, eilte er in die Kapelle und betete dort voller Inbrunst, wie er es schon seit Jahren nicht mehr getan hatte, um das Leben von Jeanne. Auch um das des Kindes, aber weit mehr um das der Gräfin, die in der kurzen Zeit, die ihnen bisher vergönnt gewesen war, einen festen Platz in seinem Herzen gefunden hatte.

Als er wieder einmal aus der Kapelle in das Vorzimmer der Gebärenden eilte, die nun schon mehr als zwölf Stunden in den Wehen lag, traf er dort seine Mutter an, die ihn am Arm nahm und zur Seite zog.

»Richard, ich beschwöre dich, du musst jetzt sehr stark sein«, sprach Eleonore leise auf ihren Sohn ein. »Josef von Salamanca hat mir gesagt, dass das Kind falsch liegt. Er versucht alles in seiner Macht Stehende, um es zu drehen, aber dafür wäre Jeannes Mithilfe erforderlich. Doch sie ist zu geschwächt, um ihn unterstützen zu können. Du weißt, was die Kirche in so einem Fall von einem Medicus oder den Hebammen verlangt?«

»Ja, dass das Kind gerettet wird, auch wenn die Mutter stirbt, damit es getauft werden kann. Aber das kommt überhaupt nicht infrage!«

»Ich sehe das ja ebenso wie du und habe Josef klare Order gegeben. Aber davon darf der Klerus nichts erfahren, versprich mir das. Du weißt, er ist Jude, und dass wir uns von den angeblichen Christusmördern umsorgen lassen, ist der heiligen Mutter Kirche schon lange ein Dorn im Auge. Wenn er Jeanne retten kann, dabei aber das Kind stirbt, werden sie wie die Aasgeier über ihn herfallen.«

»Mutter, sag ihm, er soll völlig unbesorgt sein. Ich werde ihn schützen, wenn es sein muss, auch gegenüber Gott. Er soll mir nur Jeanne erhalten, darum bete ich. Sie hat noch ihr ganzes Leben vor sich! Was aus dem Kind einmal wird, weiß dagegen niemand zu sagen. Natürlich würde ich es gern in den Armen seiner Mutter liegen sehen und in den meinen halten wollen. Aber nur wenn sie überlebt, hörst du? Sollte es anders kommen, will ich es nicht sehen, niemals.«

Eleonore schluckte schwer, doch sie nickte.

»Geh wieder in die Kapelle und bete, Richard. Hier kannst du nichts tun und wirst nur verrückt, wenn du die Schreie hörst. Versprich Gott, was auch immer er will. Vielleicht lässt er sich ja bestechen, obwohl ich daran so meine Zweifel habe. Ihn kannst du leider nicht so erpressen wie seinen Stellvertreter auf Erden. Oder vielleicht doch? Versuch es einfach.«

Richard wusste nicht, wie viele Stunden er auf den Knien vor dem Altar verbracht hatte, als sich eine Hand sanft auf seine Schulter legte. Als er aufblickte, sah er seine Mutter, die um Jahre gealtert schien. Als er Tränen in ihren Augen schimmern sah, die mitunter so hart und unerbittlich dreinblicken konnten, wusste er Bescheid.

»Du hast einen gesunden Jungen, Richard«, sagte Eleonore mit gebrochener Stimme, denn sie wusste, dass sich soeben alle Zukunftspläne ihres Sohnes in Schall und Rauch aufgelöst hatten. Obwohl Richard die Antwort zu kennen glaubte, wollte er sie doch aus dem Mund seiner Mutter erfahren.

»Jeanne?«, fragte er nur, und Eleonore senkte den Kopf.

»Sie hat es nicht geschafft. Einen Blick konnte sie noch auf ihr Kind werfen, dann hat sie die Augen für immer geschlossen. Was soll nun aus dem Jungen werden, Richard?«

»Wie hätte ich gejubelt, wären Mutter und Kind wohlauf, und alles darangesetzt, dass er einmal mein Thronfolger wird.

Aber so? Ich will ihn nicht sehen, denn er hat mir das Liebste auf der Welt genommen«, erwiderte der König und erhob sich mühsam von den Knien, die ihn auf einmal unsagbar schmerzten. »Sei so gut und kümmere du dich darum, dass es ihm an nichts fehlt, Mutter. Aber auch darum, dass er mir nie unter die Augen kommt, denn dann könnte ich für nichts garantieren.«

»Du bist ungerecht, Richard«, wandte Eleonore ein. »Das kleine Würmchen kann doch nichts dafür. Glaubst du nicht, dass es seine Mutter nicht gern behalten hätte, und jetzt soll es auch noch keinen Vater haben?«

»Mag sein, dass du recht hast, aber es bleibt dabei. Besorg ihm eine Amme, und lass ihn auf den Namen Fulke nach meinem Urgroßvater taufen. Ihn bringt sicher niemand mehr mit dem Haus Plantagenet in Verbindung. Darum bitte ich dich, und dann will ich nichts mehr von dem Jungen hören. Leider kann ich mit dem großen Zyniker da oben«, Richard zeigte auf das Kreuz, an dem Jesus über dem Altar hing, »nicht persönlich abrechnen. Zumindest noch nicht. Er gibt und nimmt, wie es ihm gefällt, und ich vermute einmal, er sitzt da oben auf seiner Wolke und lacht sich krumm über die kleinen dummen Menschlein, die auch noch zu ihm beten. Aber wehe, einer seiner Diener kommt mir noch einmal mit seinem salbungsvollen Geschwätz und womöglich mit dem Spruch: ›Gottes Wege sind unergründlich.‹ Das dürfte dann wohl der letzte Satz gewesen sein, den der Kleriker in meiner Gegenwart ausgesprochen hat.«

»Nun beruhige dich erst einmal, Richard«, meinte Eleonore erschrocken, denn es war ihrem Sohn durchaus zuzutrauen, dass er in seinem Schmerz die halbe Priesterschaft der Normandie über die Klinge springen ließe. Sie musste ihn irgendwie ablenken und wusste auch schon, wie. »Jeanne hat ein würdiges Begräbnis verdient, meinst du nicht? Darum solltest du dich kümmern, wenn du mir schon die Sorge um deinen

Sohn auflädst. Und dann möchte ich endlich einmal deine neue Burg sehen. Man erzählt sich ja wahre Wunderdinge über Château Gaillard. Aber das glaube ich alles erst, wenn ich es mit eigenen Augen erblickt habe.«

Einen ganz kleinen Lichtschimmer glaubte Eleonore daraufhin in den Augen ihres Sohnes zu sehen, als sie ihn auf sein Lieblingsprojekt ansprach. Ob es ihr gelänge, damit die düsteren Gedanken aus seinem Kopf zu vertreiben? Sie wollte jedenfalls alles, was ihr möglich war, dafür tun. Und irgendwann, daran glaubte sie fest, würde Richard auch seinen Sohn sehen wollen. Bis dahin wollte sie sich um Fulke kümmern, ihn vor allem auch vor John schützen, der bestimmt trotz allem einen Konkurrenten um die Krone in ihm sah, und, wenn alle Stricke rissen, später gute Pflegeeltern für den Jungen suchen.

Eleonore hatte sich angemessen beeindruckt gezeigt, als ihr Sohn ihr die ganze Burganlage zeigte, die sich auf dem Hochplateau über der Seine-Schleife erstreckte. Etwas Vergleichbares war ihr bisher zugegebenermaßen weder im Abend- noch im Morgenland unter die Augen gekommen. Schließlich konnte sie in beiden Fällen mitreden, denn sie hatte ihren ersten Gemahl auf seinem Kreuzzug begleitet, war in Konstantinopel, Antiochia und Jerusalem gewesen, aber so etwas Gewaltiges wie das Château Gaillard hatte sie noch niemals erblickt. Mehr noch als die Festung aber interessierte sie, was Richard denn nun für ein Geheimnis aus dem Heiligen Land mitgebracht hatte. Schließlich hatte er ihr versprochen, es zu lüften, sobald es an einen absolut sicheren Ort verbracht worden wäre.

Anfangs sträubte sich der König noch etwas, aber dann zeigte er seiner Mutter eine sorgfältig verborgene Tür, die aus seinem Gemach zu einer Treppe führte, die direkt in den Felsen gehauen worden war. Er entzündete zwei Fackeln und bedeutete ihr, ihm zu folgen. Lange ging es nach unten, und Eleonore befürchtete schon, dass sie es aus eigener Kraft nicht mehr ans Tageslicht schaffen würde und hochgetragen werden müsste. Glücklicherweise waren die Stufen wenigstens trocken und nicht glitschig oder feucht. Die Treppe endete in einem nahezu kreisrunden, kleinen Saal, der nur einen Tisch und zwei Lehnstühle enthielt. In der Mitte des Raumes klaffte ein tiefes Loch im Boden, auf das sich die Königinmutter keinen Reim machen konnte. Darüber schwebte auf einem von vier Seilen gehaltenen Gestell eine Truhe, und Eleonore ahnte, dass sie nun bald des Rätsels Lösung erfahren würde.

Richard entzündete weitere Fackeln und auch Kerzen, sodass das Felsengemach ausreichend erhellt wurde, und nötigte seine Mutter, in einem der Sessel Platz zu nehmen. Dann trat er an eine für Eleonore nicht einsehbare Stelle an einer der sorgfältig behauenen und geglätteten Wände und machte sich einen Moment lang dort zu schaffen. Sie wusste nicht, was ihr Sohn da hinter ihrem Rücken tat, und die Spannung steigerte sich für sie fast ins Unerträgliche. Endlich wandte er sich ihr wieder zu und begann ihr zu erklären, um was es sich hier handelte.

»In dieser Truhe, Mutter, liegt ein Dokument, das die Grundlagen des Christentums zum Einsturz bringen kann. Deshalb muss es auch gut gesichert werden, denn es darf niemals, hörst du, niemals in falsche Hände gelangen. Wenn jemand Unbefugtes das Gestell, auf dem die Truhe steht, berührt oder versucht, sie herunterzuheben, ohne zu wissen, wie man sie sichert, öffnen sich auf der Stelle die Streben, auf denen sie steht, und sie stürzt in den mehr als hundert Yards tiefen Schacht. Unten gibt es Felsen, an denen alles, was aus dieser Höhe herunterfällt, zerschellt, so wie das Wasser der Seine, das die Reste vernichtet oder davonspült. Nur wer wie ich den Mechanismus kennt, der alles stabilisiert, kann die Truhe herunterheben und öffnen. Dazu wiederum braucht es drei

Schlüssel, und steckt man auch nur einen in das falsche Loch, wird ihr Inhalt auf der Stelle zerstört. Bis vor Kurzem befand sich der Großteil des Dokumentes noch in einem zusätzlich gesicherten, eisernen und zugeschmiedeten Kasten. Ich habe diesen zuletzt allerdings öffnen lassen, weil ich die äußeren Vorkehrungen für sicher genug halte. Du wirst nach mir die Erste sein, die das gesamte, etwa dreißig Papyrusblätter umfassende Dokument zu lesen bekommt. Zumindest hier im Abendland. Ich vermute allerdings stark, dass die Templer es kennen und vielleicht auch die höchsten Kleriker im Vatikan. Aber das sind nur Spekulationen, und es kann gut sein, dass es außer denen, die es Salah ad-Din überbracht haben, und dem Sultan selbst seit mehr als tausend Jahren niemand mehr zu Gesicht bekommen hat.«

»Nun sag endlich, worum handelt es sich denn?« Eleonore war kurz davor, vor Neugier zu platzen, so sehr spannte sie ihr Sohn auf die Folter.

Richard zog mittels eines Hakens, der auf dem Tisch gelegen hatte, das Gestell zu sich heran und hob die Truhe, die nun nicht mehr über dem Schacht schwebte und zumindest für ihn nicht zu schwer war, herunter. Er stellte sie auf den Tisch, öffnete sie mit den Schlüsseln und klappte den Deckel zurück. Dann entnahm er der Truhe eine aus schwerem Leder gefertigte Schatulle und stellte sie vor Eleonore ab.

»Darin befindet sich das Protokoll einer Befragung von Maria, der Mutter von Jesus Christus, unseres, wie es heißt, Herrn. Aber daran wirst du Zweifel bekommen, wenn du es liest. Sie hat dem Präfekten Pontius Pilatus lange und ausführlich über das Leben ihres Sohnes, nachdem dieser am Kreuz gestorben war, berichtet und auch die Männer benannt, die ihn dazu verführt haben, sich als Gottes Sohn auszugeben. Du wirst lesen, wie die angeblichen von ihm gewirkten Wunder zustande gekommen sind und dass er natürlich nicht von den Toten auferstanden ist, sondern sein Leichnam von den

Römern beseitigt wurde, damit kein Märtyrerkult entstehen konnte. Was letztlich ja doch gründlich schiefgegangen ist.«

»Aber warum, warum hat sie das alles gesagt und ihren Sohn damit verraten?« Eleonore starrte Richard mit weit aufgerissenen Augen an. Denn es war unfassbar für sie, was sie soeben vernommen hatte.

»Ich denke, weil sie ihre Schwiegertochter und ihre beiden Enkel schützen wollte, nach denen die Römer fahndeten. Du weißt, dass sie oftmals ganze Familien auslöschten, wenn sie jemanden des Hochverrats beschuldigten. Jesus hatte einen Sohn und eine Tochter, wenn man dem Dokument Glauben schenken darf. Und war mit Maria Magdalena verheiratet, genauso wie man es schon lange vermutet hat. Schließlich durfte niemand, der nicht den Bund der Ehe geschlossen hatte, ein Rabbi sein. Aber lies am besten selbst, ich werde dich nicht stören. Es dürfte dir nicht schwerfallen, denn die Blätter sind sehr gut erhalten und das Latein ist exzellent. Du beherrschst es ja besser als ich, wie du erst unlängst anmerktest.«

Eleonore war viel zu aufgewühlt, um auf die Spitze ihres Sohnes zu achten, der sich ihr gegenüber in dem zweiten Sessel niedergelassen hatte. Vorsichtig öffnete sie die Schatulle, entnahm die Blätter mit zittrigen Händen und begann, auf der Stelle zu lesen.

In dem Felsenraum war es totenstill, während sich die Königinmutter in die Dokumente vertiefte. Nur manchmal knackten die Fackeln, oder Richard, dem es schwerfiel, lange still zu sitzen, veränderte seine Sitzposition. Endlich, nach mehr als einer Stunde, hatte Eleonore geendet und blickte auf.

»Richard, wenn das Dokument echt ist, weißt du dann, was für eine Macht du in deinen Händen hältst? Nichts wäre mehr so, wie es war, kommt das hier ans Tageslicht.«

»Ich bin überzeugt, dass der Papyrus keine Fälschung ist, aber letzte Zweifel werden immer bleiben. Doch hast du gelesen, wie genau alles beschrieben ist? Von der Geburt bis hin zum letzten Abendmahl und auch die Kreuzigung. Viel detaillierter als in den Evangelien, die ja erst lange nach Jesu Tod entstanden sind, während dieses Dokument hier unmittelbar nach seiner Hinrichtung verfasst wurde.«

»Aber das würde ja bedeuten, dass der ganze christliche Glauben auf etwas beruht, das es so gar nicht gegeben hat!«

Eleonore war außer sich.

»Mutter, mal ernsthaft, hast du bisher wirklich daran geglaubt, dass ein Mensch nach drei Tagen im Grab wiederauferstehen kann? Oder an all die anderen märchenhaften Geschichten, die die Pfaffen uns weismachen wollen? Also ich hatte da schon immer meine Zweifel, und wenn ich sehe, wie der hohe Klerus seit Jahr und Tag gegen die Zehn Gebote und auch Christi Verkündigungen verstößt, gehe ich einmal davon aus, dass diese geistlichen Fürsten selbst nicht an das glauben, was sie uns predigen.«

»Richard, du weißt schon, dass das übelste Häresie ist, was du hier von dir gibst?«

»Nein, ich halte das schlicht und einfach für gesunden Menschenverstand. Aber wenn du magst, kannst du mich ja bei der heiligen Mutter Kirche anschwärzen, sobald wir wieder oben in der Burg sind.«

Der Blick, mit dem Eleonore ihren Sohn bedachte, sprach Bände. Nichts lag ihr ferner, aber sie musste noch einmal auf das Dokument zurückkommen, dessen Lektüre sie tief bewegt hatte.

»Maria gibt also offen zu, dass das Kind, das sie empfangen hat, aus einer Beziehung mit dem Bruder ihres Mannes stammt, der sie aber nicht heiraten wollte, und dass sie nur aus diesem Grund Josef zu ihrem Gemahl genommen hat. Das wäre ja nicht nur Betrug an ihrem Gatten, sondern an der gesamten Christenheit. Von wegen göttliche Verkündigung durch einen Erzengel! Gut, ich habe Louis auch zwei Kinder untergejubelt. Sag nicht, dass du das nicht geahnt hast, Richard! Aber das hier ist schon ein starkes Stück. Die ganze Geschichte mit dem Kindermord, die Flucht nach Ägypten – alles frei erfunden. Josef wollte von ägyptischen Baumeistern lernen, deshalb sind sie an den Nil gegangen. Dort hat ihr Sohn von den Pharaonen-Priestern wohl auch gelernt, die Art von geschwollenen Reden zu halten, die man ihm nachsagt und die die Evangelisten aufgeschrieben haben. Allerdings sind diese ja nie dabei gewesen und wissen alles aus Jesu Leben nur aus Erzählungen. Im Gegensatz zu seiner Mutter. Hier die Stelle, wo sie zugibt, von einem geplanten Aufstand gegen die Römer und die jüdischen Pharisäer, die sich mit der Fremdherrschaft arrangiert hatten, gewusst zu haben, aber ihrem Sohn die Teilnahme ausreden konnte. Er war, nach ihren Worten, der Anführer einer Horde junger Männer, die auch vor Gewalt nicht zurückschreckten und ihn, weil er so überzeugend sprechen konnte, zu einem gottgleichen Führer überhöhten. Sie hat ihn auch nicht darum gebeten, auf der Hochzeit zu Kana Wasser in Wein zu verwandeln, sondern ihn angefleht, nach Haus zu kommen und sich von seinen angeblichen Jüngern fernzuhalten, weil die Römer schon auf sie aufmerksam geworden waren. Und weil er letztlich weder auf sie noch auf seine Frau gehört hat, ist es so gekommen, wie es uns von den Evangelisten berichtet wird, und er musste unter unsäglichen Qualen sterben. Lass dir das eine Lehre sein, Richard.«

Ihr Sohn ging allerdings nicht auf die Anzüglichkeit ein, sondern starrte gedankenversunken vor sich hin.

»Was mich wundert, ist nur, dass alle, die bisher über Christi Leben berichtet haben, seine Heirat und seine Kinder unterschlagen«, meinte er dann nach einer Zeit des Nachdenkens. »Kannst du mir vielleicht erklären, warum das so ist?«

»Ganz einfach, Richard. Nach allem, was hier geschrieben steht, waren sowohl seine Mutter als auch Maria Magdalena starke Frauen. Und damit kommen viele Männer bis heute nicht zurecht. Von Simon Petrus ist ja überliefert, dass er Maria Magdalena, die selbst in den uns bekannten Evangelien als Gefährtin Jesu bezeichnet wird, wegschicken wollte. Und er war schließlich der erste Papst. Seither wird die Kirche durchgehend von alten Männern regiert. Denkst du, die haben Lust, sich mit Frauen herumzuärgern oder gar ihre Stellung hinterfragen zu lassen, weil es nach diesem Papyrus hier ja Nachkommen von unserem Erlöser gibt? Wenn man Jesus jetzt überhaupt noch so nennen sollte. Ich wüsste nur zu gern, was aus den Kindern und ihrer Mutter geworden ist.«

»Nun, ich vermute einmal, sie wird vor den Römern aus Judäa geflohen sein. Vielleicht tatsächlich nach Gallien, was ihre Reliquien in Vézelay erklären würde. Dort habe ich selbst an ihrem Grab gebetet, bevor ich gemeinsam mit Philipp zum Kreuzzug aufgebrochen bin.«

»Erinnere mich bloß nicht an dieses unsinnige Unternehmen«, stöhnte Eleonore leicht aufgebracht. »Nichts als Leid und Kummer hat es dir und uns allen gebracht. Und wofür, wenn ich das hier lese? Mach so etwas ja nicht noch einmal, sage ich dir.«

»Keine Sorge, mein Bedarf ist gedeckt. Und nachdem ich das da kenne«, Richard zeigte auf das Dokument, »schon gar nicht. Wenn man es recht betrachtet, hätten die Muslime ja die Deutung über Christi Leben auf ihrer Seite. In ihrem heiligen Buch ist er lediglich ein Prophet und nicht Gottes Sohn, was dem Inhalt des Papyrus schon deutlich näherkommt als die christliche Darstellung.«

»Richard, lass das bloß niemanden hören, rate ich dir. Mir kannst du deine Gedanken anvertrauen, denn ich sehe viele Dinge ebenso wie du und glaube schon lange nicht mehr alles, was die Pfaffen uns so erzählen. Oft genug habe ich sie mit ihren eigenen Argumenten geschlagen und war beileibe nie die fromme und gehorsame Tochter, die sie sich gewünscht hätten. Aber eins weiß ich, da hast du völlig recht – gerät dieses

Dokument in falsche Hände, wackelt das Abendland und mit ihm alle Throne. Schließlich wird jeder Herrscher bei seiner Krönung mit göttlichem Öl gesalbt und verpflichtet sich, den Glauben zu verteidigen. Nur welchen eigentlich, müsste man sich nun fragen lassen. Nein, nein, so weit darf es nie kommen. Am besten wäre es, du vernichtest diese Dokumente auf der Stelle, damit sie nie jemand zu Gesicht bekommt. Meinst du nicht auch?«

»Das mache ich ganz sicher nicht, ich bin ja froh, dass ich sie habe. Und der Klerus in Rom tanzt seither nach meiner Pfeife. Das Interdikt über die Normandie wurde aufgehoben, ich habe meinen Felsen und Andelys bekommen, um meine kecke Burg darauf errichten zu können. Die Ehe von Graf Raimund wurde geschieden und Philipp mit dem Kirchenbann gedroht. Und das alles nur, weil ich Geoffrey in Rom mit einer gerade einmal zwei Seiten umfassenden Abschrift des Papyrus habe winken lassen. Denkst du, diese Machtposition gegenüber der heiligen Mutter Kirche gebe ich freiwillig auf? Nicht solange ich lebe! Im Gegenteil, ich gedenke sie weiter einzusetzen, denn schließlich habe ich mit denen, die heute auf dem Stuhl Petri sitzen, noch eine Rechnung offen. Sollen sie doch einmal sehen, die Herren Päpste, wie es ist, machtlos zu sein und geben zu müssen, was ein anderer von ihnen verlangt. Ich war Heinrich ausgeliefert, weil Coelestin mir nicht beigestanden hat. Nun habe ich ihn in der Hand, und das wird bei seinem Nachfolger nicht anders sein.«

»Richard, ich flehe dich an, geh verantwortlich mit diesem Dokument um«, bat Eleonore mit Nachdruck und schaute ihren Sohn so durchdringend an, dass dieser glaubte, sie wolle ihn, um dies zu erreichen, mit ihren Blicken zum Einlenken zwingen. »Niemand kann ermessen, was passiert, wird dieses Protokoll bekannt. Die Katharer und andere christliche Gruppen, die sich von Rom abgewandt haben, warten nur darauf, dass ihnen etwas Derartiges in die Hände fällt. Dann würde die Einheit der Kirche für alle Zeit zerstört werden, und es ist völlig unabsehbar, was das für Folgen haben kann.«

»Sei unbesorgt, Mutter. Was glaubst du, warum ich all diese Vorrichtungen hier errichten ließ? Die Handwerker, die das gefertigt haben, kamen aus weit entfernten Ländern, und keiner von ihnen wusste, wofür er diese Kammer hier baut und wozu sie dienen soll. Versucht jemand, ohne mein Wissen an die Truhe heranzukommen, wird sie und ihr Inhalt unwiederbringlich zerstört. Nur wenn ich ganz sicher weiß, wer mir nachfolgt, und ich ihm voll und ganz vertrauen kann, werde ich ihm das Geheimnis enthüllen. Außer dir und mir kennt niemand den ganzen Inhalt des Protokolls, und so soll es auch bleiben.«

»Du vergisst Geoffrey, Richard. Das ist auf alle Fälle schon einmal einer zu viel. Ich an deiner Stelle würde dafür sorgen, dass er das Geheimnis mit ins Grab nimmt.« Eleonore lag nicht viel an dem Bastard ihres verstorbenen Gemahls.

»Einen Erzbischof umbringen lassen?« Richard schüttelte den Kopf. »Nicht wenn es sich vermeiden lässt. Du hast doch selbst miterlebt, was bei Vater daraus entstanden ist. Geoffrey hat ebenso wie der Heilige Vater und der wohl zukünftige Papst nur zwei Blätter des Protokolls gesehen. Und an den Rest kommt er ebenso wenig heran wie jeder andere.«

»Dein Wort in Gottes Ohr, Richard!« Eleonore atmete schwer aus. Jetzt konnte sie verstehen, warum ihr Sohn so ein Gewese um die Truhe gemacht hatte, und war im Nachhinein dankbar dafür. Aber eins nahm sie sich vor – sollte er eines Tages womöglich nicht mehr in der Lage sein, die Dokumente zu vernichten, wollte sie unter allen Umständen dafür sorgen. Vorausgesetzt natürlich, sie wäre dann noch am Leben. Aber einem potenziellen Nachfolger ihres Sohnes durften sie unter gar keinen Umständen in die Hände fallen. Womöglich gar John, den sie immer noch als möglichen Thronprätendenten in Betracht zog. Nicht auszudenken, was dieser in seiner Gier nach Macht damit anrichten könnte.

Richard, noch immer vom Schmerz über Jeannes Tod gezeichnet, gab nun dem Drängen Balduins nach und begleitete ihn zu den Friedensverhandlungen mit Philipp. Die Grenze zwischen seinem und dem französischen Machtbereich war mittlerweile überall deutlich zu seinen Gunsten zurückgeschoben worden, und auch gegenüber Flandern und in der nördlichen Normandie hatte Philipp bedeutende Gebietsverluste hinnehmen müssen. Baudouin de Béthune herrschte wieder über Aumale, und Richard hatte bis auf die Festung Gisors alles zurückerobert, was sich der französische König während seiner Abwesenheit angeeignet hatte.

Dass die vormals wichtigste Festung im Vexin noch in der Hand der Franzosen war, wurmte den englischen König beträchtlich, doch er wusste nicht, was er dagegen tun sollte. Da sein Kastellan Gilbert de Vascœuil den Franzosen Gisors unzerstört übergeben hatte, war die Burg, an der Philipp weitergebaut und die Wehranlagen erweitert hatte, selbst für einen Mann wie Richard, den man auch den großen Burgenzerstörer nannte, nahezu uneinnehmbar. Auch hätte er Château Gaillard wahrscheinlich gar nicht errichtet, wäre Gisors noch in normannischer Hand gewesen, denn die Burg lag an einer einzigartigen, strategischen Stelle, nämlich am Zusammenfluss von gleich drei Flüssen, der Troësne, des Réveillon und der Epte, die gleichzeitig Grenzfluss zu Frankreich war. Aufgrund ihrer exponierten Lage hatte die Burg oft die Besitzer gewechselt und war sogar einmal für längere Zeit den Tempelrittern übergeben worden, weil sich Franzosen und Normannen nicht über ihren Besitz einigen konnten und sie ein ständiger Zankapfel zwischen ihnen gewesen war.

Dreimal waren in ihr Friedensverträge zwischen den Streitparteien abgeschlossen worden, die aber nie lange gehalten hatten. Da die Burg auf einem steilen Hügel lag, von einem mächtigen, achteckigen Donjon überragt wurde und von mehreren Ringmauern und Gräben – gefüllt mit dem Wasser der

Epte – umgeben war, sah Richard kaum eine Möglichkeit, sie zurückzuwinnen. Es sei denn, man hungerte die Besatzung aus, doch das konnte im schlimmsten Fall Jahre dauern, und so viel Zeit hatte er einfach nicht. Wäre Gilbert de Vascœuil dem König in die Finger gekommen, hätte dieser das Zusammentreffen wahrscheinlich nicht überlebt, so zornig war Richard über den Verrat des von ihm eingesetzten Kastellans. Doch Philipp war es an anderer Stelle mit seinen Burghauptleuten ähnlich oder sogar noch schlimmer ergangen, und so blieb Richard nichts anderes übrig, als sich mit den Gegebenheiten abzufinden, denn über Gisors verhandelte der französische König nicht. Die Burg war ihm zu wichtig, als dass er sie herausgeben würde, zu welchem Preis auch immer. Und da Château Gaillard nur zwanzig Meilen entfernt lag und im Vergleich mit Gisors die nochmals sicherere, uneinnehmbarere Festung war, wollte Richard sich in diesem Fall großzügig zeigen. Natürlich nicht gleich am Anfang der Verhandlungen, aber man konnte den Trumpf ja ausspielen, wenn kein anderer mehr stach. Irgendwann würde er sich die Burg schon noch zurückholen, aber bis dahin konnte man sie Philipp ja als Preis für andere Zugeständnisse vor die Nase halten.

In dem im September anno 1197 geschlossenen Friedensvertrag wurde im Wesentlichen der Status quo zwischen dem englischen und französischen König und dem Grafen von Flandern besiegelt, der aber eindeutig zulasten der Franzosen ging. Er sollte bis ins Jahr anno 1199 hinein gelten, doch dass er so lange halten würde, nahm keiner der drei Verhandlungspartner ernsthaft an.

Philipp hatte so gut wie alles verloren, was er in den Jahren zuvor mühsam erobert hatte, und blieb nun auf den immensen Kosten seiner Feldzüge sitzen. Aber auch in England grummelte es, weil die Barone, Bürger und Bauern ständig für einen Krieg zur Kasse gebeten wurden, der sie im Grunde genommen nichts anging und von dem nur einer profitierte – der

Herrscher über das angevinische Reich. Hubert Walter gelang es zwar, den aufflackernden Widerstand der weltlichen und auch geistlichen Fürsten im Keim zu ersticken, indem er sie geschickt an ihrer Ehre packte und ihnen verdeutlichte, dass man unmöglich die verlorenen Territorien auf dem Festland dem Räuber überlassen könnte und der König, wollte er sich nicht im gesamten Abendland zum Gespött machen, geradezu dazu verpflichtet war, sich diese zurückzuholen. Die Verschnaufpause, die der Friedensvertrag mit sich brachte, kam deshalb auch Richard zupass, zumal sich für ihn ein neues und äußerst erfolgversprechendes Tätigkeitsfeld auftat.

Wenige Wochen nach dem Friedensschluss erreichte den englischen König eine Nachricht, die ihn nicht gerade in Wehklagen ausbrechen ließ. Im Alter von nur zweiunddreißig Jahren war der römisch-deutsche Kaiser Heinrich, der sechste seines Namens auf dem Thron Karls des Großen, in Sizilien vor der Hafenstadt Messina an einem Fieber ganz unritterlich und elendiglich zugrunde gegangen. Sein Erzfeind hatte sich im Schüttelfrost angeblich buchstäblich zu Tode gezittert und geschissen, wurde Richard berichtet, der an sich halten musste, um nicht Dankgottesdienste lesen zu lassen. Leopold und Heinrich hatte das erpresste Gold und Silber damit letztlich keinen Segen gebracht. *Gibt es also vielleicht doch eine göttliche Gerechtigkeit?*, fragte sich Richard. Er, der gerade seinen vierzigsten Geburtstag, wenn auch immer noch in stiller Trauer um Jeanne, feierlich begangen hatte, hatte seine beiden übelsten Widersacher nun überlebt und an Lebenszeit übertroffen. Und wenn ihm das auch noch bei Philipp gelänge, der acht Jahre jünger war als er, wollte er auf dessen Grab tanzen.

Im römisch-deutschen Reich herrschte nach dem plötzlichen und unerwarteten Tod des Kaisers blankes Chaos. Ein Großteil der deutschen Fürsten befand sich schon im Heiligen Land, denn Heinrich hatte einen Kreuzzug geplant und Vorausabteilungen losgeschickt. Jetzt kehrten sie eiligst zurück, um nach dem Recht des römisch-deutschen Reiches einen neuen König zu wählen, aber vor allem, um ihre Besitztümer, Lehen und Privilegien zu schützen, die in einem solchen Falle immer zur Disposition standen. Richard überlegte noch, wie er sich die Situation zunutze machen konnte, als eine aus Köln kommende Delegation von angesehenen Kaufleuten in Rouen eintraf, die ihm mit ihrem überraschenden Angebot völlig neue Perspektiven eröffnete.

Das gesamte angevinische Reich, aber vor allem England, hatte immer gute und intensive Handelsbeziehungen zu den Fürsten und Kaufleuten am Niederrhein gepflegt. Ihre Unterstützung und vor allem die des Kölner Erzbischofs Adolf von Altena war es letztlich gewesen, die Richard die Freiheit wiedergebracht hatte.

Als sich der Wortführer der Delegation nun darauf berief, eine Botschaft der Kaufmannschaft aus der größten und bedeutendsten Stadt nördlich der Alpen zu überbringen, zierte sich der englische König deshalb auch nicht lange und empfing die Abordnung in der großen Halle seines Palastes in Rouen. Er nahm an, dass die Handelsherren ihn um die Gewährung neuer Privilegien ersuchen wollten, und konnte sich durchaus vorstellen, ihnen entgegenzukommen, wenn für ihn ebenfalls etwas dabei heraussprang. Doch Richard wurde auf das Äußerste überrascht, als der Patrizier Waldemar von Kerpen nach einigen einleitenden Worten mit dem Anliegen herausrückte, das die Kaufleute tatsächlich nach Rouen geführt hatte.

»Sire, wie Ihr sicherlich wisst, ist im römisch-deutschen Reich die Nachfolge Kaiser Heinrichs derzeit vakant«, begann der Kaufmann nach einigen einleitenden, höflichen Sätzen seine Ausführungen. »Sein Sohn Friedrich ist zwar auf Druck seines Vaters bereits zum deutschen König gewählt worden, aber gerade einmal drei Jahre alt. Für ihn müsste ein Regent oder eine Regentin eingesetzt werden, doch seine Mutter kommt dafür nicht infrage, da ihr jede Akzeptanz im Reich fehlt und sie auch in Sizilien verbleiben will. Sein nächster männlicher Verwandter ist sein Onkel Philipp von Schwaben, der jüngere Bruder seines verstorbenen Vaters. Er siegelt auch bereits Urkunden im Namen seines Neffen, doch hat er wohl selbst Ambitionen auf den Thron. Mehrere der süddeutschen Fürsten bestärken ihn darin. Wir Kaufleute und auch die Fürsten aus den nördlichen Landesteilen des Reiches hingegen leiden schon seit langer Zeit unter der Herrschaft der Staufer und wollen darum deren Machtanspruch unter den nunmehr gegebenen Umständen ein Ende setzen.«

Waldemar von Kerpen und auch die anderen Mitglieder der Delegation knieten plötzlich wie ein Mann nieder und senkten ehrfurchtsvoll ihr Haupt, doch gleich darauf fuhr ihr Anführer fort.

»Ich spreche auch im Namen des Erzbischofs von Köln, des Euch bestens bekannten Adolf von Altena, wenn wir Euch aus tiefstem Herzen bitten, Sire: Stellt Euch der Wahl zum König des römisch-deutschen Reiches.«

Richard wäre fast von seinem Thron gefallen, als ihm bewusst wurde, was dieser Handelsherr ihm da gerade vorgeschlagen hatte. Ihm seinen Wunsch zu erfüllen war allerdings völlig unmöglich, denn was bitte hatte er mit der deutschen Königskrone zu schaffen?

»Guter Mann«, erwiderte er deshalb nachsichtig, aber gleichzeitig auch süffisant, »ich bin überwältigt von dem Vertrauen, das Ihr in mich setzt. Doch vergesst Ihr dabei, dass ich kein deutscher Reichsfürst, sondern der Herrscher über das angevinische Reich bin. Ich kann mich deshalb weder selbst zur Wahl stellen noch sie in irgendeiner Weise beeinflussen. Dafür fehlt mir jede Legitimation.«

»Sire, vergebt mir Unwürdigem, wenn ich Euch im Namen des Erzbischofs widerspreche, der genau diese Reaktion vorausgesehen hat, als er uns zu Euch schickte. Bitte lasst Euren Unmut nicht an uns aus, wenn ich Euch mittels seiner Worte an das erinnere, was Ihr in Mainz im Rahmen der Verhandlung über Eure Freilassung tun musstet. Ihr habt Euch damals gegenüber Kaiser Heinrich als seinen Lehnsmann bezeichnet und Euer Reich aus seinen Händen entgegengenommen, nachdem Ihr es ihm zuvor übereignet hattet. Dadurch, und der Erzbischof, der ja anwesend war, hat uns beauftragt, Euch darauf aufmerksam zu machen, seid Ihr zu einem deutschen Reichsfürsten geworden und habt damit auch das uneingeschränkte Recht, Euch zur Wahl zu stellen, wenn ein neuer König in unserem Reich gewählt wird. Der Erzbischof von Köln ist nach altem Brauch derjenige, der die Königswahl ausruft und später den König in Aachen auf dem Thron Karls des Großen krönt. In seinem Namen sollen wir Euch diese Krone antragen! Er sichert Euch seine uneingeschränkte Unterstützung zu und ist der festen Überzeugung, die Mehrheit der für die Wahl erforderlichen geistlichen und weltlichen Fürsten hinter sich versammeln zu können.«

Was Waldemar von Kerpen wohlweislich verschwieg, war, dass Richard keineswegs der erste Kandidat auf Adolfs Anwärter-Liste für den deutschen Königsthron gewesen war. Der Erzbischof hatte die Krone zuerst Herzog Berthold von Zähringen angeboten und, nachdem dieser dankend abgelehnt hatte, dem Herzog von Sachsen. Doch auch dieser beschied ihm, dass er sich die Krone schlichtweg nicht leisten konnte, denn um die Kurfürsten für sich zu gewinnen, waren immense Bestechungsgelder erforderlich. Da Adolf aber unter allen Umständen eine weitere Herrschaft der Staufer verhindern wollte, war er auf den Gedanken verfallen, das zweite mächtige Geschlecht im Reich, die Welfen, zu protegieren. Mit denen war der englische König schließlich eng verwandt, und wenn einer das Geld und die Macht hatte, die Kurfürsten zu beeinflussen, dann er.

Richard hingegen war zunächst erst einmal sprachlos. Er lehnte sich zurück und begann intensiv nachzudenken. Unter dem Aspekt, den der Kaufmann gerade dargelegt hatte, hatte er die ihm angetane Schmach noch gar nicht gesehen. Den Lehnseid hatte er damals als lästiges Ritual und Unverschämtheit empfunden und deshalb auch keinen weiteren Gedanken als den der Rache mehr darauf verschwendet. War der Zeitpunkt für diese jetzt womöglich gekommen? Zwar anders, als er gedacht hatte, aber immerhin. Das Angebot klang verlockend, aber war es tatsächlich ernst gemeint? Und wenn ja, wie sollte er die Herrschaft über das angevinische Reich mit der über das römisch-deutsche in Einklang bringen? Nein, ging es Richard auf, das war völlig unmöglich. Sosehr ihm der Gedanke auch schmeichelte, womöglich in Rom zum Kaiser gekrönt und damit über alle Könige erhöht zu werden – und dass der alte oder neue Papst dies tun würden, dessen war er sich sicher –, wusste er doch, dass das niemals gut gehen konnte. Er war schon jetzt seit mehreren Jahren nicht mehr in seinem Königreich England gewesen, weil ihn seine Aufgaben in Aquitanien und in der Normandie festhielten. Wie sollte es erst werden, herrschte er dann auch noch über das größte Reich des Abendlandes? Gut, für England hatte er in Hubert Walter einen guten Sachwalter, doch Richard wusste, dass er nicht der Mann war, der weitreichende Entscheidungen gerne anderen überließ. Und was passieren konnte, wenn er weit fort von seinen Stammlanden weilte, hatte er am eigenen Leibe erfahren. Das durfte sich auf gar keinen Fall wiederholen, und deshalb musste er das ehrenvolle Angebot, wenn auch mit tiefem Bedauern, ablehnen. Aber einen Staufer auf dem Thron des römisch-deutschen Reiches wollte er nach Möglichkeit auch nicht, da wäre ihm ein verwandter Welfe schon lieber. Und auf einmal durchfuhr es ihn, als wäre er vom Blitz getroffen worden.

Natürlich, dieser ausgekochte Himmelhund Adolf meinte gar nicht ihn mit dem Angebot! Dass ihm die Königskrone angetragen wurde, war nur der Höflichkeit geschuldet. Der

Erzbischof wollte in Wahrheit Otto auf dem Thron Karls des Großen sehen! Natürlich, das war naheliegend und der junge Herzog auch ein wesentlich besser geeigneter Kandidat für die römisch-deutsche Krone als der englische König. Der Welfensohn war in Braunschweig, also in der nördlichen Reichshälfte, geboren und sein Vater ein Widersacher Barbarossas gewesen. Er gehörte dem Geschlecht an, das schon seit Langem um die Macht mit den Staufern rang, und war in einem Alter, in dem man ihn durchaus krönen konnte, aufgrund seiner Jugend aber auch noch formbar. Nachdem er außerdem von ihm zum Herzog von Aquitanien erhoben worden war, gehörte Otto dem Hochadel an, was eine Voraussetzung für seine Wahl war, und er würde zudem zweifelsohne von seinem Onkel schon in dessen eigenem Interesse tatkräftig unterstützt werden, so hatte sich der Erzbischof das höchstwahrscheinlich alles gedacht. Kaum war dies Richard aufgegangen, breitete sich auch schon ein breites Grinsen auf seinem Gesicht aus, und als er auf Waldemar von Kerpen hinabblickte, glaubte er in einen Spiegel zu schauen. Der gerissene Kaufmann grinste ebenso zurück, die beiden Männer verstanden sich auch ohne Worte.

»Das Angebot ehrt mich sehr«, erwiderte der König dann im angemessenen Tonfall und versuchte, den Triumph in seiner Stimme nicht allzu deutlich durchklingen zu lassen. »Natürlich werdet Ihr verstehen, dass ich nicht sofort darüber befinden kann. Gebt mir ein paar Tage zum Nachdenken, bevor ich meinem Freund Adolf von Altena eine Antwort zukommen lasse. Ich denke, es werden auch noch ein paar weitere Gespräche notwendig sein, bevor eine Entscheidung fällt. So lange seid mit Euren Begleitern selbstverständlich unser Gast, Waldemar von Kerpen.«

Der Angesprochene erhob sich erst jetzt von den Knien und verbeugte sich noch einmal tief vor Richard, ohne allerdings etwas zu erwidern. Natürlich gebührte dem König das letzte Wort, doch noch heute Abend wollte er dem Erzbischof schreiben, dass Löwenherz die unausgesprochene Botschaft ganz offensichtlich verstanden hatte. Richard seinerseits schickte sofort Boten los, die Otto, der sich in seinem Herzogtum im Süden aufhielt, nach Rouen bringen sollten. Würde sein Neffe römisch-deutscher König und später Kaiser werden, dann stünden Philipp von Frankreich schwere Zeiten bevor, denn in diesem Fall befand sich seine kleine Île-de-France im Zangengriff der zwei größten Reiche der Christenheit.

Otto eilte natürlich dem Rufe Richards folgend sofort aus Chinon nach Rouen, wo er bereits sehnsüchtig erwartet wurde. In einer abgeschiedenen Kemenate kam es zu einem langen und inhaltsschweren Gespräch zwischen Onkel und Neffen unter vier Augen, dessen Ausgang das Schicksal des Abendlandes über viele Jahre hinweg bestimmen sollte.

»Otto«, begann der König, »es tut sich für dich gerade eine Möglichkeit auf, die du dir nicht entgehen lassen solltest. Kaiser Heinrich ist in Sizilien gestorben. Ich weiß nicht, ob du davon schon gehört hast und dir vorstellen kannst, was diese Nachricht für dich bedeuten kann?«

Der junge Welfe schüttelte nur den Kopf und war gespannt, was die ihm bisher unbekannte Neuigkeit mit ihm zu tun haben sollte.

»Nun, dann werde ich dir wohl auf die Sprünge helfen müssen«, fuhr Richard fort. »Eine Delegation Kölner Kaufleute ist in Rouen und hat mir im Auftrag ihres Erzbischofs Adolf von Altena die römisch-deutsche Königskrone angeboten.«

»Dann kann ich dich nur aus vollem Herzen beglückwünschen, Onkel«, brach es aus Otto heraus. »Dadurch würde endlich die Vorherrschaft der Staufer gebrochen werden, und du wärst wiederum der größte Herrscher der Christenheit. Wer könnte dir dann noch widerstehen, wären die beiden Reiche miteinander vereint? Philipp ganz sicher nicht, und seine Ländereien wären doch bei dieser Gelegenheit eine gute

Dreingabe, die du dir mehr oder weniger im Vorübergehen einverleiben könntest.«

»Hast du es immer noch nicht verstanden, Otto?« Richard wurde langsam unwirsch ob der Begriffsstutzigkeit seines Neffen. »Ja, sie haben mir die Krone angeboten, aber das ist doch nur der Höflichkeit geschuldet. In Wahrheit ist die Botschaft Adolfs von Altena an dich gerichtet. Nicht ich, sondern du sollst König des römisch-deutschen Reiches und später vielleicht auch Kaiser werden. Von seinen Gnaden, versteht sich. Durch dich will der Erzbischof selbst herrschen, denn er hält dich für jung und unerfahren. Aber es wird an dir liegen, wenn es denn so weit ist, ihn eines Besseren zu belehren.«

Otto war wie vor den Kopf geschlagen und brauchte einen Moment, um sich zu sammeln.

»Das ist jetzt nicht dein Ernst, Onkel?«, fragte er schließlich nach einer ganzen Weile nach. »Aber vor mir haben doch noch ganz andere ein Anrecht auf die Krone. Heinrich hat schließlich einen Sohn, Friedrich, und einen Bruder, Philipp von Schwaben. Und wenn wir uns allein in meiner Familie umsehen – sollte wirklich ein Welfe König werden –, wäre da auch noch Heinrich, der Erstgeborene meiner Eltern. Wenn ich noch eine Weile darüber nachdenke, fallen mir bestimmt mehr als ein Dutzend anderer ein, die einen größeren Thronanspruch hätten als ich.«

Richard hob drei Finger und begann dann, Ottos Argumente zu zerpflücken.

»Erstens Friedrich. Er ist noch ein kleines Kind. Die Herrschaft eines Unmündigen stürzt ein Land fast immer ins Chaos, weil jeder versucht, auf ihn Einfluss zu nehmen und auf diese Weise das Beste für sich herauszuschlagen. Das wissen die Fürsten ebenso wie die Kaufleute, denen wesentlich mehr an Frieden im Reich als an fortwährenden Fehden gelegen ist. Für Friedrich muss in jedem Fall ein Regent eingesetzt werden. Das ist mit seinem Onkel Philipp von Schwaben sogar schon geschehen, also dem Zweiten in deiner Aufzählung. Er hat seinem Neffen die Treue geschworen, siegelt auch in seinem Namen Urkunden, versammelt aber bereits die Kurfürsten hinter sich, um sich selbst zur Wahl zu stellen. Deshalb wird es sicher nicht lange dauern, bis man ihm Treuebruch vorwirft und sich die Lager spalten. Doch was noch viel schlimmer ist – er ist ein Staufer. Von denen hat man in deinem Heimatland aber gerade die Nase gestrichen voll. Und damit kommen nun die Welfen als zweites, starkes Geschlecht im Reich ins Spiel, womit wir beim dritten Thronanwärter angelangt wären, deinem Bruder.«

Richard hatte alle drei in die Höhe erhobenen Finger bereits wieder eingezogen, als er fortfuhr.

»Heinrich mag der Ältere von euch beiden sein, aber er hat dem Kaiser Treue gelobt und ist nur Graf der Rheinpfalz, du hingegen bist Herzog von Aquitanien. Außerdem macht Heinrichs neuerliche Staufertreue ihn dem Erzbischof garantiert verdächtig. Gegenwärtig hält er sich zudem noch im Heiligen Land auf, von wo er erst einmal zurückkehren muss. Und was auf einem solch langen Weg alles geschehen kann, davon könnte ich dir ein Lied singen. Ich denke, Adolf von Altena will die Sache so schnell wie möglich in trockenen Tüchern haben. Und deshalb bist du seine erste Wahl. Otto, eins solltest du nicht vergessen: Ihm steht das alleinige Recht zu, den König in Aachen zu krönen. Hast du seine Unterstützung bei der Wahl, kann kaum noch etwas schiefgehen. Und ich werde dich unterstützen, wo ich nur kann, das verspreche ich dir. Etwas Besseres, als dich auf dem Thron Karls des Großen zu sehen, könnte mir doch gar nicht passieren!«

»Aber warum nimmst du dir denn die Krone nicht selbst, nachdem sie dir doch eigentlich angeboten worden ist, Onkel?« Otto wand sich wie ein Aal, denn ihm war die ganze Sache nicht geheuer, und er fragte sich, ob er ihr wirklich gewachsen war.

»Weil man mir die Herrschaft nur der Form halber angetragen hat, versteh das doch endlich«, entgegnete Richard nun schon leicht ungeduldig. »Außerdem herrsche ich bereits über ein großes Reich, das selbst ich nur schwer zusammenhalten kann. Im Süden, in der Gascogne, brodelt es ebenso wie an der Grenze zu Schottland. Die Waliser sind wieder in die Grenzmarken eingefallen, wie mir Hubert Walter gerade geschrieben hat, und die englischen Barone mucken immer öfter auf, weil sie mir Geld und Soldaten schicken sollen. Eigentlich müsste ich mich jetzt schon zerteilen, um überall gleichzeitig sein zu können. Wie sollte das erst werden, wäre ich noch dazu im römisch-deutschen Reich unterwegs? Womöglich gerade in Italien, wenn es Wilhelm von Schottland einfällt, sich Northumberland zurückzuholen. Nein, nein, das ist völlig unmöglich, sosehr mich das Angebot auch ehrt. Aber ich bin realistisch genug, um zu erkennen, dass ich alles verlieren könnte, anstatt etwas zu gewinnen. Nimm du dir die Krone, sie gebührt dem Geschlecht der Welfen durchaus. Es fällt mir nicht leicht, dir dazu zu raten, denn eigentlich hatte ich dich als meinen Nachfolger vorgesehen und wollte dir die meine vererben. Nun muss ich mich erneut nach einem Thronerben umschauen, denn schließlich besitze ich nicht das ewige Leben.«

»Aber was ist, wenn ich auf Widerstand im Reich stoße?« Otto klang auf einmal verzagt. »Die Hausmacht der Staufer darf man nicht unterschätzen, und Philipp von Schwaben ist mit Sicherheit kein Mann, der sich so schnell geschlagen gibt.«

»Otto, sollte ich mich so in dir getäuscht haben?« Langsam wurde Richard wütend. »Eine Krone nimmt man sich, wenn sich die Gelegenheit bietet, die bekommt man nur in den seltensten Fällen geschenkt. Ich musste um die meine ebenfalls kämpfen, und das viele Jahre lang und noch dazu gegen den eigenen Vater. Du hingegen musst nur gegen die Staufer antreten, mit denen ihr Welfen sowieso schon seit Jahrzehnten in

Fehde lebt. Wenn du davor zurückschreckst, bist du wirklich der falsche Mann für den Thron, und Adolf sollte sich besser nach einem anderen Kandidaten umsehen.«

Das war nun allerdings das Letzte, was Otto auf sich sitzen lassen wollte, dass sein Onkel womöglich einen Feigling in ihm sah.

»Ich denke, ich habe bewiesen, dass ich meinen Mann stehen kann«, gab er deshalb auch kalt zurück. »Meinen Mut solltest du besser nicht infrage stellen, Onkel. Aber ich hatte in Aquitanien noch wenig Gelegenheit, mich im Regieren üben zu können. Da werden doch wohl Zweifel, ob man einer Königskrone auch wirklich gewachsen ist, nicht unerlaubt sein, oder?«

»Solange du sie letztlich beiseiteschiebst, nicht«, gab Richard schmunzelnd zurück. »Glaub mir, Otto, ich hatte anfangs auch welche, aber das gibt sich ganz schnell. Man darf nur niemanden merken lassen, dass man sich von Zeit zu Zeit unsicher ist, sonst fallen die Edlen, die gerade noch deine treuesten Untertanen waren, auf einmal wie die Aasgeier über dich her. Also, was ist nun? Wirst du dich zur Wahl stellen und, wenn du sie gewinnst, die Krone des größten Reiches der Christenheit annehmen? Als mein Verbündeter, versteht sich, denn deine Hilfe gegen Philipp werde ich auch weiterhin brauchen.«

»Das ist doch keine Frage, Onkel«, antwortete der junge Welfe schon nahezu überzeugt. »Denkst du, ich würde jemals vergessen, wie du dich um mich gekümmert hast, als ich mit meinen Eltern und Geschwistern völlig mittellos und aus der Heimat verbannt an die Tür des Hauses Plantagenet geklopft habe? Was wäre ich in diesem Fall nur für ein ehrloser Schuft, vor dem jeder den Staub von den Schuhen schütteln würde! Nur eins macht mir noch Sorgen. Was, meinst du, wird der Papst in Rom dazu sagen? Hat Coelestin nicht die Vormundschaft über Heinrichs Sohn Friedrich übernommen und muss ihm schon allein aus diesem Grund die Krone sichern?«

»Da mach dir mal keine Sorgen, mein Junge.« Richard stand auf, um sich einen Becher Wein einzuschenken, denn ihm war vom vielen Reden der Mund trocken geworden. Im Vorübergehen klopfte er seinem Neffen beruhigend auf die Schulter und brachte auch ihm einen Pokal mit, denn kein Knappe oder Page sollte die Unterredung stören. »Coelestin ist ein uralter Mann, der nicht mehr lange leben wird. Aber ganz gleich, wer sein Nachfolger wird, kein Heiliger Vater kann daran interessiert sein, dass die Staufer weiterhin im römisch-deutschen Reich regieren. Schließlich gehört ihnen auch das Königreich Sizilien, und sie könnten dadurch dem Patrimonium Petri vom Norden und vom Süden her schwer zusetzen. Besser für den Papst ist es allemal, wenn zwei unterschiedliche Herrscher diese beiden Reiche regieren. Er wird vielleicht für Friedrich Sizilien sichern, aber das wollen wir ihm ja auch nicht streitig machen, oder? Zumindest im Moment noch nicht. Und sollte es wider Erwarten zum Schlimmsten kommen und der Papst sich tatsächlich gegen dich stellen, habe ich immer noch ein Druckmittel in der Hand, das ihn ganz schnell wieder zahm machen wird. Vertrau mir, die heilige Mutter Kirche ist wahrlich dein geringstes Problem. Noch dazu, wo dir ein Erzbischof, im Übrigen der mächtigste im Reich, die Krone anträgt.«

»Wenn du meinst, Onkel«, seufzte Otto ergeben und gab sich geschlagen. Wobei ihm dies nicht allzu schwerfiel, da ihn mittlerweile die Todsünde des Stolzes erfüllte. »Dann soll es so sein. Wer wird es der Abordnung aus Köln verkünden? Du oder ich?«

»Lass es uns gemeinsam tun, gleich morgen. Damit sie sehen, dass wir an einem Strang ziehen und auch weiterhin Verbündete sein werden. Gemeinsam werden wir kaum zu schlagen sein, und jeder, der uns am Zeug flicken will, wird sich warm anziehen müssen.«

So kam es, wie die Kaufleute und auch der Erzbischof, von dem sie ausgeschickt worden waren, erwartet hatten. König

Richard lehnte die Krone des römisch-deutschen Reiches dankend ab, empfahl aber, seinen Neffen Otto damit zu beglücken. Der erklärte sich bereit, die schwere Bürde auf sich zu nehmen, und reiste, von seinem Onkel auf das Prächtigste ausgestattet und mit reichlich Geldmitteln versehen, um die Kurfürsten auf seine Seite zu ziehen, zusammen mit der Abordnung nach Köln.

In Rouen hingegen rieb sich jemand heimlich die Hände, denn ganz ohne eigenes Zutun war damit ein weiterer Konkurrent aus dem Felde geschlagen, der zu einer ernsthaften Bedrohung im Kampf um die Nachfolge und die Macht im angevinischen Reich hätte werden können. Prinz John konnte sein Glück kaum fassen, während sich für seinen Bruder Richard erneut die Frage auftat, wen er als seinen Erben benennen sollte. Die Annullierung seiner Ehe mit Berengaria hatte er zumindest vorerst ad acta gelegt, denn nach Jeannes Tod im Kindbett stand ihm nicht der Sinn nach einer neuen Verbindung. Dass er noch Söhne zeugen konnte, hatte er gerade erst nachdrücklich unter Beweis gestellt, und vielleicht – die Hoffnung starb bekanntermaßen zuletzt – würde ja zwischen ihm und seiner Gemahlin doch noch alles gut werden.

Am achten Januar anno 1198 starb in Rom kurz nach Ende der Weihnachtsfeierlichkeiten wie schon seit Längerem erwartet Coelestin III. Bereits im zweiten Wahlgang einigten sich die Kardinäle auf Lotario di Segni als seinen Nachfolger, der den Namen Innozenz III. annahm und mit erst siebenunddreißig Jahren einer der jüngsten Päpste war, die je auf dem Stuhl des heiligen Petrus gesessen hatten.

Auf dem Rückweg von den Feierlichkeiten zu seiner Inthronisation kam Geoffrey von York – denn Hubert Walter hatte Richard untersagt, nach Rom zu reisen, weil er dringend in England gebraucht wurde – auf Château Gaillard vorbei, wo sein Bruder nun fast ständig residierte, um ihm Bericht zu erstatten.

»Herr im Himmel, Richard, ich sage dir, mit diesem Papst werden es die weltlichen Fürsten nicht leicht haben«, begann der Erzbischof seine Ausführungen, nachdem er sich seufzend in einem bequemen Sessel niedergelassen hatte, denn der Weg aus Mittelitalien in die Normandie war lang und anstrengend gewesen. »Er beansprucht ganz offen den Vorrang des Klerus gegenüber dem Adel und ganz speziell den seinen über die Könige und Kaiser dieser Welt. Innozenz, so will ich Lotario di Segni von nun an nennen, sieht sich in seinem Amt als zwischen Gott und den Menschen gestellt. Diesseits Gottes, aber jenseits des Menschen, weniger als Gott, aber weit mehr als der Mensch. So hat er es vor allen versammelten Kardinälen und Prälaten eindeutig formuliert – ein Anspruch, den noch kein Heiliger Vater vor ihm erhoben hat. Seinen Worten nach ist der Papst *vicarius Christi,* also der Statthalter Christi auf Erden, nicht nur der Amtsnachfolger Petri.«

»Ein bisschen größenwahnsinnig, der junge Mann, oder?« Richard war sichtlich amüsiert. »Er sollte lieber darum beten, dass ich ihn und seine Kirche nicht ganz gewaltig zusammenstutze, tritt er mir womöglich einmal auf die Füße.«

»Unterschätze den Mann ja nicht, Richard.« Geoffreys Stimme wurde eindringlich. »Das wäre bestimmt ein schwerer Fehler. Ich denke, er hat ein sehr verqueres Weltbild und ist keineswegs der gute, Trost spendende Hirte, der er eigentlich sein sollte. Dieser Papst sieht alle Menschen als sündig und verdorben an und lehnt alle Körperlichkeit ab, ja hasst sie regelrecht. Wehe dem Mönch, der Nonne oder dem Priester, der in Zukunft gegen das Keuschheitsgebot verstößt! In seiner ersten Predigt als Heiliger Vater hat er gesagt – ich zitiere frei aus dem Gedächtnis: Aus Erde geformt ist der Mensch, empfangen in Schuld und geboren zur Pein. Er handelt schlecht, gleichwohl es ihm verboten ist, er verübt Schändliches, das sich nicht geziemt, und setzt seine Hoffnung auf eitle Dinge. Er endet als Raub der Flammen, als Speise der Würmer, oder er vermodert. Aus ihm kommt nur Schleim, Urin und Kot, und er hinterlässt einen abscheulichen Gestank.«

»Da schaudert es einen ja schon beim Zuhören.« Richard schüttelte sich regelrecht. »Willst du mir wirklich weismachen, dass dieser Grafensohn allen weltlichen Genüssen abgeneigt ist und in purer Askese lebt? Oder gelten seine Gebote nur für andere und nicht für ihn selbst, wie es ja gang und gäbe beim hohen Klerus ist?«

Geoffrey zuckte mit den Achseln.

»Ehrlich gesagt, ich weiß es nicht. Du hättest einmal hören sollen, was er über die Hölle und die Folterqualen gesagt hat, die jeder erdulden muss, der auch nur ansatzweise gegen Gottes Gebot verstößt. Und da er sich ja als dessen Stellvertreter sieht, ist das gleichbedeutend mit Widerstand gegen seine Erlasse. Dann schmort man nicht nur im Fegefeuer, sondern kommt nie wieder aus Satans Klauen heraus und fällt der ewigen Verdammnis anheim. Selbst mir lief es kalt den Rücken hinunter, als ich ihn davon sprechen hörte, dass die Höllenqualen jede irdische Folter übertreffen, es aus ihnen kein Entkommen gibt und dass jeder Moment des Leidens Ewigkeit sein wird.«

»Na, das ist ja dann einmal ein Segen spendender und barmherziger Heiliger Vater«, höhnte Richard. »Ich bin nur gespannt, wann er wie seine Vorgänger zu Mord und Totschlag an den Heiden und Andersgläubigen aufruft und einen neuen Kreuzzug fordert.«

»Da brauchst du nicht lange darauf zu warten, das ist bereits geschehen. Ich soll dir ausrichten, dass er dich auffordert, deine Streitigkeiten mit Philipp beizulegen, damit ihr demnächst gemeinsam ins Heilige Land aufbrechen könnt, um dort zu vollenden, was beim letzten Mal nicht geschafft wurde – die Rückeroberung Jerusalems und die Vertreibung der Sarazenen von allen heiligen Stätten der Christenheit. Das könne ja nicht weiter schwierig sein, meint Innozenz, denn Gott in seiner

unermesslichen Güte hätte schließlich Sultan Salah ad-Din abberufen, und die Heiden wären nach seinem Tod untereinan-
der zerstritten und damit leicht zu besiegen.«

Richard strich sich nachdenklich über seinen Bart. Wenn er
ehrlich war, hatte er selbst schon darüber nachgedacht, nach
Palästina zurückzukehren und zu beenden, was er begonnen
hatte. Der Ruhm, als der König in die Geschichte einzugehen,
der das Heilige Land endgültig von den Sarazenen befreit hatte, reizte ihn nicht wenig. Doch bisher hatte er jeden Gedanken daran wieder verworfen, denn zu nachdrücklich war ihm
vor Augen geführt worden, was passierte, wenn ein Herrscher
sein Land für längere Zeit verließ. Seiner Mutter durfte er damit auf gar keinen Fall kommen, die würde ihn wahrscheinlich
auf der Stelle entmündigen und einsperren lassen. Aber schön
wäre es doch, und wenn dieser Papst womöglich stark genug
war, um den Schutz der Kreuzfahrer durchzusetzen, und Philipp sich beteiligen musste … *Unter meinem Oberkommando,
versteht sich,* träumte Richard vor sich hin, bis ihn die Worte
seines Halbbruders wieder in die Gegenwart zurückholten.

»Ich hatte abschließend noch ein Vieraugengespräch mit
dem Heiligen Vater«, eröffnete Geoffrey dem König. »Darin
gab er mir zu verstehen, dass er deinen Wünschen ebenso aufgeschlossen gegenüberstehen wird, wie es Coelestin nach meinem letzten Besuch getan hat. Voraussetzung wäre allerdings,
dass das niemals öffentlich wird und das große Geheimnis ge-
wahrt bleibt. Dringt auch nur ein Sterbenswörtchen von diesem Arrangement nach außen, sieht sich Innozenz nicht mehr
daran gebunden und hat in diesem Falle gedroht, sofort das
gesamte angevinische Reich mit dem Kirchenbann zu belegen
und dich vor aller Welt als Häretiker und Feind der Christenheit anzuklagen. Ich denke, dass es ihm sehr ernst damit ist.«

Geoffreys Worte brachten Richard endgültig wieder auf
den Boden der Tatsachen zurück und zeigten ihm, dass er sich
unter gar keinen Umständen aus seinem Reich fortbewegen

durfte, ja noch nicht einmal aus der Nähe von Château Gaillard. Denn die Festung, in deren Innersten sich verbarg, was ihm die Macht über die Kurie sicherte und ihn zumindest von kirchlicher Seite her unangreifbar machte, durfte niemals durch einen hinterlistigen Angriff in falsche Hände fallen und dadurch vielleicht vernichtet werden.

»Innozenz sollte mir besser nicht drohen«, knurrte der König gereizt. »Sonst läuft er Gefahr, dass ich Gleiches mit Gleichem vergelte. Aber sei es drum, lassen wir einfach Burgfrieden herrschen, und keiner tritt dem anderen auf die Füße. Soll er doch ruhig seinen verkommenen und lüsternen Klerus an die Kandare nehmen, ich habe nichts dagegen. Solange er nur mich in Ruhe lässt und sich nicht auf Philipps Seite schlägt, halte auch ich still. Diese Botschaft kannst du ihm ruhig zukommen lassen, Geoffrey. Und nun zu etwas anderem. Ich brauche dringend Geld und Soldaten, denn die Franzosen werden nicht ewig stillhalten. Sag, was kannst du mir aus deiner Diözese schicken? Wie ich höre, beherrschst du ja mittlerweile nahezu den gesamten Norden meines Reiches und gibst dich selbst wie ein kleiner König. Jedenfalls hat mir das Hubert Walter berichtet, der voll des Zorns über dich ist.«

Der Erzbischof von York verdrehte verärgert die Augen.

»Immer dieser kleinliche Streit über das Primat in England«, seufzte er dann. »Ständig sehe ich mich den Anfeindungen meiner Amtsbrüder ausgesetzt, weil ich meine Aufgabe etwas anders angehe als sie. Die einen neiden mir meine weltlichen Ämter, die Prälaten wiederum meine geistlichen. Man sollte das eine nicht mit dem anderen vermischen, meinen viele. Besonders schlimm wird es jedes Mal, wenn ich England in deinem Auftrag den Rücken gekehrt habe. Aber wem sage ich das? Nun, lassen wir das, ich will dich nicht mit meinen Problemen behelligen und denke, dass sich die Gemüter schnell beruhigen, bin ich erst wieder im Lande. Ich werde sehen, was ich tun kann, sobald ich meine Diözese York erreicht habe und du mich im Amt bestätigt hast, damit niemand behaupten kann, es wäre während meiner Abwesenheit vakant gewesen und neu besetzt worden. Was auch immer ich an Geldern auftreiben kann, werde ich dir schicken, versprochen.«

Richard wusste, dass Geoffreys Position in York keineswegs unangefochten war. Etliche Bischöfe und Äbte hatten sich über seine Amtsführung beschwert, waren bei Hubert Walter und sogar bei ihm in Rouen vorstellig geworden und hatten die Absetzung ihres Oberhirten gefordert. Doch Richard war auf die Klagen nicht eingegangen, denn nachdem Geoffrey seine Ambitionen auf die Krone endgültig begraben hatte – im Gegensatz zu ihrer beider Bruder John –, war aus ihm ein zuverlässiger Verbündeter und Statthalter im Norden Englands geworden. Einen solchen Mann entließ man nicht ohne Not, und so bestätigte Richard ihn im Amt und stärkte ihm damit gegenüber den geistlichen und auch weltlichen Fürsten den Rücken. Geoffrey dankte es ihm, indem er noch im gleichen Jahr dreihundert berittene Sergeanten und zweitausend Silbermark in die Normandie schickte, die Richard außerordentlich gut gebrauchen konnte.

Philipp von Frankreich war wieder einmal kurz davor, mit dem Kopf voran gegen die Wand zu rennen. Dabei hatte doch anfangs alles so gut für ihn im römisch-deutschen Reich ausgesehen. Sein Namensvetter Philipp von Schwaben war von ihm mit hohen Geldmitteln versehen worden, die es diesem ermöglichten, einen Teil der deutschen Kurfürsten auf seine Seite zu ziehen. Philipp, in dessen Land die Krone schon seit langer Zeit vererbt wurde, sah zwar keinen Sinn in der römisch-deutschen Königswahl, ja er empfand diese sogar als regelrecht abstrus, aber wenn die Nachbarn im Osten es so wollten, dann bitte. Kontinuität im Lande erreichte man auf diese Art jedenfalls nicht, war er der Meinung, was die ständigen blutigen Fehden im Reich auch nachdrücklich unter

Beweis stellten. Auf der Seite des Staufers standen so gewichtige Vertreter des deutschen Hochadels wie die Herzöge von Österreich, Böhmen und Zähringen sowie der Landgraf von Thüringen. Alle hatten sich ihre Stimme teuer bezahlen lassen und Anfang März anno 1198 schließlich Philipp von Schwaben in Mühlhausen zum König gewählt. Sein französischer Namensvetter frohlockte bereits, rieb sich die Hände und war sicher, Richard Löwenherz ausgestochen zu haben. Der Staufer würde sich ihm gegenüber bestimmt erkenntlich zeigen und so bald als möglich an seiner Seite den Kampf gegen den König von England aufnehmen.

Die Krux war allerdings – das unbedeutende Mühlhausen in Thüringen war der falsche Ort für eine Königswahl, denn seit Menschengedenken musste diese in Köln, der größten Stadt des Reiches, erfolgen. Noch dazu fehlten alle rheinischen Erzbischöfe, und ihre Gültigkeit konnte damit getrost infrage gestellt werden. Die hohen geistlichen Fürsten waren von Adolf von Altena mit Richards Geld gekauft worden und wählten deshalb in Köln wiederum im Juni Otto zum König. Der traditionelle Krönungsort Aachen befand sich allerdings in der Hand der Staufer, doch der junge Welfe, der bei seinem Onkel Richard in die Schule gegangen war, brauchte nur drei Wochen, um die stark befestigte Stadt einzunehmen. Gegen die sonstige Gewohnheit wurde die Bevölkerung verschont, denn wer sollte dem neuen Herrscher zujubeln, hätte man die Bürger zuvor abgeschlachtet?

So saß Otto bereits im Juli auf dem Thron Karls des Großen und wurde vom Erzbischof von Köln, der im römisch-deutschen Reich der Überlieferung nach als Einziger das Recht dazu hatte, feierlich zum König gekrönt. Das Ganze hatte nur einen Haken – es war zwar der richtige Ort und der richtige Mann für diese heilige Handlung, doch es fehlten die für die Krönung nötigen Reichsinsignien: das zeremonielle Schwert, der Reichsapfel und vor allem die Reichskrone. Die befanden sich nun wiederum in der Hand Philipps, und die eilig von Goldschmieden angefertigten Kopien konnten den Originalen nicht das Wasser reichen.

Der Staufer ließ sich daraufhin im September in Mainz durch den Erzbischof von Burgund mit den echten Reichsinsignien ebenfalls zum König krönen. Das war nun allerdings erneut der falsche Ort und der falsche Würdenträger dafür, doch trotz allem standen die meisten und vor allem die mächtigsten weltlichen Fürsten hinter Philipp. Jedem im Reich war klar, dass es nur eine Frage der Zeit war, bis es zum Kampf zwischen den beiden Kontrahenten kommen würde, und der ließ auch nicht lange auf sich warten.

Anfänglich sah es gar nicht gut für Otto aus, da er nur über ein kleines Gebiet im Norden des Reiches die Territorialgewalt besaß, während der reiche Süden zu Philipp stand. Doch dann hatte sich der neue Papst hinter den Welfen gestellt, und nun wendete sich das Blatt, denn niemand wollte seine Exkommunikation riskieren, diente er dem falschen König.

Für Philipp von Frankreich brach eine Welt zusammen. Schließlich war Innozenz von ihm in seiner Kandidatur um die Nachfolge Petri mit allen Mitteln unterstützt worden, während Richard, so hatten es zumindest seine Spione aus Rom berichtet, rein gar nichts für den neuen Papst getan hatte. Das sollte einer mal verstehen, warum der Heilige Vater nun ausgerechnet Richards Protegé und nicht den Staufer unterstützte, der als sehr gottesfürchtig galt und sich um einen Ausgleich mit dem Klerus bemühte.

Für den französischen und auch für den englischen König bedeutete der Thronstreit im römisch-deutschen Reich hingegen, dass sie wohl auf absehbare Zeit nicht auf die Unterstützung ihres jeweiligen Verbündeten hoffen konnten und die immensen Geldmittel, die sie dafür lockergemacht hatten, zumindest vorerst in den Sand gesetzt hatten. Besonders Philipp wurmte das über alle Maßen, denn Balduin von Flandern war erneut in das Artois eingefallen, und er brauchte jede Mark Silber, um Söldner anzuwerben und seine Ritter auszurüsten.

Die Besatzung und die Bürger der bedeutenden Handelsstadt Saint-Omer sandten Boten zu ihrem König und teilten ihm mit, dass sie sich nicht mehr lange gegen den Grafen würden halten können, wenn er ihnen nicht zu Hilfe käme. Philipp versprach, bis Ende September bei ihnen zu sein und die Flamen zurückzuschlagen. Ihnen sofort zu Hilfe eilen konnte er nicht, denn er war wieder einmal in das Vexin eingefallen, weil er Richard im Anjou vermutet hatte. Diese Gelegenheit wollte er nutzen, um einige Burgen zurückzuerobern. Doch was geschah? Löwenherz, der davon erfuhr, machte auf der Stelle kehrt und eilte in die Normandie zurück. Wie schon so oft zuvor wurde Philipp von der Marschgeschwindigkeit seines Gegners überrascht und musste sich unter großen Verlusten auf die Festung Vernon zurückziehen. Mehr als zwanzig Ritter und etwa fünf Dutzend Kriegsknechte hatten nicht so schnell fliehen können wie er und waren dem Feind in die Hände gefallen. Reiche Beute an Lösegeld wartete auf diejenigen, denen sie sich ergeben hatten. In Vernon erhielt Philipp dann auch noch zu seinem Schrecken Kenntnis davon, dass sich Saint-Omer, nachdem es vergeblich auf seine Unterstützung gehofft hatte, am vierten Oktober dem Grafen von Flandern ergeben hatte, was das Maß endgültig vollmachte. Aber was sollte er tun? Weiterhin in Vernon ausharren? Philipp entschloss sich dagegen und zog sich nach Mantes an der Seine zurück, um seine Kräfte zu sammeln, bevor er einen erneuten Vorstoß wagte.

Sein Gegner hingegen nutzte die Gunst der Stunde und nahm gleich noch die kleineren Burgen rund um Gisors ein. Am gleichen Tag fielen Courcelles und Boury, nachdem zuvor schon Dangu kapituliert hatte. Damit schloss sich der Kreis um die große, bedeutende Festung endgültig, und wenn Richard Gisors auch nicht direkt belagerte, so wagte sich doch deren Besatzung nicht mehr vor die Mauern, und der englische König ließ sich den Lehnseid von den kleinen Landadeligen leisten, erhob im Umland Steuern und zog die Pachten von den freien Bauern ein.

Philipp konnte das einfach nicht hinnehmen, wollte er nicht endgültig sein Gesicht verlieren, und beschloss, nach Gisors zu marschieren, um dort Wilhelm le Queu, einen von Richards Hauptleuten, der mit seinen Söldnern die Gegend um die Stadt und die Burg herum unsicher machte, zu vertreiben. Von Mantes aus zog das französische Heer nach Norden, allerdings ohne Kenntnis davon, dass auch die bedeutende Festung Courcelles und weitere Burgen bereits gefallen waren und der englische König ganz in der Nähe weilte.

Richard hatte Kundschafter über den Grenzfluss Epte geschickt, die schon bald die langsam dahinziehende Armee erspähten und ihm Meldung machten. Sein Hauptheer lagerte rings um Dangu, um sich von den Strapazen der letzten Tage zu erholen, während er selbst mit einem Teil seiner Ritterschaft im Tal der Epte patrouillierte, um nicht womöglich von feindlichen Kräften überrascht zu werden. Dieses Schicksal sollte hingegen bald einen anderen ereilen, doch Philipp ahnte noch nichts von der sich anbahnenden Katastrophe.

Der französische König ritt an der Spitze seines Heeres gleich hinter der Vorhut und war in ein Gespräch mit Alain de Roucy, einem seiner Gefolgsleute, vertieft, als Späher angeprescht kamen und berichteten, dass feindliche Truppen gesichtet worden wären. Philipp wurde für einen Moment bleich, fing sich aber schnell wieder. Er konnte sich beim besten Willen nicht vorstellen, dass es sich um Richards Hauptarmee handelte, sondern vermutete eher Streifscharen, die den Grenzfluss überquert hatten, um zu plündern. Sicherheitshalber schickte er aber seinen Vertrauten de Roucy aus, damit dieser sich ein Bild von der Lage machte und ihm danach Meldung erstattete. Das Heer marschierte unterdessen weiter, denn der König sah keine Veranlassung, es zur Schlacht aufzustellen.

Richard, der die französische Armee von einem Höhenzug aus und unter Bäumen verborgen beobachtete, konnte das nicht fassen. Seine Streitkräfte mussten doch längst entdeckt worden sein, es sei denn, Gott hatte die gegnerischen Späher mit Blindheit geschlagen. Er jedenfalls hatte nicht die Absicht, sich die einmalige Gelegenheit entgehen zu lassen. Zwar waren seine Truppen wieder einmal deutlich in der Unterzahl, selbst wenn die bei Dangu lagernden Heeresteile noch zu ihnen stoßen würden, doch der Feind offenbar völlig ahnungslos. Und den Überraschungseffekt gedachte Löwenherz auszunutzen, war er doch stets sein bester Verbündeter gewesen. Er befahl zweien seiner Ritter, mit ihren Pferden unverzüglich nach Dangu zu jagen, um William Marshal aufzufordern, so schnell wie möglich mit jedem verfügbaren Mann zu ihm zu stoßen. Richard selbst gedachte, in der Zwischenzeit die sich noch in Marschordnung befindliche französische Armee anzugreifen und sie zumindest so lange aufzuhalten, bis seine eigenen Truppen heran waren.

»De Braose«, wandte sich der König an den Marcher Lord, der ihm zu einem engen Vertrauten geworden war, »Ihr nehmt Euch zwanzig Ritter und ebenso viele berittene Sergeanten und reitet ein Stück nach Süden. Dann fallt ihr Philipps Truppen in den Rücken und verhindert nach Möglichkeit, dass sie sich in diese Richtung zurückziehen. Du, William«, Longsword lauschte seinem Halbbruder mit offenen Ohren, »folgst mit ebenso vielen Männern dem Lauf der Epte nach Norden. Haltet euch im Uferwald verborgen, denn ich will, dass ihr völlig überraschend vor Philipp auftaucht. Er soll das Gefühl haben, von uns eingeschlossen worden zu sein und keinen Fluchtweg mehr zu haben. Vielleicht stellt er sich dann endlich einmal zum Kampf. Diesmal darf er mir auf keinen Fall entkommen. Verwickelt die Vor- und die Nachhut in Kämpfe.

Sobald ich Schlachtenlärm höre, greife ich mit dem Gros unserer Kräfte auf breiter Front seine Marschkolonne an. So Gott will und Marshal rechtzeitig heran ist, wird der Sieg unser und grandios sein.«

*Oder wir alle werden mit aufgeschlitzten Bäuchen oder abgeschlagenen Köpfen auf dem Schlachtfeld liegen,* dachte de Braose, denn wenn er das richtig sah, stand das Verhältnis zumindest im Moment zehn zu eins gegen sie, und es würde sich selbst mit den hinzukommenden Männern Marshals bestenfalls auf drei zu eins verbessern. Aber wer war er, seinem König zu widersprechen, der das natürlich auch wusste? Also nickte er ergeben, wandte ebenso wie Longsword, der wohl die gleichen Gedanken hatte wie er, sein Pferd, winkte einem halben Fähnlein zu, ihm zu folgen, und machte sich daran, die Befehle des Löwenherz in die Tat umzusetzen.

Alain de Roucy erkannte eine Gefahr, wenn er sie sah. Seinen Blicken entging die Reitergruppe nicht, die geschützt unter Bäumen auf einem Hügel hielt und es nicht einmal für nötig erachtete, ihre Banner zu verbergen. Was sich da im Wind bauschte, waren die goldenen Leoparden des englischen Königs auf purpurnem Grund, und als er dann auch noch Staubwolken ausmachte, die sich rasch nach Süden und Norden parallel zu der marschierenden, französischen Armee bewegten, wusste er, was die Stunde geschlagen hatte. Brutal riss er sein Pferd herum und jagte zu Philipp zurück, der noch immer ahnungslos war und den schönen Tag genoss, der ihm gleich darauf auf das Übelste vergällt wurde.

»Mein König«, brüllte de Roucy schon von Weitem, »das ist eine Falle! Die Truppen des Feindes sind nördlich, südlich und westlich von uns! Löwenherz selbst führt sie an. Sie sind dabei, uns einzukesseln, sodass keiner von uns entkommen kann. Nach Osten auszuweichen ist wegen der Sümpfe unmöglich. Lasst sofort Befehl geben, dass sich das Heer zur Schlacht aufstellt, sonst werden wir von der feindlichen Reiterei einfach überrannt.«

Philipp blieb fast das Herz stehen, denn sein größter Albtraum wurde soeben wahr.

»Konntet Ihr erkennen, wie stark der Feind ist, de Roucy?«, fragte er und hoffte, während er versuchte, seiner Stimme Festigkeit zu verleihen, auf eine nicht allzu niederschmetternde Antwort.

»Ich hatte keine Zeit, das zu erkunden«, erwiderte der Ritter, der nun seinen König erreicht hatte. »Außerdem wäre ich wahrscheinlich in Gefangenschaft geraten, hätte ich mich näher herangewagt und Euch keine Kunde mehr bringen können. Aber es müssen viele Feinde sein, wenn sie sich gleich dreifach teilen können.«

Das sah Philipp ebenso, und ihm wurde regelrecht schwarz vor Augen. War jetzt der Tag gekommen, an dem er Richard auf dem Schlachtfeld gegenübertreten musste? Was war von ihm in den letzten Jahren nicht alles unternommen worden, um genau das zu vermeiden! Warum nur hatte Gott sich von ihm abgewandt und bevorzugte bei allem seinen Widersacher? Der französische König wusste auf seine drängenden Fragen keine Antwort, aber sein engstes Gefolge bemerkte natürlich, dass er wieder einmal zauderte. In dem Moment brandete Kampflärm auf, zuerst im Norden, dann hörte man ihn auch entfernt im Süden. Es galt also, keine Zeit mehr zu verlieren, sollte nicht alles verloren sein, aber es kamen einfach keine Befehle von Philipp. Da entschloss sich Alain de Roucy zu einem tollkühnen Vorschlag, von dem er wusste, dass er ihn ohne Weiteres den Kopf kosten konnte, sähe ihn sein König als Beleidigung oder gar als Demütigung an.

»Majestät, Ihr dürft dem Feind unter gar keinen Umständen in die Hände fallen«, stieß er atemlos hervor. »Ich flehe Euch an, flieht, bevor es zu spät ist. Euer Heer wird Euren Rückzug decken. Damit Ihr nicht erkannt werdet, tauscht mit mir

Wappenrock, Schild und Helm. Dann werde ich mich in Eurem Namen dem Gegner entgegenwerfen, während Ihr unerkannt entkommen könnt, um den Kampf zu einer anderen Zeit fortzusetzen und zu einem siegreichen Ende zu bringen.«

Hätte de Roucy diesen Vorschlag Richard Löwenherz gemacht, wäre er jetzt wahrscheinlich schon tot gewesen, und auch die anderen Ritter aus Philipps Gefolge hielten die Luft an und waren auf die Reaktion ihres Königs gespannt. Es konnte eigentlich gar nicht anders sein, als dass dieser den Mann, der ihm eine solche Ungeheuerlichkeit vorschlug und ihm damit mangelnden Kampfesmut unterstellte, auf der Stelle in Ketten legen ließ, um ihn später abzuurteilen.

Doch genau in diesem Augenblick griff die feindliche Reiterei in breiter Front hügelabwärts an. Die Pferde trugen fast durchweg purpurne Überwürfe, wodurch es so aussah, als ob sich eine Blutwelle dem französischen Heer entgegenwälzte. Philipp war von dem Anblick derart entsetzt, dass er sich den Helm vom Kopf riss und ihn ebenso wie seinen Schild de Roucy überreichte. Dann streifte er auch noch seinen Wappenrock ab und schlüpfte in den, den ihm sein Ritter reichte, der auf einmal wie ein König gewandet war.

Das Ganze hatte nur wenige Augenblicke gedauert, und kein Wort war gewechselt worden. Philipp nickte de Roucy zu – ob aus Dankbarkeit oder als Abschiedsgruß, konnte niemand erkennen – und preschte dann mit kleinem Gefolge Richtung Gisors davon.

Der Ritter, der sich plötzlich als König fühlte, glaubte auf einmal, von göttlicher Kraft erfüllt zu sein. War er etwa der Auserkorene, der den Feind zurückwerfen und sich damit die ewige Dankbarkeit seines Königs verdienen sollte? Nun, er wollte es zumindest versuchen und gab den Befehl zum Gegenangriff, der mit lauten Fanfaren verkündet wurde.

Kein Heer konnte sich ohne Weiteres aus der Marschformation heraus in Schlachtlinie aufstellen. Die meisten Ritter trugen noch nicht einmal ihre vollständige Rüstung, da niemand mit einem so überraschenden Angriff gerechnet hatte. Noch ehe sie gewappnet waren und auf ihren Streitrossen saßen, denn für den Marsch bevorzugten viele leichtere Pferde, war der Feind auch schon heran. Nur wenige, vollständig Gerüstete warfen sich der anstürmenden, gegnerischen Reiterei entgegen, die Richard wie meist höchstselbst anführte.

Mathieu de Montmorency und Fulk de Gilerval gehörten zu den französischen Rittern, die sich als Erste der Blutwelle entgegenstellten. Beide, allerdings leicht versetzt, richteten ihre Lanzen auf den englischen König aus, der gar nicht zu verkennen war. Dass es möglich war, ihn aus dem Sattel zu werfen, hatte Alain de Dinan vor Aumale bewiesen und damit ewigen Ruhm errungen. Sie gedachten es hier und heute dem Bretonen gleichzutun, und wenn es ihnen gelänge, damit in den Olymp derer aufzusteigen, die gegenüber Löwenherz siegreich gewesen waren.

Doch Richard hatte aus dem Missgeschick, als das er seinen damaligen, leidigen Sturz vom Pferd ansah, gelernt. Nie wieder, das hatte er sich geschworen, wollte er einen Gegner unterschätzen, und sei dieser auch noch so unerfahren und unbekannt. Außerdem hatte er zwischenzeitlich mit William Marshal, der nach wie vor als der beste Ritter des Abendlandes galt, so manche Lanze gebrochen und sich jeden seiner Kniffe und Tricks abgeschaut.

Als Erstes kam Mathieu de Montmorency regelrecht angeflogen, dicht gefolgt von Fulk de Gilerval. Beide waren sturmerprobte und in vielen Schlachten geübte Ritter, doch der englische Löwe eine Nummer zu groß für sie. De Montmorency wagte den schwierigen Stoß gegen den Helm seines Gegners, aber Richard duckte sich geschickt weg und stieß seinerseits mit seiner Lanze seitlich gegen den Schild seines Kontrahenten. Die Wucht des Aufpralls brach Montmorency den Arm und schleuderte ihn aus dem Sattel. Aber da war bereits Fulk de Gilerval heran und zielte auf Richards von keinem Schild geschützte rechte Seite. Doch dessen Lanze war durch den seitlichen Stoß nicht gebrochen, und wie William Marshal es ihm gezeigt hatte, nahm er sein Streitross in einer halben Pirouette herum, bot dem Angreifer nun so gut wie keine Trefferfläche mehr und stieß auch diesen vom Pferd.

Zwei der besten Ritter Frankreichs waren damit innerhalb weniger Lidschläge ausgeschaltet worden, und normalerweise wäre das Grund genug für die übrigen gewesen, ab sofort vorsichtiger zu agieren oder sich gar zurückzuziehen, da noch weitere von ihnen auf dem Boden lagen oder in heftige Kämpfe verwickelt waren. Aber da kam, zu jedermanns Erstaunen, der König mit seinem engsten Gefolge herangeprescht und warf sich selbst in den Kampf. So kannte die französische Ritterschaft ihren Herrscher gar nicht, der sich sonst stets zurückhielt und die Schlacht meist von einem Aussichtspunkt aus lenkte. Doch sein plötzliches Erscheinen auf dem Feld gab den Streitern neue Siegeszuversicht und förderte ihre Kampfbereitschaft nicht unwesentlich.

Für Richards kleine Truppe hätte es eng werden können, aber wieder einmal war William Marshal mit dem Gros der Truppen gerade noch rechtzeitig zur Stelle. Als die von ihm herangeführte Verstärkung in die Schlacht eingriff, begannen sich die Franzosen zurückzuziehen.

Alain de Roucy wollte das allerdings nicht hinnehmen. Unter seiner Führung hatten die Ritter und Reisigen bisher mit viel Mut und Tapferkeit gekämpft und es kurzzeitig sogar danach ausgesehen, als ob sie den Sieg davontragen könnten. Jetzt wollte er noch einen Versuch unternehmen, um das Blatt vielleicht im letzten Augenblick doch noch wenden zu können, und griff Richard Löwenherz direkt an.

Der englische König konnte sein Glück kaum fassen. Waren seine Gebete tatsächlich erhört worden, und Philipp stellte sich ihm endlich zum Kampf Mann gegen Mann? Nun, wie auch immer, diese Gelegenheit wollte er sich keinesfalls entgehen lassen, legte seine Lanze ein und jagte dem vermeintlichen französischen König entgegen, den er für keinen ihm ebenbürtigen Gegner hielt.

Doch Alain de Roucy war in etwa gleich groß wie Löwenherz, fünfzehn Jahre jünger als dieser und trotzdem kampferfahren, geübt und stark. Als die beiden Streiter aufeinanderprallten, wäre es Richard um ein Haar ergangen wie vor Aumale, weil er sich wieder einmal zu siegessicher gewesen war. Sein Sturz vom Pferd wurde nur dadurch verhindert, dass er der Empfehlung William Marshals, den Hinterzwiesel seines Sattels höher ziehen zu lassen, gefolgt war und die neuen, dicken Polster, die an den Sattelblättern hinter seinen Oberschenkeln lagen, ihn auf dem Pferderücken hielten, denn de Roucy hatte ihn mit voller Wucht in der Mitte des Schilds getroffen. Dabei war allerdings seine Lanze ebenso zersplittert wie die Richards, der seinen Gegner nahezu an der gleichen Stelle erwischt hatte wie dieser ihn. Da de Roucy aber über keinen so ausgeklügelten Sattel verfügte wie der englische König, stürzte er seitlich vom Pferd, und das ganze französische Heer sah seinen König fallen. Ein kollektives Raunen ging durch die Truppe, und jeder ging davon aus, dass der Kampf entschieden wäre, doch überraschend schnell sprang der Mann in dem blauen Wappenrock mit den aufgestickten goldenen Lilien wieder auf die Füße und zog sein Schwert.

Richard, der sein Pferd gezügelt und gewendet hatte, war sprachlos. So kannte er Philipp überhaupt nicht und hätte auch nie gedacht, dass dieser ihn zum Schwertkampf herausfordern würde. Wenn er schon wieder aufstand, dann wäre doch jetzt der richtige Zeitpunkt gewesen, um sich zu ergeben und aufrecht in Gefangenschaft zu gehen. Aber gut, wenn sein ehemaliger Freund und jetziger Todfeind es so wollte, an ihm sollte es nicht liegen.

Der Kampf der beiden Heere war völlig zum Stillstand gekommen, als der englische König vom Pferd sprang und ebenfalls sein Schwert zog. Doch bevor er überhaupt in Stellung gehen konnte, griff ihn der vermeintliche Philipp bereits an, und das mit einer Wucht und Behändigkeit, die ihresgleichen suchte. Überrascht wich Richard zurück, doch dann besann er sich schnell auf seine Kraft und Erfahrung als Schwertkämpfer und ging seinerseits zum Angriff über.

Alain de Roucy war ein mutiger Mann und hatte sein Bestes gegeben, aber der Schwertgewalt eines Löwenherz hatte er nichts entgegenzusetzen. Seine Gegenwehr war eher verzweifelt als erfolgreich, und als er für einen Moment seine obere Deckung vernachlässigte, streckte ihn ein gewaltiger Hieb gegen seinen Helm nieder. Sein eigener wäre davon sicherlich zerborsten, aber der vom König geborgte hielt stand, konnte jedoch nicht verhindern, dass er völlig benommen zu Boden ging. Sofort war Richard, der sich seinen Triumph von niemandem nehmen lassen wollte, über ihm und durchtrennte mit einem Schnitt seines Schwertes den Helmriemen, nur um im nächsten Moment, wie von einem Faustschlag getroffen, zurückzutaumeln. Der Helm war zur Seite gerollt, und der Mann, der ihn da aus glasigen Augen anblickte, war auf keinen Fall Philipp.

»Bei Gottes Beinen, wer seid Ihr?«, donnerte der König, der sich von einem Moment auf den anderen um seinen Erfolg gebracht sah.

»Alain de Roucy, Sire, Euer Gefangener«, brachte der Ritter gerade noch lallend hervor, bevor ihm die Sinne schwanden.

»Wo zum Teufel ist dann Philipp?« Richard war völlig außer sich vor Wut, und hätte de Roucy auch nur mit einem Augenlid gezuckt, wäre er des Todes gewesen. Aber an einem Bewusstlosen vergriff sich der englische Löwe nicht, das wäre gegen seine Ritterehre und eine unverzeihliche Sünde gewesen.

»Der dürfte wohl in dem Wappenrock dieses tapferen Mannes geflohen sein«, meinte William Marshal, der mittlerweile herangekommen war. »Ich muss gestehen, dass ich von der Treue beeindruckt bin, die Philipp offenbar von seinen Rittern entgegengebracht wird.«

»Bevor Ihr in Bewunderung vergeht, Marshal, findet heraus, ob jemand gesehen hat, wie sich ein Trupp vom Heer entfernt hat. Oder verbirgt sich mein königlicher Vetter womöglich unter den Gefangenen? Nun, dann wird er sicher zu finden sein, und wenn ich jedem einzelnen ins Gesicht schauen oder jeden Stein, unter dem er sich verborgen haben könnte, umdrehen muss.«

»Sire, es könnte sein, dass ich etwas bemerkt habe«, meldete sich William Longsword vorsichtig zu Wort. Die Schlacht war geschlagen, über hundert französische Ritter und unzählige Soldaten gefangen genommen worden und Richards Heer wieder vereint.

»Raus damit, William!«, donnerte Löwenherz. »Sag endlich, was du gesehen hast.«

»Als wir mit der Vorhut kämpften, ritt eine kleine Gruppe Ritter ohne Fahnen in nordwestlicher Richtung im schnellen Galopp an uns vorbei. Wir konnten sie nicht verfolgen, denn wir standen in diesem Moment bereits einer Übermacht gegenüber und hatten alle Hände voll damit zu tun, uns ihrer zu erwehren. Aber ich denke, sie waren Richtung Gisors unterwegs.«

»Das muss Philipp gewesen sein, der Feigling ist schon wieder geflohen.« Richard knirschte wutentbrannt mit den Zähnen. »Aber diesmal entkommt er mir nicht. Wenn er die Festung erreichen will, muss er durch das von unseren Truppen besetzte Umland. Das wird ihn aufhalten, und wir haben eine Chance, ihn einzuholen, bevor er die sicheren Mauern erreicht. Auf die Pferde, Männer, es gilt, keine Zeit zu verlieren!«

Kaum waren die Worte ausgesprochen, saß Richard auch schon im Sattel seines Streitrosses, das von dem kurzen Gefecht nicht übermäßig erschöpft war. Wer nur irgendwie konnte, tat es ihm gleich, und wie bei Fréteval machten sich die Angevinen an die Verfolgung eines erneut fliehenden Feindes.

Der König hetzte, ähnlich einem hungrigen Löwen auf der Jagd, Philipp hinterher. So berichteten es später zumindest die Chronisten. Doch diesmal hatte er den Vorteil, dass der Vorsprung seines Widersachers nicht allzu groß war und dieser sich durch ein von feindlichen Truppen kontrolliertes Gebiet durchschlagen musste. Trotzdem kam Richard mit seiner Reiterei nicht so schnell voran, wie er gehofft hatte, denn immer wieder stießen sie auf versprengte, französische Truppenteile, die sich ebenfalls auf Gisors zurückzuziehen versuchten. Nicht alle hatten gefangen genommen werden können, und so musste man sich jetzt durch die Fliehenden hindurchkämpfen, sofern sie nicht schleunigst das Weite suchten, sahen sie die feindlichen Banner.

Philipp hatte gedacht, die Epte an der nächstgelegenen Furt queren zu können, aber der Fluss war durch Regengüsse in den letzten Tagen angeschwollen und dadurch unpassierbar. Die einzige Rettung schien die Brücke vor der Festung von Gisors zu sein, die es zu erreichen galt, bevor die Verfolger heran waren. Doch das erwies sich als schwierig, weil immer wieder Wilhelm le Queus Streifscharen auftauchten, denen man ausweichen musste, waren sie zahlenmäßig überlegen, oder die es auseinanderzutreiben galt, war man selbst in der Überzahl. Das hielt auf, und schon bald wurde der Reitertrupp von den Resten der eigenen Armee eingeholt. Die Überlebenden wollten sich ebenfalls in der Festung in Sicherheit bringen und nahmen dabei keine Rücksicht auf die Ritter, unter denen sich ihr König befand, den sie aufgrund seiner Verkleidung aber nicht erkannten. Philipp ließ seine Gefolgsleute ihre Schwerter ziehen und mit den flachen Klingen auf seine eigenen Kämpfer einschlagen, denn er fürchtete, dass diese die vor ihnen liegende Brücke verstopfen würden und er deshalb nicht mehr schnell genug in die Burg hineinkäme.

Das Chaos war perfekt, als hinter den Fliehenden auf einmal Richards Reiterei auftauchte und sofort angriff. Jetzt wurde das Gedränge tödlich, und ein jeder kämpfte um sein Überleben und darum, das rettende andere Ufer und die sicheren Mauern zu erreichen.

Die Tore von Gisors standen weit offen, denn der Kastellan hatte erkannt, was vor sich ging, und wollte den Männern seines Königs Zuflucht gewähren. Dass Philipp selbst unter ihnen war, wusste er natürlich nicht.

Richard hingegen sah nur, wie einladend sich ihm die mächtige Festung geradezu präsentierte. Wenn es jetzt sogar noch gelänge, zusammen mit den Fliehenden einzudringen und womöglich auch noch Gisors zu nehmen, dann wäre sein Triumph perfekt. Wie ein Berserker schlug er auf die Franzosen vor sich ein und versuchte, sich zur Brücke durchzukämpfen.

Die hatte Philipp zwischenzeitlich erreicht, der es Richard gleichtat, nur dass er dabei auf die eigenen Männer eindrosch. Als er sich endlich bis zur Mitte der Brücke durchgekämpft hatte und schon das rettende Ufer sah, geschah das Unglück.

Das hölzerne Bauwerk war für solch einen Ansturm von unzähligen Pferden und Männern in schweren Rüstungen nicht ausgelegt. Zunächst ächzten nur die Balken, dann gaben sie nach, und die Brücke brach in sich zusammen. Wer sich auf ihr befand, stürzte in den Fluss und sank auf den Grund der Epte oder wurde von ihrer reißenden Strömung mitgerissen.

Philipp wusste im ersten Moment gar nicht, wie ihm geschah. Auf einmal wurde es schwarz um ihn herum und furchtbar nass, er bekam keine Luft mehr und schluckte Wasser, als er zu atmen versuchte. Seine Rüstung zog ihn unweigerlich nach unten, sosehr er auch strampelte und versuchte, wieder nach oben zu kommen. Neben ihm fielen noch andere Männer in den Fluss, und auch Balken und Bohlen prasselten in das Wasser. Zu den ritterlichen Fertigkeiten gehörte es, schwimmen zu können, und mit dem Mute der Verzweiflung kämpfte sich der König mit langen Zügen an die Oberfläche zurück. Fast hatte er sie schon erreicht, als er sich plötzlich gepackt und wieder nach unten gezogen fühlte. Ein Mann hielt sich im Ertrinken an seinem Kettenhemd fest und drohte ihn mit sich in den Tod zu reißen. Philipps Lungen waren beinahe am Platzen, aber noch einmal kämpfte er um sein Leben. Er riss den Dolch aus der Scheide heraus, stach mit ihm nach unten, und als er spürte, wie er losgelassen wurde, stieß er sich mit seinen Beinen von dem Mann ab, der nun endgültig in der Tiefe versank.

Mithilfe des Schwunges gelang es dem König, zumindest für einen Moment mit dem Kopf über die Wasseroberfläche zu kommen und nach Luft zu schnappen. Doch dieser Augenblick reichte, um von einigen Männern seines Gefolges, die sich an das andere Ufer gerettet hatten, erkannt zu werden. Sofort sprangen zwei von ihnen, die sich zuvor ihrer Rüstungen entledigt hatten, in den Fluss und bekamen Philipp zu packen, bevor er wieder in den Fluten versank. Mit vereinten Kräften schafften sie es, ihn ans Ufer zu ziehen, wo der König völlig regungslos liegen blieb. Als die Helfer selbst wieder zu Kräften und Luft gekommen waren und schauen wollten, ob ihr Souverän noch lebte, richtete dieser sich gerade mühsam in eine kniende Haltung auf und spuckte Unmengen Flusswasser aus, bevor er erneut zusammenbrach.

Vom anderen Ufer aus hatte Richard fast ohnmächtig vor Wut alles mitangesehen. Großer Gott, wie sehr hatte er doch gehofft, dass sein Erzfeind hier unrühmlich auf der Flucht ersaufen würde. Einen schmählicheren Tod für einen Ritter oder gar König konnte es gar nicht geben! Aber wieder einmal waren seine Gebete nicht erhört und Philipp im letzten

Augenblick gerettet worden. Darüber würde er bei Gelegenheit einmal ein ernstes Wörtchen mit dem Herrn im Himmel wechseln müssen, nahm er sich vor. Schließlich ging es nicht an, dass dieser ihm ständig den endgültigen Sieg über den französischen König vor die Nase hielt, seinen Widerpart dann aber doch noch im letzten Moment rettete. Dieses Spielchen musste endlich einmal aufhören, aber der Krug ging bekanntlich so lange zum Brunnen, bis er brach, und der von Philipp zeigte schon bedrohliche Sprünge.

Es gab für Richard und seine Truppen keine Möglichkeit, schnell über die Epte zu setzen, und so musste der König, ohne eingreifen zu können, zuschauen, wie Philipp und ein Teil seiner Truppen sich in die Sicherheit der Burg zurückzogen. Auch Gisors konnte wegen der zerborstenen Brücke nicht eingenommen werden, obwohl die Rückeroberung schon zum Greifen nahe gewesen war. Dafür war der Sieg in der Schlacht aber überwältigend, die französische Armee nahezu vernichtet. Mit unterlegenen Streitkräften hatte der englische König durch sein beherztes Handeln ein weitüberlegenes Heer geschlagen und einen Großteil der gegnerischen Ritterschaft gefangen nehmen können. Darunter befanden sich auch Mathieu de Montmorency, Fulk de Gilerval und Alain de Roucy, die ihr Zusammentreffen mit Richard Löwenherz überlebt hatten, wenn auch nur geradeso. Die Ritter wussten, dass ihr Lösegeld dessen Kriegskasse nun weiter auffüllen würde, was ihre Niederlage noch einmal bitterer machte.

Philipp selbst war nur mit knapper Not dem Tod entronnen und musste um Friedensverhandlungen nachsuchen. Er bot an, alles, was er im Vexin erobert hatte, bis auf die Festung Gisors zurückzugeben, doch Richard fühlte sich stark genug, um das Angebot abzulehnen. Vor allem wollte er keinen Separatfrieden ohne die Einbeziehung Balduins von Flandern, seines Verbündeten, schließen. Das wiederum schloss Philipp aus, der dadurch das Artois endgültig verloren hätte. So ging der Krieg, meist zu Lasten Frankreichs, weiter, und erst einem aus Rom entsandten päpstlichen Legaten gelang es, zwischen den Streitparteien zu vermitteln.

Anfänglich zog sich Kardinal Peter von Capua den Zorn des englischen Königs zu, weil er recht großspurig auftrat und diesen dazu aufforderte, doch bitte zu Kompromissen bereit zu sein, und außerdem von ihm verlangte, dass Philipp von Dreux, der Bischof von Beauvais, freizulassen sei. Richards Reaktion darauf war derart rabiat, dass der Gesandte des Heiligen Vaters um sein Leben fürchtete und noch am gleichen Tag nach Rom schrieb, dass ein Ausgleich zwischen den verfeindeten Parteien wohl aussichtslos sei. Umso erstaunter war er aber über das Antwortschreiben von Innozenz, in dem er aufgefordert wurde, den englischen König in Ruhe zu lassen und stattdessen auf den französischen dahingehend einzuwirken, endlich nachzugeben und auch für ihn schmerzliche Friedensbedingungen zu akzeptieren.

Und so musste sich Philipp zähneknirschend dazu durchringen, auf alle seine Eroberungen zu verzichten und die Besitzungen des englischen Königs auf dem Festland zu bestätigen. Weiterhin sollte sein Sohn und Thronfolger Louis mit einer Nichte Richards verheiratet werden. Die Wahl fiel auf eine Tochter Alfons' von Kastilien, der mit Richards Schwester Eleonor verheiratet und ein treuer Verbündeter desselben war. Das Paar sollte die Festung Gisors als Hochzeitsgeschenk erhalten, damit die Burg nicht weiter umkämpft wurde. Und schließlich musste Philipp auch noch die Wahl Ottos zum römisch-deutschen König anerkennen, was ihm besonders bitter aufstieß, sah er sich doch nun von den Plantagenets und ihren Verbündeten regelrecht umzingelt. Im Westen stieß sein eigenes Reich an das angevinische, im Norden an Flandern, an seinen Grenzen im Osten herrschte Richards Neffe Otto, und im Süden und Südosten seine Schwäger Raimund von Toulouse,

Sancho von Navarra und Alfons von Kastilien. Schmiedete Löwenherz diese zu einer Allianz zusammen, würde von seiner Île-de-France und seinem Königtum wohl nicht mehr viel übrig bleiben, gestand sich Philipp ein, der nun nicht einmal mehr einen Zugang zum Meer besaß. Deshalb musste er sich unbedingt etwas einfallen lassen, um dieses Schicksal von sich und seinem Land abzuwenden!

Richard hingegen konnte mit seinem Rückeroberungsfeldzug durchaus zufrieden sein. Es hatte zwar fast fünf Jahre gedauert, aber jetzt war er wieder Herr im eigenen Hause und hatte sich die Gebiete zurückgeholt, die von Philipp erobert und von seinem Bruder verschenkt worden waren. Die Details des Friedens auszuhandeln, überließ er Hubert Walter, der eigens dafür über den Kanal aus England in die Normandie gekommen war, und William Marshal. Er selbst ritt nach Aquitanien, weil er es für geboten hielt, nun endlich seine Familienangelegenheiten in Ordnung zu bringen.

# 8.

# AQUITANIEN,
# FRÜHJAHR 1199

W ie sollte ich Euch vertrauen, Adémar, da Ihr ja jedem, dem Ihr einmal die Treue geschworen habt, bei erstbester Gelegenheit wieder den Rücken kehrt? Eurer Gefolgschaft kann sich niemand sicher sein, denn sie ist in etwa so viel wert wie überständiges, vertrocknetes Gras, das sich unter dem leisesten Windhauch biegt.«

Stirnrunzelnd blickte der König von Frankreich auf den Vizegrafen Adémar von Limoges und dessen Sohn Guido hinab, die beide vor ihm knieten, um ihm den Lehnseid für ihre Besitzungen zu schwören. Sie waren plötzlich und unerwartet in Paris aufgetaucht, hatten um eine Audienz nachgesucht und, als sie ihnen gewährt worden war, völlig überraschend darum gebeten, sich unter den Schutz der französischen Krone stellen zu dürfen. Dafür wollten sie ihrem bisherigen Lehnsherrn Richard, dem Herzog von Aquitanien und König von England, abschwören und ihm die Lehnstreue aufkündigen.

Philipp war mehr als nur verblüfft, als er ihr Ansinnen vernahm, hatten sich doch nach seiner demütigenden Niederlage bei Gisors viele seiner Barone von ihm abgewandt und waren zu Richard übergelaufen. Und jetzt kamen ausgerechnet diese beiden reichen und mächtigen Vertreter eines weitverzweigten Adelsgeschlechtes zu ihm, um der Krone Frankreichs zu huldigen? Es war einfach zu schön, um wahr zu sein, und deshalb witterte der König zumindest eine Hinterlist, wenn nicht gar eine üble Falle seines großen Widersachers.

»Ihr kränkt uns, Majestät, mit Euren Zweifeln«, entrüstete sich der Vizegraf und schenkte Philipp von unten einen Blick, der diesen sofort an den seines Lieblingsjagdhundes erinnerte. Nur hielt dieser ihm schon seit fast zehn Jahren die Treue und hatte ihn auch während seiner Abwesenheit auf dem unsinnigen Kreuzzug nicht vergessen, sondern ihn schwanzwedelnd und jaulend begrüßt, als er endlich zurückgekehrt war. Adémars Lieblingsbeschäftigung hingegen war es offenbar, ständig die Seiten zu wechseln und einen Aufstand nach dem anderen gegen seinen jeweiligen Lehnsherrn anzuzetteln. Wie sollte er ihm da vertrauen und seinen plötzlichen Sinneswandel werten können? Und Guido stand seinem Vater in puncto Verschlagenheit in nichts nach, darüber war sich Philipp durchaus im Klaren. Was sollte das Ganze also? Dies herauszufinden würde nicht leicht sein, und wie schon so oft zuvor wünschte sich der König, die Gedanken anderer lesen oder sie zumindest durchschauen zu können, denn Misstrauen gegen jedermann gehörte nun einmal zu seiner Natur.

»Ist es überhaupt möglich, Euch zu kränken, Adémar?«, höhnte Philipp deshalb auch und ließ die beiden Bittsteller weiter vor sich knien, um auf sie hinabsehen zu können. »Ihr habt schon an meiner Seite gegen König Henry gekämpft und auch damals die Seiten gewechselt, als es Euch in den Kram passte. Später dann gegen Richard, als er Herzog von Aquitanien und noch kein König war. Doch kaum rückte er gegen Eure Ländereien vor, seid Ihr zu Kreuze gekrochen und habt sein Kontingent auf dem Kreuzzug verstärkt. Nicht meins, wohlgemerkt. Kaum aus dem Heiligen Land zurück, habt Ihr Euch wieder gegen Richard erhoben, was nicht weiter gefährlich für Euch war, denn er saß ja auf Burg Trifels in Gefangenschaft. Aber kaum ist er frei, unterwerft Ihr Euch ihm erneut. Was, frage ich mich da, hat denn Euren erneuten

Sinneswandel bewirkt? Nun, gebt Antwort, ich werde ihr gespannt lauschen.«

»Majestät, Limoges und Angoulême haben sich schon immer Frankreich und nicht dem angevinischen Reich zugehörig gefühlt. Stets wurde von uns Grafen Eure Oberhoheit anerkannt, und nur notgedrungen beugten wir uns dem Herzog von Aquitanien, der Euch hingegen niemals als seinem obersten Lehnsherrn gehuldigt hat. Dass wir uns ihm nach Eurem Rückzug aus dem Poitou erneut unterworfen haben, war nur der Tatsache geschuldet, dass er mit einem starken Heer vor unseren Toren stand, dem wir allein nicht widerstehen konnten. Doch nun, da seine Truppen in der Normandie gebunden sind, halten wir die Zeit für gekommen, uns Euch zu unterstellen und Euch unverbrüchliche Treue zu schwören.«

Es fiel Adémar nicht leicht, diese Worte über die Lippen zu bringen, denn er dachte in Wirklichkeit etwas ganz anderes.

*Wärst du feiger Hund nicht vor Richard bei Fréteval weggerannt wie ein ängstlicher Hase, hätten wir uns diesem damals vielleicht gar nicht unterwerfen müssen, denn einer durch eine schwere Schlacht geschwächten Armee hätten mein Halbbruder in Angoulême und ich in Limoges wahrscheinlich widerstehen können,* sinnierte Adémar mit vom langen Knien schmerzenden Beinen und innerlich von Wut zerfressen. *Aber einem Richard, der ungeschwächt mit voller Truppenstärke anrückte, niemals. Du bist also schuld an unserer damaligen Kapitulation und machst sie uns heute zum Vorwurf. Wenn uns nicht das Wasser bis zum Halse stehen würde, wären wir niemals hier! Doch die Plantagenets pressen uns genauso aus wie wir damals die Orangen im Heiligen Land, und ich habe einfach kein Geld mehr, um die geforderten Tribute zu bezahlen. Deshalb brauche ich jede Hilfe, die ich bekommen kann, nachdem Raimund von Toulouse als Verbündeter weggefallen ist. Wenigstens ein kleines Heer könntest du uns schicken, welches das unsere verstärkt, damit wir einen anhaltenden Kleinkrieg*

*gegen Richard führen können, der ihn zu Verhandlungen*
*zwingt. Jetzt sag schon Ja, du Bastard, und lass uns aufstehen,*
*sonst komme ich von diesen kalten Steinen vielleicht nie wieder*
*hoch.*

Als ob Philipp zumindest die letzten Gedanken des Vizegrafen hätte lesen können, gab er endlich das Zeichen, dass
Adémar und sein Sohn sich erheben durften. Guido, der sah,
wie schwer dies seinem Vater fiel, war mit einem Schritt bei
ihm und half ihm auf die Beine. Der Vizegraf hoffte nur, dass
der König ihm nicht ansah, wie empört er über die demütigende Behandlung war. Irgendwann würde er Philipp das Unge-
mach zurückzahlen, das schwor er sich, aber vorerst brauchte
er erst einmal dessen Unterstützung.

»Nun, dann will ich Euch einmal glauben, Adémar«, gab
sich der König huldvoll. »Euren Lehnseid könnt Ihr mir morgen leisten, wenn meine Pairs versammelt sind. Ihr sagtet, Ihr
sprecht auch im Namen Eures Halbbruders Graf Aymars von
Angoulême? Ich frage mich nur, wie Ihr Euch diesmal gegen
Euren ehemaligen Lehnsherrn halten wollt, rückt er erneut
gegen Euch vor. Lange habt Ihr Euch ihm bisher ja noch nie
widersetzen können.«

»Wir hatten darauf gehofft, dass Ihr uns hilfreich zur Seite
steht, Majestät«, ließ Adémar nun die Katze aus dem Sack.
»Nicht mit einer großen Armee, die Kühnheit, dies zu erwarten, besitzen wir nicht. Aber vielleicht mit einer kleinen Truppe, die vorwiegend aus Bogen- und Armbrustschützen besteht, damit wir unsere Burgbesatzungen verstärken und einen
Hinhaltekrieg gegen die Angevinen führen können, der sie
letztlich zermürbt. Richard selbst wird wohl kaum auf diesen
unbedeutenden Kampfplatz eilen, sodass wir es voraussicht-
lich nur mit schwachen Kräften zu tun bekommen werden,
derer wir uns sicher erwehren können.«

»Dass Ihr Euch da mal nicht täuscht, Adémar«, meinte Philipp, und leichter Hohn schwang in seiner Stimme mit. »Ich

habe soeben mit König Richard einen Waffenstillstand geschlossen, der in einen fünfjährigen Friedensvertrag übergeleitet werden soll. Er hätte also die Hände frei, um sich Euch voll und ganz widmen zu können. Aber selbst wenn er nicht in eigener Person kommt, wird er Euch ganz sicher seinen Söldnerhauptmann Mercadier auf den Hals hetzen, erfährt er von Eurem erneuten Seitenwechsel.«

Der Vizegraf konnte nicht verhehlen, dass er erbleichte. Von den Friedensverhandlungen hatte er bisher nichts vernommen, die Kunde war noch nicht bis zu ihm in die Mitte Frankreichs gedrungen. Er war davon ausgegangen, dass die Kriegshandlungen in der Normandie andauern und Richard voll und ganz in Anspruch nehmen würden. Nun sah die Sache aber völlig anders und äußerst bedrohlich für ihn aus, und er fragte sich bereits, ob er nicht einen großen Fehler begangen hatte, der ihn womöglich seinen gesamten Besitz, wenn nicht gar seinen Kopf kosten könnte.

»Majestät, ich hoffe doch, dass Ihr uns zur Seite stehen werdet, rückt Herzog Richard gegen uns vor.« Adémar war nahe daran, wieder auf die Knie zu sinken und seine Hände flehend zu ringen. Dass er seinen bisherigen Lehnsherrn nur als Herzog und nicht als König titulierte, sollte Philipp zusätzlich noch für ihn einnehmen.

»Nun, ich werde sehen, was ich tun kann. Andererseits, dass müsst Ihr verstehen, Adémar, sind mir während der laufenden Verhandlungen die Hände gebunden. Aber an ein paar Schützen soll es nicht scheitern. Das zumindest kann ich Euch zusichern.«

Philipp durchschoss blitzartig ein Gedanke. Was, wenn Richard tatsächlich nach Süden zog, um die abtrünnigen Barone zu strafen, und vielleicht wieder so unvorsichtig war wie bei Aumale oder vor der kleinen Burg von Gaillon, wo ihn ein Armbrustbolzen getroffen hatte? An solch einem Treffer, selbst wenn er nicht tödlich war, konnte man schnell sterben, denn schließlich raffte der Wundbrand mehr Männer dahin als selbst die blutigste Schlacht. Nun, er würde den aufständischen Grafen im Limousin und Angoulême seine besten Schützen zur Verfügung stellen, diese aber instruieren, sich nicht in kleinen Gefechten verschleißen zu lassen, sondern wenn möglich bei einer passenden Gelegenheit ganz gezielt auf den englischen König zu schießen. Vielleicht hätte er ja Glück, und sein Problem in der Normandie würde sich im Süden lösen. Auf alle Fälle wollte er demjenigen eine hohe Belohnung versprechen, der seinen ärgsten Feind aus dem Wege räumte. Doch davon mussten weder der Vizegraf noch dessen Sohn etwas wissen, die womöglich mit dieser Nachricht zu Richard rannten und sie ihm für die Gewährung von Gnade und einen Erlass der hohen Tribute verkauften. Nein, das sollte einmal sein Geheimnis bleiben, denn es stand ja auch in den Sternen, ob der Plan Erfolg haben würde. *Aber schön wäre es schon,* dachte Philipp bei sich, und ein schmales Lächeln zeigte sich erstmals während der Audienz auf seinem Gesicht.

Von all dem, was sich da hinter seinem Rücken zusammenbraute, ahnte Richard nichts, als er mit kleinem Gefolge Richtung Süden ritt. Es war Frühling, die Natur erwachte wie jedes Jahr zum Leben, überall grünte und blühte es, dass es nur so eine Freude war. Die erste Station auf seinem Weg sollte Thorée-les-Pins sein, wo er hoffte, einige Tage mit Berengaria verbringen zu können. Vielleicht hatte sich ihre Schwermut ja gelegt und sie wieder zu sich selbst gefunden. Genug Zeit dafür hatte er ihr jedenfalls gelassen, befand der König und freute sich auf das Zusammentreffen. Er wollte mit ihr lange Spaziergänge und Ausritte unternehmen, denn das Tal der Loire war um diese Jahreszeit einfach ein Traum. Wenn das und die wärmende Frühlingssonne nicht Berengarias Herz weit werden ließen, dann war ihr wirklich nicht mehr zu helfen.

Aber das Haus, das er hatte bauen lassen, lag verlassen da, und als Richard sich danach erkundigte, wo seine Frau sich aufhielt, wurde ihm vonseiten des Dorfpfarrers beschieden, dass sie sich nach Le Mans zurückgezogen hatte, um im dortigen Kloster der Benediktinerinnen die Fastenzeit zu verbringen und sich auf das Osterfest und die Auferstehung des Herrn vorzubereiten.

Richard schnaubte nur angewidert und überlegte einen Augenblick, ob er hinreiten und Berengaria auffordern sollte, ihn nach Poitiers zu begleiten. Doch ihre Antwort konnte er sich ausmalen, und obwohl sie auch am Hofe seiner Mutter fasten und beten konnte, würde sie seinen Wunsch wohl abschlägig bescheiden. Seine Frau dazu zu zwingen oder sich auch nur erneut mit ihr auseinanderzusetzen, wollte er aber unter keinen Umständen, und so setzte er seinen Ritt ohne die Gemahlin an seiner Seite fort.

In Poitiers traf er seine Mutter bei Reisevorbereitungen an, was ihn überaus erstaunte. Hatte sie in ihrem Alter immer noch nicht genug von staubigen oder je nach Wetterlage schlammigen Straßen, rumpelnden Reisewagen und spartanischen Quartieren? Warum nur wollte sie ihren komfortablen Palast verlassen? Gab es da womöglich etwas, das er wissen sollte? Richard wollte es so schnell wie möglich in Erfahrung bringen, doch Eleonore war nicht bereit, mit ihrem Sohn vor dem gesamten Hofstaat ihre Pläne zu erörtern, und so dauerte es bis zum späten Abend, bis sich beide zurückziehen und unter vier Augen sprechen konnten.

»Richard, ich werde mich vom Hof zurückziehen und mein Leben im Kloster von Fontevrault beschließen«, eröffnete Eleonore ihrem Sohn. »Ich sehne mich nach Ruhe und danach, dass an meiner Stelle endlich andere die Entscheidungen treffen und ich mich nicht mehr tagein, tagaus um alles kümmern muss. Kannst du das verstehen? Ich bin müde geworden, und jetzt, wo sich endlich Frieden im Reich abzeichnet, denke ich, ist der richtige Zeitpunkt gekommen, um die Absicht, die ich schon seit Längerem hege, in die Tat umzusetzen.«

Richard, der gerade einen Schluck Wein genommen hatte, verschluckte sich prompt nach dieser unerwarteten Eröffnung und musste an sich halten, um nicht über den Tisch zu prusten.

»Das kann doch nicht dein Ernst sein, Mutter!«, entfuhr es ihm erschrocken, nachdem er sich wieder gefangen und den Mund abgewischt hatte. »Wer, bitte, soll dann für mich über Aquitanien herrschen? Ich habe in der Normandie alle Hände voll zu tun und hätte mich schon längst wieder einmal in England blicken lassen müssen. Mir jetzt auch noch diese Last aufzubürden, finde ich wirklich nicht loyal von dir! Ich brauche dich, das weißt du ganz genau. Und außerdem langweilst du dich nach spätestens einer Woche im Kloster zu Tode und kommst dann schleunigst wieder an den Hof zurück. Da kannst du auch gleich hierbleiben und mit mir das Osterfest in Poitiers feiern.«

»Ich habe dir lange genug den Rücken freigehalten, einmal muss es gut sein. Mein Entschluss steht fest, daran kannst auch du nicht rütteln. Komm erst einmal in mein Alter, mein Sohn, dann wirst du mich bestimmt verstehen. Vorausgesetzt, dass du dieses bei deiner Unachtsamkeit überhaupt erreichst und nicht vorher umgebracht wirst, bin ich mir sicher, dass dann auch du froh sein wirst, die Krone in berufene Hände abgeben zu können und einen geruhsamen Lebensabend zu verbringen.«

»In welche denn?«, schnaubte Richard verächtlich. »Mein Sohn will sie nicht, Arthur wird vor mir versteckt, Otto ist zum römisch-deutschen König gewählt worden! Bleiben nicht mehr viele Anwärter übrig, oder?«

»Richard, vergiss deinen Bruder nicht, ich bitte dich«, mahnte Eleonore erneut und versuchte, eine Lanze für ihren jüngsten Sohn zu brechen. »Hat er dir die letzten Jahre nicht treu gedient und sogar einige militärische Erfolge errungen? Mach ihn doch zum Herzog von Aquitanien, damit er sich beweisen kann. Ich bin mir sicher, er wird dich nicht enttäuschen, und du hättest jemanden, der dir nachfolgen könnte.«

»Das glaubst du nicht wirklich, Mutter, oder etwa doch? Gut, John ist zehn Jahre jünger als ich. Aber nehmen wir einmal an, dass ich, so Gott will, dein jetziges Alter erreiche und folglich erst hochbetagt sterbe. Dann wäre er selbst schon ein Greis und wohl kaum als Thronfolger geeignet. Und wenn ich dich daran erinnern darf – legitime Nachkommen hat er ebenso wenig wie ich, nur Bastarde. Mit seiner Frau lebt er auch nicht zusammen, sodass womöglich in Bälde Söhne zu erwarten wären. Was soll das Ganze also? Nein, hier muss eine andere Lösung her, und ich weiß auch schon, welche.«

»Hättest du vielleicht die Güte, mich an deinen weisen Überlegungen teilhaben zu lassen?«

»Ich reite nach Cognac zu Philipp und verlasse ihn erst wieder, wenn er sich bereit erklärt, bei dir in die Lehre zu gehen. Ich denke, ich habe in seiner Frau eine gute Verbündete. Amélie würde gern Königin werden, das habe ich ihr angemerkt. Wenn du Philipp für fähig und würdig erachtest – sagen wir einmal, nach zwei, drei Jahren unter deiner Obhut –, legitimiere ich ihn und mache ihn offiziell zu meinem Thronfolger. Er ist jung, verheiratet und hat bereits einen Sohn. Was will man mehr?«

»Soll ich, abgesehen von der Tatsache, dass er ein Bastard ist, jetzt wirklich anfangen aufzuzählen, was alles gegen Philipp spricht, Richard? Dann säßen wir aber morgen früh noch hier.«

»Ach was, immer diese kleinlichen Bedenken. Die Kirche wird ihn schon krönen, dafür kann ich sorgen, wie du weißt. Und wer soll sich ihm dann noch in den Weg stellen, frage ich dich, wenn die weltliche und die geistliche Macht hinter ihm stehen?«

»John zum Beispiel«, brachte Eleonore wieder ihren Jüngsten ins Gespräch. »Denkst du, er nähme das so ohne Weiteres hin? Du müsstest auf Philipp sehr gut aufpassen, holst du ihn an den Hof. Und auch auf seine Nachkommen, das kann ich dir nur ans Herz legen.«

»Das traust du meinem Bruder also zu, dass er seine Rivalen meucheln lässt?« Richard gab sich nur nach außen hin entsetzt. In Wirklichkeit war er es nicht, sondern einer Meinung mit seiner Mutter. »Und trotzdem willst du die Krone für ihn?«

»Ja, Richard, und zwar aus zwei Gründen. Erstens weil er ebenso mein Sohn ist wie du. Und zweitens weil er diesen unbedingten Machtwillen hat, der Philipp fehlt. Der muss einem angeboren sein, ihn erlernen oder sich aneignen kann man nur sehr schwer. Man sagt, dass in allen Nachkommen von Henry und mir Wolfsblut fließt. In Philipps Adern ist es jedenfalls schon zu sehr verdünnt.«

»Das glaube ich nicht, denn ich habe ihn kämpfen sehen. Da schlug eher das Löwen- als das Wolfsblut durch. Du kannst mich von meinem Entschluss nicht abbringen, Mutter. John wird mir nicht nachfolgen, wenn ich es nur irgendwie verhindern kann. Ich bitte dich noch einmal: Lehre Philipp zu herrschen! Niemand ist dafür geeigneter als du. Und deshalb darfst du auch nicht ins Kloster gehen, ich flehe dich an. Denn dorthin kann ich ihn nicht schicken, die ganzen Mönche und Nonnen würde mir womöglich noch einen Pfaffen aus dem Jungen machen. Und wohin ein allzu großer klerikaler Einfluss führt, sehe ich gerade an Berengaria.«

Eleonore nickte ergeben, denn sie hatte Richard noch nie einen Wunsch abschlagen können.

»Also gut, wenn du Philipp überzeugen kannst, dass er an meinen Hof kommt und sich mir in allen Belangen unterordnet, dann kehre ich aus Fontevrault noch einmal nach Poitiers zurück. Aber nur dann! Also liegt es jetzt an dir, ihn zu überreden. Ich habe da so meine Zweifel, dass es dir gelingt. Der

Junge ist stur und von einem einmal gefassten Entschluss nur schwer abzubringen. Das solltest du selbst am besten wissen. Schließlich hast du dir an seiner Erziehung die Zähne ausgebissen.«

»Weil ich sie nicht selbst in die Hand genommen, sondern anderen überlassen habe. Das war ein Fehler, den er mir auch prompt vorgeworfen hat. Du hast recht, Philipp ordnet sich nicht gern unter. Aber ist das nicht eine Eigenschaft, die ein Herrscher haben sollte? Unterweise du ihn in Diplomatie und Staatskunst, um alles andere kümmere ich mich. Es wäre doch gelacht, wenn dann kein König aus ihm wird!«

»Dein Wille geschehe«, seufzte Eleonore und ließ dabei offen, ob sich diese Worte auf Gott oder ihren Sohn bezogen. »Aber zuvor gönne mir ein paar ruhige Tage in Fontevrault, Richard, ich bitte dich. Noch besser einige Wochen, ich fühle mich so erschöpft. Mathilda von Böhmen, die Äbtissin, ist eine gute Freundin von mir und erwartet mich. Dir würde im Übrigen etwas innere Einkehr auch guttun, kann ich dir nur sagen. Nach all den Kämpfen und Kriegen der letzten Zeit. Willst du mich nicht begleiten?«

Es gab wenig, wovor sich Richard mehr grauste als vor Klostermauern.

»Das tue ich doch gern«, gab er trotzdem zurück, und Eleonore, die damit nicht gerechnet hatte, schaute verdutzt auf. Doch sofort wurden ihre Erwartungen gedämpft. »Bis an die Klosterpforte. Dann reite ich weiter nach Chinon, um dort den Staatsschatz zu inspizieren. Es sind ja nur ein paar Meilen. Schließlich sind gesunde Finanzen die Grundlage für jeden erfolgreichen Herrscher. Hast nicht du mich das gelehrt?«

»Ja, nur darauf geachtet hast du nie. Zuerst dieser absurde Kreuzzug, dann deine Gefangenschaft. Was das alles gekostet hat, ich darf gar nicht daran denken! Wie könnte das angevinische Reich heute dastehen ohne diese unsinnigen Ausgaben!«

»Wie du weißt, hielt ich es für geboten, nach meiner Krönung Vaters Schwur bezüglich des Kreuzzuges einzulösen«, verteidigte sich Richard. »Dass das ein Fehler war und viel Unheil daraus entstanden ist, weiß ich heute auch. Damals war ich noch naiv und stolz, aber ich habe aus meinen Fehlern gelernt. Darauf kannst du dein Seelenheil verwetten, Mutter. Oder was denkst du, warum ich die mir angebotene Königskrone des römisch-deutschen Reiches abgelehnt und an Otto weitergereicht habe? Vor zehn Jahren hätte ich sie mit Sicherheit angenommen und mich in ein unüberschaubares Abenteuer gestürzt. Damit Philipp in dieser Beziehung nicht nach mir schlägt, soll er ja von dir lernen und sich nicht unbedingt mich zum Vorbild nehmen.«

»Zu welch ungeahnten Einsichten du gekommen bist, Richard«, ätzte Eleonore. »Wirst du womöglich alt? Nicht dass ich dich noch begraben muss. Erspar mir das bitte, und sei vor allem bei deinen Kriegszügen etwas vorsichtiger. Ich habe schon genügend meiner Kinder vor mir gehen sehen.«

»Sei unbesorgt. Jetzt, wo Philipp besiegt ist und das angevinische Reich wieder in den Grenzen besteht, in denen ich es von Vater übernommen habe, gedenke ich, das Leben endlich zu genießen. Vielleicht finde ich ja noch einmal eine Gefährtin wie Jeanne. Sie hat mir wirklich gutgetan und mich Berengaria vergessen lassen, denn zwischen uns wird es wohl nie mehr so werden, wie es einst war.«

»Das sehe ich leider auch so, mein Sohn, auch wenn ich es mir anders gewünscht hätte«, musste Eleonore eingestehen. »Pass nur auf, dass Sancho nicht zu deinem Feind wird, wendest du dich gänzlich von seiner Schwester ab. Die Südländer sind in dieser Hinsicht unberechenbar, und unsere Pyrenäengrenze wäre dann ungeschützt.«

»Halse mir bitte keine neuen Sorgen auf, Mutter. Ich bin froh, gerade einmal ein paar losgeworden zu sein. Wann willst du eigentlich nach Fontevrault aufbrechen?«

»Morgen bei Sonnenaufgang. Du könntest wahrscheinlich an einem Tag hinreiten, aber ich alte Frau werde wohl mindestens drei brauchen. Doch ich hätte auch eine Bitte an dich. Mein Arzt hat sich doch tatsächlich erlaubt, das Zeitliche vor mir zu segnen. Seit Josef von Salamanca tot ist, fühle ich mich irgendwie nicht gut behütet. Dir geht es doch blendend, wie du sagst, und einen Kriegszug hast du auch nicht vor. Könntest du mir da nicht deinen Medicus Milo zur Seite stellen? Wenigstens so lange, bis ich Ersatz für Josef gefunden habe. Er und Milo sind ja durch die gleichen Schulen gegangen.«

»Ich stelle ihn dir gern zur Verfügung, das ist kein Problem. Nur solltest du bedenken, dass Milo mehr auf die Behandlung von Wunden im Feld spezialisiert ist als auf Altersgebrechen.«

»Pass auf, was du sagst, mein Sohn.« Eleonore drohte Richard mit dem Finger, lächelte aber dabei, und damit war es abgemacht.

Dass sich Richard ganz in der Nähe ihrer Besitzungen aufhielt, ahnten Adémar und sein Sohn nicht, als sie sich von Paris aus auf den Heimweg machten. Bevor sie nach Limoges zurückkehrten, wollten sie noch in Angoulême Station machen, um sich mit Graf Aymar abzustimmen, der ihnen zugesagt hatte, sich dem Aufstand anzuschließen, bestünde auch nur die geringste Aussicht auf Erfolg. Davon wollte Adémar seinen Halbbruder jetzt überzeugen und sprach wie mit Engelszungen auf ihn ein.

»Aymar, glaub mir, König Philipp steht auf unserer Seite. Zugegeben, er hat es übel genommen, dass wir uns Richard nach seiner Rückkehr kampflos ergeben haben, obwohl wir ihm Treue geschworen hatten, letztlich aber eingesehen, dass es für uns nach seiner Niederlage bei Fréteval keine andere Möglichkeit gab. Jetzt will er uns mit einem Kontingent Bogen- und Armbrustschützen unterstützen, sodass wir unsere Burgen besser verteidigen können. Ich jedenfalls werde ab sofort keine Zahlungen mehr an den aquitanischen Seneschall Richards entrichten. Es muss endlich aufhören, dass sie uns bis aufs Hemd ausplündern.«

Davon konnte allerdings, das wusste Aymar, keine Rede sein. Sein Halbbruder galt als steinreich, denn seine Grafschaft war fruchtbar. Korn und Wein gediehen prächtig, und das Fleisch der Rinder aus dem Limousin war heiß begehrt. Ebenso die Waren, welche die Handwerker und Tuchweber herstellten, aber es war eine von Adémars unangenehmen Eigenschaften, dass er den Hals nie vollbekommen konnte.

»Selbst wenn ich mich mit dir verbünde und Philipp uns Truppen schickt, können wir nie im Leben gegen Löwenherz bestehen, rückt er mit seiner gesamten Armee hier an«, gab Aymar deshalb wütend zurück. »Ich lasse mich doch nicht erneut auf so ein gewagtes Abenteuer ein, dessen Ausgang völlig offen ist und bei dem sich die Waagschale wohl wie immer eher in König Richards Richtung neigen wird.«

»Das kann er aber nicht, mit seinem Heer hier anrücken«, fauchte Adémar. »Denn damit würde er die Normandie entblößen und Philipp eine offene Flanke bieten, in die dieser sofort hineinstoßen wird, sieht er eine Möglichkeit, verlorenes Terrain zurückzugewinnen. Versteh das doch endlich! Was Richard machen wird, ist, uns wahrscheinlich Mercadier mit seinen Söldnern auf den Hals zu hetzen. Aber die tun sich schwer, Burgen zu erobern, werden sie dabei nicht von William Marshal oder dem König unterstützt. Lieber verwüsten sie das umliegende Gebiet, brennen Dörfer nieder oder plündern die Felder. Nun ja, das müssen wir zur Not hinnehmen. Aber auf die Dauer ist damit niemand wirklich erfolgreich, weil er bald selbst nichts mehr zu essen hat. Das wird auch Richard einsehen und letztlich verhandeln. So können wir günstigere Konditionen für unsere Zahlungen an ihn heraushandeln oder ihn vielleicht sogar dazu bewegen, ganz auf die jährlichen Tribute zu verzichten.«

»Ich denke, du hast Philipp den Lehnseid für deine Grafschaft geschworen. Wieso willst du dann also überhaupt noch an Richard bezahlen? Aber glaube mir, der französische König wird mit Sicherheit nicht weniger zulangen als unser bisheriger Lehnsherr. Eher denke ich, dass er noch mehr erwartet und sich seine Hilfe teuer vergelten lassen wird.«

»Mag sein, aber wie will er seine Forderungen durchsetzen? Marschiert er in den Süden, steht ein paar Tage später Richard vor den Toren von Paris. Das ist so sicher, wie am Morgen die Sonne aufgeht, und das weiß Philipp auch. Nein, nein, er bekommt von uns keine einzige Mark Silber. Wir brauchen ihn nur so lange, wie der Krieg gegen Richard dauert. Danach kann er uns gern haben.«

»Du bist ja ein ganz ausgekochter Hund, Adémar«, meinte der Graf von Angoulême nachdenklich. »Aber wenn ich es mir recht überlege, könnte dein Plan sogar aufgehen, auch wenn er viele Unwägbarkeiten beinhaltet. Vielleicht wäre es uns tatsächlich möglich, endlich die Herrschaft der Plantagenets abzuschütteln und uns wieder unsere Unabhängigkeit zu erkämpfen. Auch und gerade von der französischen Krone. Gib mir etwas Zeit, damit auch ich meine Burgen verstärken und meine Bewaffneten sammeln kann. Dann will ich dich gern in deinem Kampf unterstützen. Von wo erwartest du denn den Angriff der angevinischen Truppen?«

»Sie können nur aus dem Norden kommen und von Rouen oder Château Gaillard aus über Le Mans und Tours auf Limoges aus vorstoßen. Deshalb will ich auch die vorgelagerten Befestigungen in dieser Region mit einer starken Besatzung versehen. Aus dem Süden, Osten oder gar aus dem Westen erwarte ich eher keinen Angriff. Die Burgen von Nontron, Piégut und Châlus werden wohl kaum involviert sein. Ein, zwei Ritter mit ihrem Gefolge und ein paar Reisige sollten genügen, um sie verteidigen zu können. Zuerst einmal muss Richard aber erfahren, dass ich ihm die Gefolgschaft aufgekündigt habe. Ich denke, es wird Sommer werden, bevor wir die ersten Streitkräfte von ihm zu sehen bekommen. Wir haben also genügend Zeit, um uns vorzubereiten.«

Aymar wollte gerade Bedenken anmelden, denn er kannte Richards Entschlussfreudigkeit und die Marschgeschwindigkeit seines Heeres zur Genüge, da kamen zwei junge Leute in die Halle, die sich offenbar gut verstanden. Einer von ihnen war Guido, Adémars Sohn und damit sein Neffe, die zweite mit noch vom Ausritt erhitzten Wangen seine Tochter Isabella. Offenbar waren sie auf der Falkenjagd gewesen, denn Guido trug zwei Rebhühner und einen Hasen in der rechten Hand, während er die linke besitzergreifend um Isabellas Hüfte gelegt hatte. Das junge Mädchen war zwar erst elf Jahre alt, besaß aber die Ausstrahlung einer Vierzehn- oder gar Fünfzehnjährigen, die reif für eine Vermählung war und jederzeit ins Ehebett geführt werden konnte. Ihr Lachen war ebenso kokett wie ihre Gesten, und Adémar konnte sich gut vorstellen, dass sie das Blut seines Sohnes in Wallung gebracht hatte. Selbst ihm war es ja nicht anders ergangen, als er die blonde Schönheit an diesem Morgen erblickt hatte. Aus dem Kind, das er zuletzt gesehen hatte, war eine bezaubernde, männerbetörende Nymphe geworden, die sich ihrer Wirkung auf das starke Geschlecht durchaus bewusst war und mit ihren Augen, ihrer Stimme und mit Worten, aber auch mit ihrem erwachenden Körper flirtete und eine einzige Versuchung war.

Aymar, der während des Gespräches bisher am Tisch vor einem Becher Wein gesessen hatte, sprang wie von der Tarantel gestochen auf, stürmte auf Guido zu und riss dessen Arm von seiner Tochter weg.

»Wage es noch einmal, Isabella anzufassen, du Rotzlöffel, und es war das Letzte, was du in deinem Leben getan hast«, brüllte er den jungen Mann an, der gar nicht wusste, wie ihm geschah. Schließlich war es seine Cousine gewesen, die ihn um Halt und Stütze gebeten hatte, weil sie beim Absitzen vom Pferd mit einem Fuß umgeknickt war. Den ältesten Trick der Welt hatte er nicht durchschaut und so den Zorn seines Onkels auf sich gezogen, der über Isabella wachte wie über sein Augenlicht.

»Nun mach mal nicht so ein Gewese, Aymar«, meldete sich sein Halbbruder zu Wort. »Im Übrigen wären die beiden doch ein schönes Paar. Wir sollten uns vielleicht einmal darüber unterhalten, ob wir die Verbindung zwischen unseren Familien nicht auf eine ganz andere Stufe heben wollen.«

»Denke nicht einmal im Traum daran, Adémar!« Der Graf fuhr herum und sah den Mann, dessen Sohn die Frechheit besessen hatte, seine Tochter zu berühren, an, als wollte er ihm das Herz aus dem Leib reißen. »Isabella und Guido sind viel zu eng miteinander verwandt, als dass wir für eine Eheschließung zwischen den beiden einen kirchlichen Dispens erhalten würden. Außerdem ist die Schönheit meiner Tochter eines Königs würdig und wird mit Sicherheit nicht an den Sohn eines Vizegrafen verschwendet! Zumindest verdient sie es, in eine reichere Familie einzuheiraten als in die deine. Isabella ist Hugo von Lusignan versprochen, dem mächtigen Grafen von La Marche, dem Neffen des ehemaligen Königs von Jerusalem. Wenn wir ihn für uns gewinnen, und das will ich mit dieser Eheschließung erreichen, dann könnten wir gemeinsam womöglich tatsächlich das Joch der Plantagenets abschütteln und unabhängig über unsere Fürstentümer in der Mitte Frankreichs herrschen.«

Isabella, die alles mitanhören musste, machte ein betretenes Gesicht. So recht war es ihr wohl nicht, was ihr Vater da für sie, selbstverständlich ohne sie zuvor zu fragen, beschlossen und ausgehandelt hatte. Nächstes Jahr, wenn sie zwölf und damit im heiratsfähigen Alter war, sollte die Hochzeit stattfinden. Bisher hatte sie den ihr zugedachten Gemahl erst zweimal gesehen, und beide Male war er ihr steinalt vorgekommen. Zugegeben, er besaß eine schöne, auf einem Bergsporn gelegene Burg, die angeblich von einer Fee errichtet worden war, und hatte viel Einfluss sowohl am angevinischen als auch am französischen Hof. Aber ein junger, attraktiver Mann, am liebsten ein Prinz von hohem Geblüt, wäre der jugendlichen Schönheit schon lieber gewesen als dieser Graf, mochte er auch noch so viel Gold gehortet haben. Ihr Onkel schien das ebenso zu sehen und sprang ihr unaufgefordert bei.

»Aber Hugo ist doch im Vergleich zu deiner Tochter ein alter Mann, Aymar. Soweit ich weiß, zählt er weit über fünfundzwanzig Jahre mehr als sie! Findet sich da bei ihrem bezaubernden Aussehen wirklich nichts Besseres? Hast du Isabella denn schon einmal am französischen Hof vorgestellt? Philipps Sohn Louis würden wahrscheinlich die Augen aus dem Kopf fallen, erblickt er diesen Engel. Er ist gerade einmal dreizehn Jahre alt und wäre damit genau im passenden Alter.«

Isabella war bis zu den Haarwurzeln errötet, nachdem hier so unverblümt über sie gesprochen wurde. Aber die Meinung ihres Onkels, was ihre Vermählung betraf, interessierte sie schon sehr und entsprach auch mehr ihrem Hoffen und Sehnen als das, was ihr Vater mit ihr vorhatte. Doch der holte sie ganz schnell wieder auf den Boden der Tatsachen zurück.

»Setz meiner Tochter bloß nicht solche Flausen in den Kopf, Adémar«, fuhr er seinen Halbbruder wütend an. »Womöglich bildet sie sich sonst noch ein, zur Königin geboren zu sein. Jugend und Schönheit, als ob es darauf im Leben ankommt! Bündnisse und Macht sind von Bedeutung und sonst gar nichts. Geh, mein Kind, du siehst angestrengt aus. Und du, Guido, wage es nicht, ihr zu folgen, hörst du? Bring die Jagdbeute in die Küche, und dann geselle dich zu uns. Es gibt noch viel zu besprechen, bevor ihr morgen nach Limoges aufbrecht. Wie ich von deinem Vater erfahren habe, betraut er dich ja mittlerweile mit militärischen Aufträgen, sodass deine Anwesenheit hier vonnöten ist.«

Was keiner der drei Männer und auch Isabella in diesem Moment ahnten, war, dass sie tatsächlich einmal eine Krone tragen und Königin sein würde, wegen der – ähnlich der schönen Helena von Troja – letztlich zwei große Reiche gegeneinander Krieg führen sollten.

Obwohl Geduld nicht gerade zu Richards Tugenden zählte, hielt er sein Versprechen und begleitete seine Mutter nach Fontevrault. Am Grab seines Vaters sprach er ein kurzes Gebet, doch dann verabschiedete er sich, um zur Burg von Chinon zu reiten, wo ihn der Kastellan schon erwartete. Der König war überrascht, wie sehr der Staatsschatz mittlerweile wieder angewachsen war, und atmete tief durch, als er die gefüllten Truhen sah. Es war ihm durchaus bewusst, wem er das zu verdanken hatte – den Seneschallen in allen Teilen seines Reiches, die überwiegend von seiner Mutter und Hubert Walter ausgewählt worden waren und sich offenbar als zuverlässig erwiesen hatten. Nur drei Tage hielt sich der König in der ehemaligen Lieblingsresidenz seines Vaters auf, dann schwang er sich wieder in den Sattel, um weiter nach Süden zu reiten.

*Wie sehr sich Chinon und Château Gaillard doch voneinander unterscheiden,* sinnierte er, während er den Burgberg hinab zur Vienne ritt, um sie mittels einer Furt zu queren. Alle beide waren Höhenburgen, oberhalb eines Flusses gelegen, und galten als nahezu uneinnehmbar. Aber während Chinon klobig und auch etwas altmodisch mit seinen eckigen Türmen und Mauern wirkte, war Château Gaillard einzigartig in seiner Bauweise und auch gegenüber schwerstem Belagerungsgerät bestens geschützt. Ob er zukünftig den Staatsschatz dorthin verlegen sollte? Besser nicht, befand der König, denn seine

Lieblingsresidenz barg schon ein Geheimnis, das niemals das Tageslicht erblicken durfte. Wenn die beiden Stützen seiner Macht getrennt und gut geschützt aufbewahrt wurden, dann waren sie doppelt sicher, und er konnte beruhigt schlafen.

Wie immer ritt Richard zügig voran und gönnte seinem Gefolge kaum eine Pause. William Marshal war in der Normandie zurückgeblieben, um Hubert Walter bei den Friedensverhandlungen hilfreich zur Seite zu stehen und jedweden womöglich geplanten Angriff Philipps vor der endgültigen Unterschrift zurückzuschlagen. So befehligte William de Braose die Ritterschaft, die den König begleitete. Er war in den letzten Jahren zu einer echten Stütze Richards geworden und hielt sich nur noch gelegentlich auf seinen Besitzungen in den Grenzmarken zu Wales auf. Allerdings kamen von dort immer wieder Beschwerden bezüglich seines rigorosen Vorgehens gegen seine Nachbarn, doch über so etwas konnte Richard wie bei seinem Halbbruder Geoffrey geflissentlich hinweghören, wenn ihm die Männer wichtig waren.

Diesmal hatte der Vater den Besuch bei seinem Sohn ankündigen lassen, und demgemäß fiel auch das Willkommen in Cognac aus. Die Menschen waren aus der gesamten Baronie herbeigeeilt, um dem König zuzujubeln. Auf die Straßen hatten die Bauern frische Frühlingsblumen gestreut, und da eine bereits wärmende Sonne vom Märzenhimmel schien, hätte der Einzug in die kleine Stadt an der Charente nicht schöner sein können.

Im Hof der Burg begrüßten Philipp und seine Gemahlin den König ehrfurchtsvoll, doch der hatte nur Augen für den mittlerweile sechsjährigen Knaben, den er das letzte Mal vor nunmehr fast fünf Jahren gesehen hatte und der sich unsicher etwas abseitshielt.

*Gott, wo ist nur die Zeit geblieben,* durchfuhr es Richard siedend heiß. *Wie groß mein Enkel inzwischen geworden ist! Statt mich ständig auf Kriegszügen herumzutreiben, sollte ich mich besser ihm widmen, damit es mir mit ihm nicht so ergeht wie mit seinem Vater.* Das zu ändern nahm sich der König fest vor, während er absaß. Dann trat er einige Schritte auf Amélie zu, die in einen tiefen Hofknicks versunken war und die Augen niedergeschlagen hatte, um sanft ihre Hand zu ergreifen und sie wieder in den Stand zu ziehen.

»Ich freue mich sehr, wieder einmal Euer Gast sein zu dürfen, Madame«, meinte Richard, über alle Maßen charmant, bevor er sich an Philipp wandte. Mit einer Geste bedeutete er seinem Sohn, sich ebenfalls zu erheben, bevor er etwas tat, was alle Umstehenden in noch lauteren Jubel als schon zuvor ausbrechen ließ – er schloss seinen Sohn fest in die Arme, drückte ihn an seine Brust und zeigte damit, wie eng die Verbundenheit fortan zwischen Vater und Sohn sein sollte.

Philipp wusste gar nicht, wie ihm geschah, so plötzlich kam diese unerwartete väterliche Zuwendung. Es blieb ihm gar nichts anderes übrig, als die Umarmung zu erwidern, obwohl er sich fest vorgenommen hatte, Distanz zu seinem königlichen Vater zu wahren und sich nicht von ihm vereinnahmen zu lassen. Aber was sollte er tun? Richard, der auch sein Lehnsherr war, hier vor allen Leuten vor den Kopf zu stoßen, ging jedenfalls nicht an. Andererseits konnte er auch nicht verhehlen, dass sich ein warmes Gefühl in ihm breitmachte und er seit Langem wieder so etwas wie Zuneigung seinem Erzeuger gegenüber verspürte. Restlos ging ihm aber das Herz auf, als sein Vater ihn losließ, ein paar Schritte zur Seite trat und vor Henry in die Hocke ging. Hier kauerte nicht der Herrscher eines großen Reiches, sondern ein Großvater vor seinem Enkel.

»Weißt du, wer ich bin?«, fragte Richard mit sanfter Stimme und ergriff die Hände des Knaben, die dieser ihm nur recht widerwillig überließ.

»Der König von England, der Herrscher über das angevinische Reich«, gab Henry zurück und bemühte sich, seine

Stimme fest klingen zu lassen, denn der Respekt vor dem großen Mann in Rüstung mit purpurnem Wappenrock, auf dem
drei goldene Leoparden prangten, und der Helmkrone auf
dem Kopf wollte ihn schier überwältigen.

»Das auch, aber vor allem bin ich dein Großvater, der ver-
spricht, dich nun öfter besuchen zu kommen und dich nicht
länger zu vernachlässigen. Oder du kommst mit deinen Eltern zumindest von Zeit zu Zeit zu mir, damit wir uns endlich besser kennenlernen und du deine Scheu vor mir ver-
lierst.«

Jetzt begannen Henrys Augen zu leuchten, und als sein
Großvater ihn unter den Achseln packte, ihn hochhob und hin
und her schwenkte, sträubte er sich nicht länger, sondern lachte glückselig und strahlte über das ganze Gesicht.

Welches Elternpaar hätte sich nicht an diesem Anblick erfreut? Weder Philipp noch Amélie konnten verhehlen, wie
stolz sie waren, und als Richard nach einer ihnen unendlich
lange vorkommenden Zeit ihren Sohn wieder herunterließ, ge-
leiteten sie ihren hohen Gast in die große Halle, wo ein Festmahl zu seinen Ehren aufgetragen wurde.

Richard hatte sich vorgenommen, nicht gleich mit der Tür
ins Haus zu fallen, sondern nahm sich Zeit, um zwischen sich
und Philipp langsam ein auf gegenseitigen Respekt gegrün-
detes Vertrauensverhältnis wachsen zu lassen. Er ließ sich die
Baronie zeigen, hörte sich die Sorgen der Bauern und Bürger
an, gab Ratschläge zum Ausbau der Befestigungen und ritt
mit seinem Sohn und dessen Gemahlin auf die Falkenjagd.
Henry hatte noch eine Schwester bekommen, die nun drei-
jährige Margarete, und Amélie war seit Kurzem erneut
schwanger, was sie aber nicht daran hinderte, in wahrhaft königlicher Haltung mit ihrem Pferd über Bäche und umge-
stürzte Bäume zu setzen, sodass selbst ihrem Schwiegervater
angst und bange um sie wurde. Am Abend nahm Richard

deshalb auch seinen Sohn zur Seite und legte ihm nachdrücklich ans Herz, seiner Frau derartige Eskapaden auszureden oder besser noch zu verbieten, doch der zuckte nur resigniert mit den Schultern.

»Was glaubst du, wie oft ich ihr das schon gesagt habe?«, antwortete Philipp unwirsch. »Denkst du, sie hört auf mich? Amélie entgegnet mir auf meine Vorhaltungen nur, sie wäre schließlich nicht krank, sondern schwanger, und solange sie aufs Pferd käme, würde sie auch reiten. Glücklicherweise ist sie ja erst im dritten Monat, und ich habe schon ernsthaft erwogen, sie bis zur Geburt einzusperren, wenn sie nicht vernünftig wird.«

»Offenbar ist sie genauso stur wie meine Mutter, Philipp. Die hat sich von meinem Vater auch nichts vorschreiben lassen. Vergiss das mit dem Einsperren besser, falls es kein Scherz gewesen sein sollte, sonst ist Feuer unter dem Dach, wenn sie wieder freikommt. Eine weitere Parallele zu deiner Großmutter, die selbst sechzehn Jahre Haft in zugigen Burgen nicht haben brechen können. Aber weil wir gerade von ihr sprechen – sie würde dich gerne einmal wiedersehen. Und selbstverständlich auch deine Frau und ihre Urenkel. Ich denke, sie wird langsam alt. Gegenwärtig hat sie sich in das Kloster von Fontevrault zurückgezogen, um nach dem lauten und betriebsamen Hofleben in Poitiers dort die Ruhe und Abgeschiedenheit zu genießen. Denkst du nicht, dass du ihr diesen Wunsch einmal erfüllen könntest? Das ewige Leben hat deine Großmutter schließlich auch nicht.«

Philipp sah seinen Vater skeptisch an.

»Was verschafft mir denn diese übergroße familiäre Nachfrage?«, wollte er wissen. »Raus damit, du heckst doch bestimmt schon wieder etwas aus.«

»Ich war guter Hoffnung, als ich hierherkam, dass du wenigstens einen Hauch von Respekt mir gegenüber würdest erkennen lassen«, knurrte Richard mittlerweile etwas gereizt.

»Wenn schon nicht mir als deinem Vater, dann wenigstens gegenüber dem König und Lehnsherrn. Aber da habe ich wohl zu viel erwartet.«

»Ich denke, das habe ich getan. Vor allen Leuten wurde dir von mir und Amélie gehuldigt, und das aus ganzem Herzen. Aber hier, unter vier Augen, sieht das etwas anders aus, denn ich wüsste nicht, womit du dir den Respekt, den du von mir als deinem Sohn einforderst, verdient hättest.«

Richard befahl sich, ruhig zu bleiben, obwohl er einmal mehr schwer an der Antwort seines Sohnes zu schlucken hatte. Aber andererseits erinnerte er sich daran, einst ähnlich mit seinem Vater gesprochen zu haben. Dessen Reaktion war daraufhin so heftig ausgefallen, dass ihm nichts anderes übrig geblieben war, als vom englischen Hof nach Paris zu fliehen, denn Henry hatte ihn auf der Stelle enterbt und gedroht, ihn ebenso einzusperren wie seine Mutter. Doch sein Vater hatte damals mit Geoffrey und John noch zwei andere Söhne besessen, die seine Nachfolge antreten konnten. Er hingegen hatte nur Philipp und musste noch dazu um ihn werben, weil dieser sich stur stellte und vorgab, kein Interesse an einer Krone zu haben.

»Schelte mich ruhig, mein Sohn, ich habe es sicher verdient«, gab sich Richard deshalb reumütig. »Aber bedenke auch, dass Jesus Christus uns gelehrt hat, zu vergeben. Vielleicht solltest du dir diese Tugend auch einmal zu eigen machen und sie nicht nur von anderen einfordern.«

»Du redest ja wie ein Pfaffe, Vater.« Philipp war bass erstaunt. »Solche Worte aus deinem Mund habe ich bisher noch nie vernommen. Dir muss wohl das Wasser bis zum Halse stehen, wenn sie dir über die Lippen kommen. Jetzt bin ich wirklich gespannt, was du tatsächlich von mir willst. Denn irgendetwas muss dich ja bedrücken, das spüre ich doch.«

»Gut, du hast es so gewollt. Eigentlich hatte ich vor, noch etwas Zeit verstreichen zu lassen, bevor ich mit dir rede, aber einen wirklich passenden Zeitpunkt wird es wohl nie dafür geben. Philipp, ich brauche dich! Mehr, als du womöglich denkst. Es gibt niemanden, der mein Blut weitergeben kann außer dir. Halt, das stimmt nicht ganz, du hast noch einen Bruder. Aber der ist nicht einmal zwei Jahre alt und seine Mutter bei der Geburt gestorben. Ich selbst kann ihn mir nicht anschauen, weil ich sonst sofort wieder an sie erinnert werde und es mir das Herz zerreißt. Außerdem bin ich, bis er groß ist, ein steinalter Mann. Aber du und ich, wir könnten ein Vater-Sohn-Gespann abgeben, wie man es im ganzen Abendland nur selten antrifft. Ich habe dich kämpfen sehen und weiß, dass ich dir in dieser Hinsicht kaum mehr etwas beibringen muss. Eher du mir, zum Beispiel wie man mit Besiegten umgeht und dass Gnade besser als Rache ist. Ich weiß das natürlich selbst, aber manchmal kommt das Wolfsblut einfach in mir durch. Wobei, es ist schon besser geworden, das können dir die Männer in meinem Gefolge bestimmt bestätigen. Heute jedenfalls würde ich keine Gefangenen mehr wie in Akkon abschlachten lassen, denn es hat mir nur Unglück gebracht. Kannst du dir denn gar nicht vorstellen, an meinen Hof zu kommen und an meiner Seite zu leben? Wenigstens eine Zeit lang!

Ich legitimiere dich, erkenne deine Kinder als meine Enkel an, und du trittst irgendwann einmal in meine Fußstapfen. Vorher mache ich dich zum Herzog von Aquitanien, damit du lernst, selbstständig zu herrschen, und ich mich um die anderen Landesteile kümmern kann. Noch ist deine Großmutter in der Lage, dir alles beizubringen, was du als Regent wissen musst. Über das Land, über die Leute, über Diplomatie und wann man sich auch einmal hart und unnachgiebig zeigen muss. Bitte, Philipp, sag nicht gleich wieder Nein. Denk erst einmal in Ruhe über alles nach. Ich lasse dir Zeit, ich will dich nicht drängen. Sprich mit deiner Frau, hole ihren Rat ein. Sie wäre eine wahre Königin an deiner Seite und könnte dir eine Stütze sein. Ich mag sie, und wenn ich sie dir auch aufgezwungen habe, so war das doch eine meiner klügeren Entscheidungen. Wenn du meinen Vorschlag ablehnst, dann fällt das angevinische Reich womöglich eines Tages in die Hände meines Bruders John. Und das kann niemand, der bei klarem Verstand ist, wirklich wollen, auch du nicht.«

Richard hatte, fast ohne ein einziges Mal Luft zu holen, gesprochen und so eindringlich, dass Philipp sich seinen Worten nicht entziehen konnte. Sein erster Gedanke war, erneut abzulehnen und es sich für alle Zeit zu verbitten, weiter von seinem Vater bedrängt zu werden, was die Regelung seiner Nachfolge betraf. Doch irgendetwas, er konnte es sich selbst nicht erklären, hielt ihn davon ab. Zumindest wollte er zuerst mit seiner Frau darüber sprechen, denn er wusste, Amélie würde ihm den Kopf abreißen, wenn er es nicht täte und sie später davon erführe.

»Gut, ich denke darüber nach, Vater«, stimmte Philipp deshalb widerstrebend zu. »Aber mehr verspreche ich dir nicht, und große Hoffnungen solltest du dir besser auch nicht machen.«

Richard klopfte seinem Sohn dankbar auf die Schulter.

»Mehr, als dass du nicht sofort wieder Nein sagst, erwarte ich gar nicht. Manche Entscheidungen brauchen Zeit, um zu reifen, das habe ich selbst schmerzlich erfahren müssen. Und jetzt lass uns einen Becher Wein leeren, mir ist der Mund ganz trocken geworden vom vielen Reden. Ich hoffe, du hast einen guten Bordeaux in deinem Keller. Wenn nicht, reiten wir gleich morgen nach Saint-Émilion und trinken uns durch die dortigen Weinkeller, bis wir den richtigen gefunden haben.«

»An einem guten Roten soll es nicht mangeln. Komm, Amélie wird sich schon fragen, wo wir bleiben.« *Und mir spätestens im Bett ein Loch in den Bauch fragen,* dachte Philipp, der seine Gemahlin nur zu gut kannte.

Und genauso kam es auch. Kaum hatte Richard die Tafel aufgehoben, wozu ihm als König das alleinige Recht zustand, und sich zurückgezogen, packte Amélie ihren Gatten am Handgelenk und entführte den Widerstrebenden in das eheliche Schlafgemach. Schnell waren die Bettvorhänge zugezogen, und abgeschieden von der Außenwelt, drängte die Baronin, der nicht entgangen war, dass ihr Gemahl und ihr Schwiegervater eine ganze Zeit lang verschwunden gewesen waren, Philipp dazu, ihr alles zu berichten.

»Nun sag schon, was wollte dein Vater von dir? Denkst du, du kannst etwas vor mir verheimlichen? Du solltest langsam wissen, dass das ein Ding der Unmöglichkeit ist. Entweder du erzählst mir alles, oder ich frage den König morgen rundheraus, was ihr beide für Heimlichkeiten habt. Du weißt, dass ich mich nicht davor scheue, und was er dann über dich denkt, hast du dir allein zuzuschreiben.«

Philipp zog seine Frau zu sich heran und küsste sie zärtlich.

»Wir haben uns nur über Wein unterhalten. Darüber, dass hier bei uns einfach kein besonders guter gedeiht, kaum hundert Meilen südlich dafür ein umso besserer. Das haben schon die Römer gewusst, und seither ist die Region um Bordeaux und Saint-Émilion gesegnet. Vielleicht reiten wir sogar gemeinsam dorthin, um unsere Keller aufzufüllen, hat mein Vater vorgeschlagen.«

Amélie richtete sich auf ihren Ellenbogen auf, und obwohl es stockdunkel war, wusste Philipp, dass ihre Augen wütend funkelten. Dass sie ihm seine Flunkerei auch nur einen Moment lang abnehmen würde, hatte er aber auch nicht wirklich erwartet.

»Lüg mich nicht an, Philipp von Cognac! Das kannst du vielleicht den Kinderfrauen erzählen, aber nicht mir! Raus mit der Sprache, was willst du mir verheimlichen? Los, sag's, oder ich lasse dir die ganze Nacht über keine Ruhe.«

Seufzend ergab sich Philipp in sein Schicksal. Er hatte ja von Anfang an gewusst, dass man vor seiner Frau nichts geheim halten konnte, und sich außerdem sowieso mit ihr beraten wollen. Wobei er sich schon jetzt denken konnte, was sie zu dem Vorschlag seines Vaters sagen würde.

»Na, was wird mein Vater wohl von mir gewollt haben? Das Gleiche wie beim letzten Mal. Er sucht händeringend nach einem Nachfolger, nachdem mein Cousin Otto, der ja eine Weile unser Herzog war, nach Deutschland zurückgekehrt ist, um sich dort zum König wählen und krönen zu lassen. Mit seiner Frau Berengaria wird Vater wohl keine Nachkommen mehr zeugen. Er hat mir eröffnet, dass ich noch einen Bruder habe, aber der ist ebenso wie ich ein Bastard und muss gerade erst dem Säuglingsalter entwachsen sein. Offenbar sieht er nun in mir seinen Erben und befürchtet, dass, wenn ich ihn zurückweise, nach ihm mein Onkel John die Krone tragen könnte. Den kenne ich zwar nicht, nur einige Gerüchte über ihn, und wenn die wahr sind, kann ich meinen Vater sogar verstehen.«

»Bist du John denn nie bei Hofe begegnet?«

»Nicht dass ich wüsste. Vielleicht als Kind, aber Erinnerungen an ihn habe ich keine.«

»Ist ja auch egal. Und, was hast du geantwortet? Spann mich nicht so auf die Folter!«

Amélie schob das Hemd ihres Mannes nach oben und kniff ihn spielerisch in die Brustwarzen, um ihren Worten Nachdruck zu verleihen.

»Au, lass das«, protestierte Philipp auch sofort, wusste aber in diesem Augenblick schon, dass er seiner Gemahlin das später heimzahlen würde. »Ich habe nicht gleich abgelehnt und ihm versprochen, darüber nachzudenken und mich mit dir zu beraten. Aber ich sage dir gleich, meine Meinung hat sich nicht geändert. Mir reicht das Leben, das wir hier führen, voll und ganz, und ich sehne mich gewiss auch in meinem späteren nicht danach, als König zu herrschen.«

»Aber warum denn nicht?« Amélies Hand wanderte nach unten und begann, Philipps Glied zu streicheln, das auch sofort zum Leben erwachte. »Ich könnte mir keinen besseren Herrscher über das angevinische Reich vorstellen als dich. Du bist mutig, aber auch beherrscht, kühn und kampferprobt. Den Rest kannst du lernen. Was also sollte dagegensprechen, dem Willen deines Vaters nachzukommen? Wenn er es sich doch so sehr wünscht, dass du später seine Krone trägst, und bereit ist, dir dafür alle Hindernisse aus dem Weg zu räumen!«

»Versteh doch, Amélie, es wäre ein Leben voller Kampf und Gefahren! Außerdem bin und bleibe ich – selbst wenn mein Vater noch lange lebt und ich die Zeit an seiner Seite verbringe, sodass mich jeder im Reich kennenlernt – immer ein Bastard. Selbst mein Urgroßvater Henry I., der ein Sohn des Bastards Wilhelm, genannt der Eroberer, war, hat es nicht gewagt, einen seiner illegitimen Nachkommen zu seinem Nachfolger zu bestimmen, obwohl einige von ihnen wie Robert von Gloucester durchaus zum Herrschen geeignet gewesen wären. Stattdessen hat er nach dem Tod seines leiblichen Sohnes seine Tochter zu seiner Erbin ernannt. Er ließ seine Barone drei Eide auf seine Tochter Matilda schwören, sie als seine Nachfolgerin und Königin zu akzeptieren. Doch kaum war er unter der Erde, griff sein Neffe Stephan nach der Krone, und es kam zu einem jahrzehntelangen Bürgerkrieg. Denkst du, ich möchte an so etwas schuld sein? An einer erneuten Anarchie, wie man die Zeit damals nannte? Bitte verlange das nicht von mir!«

Amélie hatte mittlerweile auch die Hoden ihres Mannes in ihr Liebesspiel miteinbezogen, weil sie wusste, wie sehr er das genoss, und spürte auch jetzt ihren Erfolg. Sie schwang ein Bein über seinen Leib und ließ sich langsam auf Philipps mittlerweile hartes und aufragendes Glied hinab. Wenn sie schwanger war, das hatte sie festgestellt, konnte sie in dieser Position den Liebesakt am besten genießen.

Als ihr Mann ganz in sie eingedrungen war, stöhnte Amélie voller Leidenschaft und begann, ihn hingebungsvoll zu reiten. Plötzlich hielt sie inne, streifte ihr Hemd ab und führte, jetzt ganz nackt, seine Hände an ihre Brüste. Philipp, den die Leidenschaft seiner Frau, die er in vollen Zügen genoss, überraschte, hoffte, dass sich ihr angefangenes Gespräch damit zumindest für diese Nacht erledigt hätte, sah sich aber zu seinem Leidwesen getäuscht. Selbst während sich Amélie auf und ab bewegte, sprach sie, wenn auch mit heiserer Stimme, weiter auf ihn ein.

»Überlege doch nur einmal, was du dir entgehen lässt«, hauchte sie. »Wenn du schon nicht an dich denken willst, dann vielleicht an unsere Kinder. Die Dynastie würde fortbestehen, denn einen Sohn haben wir schon. Er könnte König werden, vergiss das nicht. Hier auf Cognac nur Baron. Und was ist, wenn ich weitere Söhne bekomme? Du kannst die Baronie nicht aufteilen, dafür ist sie zu klein. Schon um Margarete mit einer ordentlichen Mitgift ausstatten zu können, werden wir uns sehr anstrengen müssen. Eine weitere Tochter kann dann nur noch Nonne, ein Sohn Mönch oder fahrender Ritter werden. Willst du das? Wo du doch die Möglichkeit hättest, deinem Nachwuchs eine glänzende Zukunft zu sichern!«

*Und dir eine Krone als Königin,* dachte Philipp, der merkte, wie sein Glied aufgrund der Diskussion erschlaffte. Doch das war auch Amélie aufgefallen, die sich sofort nach vorn beugte und ihrem Mann ihre Zunge tief in den Mund schob, weil sie wusste, wie sehr er ihre Küsse liebte. Und augenblicklich wurde sie belohnt, denn sein Glied in ihr wurde wieder hart und fordernd. Wäre es nicht so dunkel gewesen, hätte Philipp ein triumphierendes Lächeln um ihre Mundwinkel spielen sehen können.

»Und dafür soll ich einen womöglich langjährigen Bürgerkrieg riskieren?«, begehrte ihr Gemahl noch einmal auf, der sich aber eigentlich schon geschlagen gab. »Gegen Arthur, dem die Krone schon einmal versprochen worden ist, gegen John, der sie heiß begehrt, oder gegen wen auch immer? Sag mir einen guten Grund, warum ich das tun soll!«

»Einen habe ich dir schon genannt, aber ich nenne dir gern noch einen weiteren«, gab Amélie zurück und warf sich auf ihren Mann, um ihn mit ihrer Wärme, ihrem Duft und ihrer weichen Haut ganz gefangen zu nehmen. Gleichzeitig beschleunigte sie den Rhythmus, mit dem sie auf seinem Schwanz ritt, und als sie spürte, wie der Samen in ihm aufstieg, schrie sie ihm genau in dem Moment, als er sich in ihr ergoss, voller Wollust ins Ohr:

»Weil du ein besserer Mann bist als all die anderen!« *Zu diesem habe allerdings erst ich dich gemacht!*, dachte die Frau, die für ihr Leben gern Königin werden wollte, das aber besser nicht aussprach, denn sie kannte die Verletzlichkeit ihres Gatten. Stattdessen setzte sie noch eine Schmeichelei obendrauf, der sich auch Philipp nicht entziehen konnte. »Und weil ich weiß, dass du ein guter und gerechter König sein würdest! Einer, wie ihn dieses Land braucht, damit die Menschen in Frieden und Wohlstand weiterleben können.«

Richard hatte seinem Sohn zwar Zeit gegeben, sich seine Antwort gut zu überlegen, schlich aber, ständig auf seine Zusage hoffend, am nächsten Tag um ihn herum wie ein Kater um den heißen Brei. Auch mit einer Ablehnung würde er sich abfinden müssen, das war ihm klar, denn er hatte zwar seinen Halbbruder zwingen können, Erzbischof zu werden, aber Philipp die Krone aufs Haupt zu nageln, würde wohl kaum machbar sein. Schon hatte er sich entschlossen, einmal mit seiner Schwiegertochter zu sprechen, wenn sein Sohn nicht anwesend war, ohne zu wissen, dass diese bereits alle Mittel eingesetzt hatte, die einer Frau möglich waren, als ganz überraschend Elias de la Celle gemeldet wurde. Der Seneschall, der immer wusste, was in Aquitanien vor sich ging, und damit auch, dass sein König sich kaum zwei Tagesritte von Bordeaux entfernt in Cognac aufhielt, kam völlig außer Atem und ganz unprätentiös in die Halle der kleinen Burg gestürmt. Er nahm sich kaum die Zeit, vor Richard das Knie zu beugen, da brach es auch schon aus ihm heraus.

»Sire, vergebt mir mein ungebührliches Betragen und den Überfall, aber ich habe Nachrichten, die Euch so schnell wie möglich erreichen sollten. Adémar von Limoges hat Euch die Gefolgschaft aufgekündigt und Philipp von Frankreich den Lehnseid für seine Grafschaft geleistet. Er verweigerte meinen Abgesandten die fälligen Abgaben und ließ sie mit Hunden aus seiner Burg hinausjagen. Bedenkt, wenn er sich mit seinem Halbbruder Aymar verbündet und dieser sich dem Aufstand anschließt, könnte Aquitanien wie mit einem Messer in der Mitte durchschnitten werden. Angoulême reicht bis an das Meer, und das Limousin grenzt an Philipps Ländereien. Es steht mir selbstverständlich nicht zu, Euch Ratschläge zu erteilen, doch ich denke, hier ist rasches Handeln erforderlich, um die Rebellion bereits im Keim zu ersticken.«

»Verdammte Verräter!« Richard hieb mit der Faust auf den Tisch, dass Teller und Becher emporsprangen. Einige kippten um, und roter Wein ergoss sich über die Tafel. »Nicht Ihr, de la Celle. Euch danke ich, dass Ihr nicht gezögert habt, mich aufzusuchen und zu unterrichten. Nehmt Platz, und stärkt Euch erst einmal. Aber das muss ein Ende haben mit diesem aufrührerischen Pack. Ich werde sie lehren, was es heißt, mir in den Rücken zu fallen und sich Philipp anzubiedern. Und dieses Mal so, dass sie es nie mehr vergessen werden. Auf der Stelle marschieren wir nach Limoges und machen die Burg dem Erdboden gleich. Und wenn ich Adémar zu greifen bekomme, darf er dabei noch zusehen, bevor er gehängt wird. Wie viele Männer habt Ihr dabei, de la Celle?«

»Nur zwei Dutzend Berittene, Sire. Mehr Männer zu sammeln hätte zu viel Zeit gekostet«, rechtfertigte sich der Seneschall.

»Ihr habt recht gehandelt, niemand schilt Euch.« Richard winkte nur ab. »Aber selbst mit meinen fünfzig Rittern sind wir zu wenige, um Limoges zu nehmen. De Braose, ich habe einen Auftrag für Euch.«

»Stets zu Diensten, Sire«, biederte sich der Marcher Lord an.

»Ihr springt auf der Stelle aufs Pferd und reitet nach Châteauroux. Dort müsste sich Mercadier mit seinen Söldnern herumtreiben. Er soll sich unverzüglich aus dem Berry nach Süden aufmachen. Wir treffen uns vor Limousin, und das so schnell als möglich.«

Der Marcher Lord wollte nach einer Verbeugung schon aus der Halle stürmen, als sich Philipp an seinen Vater wandte. Da sie nicht unter vier Augen, sondern in großer Gesellschaft waren, tat er dies sehr förmlich und höflich.

»Wenn Ihr gestattet, Sire, hätte ich dazu einen Vorschlag zu unterbreiten.«

Richard hingegen dachte gar nicht daran, sich zu verbiegen, sondern wollte allen zeigen, welche Wertschätzung er dem Hausherrn mittlerweile entgegenbrachte.

»Immer raus damit, ich bin ganz Ohr, mein Sohn.«

»Von Cognac aus ist es nur ein straffer Tagesritt nach Angoulême. Wenn Graf Aymar sich noch nicht gerüstet und Stadt und Burg in Verteidigungsbereitschaft versetzt hat, könnten wir ihn überraschen und damit als Feind in unserem Rücken ausschalten. Zwei weitere Tagesritte östlich liegt Limoges. Aber um die Hauptstadt seiner Grafschaft hat Adémar einen Ring von Festungen angelegt, die man nicht außer Acht lassen darf. Zwischen Angoulême und Limoges befinden sich von uns aus gesehen Nontron, Piégut und Châlus. Die ersten beiden können wir vielleicht ignorieren, sie sind nicht mehr als unbedeutende Vorposten. Aber Châlus auf keinen Fall. Hat die Burg womöglich eine starke Besatzung erhalten, haben wir auf unserem weiteren Weg einen Feind im Nacken, den man nicht unterschätzen sollte.«

Die Blicke aller Anwesenden hatten sich mittlerweile auf Philipp gerichtet, und selbst Richard sah seinen Sohn sprachlos an.

»Du hast sicher recht, du kennst das Land. Aber wieso sprichst du immer von ›wir‹?«

»Weil ich dich zusammen mit zwei Dutzend berittenen Reisigen begleiten werde. Mehr habe ich leider nicht unter Waffen, aber so bilden wir zumindest eine Hundertschaft. Schließlich hast du mich ja aufgefordert, von dir und Großmutter zu lernen, und ich denke, dass dies jetzt eine gute Gelegenheit dafür ist.«

Einen Moment lang wirkte Richard verdutzt, doch dann wurde sein Grinsen immer breiter. Schwer fiel seine Pranke auf Philipps Schulter, als er aufsprang, sich einen Becher griff und ihn hoch in die Luft reckte.

»Ich habe einen Sohn!«, rief der König mit seiner weittragenden Stimme in die Runde. »Endlich habe ich einen Sohn! Trinken wir auf Philipp, stoßt alle an! Gott hat mich erhört, mein größter Traum ist in Erfüllung gegangen!«

Auf der Stelle brach lauter Jubel aus. Niemand war natürlich sitzen geblieben, nachdem der König sich erhoben hatte, und nun prosteten ihm alle zu, und laute Rufe wie »Ein Hoch auf Philipp!« schallten durch die Halle, womit allerdings beileibe nicht der französische König gemeint war.

Auch Amélie strahlte über das ganze Gesicht und lächelte ihren Gatten glücklich an. Doch als wohl Einziger war ihr aufgefallen, dass Richard Philipp zwar seinen Sohn, nicht aber seinen Nachfolger oder Thronerben genannt hatte.

Aymar fiel die Hühnerkeule aus der Hand, in die er gerade herzhaft hineingebissen hatte, als ihm am nächsten Tag gemeldet wurde, König Richard Löwenherz wäre mit einer großen, berittenen Truppe im Anmarsch und hielte im Galopp auf die offen stehenden Tore von Angoulême zu. Die Stadt, die ebenso wie Cognac in einer Flussschleife der Charente lag, und noch einmal mehr die auf einem Bergsporn darüber befindliche Burg wären eigentlich leicht zu verteidigen gewesen, doch hatte hier niemand mit einem so plötzlichen Erscheinen Richards gerechnet. Der sollte sich doch, zum Teufel mit allen Kundschaftern, weit im Norden der Normandie aufhalten. Jetzt die Tore zu schließen und die Zugbrücken hochzuziehen, wäre ein Affront gewesen, den zu begehen der Graf nicht wagte. Schließlich wollte er nicht von den Zinnen seiner eigenen Burg herabbaumeln. Vielleicht wusste der König ja noch gar nicht, dass auch er Philipp von Frankreich die Lehnstreue angetragen hatte. Schließlich war er im Gegensatz zu seinem Bruder auch nicht in Paris gewesen, sondern hatte wohlweislich nicht alle Brücken hinter sich abgebrochen. Also setzte Aymar die freundlichste Miene auf, zu der er fähig war, und begrüßte den Herrscher über das angevinische Reich überschwänglich. Doch zuvor hatte er bereits einen Eilboten nach Limoges gesandt, um Adémar davon zu unterrichten, was ihm wahrscheinlich bevorstand.

»Was ist das für eine Schweinerei, die Euer Bruder da in Limoges aussheckt?«, donnerte Richard schon los, noch bevor er vom Pferd gesprungen war. »Und erzählt mir ja nicht, dass Ihr nichts davon wisst, Graf! Ihr seid doch sonst auch immer ein Herz und eine Seele!«

Aymar von Angoulême hoffte, dass Richard nicht mitbekam, wie er tief durchatmete. Offenbar wusste der König tatsächlich noch nicht, welche Rolle er bei der Verschwörung gegen ihn einnahm, sonst hätte der sich gar nicht erst lange mit Fragen aufgehalten, sondern ihn wahrscheinlich gleich ergreifen und zu Tode schinden lassen.

»Halbbruder, Sire, nur Halbbruder, wenn ich mir die Richtigstellung erlauben darf«, antwortete er deshalb auch selbstbewusst, als er sich nach seinem Kniefall aufrichtete. »Und ich weiß wahrlich nicht, wovon Ihr sprecht. Ist Euch Adémar von Limoges nicht ein ebenso treuer Untertan, wie ich Euch einer bin? Das würde mich sehr betrüben, auch wenn unsere familiären Bindungen in letzter Zeit lockerer geworden sind.«

»Erzählt mir keine Märchen, Aymar.« Der König dachte gar nicht daran, sich einlullen zu lassen. Dafür hatten die Grafen und Barone Aquitaniens, meist angeführt vom weitverzweigten Geschlecht der Taillefer, dem auch Aymar angehörte, schon zu oft Krieg gegen ihn geführt. Zuerst als er Herzog von Aquitanien gewesen war, später aber auch gegen ihn als König und obersten Lehnsherrn beziehungsweise seine Seneschalle. Richard war nicht gewillt, das weiter hinzunehmen, sondern wollte ein für alle Mal Ruhe an seiner bedrohten Flanke haben und ein Exempel statuieren. Doch allein wegen eines gegen den Grafen schwelenden Verdachts konnte er diesen nicht gefangen setzen, und es sah hier nirgends nach Kriegsvorbereitungen aus. »Damit Ihr nicht auf dumme Gedanken kommt und mir womöglich in den Rücken fallt, wird Elias de la Celle mit einem Dutzend Ritter hier bei Euch bleiben und bei dieser Gelegenheit gleich prüfen, ob Ihr in letzter Zeit Euren Lehnspflichten getreulich nachgekommen seid. Dafür stellt Ihr mir, wie es Eure Pflicht ist, ein Kontingent Bewaffneter für meinen Zug gegen Euren Halbbruder. Wie viele Männer könnt Ihr auf die Schnelle aufbringen? Nennt mir eine Zahl, aber besser hundert als fünfzig, wenn Ihr Euch nicht meinen Zorn zuziehen wollt.«

Jetzt rang Aymar die Hände, denn das würde seine Burg völlig entblößen und ihn damit in die Hand von Elias de la Celle geben, mit dem, wie er wusste, nicht gut Kirschen essen war. Fände Richards Seneschall auch nur die geringste Unregelmäßigkeit, und davon gab es etliche, würde er wohl sein Leben in den feuchten Kerkern der Burg von Bordeaux beschließen anstatt in der lieblichen Landschaft an der Charente.

»Sire, ich bin betrübt über Euer Misstrauen. Sagt mir, womit ich es verdient habe? War ich Euch nicht immer ein getreuer Vasall, so wie zuvor schon Eurem Vater, bis Ihr mich als Herzog von Aquitanien selbst dazu aufgefordert habt, gegen ihn, den König, ins Feld zu ziehen? Der Lohn, den ich dafür erhalten habe, war, dass Ihr selbst einige meiner Burgen geschliffen habt, weil Euer Vater das von Euch nach Eurer Niederlage verlangte.«

»Es ist Euch damals ganz recht geschehen, Aymar, weil Ihr und Euer Halbbruder mich nur sehr halbherzig unterstützt habt. Hättet Ihr beherzter gekämpft und mir mehr Männer gestellt, wäre mein Vater damals vielleicht schon besiegt worden, ich eher König geworden und meiner Mutter eine lange Haft erspart geblieben. Also beschwert Euch nicht. Vor allem, wo Ihr mir, als ich in Gefangenschaft war, erneut die Treue aufgekündigt und nichts zu meinem Lösegeld beigetragen habt. Darüber wird noch zu reden sein, wenn ich aus Limoges zurückkehre, nachdem dort kein Stein mehr auf dem anderen liegt und ich Adémar an einem meiner Belagerungstürme aufgeknüpft habe. Seid sehr vorsichtig, sonst ereilt Euch das gleiche Schicksal. Kennt Ihr übrigens meinen Sohn? Erweist ihm den nötigen Respekt, kann ich Euch nur empfehlen. Er erzählte mir, dass Ihr während meiner Gefangenschaft versucht habt, ihn auf Eure Seite zu ziehen, und wolltet, dass er sich Eurer Revolte anschließt. Nur hat das nicht so ganz geklappt, wie Ihr Euch das vorgestellt habt, oder?«

Richard ließ das Lachen des Siegers ertönen, das Aymar, der nur säuerlich das Gesicht verzog, durch und durch ging. Dann griff der König nach dem Becher Wein, den ihm eine junge Maid schon die ganze Zeit über auf einem Tablett präsentierte, und nahm einen langen Zug, bevor er ihn an Philipp weiterreichte.

»Meine Tochter Isabella«, beeilte sich der Graf, das Mädchen vorzustellen.

»Hübsches Kind«, erwiderte Richard desinteressiert und nur wenig freundlich. Gerade einmal, dass er sie nicht wie einen seiner Jagdhunde tätschelte. Viel mehr interessierte ihn dagegen, ob er hier seine Kräfte aufstocken konnte und die Männer, die Aymar ihm stellte, auch wirklich vertrauenswürdig waren.

Am nächsten Tag hatte der Graf mit Ach und Krach fünfundsiebzig Bewaffnete versammelt, deren Ausrüstung in einem derart schlechten Zustand war, dass es Richard schüttelte. Wie sollte er mit so einer unmotivierten und katastrophal bewaffneten Truppe in den Krieg ziehen? Nun ja, bis er vor Limoges einträfe, würde wohl Mercadier bereits zu ihm gestoßen sein, und auf den und seine Männer war bisher noch immer Verlass gewesen. Zuvor galt es aber die zwei Tagesmärsche entfernte Burg von Châlus einzunehmen, wie Philipp es empfohlen hatte, und das würde wohl auch mit den geringen Kräften gelingen, denn allzu stark konnte deren Besatzung nicht sein. Vielleicht ergäbe sich diese ja auch, wenn sie den König anrücken sah, dann konnte er die Verteidiger und seine eigenen Männer schonen, und der Weg nach Limoges wäre frei.

Adémar und auch sein Sohn Guido wurden schreckensbleich, als der Bote aus Angoulême eintraf und ihnen berichtete, dass König Richard mit einer Streitmacht anrückte und nicht Wochen oder gar Monate entfernt war, sondern höchstens drei Tage. Was geschehen würde, marschierte Löwenherz in Limoges ein, konnten Vater und Sohn sich lebhaft ausmalen. Beiden wurde die Cotte so eng, als läge schon der Henkersstrick um ihren Hals. Die Verteidigungsvorbereitungen waren noch lange nicht abgeschlossen, und da man das königliche Heer aus dem Norden der Normandie herkommend erwartet hatte, waren auch die Burgen in dieser Region vorrangig mit starken Besatzungen versehen worden. Jetzt allerdings kam Richard höchstselbst und noch dazu aus einer völlig anderen Richtung, nämlich aus Westen! Zwischen ihm und Limoges lagen nur noch die beiden kleinen Befestigungen von Nontron und Piégut sowie die Burg von Châlus, da Aymar, dieser Schlappschwanz, wie Adémar seinen Halbbruder in Gedanken nannte, keinen Widerstand geleistet hatte. Hielte Châlus nicht stand oder kapitulierte gar, konnte niemand mehr Löwenherz aufhalten. In der Burg gab es kaum dreißig Bewaffnete, die deshalb wohl die Tore öffnen und sich vor Löwenherz in den Staub werfen würden, ließe der auch nur ein einziges Kriegshorn erschallen.

»Guido, wen können wir noch auf die Schnelle nach Châlus schicken, damit die Burg wenigstens ein paar Tage standhält und wir dadurch die Zeit bekommen, uns zu rüsten, um Richard widerstehen zu können? Zumindest soweit dies in der Kürze noch möglich ist. Die Männer sollten für uns entbehrlich sein, denn ich denke nicht, dass sie die Verteidigung der Burg überleben werden.«

»Von den Armbrustschützen, die König Philipp uns geschickt hat, habe ich zwei in mein Gefolge aufgenommen. Petrus Bru und Pierre Basile sind beides landlose Ritter und Letzterer auf König Richard sehr schlecht zu sprechen, weil Verwandte von ihm im Kampf gegen Löwenherz gefallen sind und er deren Besitzungen eingezogen hat. Die beiden könnten wir zusammen mit einem halben Dutzend Reisigen nach Châlus schicken, um die dortige Besatzung zu verstärken. Mehr Männer kann ich aber nicht entbehren, wollen wir uns hier nicht zu sehr entblößen. Die beiden Ritter brennen darauf, gegen Löwenherz zu kämpfen, und wären wohl genau die Richtigen für diese Mission.«

»Sehr gut, mein Sohn! Schick sie auf der Stelle los. Sie sollen reiten wie die Teufel, damit sie vor dem König die Burg erreichen. Und richte ihnen Folgendes aus: Wir werden so schnell wie möglich Entsatz schicken, wobei ich nicht weiß, woher ich den nehmen soll. Aber das behältst du besser für dich.

Sollte allerdings einer von ihnen Löwenherz mit einem Pfeil oder Armbrustbolzen treffen oder anderweitig schwer verwunden oder gar töten können, bekommt er von mir als Lohn eine Baronie, und der andere Ritter wird Kastellan auf Châlus. Sie sollen ganz gezielt nach dem König Ausschau halten, der meist an der Spitze seiner Männer kämpft und sich auch nicht davor scheut, die Sturmleitern als Erster hinaufzuklettern.«

Guido sah seinen Vater skeptisch an.

»Du meinst tatsächlich, dass sie in den Genuss der ausgesetzten Belohnung kommen werden, erwischt einer von ihnen den König?«

»Natürlich nicht! Sollte es ihnen glücken und sie danach das Pech haben, lebend in die Hände von Richards Männern zu fallen, steht ihnen mit Sicherheit ein grausamer Tod bevor. Aber das wissen sie bestimmt selbst, und wenn nicht, müssen wir es ihnen ja nicht auf die Nase binden. Doch wer weiß, vielleicht lenkt Gott in seiner unendlichen Güte ja tatsächlich einen Pfeil in das Herz des englischen Löwen, und seine Streiter ziehen sich daraufhin entsetzt zurück. Wunder geschehen schließlich immer wieder, lehren uns die Pfaffen.«

Vater und Sohn grinsten sich verschwörerisch an, denn schließlich waren sie vom gleichen Blut, und der eine wusste genau, was er vom anderen zu halten hatte.

Petrus Bru und Pierre Basile trafen wenige Stunden vor Richards kleiner Armee in Châlus ein und übernahmen sofort die Befehlsgewalt. Das zu Füßen der Burg gelegene Dorf Châlus-Chabrol musste in aller Eile von seinen Bewohnern geräumt werden, dann wurden die Häuser, Hütten und auch die Scheunen angezündet, damit dem Feind keine Unterkünfte, Lebensmittel und Futter für die Pferde zur Verfügung standen. Als die Bauern und wenigen Handwerker hörten, wer da anrückte, brachen sie in Wehklagen aus und weigerten sich, auf der Burg Schutz zu suchen, denn sie gingen nicht davon aus, dass diese lange standhalten würde. Stattdessen baten sie die beiden Ritter, sich in die Wälder und nahen Hügel zurückziehen oder bei Verwandten und Freunden in entfernten Dörfern unterschlüpfen zu dürfen.

Darüber kam es zwischen den beiden Kommandanten zum Streit. Während Petrus Bru, ein Söldner aus Mailand, der sich lieber an Philipp von Frankreich verdingt hatte, als im Auftrag seiner Stadtherren ständig gegen die römisch-deutschen Kaiser und Könige zu kämpfen, darauf bestand, dass die Menschen in die Burg kamen, um weitere Kräfte zu ihrer Verteidigung zur Verfügung zu haben, wollte Pierre Basile diese ziehen lassen, damit sie keine unnötigen Esser durchfüttern mussten. Außerdem eigneten sich die Greise, Frauen und Kinder sowieso nicht als Kämpfer. Die wenigen Männer würde zwar die Sorge um ihre Familien vielleicht dazu anstacheln, die Angreifer abzuwehren. Doch verfügten sie nicht über die nötige Erfahrung im Umgang mit Waffen, denn schließlich war ihnen deren Tragen bei Todesstrafe verboten. Letztlich setzte sich Basile durch, und so bestand die Besatzung der Burg aus gerade einmal achtunddreißig Verteidigern, darunter zwei Frauen von Kriegsknechten, die allerdings den Eindruck machten, als wären sie weit mehr zu fürchten als ihre Männer, und einem kleinen Kind.

Der bisherige Kommandeur von Châlus, ein altgedienter Sergeant, beschwor die neu Dazugekommenen, die Burg kampflos zu übergeben, da es doch reiner Selbstmord wäre, sie gegen König Richard, den man auch den großen Burgenzerstörer nannte, zu verteidigen. Aber er stieß nur auf taube Ohren. Petrus Bru und Pierre Basile waren wild entschlossen, den Befehlen Adémars von Limoges zu folgen und sich wenn möglich die in Aussicht gestellte Belohnung zu verdienen. Und wenn sie dabei starben, was hatten sie denn schon groß zu verlieren außer ihrem armseligen, eines Ritters unwürdigen Leben?

Am späten Nachmittag erreichte Richards Vorausabteilung nach einem zweitägigen Gewaltmarsch von Angoulême aus Châlus-Chabrol, fand aber nur noch die rauchenden Trümmer des Dorfes vor und eine Burg, deren Tor verschlossen und Zugbrücke hochgezogen war.

Nun, etwas anderes hatte der König, als er wenig später ebenfalls eintraf, auch nicht erwartet. Er befahl, das Lager außerhalb der Reichweite von Geschossen auf einer großen Wiese an einem Bach neben der zerstörten Ortschaft aufzuschlagen, und begab sich mit Philipp und seinem engsten Gefolge auf einen ersten Erkundungsritt.

Um die Burg komplett einzuschließen, fehlte es Richard an Männern. Aber Châlus verfügte auch nur über ein Tor, das man selbstverständlich bewachen würde. Die Burg lag auf einem steilen, nur schwer zu erklimmenden Hügel und war von einem glücklicherweise trockenen Graben umgeben. Ihr auffälligstes Merkmal war ein runder, hoher Bergfried, denn es gab sonst in dieser Gegend meist nur eckige Donjons, da diese leichter zu errichten waren und auch mehr Menschen Platz boten.

»Was meinst du, Philipp, wie würdest du es angehen, die Burg zu stürmen?«, examinierte Richard seinen Sohn. »Wenn du das Kommando hättest, was, glaubst du, wäre am erfolgversprechendsten?«

»Das hängt davon ab, wie viel Zeit man sich lässt, um sie einzunehmen«, gab Philipp ungerührt zurück. »Hätte ich viel davon, würde ich meine Männer schonen und die Besatzung aushungern. Jetzt, Ende März, dürften sie nach dem Winter kaum noch Vorräte haben. Es sei denn, sie essen ihr Saatgetreide und schlachten das letzte Vieh. Aber dann dürfte ihnen klar sein, dass sie den nächsten Winter kaum überstehen und wahrscheinlich verhungern werden. Aber da ich weiß, dass es dich drängt, nach Limoges vorzurücken, bleibt nur der Sturmangriff mit Leitern. Das Unterminieren der Mauern dauert zu lange, einen Wandelturm zu bauen ebenfalls. Außerdem wäre es äußerst schwierig, diesen den Hügel hinaufzuschaffen. Nein, ich denke, wir sollten zuerst einen Scheinangriff führen, um zu sehen, wie stark die Verteidiger sind. Und anschließend den entscheidenden an mehreren Stellen zugleich, sodass sie sich aufteilen müssen, wollen sie uns zurückschlagen.«

»Sehr gut, mein Junge, nicht anders werden wir es machen.« In Richards Stimme schwang echter Vaterstolz mit. »Mit einer Ausnahme. Wir führen ja zwei zerlegte Trebuchets mit. Die sind schnell aufgebaut und sollen zuerst einmal ein paar Steine in die Burg schleudern. Das untergräbt die Moral der Verteidiger, zwingt die Schützen in Deckung und richtet oft bedeutende Schäden an, wenn Mauerkronen oder Gebäude getroffen werden. Die dann herumfliegenden Gesteinssplitter können tödlich sein.«

Genau das hatte Philipp vermeiden wollen, der immer noch darauf hoffte, dass sich die Besatzung ergeben würde. Aber vielleicht hatte sein Vater ja recht, und die Verteidiger kapitulierten schneller, wenn ihnen das Dach über dem Kopf einstürzte oder die Mauern pulverisiert wurden.

»Einen Versuch, sie zur Aufgabe zu bewegen, sollten wir zuvor trotzdem unternehmen«, meinte er deshalb. »Gewähren wir ihnen freien Abzug, wenn sie die Tore freiwillig öffnen? Soll ich hinreiten und es ihnen anbieten?«

»Das tun wir gemeinsam und mit großem Zeremoniell«, lachte Richard. »Du glaubst gar nicht, was für einen starken Eindruck es macht, kommt ein König mit seinen Bannerträgern, Fanfarenbläsern und ritterlichem Gefolge daher. Noch dazu, wenn man gleichzeitig vom Bergfried aus sehen kann, wie das Belagerungsgerät zusammengebaut wird. Vor Sonnenuntergang starten wir einen Versuch. Wenn sie nicht darauf eingehen, fliegen ihnen die ganze Nacht über Steine und Feuerkugeln um die Ohren. Morgen in der Früh fordern wir sie noch einmal zur friedlichen Übergabe auf, aber wenn sie auch dann nicht kapitulieren, kann keiner mehr auf Gnade hoffen.

Ein König muss bei anhaltendem Widerstand gegen ihn immer zwischen Güte und Nachsicht sowie Unnachgiebigkeit und harter Bestrafung abwägen. Das kannst du dir gleich einmal fürs Leben merken, Sohn.«

Richard, der die Burg anstarrte, als könne er allein dadurch die Verteidiger bewegen, die Tore zu öffnen, sah glücklicherweise nicht, wie Philipp mit den Augen rollte. Irgendwann, und das schon in naher Zukunft, das schwor sich der Baron von Cognac, würde er sich diese Belehrungen verbitten, oder sein Vater konnte sehen, wie er ohne ihn zurechtkam. Es gab nicht viel, worauf er noch weniger Lust hatte als auf dessen erhobenen Zeigefinger. Noch dazu, wo er gänzlich anderer Meinung war als sein Erzeuger und nichts davon hielt, Burgbesatzungen, die nur die Befehle ihres Grafen getreulich befolgten, geschlossen über die Klinge springen zu lassen oder gar nach der Einnahme aufzuknüpfen.

Richard schickte einen Herold vor das Burgtor, der sein Kommen ankündigen sollte, und ritt dann selbst mit großem Gefolge den Burgberg hinauf. Bei der Gelegenheit wurde auch gleich das Gelände sorgfältig in Augenschein genommen und die Stellen ausgespäht, über die man später angreifen wollte. Ein Teil der Burgbesatzung hatte sich auf der Mauer über dem Torhaus versammelt und blickte jetzt gespannt auf die Ankömmlinge hinab, um zu hören, was man ihnen anbieten würde. Das ließ nicht lange auf sich warten, und Richard selbst teilte es den Verteidigern mit, nachdem die Fanfaren, die einen lauten Gruß in den Nachmittagshimmel geschmettert hatten, verklungen waren.

»Übergebt die Burg, lasst die Zugbrücke hinab, und öffnet die Tore, dann gewähre ich allen, die bisher keine Waffen gegen mich geführt haben, freien Abzug. Nur die Ritter werden ein Lösegeld zahlen müssen, so wie es dem Brauch entspricht. Aber ergebt Ihr Euch nicht, legen wir diesen armseligen Steinhaufen, den ihr eine Burg nennt, endgültig in Trümmer und knüpfen jeden auf, der sich meinem Willen widersetzt. Ihr schuldet mir, Eurem König und Herzog, Lehnstreue, vergesst das besser nicht.«

»Unser Herr, Vizegraf Adémar, hat sie Euch aufgekündigt und König Philipp die Treue geschworen!«, rief Pierre Basile zurück. »Von ihm sind wir beauftragt worden, diese Burg gegen jeden Eindringling in seine Ländereien zu halten und bis zum letzten Mann zu verteidigen. Er wird uns hier bald entsetzen und mit französischen Truppen anrücken, um Euch für immer aus dem Limousin zu vertreiben.«

Richard lachte schallend, und sein Gefolge stimmte sofort ein, nur Philipp hielt sich zurück und beobachtete stattdessen aufmerksam die Männer hinter den Zinnen.

»Auf den französischen König vertraut Ihr, diesen geborenen Verlierer? Wisset, erst unlängst ist er vor mir weggerannt, so schnell er nur konnte, und wäre dabei fast ersoffen, weil er über seine eigenen Beine gestolpert und in einen Fluss gestürzt ist. Der kommt mit Sicherheit nicht, und wenn Euer Graf das behauptet, hat er Euch einen Bären aufgebunden. Philipp hat mit mir einen ihn demütigenden Frieden geschlossen und musste alles herausgeben, was er sich in meiner Abwesenheit widerrechtlich angeeignet hat. Falls Adémar sich ihm tatsächlich unterstellt hat, dann hat er auf das falsche Pferd gesetzt und wird dafür bezahlen. Wahrscheinlich mit seinem Leben, so wie Ihr, wenn Ihr nicht endlich gehorcht und das Tor öffnet.«

Richards Worte hallten noch nach, da zischten von der Mauer über dem Tor gleich mehrere Pfeile und Armbrustbolzen heran, was ein bodenloser, ehrvergessener Affront nicht nur gegen den König, sondern gegen jedweden Unterhändler war. Philipp hatte einen Mann hinter einer der Zinnen die Armbrust anlegen sehen und sofort seinen Schild hochgerissen, um seinen Vater zu decken. Die Männer aus dem königlichen Gefolge taten es ihm gleich, und so wurde glücklicherweise niemand verletzt. Die Geschosse bohrten sich allesamt in das Holz der Schilde oder prallten von den Beschlägen ab. Nur ein Pferd wurde getroffen und stieg laut wiehernd kerzengerade empor, wurde aber von seinem Reiter schnell wieder unter Kontrolle gebracht.

Richard war für einen Moment sprachlos ob dieser Ungeheuerlichkeit. Nicht einmal die Sarazenen im Heiligen Land hatten sich etwas Vergleichbares erlaubt, obwohl sie die Christen schließlich als Eindringlinge und Ungläubige angesehen hatten. Aber in seinem Aquitanien so empfangen zu werden, war derart skandalös, dass es darauf nur eine Antwort geben konnte – den Tod aller, die sich in der Burg befanden. Langsam zogen sich die Reiter, ihre Pferde rückwärtsrichtend, zurück, bis sie außer Reichweite der Schützen waren. Hier brauchten keine Worte mehr gewechselt zu werden, nun würden die Waffen sprechen.

Petrus Bru hatte den ersten Bolzen abgeschossen und einige Kriegsknechte es ihm daraufhin, von seinem Vorbild angestachelt, gleichgetan, während Pierre Basile noch im Wortwechsel mit König Richard verstrickt gewesen war. Der Ritter brüllte seinen Kameraden jetzt an, dass es fast bis zum gegnerischen Lager zu hören war.

»Bist du von allen guten Geistern verlassen? Man schießt doch nicht auf Unterhändler! Dafür werden wir alle sterben!«

»Du vergisst wohl, warum wir hier sind«, schrie Bru zurück. »Um ein Haar hätte ich den König erledigt, wenn dieser junge Ritter an seiner Seite nicht so reaktionsschnell gewesen wäre. Auf die Entfernung durchschlägt mein Bolzen sogar eine Kettenrüstung. Zum Teufel, wer war der Kerl, der verhindert hat, dass ich Löwenherz zur Hölle schicken konnte?«

»Wahrscheinlich sein illegitimer Sohn«, warf der altgediente Sergeant, der bisher Châlus verwaltet hatte, ein. »Jedenfalls zierte seinen Schild das Wappen von Cognac.«

»Ich wusste gar nicht, dass König Richard Nachkommen hat«, stellte Basile erstaunt fest. »Hieß es nicht immer, er wäre kinderlos?«

»Nein, hier in unserer Gegend ist schon lange bekannt, dass er einen Bastard hat, der mit Amélie von Cognac verheiratet ist. Philipp muss stark nach seinem Vater geraten sein, denn einen Ritter, der einmal in seiner Baronie geplündert hat, hat er auf dem Turnier in Bordeaux vor aller Augen erschlagen. Wenn Vater und Sohn sich jetzt zusammengetan haben, dann gnade uns allen Gott, denn dann wird das angevinische Reich wohl noch lange Bestand haben, und wir kämpfen womöglich tatsächlich auf der falschen Seite.«

Nachdenklich schauten sich die Männer auf der Mauer an, und die beiden Ritter begriffen zum ersten Mal wirklich, auf was für ein Himmelfahrtskommando sie sich eingelassen hatten. Aber lange zum Nachdenken kamen sie nicht, denn schon heulte der erste, von einem Trebuchet geschleuderte Felsbrocken heran und schlug krachend in die starken Mauern des kreisrunden Bergfrieds ein. Der hielt zwar stand, aber Steinsplitter surrten herum und verletzten zwei Kriegsknechte und eine der Frauen. Dem einen Geschoss sollten noch viele weitere folgen, und obwohl das Zielen bei Nacht für die Bedienmannschaften der Katapulte schwer war, so kam doch in der Burg nicmand zum Schlafen, und das war schließlich der Hauptzweck des Ganzen.

Richard, der immer noch vor Zorn kochte, saß in seinem großen palastartigen Zelt und hatte den Eingang hochschlagen lassen, damit er, bevor die Sonne unterging, noch sehen konnte, welchen Schaden die Geschosse anrichteten. Jeden Treffer bejubelte er lauthals und trank einen Becher Wein nach dem anderen auf das Wohl der Bedienungsmannschaften der Trebuchets. Selbst Philipp war es nicht gelungen, den König zu beruhigen, der sich in wüsten Beschimpfungen der Burgbesatzung im Allgemeinen und Adémars von Limoges im Besonderen erging. Die Todesarten, die er allen androhte, die sich ihm widersetzten, wurden immer grausamer, und sein Sohn war nahe daran, sich auf sein Pferd zu schwingen und nach Hause zu reiten. Wenn das, was er hier erlebte, das Wesen eines Königs ausmachte, dann war er für eine Krone definitiv nicht geeignet. Natürlich war es ein Unding, auf Parlamentäre zu schießen, und doch hätte er weiterverhandelt und mit Sicherheit nicht allen Verteidigern nach Einnahme der Burg das Leben genommen.

Als die Sonne endlich unterging, waren alle Vorbereitungen für den morgigen Sturmangriff getroffen. Während die Leute in der Burg von Châlus nicht zur Ruhe kamen, da sie unter ständigem Beschuss von Steinen und Feuerkugeln lagen – hergestellt aus trockenem, mit Pech und Öl getränktem Heu und Stroh –, schlief man im gegnerischen Feldlager bis auf die aufgestellten Wachen tief und sorgenfrei.

Der Morgen des sechsundzwanzigsten März anno 1199 brach warm und strahlend an, und Sturmtrupps mit langen Leitern rüsteten sich, um die Mauern der Burg zu überwinden und die Verteidiger zu bezwingen. Wobei die erste Welle nur den Auftrag hatte zu erkunden, wie viele Männer sich tatsächlich in Châlus aufhielten und wie stark deren Widerstand war. Während der Beschuss aufrechterhalten wurde, rannten die Männer gedeckt unter Schilden und Weidengeflechten den Burgberg hinauf, warfen Planken über den Graben und legten ihre Leitern an die Mauern links und rechts des Tores an. Erst jetzt hörten die Trebuchets auf, Steine zu schleudern, und schon kletterten die ersten Kriegsknechte ameisengleich nach oben, da wurden sie mit kochend heißem Wasser übergossen, und ein wahrer Pfeilhagel ging auf die Angreifer hernieder.

Richard war mit Philipp bis an die unteren Ausläufer des Burgberges geritten, um alles gut beobachten zu können. Hier waren sie außer Schussweite, und beide Männer versuchten unabhängig voneinander zu zählen, wie viele Verteidiger sie auf den Mauern sahen. Das war nicht ganz einfach, denn selbstverständlich versuchten diese, in Deckung zu bleiben und sich nicht sehen zu lassen, aber ab und zu mussten sie auch ihren Standort wechseln und wurden dann zwischen den Zinnen sichtbar.

»Was denkst du, sind es mehr als drei Dutzend?«, wandte sich Richard nach einiger Zeit fragend an seinen Sohn.

»Höchstens«, erwiderte Philipp nachdenklich. »Eher etwas weniger. Meinst du nicht, dass wir es noch einmal mit Verhandlungen versuchen sollten? Außer dem Bergfried dürfte in der Burg doch kaum noch ein Stein auf dem anderen stehen, und vielleicht hat der anhaltende Beschuss die Verteidiger mürbegemacht.«

»Damit sie womöglich erneut auf uns schießen? Kommt gar nicht infrage! Sie hatten ihre Chance und haben sie vertan. Glaubst du, ich lasse zu, dass sich herumspricht, man könne mir auf der Nase herumtanzen? Nein, hier gilt es, ein Exempel zu statuieren. Wer sich ergibt, lebt. Wer nicht, hat die Folgen zu tragen. Im anderen Fall verliert man als Herrscher jeden Respekt, und ein Aufstand im Land wird den nächsten nach sich ziehen.«

Philipp konnte nicht verhehlen, dass an den Worten seines Vaters etwas Wahres dran war, auch wenn er, sollte er tatsächlich einmal herrschen, sicher keine Frauen und Kinder würde hinrichten lassen.

»Wie soll es jetzt weitergehen?«, wollte er deshalb wissen, um das Gespräch in andere Bahnen zu lenken. »Unsere Männer werden ein um das andere Mal zurückgeschlagen. Entweder du schickst ihnen Unterstützung, oder wir sollten den Angriff abbrechen und uns zurückziehen.«

»Genau das werden wir tun, denn unser Zweck ist erreicht. Ich habe auf jeder Seite des Tores nur etwas mehr als ein Dutzend Verteidiger gesehen. Heute gegen Abend greifen wir erneut an, aber nicht an einer, sondern an vier Stellen und mit zwölf Leitern gleichzeitig. Da will ich doch einmal sehen, wie sie sich dem erwehren.«

Richard gab das Zeichen, zum Rückzug zu blasen, und schnell zogen sich die Angreifer, sorgsam auf ihre Deckung achtend, zurück. Ein Mann war gefallen, drei verletzt und einige verbrüht worden, denen aber geholfen werden konnte. Wie groß die Verluste innerhalb der Burg waren, wusste man natürlich nicht, aber gänzlich ungeschoren war die Besatzung sicher nicht davongekommen.

»Soll das etwa schon alles gewesen sein, was ihr könnt?«, brüllte Petrus Bru den abziehenden Angreifern nach. »Was seid ihr doch für Schlappschwänze! Und euren Anführer nennt man Löwenherz? Hasenpfote wäre wohl passender!«

»Halt mal die Luft an, Jungchen«, wies der alte Sergeant den übermütigen Ritter zurecht. »Das war nur ein erstes Abtasten und hat uns bereits drei Männer und sechs Verwundete gekostet. Wenn sie das nächste Mal kommen – heute noch oder spätestens morgen –, werden sie an mehreren Stellen zugleich angreifen. Und dann müssen wir uns aufteilen und können mit geringeren Kräften keine Sturmleitern mehr umwerfen. Unser Ende ist also besiegelt, so oder so. Es sei denn, König Philipp schickt tatsächlich ein großes Heer und unser Graf reitet an seiner Spitze. Aber da ist wohl der Wunsch der Vater des Gedankens, und ich schätze mal, morgen, spätestens übermorgen sind wir alle tot. Und das haben wir nur Eurem unbedachtsamen Schuss zu verdanken, denn der hat Richard Löwenherz jede Möglichkeit genommen, Gnade walten zu lassen. Das kann und wird er nicht durchgehen lassen, und deshalb sollten wir alle unseren Frieden mit Gott machen, auch wenn kein Priester unter uns weilt.«

Betretenes Schweigen breitete sich in der Runde aus, denn was der alte Kämpe von sich gab, war nicht von der Hand zu weisen.

»Und was sollten wir Eurer Meinung nach jetzt tun, Sergeant?«, wollte Pierre Basile wissen. »Gibt es vielleicht noch einen Ausweg, womöglich so etwas wie einen geheimen Gang aus der Burg hinaus?«

»Nein, leider nicht. Man könnte versuchen, im Schutze der Nacht – vorausgesetzt, wir erleben sie noch – über die dem Lager des Feindes abgewandte Mauer zu klettern und die nahen Wälder zu erreichen, da ja der Belagerungsring nicht geschlossen ist. Aber bekommen die Wachen das mit, machen sie uns auf offenem Feld nieder, und wir haben gar keine Chance. Uns bleibt nur, uns in den Wehrturm zurückzuziehen, sobald die Angreifer die Mauern oder das Tor überwunden haben, und dann unser Leben so teuer wie möglich zu verkaufen.«

Richard hatte – vorösterliche Fastenzeit hin oder her – köstlich zu Mittag gespeist. Er liebte die Delikatessen dieser lieblichen Gegend wie gestopfte Gänseleber oder getrüffelte Eierspeisen. Dazu einen guten Bordeaux – und die Welt war für ihn in Ordnung. Vor dem für den späten Nachmittag befohlenen Angriff hatte er sich noch etwas aufs Ohr gelegt, um frisch und ausgeruht zu sein, denn er wollte einen der Sturmtrupps selbst anführen.

Als Philipp das Zelt betrat, sah er, wie sein Vater die schweren Teile seiner Rüstung zur Seite legte, sich nur ein leichtes Kettenhemd über den Gambeson streifte und dieses von einem Knappen am Rücken schließen ließ. Selbst vom Helm war die Brünne entfernt worden, und statt Beinschienen trug der König weiche Stiefel.

»Was hast du vor, willst du, anstatt wie geplant anzugreifen, lieber zur Jagd reiten?«, erkundigte sich Philipp, der seine vollständige Rüstung trug.

»Nein, oder vielleicht doch. Aber wenn, dann jagen wir heute menschliches Wild. Ich werde den Sturm an der Westseite der Burg anführen. Was meinst du, willst du den Osten übernehmen?«

Philipp hatte den lauernden Ton in der Stimme seines Vaters durchaus vernommen und wusste natürlich, was dieser für eine Antwort erwartete.

»Das kann ich gern tun. Aber ich denke, die Aufgabe eines Königs ist es eher, den Angriff zu lenken, und nicht, ihn selbst anzuführen. Überlass das besser anderen, gern auch mir, falls du es mir zutraust. Du aber solltest dich zurückhalten, denn in deinem Wappenrock und mit der Helmkrone bist du ein vortreffliches Ziel für jeden Schützen.«

Das wusste Richard selbst, aber hier vor Châlus mit den wenigen Verteidigern hielt er das Risiko für überschaubar. Und es reizte ihn einfach, mit seinem Sohn einen Wettstreit auszutragen, wer als Erster von ihnen beiden auf der Mauer wäre. Schließlich gehörte er ja längst nicht zum alten Eisen und wollte noch einmal beweisen, wozu er in der Lage war und über welche Kräfte er auch mit etwas über vierzig Jahren noch verfügte. Wenn Philipp erst nach ihm die Mauerkrone erklimmen würde, dann hätte er ihm gezeigt, wer nach wie vor der Bessere von ihnen war, und brauchte es nicht mehr zu wiederholen. Aber dieses eine Mal sollte es noch sein! *Das*, dachte Richard, *bin ich mir und meinem Ruf schuldig.*

»Ach was«, gab er deshalb auch gereizt zurück. »Die paar Grünschnäbel und Banausen, die nicht wissen, wann ein Kampf verloren ist, haben wir doch im Handumdrehen von den Mauern vertrieben. Und dann gnade ihnen Gott! Also, was ist jetzt, übernimmst du die Ostmauer?«

»Das habe ich doch schon gesagt. Allerdings nur, wenn du deine vollständige Rüstung trägst. Oder hast du etwa die Absicht, halb nackt die Sturmleiter nach oben zu klettern?«

Richard lachte laut auf.

»Nein, aber so schnell und beweglich, wie ich es in einem schweren Panzer nicht kann. Wetten, dass ich vor dir auf dem

Wehrgang bin? Und stell mir besser keine Bedingungen, mein Sohn! Das mag ich nämlich ganz und gar nicht.«

»Willst du dich umbringen lassen? Durch das Kettenhemd geht jeder Pfeil, jeder Bolzen und auch jede Lanzenspitze wie durch Butter hindurch.«

»Du bist ja schon wie Robert von Loxley, der hat mir auch ständig Vorschriften machen wollen«, knurrte Richard, musste insgeheim aber zugeben, dass ihm das wahrscheinlich vor Messina das Leben gerettet hatte. »Es bleibt dabei, meine Beweglichkeit ist mir wichtiger. Außerdem habe ich ja noch meinen Schild. Und jetzt komm, die Männer warten schon. Bis die Sonne untergeht, muss die Burg unser sein. Noch mehr Zeit will ich an diesem Ort nicht verschwenden.«

Philipp zuckte nur mit den Achseln. Was sollte er auch anderes tun? Dass sein Vater auf ihn hören und nachgeben würde, war so unwahrscheinlich wie Schnee im Sommer. Wobei, in den Pyrenäen gab es das, und vielleicht käme ja irgendwann der Tag, an dem sein Wort auch gegenüber Löwenherz das nötige Gewicht besäße.

Richard hatte am Morgen den Angriff durch die Männer, die Graf Aymar ihm hatte stellen müssen und denen er nicht voll und ganz vertraute, ausführen lassen und schickte sie auch jetzt wieder gegen die Tormauer. Sie sollten dort die Kräfte der Verteidiger binden, während er selbst im Schutze eines Wäldchens ungesehen die Burg umgehen und mit seinen Rittern von Westen her angreifen wollte. Philipp konnte währenddessen seine eigenen Männer von Osten aus heranführen, und auch im Norden würden Sturmleitern angelegt werden.

Pierre Basile hatte den ganzen Tag über gewacht und war nun der Erste, der die Angreifer anrücken sah. Alarmrufe schallten durch die Burg, mit einem Schlegel wurde auf eine Bratpfanne geschlagen, und alle Verteidiger liefen zu ihren Positionen. Da waren die Feinde auch schon heran, und Graf Aymars Männer versuchten erneut, neben dem Tor ihre Leitern anzulegen und die Mauer zu bezwingen. Noch gelang es den Verteidigern, sie in diesem Abschnitt abzuwehren, doch der alte Sergeant hatte recht behalten. Er beteiligte sich selbst nicht am Kampf, sondern hielt von der Plattform des Bergfrieds Ausschau nach allen Seiten und sah auf diese Weise, von wo sich die Angreifer der Burg näherten. Er schrie den beiden Rittern, die jeweils auf einer Seite des Tores bemüht waren, die Anstürmenden zurückzuschlagen, die erschreckende Nachricht zu, und für einen kleinen Moment stockte der Kampf.

Das reichte Richard, um wieselflink die Leiter emporzuklettern und sich zwischen zwei Zinnen auf den Wehrgang zuschwingen. Sofort zog er sein Schwert und hielt nach Gegnern Ausschau, da kam auch schon Petrus Bru brüllend auf ihn zugerannt. Der Mailänder Söldner war mit einer Lanze bewaffnet, die er gedachte, dem ersten Angreifer, der die Mauerkrone erreichte, in den Leib zu rammen. Dass dieser ausgerechnet der König war, damit hatte er allerdings nicht gerechnet, aber umso besser. Doch hier traf er auf seinen Meister, den er besser nicht unterschätzt hätte.

Richard parierte den Lanzenstoß mit dem Schild und schlug sofort mit dem Schwert zu, doch Petrus Bru sprang zurück, und der Hieb ging ins Leere. Der Söldner versuchte es erneut mit einem Stoß und zielte diesmal auf Richard Kehle, was er besser nicht getan hätte, denn der König riss den Schild nach oben, und diesmal blieb die Lanzenspitze darin stecken. Ein wuchtiger Schlag mit dem Schwert halbierte den Schaft, und der Söldner hatte plötzlich nur noch eine stark verkürzte Holzstange in der Hand. Verdutzt schaute er einen Lidschlag lang darauf – es war das Letzte in seinem Leben, was er erblickte. Der König nutzte den Schwung des Hiebes, führte sein Schwert in die andere Richtung und leicht versetzt nach oben und trennte schon fast nachlässig Petrus Brus Kopf vom Rumpf.

Der alte Sergeant hatte vom Turm aus alles mitangesehen und schrie jetzt zu den übrig gebliebenen Verteidigern hinunter. »Zurück, zurück! Lauft um euer Leben! Rettet euch in den Bergfried, er ist eure letzte Hoffnung. Schnell, sie kommen von allen Seiten!«

Richard, der plötzlich keine Gegner mehr hatte und hinter dem immer mehr Männer seines Gefolges auf den Wehrgang strömten, ließ seinen Blick über die Burg schweifen. Genau ihm gegenüber auf der Ostmauer kämpfte Philipp mit zwei Gegnern. Er war also auch schon da, und es würde wohl nie geklärt werden, wer als Erster die Mauerkrone erklommen hatte, aber das war für Richard jetzt auch zweitrangig, denn er sah, wie sein Sohn einen der Kämpfer mit einem Fußtritt vom Wehrgang aus mehr als zehn Yards in die Tiefe auf den Burghof beförderte und nahezu gleichzeitig dem anderen das Schwert so tief in den Leib rammte, dass die Spitze am Rücken wieder heraustrat. So einen Sohn, so einen Nachfolger, hatte er sich immer gewünscht und war im selben Augenblick unendlich stolz auf ihn.

Wer es von den Verteidigern vom Wehrgang heruntergeschafft hatte, rannte auf den Bergfried zu und dort die schmale Stiege empor, die zum Eingang auf Höhe des ersten Stockwerkes führte. Pierre Basile deckte mit seinem Schwert den Rückzug, und von der Plattform des Turmes schoss der alte Sergeant mit seiner Armbrust auf die nachsetzenden Angreifer. Dadurch gelang es etlichen von Graf Adémars Männern, sich in den Bergfried zu retten, die Stiege zu lösen, sodass sie krachend und zersplitternd nach unten fiel, und das schwere Tor hinter sich zuzuwerfen. Für den Moment waren sie zwar in Sicherheit, gleichzeitig aber auch Gefangene und ihr Schicksal letztlich besiegelt.

»Verdammt, das hätte nicht passieren dürfen«, schimpfte Richard wütend vor sich hin. »Jetzt müssen wir eine Plattform bauen, um das Tor aufzurammen, und wenn das geschafft ist, dürfen wir uns mühsam Stockwerk für Stockwerk nach oben kämpfen. Genau das hatte ich zu vermeiden gehofft! Aber was soll's, dann dauert die Einnahme halt einen Tag länger. Adémar bekomme ich schon noch früh genug zwischen die Finger.«

Richards Leibgarde hatte mit ihren Schilden einen Schutzschirm um ihren Herrscher gebildet, der nun auch Philipp gegen den feindlichen Beschuss vom Turm deckte, als er herankam.

»Ich denke, der Sieg gehört dir, Vater«, gab er neidlos zu. »Als ich die Mauerkrone erreichte, sah ich schon, wie der Kerl mit der Lanze auf dich losging. Mir blieb fast das Herz stehen, aber dann hatte ich erst einmal selbst alle Hände voll zu tun.«

»Ich weiß, ich hab's gesehen«, meinte Richard anerkennend. »Doch jetzt müssen wir noch diesen verdammten Bergfried einnehmen. Ich hoffe nur, das dauert nicht ewig.«

Nachdem Pierre Basile die schwere Tür verriegelt und mit Balken gesichert hatte, eilte er die vier Stockwerke nach oben auf die Plattform des Turmes, ohne auf das Jammern und Wehklagen zu achten, das von den beiden Frauen, aber auch von den Männern, die alle um ihr Schicksal wussten, durch den Bergfried klang. Bei dem alten Sergeanten angekommen, musste er sofort in Deckung gehen, denn auf der gegenüberliegenden Mauer standen jetzt englische Bogenschützen, die auf alles schossen, was sie zu sehen bekamen. Und sie zielten verdammt gut, denn etliche von ihnen waren mit dem König auf dem Kreuzzug gewesen und hatten zuvor zu den legendären Geächteten aus dem Sherwood Forest gehört. Auf dem Bauch robbte Pierre Basile deshalb zu den Zinnen und spähte zwischen ihnen hinab. Was er sah, machte ihm das Herz schwer, denn schon waren die Belagerer dabei, den Wehrgang abzureißen und aus den Balken und Brettern eine Rampe zu bauen, über die ein Rammbock vor das Tor des Bergfrieds gezogen werden konnte. Wenn es aufgestoßen wurde, war ihrer aller Schicksal besiegelt, darüber machte sich der Ritter keine Illusionen.

In der Nähe des nun geöffneten Burgtores stand eine Gruppe Männer in den angevinischen Farben Rot und Gold um zwei Ritter in ihrer Mitte herum, die sie offenbar schützen sollten. Doch sie taten es recht nachlässig, und Pierre Basile glaubte, Richard Löwenherz zu erkennen. Ja, er war es eindeutig, denn jetzt blitzte die goldene Helmkrone im Licht der untergehenden Sonne auf. Der König trat plötzlich aus dem Ring heraus und rief den Männern, die die Rampe zimmerten, etwas zu. Was er sagte, konnte der Ritter nicht verstehen, es sich aber denken. Die Leute sollten schneller arbeiten, denn Löwenherz war nicht gerade für seine Geduld bekannt.

Plötzlich spürte Basile einen Stoß an seinem Bein. Der Sergeant lag ebenfalls auf dem Bauch und schob jetzt die Armbrust zu ihm hinüber.

»Eine einmalige Gelegenheit«, raunte der alte Kämpe dem Ritter zu. »Traut Ihr Euch den Schuss zu? Aber er sollte sitzen, denn ich habe nur noch diesen einen Bolzen.«

Pierre Basile lugte noch einmal zwischen den Zinnen hindurch, und sofort kamen zwei Pfeile angezischt. Doch er hatte gesehen, was er sehen wollte, und nickte dem Sergeanten zu.

»Es könnte klappen«, stimmte er zu, während er mit der Hand nach der bereits gespannten Armbrust angelte. »Zumindest ist es einen Versuch wert. Gebt mir den Bolzen.«

»Wartet, ich will ihn noch etwas präparieren.«

Auf dem Turm hatten zahlreiche Vögel ihren Unrat hinterlassen, und in einen der Kothaufen drehte der Sergeant jetzt die scharfe, dreizackige Spitze hinein. Es war üblich, die Geschosse zu verunreinigen oder zumindest vor sich in die Erde zu stecken, denn jeder wusste, dass Dreck oder gar Kot in den Verletzungen die Heilung erschwerte und Wundbrand hervorrufen konnte. Der Sergeant reichte Pierre Basile den Bolzen, der ihn in die Schiene der Armbrust legte. Dann holte er tief Luft, schickte ein Stoßgebet zum Himmel, richtete sich blitzschnell auf, zielte nur ganz kurz und ließ den Bolzen fliegen.

Richard spürte einen Schlag wie mit einem Schmiedehammer gegen seine Schulter und taumelte rückwärts. Er fing sich zwar schnell wieder, aber als er schaute, was ihn getroffen hatte, stockte ihm der Atem.

»Bei Gottes Gebeinen, das hätte es nun wahrlich nicht gebraucht«, stieß er zwischen den Zähnen hervor, was sein Gefolge erst darauf aufmerksam machte, was geschehen war. Sofort gingen die Schilde hoch, aber nun war es zu spät und der König verwundet.

Philipp wollte seinen Vater stützen, aber der wehrte nur unwirsch ab.

»Nur ein Kratzer, nicht weiter schlimm«, knurrte Richard. »Es ist schließlich nicht das erste Mal, dass ich getroffen worden bin. Zieh das Ding raus, Philipp. Dann soll ein Feldscher mir einen Verband machen, und es ist gut.«

»Aber nicht hier, wo wir womöglich weiter beschossen werden können«, wandte der Angesprochene ein. »Wir sollten uns besser ins Torhaus zurückziehen. Dort sind wir geschützt, und du kannst dich zumindest setzen.«

Richard nickte ergeben und folgte dem Rat seines Sohnes. Er sah noch, wie die Arbeit an der Rampe stockte, denn es hatte sich wie ein Lauffeuer herumgesprochen, dass der König verwundet worden war. Normalerweise hätte dieser jetzt Anweisungen gebrüllt, doch Richard fühlte sich seltsam schwach und zu apathisch dazu. Dann würden sie den Bergfried eben morgen stürmen, wenn er wieder auf den Beinen war, darauf kam es nun auch nicht mehr an. Im Torhaus ließ er sich auf einer steinernen Bank nieder und nickte Philipp zu.

»Nun los, raus damit. Und sollte es danach stark bluten, ist es nicht weiter schlimm, das reinigt die Wunde. Ein Verband wird die Blutung stoppen und ausreichend Wein das verlorene Blut heute Abend ersetzen. Worauf wartest du?«

Philipp fühlte sich gar nicht wohl in seiner Haut. Der Bolzen war genau an der Stelle in den Körper eingedrungen, die normalerweise von der Helmbrünne geschützt wurde, welche sein Vater aber im Zelt zurückgelassen hatte. Er hatte das leichte Kettenhemd durchschlagen und steckte in der linken Schulter, schien aber nicht allzu tief eingedrungen zu sein. Hier konnte er zwar nur Muskeln und keine Organe verletzt haben, das wusste jeder Krieger. Doch schließlich war Philipp kein Medicus, und er fürchtete, noch mehr Schaden anzurichten, als bereits entstanden war, wenn er das Geschoss einfach so herauszog. Aber er kannte auch seinen Vater und dessen Ungeduld. Vorsichtig fasste er deshalb an den Schaft des Bolzens und prüfte, ob er sich bewegen ließ.

Richard verzog das Gesicht, als sein Sohn sich an dem Geschoss zu schaffen machte, aber kein Laut kam über seine Lippen. Philipp versuchte, vorsichtig daran zu ziehen, aber nichts geschah. Dann probierte er noch, den Bolzen zu drehen, so wie man einen Bohrer aus einem Loch zurückholte, aber ebenfalls ohne jeden Erfolg. Resignierend zuckte er daraufhin mit den Schultern und sah seinen Vater an.

»Keine Chance, das muss herausgeschnitten werden. Aber das sollte ein Heilkundiger tun und nicht ich, der ich davon nicht die blasseste Ahnung habe.«

»Es ist aber nun mal keiner da, weil ich Milo auf Wunsch meiner Mutter bei ihr zurückgelassen habe. Und denkst du, ich begebe mich in die Hände eines dieser Feldscher, die vielleicht einen Bart stutzen, aber keine Wunde ordentlich behandeln können?«

*Deine Soldaten müssen es aber,* dachte Philipp, *denn sie haben keine andere Wahl, sind sie im Kampf verletzt worden.* Doch bevor er einen Einwand vorbringen konnte, fuhr sein Vater auch schon fort.

»Wenn du den Bolzen nicht herausziehst, dann tue ich es eben selbst.«

Mit der rechten Hand umfasste der König den Schaft, sammelte sich einen Augenblick, holte dann tief Luft und zog mit aller Kraft an dem aus seiner Schulter herausragenden Holz. Allen Umstehenden stockte der Atem, doch siehe da, der Schaft bewegte sich, und mit einem letzten Ruck riss Richard ihn aus seinem Körper heraus.

»Na also, da haben wir ihn ja«, stieß er mit schmerzverzerrten Zügen hervor, aber als er das Teil näher inspizierte, wurde er ebenso blass wie alle anderen aus seinem Gefolge, die ihn umstanden.

»Verdammt, verdammt, verdammt!«, zischte der König. »Die Spitze steckt noch drin! Der hölzerne Schaft hat sich von dem eisernen Bolzen gelöst. Nun muss das Ding doch herausgeschnitten werden. Und mein Leibarzt weilt in Fontevrault! Schlimmer hätte es gar nicht kommen können.«

»Jetzt gilt es erst einmal die Blutung zu stoppen«, unterbrach Philipp, der bereits dabei war, seinen Wappenrock zu zerreißen, seinen Vater. »Dann bringen wir dich ins Lager und schicken nach einem Arzt. Es wird ja wohl einer in der Nähe aufzutreiben sein. Notfalls muss Milo eben aus Fontevrault geholt werden. In vier, fünf Tagen könnte er hier sein, und bis dahin musst du einfach durchhalten.«

*Und wir alle können nur beten, dass kein Wundbrand eintritt,* sinnierte Philipp, als ganz aufgeregt ein Sergeant angelaufen kam und meldete, dass ein großer Trupp Reiter, eher eine kleine Armee, gesichtet worden war, die direkt auf Châlus zuhielt.


Auch von der Plattform des Bergfrieds aus hatte man eine große Staubwolke erkannt, die sich von Nordosten her unaufhaltsam der Burg näherte, und bereits frohlockt. Kam womöglich doch noch Graf Adémar an der Spitze einer Streitmacht als Entsatz herbeigeeilt und war bereit, Richards recht kleines angevinisches Heer zur Schlacht zu stellen? Doch je näher die Reiter kamen, desto mehr sank der Mut der Verteidiger und machte purer Verzweiflung Platz. Es waren nicht die blau-gelben Farben König Philipps, die immer klarer hervortraten, sondern das Purpur und Gold der Mannen König Richards. Mercadier war mit seinen Söldnern dem Ruf seines Königs gefolgt und aus dem Berry, wo die Menschen sicherlich erleichtert aufatmeten, herbeigeeilt. Da er nicht davon ausging, dass Richard schon vor Limoges stand, hatte er einen Bogen um die Stadt geschlagen, um ihm auf dem Weg, den er nehmen musste, entgegenzureiten. Jubelnd wurde der Hauptmann mit seiner gefürchteten Truppe begrüßt, und die Eingeschlossenen wussten, dass es für sie nun keine Hoffnung mehr gab.

Im Torhaus vor seinem König sprang Mercadier von seinem Streitross und kniete auf der Stelle nieder.

»Sire, was ist passiert?«, stieß er ganz außer Atem hervor. »Kommen wir zu spät? Aber wir sind geritten wie die Teufel, nachdem William de Braose uns gefunden hat! Warum konntet Ihr nicht auf uns warten?«

»Macht Euch keine Vorwürfe, mein Freund. Euch trifft keine Schuld. Ich werde doch wohl eine von gerade einmal drei Dutzend Kriegsknechten verteidigte Burg auch noch ohne Eure Hilfe einnehmen können! Aber wenn Ihr nun schon einmal da seid, könnt Ihr gern zu Ende bringen, was wir begonnen haben. Doch sagt, habt Ihr Euren Medicus dabei? Mich hat nämlich ein kleines Missgeschick ereilt, und mein eigener kümmert sich gerade um meine Mutter, der es aber wahrscheinlich im Moment besser geht als mir.«

Mercadier hatte die Verwundung natürlich schon längst bemerkt und verzog jetzt das Gesicht.

»Lasst Euch zuerst ins Lager bringen, Sire, dann kann mein Feldscher sich Eure Wunde ansehen. Aber ich sage Euch gleich, er ist eher ein Metzger als ein studierter Medicus. Kein Vergleich zu Milo. Doch ich bin sicher, er wird sein Bestes geben, um Euch zu helfen. Denn wenn nicht …«

Mercadier ließ den Satz unbeendet, denn jeder der anwesenden Männer wusste auch so, was er meinte. Sollte Richard unter der Behandlung verbluten oder anderweitig sterben, würde der Feldscher dem König wohl unverzüglich ins Jenseits folgen. Und das unter mindestens ebenso großen Qualen, wie sie der Verwundete auszustehen hatte.

Der Hauptmann übernahm schnell das Kommando und gab entsprechende Anweisungen. Im Burghof würden die ganze Nacht über große Feuer brennen, sodass niemand aus dem Bergfried entkommen konnte. Morgen wollte er selbst den Sturm anführen, und dass sich Châlus dann bald endgültig in der Hand des Königs befände, daran zweifelte niemand.

Richard bestand darauf, ins Lager zu reiten, und lehnte die angefertigte Trage ab. Doch vor dem Zelt gelang es Philipp gerade noch, ihn aufzufangen, sonst wäre er vom Pferd gestürzt. Knappen und Ritter aus seinem Gefolge halfen, den König zu seinem Lager zu tragen und ihn aus der Rüstung zu schälen. Dann war auch schon Mercadier, seinen Feldscher im Schlepptau, heran. Der Mann zitterte wie Espenlaub und wagte es kaum, den königlichen Körper mit den Fingerspitzen zu berühren, bis er von Richard angeschnauzt wurde, sich nicht so zu haben und gefälligst seiner Arbeit nachzugehen.

Der Feldscher rollte ein schmuddeliges Tuch auf einem Tisch aus, und zum Vorschein kamen etliche Instrumente, bei deren bloßem Anblick es einem schon schlecht werden konnte. Der König befahl, dass ihm ein Krug Wein gereicht wurde, den er, ohne ihn auch nur einmal abzusetzen, in einem Zug lehrte. Dann steckte Philipp seinem Vater ein Beißholz zwischen die Zähne und hielt ihn so fest, wie er nur konnte, an seinen eigenen Körper gepresst, denn er wusste, was nun auf den Verwundeten zukam.

Der Feldscher stocherte zuerst mit einer langen Nadel in der Wunde herum, um die Bolzenspitze zu lokalisieren. Als er sie endlich gefunden hatte, nahm er eine schmale Zange, bohrte sie in die Wunde und versuchte, das Eisen zu packen. Aber dabei rutschte er immer wieder ab, denn die Verletzung hatte stark zu bluten begonnen, und alles war nass und schmierig.

»Sire, ich bekomme die Bolzenspitze nicht zu greifen«, hauchte der Mann mehr, als dass er sprach. »Erlaubt Ihr, dass ich versuche, sie herauszuschneiden? Das wird aber sehr schmerzhaft werden, und ich flehe Euch schon vorab um Vergebung an.«

»Kerl, denkst du, das Bisherige war ein Vergnügen?«, fuhr der König den verängstigten Mann an, nachdem er das Beißholz ausgespukt hatte. »Mach voran, damit wir hier fertig werden!«

Der Feldscher spreizte mit der Zange die Wunde und fuhr mit einem kleinen Messer hinein. Wie ein Bauer, der mit einem Spaten eine widerspenstige Wurzel aus der Erde holen wollte, grub er sich unter das Eisen in der königlichen Schulter, und nach einigen missglückten Versuchen gelang es ihm tatsächlich, die Bolzenspitze herauszuholen. Jetzt sprudelte das Blut nur so aus der Wunde, doch helfende Hände stopften Leinenstreifen hinein und verbanden die Schulter des Königs, der, außer dass er manchmal die Luft zischend eingesogen und dann schwer wieder ausgeatmet hatte, die ganze Zeit über keinen einzigen Laut von sich gegeben hatte. Erst als die Operation vorüber war und der Feldscher zusammen mit den meisten anderen Männern aus Richards Gefolge das Zelt verlassen hatte, gestattete Richard sich, in eine gnädige Ohnmacht zu fallen.

Philipp verließ seinen Vater nur einmal für einen kurzen Augenblick, um etwas Wichtiges zu erledigen. Danach wachte er die ganze Nacht an dessen Lager und schloss seine Augen erst, als dieser die seinigen wieder geöffnet hatte.

Mercadier ließ am nächsten Tag die Rampe vollenden, und als der Rammbock gegen das Tor des Bergfrieds donnerte, wussten die darin Ausharrenden, was die Stunde geschlagen hatte. Bald drangen die ersten Söldner durch die zersplitterte Tür in das Innere des Wehrturms ein, doch die Verteidiger warfen sich den Angreifern mit dem Mut der Verzweiflung entgegen. Der Ausgang war allerdings absehbar und der Kampf rasch entschieden. Einige Männer wie der alte Sergeant waren getötet, andere – zu denen auch Pierre Basile gehörte – verwundet worden, und die Übrigen warfen die Waffen weg und ergaben sich, obwohl sie wussten, was sie erwartete. Mercadier ließ sich die Gefangenen vorführen und verlangte unter Androhung fürchterlicher Foltern von ihnen zu wissen, wer auf seinen König geschossen hatte. Da Pierre Basile keine weitere Schuld auf sich laden wollte und hoffte, dass man seinen Mitstreitern wenigstens einen schnellen Tod gewährte, gab er sich zu erkennen. Sofort wurde er von den anderen getrennt und abgeführt. Als er sich noch einmal umwandte, sah er, wie alle Verteidiger von Châlus, auch die beiden Frauen, mit Stricken um den Hälsen, die an den Zinnen befestigt waren, von der Burgmauer gestoßen wurden. So in etwa hatte er sich das Ende der Verteidiger auch vorgestellt, nur dass Mercadier zuvor den Kopf des kleinen Kindes an einer Mauer zerschmettert hatte, wusste er glücklicherweise nicht.

Richards Ohnmacht war in einen tiefen Schlaf übergegangen, aus dem er recht erfrischt erwachte. Wenn man die Schwere der Verletzung und den Blutverlust bedachte, ging es ihm eigentlich recht passabel, und mit Genugtuung nahm er die Nachricht von der Einnahme der Burg zur Kenntnis. Aber er wusste, dass er zu schwach zum Reiten war und der Zug gegen Adémar aufgeschoben werden musste. Deshalb beauftragte er Mercadier, die beiden kleinen Festungen Nontron und Piégut einzunehmen, die sich ebenfalls vor Limoges befanden. Dafür brauchte der Söldnerhauptmann ungefähr so lange wie ein Priester für sein Paternoster, aber das hatte sein Auftraggeber auch nicht anders erwartet.

Nach drei Tagen verschlechterte sich der Zustand des Königs jedoch deutlich. Er konnte kaum mehr schlucken und sprechen, und beim Verbandswechsel sah Richard, dass die Wundränder stark geschwollen und purpurrot verfärbt waren. Zu allem Übel begann es nun auch noch anhaltend zu regnen, sodass sich das Lager in einen Sumpf verwandelte. Jetzt rächte es sich, dass Châlus in Trümmer gelegt worden war, sonst hätte man dort wenigstens ein festes Dach über dem Kopf gehabt. Richard bekam Fieber und schob es zuerst auf eine durch das schlechte Wetter hervorgerufene Erkältung. Aber als er beim nächsten Abnehmen der Verbände sah, dass die Rotfärbung der Wundränder sich in ein schmutziges Weiß verwandelt hatte, wusste er, dass er sterben würde, denn diese Art des Wundbrandes hatte er schon oft genug bei Verwundeten gesehen, denen man nicht mehr hatte helfen können.

Am nächsten Tag kam überraschend Eleonore nach Châlus-Chabrol, der Philipp noch am Tag der Verwundung seines Vaters einen Boten geschickt hatte, und in ihrem Gefolge auch Richards Arzt Milo. Doch es war zu spät, und der Arzt schüttelte nur traurig den Kopf, als er die Verletzung untersuchte.

»Wäre es ein Bein oder ein Arm, könnte ich noch versuchen, das brandige Glied abzunehmen, Sire«, erklärte er dem König mit bebender Stimme. »Doch die Schulter kann ich Euch leider nicht entfernen. Es tut mir so unendlich leid.«

»Und wenn Ihr die Wunde ausbrennt, Milo?«, fragte Richard hoffnungsvoll. »Glaubt mir, ich halte das aus.«

»Davon bin ich überzeugt, mein König, aber dafür ist es zu spät. Die Wunde hat bereits das Blut in Eurem Körper vergiftet, und es ist nur noch eine Frage der Zeit, wann Euer Herz stehen bleiben wird. Ich kann nur noch versuchen, Euer bald kommendes starkes Fieber und Eure Schmerzen zu lindern.

Mehr steht nicht in meiner Macht. Gestattet mir, der ich Euch so lange Jahre begleitet habe, ein offenes Wort. Ihr solltet Eure irdischen Angelegenheiten ordnen und dann Euren Frieden mit Gott machen.«

Richard nickte verstehend und wirkte nach außen hin gefasst. Was für viele großartige Pläne hatte er doch noch gehabt, was noch alles anpacken wollen! Und nun das! Eine Nachlässigkeit würde ihn das Leben kosten, von dem er sich in den kommenden Jahren so viel erwartet hatte. Seine Mutter war fast doppelt so alt wie er. Wäre es ihm gelungen, ihr Alter zu erreichen, hätte er nahezu fünfzig Jahre als König geherrscht. Und nun musste er nach nicht einmal zehn auf dem Thron abtreten, von denen er noch dazu einige sinnlos vergeudet hatte, und wusste zudem nicht, wem er ihn hinterlassen sollte.

Über diesen Gedanken hatte Richard nicht bemerkt, wie seine Mutter das Zelt verließ. Eleonores Augen schwammen in Tränen, und die sollte ihr Sohn nicht sehen. Sie machte sich unendliche Vorwürfe, dass sie sich seinen Arzt ausgeliehen hatte. Vielleicht wäre es Milo möglich gewesen, den König zu retten, wäre er zur Stelle gewesen und hätte als Erster die Wunde behandelt. Doch in ihrer Selbstsucht hatte sie den studierten und erfahrenen Medicus bei sich behalten wollen und trug so vielleicht die Schuld am Tod ihres geliebten Sohnes. Sie wusste, dass sie sich das bis an ihr Lebensende nicht verzeihen würde, doch unabhängig davon galt es nun, ein paar Dinge zu regeln, die unaufschiebbar waren und einfach getan werden mussten. Als Erstes setzte sie ein Schreiben an William Marshal auf, der eine wichtige Angelegenheit für sie erledigen sollte, und danach galt es John und Berengaria zu verständigen.

William Marshal besprach gerade in Rouen mit Hubert Walter die letzten Details des abzuschließenden Friedensvertrages, der dem provisorischen Waffenstillstand zwischen Philipp von

Frankreich und Richard von England folgen und lange Jahre Gültigkeit haben sollte, als ihm ein Bote der Königinmutter gemeldet wurde, der sich nicht abweisen ließ. Notgedrungen nahm er das Pergament entgegen, brach die Siegel und begann zu lesen. Von Zeile zu Zeile wurde er blasser und der Erzbischof so gespannt, dass er schier zu platzen drohte. Als William Marshal geendet hatte, ließ er das Dokument für einen Moment sinken und atmete tief aus, bevor er es an Hubert Walter weiterreichte. Dieser musste als Richards Justiciar in England wissen, was auf ihn zukam, auch wenn das Schreiben nicht direkt an ihn gerichtet war. Während der Erzbischof ebenso blass wurde wie zuvor sein Freund und Bundesgenosse, goss dieser zwei Becher mit unverdünntem Wein randvoll, weil er wusste, dass sie den nun brauchen würden.

»Um Himmels willen, wenn das bekannt wird, dann bricht hier die Hölle los«, stieß Hubert Walter entsetzt hervor. »Wer auch immer Richards Nachfolger wird – Philipp zerreißt den Friedensvertrag in der Luft und marschiert in alle zurückeroberten Gebiete wieder ein, so schnell ihn die Hufe seiner Rosse tragen.«

»Deshalb darf es nicht aus diesem Raum nach außen dringen, unter keinen Umständen«, warf William Marshal ein. »Eleonores Boten sind zuverlässig, die schwatzen nicht. Und noch lebt der König und hat über seine Nachfolge nicht befunden. Vielleicht geschieht ja auch ein Wunder, und er übersteht die Verwundung wider Erwarten. Dafür solltet Ihr beten, Exzellenz!«

»Das werde ich tun, und zwar voller Inbrunst. Doch nichtsdestotrotz müssen wir sofort jeden verfügbaren Mann an die Grenze zur Île-de-France verlegen, damit wir dem zu erwartenden Ansturm Philipps etwas entgegenzusetzen haben. Zumindest so lange, bis die Verhältnisse geklärt sind und wir wissen, wer zukünftig über das angevinische Reich herrschen wird.«

»Das werde ich sofort veranlassen, noch bevor ich nach Château Gaillard aufbreche. Ihr habt ja gelesen, was die Königinmutter von mir erwartet. Sie will diese ominöse Kiste haben, und zwar so schnell als möglich. Wisst denn nicht wenigstens Ihr, was sie enthält, Exzellenz?«

»Glücklicherweise nicht, und das ist mir nur recht. Solange ich die Verantwortung dafür hatte, habe ich keine Nacht ruhig geschlafen. Ich hoffe, dass Euch das erspart bleibt, Marshal. Doch bevor Ihr aufbrecht, hätte ich noch gern erfahren, wen Ihr bei dem Kampf um die Macht unterstützen werdet, sollte es dazu kommen.«

»Da sei der Herr vor«, stieß William Marshal entsetzt aus. »Ich habe den Krieg zwischen dem alten König Henry und seinen Söhnen um die Krone miterlebt und wahrlich keinen Bedarf an einer Wiederholung. Aber sollte König Richard von uns gehen, woran ich nicht glauben mag, bis es unumkehrbare Gewissheit geworden ist, dann kann nur John ihm nachfolgen, der letzte von Henrys Söhnen.«

»Marshal, wisst Ihr, was Ihr da sagt?«, entfuhr es dem Erzbischof entsetzt. »Nicht einmal der König selbst hält seinen Bruder für fähig, auch nur über Aquitanien zu herrschen, geschweige denn über das ganze angevinische Reich. Deshalb hat er auch schon vor Jahren Arthur zu seinem Nachfolger bestimmt. Er steht immerhin auch in der Thronfolge an erster Stelle.«

»Das mag sein, aber der Junge ist nicht mehr als eine Strippen-Puppe in den Händen Philipps und hat auch noch nie einen Fuß auf englischen Boden gesetzt. Aber es ist müßig, uns hier die Köpfe heißzureden. Ich denke, sollte es tatsächlich mit Richard zu Ende gehen, wird er verantwortungsbewusst handeln und vor seinem Tod festlegen, wer nach ihm die Krone tragen soll. Das wird dann der vierte König sein, dem ich diene. Und das in ebensolcher unverbrüchlichen Treue wie den drei anderen zuvor.«

»Ihr habt recht, Marshal, warten wir es einfach ab. Gott wird es schon richten, hoffe ich zumindest. Doch nun geht, denn Ihr habt ja einen wichtigen und nicht leicht zu erfüllenden Auftrag erhalten. Ich werde nicht nur für den König, sondern auch für Euch beten, damit Ihr ihn erfüllen könnt.«

Noch in der gleichen Stunde brach William Marshal von Rouen aus nach Château Gaillard auf. Er schonte sein Pferd nicht und erreichte die weniger als dreißig Meilen von Rouen entfernte Festung noch am Abend desselben Tages. Der Kastellan, Roger de Lacy, hieß ihn natürlich willkommen, weigerte sich aber standhaft, dem Ankömmling Zugang zu den Gemächern des Königs zu gewähren. Dort hätte niemand außer Richard Löwenherz selbst etwas zu suchen, eröffnete er Marshal, doch der zeigte sich davon unbeeindruckt und wies das Schreiben mit den Siegeln des Königs sowie der Königinmutter vor, ohne es de Lacy allerdings lesen zu lassen.

»Ich habe den ausdrücklichen Befehl, etwas aus den Gemächern zu holen und nach Châlus zu bringen«, fuhr Marshal den Festungskommandanten an. »Und Ihr werdet mich mit Sicherheit nicht daran hindern. Es mag ja sein, dass Ihr einen Befehl des Königs befolgt, und Eure Standhaftigkeit ehrt Euch. Aber wollt Ihr Euch wirklich mit Eleonore anlegen? Ihr wisst sicher, wie nachtragend sie sein kann, wenn man ihren Wünschen nicht nachkommt.«

Ja, das war de Lacy bekannt, und Streit mit der Königinmutter war nun wirklich nicht das, wonach ihm der Sinn stand. Forderte sie seine Ablösung, würde sich ihr Sohn ihrem Wunsch sicherlich nicht widersetzen. Und der Verlust seines Kommandos war noch das Geringste, was ihm widerfahren könnte. Ein entfernter Verwandter von ihm hatte vor ein paar Jahren von den Zinnen der Burg von Nottingham gebaumelt, und er gedachte nicht, ihm auf diesem Weg zu folgen.

»Also gut, dann kommt mit mir«, gab de Lacy klein bei. »Aber ich selbst werde die Gemächer nicht betreten, denn es ist mir strikt untersagt. Ich führe Euch bis an die Tür. Was Ihr dann von dort nach Châlus bringen sollt, müsst Ihr selbst finden.«

Marshal nickte zustimmend und schritt neben dem Kastellan durch die Turmmauer zum Donjon empor, der schneeweiß und mächtig vor ihm aufragte. Dabei fielen ihm etliche Mönche auf, die mit gebeugten Köpfen, die Kapuzen tief ins Gesicht gezogen, vor dem Zugang zur Hauptburg standen und offenbar ins Gebet versunken waren.

»Wo kommen denn auf einmal die vielen gottesfürchtigen Brüder her?«, wollte Marshal von de Lacy wissen. »Der König duldet doch sonst nur wenige Kleriker um sich und schon gar keine frömmelnden Benediktiner?«

»Es sind Pilger auf der Heimreise aus dem Heiligen Land«, gab der Kastellan bereitwillig Auskunft. »Sie führen ein Schreiben des Heiligen Vaters mit sich, in dem jeder Christenmensch angewiesen wird, ihnen Nahrung und Obdach zu gewähren.«

»Und da habt Ihr sie einfach eingelassen? Meint Ihr wirklich, dass der König das billigt?«

»Nur in den Vorhof der Burg und natürlich nicht in den Donjon selbst. Was sollte ich denn tun? Innozenz droht jedem mit ewigen Höllenqualen, der sich seinen Wünschen widersetzt.«

Marshal zuckte nur mit den Achseln. Schließlich ging ihn das nichts an, und wie der Kastellan mit dem König klarkam – vorausgesetzt, es käme überhaupt dazu, dass er diesem noch einmal Rechenschaft ablegen müsste –, war dessen Sache.

Mittlerweile waren sie bei den königlichen Gemächern angelangt, vor denen sich zu Marshals Verwunderung keine Wachen befanden. Aber das war offenbar auch nicht nötig, denn der Zugang war gut verschlossen, wie ihm de Lacy versicherte, der als Einziger einen Schlüssel dafür besaß. Mit ihm öffnete er jetzt die zweiflüglige, große Bogentür und ließ den Beauftragten der Königinmutter ein. Er selbst trat nicht über die Schwelle und bedeutete Marshal, dass er Wache halten würde, bis dieser zurückkehrte.

Marshal hatte genaue Instruktionen erhalten, wo er den Zugang zu dem geheimen Gang finden würde, der zu dem unterirdischen Saal führte. Deshalb brauchte er auch nicht lange zu suchen und entdeckte hinter der verborgenen Tür einen Korb mit Fackeln, von denen er eine mit Feuerstein und Zunder entzündete. Vorsichtig stieg er dann die Treppe hinab, bis er die runde, unterirdische Halle erreichte. Schon sah er die Truhe auf dem Gestell in der Mitte über dem Schacht schweben, als plötzlich durch einen ihm unerklärlichen, kräftigen Luftzug seine Fackel erlosch. Noch dachte sich Marshal nichts Böses und tastete erneut nach Feuerstein und Zunder, doch plötzlich hatte er das Gefühl, nicht allein in dem Saal zu sein. Er spürte wieder etwas wie einen Lufthauch, so als ob sich jemand in seiner Nähe bewegte, und dann auf einmal einen brennenden Schmerz an seinem linken Oberarm.

William Marshal hatte unzählige Kämpfe bestritten und wusste auf der Stelle, was dies bedeutete. Jemand hatte versucht, ihm einen Dolch oder eine andere Stichwaffe durch das Kettenhemd in den Körper zu rammen. Doch seine Rüstung war von vorzüglicher Machart, und die spitze Klinge konnte nur ein kleines Stück in sein Fleisch eingedrungen sein, indem sie ein paar Ringe der Panzerung durchtrennt hatte. Blitzartig fuhr Marshal herum und schmetterte seine rechte, behandschuhte Faust in die Richtung, aus der der Angriff gekommen war. Aber da war nichts als kalte, trockene Luft, und durch den Schwung kam der Ritter ins Taumeln. Plötzlich fühlte er sich von hinten gepackt und festgehalten. Nun ging er davon aus, es mit mindestens zwei Gegnern zu tun zu haben, die offenbar gleich einer Katze in der Dunkelheit besser sahen als er. Mit dem Gedanken, wie sie hierhergelangt sein konnten, hielt sich der Ritter gar nicht erst auf. Sie waren da, und er musste gegen sie kämpfen, sollte es nicht für alle Zeit dunkel um ihn werden, so einfach war das.

Marshal hatte keine Zeit, um sein Leben zu fürchten. Er riss die Beine nach oben, weil er vermutete, gleich von vorn attackiert zu werden, und stieß mit aller Kraft zu. Und siehe da, er hatte richtig vermutet, denn im gleichen Moment ertönte ein Stöhnen, dann ein lautes Scheppern und gleich darauf ein entsetzlicher, lang anhaltender Schrei, der sich rasch entfernte, dabei aber nicht enden wollte. Von dem Geschehen überrascht, ließ der zweite Angreifer Marshal los, der sofort zur Seite sprang und sein Schwert zog. Mit der linken Hand ertastete der Ritter die Wand, mit seiner Waffe schlug er rasend schnell um sich. Obwohl er nichts sah, konnte sich ihm auf diese Weise kein Angreifer unverletzt nähern. Und doch musste es einer versucht haben, denn erneut gellte ein Schrei durch die Finsternis und ging dann in ein Röcheln über, das nach einer gefühlten Ewigkeit verstummte. Marshal hatte gespürt, wie sein Schwert auf ungeschütztes Fleisch und Knochen getroffen war. Offenbar trugen seine Feinde keine Rüstung. Aber wie viele waren es, und was führten sie für Waffen?

Der Ritter tastete sich weiter an der Wand entlang und schlug dabei ständig schnelle Halbkreise mit seinem Schwert, doch es blieb alles ruhig. Nach einiger Zeit musste er die Runde vollendet haben, denn er erfühlte den Zugang zu dem Saal und stieß mit dem Fuß an die Treppe. Hier irgendwo musste seine Fackel liegen. Ob er es wagen konnte, sich nach ihr zu bücken und sie wieder zu entzünden? Wenn ja, musste er zumindest für einen Moment sein Schwert aus der Hand legen. Marshal lauschte in die Dunkelheit, ob er irgendein Geräusch oder gar Atemzüge vernehmen konnte. Aber es war nichts zu hören, sondern im Gegenteil, es herrschte eine nahezu beängstigende Todesstille.

Mit dem Rücken zur Wand ließ Marshal sich zu Boden gleiten und tastete mit der linken Hand nach der Fackel. Schon nach kurzem Suchen hatte er sie gefunden, schlug mit Stahl und Stein Funken, und glücklicherweise entzündete sich der Zunder sofort und gleich darauf mit ihm die in Pech getränkte Fackel. Der Ritter sprang, das Schwert in der Rechten, die Fackel in seiner Linken, auf die Beine und leuchtete auf der Suche nach weiteren Feinden den Raum aus, doch es gab keine mehr. Ein Mann in einer braunen Mönchskutte lag in einer Blutlache am Boden, und als Marshal ihn mit dem Fuß anstieß, rührte er sich nicht. Ein weiterer Tritt beförderte den Regungslosen vom Bauch auf den Rücken, und nun konnte er erkennen, dass er dem Angreifer mit dem Schwert nahezu den Kopf vom Rumpf getrennt hatte. Es war den beiden Angreifern nicht gut bekommen, sich mit dem wohl besten Ritter des Abendlandes anzulegen. Ein weiterer Feind war auch nach nochmaligem Ausschauhalten nicht zu entdecken, und so hatte Marshal endlich die Muße, sich in der unterirdischen Halle umzusehen.

Wo vorhin, als er aus dem Gang herausgetreten war und einen kurzen Blick in den Saal gehabt hatte, noch die Truhe geschwebt hatte, hingen nun nur noch ein paar Holzstreben an vier Seilen. Die Kiste selbst war verschwunden, und Marshal blieb fast das Herz stehen, als ihm die Tragweite dieses Umstandes bewusst wurde. Er musste einen der Angreifer mit seinem Tritt in den Schacht befördert haben. Aber bevor dieser hinabstürzte, hatte der sich wahrscheinlich noch an dem Gestell festzuhalten versucht, auf dem die Truhe geruht hatte, und sie dadurch mit sich in die Tiefe gerissen. Anders konnte sich der Ritter das Verschwinden des zweiten Angreifers und der Kiste nicht erklären. Er leuchtete vorsichtig mit der Fackel in den Schacht, doch das Einzige, was er sah, war pechschwarze Dunkelheit. Wenn er genau hinhörte und lauschte, glaubte er in der Tiefe so etwas wie ein Gluckern und Wasserrauschen zu vernehmen, war sich aber nicht sicher.

*Was, bei allen Heiligen, soll ich nun tun?*, fragte sich Marshal. Es würde ihm nichts anderes übrig bleiben, als Eleonore mitzuteilen, dass er ihren Auftrag gründlich vermasselt hatte und dass das, was auch immer in dieser Truhe gewesen war, jetzt im unterirdischen Flussbett der Seine ruhte. Zwei Männer waren dafür gestorben und der Ritter nur froh, dass er bei ihrer Attacke auf ihn nicht ebenfalls sein Leben verloren hatte. Das brachte ihn zu der Frage, was mit dem zweiten Toten geschehen sollte und wer sein Auftraggeber gewesen war? Hatte womöglich der Heilige Vater die Mönche geschickt, damit sie die sagenumwobene Truhe, über deren Inhalt die gewagtesten Gerüchte in Umlauf waren, stahlen und zu ihm brachten? Aber wie hatten sie in das unterirdische Gemach hineingelangen können, um später mit der Kiste aus der Burg zu entkommen? Fragen über Fragen, auf die Marshal keine Antwort fand. Aber er beschloss, den Mönch seinem Kameraden folgen und alle Spuren, die auf einen Kampf hinwiesen, verschwinden zu lassen. Vorsichtig löste er die Seile von den Ringen, an denen sie befestigt waren, und warf sie zusammen mit den Holzstreben ebenso in den Schacht wie den nahezu geköpften Mönch. Über die Zeit hinweg würde das Wasser wie stets alle Spuren tilgen und nichts mehr von den Toten und dem Objekt ihrer Begierde übrig bleiben.

Wenn man sich jetzt in der kreisrunden Halle umsah, deutete nichts mehr darauf hin, wofür sie einmal gebaut worden war. Nur einen großen Blutfleck gab es noch auf dem Boden, aber der würde mit der Zeit verblassen, und irgendein düsteres Geheimnis bargen solche Gewölbe ja immer in sich.

Zwei Tage später hielt Eleonore den Bericht ihres Vertrauten in den Händen, in dem er ihr untröstlich versicherte, wie immer alles in seiner Macht Stehende getan zu haben, um ihren Auftrag getreulich zu erfüllen, aber zu seinem Leidwesen gescheitert war.

Ein Lächeln umspielte die Mundwinkel der Königinmutter, als sie das las. Ihr war von Anfang an bewusst gewesen, dass sie Marshal eine nicht zu lösende Aufgabe übertragen hatte. Aber diese verdammte Truhe durfte auf keinen Fall Richards Nachfolger in die Hände fallen, wer auch immer es werden würde. Jemand mit weniger Verantwortungsbewusstsein als ihr Lieblingssohn hätte mit deren Inhalt das ganze Abendland ins Chaos stürzen können, und um das zu verhindern, dafür war ihr jedes Mittel recht gewesen. Wer die Mönche waren – ihre Mitbrüder hatte der Kastellan sofort festnehmen und in den Kerker werfen lassen –, wusste sie zwar nicht, hatte aber einen Verdacht. Schließlich war die heilige Mutter Kirche nicht weniger skrupellos als sie, und der noch junge Papst schreckte wohl vor nichts zurück, um ihre Macht und Einheit zu erhalten.

Eleonore hatte nach ihrer Ankunft in Châlus das Kommando übernommen – worüber sich niemand, der sie kannte, wirklich wunderte – und zumindest die Hauptgebäude der Festung wieder weitestgehend instand setzen lassen. Da in dem runden Bergfried kein Platz dafür gewesen war, befand sich die Halle, die zu jeder Burg gehörte und in der sich die Bewohner zum Essen versammelten oder auch Gäste empfangen und Feste gefeiert wurden, in einem lang gestreckten, an die Burgmauer grenzenden, steinernen Haus. Hier gab es auch zwei Kamine, und vor einen wurde der sterbende König gebettet, nachdem man ihn aus dem Lager in die Festung hinaufgetragen hatte, denn Richard schwitzte und fror abwechselnd. Er verfiel von Tag zu Tag mehr, und sein Ende war abzusehen. Doch trotzdem weigerte er sich sehr zum Verdruss seiner Mutter, seinen Nachfolger klar zu benennen und ein schriftliches Testament zu verfassen. Er schob das Unabdingbare immer weiter vor sich her, so als wollte er seinen nahenden Tod nicht wahrhaben und könnte diesen davon abhalten, ihn zu holen, solange er nicht tat, was getan werden musste.

Richards Ritter, seine Fußtruppen und auch Mercadiers Söldner wirkten allesamt wie gelähmt und waren kaum zu irgendwelchen Handlungen zu bewegen. Nach der Einnahme der drei Burgen westlich von Limoges stockte der Feldzug nun nach der Verwundung des Königs, und ob Vizegraf Adémar jemals für das zur Verantwortung gezogen werden könnte, was seine Abtrünnigkeit letztlich ausgelöst hatte, wusste nur Gott allein.

Neben Mercadier, der keinen Schritt von Richards Lager wich, hielten sich meist nur Philipp, Eleonore, Milo und William de Braose in der Halle auf und warteten gemeinsam auf das Ableben des Königs, das nicht mehr lange auf sich warten lassen würde. Die Wunde roch mittlerweile so stark nach Fäulnis, dass es kaum auszuhalten war, und die Schmerzen, die den Sterbenden quälten, mussten eigentlich unerträglich sein. Und doch kam kein Laut des Wehklagens über Richards Lippen, solange er bei Bewusstsein war. Nur im Fieberwahn stöhnte er von Zeit zu Zeit, aber auch hier eher leise und verhalten als laut und erlösend.

War Richard bei klarem Verstand, führte er lange Gespräche mit seiner Mutter über den Fortbestand des angevinischen Reiches, wich aber ihren Fragen, wer denn nun seine Nachfolge antreten sollte, stets aufs Neue aus. Als der König seine Mutter bat, dafür Sorge zu tragen, dass die Dokumente in der in Château Gaillard aufbewahrten Truhe nicht in falsche Hände gerieten, konnte sie ihn beruhigen, indem sie ihm das Schreiben von William Marshal zeigte. Nicht einmal Eleonore hätte gewollt, dass das brisante Protokoll in Johns Hände fiel, den sie nach wie vor als Richards Nachfolger favorisierte.

Pierre Basile war natürlich gefoltert worden, aber noch am Leben. Für ihn wollte sich Mercadier nach dem Tod seines königlichen Freundes etwas ganz Besonderes ausdenken. Der Schütze hatte gestanden, zusammen mit Petrus Bru von Adémar nach Châlus geschickt worden zu sein, und auch, dass der

Bolzen – obwohl Milo das schon zuvor herausgefunden hatte – mit der Spitze im Vogelkot gesteckt hatte. Dafür würde Mercadier Basile so langsam und grausam sterben lassen, wie es überhaupt möglich war.

Am Morgen des sechsten April anno 1199, ein wundervoller Tag war angebrochen, wussten alle, dass der König den Abend wohl nicht mehr erleben würde. Er hatte derart starken Schüttelfrost, dass es ihn auf seinem Lager hin und her warf, und fror trotz des lodernden Kaminfeuers, vor dem sein Bett stand, so sehr, dass seine Zähne in schnellem Stakkato aufeinanderschlugen. Doch in einem klaren Moment befahl er, Pierre Basile zu holen, der unter der Halle in einem Kerker vor sich hin vegetierte und ebenfalls auf sein Ende wartete. Mercadier schickte widerwillig zwei Söldner, weil er so eine Ahnung hatte, was der König tun wollte, aber niemand widersetzte sich einem Befehl des Löwenherz, solange dieser lebte, selbst wenn er ihm zutiefst zuwider war.

Als der Schütze vor Richard stand, was ihn große Anstrengungen kostete, denn er hatte in den vergangenen zehn Tagen kaum etwas zu essen bekommen und, um seinen Durst zu löschen, das Wasser von den Wänden geleckt, richtete sich der König etwas auf. Sofort war Philipp bei ihm und stützte seinen Vater.

»Siehst du, was du angerichtet hast?«, fragte Richard den Ritter, doch in seiner Stimme schwang zu aller Verwunderung kein Vorwurf mit. »Die Maus besiegt den Löwen! Ist das zu fassen? Sag mir, warum du das getan hast? Wir beide, du und ich und auch alle Verteidiger, könnten leben, wenn ihr euch ergeben hättet. Und das alles nur, weil Adémar Euch befohlen hat auszuharren. War es das wirklich wert? Ist er Euch so ein guter Lehnsherr, dass Ihr für ihn klaglos in den Tod geht?«

»Jedenfalls ein besserer als Ihr, Sire.« Pierre Basile war nun alles einerlei. Er hatte mit seinem Leben bereits abgeschlossen und sprach jetzt frank und frei aus, was ihm auf der Seele lag.

»Ihr habt Befehl gegeben, meinen Vater und meine zwei Brüder zu töten, weil sie sich während Eurer Gefangenschaft König Philipp ergeben und ihm Treue geschworen hatten. Unseren Besitz habt Ihr eingezogen und einem Eurer Barone gegeben, nachdem Ihr die Normandie zurückerobert hattet. Meine Schwestern besaßen danach nicht einmal mehr so viel, dass sie in ein Kloster gehen konnten, und meine Mutter ist aus Kummer darüber gestorben. Ich bereue nicht, Gottes Werkzeug zu sein, das Euch vom Leben zum Tode befördert hat.«

Der König schwieg eine Weile, so als fiele es ihm schwer, das Gehörte zu verdauen. Dann raffte er sich noch einmal auf und wandte sich erneut dem Schützen zu.

»Ihr hattet allen Grund, auf mich zu schießen und mir den Tod zu wünschen«, gestand er ein. »Kein Mann kann einen besseren haben. Deshalb bin ich Euch nicht gram und verfüge, dass Ihr auf der Stelle freigelassen werdet. Mutter, gib diesem wackeren Mann ein angemessenes Salär, damit er für das entschädigt wird, was ich seiner Familie genommen habe. Nur eine Bedingung, nein, wartet, eine Bitte hätte ich noch, Basile. Betet für meine Seele. Vielleicht wird Gott Euch erhören, wenn Ihr schon von ihm als sein Werkzeug auserkoren worden seid. Wollt Ihr das für mich tun?«

Jetzt fühlte sich Pierre Basile beschämt, senkte den Kopf und nickte. Sollte er, der einen König getötet hatte, wirklich freigelassen und sogar noch belohnt werden? Was wollte Löwenherz der Welt damit beweisen? Wie großherzig er war und dass er selbst die schlimmste aller Taten vergeben konnte? Der Schütze, dem das Herz bis zum Hals klopfte, wusste es nicht, aber es war ihm auch gleichgültig. Der König würde sterben, er hingegen leben! Ein einziger Blick zu Mercadier hätte ihn eines Besseren belehrt, aber Pierre Basile hatte nur Augen für Löwenherz.

»Ich werde tun, was Ihr wünscht, Sire«, versicherte er dem Sterbenden. »Bis an mein Lebensende.«

*Das nicht lange auf sich warten lassen wird,* dachte Mercadier und übergab den Gefangenen wieder seinen Söldnern, die ihn aus der Halle brachten. Richard, den das Gespräch sehr angestrengt hatte, war zu schwach, um seinem Befehl noch einmal Nachdruck zu verleihen, und ging davon aus, dass man ihn auch so befolgen würde. Er sank auf sein Lager zurück und sah das Gesicht seines Sohnes direkt über sich.

»Ich hatte so gehofft, noch viel Zeit mit dir und meinen Enkeln verbringen zu können, Philipp«, hauchte er kaum verständlich. »Leider hat der Herr aber anders entschieden. Ich habe ihn wohl zeit meines Lebens zu oft verärgert, sodass er mir diesen Wunsch nicht erfüllen wollte. Tu mir nach meinem Ableben einen Gefallen, darum bitte ich dich. Den Schützen habe ich begnadigt. Er hat nur getan, was er tun musste und was Adémar ihm aufgetragen hat. Aber dieser soll und darf nicht ungestraft davonkommen. Räche meinen Tod, Philipp! Ich weiß, dass du der Mann bist, der das vermag. Niemand wird einen Sohn dafür schelten, dass er den Mann zur Hölle geschickt hat, der den Auftrag erteilte, seinen Vater zu töten. Willst du das für mich tun?«

Nichts war Philipp mehr zuwider, aber war jetzt der richtige Zeitpunkt, es seinem Vater zu sagen? Also nickte er und antwortete ungefähr in der gleichen, leisen Stimmlage, in der der König zu ihm gesprochen hatte.

»Wenn du es wünschst, werde ich es tun. Aber meinst du nicht, dass dir Rachegedanken auf dem Sterbebett viele weitere Jahre im Fegefeuer einbringen werden?«

»Das lass meine Sorge sein, Philipp. Niemand, nicht einmal Gott, schickt Richard Löwenherz an einen Ort, wo er nicht hinwill. Und so kalt, wie mir gerade ist, kommt mir das Fegefeuer gerade recht.«

Die anwesenden Priester, die darauf warteten, dem Sterbenden die Beichte abzunehmen und die Letzte Ölung zu geben, bekreuzigten sich entsetzt ob der lästerlichen Worte. Aber so hatte Richard Plantagenet zeit seines Lebens gesprochen – unerschrocken und kühn gegen irdische und himmlische Mächte – und würde es auch im Tod nicht ändern.

Eleonore hingegen, die jedem Wort ihres Sohnes gelauscht hatte, bewegte etwas ganz anderes. War ihr Enkel Philipp durch Richards Wunsch, ihn zu rächen, damit gleichzeitig zu seinem Nachfolger bestimmt worden? Sollte das sein Letzter Wille sein, sein unausgesprochenes Testament? Das konnte nicht sein, das durfte nicht sein! Die Thronfolge musste klar und unanfechtbar geregelt werden, sonst versank das Reich in Chaos und Bürgerkrieg, das war so sicher, wie am Abend die Sonne unterging. Es gab nur einen, der Richard nachfolgen konnte – und das war John, nicht Philipp. Der war dafür einfach noch nicht reif, zudem nicht legitimiert und über Jahre hinweg auch nicht auf diese Aufgabe vorbereitet worden. Nein, sie musste erreichen, dass sich ihr Sohn eindeutig für seinen Bruder aussprach, und wenn es das Letzte war, was er auf dieser Welt tat.

Richard war erschöpft auf sein Lager zurückgesunken und hatte die Augen geschlossen. Natürlich dachte er fast ständig daran, wen er zu seinem Nachfolger bestimmen sollte, kam aber trotz allem Grübeln zu keinem befriedigenden Ergebnis. Es gab einfach keinen Kandidaten, der alle Kriterien erfüllte, um sein Erbe weiterführen zu können. Sein Herz schlug für Philipp, aber sein Verstand sagte ihm, dass sein Sohn dieser Aufgabe wohl noch nicht gewachsen war. Wie sollte er auch, so abgeschieden, wie er all die Jahre in der kleinen Baronie gelebt hatte! Aber würde ihn vor allem der geistliche und weltliche Adel als Herrscher über das angevinische Reich akzeptieren? Selbst wenn Hubert Walter ihn krönte, wohl eher nicht. Wer herrschen wollte, der musste es wirklich um jeden Preis wollen. Und diesen unbedingten Willen vermisste Richard bei Philipp, zumindest gegenwärtig. Wie groß wäre die Überlebenschance seines Sohnes, witterten seine Widersacher

Schwäche, und was würde in diesem Fall aus dem Reich werden? Könnte er die inneren und äußeren Feinde, die es bedrängen würden, zugleich abwehren? In Gedanken schüttelte Richard den Kopf. Nein, nicht einmal er hätte das vermocht.

Aber wer blieb dann? John? Auf keinen Fall! Sollte dieser Hurensohn – Richard war durchaus bewusst, dass er seiner Mutter damit Unrecht tat – tatsächlich doch noch die Früchte seines Verrats ernten? Noch dazu, wo er zum Herrschen gänzlich ungeeignet war? König Philipp würde eine von seinem Bruder geführte Armee ungefähr so ernst nehmen wie eine Herde Schafe. Mit John an der Spitze des angevinischen Reiches wäre es nur eine Frage der Zeit, dass zumindest die Festlandbesitzungen der Plantagenets an die französische Krone fielen. Also doch Arthur, den er schon auf Sizilien zu seinem Erben bestimmt hatte? Nein, genauso wenig, denn für ihn galt das Gleiche wie für John. Er lebte unter dem Einfluss Philipps an dessen Hof in Paris und würde diesem als Erstes huldigen, wäre er der neue Herrscher. Außerdem war sein Neffe noch nie in England gewesen, weshalb ihm dort, in seinem Königreich, jeder Rückhalt fehlte. Im Gegensatz zu William Longsword, an den Richard als Nächstes dachte und der innerhalb des englischen Adels gut vernetzt war – aber wiederum nicht auf dem Festland. Außerdem war er ein Bastard ohne jede Regierungserfahrung. Da konnte er auch gleich Philipp zu seinem Nachfolger ernennen, der war wenigstens von seinem Blut. Richard konnte es drehen und wenden, wie er wollte, er fand einfach keine Lösung für das brennendste seiner Probleme, wusste aber, dass er sich bald würde entscheiden müssen, denn er spürte den Tod nahen.

Während dem König all diese Gedanken durch den Kopf gingen, überlegte Eleonore ununterbrochen, wie sie ihren Sohn dazu bringen konnte, sich klar für John als Thronerben auszusprechen. Warum war er nur nicht gekommen, wo sie ihm doch so dringende Nachricht geschickt hatte? Berengaria war ebenfalls nicht an das Sterbelager ihres Mannes geeilt und hatte auf die Botschaft ihrer Schwiegermutter nur geantwortet, sie werde für Richard beten. Etwas anderes hatte sich Eleonore allerdings auch nicht von ihr erwartet, lediglich erhofft. Schließlich hatte die gekrönte Königin von England, die allerdings noch nie einen Fuß auf die Insel gesetzt hatte, schon seit einiger Zeit mit ihrem weltlichen Leben abgeschlossen.

Anders hingegen John. Wenn er hier am Sterbebett noch einmal vor Richard auf die Knie gefallen wäre, um Abbitte zu leisten, hätte dieser sich dem sicher nicht entziehen können. Aber so? Was, falls Richard nun im Fieberwahn eine emotionale Entscheidung traf, die das Reich in eine tiefe Krise stürzen würde? Zuzutrauen war es ihm allemal, handelte er doch öfter irrational. Natürlich war John nicht ohne Fehl und Tadel, aber wer konnte das schon von sich behaupten? Außerdem war er ihr Sohn, auch wenn sie in den letzten Tagen Philipp aufrichtig liebgewonnen hatte.

Was war nur für ein Mann aus dem einst so widerspenstigen Bengel geworden! Aber eben noch kein Thronanwärter, das musste doch auch Richard einsehen. Doch wie konnte sie ihm das nur klarmachen? Ob er Angst hatte, dass Philipp kein langes Leben beschieden wäre, machte er John zum König? Denn der würde sich, so schnell er konnte, aller Konkurrenten entledigen, darüber war sich selbst seine Mutter im Klaren. Wenn sie nun Richard hoch und heilig verspräche, ihre schützende Hand über Philipp und seine Familie zu halten, so wie sie diese bisher über John gehalten hatte? Nun, auch Eleonore wusste, dass ihr nicht das ewige Leben beschieden war, und was würde dann werden? Sosehr sie auch grübelte, sie kam ebenso wenig zu einem Ergebnis wie ihr Sohn.

Die Stunden verrannen, und der Abend kündigte sich an, als Richard endlich wieder die Augen aufschlug.

»Ich will beichten«, verkündete er mit erstaunlich fester Stimme, »und dann die Letzte Ölung empfangen.«

Schon beugte sich der Priester zu dem König herab, um dem Bekenntnis seiner Sünden zu lauschen, als Eleonore dazwischenging.

»Nein, Richard! Erst bestimme deinen Nachfolger. Darauf warten wir hier alle schon seit Tagen. Du kannst dich nicht aus dem Leben stehlen, ohne deine Angelegenheiten geregelt zu haben. Ich bitte dich, nein, ich flehe dich an, sage uns endlich, wer nach dir die Krone tragen soll!«

»Später, Mutter. Erst möchte ich von meinen Sünden losgesprochen werden. Dann, bevor ich vor Gott trete, will ich meinen Letzten Willen verkünden. Und zwar werde ich ihn William de Braose als dem höchsten Vertreter des Adels an meinem Sterbebett anvertrauen. Er soll sich bereithalten, meinen Worten zu lauschen.«

Eleonore stockte entsetzt der Atem. Ausgerechnet der Marcher Lord, der mit John auf Kriegsfuß stand? Nein, das durfte nicht sein! Oder vielleicht doch, weil jeder um die Feindschaft der beiden wusste? Als alle sich vom Sterbelager zurückzogen, damit der König ungestört seine Sünden bereuen konnte, packte Eleonore William de Braose am Ärmel und zog den Widerstrebenden in eine dunkle, abgeschiedene Ecke.

»Hört zu, de Braose, ich habe mit Euch zu reden«, flüsterte die Königinmutter. »Ganz gleich, was mein Sohn nachher verkündet, es wird nicht mehr mit klarer, lauter Stimme sein. Und Ihr versteht deshalb nur einen Namen, ganz gleich, was er sagt. Und der lautet John! Habt Ihr mich verstanden, William? Kann ich mich auf Euch verlassen und Euch vertrauen?«

»Aber Madam …«, stotterte der Lord, der ein treuer Gefolgsmann seines Königs war und schon aus diesem Grund nicht viel für dessen Bruder übrighatte, doch die Königinmutter duldete keine Einwände.

»Ich verlange es von Euch, keine Widerrede! Es soll auch nicht zu Eurem Schaden sein. Ich werde dafür sorgen, dass Ihr zum bedeutendsten Baron der Welsh Marches aufsteigt, das verspreche ich Euch. Mächtiger als Euer Nachbar William Marshal, darauf gebe ich Euch mein Wort. Und Ihr wisst, dass ich es noch nie gebrochen habe. Aber nur wenn Ihr tut, was ich Euch aufgetragen habe. Im anderen Fall wird mein Zorn über Euch kommen und niemand mehr da sein, der Euch vor ihm schützt.«

»Sagt mir, wie das gehen soll, Madam?« De Braose war völlig aufgelöst. »Ich werde schließlich nicht allein an des Königs Sterbebett stehen.«

»Doch, dafür will ich sorgen. Vertraut mir, so wie ich darauf vertraue, dass Ihr das Richtige tun werdet, denn alles andere würde das Reich ins Chaos stürzen. Denkt über meine Worte und mein Versprechen nach, und dann entscheidet weise.«

Offenbar hatte der König all seine Sünden recht grob zusammengefasst, denn der Priester sprach ihn bereits davon los, als Eleonore sich wieder ihrem Sohn zuwandte. Richard hatte die Beichte offenbar erschöpft, denn er atmete schwer und hatte erneut die Augen geschlossen. Doch als Eleonore an sein Bett trat, schlug er sie wieder auf und sah sie mit starrem Blick an.

»Ich will, dass mein Körper nach meinem Tod geöffnet wird«, sagte Richard mit fester Stimme und in einem Tonfall, den er sich seiner Mutter gegenüber noch nie herausgenommen hatte. »Mein Herz soll nach Rouen verbracht werden und dort für alle Zeit über die Normandie wachen. Das ist der letzte Dienst, den ich diesem Land erweisen kann. Um Aquitanien hingegen, das weiß ich, wirst du dich kümmern. Meine Eingeweide begrabt in der Burgkapelle, damit auch hier in Châlus etwas an mich erinnert. Und meine leere Hülle bringt nach Fontevrault, wo ich bis zum Jüngsten Gericht neben meinem Vater ruhen will. Wirst du dafür sorgen, Mutter, auch wenn dir meine letzte Entscheidung nicht gefallen wird?«

Eleonore glaubte, dass ihr Herz gleich stehen bleiben würde, doch selbstverständlich nickte sie.

»Es soll alles geschehen, wie du es wünschst, mein Sohn. Doch nun sage uns, wer dir als Herrscher des angevinischen Reiches und König von England nachfolgen soll. Es wird Zeit, glaube ich.«

Richard schwieg einen Moment, dann wandte er seinen Kopf von seiner Mutter ab und schaute aus dem Fenster, wo gerade die Sonne unterging, die er nun nie wieder aufgehen sehen würde. Er spürte, wie seine Lebensgeister aus ihm wichen, und winkte mit letzter Kraft William de Braose heran. Dass noch jemand anderes an das Sterbebett trat, wusste Eleonore mit einer herrischen Geste zu unterbinden.

Der Marcher Lord beugte sich so weit zu dem Todgeweihten hinunter, dass sein Ohr fast auf dessen Mund lag.

»Sprich es aus, mein Sohn«, forderte Eleonore mit scharfer Stimme. »Sage uns, wer dir auf dem Thron nachfolgen soll, bevor es zu spät ist.«

Richard nahm all seine Kraft zusammen, aber es kam nur noch ein leises Flüstern aus seinem Mund.

»Hört genau zu, de Braose«, wisperte er, um dann ganz leise zu hauchen: »Nicht«, und dann etwas lauter, »John ...«

Plötzlich fiel Richards Kopf zur Seite, ohne dass er noch einen weiteren Laut von sich gab. Das Herz des Löwen hatte aufgehört zu schlagen, und Milo blieb nur, an das Lager heranzutreten und dem Verstorbenen die Augen zu schließen.

Der König war von dieser Welt geschieden, ohne einen Nachfolger zu benennen. Wen er dazu hatte bestimmen wollen, würde nun für alle Zeit ein Geheimnis bleiben, durchfuhr es den Marcher Lord siedend heiß. Nur einen hatte er verbindlich ausgeschlossen – seinen Bruder.

William de Braose richtete sich erschrocken und unschlüssig, was er jetzt sagen sollte, auf, doch wie so oft nahm Eleonore das Zepter auch in diesem für sie so schmerzvollen Augenblick in die Hand.

»Nun, William, welchen Namen hat der König Euch genannt?«, begehrte sie zu wissen. »Einen muss er doch ausgesprochen haben.«

»Er sagte«, begann der Marcher Lord, doch als er die hochgezogene Augenbraue der Königinmutter sah, verschluckte er das erste Wort, das er gehört hatte, und sprach nur das zweite aus, »John. Ich habe es ganz deutlich verstehen können. Der König nannte nur einen Namen, den seines Bruders. Der König ist tot, es lebe der König! Lang lebe König John!«

# EPILOG

## LIMOUSIN, APRIL 1199

Philipp war unendlich erleichtert, als er den Namen seines Onkels als Thronfolger vernahm, und dankte Gott inbrünstig dafür, dass er diesen Kelch an ihm vorübergehen hatte lassen. Gerade die letzten Tage hatten ihm vor Augen geführt, dass er nicht zum König und Herrscher geboren war. Wie er das seiner Frau klarmachen sollte, stand auf einem anderen Blatt, aber auch sie würde einsehen müssen, dass am Letzten Willen eines Sterbenden nicht zu rütteln war. An dessen Wunsch allerdings auch nicht, und die ganze Nacht über grübelte Philipp, wie er es nur anstellen sollte, seinem verschiedenen Vater diesen zu erfüllen.

Andere hatten da weniger Skrupel. Als Philipp am Morgen bedrückt und müde durch das Heerlager schritt, weil er versuchen wollte, Freiwillige für einen Zug gegen Limoges zu gewinnen, hörte er furchtbare Schreie, die nichts Menschenähnliches mehr an sich hatten und doch von einer geschundenen Kreatur stammten. Er folgte dem Gebrüll und erblickte gleich darauf ein Gestell, an das ein Mann aufrecht festgebunden worden war. Neben ihm stand Mercadier, der gestern am Totenbett Richards geheult hatte wie ein Schlosshund, jetzt aber ein breites Grinsen im Gesicht hatte und den Delinquenten so genüsslich häutete, als würde er einen Hasen abziehen. Nur war der dann meist schon tot, in Pierre Basile aber noch Leben. Der Todesschütze musste furchtbare Qualen ausstehen, denn seine Rückenhaut war bereits zur Hälfte abgelöst, und man sah jeden einzelnen Muskel bloß liegen. Zu Philipps Erstaunen floss allerdings nur wenig Blut. Offenbar verstand der Söldnerhauptmann sein Handwerk und zog wohl nicht zum ersten Mal einem Menschen die Haut bei lebendigem Leibe ab.

Philipp drängelte sich durch die umstehenden Männer, die das schreckliche Schauspiel zu genießen schienen, und fuhr Mercadier auf eine Weise an, dass dieser sich an den Vater des jungen Mannes erinnert fühlte.

»Was untersteht Ihr Euch? War der Befehl des Königs nicht eindeutig? Ihr nanntet Euch seinen treuesten Kampfgefährten, doch obwohl sein Körper noch nicht gänzlich erkaltet ist, missachtet Ihr bereits seine Befehle! Seid Ihr auch so verfahren, als er noch am Leben war? Dann wundert mich der Ruf, der meinem Vater gerade hier im Lande vorausgeeilt ist, nicht.«

»Pass auf, was du sagst, Söhnchen«, knurrte der Söldnerhauptmann wie ein gereizter Bär, nur um gleich darauf mit seiner schrecklichen Tätigkeit fortzufahren.

Pierre Basile schrie herzzerreißend auf und begann, die umstehenden Männer anzuflehen, ihn endlich zu töten, erntete aber nur höhnisches Gelächter. Philipp war auch nicht der Meinung, dass der Mörder seines Vaters – und als solchen sah er den Schützen an, seitdem er wusste, dass der Bolzen präpariert worden war – straflos mit dem Leben davonkommen sollte, doch so durfte kein Mensch sterben. Zumindest nicht, wenn er es verhindern konnte. Kurz entschlossen zog er blitzschnell seinen Dolch und stieß ihn Pierre Basile von hinten ins Herz, der sich noch einmal aufbäumte und dann in den Stricken, mit denen er an das Gestell gebunden worden war, tot zusammensackte.

»He, was soll das?«, brüllte Mercadier wutentbrannt auf. »Ich werde dich lehren, Söhnchen …«

Das letzte Wort war noch nicht verklungen, da hatte Philipp schon den Dolch aus dem Toten herausgerissen, war herumgewirbelt und hinter dem Söldnerhauptmann zum Stehen gekommen. Beide Männer waren nahezu gleich groß, Philipp allerdings wesentlich schlanker als Mercadier. Trotzdem hatte er ihn jetzt mit dem linken Arm gepackt und im gleichen Moment seine Klinge von einem Ohr zum anderen über die Kehle gleiten lassen, allerdings so, dass sie nur die Haut aufschlitzte.

Mercadier spürte den schneidenden Schmerz und fühlte sein Blut fließen, doch bevor er reagieren konnte, hörte er den Angreifer auch schon sagen:

»Nennt mich noch einmal Söhnchen, und Ihr erstickt an Eurem eigenen Blut. Hebt die Hand gegen mich, und ich schlage sie Euch ab. Missachtet ein weiteres Mal einen Befehl meines Vaters, auch wenn er nicht mehr unter den Lebenden weilt, und Ihr folgt ihm auf der Stelle nach. Habt Ihr das verstanden, Mercadier? Besser, Ihr antwortet mit einem klar zu hörenden Ja, denn ich gedenke nicht, mich zu wiederholen.«

Philipps Stimme war so eisig, dass es selbst dem abgebrühten Söldnerhauptmann kalt den Rücken hinunterlief.

»Ist ja schon gut«, fauchte Mercadier, der nicht wagte, sich zu widersetzen, denn er spürte den kalten Stahl unmittelbar neben seiner Halsschlagader. *Hat Löwenherz also doch ein kampfbereites und gefährliches Löwenjunges gezeugt,* schoss es ihm durch den Kopf. Sein Bruder John wäre zu dem, was Philipp gerade getan hatte, jedenfalls niemals in der Lage gewesen. Nun, wenn dem so war, dann würde er seine Aufgabe zukünftig darin sehen, über das Leben dieses jungen Löwen zu wachen, auf dass ihm kein Unheil widerfuhr. *Ich glaube, das bin ich meinem toten Freund und König schuldig,* dachte Mercadier, der seinen verstorbenen Gönner auf keinen Fall enttäuschen wollte.

»Nehmt Euer Käsemesser von meiner Kehle, es ist mir lästig«, gab sich der Söldnerhauptmann gelassen. »Ja, ich habe

Euch verstanden. Ihr habt es ja laut und deutlich genug gesagt. So wie Ihr hätte sich auch Euer Vater verhalten, als er noch ein junger Herzog war. Ihr habt meinen Respekt, Sir Philipp.«

»Dann ist es ja gut.« Philipp hoffte, dass Mercadier nicht merkte, wie er aufatmete. »Ich brauche nämlich Eure Hilfe.«

Der Ritter trat einen Schritt zurück, wischte seinen Dolch an dem Fetzen ab, der einmal Pierre Basiles Gewand gewesen war, und steckte ihn dann weg.

»Wobei?«, erkundigte sich Mercadier interessiert und gespannt darauf, was jetzt kommen würde.

»Um Adémar von Limoges zur Verantwortung zu ziehen und damit den Letzten Willen meines Vaters zu erfüllen. Ihr habt seinen Euch gegenüber ausgesprochenen missachtet, aber ich gedenke nicht, es Euch gleichzutun.«

»Hm, und wie stellt Ihr Euch das vor?«, wollte der Söldnerhauptmann wissen. »John ist der neue König. Ohne seinen Befehl darf ich nicht mit dem Heer gegen Limoges ziehen, obwohl ich es für mein Leben gern täte. Kein Stein bliebe dort auf dem anderen, kein Leben gäbe es mehr in den Mauern, ließe man mir freie Hand.«

Das war genau das, was Philipp befürchtete, und deshalb durfte es nicht dazu kommen.

»Ich denke nicht an einen offenen Angriff oder gar an eine langwierige Belagerung, sondern eher an einen Handstreich. Wie der vor sich gehen soll, können wir aber erst vor Ort und nach Lage der Dinge entscheiden. Vielleicht kommt ja Adémar aus seiner Burg heraus, jetzt, wo sein Lehnsherr tot und kein Heer im Anmarsch ist. Dann fangen wir ihn ab …«

»… und knüpfen ihn auf«, führte Mercadier den Gedankengang fort. »Aber ganz vorsichtig, sodass sein Genick nicht bricht und er schön lange etwas vom Sterben hat.«

*Mit Sicherheit nicht,* dachte Philipp, der noch weiter in dieser Gegend leben wollte. Wenn er seinen Vater rächte, würde ihm das niemand übel nehmen, sondern im Gegenteil es sogar von ihm erwartet werden. Aber ein grausamer Mord kam deshalb trotzdem nicht infrage.

»Zuerst einmal müssen wir ihn haben«, bremste Philipp deshalb auch den Enthusiasmus Mercadiers. »Was meint Ihr, könnt Ihr mir zwei Dutzend Eurer kampferprobtesten Söldner zur Verfügung stellen? Mehr, so denke ich, würden auffallen.«

»Da könntet Ihr recht haben«, stimmte Mercadier zu. »Aber ich komme selbst mit und suche die Männer gleich aus. Da werde ich wohl die Qual der Wahl haben und es böses Blut unter den Zurückbleibenden geben. Wann gedenkt Ihr aufzubrechen?«

»Was haltet Ihr von sofort, unverzüglich? Ich glaube, wir sollten besser keine Zeit verstreichen lassen. Sonst kommt am Ende noch jemand auf die Idee, uns unseren kleinen Ausflug zu untersagen.«

Von Châlus nach Limoges waren es gerade einmal etwas mehr als zwanzig Meilen, und schon am Nachmittag sichtete der kleine Trupp die Mauern der auf einem Hügel über der Stadt thronenden Burg. Hier, in der Mitte Frankreichs an den nordwestlichen Ausläufern des Zentralmassivs und vor allem an den Ufern der Vienne, gab es viel Wald, in dem sich die Reiter unbemerkt ihrem Ziel hatten nähern können. Und ihnen und vor allem Philipp war das Glück, das seinen Vater verlassen hatte, hold.

Nahe des kleinen, mitten im Wald am Flussufer gelegenen Dörfchens Condat-sur-Vienne unweit von Limoges stieß der Söldnertrupp auf eine Jagdgesellschaft, die mit Falken und Sperbern auf Wassergeflügel aus war. Adémar, der sich so befreit fühlte wie schon lange nicht mehr in seinem Leben, nachdem er von der tödlichen Verwundung des Löwenherz erfahren hatte, war mit seinem Hofstaat und nur wenigen bewaffneten Begleitern ausgeritten, um das sonnige Frühlingswetter zu nutzen und für die bevorstehenden Festmähler zu Ostern die Vorratskammern zu füllen. Auch seine beiden Töchter Marguerite und Aigline befanden sich unter den Damen, die miteinander im Wettstreit lagen, wessen Greifvogel wohl die meiste Beute mitbrachte, als das Verderben über die nichts ahnende Jagdgesellschaft hereinbrach.

Die Söldner, die in vielen Kriegen gelernt hatten, sich bei Bedarf nahezu lautlos zu bewegen, hatten das Lachen und Scherzen auf der Lichtung beim Dorf schon von Weitem gehört und Mercadier einen Späher vorausgeschickt, um die Lage zu erkunden. Als er zurückkam und berichtete, dass Gott ihnen offenbar ein Geschenk gemacht hätte, gab es für den Reitertrupp kein Halten mehr. In breiter Front brachen die Söldner aus dem Wald hervor und fielen über die von ihren Pferden abgesessene Jagdgesellschaft her wie ein Rudel ausgehungerter Wölfe. Die wenigen Ritter, die sich ihnen in den Weg stellten, waren nur schwach gerüstet und wurden ebenso niedergemacht wie die Treiber und Jagdknechte, die nur Spieße und Messer mit sich führten.

Adémar hatte sich mit gezogenem Schwert schützend vor seine Töchter und die anderen Damen gestellt, aber in seinen Augen flackerte die blanke Angst, als er die angevinischen Farben erkannte und sah, was seinem kleinen Gefolge widerfuhr. Die letzten Überlebenden hatten sich um den Vizegrafen geschart, doch sie ahnten, dass sie keine Chance hatten, machten die Söldner ernst. Ob es wohl besser war, die Frauen und Mädchen selbst zu töten, bevor sie den rauen Gesellen in die Hände fielen und diese ihr Mütchen an ihnen kühlten? Adémar wusste zwar noch nicht, dass Richard Löwenherz am gestrigen Abend verstorben war, wohl aber durch seine Zuträger, dass es mit dem König zu Ende ging. Der englische Löwe, so war ihm berichtet worden, verendete unter entsetzlichen Qualen. Ob es ihm jetzt wohl gleich ebenso ergehen würde? Der Vizegraf erkannte Mercadier und sah auch das Wappen

Philipps von Cognac, des Bastards des Löwenherz, und konnte sich vorstellen, dass beide nach Rache lechzten und wohl keine Gnade würden walten lassen. Doch als er sich schon darauf einstellte, niedergeritten und zerstückelt zu werden, zügelten die Reiter auf einen laut gerufenen Befehl des Letzteren hin ihre Pferde und kreisten die Reste der Jagdgesellschaft ein.

»Ich freue mich, Euch bei so guter Gesundheit zu sehen, Adémar«, meinte Philipp sarkastisch von seinem Pferd hinab zu dem Vizegrafen. »Von meinem Vater kann man das leider nicht mehr sagen, er ist gestern Abend verstorben.«

»Ist das so?«, gab Adémar mit gespieltem Selbstvertrauen zurück. »Das ist zweifelsohne äußerst bedauerlich, aber irgendwann müssen wir alle einmal von dieser Welt scheiden und vor Gottes Richterstuhl treten. Darf ich Euch mein Beileid aussprechen? Doch was habe ich damit zu tun? Warum überfallt Ihr eine friedliche Jagdgesellschaft ohne jeden Grund und metzelt meine Männer nieder? Sieht so der vielgelobte Frieden im angevinischen Reich aus? Ist das schon ein Befehl des neuen Königs, und wenn ja, wen hat der Verstorbene denn zu seinem Nachfolger bestimmt? Euch, Philipp von Cognac, seinen Bastard? Ihr werdet sicher keinen leichten Stand im Reich haben, wollt Ihr Euren Thronanspruch durchsetzen, das kann ich Euch versichern.«

»Und wenn es so wäre, würde es Euch nicht mehr betreffen, Adémar«, meinte Philipp völlig gelassen, und wieder einmal wunderte sich Mercadier über die Kaltblütigkeit, die der noch recht junge Mann besaß, wenn es darauf ankam. Das konnte nur ein Erbteil seines Vaters sein und beeindruckte selbst den hartgesottenen Söldnerhauptmann. »Ihr braucht Euch nicht unwissend zu stellen, denn der Todesschütze hat gestanden, von wem er beauftragt wurde. Der von Euch angezettelte Aufstand hat meinen Vater letztlich das Leben gekostet, und ich bin hier, um Euch für dieses Verbrechen zur Verantwortung zu ziehen. Macht Euren Frieden mit Gott, aber beeilt Euch.

Ich habe nicht ewig Zeit und will zurück nach Châlus, um dort an den Beisetzungsfeierlichkeiten für einen großen König teilzunehmen.«

»Und vorher wollt Ihr mich, der ich völlig unschuldig bin, noch schnell ermorden, wie die anderen hier zuvor, und meine Töchter und ihre Damen bis in den Tod schänden? Ist es nicht so? Unter der Folter sagt Euch jeder, was Ihr hören wollt, das solltet Ihr doch wissen, Baron von Cognac.«

»Pierre Basile war für mich wesentlich glaubwürdiger, als Ihr es seid, Adémar. Eure Männer sind im Kampf gefallen, und was die Frauen anbelangt, ihnen wird kein Haar gekrümmt werden. Von mir aus können sie sich auf der Stelle entfernen. Aber Ihr werdet Euch mit mir schlagen müssen, Vizegraf. Solltet Ihr mich im Zweikampf besiegen, dann könnt auch Ihr Euch unbehelligt zurückziehen, das schwöre ich bei meiner Ritterehre. Und diesen Befehl«, Philipp wandte sich an Mercadier, »werdet Ihr diesmal befolgen, habt Ihr verstanden? Sonst suche ich Euch noch in der Hölle heim, in die wir beide wohl irgendwann fahren werden.«

Der Söldnerhauptmann nickte widerwillig, aber beeindruckt von der Entschlossenheit und Autorität, die Philipp ausstrahlte. Ihm schwante, dass der tote König mit der Namensnennung Johns einen Riesenfehler gemacht hatte. Wenn er seinen Sohn jetzt hätte sehen können, wäre ihm das sicherlich auch bewusst gewesen.

»Dann ist es ja gut und alles gesagt«, fuhr Philipp fort und sprang vom Pferd. »Wählt die Waffen, Adémar, Ihr dürft entscheiden.«

»Nennt Ihr das einen fairen Kampf, was Ihr mir anbietet?«, begehrte der Vizegraf auf. »Ein junger Ritter in voller Rüstung gegen einen alten Mann im Jagdgewand?«

»Ihr könnt eine Rüstung anlegen, oder ich streife die meine ab, ganz wie Ihr mögt. Und was Euer Alter betrifft – dadurch habt Ihr mir viele Jahre an Kampferfahrung voraus. Aber der

Worte sind genug gewechselt. Schwert, Lanze, Streitkolben, Axt, wählt Eure Waffe und betet.«

Adémar steckte sein Schwert vor sich in den Boden, sodass es zum Kreuz wurde. Dann sank er auf die Knie, um seinen Frieden mit Gott zu machen, wie sein Kontrahent es ihm angeraten hatte. Doch statt zu beten, musterte er Philipp unter halb verdeckten Lidern heraus, um sich ein Bild von seinem Gegner zu machen und eventuelle Schwachstellen zu entdecken. Waffen wie Morgenstern und Streitaxt, bei denen es im Kampf vorwiegend auf die Kraft ankam, schloss der Vizegraf für sich aus. Er war beileibe kein Schwächling, aber er sah auch die schwellenden Muskeln unter dem Hemd Philipps, nachdem dieser sein Kettenhemd abgelegt hatte. Der Kampf mit der Lanze zu Fuß erforderte viel Ausdauer und Reaktionsschnelligkeit. *In beidem wird mir der junge Mann wohl überlegen sein,* sinnierte der Vizegraf insgeheim weiter. Ob er das Lanzenstechen zu Pferd wählen sollte? Besser nicht, denn der Kampf, den Philipp in Bordeaux ausgetragen hatte, war legendär. Blieb nur das Schwert. Wenn es denn sein musste, würde er sich diesem Bastard mit seiner vertrauten Waffe stellen und hoffen, dass seine über viele Jahre hinweg antrainierte Kampfkunst ihn letztlich rettete.

»Ohne Rüstung, ohne Helm und Schild, nur mit dem Schwert«, meinte Adémar, nachdem er sich wieder erhoben hatte. »Ich hoffe, es ist Euch recht?«

»Was auch immer Euer Begehr ist, Graf«, erwiderte Philipp und nahm gleichzeitig Aufstellung, während die Söldner einen Ring um die beiden Kämpfer bildeten. Die Damen hatten sich an das Ufer der Vienne zurückgezogen, um dort auf den Ausgang des Geschehens zu harren, und die Verwundeten und Überlebenden ihres Gefolges sich zu ihnen gesellt. Alle hofften, dass das Wort des Sohnes von Richard Löwenherz auch gelten würde, sollte dieser ebenso wie sein Vater den Tod finden.

Adémar hielt sein Schwert nach unten in einer Position, die sich, warum auch immer, Eber nannte, während Philipp das seine vor der Körpermitte mit beiden Händen führte. Wie erwartet riss der Graf seine Waffe nach oben, täuschte einen Hieb gegen die Seite seines Gegners vor, versuchte die Klinge dann aber gegen dessen Bein zu schlagen.

Philipp parierte, indem er blitzschnell einen Schritt zurücktrat und gleichzeitig seine eigene Waffe in einem Viertelkreis nach unten führte. Den Schwung nutzte er aus, um einen Angriff auf Adémars Arm zu führen. Die Schwerter prallten klirrend aufeinander, denn der Graf reagierte geschickt und antwortete jetzt mit einem Konter. Als Ziel hatte er sich Philipps Gesicht ausgesucht, doch auch dieser blockte rechtzeitig ab, ließ Adémars Klinge bis zu seiner eigenen Parierstange abgleiten und gewann damit für einen Augenblick die Kontrolle über das Schwert seines Gegners.

Aber Adémar war ein erfahrener Kämpfer, der im Eifer des Gefechts über sich und seine altersbedingten Zipperlein hinauswuchs. Er sprang zurück, drehte dabei die Klinge, sodass sich die Verhakung löste, und ging sofort wieder zum Angriff über.

Philipp dämmerte, dass es ihm nicht so leichtfallen würde, den Vizegrafen seinem Vater hinterherzuschicken, wie er sich das vorgestellt hatte. Adémar kämpfte schließlich um sein Leben und tat das mit viel Erfahrung und Können. Gerade eben führte er einen erneuten Hieb, der auf den Kopf seines Gegners zielte und diesem den Schädel gespalten hätte, wäre er denn angekommen. Noch einmal gelang es Philipp zu parieren, aber diesmal nicht, die Klinge weit genug von seinem Körper abzuwehren. Das nutzte Adémar aus, um mit dem Schwertknauf zuzuschlagen. Hätte er die anvisierte Schläfe getroffen, hätte das für seinen Gegner das Ende bedeuten können, doch der drehte im letzten Moment noch den Kopf zur Seite, sodass der Knauf stattdessen auf sein Schulterblatt krachte.

Im ersten Moment dachte Philipp, seine Knochen wären gebrochen, aber da sein Arm ihm bei der nächsten Parade nicht den Dienst versagte, war dies wohl doch nicht der Fall. Wütend und nun auch gereizt ging er jetzt seinerseits zum Angriff über und ließ die Hiebe nur so auf seinen Gegner einprasseln. Aber der wich stets rechtzeitig aus oder wehrte sich erfolgreich, und noch war kein einziger Tropfen Blut vergossen worden.

Adémar registrierte mit Erleichterung, dass Philipp offenbar ermüdete, und genau das war sein Ziel gewesen. Der Kampf zog sich nun schon über mehr als eine Viertelstunde hin, und das war eine lange Zeit für ein Gefecht mit blanken Schwertern, selbst ohne Rüstungen. Dann glaubte der Graf eine Lücke in der Deckung seines Gegners zu erspähen, in die er hineinstoßen konnte. Diesmal führte er die feindliche Klinge mithilfe der eigenen Parierstange nach oben und mit dem Ende des Schwertgriffes sogar über den eigenen Kopf hinweg. Nun befand sich seine Schwertspitze in einer optimalen Position für einen Stich nach unten in die Brust des Gegners, doch Philipp hatte aufgepasst und auf die einzig richtige Art und Weise reagiert – er ließ sich fallen und rollte blitzschnell zur Seite. Adémars Stich ging dadurch ins Leere, und da er dem Schwung seiner Waffe folgte, den eigentlich der gegnerische Körper bei einem Treffer hätte abbremsen sollen, kam er ins Stolpern. Er fiel nach vorne und damit genau in Philipps aufgerichtetes Schwert hinein, das seinen Leib durchbohrte. Als der Graf zu Boden stürzte, waren seine Augen bereits gebrochen. Sein Sterben hatte nicht einmal annähernd so lange gedauert wie das des englischen Löwen.

Der Kampf war entschieden, der Auftraggeber für die Ermordung von Richard Löwenherz diesem nachgeschickt worden, aber Freude oder Erleichterung darüber machte sich nicht einmal bei den sonst so erbarmungslosen Söldnern breit. Es herrschte Schweigen in der Runde, das nur durch Philipps

lauten, keuchenden Atem unterbrochen wurde, der um Luft
rang. Der Kampf hatte ihn weit mehr angestrengt, als er anfangs geglaubt hatte und nun zugeben wollte.

Als Erstes fing sich Mercadier wieder, der dem jungen Ritter anerkennend auf die Schulter klopfte.

»Gut gemacht, aber jetzt lasst uns schleunigst von hier verschwinden und zurückreiten, bevor die Wachmannschaften
auf der Burg noch spitzbekommen, was sich vor dem Dörf-
chen abgespielt hat. Wir könnten zwar versuchen, Limoges im
Handstreich einzunehmen und niederzubrennen, aber ob König John das guthieße? Ich denke, wir sollten ihm die Entscheidung überlassen, ob er den Krieg weiterführen will oder
nicht.«

»Einverstanden«, stimmte Philipp aus vollem Herzen zu.
»So soll es sein. Dem Wunsch meines Vaters ist Genüge getan,
mehr habe ich ihm nicht versprochen. Lasst alle anderen gehen
und uns nach Châlus zurückreiten. Ich denke, wir sollten unserem toten König das letzte Geleit geben.«

Eleonore ließ den Körper ihres toten Sohnes nach Fontevrault
Abbey überführen, wo er seinem Wunsche entsprechend neben seinem Vater zur letzten Ruhe gebettet werden sollte. In
den nächsten Tagen würden sich Steinmetze daranmachen, aus
Kalktuff einen Sarkophag zu meißeln. Richard sollte darin bestattet werden, aber auf dem Deckel eine überlebensgroße Figur von ihm für alle Zeit an den englischen Löwen erinnern.
Wie sein Vater Henry würde er in vollem Krönungsornat mit
Schwert und Zepter dargestellt werden. Auch für sich selbst
hatte Eleonore bereits das Kloster von Fontevrault als Begräb-
nisstätte ausersehen und wollte einmal zwischen ihrem Gemahl und ihrem Sohn ruhen. Dass dieser trotz ihrer Ermah-
nungen vor ihr von dieser Welt gegangen war, brach ihr fast
das Herz, doch sie musste nach vorn schauen, denn es galt
nun, John die Krone Englands und die Herrschaft über das

angevinische Reich zu sichern. Ohne ihre Hilfe würde er wohl beides innerhalb kürzester Zeit verlieren, und deshalb wollte sie tun, was auch immer in ihrer Macht stand, damit dies wenigstens nicht zu ihren Lebzeiten geschah.

Philipp hatte den Leichenzug bis zur Abtei begleitet und an der Totenmesse teilgenommen. Danach führte er ein langes Gespräch mit seiner Großmutter, die ihn geradezu beschwor, auf jedweden Thronanspruch zu verzichten und John zu huldigen. Damit rannte Eleonore bei ihrem Enkel allerdings offene Türen ein, denn nichts lag Philipp ferner, als in den Kampf um die Krone einzugreifen. Als sie ihm auch noch versprach, sowohl ihn als auch seine Kinder in ihrem Testament großzügig zu bedenken, wusste er, dass sich die zu erwartende Auseinandersetzung mit seiner Frau zumindest in Grenzen halten würde.

Zur Beisetzung ihres verstorbenen Gemahls war nun auch Berengaria aus Le Mans gekommen und vergoss am Grab Richards aufrichtige Tränen. Ob sie wohl bereute, ihrem Gatten in seinen schwersten Jahren nicht beigestanden zu haben? Niemand wusste es zu sagen, und als sie sich bald darauf verabschiedete, um sich wieder in die selbst gewählte Einsamkeit zurückzuziehen, atmete nicht nur Eleonore sichtlich auf.

John hingegen hatte es nicht für nötig befunden, zu den Trauerfeierlichkeiten zu erscheinen. Er hielt es für wichtiger, die Burg von Chinon zu besetzen und dort den Kronschatz zu sichern. Nach Chinon wandte sich deshalb auch Philipp. Als er um eine Audienz nachsuchte, wurde diese ihm zu seinem Erstaunen unverzüglich gewährt, und zum ersten Male sah er wissentlich seinen Onkel, der sich über alle Maßen hochmütig gab. John hatte ohne eigenes Zutun endlich erreicht, wonach er zeit seines Lebens immer gestrebt hatte. Er würde bald in Westminster Abbey zum König gekrönt werden und über das angevinische Reich herrschen. Niemals mehr wollte er es dulden, dass ihm irgendwer auf der Welt diesen Anspruch streitig machte. Ganz gleich, ob es sich dabei um einen Neffen wie Arthur oder gar einen Bastard wie Philipp handelte. Deshalb blickte er auch auf den vor ihm Knienden hinab und überlegte bereits, welches Schicksal er ihm bereiten sollte. Besser einen schnellen Tod oder doch lieber eine lebenslange Kerkerhaft, falls man den Sohn des Löwenherz womöglich noch einmal benötigte oder vorzeigen musste?

Aber es gab jemanden, der John vielleicht besser kannte als er sich selbst, und so hatte Eleonore ihrem Enkel ein versiegeltes, an ihren Sohn gerichtetes Schreiben mitgegeben. Als dieser es aus der Hand des Knienden entgegennahm, die Siegel erbrach und zu lesen begann, wurde er mit jeder Zeile blasser. Kaum hatte er geendet, zerknüllte er wutentbrannt das Pergament mit beiden Händen und warf es in die lodernden Flammen des Kamins. Scheinbar konnte er selbst jetzt als König noch immer nicht tun und lassen, was er wollte und für richtig hielt. Wieder mischte sich jemand in sein Leben ein und machte ihm Vorschriften. Nun gut, er würde seine Mutter noch brauchen und sich deshalb zumindest vorerst ihrem Willen fügen. Aber das galt schließlich nicht für alle Ewigkeit. Die Zeit würde es letztlich weisen, und das ewige Leben hatte sie schließlich auch nicht.

»Ihr habt also Adémar von Limoges getötet, wie ich hörte«, wandte sich John, nachdem seine erste Wut verraucht war, an Philipp. »Wer hat Euch geheißen, einen derart unsinnigen Krieg fortzuführen, he? Konntet Ihr nicht warten, bis ich diesbezüglich entschieden habe? Schließlich habt Ihr mit Euren eigenen Ohren gehört, wen mein Bruder zu seinem Nachfolger bestimmt hat. Damit war die Thronfolge geklärt, und Ihr hattet kein Recht, auf eigene Faust zu handeln.«

»Ich habe nur den letzten Wunsch meines Vaters erfüllt, Sire«, gab Philipp trotzig zurück und begann bereits zu bereuen, nach Chinon gekommen zu sein. »Falls ich dadurch Euer Missfallen erregt haben sollte, bitte ich aufrichtig um

Vergebung. Aber ich denke, mir blieb keine andere Wahl, wollte ich nicht vor aller Welt als Feigling dastehen. War es denn nicht auch in Eurem Sinne, den Tod Eures Bruders nicht ungestraft zu lassen?«

»Richard hat sein Ende durch seine Unbedachtsamkeit selbst verschuldet. Es hätte ihn auch schon viel eher treffen können, so wie er sich stets an die Spitze der aberwitzigsten Unternehmungen gesetzt hat und keinem Kampf ausgewichen ist. Aber lassen wir das, da nun doch nichts mehr daran zu ändern ist. Ich will Euch für Eure Tat nicht schelten, sondern sogar belohnen. Ihr erhaltet als Dank eine Mark Silber, und ich bestätige Euren Titel und das Lehen Cognac. Dafür solltet Ihr mir überaus dankbar sein, Philipp. Denn als Bastard hätte Euch nach dem Tod Eures Vaters schließlich auch ein gänzlich anderes Schicksal ereilen können. Das ist Euch doch bestimmt bewusst, oder? Also erweist Euch meiner Gnade würdig, und kommt mir nie wieder unter die Augen. Besser, Ihr werdet unsichtbar und man hört und sieht nichts mehr von Euch! Habe ich mich klar und verständlich genug für Euch ausgedrückt?«

*Oh ja*, dachte Philipp, *ich habe sehr wohl verstanden. Du verhöhnst mich mit dieser lächerlichen Gabe von einer Mark und machst mir damit klar, wo ich für dich stehe. Erwecke ich deinen Unwillen mit irgendeiner Forderung oder fällt mein Name in einem Zusammenhang, der dir nicht behagt, schickst du mir deine Häscher auf den Leib, damit das Blut des Löwen für alle Zeit ausgemerzt wird. Auch meine Frau und meine Kinder werden dann wohl dran glauben müssen. Doch da ich keinerlei Machtgelüste und auch nicht das Bedürfnis habe, dich jemals wiederzusehen, Onkel, treffen sich hier unsere Wünsche.*

»Das habt Ihr, Sire«, erwiderte Philipp deshalb und bemühte sich, seine Stimme nicht zu verächtlich und kühl klingen zu lassen. »Ich versichere Euch, dass ich Eure Befehle stets getreulich befolgen und Euch mit meiner Gegenwart nicht belästigen werde. Jetzt, wo der Löwe tot ist, wird es auch für sein Blut Zeit, sich zurückzuziehen. Ihr gestattet, dass ich mich entferne, Sire?«

»Ja, geht nur, geht. Aber vergesst eins nicht: Der neue Löwe im Reich bin jetzt ich!«

Philipp erhob sich, verbeugte sich noch einmal, sodass John das Grinsen auf seinem Gesicht nicht sehen konnte, und verließ dann den Audienzsaal und bald darauf auch Chinon.

*Ein Löwe willst du sein, Onkel?*, waren dabei seine Gedanken. *Wohl eher eine anmaßende Maus oder, schlimmer noch, eine Ratte, die um sich beißt, bis man ihr auf die eine oder andere Art Einhalt gebietet.*

Die Wachen am Tor der mächtigen Festung wunderten sich, warum der einsame Reiter sie so reichlich mit einer ganzen Mark Silber beschenkte und plötzlich ohne ersichtlichen Grund laut zu lachen begann. Aber da es so herzerfrischend klang, stimmten sie mit ein, und es schallte hinauf bis zu dem Fenster, an dem John stand und grübelte, ob er nicht soeben einen großen Fehler gemacht hatte, weil er wieder einmal dem Wunsch seiner Mutter gefolgt war, statt nach eigenem Gutdünken zu handeln.


Ende

# HISTORISCHE ANMERKUNGEN DES AUTORS

Als Christine Steffen-Reimann, Senior Managerin für Akquise und Autorenentwicklung bei der Verlagsgruppe Droemer Knaur, mir vorschlug, ich solle doch einmal etwas über Richard Löwenherz schreiben, habe ich sie sicherlich im ersten Moment völlig verständnislos angeschaut. Schließlich war meine fünfbändige »Löwen-Reihe« über die Familien Plantagenet und Fitzooth bereits im Verlag erschienen, und Richard I. hatte in »Das Herz des Löwen« eine nicht unbedeutende Rolle gespielt. In diesem Roman erzähle ich die Geschichte von seiner Krönung über den Kreuzzug bis hin zur Einnahme von Nottingham nach seiner Freilassung aus der Gefangenschaft des römisch-deutschen Kaisers. Wer jetzt neugierig geworden ist, etwas darüber erfahren möchte und vielleicht auch wissen will, wer der geheimnisvolle Earl von Huntingdon ist, auf den im vorliegenden Roman ab und zu Bezug genommen wird, dem sei diese Lektüre wärmstens ans Herz gelegt.

Heute bin ich Christine Steffen-Reimann für die damalige Anregung äußerst dankbar, denn nach einigem Nachdenken ging mir auf, dass so gut wie kein Autor bisher die Jahre zwischen der Rückkehr des englischen Königs aus dem römisch-deutschen Reich bis zu seinem Tod thematisiert hat. Meist geht das Ende der Gefangenschaft nahezu nahtlos in sein Ableben vor Châlus über, bestenfalls wird noch sein Aufenthalt in England erwähnt. Doch der währte nur kurz, nicht einmal zwei Monate, dann begab Richard I. sich auf das Festland, um nie wieder auf die Insel zurückzukehren.

Aber was geschah zwischen Mai 1194 und April 1199, also in den fünf Jahren seiner Herrschaft, die länger dauerten als der Kreuzzug, zu dem er unmittelbar nach seiner Krönung 1189 aufbrach, und seine anschließende Gefangenschaft?

Auch ich hatte in meinem Roman »Das Herz des Löwen« wie so viele andere Kollegen diesen Zeitraum ausgeklammert, der in Wahrheit jedoch hochspannend und durchaus erzählenswert ist. Diese Lücke galt es nun endlich zu schließen und auch einmal Personen aus dem Umfeld des Königs auftreten zu lassen, die sonst kaum erwähnt werden. Die Schlachten, Belagerungen, Verhandlungen und Zusammentreffen zwischen Richard I. und Philipp II. haben alle im Wesentlichen so stattgefunden, wie ich sie schildere, und sind historisch belegt.

Mich verwundert – und ärgert – in Büchern und Filmen oft die Ungenauigkeit der geschichtlichen Recherche. Auch wenn es sich bei historischen Romanen, die im Mittelalter spielen, notgedrungen aufgrund der Quellenlage um Bücher mit vielen Fiktionen handelt, sollten sich diese doch so weit als möglich an den tatsächlichen Ereignissen orientieren und sie nicht aus oft vorgeschobenen dramaturgischen Gründen verfälschen.

So wird Richard Löwenherz bei seiner Rückkehr nach England fast immer als alter Mann dargestellt. Er starb allerdings bereits mit 41 Jahren – und das war selbst im 12. Jahrhundert kein Alter. Seine Mutter wurde immerhin 82 und damit mehr als doppelt so alt wie er!

In der neueren Literatur schildert man Richard I. oft als homosexuell. Doch dafür gibt es, wie der Historiker Prof. John Gillingham, dessen 1999 erschienene Biografie über Richard I. als Standardwerk gilt, und wie auch viele andere seiner Kollegen einmütig ausführen, nicht den geringsten Beweis.

Zu seinen Lebzeiten sagte man Richard Löwenherz eher ein intensives Liebesleben nach, und die Chronisten erwähnen zumindest zwei Söhne. Unweit des Dorfes Thorée-les-Pins nahe der Loire kann man noch heute die Ruinen eines Hauses besichtigen, das Richard für sich und seine Gemahlin als Liebesnest gebaut haben soll.

Berengaria überlebte ihren Mann um mehr als dreißig Jahre. Sie wurde in der von ihr gegründeten Abtei L'Épau nahe Le Mans in einem Sarkophag bestattet, den sie als Liegefigur überlebensgroß ziert. Besonders interessant ist aber die Steinmetzarbeit am Fußteil des Grabmahls. Dort besteigt ein Löwe in einem animalischen Akt eine Löwin – und das ist so meisterlich und anschaulich herausgearbeitet, dass ich mich bei der Darstellung an eine Paarung der königlichen Raubtiere in freier Wildbahn in der Serengeti erinnert fühlte. Deutlicher konnte man wohl zu jener Zeit, noch dazu in einem Kloster, kein Zeichen setzen.

Und noch etwas anderes muss nach dem Augenschein vor Ort und intensiver Recherche korrigiert werden – Richards Tod vor Châlus. Die Darstellung in Romanen und Filmen – nicht in historischen Abhandlungen –, dass er VOR der Burg und ohne Rüstung von einem Pfeil oder Armbrustbolzen getroffen wurde, ist mathematisch-physikalisch nicht haltbar. Alle Chronisten und Historiker sind sich darüber einig, dass der Schuss von dem in der Mitte der Burg stehenden, runden Bergfried abgegeben wurde. Vor diesem befand sich allerdings in einiger Entfernung eine mindestens fünfzehn Yards hohe Ringmauer. Wollte man über diese hinausschießen, musste sich das Ziel in einer Distanz von etwa achthundert Metern befinden, weil der dafür notwendige flache Schusswinkel etwas anderes gar nicht hergab.

In dieser Entfernung gibt es auf freiem Feld nahe des Ortes Châlus auch heute noch einen Gedenkstein, der nachweislich aus der Zeit von Richard Löwenherz stammt und vorgeblich die Position bezeichnet, auf der er sich befunden haben soll, als ihn das Geschoss traf. Nur – kein Pfeil, kein Bolzen flog jemals so weit. Die maximale Schussdistanz für Langbögen wird mit dreihundert Yards angegeben, die von Armbrustbolzen war noch wesentlich geringer.

Ich hatte im September 2019 Gelegenheit, mir die Umgebung und die Burg von Châlus ausgiebig anzusehen und lange Gespräche mit der Historikerin Cecile Leleux und Herrn Paolo del Vechis zu führen, dem Kurator des Museums von Richard Löwenherz auf der heute noch als Ruine erhaltenen Festung. Ihnen möchte ich an dieser Stelle sowohl für die Geduld, mit der sie meine zahlreichen Fragen beantwortet haben, als auch für die mir geopferte Zeit ganz herzlich danken. Beide forschen seit Jahrzehnten bezüglich des Todes von Richard Löwenherz und sind zu gänzlich anderen als den bisher veröffentlichten Ergebnissen gekommen. Der Stein auf offenem Feld bezeichnet mit großer Wahrscheinlichkeit die Stelle, an der das Zelt des Königs gestanden hat – außerhalb jeder Pfeilschussweite. Von hier sieht man die Burg auf dem Hügel nur schemenhaft, eine einzelne Person wäre von dort aus gar nicht auszumachen gewesen.

Vom Turm aus hätte Richard nur getroffen werden können, wenn er sich auf der Mauer, dem Wehrgang oder im Burghof befand! Da bekannt ist, dass Löwenherz die Angriffe meist selbst anführte und dabei auch mehrmals verwundet wurde, spricht vieles dafür, dass es auch bei Châlus so war und er die ihm eigene Waghalsigkeit letztlich mit dem Leben bezahlt hat. Auf diese Entfernung von höchstens fünfzig Yards durchschlug ein Armbrustbolzen ohne Weiteres Kettenhemd samt Gambeson. Das Verunreinigen von Geschossen, was letztlich den Wundbrand hervorrief, war damals keine außergewöhnliche, sondern die allgemein übliche Praxis von Schützen.

Petrus Bru und Pierre Basile – nach ihm ist die Straße benannt, die von der Ortschaft Châlus hoch zur Burg führt – waren nachweislich zwei Ritter, die von Vizegraf Adémar von Limoges mit der Verteidigung der vorgelagerten Festung beauftragt worden waren. Außer ihnen gab es noch achtunddreißig weitere Verteidiger, eine für die Besatzung einer Burg durchaus übliche Mannschaftsstärke zur damaligen Zeit. Das ist in den Chroniken des Limousins, unter anderem aufgeschrieben von Richards Zeitgenossen Bernard Itier, Mönch und ab 1204 Bibliothekar in der Abtei Saint-Martial von Limoges, eindeutig verzeichnet. Es gab also keinen Ritterschlag für den Todesschützen Pierre Basile durch Richard Löwenherz auf dem Sterbebett, denn er gehörte diesem Stand bereits an, wohl aber eine Begnadigung, an die sich Mercadier nach dem Tod seines Königs allerdings nicht hielt. Auch das ist eindeutig belegt.

Nicht historisch verbürgt ist hingegen die Legende von dem Goldschatz, wegen dem der König angeblich Châlus belagerte. Der jeder Grundlage entbehrende Mythos entstand im späten 13. Jahrhundert und ist so abstrus, dass ich ihn nicht einmal für erwähnenswert erachte. Richards Stoßrichtung zielte eindeutig auf Limoges, um den abtrünnigen Vizegrafen zur Räson zu bringen. Deshalb ließ er auf dem Weg dorthin nicht nur Châlus, sondern auch die Burgen von Nontron und Piégut stürmen.

Und zu guter Letzt: Richard starb auch nicht in einem zugigen Zelt im Feldlager, wie so oft dargestellt, sondern in der Halle der Burg von Châlus vor dem Kamin. Doch ob die rotbraunen, verblichenen Flecken auf den alten Steinen tatsächlich sein Blut sind, wie vor Ort behauptet wird, möchte ich einmal dahingestellt sein lassen.

Die Frage, die sich mir bei den Recherchen zu dem vorliegenden Roman gleich zu Anfang regelrecht aufdrängte, war, ob Richard tatsächlich leibliche Nachkommen hatte oder ob das ins Reich der Fabel gehört. Doch die eindeutige Antwort kann nur lauten: ja, hatte er.

Zumindest Philipp von Cognac und seine Frau Amélie sind historisch belegte Personen, die mehrfach in zeitgenössischen

Dokumenten namentlich erwähnt werden. So tauchen beide in der Peerage, dem Adelsregister des englischen Königshauses, auf, ebenso wie Fulke Saint-Pol, dessen Existenz allerdings im Gegensatz zu den beiden zuvor Erwähnten mit »spekulativ« angegeben wird.

Der zeitgenössische Chronist Roger von Hoveden erwähnt in seiner *Chronica,* der Geschichte Englands bis zum Jahr 1201, dass Philipp als Vergeltung für den Tod seines Vaters den Vizegrafen Adémar V. von Limoges getötet haben soll. Der Troubadour Giraud de Bornelh berichtet ebenfalls in seinem Klagelied von einem unerwarteten Tod Adémars, kurz nachdem Richard I. seiner Verletzung erlegen war. William Shakespeare griff die Geschichte später in seinem Historiendrama *König Johann* auf und nennt den Bastard von Richard Löwenherz darin Philipp Falconbridge. Dessen Existenz wird auch durch eine erhalten gebliebene Urkunde König Johns bestätigt, in der er seinem Neffen eine Mark Silber zukommen lässt. Des Weiteren erwähnt Graf Alfons von Poitiers in einem Schreiben Philipp als den Burgherrn von Cognac, in deren Besitz er durch eine Heirat gekommen ist, die sein Vater noch als Herzog von Aquitanien veranlasst hatte. Weitere Zweifel sind da wohl kaum noch angemessen. Leider verliert sich Philipps weiteres Leben im Dunkel der Geschichte, und was aus ihm unter König John geworden ist, darüber lässt sich nur spekulieren. Ich mag mir das auch gar nicht weiter ausmalen, denke ich an das verbürgte Schicksal seines Cousins Arthur von der Bretagne, den sein Onkel John gefangen nehmen ließ und der später in Rouen grausam ermordet wurde.

Auch andere in diesem Buch vorkommende Personen, wie William Marshal, Baudouin de Béthune oder Richards Söldnerhauptmann Mercadier, um hier nur einige stellvertretend zu nennen, lebten tatsächlich. Marshal zum Beispiel wurde als vierter Sohn eines Landadeligen geboren und brachte es vom mittellosen Ritter zu einem der größten Landbesitzer Englands. Er diente nach Henry II. und Richard I. auch König John und später dessen Sohn Henry III. treu und war in dessen Auftrag Regent des Königreiches. Solche steilen Karrieren gab es also auch damals schon!

Mercadier hingegen konnte mit John und dessen Politik wenig anfangen. Er trat in den Dienst von Eleonore und wurde fast auf den Tag genau ein Jahr nach dem Tod seines Gönners Löwenherz in Bordeaux auf Befehl des neuen Königs ermordet.

Während der Gefangenschaft Richards in Deutschland hatte sich Philipp II. mithilfe von Prinz John, der seinen Bruder nur allzu gern schon damals beerbt hätte, große Teile von dessen Festlandbesitzungen angeeignet. Man muss dabei berücksichtigen, dass es Länder wie Frankreich und England in den Grenzen, wie wir sie heute kennen, gar nicht gab. Das Königreich England war zum Beispiel nur ein Teil des angevinischen Reiches und die Macht des französischen Königs im Wesentlichen auf die Krondomäne Île-de-France beschränkt. Henry II. und später sein Sohn Richard I. waren zwar Könige von England, beherrschten aber als Herzöge von Aquitanien und der Normandie sowie als Grafen von Anjou und Poitou den ganzen Westen Frankreichs bis in seine Mitte hinein und von den Pyrenäen bis hoch nach Flandern. Das wurmte Philipp II. natürlich mächtig, und so beschloss er, die Gelegenheit, die sich durch die Gefangenschaft seines Ex-Freundes und jetzigen Todfeindes ergab, beim Schopf zu packen und seine Herrschaft auch *de facto* auf dessen Territorien auszudehnen.

Doch Richard Löwenherz gedachte das nach seiner Freilassung keinesfalls hinzunehmen und begann einen beispiellosen Rückeroberungsfeldzug. Philipp II. blieb nur eins – immer wieder vor der geballten Angriffswut des englischen Löwen schmählich zu fliehen. Vor Gisors wäre er dabei um ein Haar ertrunken und entkam nur, weil einer seiner Ritter mit ihm den Wappenrock getauscht hatte.

Nun kann man solche gewaltsamen Rückeroberungen aus heutiger Sicht beurteilen, wie man will, doch damals waren sie einfach geboten, wollte ein König nicht sein Gesicht, sein Ansehen und damit letztlich seine Macht verlieren. Die späteren Niederlagen Johns gegen Philipp führten in der Konsequenz zu einem Aufstand seiner Barone gegen die königliche Alleinherrschaft und zwangen den König, die *Magna Charta* zu ratifizieren.

Bis Ende 1198 hatte Richard alle verlorenen Gebiete auf dem Festland wieder unter seiner Kontrolle, und er stand kurz davor, in die Île-de-France einzufallen. Nicht zuletzt zu diesem Zweck war Château Gaillard auf halber Strecke zwischen Rouen und Paris in nur zwei Jahren erbaut worden, wie der schon zuvor erwähnte Richard-Biograf Prof. John Gillingham nachgewiesen hat. Der plötzliche und unerwartete Tod des Königs vor Châlus verhinderte allerdings ein weiteres Vordringen seiner Truppen und damit vielleicht auch, dass Richard sich in Reims die Krone Frankreichs auf den Kopf hätte setzen lassen.

Sein Nachfolger John hingegen war kein adäquater Gegner für Philipp II. von Frankreich. Er, der vor Richard immer nur davongerannt war, erhielt aufgrund seiner nun siegreichen Schlachten bald den Namen Philippe Auguste, angelehnt an den erfolgreichen römischen Kaiser Augustus. Kaum hörte er vom Tod seines großen Gegenspielers, ignorierte er den mit diesem abgeschlossenen Waffenstillstand und fiel umgehend erneut in die Normandie ein. John blieb sich treu und ging einer direkten Konfrontation aus dem Wege. In dem ihm nun von Philipp aufgezwungenen Friedensvertrag von Le Goulet musste er demütigende Bedingungen hinnehmen und die Grafschaft Évreux, den Großteil des Vexins und das Berry an den französischen König abtreten. Doch bereits zwei Jahre später begann der Krieg zwischen den beiden Monarchen erneut, und bis 1204 hatte John die gesamte Normandie, das Anjou, Maine und die Grafschaft Tours verloren. Am 6. März 1204 kapitulierte nach fast siebenmonatiger Belagerung die von John im Stich gelassene Besatzung des für uneinnehmbar gehaltenen Châteaus Gaillard. Im August des gleichen Jahres zog Philipp II. im Triumph in Poitiers, der Hauptstadt Aquitaniens, ein, was die kurz zuvor verstorbene Eleonore glücklicherweise nicht mehr miterleben musste. Viele der aquitanischen Barone huldigten daraufhin dem französischen König. Nur Teile des Poitou mit La Rochelle sowie die Gascogne blieben auf dem Festland in Johns Hand. Dem englischen Löwen Richard Plantagenet war mit seinem Bruder John ein Weichschwert auf den Thron gefolgt.

Wer mehr über den geheimnisvollen Papyrus erfahren möchte – dessen Rolle in meinem Roman allerdings fiktiv ist –, dem empfehle ich die Lektüre von *The Testament of Mary* des irischen Autors Colm Tóibín oder auch des auf dem Roman basierenden Theaterstücks, das mich so beeindruckt hat, dass ich mir einen Verweis darauf nicht verkneifen konnte. Fakt ist allerdings, dass Richard in seinen späten Jahren von der Kirche bekam, was immer er wollte und forderte. Ob er nicht vielleicht doch etwas aus dem Heiligen Land mitgebracht hat, das ihm ungeahnte Macht verschaffte? Wir werden es wohl nie erfahren.

Gestatten Sie mir wie in meinen anderen Romanen noch ein abschließendes Wort:

Ich bitte den geneigten Leser zu bedenken, dass es sich bei dem vorliegenden Buch um einen Roman, nicht um einen historisch exakten Abriss der Geschichte handelt. Wie immer habe ich mich um größtmögliche Korrektheit und Detailtreue bemüht, Lücken in den Überlieferungen aber mit meiner Fantasie gefüllt. Natürlich weiß auch ich nicht im Detail, wie es damals genau gewesen ist. Doch gestatten Sie mir erneut, eines in Anspruch zu nehmen: alles so geschildert zu haben, wie es zumindest hätte sein können. Und immer wenn Ihnen etwas besonders unwahrscheinlich vorkommt, gehen Sie am besten davon aus, dass es sich genauso zugetragen hat.

# ZEITTAFEL

| | |
|---|---|
| 08.09.1157 | Richard Plantagenet wird als dritter Sohn von Henry II., König von England, und Eleonore von Aquitanien geboren |
| 24.12.1167 | Prinz John wird geboren |
| 03.09.1189 | Krönung von Richard I. Plantagenet zum König von England |
| 04.07.1190 | Aufbruch Richards zum 3. Kreuzzug |
| 12.05.1191 | Heirat von Richard und Berengaria von Navarra in Limassol auf Zypern, gleich im Anschluss wird seine Frau zur Königin von England gekrönt |
| Juni 1191 bis August 1192 | Richard trifft vor Akkon im Heiligen Land ein. Er erobert die Stadt, die zuvor schon zwei Jahre belagert wurde, innerhalb kurzer Zeit, siegt über die Truppen des Sultans Salah ad-Din bei Arsuf und Jaffa, nimmt aber Jerusalem nicht ein, weil er weiß, dass die Stadt nach seiner Abreise aus Palästina von den Zurückbleibenden nicht zu halten wäre |
| 02.09.1192 | Friedensvertrag von Ramla, die Kreuzfahrer behalten ihre Eroberungen und erhalten freien Zutritt nach Jerusalem, Salah ad-Din gibt den Christen die Grabeskirche und das Heilige Kreuz zurück |
| 09.10.1192 | Richard verlässt Palästina |

| | |
|---|---|
| 21.12.1192 | Gefangennahme Richards vor Wien durch Leopold von Österreich, den Löwenherz in Akkon beleidigt hat. Er wird auf Burg Dürnstein in der Wachau eingekerkert |
| 28.03.1193 | Richard wird an Kaiser Heinrich VI. ausgeliefert und auf Burg Trifels in der Pfalz festgehalten. Die Lösegeldforderung beträgt u. a. 35 Tonnen Silber |
| 04.02.1194 | Kaiser Heinrich lässt Richard in Mainz frei, nachdem dieser ihm den Lehnseid geleistet hat |
| 12.03.1194 | Richard landet in England |
| 28.03.1194 | Nottingham Castle fällt als die letzte von Johns Anhängern gehaltene Burg |
| 17.04.1194 | Richard lässt sich auf Anraten seiner Mutter in Winchester erneut krönen und verlässt anschließend England für immer |
| 12.05.1194 | Landung mit einem kleinen Heer in Barfleur und Beginn des Rückeroberungsfeldzuges seiner Festlandbesitzungen, die während seiner Abwesenheit von König Philipp II. besetzt worden sind. John unterwirft sich seinem Bruder in Lisieux |
| 05.07.1194 | Schlacht von Fréteval. Philipp II. kann sich seiner drohenden Gefangennahme nur durch Flucht entziehen und verliert sein Staatsarchiv, Teile seines Staatsschatzes und sein königliches Siegel. Zuvor war die als nahezu uneinnehmbar geltende Festung Loches an nur einem Tag von Richard zurückerobert worden |

| | |
|---|---|
| 1194–1195 | Friedensverhandlungen und kämpferische Auseinandersetzungen vorwiegend in der Normandie wechseln sich ab, die französischen Truppen werden immer weiter zurückgedrängt |
| 1196–1198 | In nur zwei Jahren wird oberhalb der Seine Château Gaillard errichtet. Es dient einerseits der Verteidigung von Rouen, andererseits als Basis für einen geplanten Vorstoß auf Paris |
| 28.09.1198 | Schlacht bei Gisors. Richard greift mit seinem zahlenmäßig unterlegenen Heer Philipps Armee an, der französische König flieht erneut und wäre dabei um ein Haar in der Epte ertrunken. Danach war das angevinische Reich bis auf die Festung Gisors wieder in seinen Grenzen von 1189 hergestellt |
| 26.03.1199 | Richard I. wird bei dem Versuch, die Burg Châlus einzunehmen, verwundet und stirbt am 06.04.1199. Prinz John folgt seinem Bruder Richard auf dem Thron nach und wird zum König von England gekrönt. Während seiner Regierungszeit verliert er fast sämtliche Besitzungen auf dem Festland und wird zur Unterzeichnung der *Magna Charta* gezwungen |

# GLOSSAR

Angevinisches Reich – erstreckte sich im zwölften Jahrhundert von den Pyrenäen bis nach Schottland und umfasste den gesamten Besitz des Hauses Plantagenet mit dem westlichen Frankreich und dem Königreich England, entstand unter Henry I. und ging in weiten Teilen unter seinem Großenkel John verloren

Auld Alliance – Defensivbündnis von Schottland und Frankreich gegen England, für einige Jahre gehörte ihm auch Dänemark an

Brouche – Unterhose im Mittelalter, ähnlich unseren heutigen Boxershorts

Brünne – Kettengeflecht, das zum Schutz des Nackens und der Schultern am unteren Rand eines Helmes befestigt wurde

Cotte – Tunika-ähnliches, langärmeliges Schlupfkleid im Mittelalter

Deditio – Unterwerfungsakt im Mittelalter. Dabei warf sich der Besiegte barfuß und teilweise nur in Lumpen bekleidet vor seinem Gegner nieder

Donjon – Wohn- und Wehrturm in mittelalterlichen Burgen

Earl – bis 1355 höchster englischer Adelstitel, entspricht dem deutschen Grafen, weibliche Form: Countess

Earldom – Herrschaftsbereich eines Earls, entspricht in etwa einer Grafschaft

Faschinen – walzenförmige Reisig- bzw. Rutenbündel, mit denen Gräben aufgefüllt wurden, um an die Mauern von Burgen und Städten heranzukommen

Gambeson – textiles, abgestepptes Rüstungsteil, das unter dem Kettenhemd oder auch als alleiniger Schutz stärker gepolstert von Kriegsknechten und Bogenschützen getragen wurde. Es konnte vor Schwerthieben, aber nicht vor Stichen oder Pfeilen schützen

Karriere – hier der gestreckte Galopp eines Pferdes

Konstantinische Schenkung – eine etwa um das Jahr 800 gefälschte Urkunde, die angeblich in den Jahren 315 / 317 vom römischen Kaiser Konstantin I. ausgestellt worden sein soll. In ihr wird dem Papst die Oberherrschaft über Rom, Italien, die gesamte Westhälfte des Römischen Reiches, aber auch das gesamte Erdenrund mittels Schenkung übertragen. Als oberster Patriarch stand er damit vor den anderen in Antiochia, Alexandria, Konstantinopel und Jerusalem. Allein der Patriarch der orthodoxen Ostkirche wies den Führungsanspruch des Papstes von Anfang an zurück.

Maire – Bürgermeister in Frankreich

Meile – hier London Mile, entspricht 1524 Meter

Motte – vorwiegend normannische Burg, die auf einem künstlich aufgeschütteten Hügel errichtet wurde

Nef – einmastiger Handelsschiffstyp, der im Mittelalter vom 11. bis zum 13. Jahrhundert vor allem an westeuropäischen Küsten und bei dem südenglischen Städtebund, den Cinque Ports, sehr verbreitet war

Palas – repräsentativer Saalbau oder Hauptgebäude mittelalterlicher Burgen

Patrimonium Petri – übersetzt »Vermögen des Petrus«, kirchliche Besitzungen in Italien, die sich später zum Kirchenstaat entwickelten

Profess – das Ablegen der Ordensgelübde von Mönchen und Nonnen

Prostratio – symbolische Unterwerfung des Rangniederen gegenüber einer ranghöheren Person bei der Beendigung von Konflikten durch Fuß- bzw. Kniefall

Satisfactio – Akt der Unterwerfung und des Verzeihens, durch den sich die ehemaligen Kontrahenten gegenseitig Genugtuung verschaffen

Sergeant – nicht adlige Kriegsknechte und Berufskrieger, die nach ritterlicher Art bewaffnet waren und kämpften

Surcot – mittelalterliche Ärmeltunika, die von beiderlei Geschlechtern und allen Ständen getragen wurde

Trebuchet – auch Blide genannt, war die größte und präziseste Wurfwaffe unter den mittelalterlichen Belagerungsmaschinen, sie konnte 15–30 Kilogramm schwere Steine bis zu 300 Meter weit schleudern

Yard – im Jahr 1011 von Henry I. als Abstand von seiner Nasenspitze bis zur Daumenspitze seines ausgestreckten Armes festgelegt, ein Yard betrug ungefähr drei Fuß, heute 0,9144 Meter

Wandelturm – auch Belagerungsturm, meist mehrstöckige Holzkonstruktion auf Rädern oder Rollen, die von den Belagerern vor Ort angefertigt wurden. Sie maßen meist 5–15 Meter in der Seitenlänge und konnten bis zu 40 Meter hoch sein

# BIBLIOGRAFIE

Berg, Dieter: Die Anjou-Plantagenets. Die englischen Könige im Europa des Mittelalters, Kohlhammer, 2003

Brown, R. Allen: Die Normannen, dtv Verlag GmbH & Co. KG, München 1984

Fischer, Robert-Tarek: Richard I. Löwenherz 1157–1199. Mythos und Realität, Böhlau Verlag, Wien-Köln-Weimar 2006

Gable, Rebecca: Von Ratlosen und Löwenherzen, Ehrenwirth in der Verlagsgruppe Lübbe, 2008

Gillingham, John: Richard Löwenherz, Claassen Verlag GmbH, Düsseldorf 1981

Gleß, Karlheinz: Das Pferd im Militärwesen, Militärverlag, Berlin 1980

Gleß, Karlheinz: Rosse, Reiter, Fuhrwerksleut, transpress, Berlin 1986

Gloger, Bruno: Kaiser, Gott und Teufel, Deutscher Verlag der Wissenschaften, Berlin 1973

Görich, Knut: Die Staufer. Herrscher und Reich, C.H. Beck Verlag, 2011

Gulas, Stefan: Segelschiffe, Slovart Verlag, 1987

Hansen, Walter: Die Ritter, Komet Verlag GmbH, Köln

Lavater-Sloman, Mary: Richard Löwenherz. König, Kreuzfahrer, Rebell, Gustav Lübbe Verlag GmbH, Bergisch Gladbach 1977

Krieger, Karl-Friedrich: Geschichte Englands, C.H. Beck Verlag, München 1996

Obermeier, Siegfried: Richard Löwenherz. König, Ritter, Abenteurer, Ullstein Verlag GmbH, Frankfurt/M. 1984

Reither, Hans und Seebach, Helmut: Der englische König Richard I. Löwenherz als Gefangener auf Burg Trifels, Bachstelz-Verlag, Mainz-Gonsenheim, 1999

Saul, David: Die Geschichte des Krieges vom Altertum bis heute, Dorling Kindersley Verlag, 2010

Schubert, Alexander und Weinfurter, Stefan: Richard Löwenherz. König – Ritter – Gefangener, Verlag Schnell & Steiner, Regensburg, 2017

Tóibín, Colm: Marias Testament, dtv Verlag GmbH und Co. KG, München 2015

Trindade, Ann: Berengaria. In search of Richard the Lionheart's Queen, Four Courts Press, 1999

# MAC P. LORNE

# DER HERR DER BOGENSCHÜTZEN

Roman

England im 15. Jahrhundert. Nach der Entmachtung seiner Familie und dem Mord an seinem Vater und seinem Bruder setzt der junge John Holland alles daran, es wieder zu Ehre und Ansehen zu bringen und seinen Namen von der Schande reinzuwaschen.

Er wird ein meisterhafter Bogenschütze und steigt im Hundertjährigen Krieg zwischen England und Frankreich zum Heerführer auf. Vor Orléans, der letzten von den Franzosen gehaltenen Bastion, trifft John auf eine verblendete Jungfrau namens Jeanne d'Arc, die die Truppen des französischen Thronfolgers anführt. Er versucht, sie daran zu hindern, den sinnlosen Krieg fortzuführen, der nur weiteres Leid und Tod bringen würde. Doch Jeanne ist von ihrer göttlichen Mission überzeugt ...

Ein actionreicher Roman über den ersten Versuch
der Mauren, in Europa Fuß zu fassen

## MAC P. LORNE

# DER HERZOG VON AQUITANIEN

Historischer Roman

Als Eudo im Jahr 700 zum Herzog von Aquitanien ernannt
wird, träumt er davon, dort als unabhängiger König zu herrschen. Dazu muss er sich sowohl gegen seinen Lehnsherrn,
den König der Franken, behaupten als auch seine südlichen
Grenzen gegen die Mauren schützen. Zu diesem Zweck geht
Eudo ein gewagtes Bündnis ein: Er verheiratet seine Tochter
mit dem Berberfürsten Munuza.
Bei Toulouse gelingt Eudo bald darauf ein überraschender Sieg
über die Mauren, als seine schwere Reiterei deren leichte Ka-
vallerie einfach überrennt. Doch dann bringt der Herzog den
neuen König der Franken gegen sich auf, und während dieser
mit seinem Heer in Aquitanien einfällt, ziehen die Mauren gegen Munuza. Eudo kann dem Verbündeten nicht zu Hilfe
kommen, Munuza unterliegt, und Eudos Tochter wird als
Geisel genommen und in den Harem des Kalifen nach Damas-
kus verschleppt …